# UN ÉTÉ À TIFFANY

KAREN SWAN

# UN ÉTÉ À TIFFANY

*Traduit de l'anglais*
*par Anne Rémond*

EDITIONS PRISMA

Titre de l'édition originale :
*Summer at Tiffany's*



ISBN : 978-2-8104-3173-1

*À Plum.*
*Petit lapin. Ours blanc non conventionnel.*
*Jamais loin. Toujours dans mon cœur.*

# Chapitre 1

## Fin mars, New York

Cassie fixait l'ours blanc. Dressé sur ses pattes arrière, il brandissait ses pattes avant vers la tête de Cassie, tels les poings d'un boxeur, ses lèvres noires retroussées sous l'effet d'un grognement. Elle ne parvenait pas à détacher son regard de ces yeux aveugles, toujours aussi empreints de menace. L'intimidante majesté de cet ours n'était pas diminuée par le fait qu'il avait été figé dans cette position belliqueuse plus de quatre-vingts ans plus tôt. Du haut de ses deux mètres cinquante, il régnait sans conteste sur la pièce. Comme des satellites, tous les convives gravitaient autour de lui, leurs yeux glissaient vers lui par-dessus les verres en cristal, dans un respect silencieux. L'opulence de velours et le bruissement du taffetas n'étaient rien comparés à son épaisse fourrure blanche comme neige, caressée discrètement au passage par des mains graciles et parées de saphir.

Ambre liquide, la lumière se déversait des lustres ; les bougies scintillaient contre les murs lambrissés en ronce de noyer et projetaient des ombres sur le plafond voûté. Les tapis, ternis, étaient néanmoins moelleux sous la plante, foulés par des pieds davantage accoutumés aux crampons, aux bottes, aux chaussures de brousse et aux chaussettes imperméables, mais au pas plus léger ce soir-là dans des souliers au cuir lustré.

Cassie regarda Henry. Après l'ours blanc, il était la présence la plus magnétique dans cette pièce : tous le saluaient avec effusion et le gratifiaient d'une tape dans le dos, hochaient la tête et fronçaient les sourcils alors qu'ils lui réclamaient des détails sur son expédition dans les montagnes du Qurama en Ouzbékistan – expédition qui lui avait valu son admission au sein du vénérable Explorers Club de New York, la raison même de leur présence en ces lieux par cette soirée glaciale de mars.

Le grésil tombait à l'oblique de l'autre côté des fenêtres à meneaux, le brouhaha étouffé de la vie sur East 70th Street en décalage avec les murmures constants de cette pièce et les trophées exposés : des défenses d'éléphant disposées de chaque côté de la cheminée, un guépard en mouvement posé sur une table – des reliques d'antan qui, à leur époque, avaient symbolisé un monde nouveau, des frontières repoussées. L'ironie n'échappait pas à Cassie : c'étaient des *memento mori*, des rappels qu'il fallait sans cesse aller de l'avant. La vie n'attendait personne. Rien ni qui que ce soit n'était destiné à rester éternellement nouveau. Les gens réunis dans cette salle le savaient peut-être mieux que tout New York réuni. Une porte au rez-de-chaussée dut s'ouvrir, car une brise rida le grand drapeau, suspendu au mur telle une tapisserie. Trois bandes diagonales bleue, blanche et rouge, avec une rose des vents en son centre et les initiales E et C de part et d'autre – Cassie le connaissait bien.

– Sais-tu que ce drapeau même a été planté par les tout premiers explorateurs aux deux pôles, au point le plus profond de l'océan, au sommet de l'Everest et sur la Lune ? l'interrogea Brett, qui avait suivi son regard comme il revenait avec des verres dans les mains.

– En réalité, ce n'était pas ce drapeau, le corrigea-t-elle, pendant qu'elle s'empara de sa flûte de champagne avec le sourire. Mais oui, bien sûr. Quel genre de fiancée ferais-je si je ne le savais pas ? Henry ne m'aimerait pas autant si je ne connaissais pas la capitale du Tadjikistan ou la monnaie du Pérou, la date du premier pas sur la Lune ou les préférences alimentaires de la tribu Kombai en Nouvelle-Guinée. Ou encore l'histoire de ce drapeau.

Kelly gloussa.

– Il t'aimerait même si tu ne reconnaissais pas le drapeau du Royaume-Uni, du moment que tu lui promets de mettre cette robe.

Kelly indiqua d'un signe de tête la robe rouge Valentino de Cassie : longue, en taffetas, sans manches, avec une enfilade de jolis nœuds au centre du corsage. Cassie n'en revenait toujours pas que Henry lui ait attrapé la main et se soit précipité dans la boutique de Madison Avenue dès qu'il l'avait aperçue en vitrine. Ce n'était nullement dans ses habitudes ; ils n'avaient pas les moyens de telles lubies. Le salaire d'un explorateur ne tombait pas à chaque fin de mois sur un compte bancaire, mais suivait plutôt le modèle des vaches maigres et vaches grasses. Bien que l'événement de ce soir soit un immense honneur, il ne paierait pas le loyer – à moins que Henry n'obtienne les cent vingt mille dollars manquants pour son prochain projet : une expédition de tournage sous-marin dans des régions inexplorées de l'Arctique. Le Programme des Nations unies pour l'environnement semblait prêt à participer si le documentaire pouvait être présenté en avant-première à la Conférence des Nations unies sur le changement climatique (il attendait l'appel de confirmation). Henry espérait que grâce à l'implication du PNUE, associée aux images inédites et aux données récoltées par l'expédition, l'Explorers Club considérerait son projet comme digne du drapeau, et la subvention qui en découlerait ferait passer tous les feux au vert.

– Oh, merci. Je ne porte jamais de rouge d'ordinaire.

– Eh bien, tu devrais. C'est ta couleur, affirma Kelly avec son emphase caractéristique.

La couleur de Kelly était le noir. Elle n'arborait guère de nuances, le gris sombre et le bleu marine étant de rares exceptions. Ce soir-là, elle était un modèle de chic urbain, avec une longue robe noire Alexander Wang et des escarpins à bride. Ses longs cheveux de jais étaient toujours très lissés, et son unique concession à la couleur était le rouge écarlate à ses lèvres. Aucune femme au monde – qu'elle soit d'Osaka, d'Ottawa, d'Oman ou de l'Ohio – ne pouvait douter que New York soit la ville natale de Kelly : elle incarnait cette métropole dans sa voix, ses gestes, son rire même.

Toutefois, elle riait peu ce soir-là. En réalité, Kelly et Brett, son mari depuis deux ans, affichaient une mine sombre qui disparaissait dès qu'ils sentaient un regard sur eux. Une boule se forma dans le ventre de Cassie. En tant que jeune divorcée, elle reconnaissait la tension aux commissures de leurs lèvres, leurs yeux un tantinet trop écarquillés qui surcompensaient chaque fois que leurs regards se croisaient, leur intérêt majoritairement accordé aux autres plutôt qu'à eux-mêmes.

Cassie n'avait pas eu le temps d'en discuter avec Kelly. Depuis l'arrivée de Cassie et Henry à New York trois jours plus tôt, ils s'étaient rendus à deux déjeuners et cinq fêtes, et c'était là leur troisième soirée à l'extérieur. Cassie ne tenait plus debout, en dépit même de l'effet vivifiant d'une robe à quatre mille dollars et d'une queue-de-cheval élégante, réalisée par son meilleur ami Bas, qui maniait avec brio – et professionnalisme – peigne et sèche-cheveux. Le décalage horaire pesait sur Cassie, il ne s'était pas montré indulgent en dépit de l'enchaînement de sorties et de rendez-vous organisés par Brett et Kelly, et du programme de Henry tout aussi éreintant, qui devait retrouver connaissances et contacts, toujours en quête de sponsors potentiels. Ils repre-naient l'avion pour Londres le lendemain et Cassie savait déjà qu'elle passerait tout le vol à dormir, et non, comme elle l'aurait souhaité, à regarder plusieurs films d'affilée.

– Tu as l'air fatiguée, déclara Kelly à Cassie qui fit de son mieux pour réprimer un bâillement.

– Moi ? Non, je vais bien.

Depuis son séjour de quatre mois à New York deux ans plus tôt, Cassie savait que la fatigue était pratiquement un crime capital dans cette ville.

– Eh bien, moi, je suis vannée. Je ne pense pas pouvoir supporter ces chaussures une demi-heure de plus.

Cassie et Brett considérèrent Kelly avec étonnement. De la fatigue ? Des pieds endoloris ? La surprise de Brett n'aurait pas été plus totale si sa femme lui avait demandé de l'appeler Bob.

– Euh..., bredouilla Brett, sidéré.

– Écoutez, si vous êtes fatigués, allez-y. Ne restez pas pour moi. Cela me convient très bien d'attendre Henry, franchement. Il n'en a plus pour longtemps et, de toute façon, je dois finir ma conversation avec le type à côté duquel j'étais assise au dîner. Apparemment, il vient de rentrer d'une tournée des huit pôles de la Terre.

– Il y en a huit ? fit Brett, l'air encore plus étonné.

Cassie haussa les épaules.

– Qui l'eût cru, hein ? Est-ce que tu vas bien ? demanda-t-elle à Kelly en posant la main sur son bras.

– Oui, oui. La semaine a été longue, c'est tout.

Kelly était pâle, et la tension de son sourire se retrouvait dans son regard.

– Ah, l'homme de la soirée, s'exclama vivement Brett.

– Hé !

Henry passa son bras autour de la taille fine de Cassie, se pencha pour l'embrasser sur la joue, avant de se redresser avec une expression suspecte lorsqu'il remarqua leurs sourires trop enthousiastes.

– Qu'est-ce qui ne va pas ? Oh, mince, vous vous ennuyez comme des rats morts ? Le vieux Mayhew vous a coincés pour vous raconter son expédition sur le Chimborazo ? Je sais que très peu de gens se soucient de savoir si c'est le point le plus éloigné du centre de la Terre...

– Absolument pas ! contesta fermement Kelly. J'ai fait la connaissance ce soir de plus de gens intéressants que je ne pourrais en rencontrer en dix ans dans ma branche. Ils n'ont que le nouvel hôtel *Aman* à la bouche. Les gens de ton milieu sont tellement plus cool, Henry-chou, dit-elle avec un clin d'œil.

Toutefois, Henry n'était pas dupe.

– Alors, si vous avez l'air de renards pris au piège dans un poulailler, c'est parce que... ?

Brett rit.

– Dis-nous où ça en est pour le drapeau. Les choses se présentent bien ?

Le sourire de Henry s'élargit et Cassie sentit son corps se relâcher. Voir Henry la détendait : ses cheveux blond cendré s'ondulaient au-dessus de ses oreilles et sur sa nuque, quelques épis pointaient espièglement près de ses tempes, ses cils injustement longs soulignaient ses yeux bleu gris, capables de lire dans les pensées de Cassie, et sa peau était en permanence hâlée par les heures passées en plein air... À ces ingrédients s'ajoutaient un sourire qui semblait toujours réservé à Cassie et une veste de smoking en velours bleu nuit – c'était un miracle en réalité qu'elle parvienne à respirer sans assistance.

La main de Cassie trouva celle de Henry et se tapit en elle tel un loir en hibernation. Elle sentit les doigts de son fiancé resserrer leur étreinte, dans un message tacite d'adoration, d'affection et de promesse.

– Eh bien, nous avons convenu d'un rendez-vous à Londres en juin. Il y a déjà une autre demande qui pourrait être digne du drapeau, mais ils m'ont fait officieusement savoir qu'en tant que dernier arrivé dans le club...

Henry avait baissé la voix au point presque de murmurer et le regard discret qu'il leur lançait sous ses cils sous-entendait clairement que c'était dans la poche.

– Oh, c'est super, se réjouit sincèrement Brett.

Courtier dans une banque, il gagnait quatre fois plus que Henry en un an et, pourtant, il respirait chaque anecdote et péripétie du métier périlleux de Henry comme si c'était de l'oxygène pur.

Kelly posa une main sur le bras de son mari comme pour le retenir.

– Je m'attends plus ou moins à ce que Brett démissionne et se porte volontaire pour aller explorer les abysses de l'Arctique avec toi. S'il commence à l'évoquer, préviens-moi aussitôt, d'accord ? dit-elle avec un grand sourire. Nous avons un prêt à rembourser, indiqua-t-elle à son mari, en articulant séparément chaque mot, comme si elle lui parlait à travers une vitre blindée.

– Hé ! Je sais où sont mes limites. Henry peut peut-être mener une carrière à la Indiana Jones, mais franchement, je manque pour ma part de charisme. Si je disais que je veux me rendre au point le plus profond de l'océan, on m'attacherait un boulet à la cheville et me pousserait à l'eau, on ne me donnerait pas une centaine de milliers de dollars !

Tous éclatèrent de rire.

– Ce n'est pas aussi génial qu'il n'y paraît, mon vieux, répondit Henry avec sa modestie habituelle. À vrai dire, je ne serais pas contre un peu plus de sécurité de l'emploi. C'était super quand j'étais plus jeune, je pouvais vivre de pain grillé et squatter le canapé de Suzy et Archie entre deux missions. Mais maintenant...

– Maintenant que tu as une magnifique fiancée qui n'est habituée qu'à la crème de la crème..., rétorqua Kelly, en adressant un clin d'œil à Cassie. D'ailleurs, en parlant de ça, avez-vous fixé une date, ou gardez-vous toujours le suspense ?

Cassie grommela.

– Oh là là ! Tu ne vas pas t'y mettre toi aussi !

– Quoi ? s'esclaffa Kelly. J'ai besoin d'une nouvelle robe, d'accord ?

– Crois-moi, dès que nous saurons, vous serez au courant.

Kelly se tourna vers Henry en haussant les sourcils.

– Incroyable. Elle a beau être fiancée avec toi, elle arrive toujours à se faire désirer.

– Ne m'en parle pas, déplora Henry, désabusé.

– Henry, as-tu besoin de discuter avec d'autres personnes ? lui demanda Cassie.

– Tu n'essaierais pas de changer de sujet, miss ? rétorqua Kelly d'un air diabolique.

– Non ! J'essaie seulement de savoir si nous pouvons partir. Après tout, c'est toi qui n'en peux plus !

Kelly fit une grimace mélodramatique, comme si Cassie venait de la trahir.

– Je le savais ! Vous passez un très mauvais moment, dit Henry d'un ton pince-sans-rire, en secouant la tête.

Un chœur de non tenta de le rassurer.

– Je parie que c'est Cornell avec ses biomes près des lacs Léman et Baïkal qui vous a achevés, pas vrai ? Allez, soyez francs.

Nouvelle volée de non.

– Nous sommes très fiers de toi, affirma Kelly en tapotant l'épaule de Henry. Cette soirée va me faire une bonne histoire à raconter pendant des mois.

Henry soupira, penaud.

– Eh bien, vous serez contents d'apprendre que j'ai fait tout ce que j'avais à faire pour ce soir. J'ai une jolie nouvelle cravate, annonça-t-il en sortant la cravate aux couleurs de l'Explorers Club de la poche de sa veste, un dîner dans le ventre et une grosse subvention sur le point de tomber sur mon compte en banque. Que dites-vous d'aller boire un dernier verre ? Je connais un super petit endroit dans Greenwich Village, où ils cachent derrière le bar des whiskys de cinquante ans d'âge.

– Super, dit Kelly avec un haussement d'épaules, toute sa fatigue disparue.

Cassie jeta un coup d'œil aux somptueuses robes longues que Kelly et elle portaient et se demanda comment leurs tenues chics seraient accueillies dans ce bar. Elle savait cependant qu'il n'y avait pas d'inquiétude à avoir : Henry avait réussi à faire baisser le pistolet-mitrailleur qu'un homme braquait sur lui au Yémen.

– Bonne idée, approuva Cassie, qui serra le bras de Henry et se pencha contre lui d'un air las.

Brett les devança afin de héler un taxi, pendant que Henry récupérait leurs manteaux. Kelly avait prêté à Cassie un minuscule boléro en fausse fourrure noire, pratiquement inutile contre le froid, mais ils ne seraient à l'extérieur que quelques instants, le temps d'aller du trottoir au taxi, et il avait le mérite au moins de lui couvrir les bras.

– C'est bon ! entendirent-ils Brett crier, alors qu'ils patientaient derrière la porte de l'édifice en briques, tout en admirant la nuit tachetée de blanc.

Quand Henry ouvrit la porte, une bourrasque les gifla. Kelly descendit les marches la première. Les trottoirs glissants scintillaient sous les réverbères, les taxis jaunes passaient à vive allure, avec leur voyant lumineux éteint et des gouttelettes jaillissant de leurs roues. Le froid de la nuit était plus mordant que ce à quoi Cassie s'était préparée, aussi enroula-t-elle ses bras autour de son corps frissonnant, tandis qu'elle attendait que Kelly se hisse sur la banquette avec sa robe moulante. Un vent soufflant en rafales s'était levé durant le dîner. Cassie mi-riait, mi-pantelait alors que le jupon de sa robe était plaqué contre ses jambes et flottait derrière elle telle une voile écarlate.

– Oh là là ! Ce temps ! s'écria-t-elle.

L'instant suivant, une chaleur soudaine providentielle se posa sur ses épaules, et la pulpe de ses doigts trouva la douceur du velours : Henry l'avait enveloppée de sa veste. Elle pencha joyeusement la tête alors qu'il se tenait derrière elle et lui embrassait le cou ; un petit soupir échappa à Cassie, ses paupières se fermant par réflexe.

– Le mauvais temps n'existe pas…, murmura-t-il, son souffle chaud sur la nuque nue de Cassie.

– Il n'y a que des vêtements inadaptés, compléta-t-elle, reconnaissant la citation de l'idole de Henry, l'explorateur anglais Ranulph Fiennes.

Il rit, impressionné, et elle haussa négligemment un sourcil, fière d'elle – elle faisait une très bonne fiancée. Elle se tourna pour monter dans la voiture juste au moment où un taxi passa lentement. Derrière la vitre marbrée par la pluie, un visage pâle était tourné vers eux – vers elle.

Cassie se raidit sous l'effet de la surprise, et le taxi s'enfonça dans la nuit. *Non.* Il y avait plus de dix-neuf millions de personnes dans cette ville. *Ce n'était pas possible.* Ce ne pouvait pas être la seule personne qu'elle ne voulait pas croiser. *Impossible.* La pluie était trop forte, la nuit trop sombre pour y voir clair ; elle n'avait même pas réellement vu, c'était davantage une impression.

Et pourtant… Cassie était réputée pour reconnaître ses amis du coin de l'œil rien qu'à leur démarche.

– Cassie ? Tu vas bien ?

Elle se retourna vers Henry, qui la regardait calmement, sa main près de son coude. Elle se rendit compte qu'elle s'était figée en plein mouvement.

– Oui, oui, répondit-elle faiblement, en essayant de chasser l'inquiétude de Henry, avant de se glisser à côté de Kelly.

La portière se referma derrière Henry dans un bruit sourd ; ses cuisses étaient chaudes, pressées contre celles de Cassie, mais le froid s'était déjà infiltré dans ses os et un grand frisson la parcourut.

– On dirait que tu viens de voir un fantôme ? plaisanta Kelly, avec un clin d'œil.

Elle ne se doutait pas combien elle avait vu juste.

# Chapitre 2

## Trois mois plus tard

Le jour s'était levé, comme l'indiquait le tintamarre mélodieux des mésanges dans le pommier sauvage devant la fenêtre ouverte. Cassie remua légèrement ses membres lourds et reposés, alors que la brise caressait comme un souffle sa peau nue, la main de Henry dans le creux de sa taille. Elle sentit les doigts inertes de Henry glisser sur son corps qui s'affermit lorsqu'elle s'étira, avant qu'il ne retrouve la douceur que son fiancé affectionnait tant.

Cassie ouvrit et ferma plusieurs fois les paupières, telles les ailes d'un papillon qui se prélassait au soleil, faisant apparaître et disparaître l'arbre en fleur. Ils ne tiraient jamais les rideaux, et elle n'avait pas besoin de s'approcher de la fenêtre à guillotine pour savoir que, quelque part, Breezy, le chat de Mrs Jenkins de l'appartement du dessous, attendait qu'un des petits oiseaux alertes s'attarde un instant de trop sur l'herbe ombragée.

Elle s'aperçut que le ciel était déjà d'un bleu prometteur, des traînées de nuages s'étirant en une finesse éthérée, alors que le soleil commençait sa course et que le bruit sourd de la circulation sur les quais de la Tamise se faisait déjà entendre. Elle soupira à moitié endormie, habituée à cette bande-son désormais.

Un autre zéphyr souffla dans la pièce et vint troubler une liasse de papiers posée sur une pile de livres au sol. Plusieurs pages s'envolèrent et retombèrent sur le tapis en fibre de coco, telles des pierres de gué. Les yeux de Cassie parcoururent la pièce avec une indolence trouble. Des vêtements formaient un tas indistinct au pied du lit en métal ; une photographie qu'ils avaient achetée au salon d'art abordable de Battersea Park était toujours posée contre le mur du fond, prête à être accrochée dès que Henry penserait à acheter des crochets ; les roses rose pâle qu'il lui avait offertes la semaine précédente étaient encore belles et fraîches sur la commode ; les murs bleu pastel étaient assortis au ciel, du moins à cette heure matinale. Le regard de Cassie s'arrêta sur sa table de chevet, sur le cliché de Henry et elle, pris lors du mariage de Kelly et Brett près de deux ans plus tôt, au moment même où ils s'étaient enfin mis ensemble ; c'était leur photographie préférée. Cassie avait les bras fermement enroulés autour du cou de Henry et ils riaient tous les deux, le regard pétillant, de sorte que quiconque aurait pu croire qu'il s'agissait de leur mariage.

Elle referma les yeux, un sourire sur les lèvres. Elle était chez elle.

Non pas que ce soit parfait. L'appartement était bien trop petit (Cassie l'admettait dorénavant), mais, après avoir été pendant dix ans la maîtresse d'un manoir en Écosse, elle avait succombé au charme intime d'un endroit « cosy » – son mot pour qualifier tout ce qui lui était agréable : les flambées de cheminée, les pulls de Henry, une cocotte frémissante de chili con carne. Lors de leur première visite de cet appartement, Cassie avait promis d'être la reine du changement. Ils vivraient avec minimalisme, avait-elle déclaré ; de toute façon, elle ne voulait rien posséder ; son divorce avec Gil lui avait appris combien les objets étaient de peu de réconfort lorsque notre monde se délitait par morceaux : c'est *ma* chaise, *ma* lampe, *ton* miroir, *mon* argenterie… De plus, Henry considérait fièrement qu'il accordait davantage d'importance aux expériences qu'aux biens matériels (ce qui ne signifiait pas pour autant qu'il ne tenait pas à sa PS4 et son écran plasma qui occupait presque un pan de mur entier du séjour et donnait l'impression à Cassie les samedis après-midi que leur appartement était en réalité une loge du stade de Twickenham).

Leurs intentions avaient été sincères et bonnes à l'époque, mais ce n'était pas aisé pour deux personnes de se construire une vie dans un deux pièces d'un immeuble prestigieux de Londres, sans parler de leurs carrières respectives qui impliquaient des accessoires encombrants. En tant qu'explorateur professionnel, Henry possédait des piolets et des crampons, rangés sous le canapé, et des mètres de cordes d'escalade fluorescentes étaient lâchement enroulées autour de crochets, eux-mêmes accrochés aux cimaises à tableaux. L'activité de Cassie, en tant que cogérante d'*Eat & Mess*, une entreprise qui organisait des pique-niques rétro pour des événements chics, signifiait (à l'inverse de l'appartement de célibataire de Kelly, où les pulls en cachemire étaient rangés dans le four inutilisé) qu'il y avait des plateaux sur l'étagère où devraient se trouver ses jeans, des boîtes à gâteaux à la place des boîtes à chapeaux, et son maquillage était dans le tiroir à couverts. Dans la cuisine, il n'y avait pas de table à proprement parler, mais un arrangement savamment pensé de paniers en osier qui contenaient la vaste collection d'Eat & Mess de services à thé en porcelaine non coordonnés et de plaids. Ainsi, quand ils recevaient du monde, les invités avaient leur assiette sur les genoux et étaient assis sur l'escalier de secours sur des pots de fleurs retournés (ou, le plus prisé des sièges, un grand seau jaune) – ce qui valait aux dîners de Cassie et Henry une certaine réputation auprès de leurs voisins et de leurs amis.

Alors certes, c'était un appartement minuscule, mais un magnifique appartement minuscule, comme le soutenait Cassie. Le salon couleur crème était baigné par le soleil le soir et sur chacun des quatre rebords de fenêtre se trouvaient des plantes aromatiques : Henry aimait avoir le basilic à la fenêtre de leur chambre, car il lui rappelait l'Italie et le moment où ils avaient failli coucher ensemble (il ne voulait jamais oublier à quel point cela avait été atroce que Cassie fasse partie de sa vie, mais lui soit toujours inaccessible) ; la lavande, qui lui évoquait le jardin de sa mère, où ils avaient couché ensemble, était à l'extérieur de la salle de bains ; la camomille, que Cassie infusait et avait été l'un de leurs premiers gages d'amour, était à la fenêtre du salon ; enfin, le thym et le romarin étaient au niveau de la cuisine.

Cassie adorait cet endroit. Elle adorait Henry. Leur vie désordonnée et débordante était tout ce qu'elle désirait. Henry bougea dans le lit à côté d'elle, son bras la ramena avec facilité contre lui, de sorte que le mince espace entre leurs corps fut comblé et qu'ils étaient à nouveau collés de la tête aux pieds ; ainsi, rien – pas même la brise – ne pouvait s'insinuer entre eux.

Cassie refermait les yeux lorsqu'elle aperçut l'heure sur son radio-réveil.

– Oh, zut ! s'écria-t-elle, en se redressant d'un coup. Henry, nous avons loupé le réveil !

– Qu..., gémit-il d'une voix assoupie.

Cassie rejeta la couette et courut en tenue d'Ève vers la console du vestibule, où étaient rangées ses culottes.

Comment cela avait-il pu encore leur arriver ? C'était la troisième fois en cinq jours. Ils devaient vraiment se coucher plus tôt. Ils avaient la petite trentaine désormais, c'était fini la vingtaine. Ils n'étaient plus tout jeunes. Si l'un d'eux avait eu un travail de bureau, il aurait déjà été licencié dix fois.

– Lève-toi ! Tu es en retard ! cria Cassie par-dessus son épaule.

Elle regretta de ne pas avoir de commode, comme les gens normaux. Ce serait plus facile d'accès en cas d'urgence.

Henry s'assit sur le lit, et la couette blanche tomba pour révéler ses épaules magnifiquement sculptées et son ventre plat, même si son visage était froissé par le sommeil. Puis il aperçut l'heure sur l'horloge et une horreur parfaitement éveillée traversa à son tour son visage.

– Oh, mince !

Henry se leva d'un bond et faillit presque aussitôt glisser sur une feuille de papier qui avait atterri de son côté du lit. Il se rattrapa à la porte, mais celle-ci tourna sur ses gonds, aussi se retrouva-t-il dans une posture de crabe ridicule au-dessus de la table de chevet.

– Nom d'une pipe ! fulmina-t-il.

Il se redressa et se demanda s'il s'était froissé un muscle de la hanche.

– Tiens ! l'interpella Cassie, qui lui lança un caleçon propre à travers la pièce.

Heureusement, il avait préparé son costume et sa chemise la veille, aussi les avait-il déjà enfilés et il nouait sa cravate avant que Cassie n'ait trouvé un chemisier propre (le rouge à carreaux), pour accompagner son jean.

– Cassie, allez, s'impatienta Henry, en agrafant le fermoir de sa montre. Je vais devoir partir sans toi. Tu sais que je ne peux pas attendre.

– J'ai terminé. J'arrive, c'est bon, pantela Cassie.

Elle serra sur les doubles nœuds de ses Converse, avant de se relever. Tous deux coururent jusqu'à la porte d'entrée.

– C'est bon comme hier soir, tu veux dire ? rétorqua Henry avec un clin d'œil, pendant qu'il lui tenait la porte, pour descendre ensuite les quatre étages à toute vitesse. Parce que c'était vraiment quelque chose…

– La ferme ! s'esclaffa Cassie.

Tout le monde les attendait quand ils arrivèrent onze minutes plus tard, avec quatre-vingt-dix secondes d'avance.

– Mince, c'était moins une ! commenta Archie, les yeux écarquillés, avec ses cheveux roux qui bondissaient (il avait vraiment besoin d'aller chez le coiffeur), lorsque Cassie et Henry se présentèrent sur le quai de la ligne de métro à la gare Victoria, leur point de rendez-vous.

Trente ou quarante autres hommes comme eux, en costume et en baskets, étaient rassemblés, attendant huit heures et quatre minutes.

– J'ai failli faire une crise cardiaque. J'ai cru que j'allais devoir faire ce truc tout seul.

– Je ne te laisserai jamais tomber, mon pote, le rassura Henry, en tapotant chaleureusement l'épaule d'Archie.

– Ce qui m'inquiétait, commença Archie, qui vérifia la tension de ses bretelles rouges et desserra sa cravate, c'était de devoir demander à Suzy d'être mon partenaire de course.

Henry gloussa, notamment parce que la colère se lisait sur le visage de Suzy, sa sœur et l'épouse d'Archie. Elle se débattait pour tenir sa fille de deux ans, Velvet, qui se tortillait et qui, malheureusement, était en pleine phase de morsure et lorgnait les jambes autour d'elle avec un appétit particulier.

Le train arriva en gare dans un grincement de freins, les portes s'ouvrirent et tout le monde monta à bord. Par chance, les voitures étaient relativement vides, puisqu'ils allaient vers la banlieue, à l'inverse donc du flux de l'heure de pointe.

Cassie fit la bise à Suzy et lui prit facilement Velvet des bras, lorsque celle-ci reconnut sa « Tata Sissi ». Elle l'installa paisiblement sur ses genoux.

– Vous avez encore loupé le réveil ? demanda Suzy avec ironie.

Elle savait pertinemment pourquoi Cassie et Henry manquaient toujours leur réveil.

Cassie répondit par un « Ha, ha » sarcastique au moment où le train redémarra. C'était un vrai capharnaüm dans la voiture : la ribambelle d'hommes en costume et en baskets était en majoritaire – certains, dirigés par Archie, entonnèrent des chants de marin (pour quelle raison, Cassie l'ignorait), d'autres trottinaient sur place, étiraient leurs bras et leur cou –, tandis que les passagers habituels les observaient dans un silence perplexe.

– Mince, on se croirait dans le dernier train pour Brighton, déclara Suzy, qui plissa le nez à l'odeur d'un petit-déjeuner McDonald's. Franchement, tous les ans, c'est la même chose et, tous les ans, je jure de ne plus jamais…

Cassie pencha la tête d'un air compatissant.

– Mais Archie est tellement déterminé à y arriver. Il donne tout, alors ce serait dommage si tu manquais cela.

– Il n'y arrivera jamais, Cassie, contesta Suzy à voix basse. Sa conception d'un entraînement, c'est d'aller au pub en courant.

Cassie secoua vigoureusement la tête.

– Non. C'est son année. Je le sens.

– Tu es bien la seule.

Cassie agitait légèrement ses jambes tout en fredonnant doucement à Velvet la chanson de *La Belle au bois dormant*, son nouveau film préféré, pendant que le train cliquetait dans le tunnel et brinquebalait dans l'obscurité. Puis, le crissement graduel des freins se fit entendre, l'emblématique panneau signalant le métro de Londres passa devant les fenêtres – indéchiffrable à cette vitesse –, et le train ralentit peu à peu, telle une roulette, jusqu'à ce que Cassie distingue « South Kensington » en lettres rouges.

Les portes s'ouvrirent et la plupart des passagers sur le quai jetèrent un coup d'œil au groupe assorti en bras de chemise et en baskets (dont certains essayaient de lancer un haka) et optèrent pour les voitures voisines.

– Bon, on y est presque, déclara Archie alors que le train se remit en branle.

Il se lança dans des étirements douteux, avant de faire un bond vers Velvet et de passer doucement sa main couverte de taches de rousseur dans les cheveux blond platine de sa fille.

– Velvet, tu fais un bisou à papa pour lui souhaiter bonne chance ?

Il se pencha, les lèvres pincées en un impressionnant cul-de-poule, et il attendit – et attendit encore – qu'elle s'exécute.

Suzy fut tout aussi indifférente, occupée à tripoter les pinces à vélo d'Archie, qu'il avait mises autour de son pantalon pour minimiser la « résistance au vent », à ajuster ses bretelles et à vérifier qu'il avait recouvert ses mamelons de vaseline.

– Nous n'avons pas envie de revivre ce qui s'est passé l'année dernière, hein ? dit-elle, avant de déposer un baiser ferme sur les lèvres de son mari.

– Prêt, mon pote ? l'interrogea Henry.

Celui-ci retroussa les manches de sa chemise et donna à Cassie sa veste, sa mallette, ainsi qu'un baiser. Il passa son index sur le bout de son nez, et attarda son regard sur sa bouche, au moment précis où le train cahota avant de s'immobiliser complètement.

– Ne bouge pas d'ici, intima-t-il à Cassie avec un clin d'œil, avant de rejoindre la foule de dos en chemise vers la sortie.

– Comme si j'allais aller quelque part, soupira-t-elle pour elle-même, en serrant la veste de Henry contre elle.

Avec leur chuintement habituel, les portes s'ouvrirent et la horde détala dans un rugissement, sprinta sur le quai, avec les bras en l'air et les cravates volant au vent. Cassie ne put s'empêcher de se lever avec Velvet et d'observer leur départ. Henry était dans le groupe de tête, bien sûr, il montait à toute allure les escaliers situés juste devant leur wagon ; Archie fermait la marche et semblait avoir un point de côté avant même d'avoir atteint le sommet. Une minute plus tard, ils étaient hors de vue, mais on les entendait toujours.

Cassie retourna à leurs places. Bondée quelques secondes plus tôt, la voiture était désormais vide et calme, les passagers restants reprirent avec soulagement leurs journaux et smartphones, les nouveaux embarquèrent à la hâte alors que le chef de gare leva sa palette et donna un coup de sifflet.

Suzy souleva du siège qu'elle avait « réservé » l'énorme sac à langer, nettement plus grand que le bébé lui-même. Cassie se rassit et lui tendit Velvet. Elle replia soigneusement la veste de Henry sur ses genoux, tandis que le train s'éloignait. Elle vérifia la mallette de Henry pour s'assurer que, dans la précipitation, il avait pensé à sa tablette, qui contenait ses notes.

– À quelle heure est le rendez-vous ? demanda Suzy.

– À neuf heures.

– Neuf heures ?! Comment va-t-il pouvoir retourner dans le centre à temps ?

– Il n'a pas rendez-vous en centre-ville. Ils se retrouvent pour le petit-déjeuner au Hurlingham Club.

Ce club privé se situait au sud de Fulham, sur les bords de la Tamise, et n'était qu'à deux arrêts de métro de la fin supposée de cet intermède idiot.

Suzy secoua la tête.

– Vous êtes de vrais fous furieux, ma parole. Je croyais que l'expédition dans l'Arctique dépendait de ce rendez-vous.

– C'est le cas, murmura Cassie, qui vérifia que la tablette était bien chargée.

– Et Henry a jugé bon de faire un remake des *Chariots de feu* une demi-heure avant ?

Cassie sourit. Elles savaient toutes les deux que cet événement commémorait l'exploit de Roger Bannister d'avoir couru un mile en moins de quatre minutes. Il était généralement programmé à la date anniversaire (le 6 mai), mais Henry, en tant qu'organisateur, avait dû le repousser de quelques semaines car il avait beaucoup voyagé, afin de mettre sur pied son équipe et de séduire le gratin du monde politique et environnemental. Il ne pouvait pas se permettre d'annuler une fois de plus, sous prétexte d'un rendez-vous, d'autant plus avec l'expédition qui approchait à grands pas et l'éloignerait à nouveau de l'Angleterre.

– Il pense qu'ils comprendront s'il arrive en retard.

– Il ferait mieux d'espérer que ce soit le cas. N'y a-t-il pas une autre personne en lice pour la subvention ?

– Si, mais c'est bon. Il suffit que Henry se présente au rendez-vous pour respecter la procédure ; tout est pratiquement déjà décidé.

Suzy marqua une pause, peu rassurée.

– Eh bien, personnellement, je pense que vous êtes dingues.

– Je sais.

Cassie tendit instinctivement la main et caressa à nouveau la joue ronde de Velvet. C'était vraiment une enfant ravissante. Elle avait hérité des fossettes de son père et des cheveux blonds et des yeux marron foncé de sa mère. C'était à cause de ses intenses yeux de velours qu'on l'appelait par son deuxième prénom, Velvet (qui signifiait « velours » en anglais), et non par son premier, Clemency, ni même par le surnom dont elle avait été affublée dans le ventre de Suzy, Cupcake.

– Tu meurs d'envie d'avoir un enfant, lâcha Suzy avec un sourire en coin.

Cassie retira aussitôt sa main.

– C'est faux ! rétorqua-t-elle, comme si Suzy lui avait dit « Qu'est-ce que tu es laide ».

– Ah ?

– J'échafaude un plan pour kidnapper ta délicieuse fille et la vendre à Vera Wang comme demoiselle d'honneur professionnelle.

– Ah, ah ! Tu crois que je n'y ai pas déjà pensé !

Suzy poussa un rire aigu, qui fit résonner la tête de Cassie comme un diapason.

– Comment va le travail ?

La société d'organisation de mariage de Suzy attirait toutes les mariées les plus chics et les plus cosmopolites de Pimlico, l'un des plus beaux quartiers de Londres. La contrepartie était que leurs demandes étaient extravagantes et Suzy était souvent éreintée d'offrir à ses clientes la perfection qu'elles attendaient. Pourtant, elle semblait anormalement détendue ces derniers temps.

Un silence se prolongea alors que Suzy balaya du regard la voiture comme si elle vérifiait qu'il n'y ait pas d'espions.

– Houston, nous avons un problème, finit-elle par dire, les yeux doux, pour une fois, en croisant ceux de Cassie.

– Quel genre de problème ?

Suzy secoua la tête, jouant distraitement avec une mèche de cheveux de Velvet.

– Du genre dont je ne m'étais pas rendu compte de la gravité. Tu te souviens du caleçon qu'Archie a reçu pour sa dernière prime de Noël ?

– Oui.

Comment oublier ? Suzy s'était emportée comme un animal blessé face au message limpide envoyé par la banque à son mari de prendre la porte, et Henry avait emmené Archie au pub pour qu'il noie son chagrin dans l'alcool.

– Eh bien, je pensais qu'il lui suffisait de passer quelques coups de fil, tu vois ? Il a plus de rendez-vous avec des chasseurs de têtes qu'avec des clients, et toujours rien. Le marché est déprimé et Archie est stressé à mort.

Cassie était incapable de prétendre connaître le monde de la finance ou savoir ce qu'était des actifs à risques pondérés.

– Mais les gens se marient toujours, non ? Les choses vont bien pour toi, professionnellement parlant ?

Cassie se rendit compte que le train s'était arrêté, la voiture s'était considérablement vidée, et elle jeta un coup d'œil pour voir où elles étaient. Earl's Court. Déjà ? Elles avaient passé Gloucester Road sans même qu'elle s'en aperçoive.

– Eh bien, je n'avais pas mesuré la gravité de la situation pour Archie. Il essaie de me le cacher, et je me consacre tellement à Velvet...

Suzy embrassa sa fille sur la tête, ses yeux se fermant instinctivement à son odeur.

– Du coup, j'ai refusé des missions, pour tenter de trouver ce fameux équilibre entre vie professionnelle et vie privée.

Elle regarda Cassie, qui décela de la peur dans ses grands yeux bruns de biche.

– J'essayais d'apprendre de mes erreurs, pour une fois. Je ne voulais pas être sur les nerfs comme avant la naissance de Velvet, tu vois ?

Cassie caressa doucement le bras de son amie, au moment où le train redémarra.

– Bien sûr, je comprends. Tu as fait exactement ce qu'il fallait, en faisant passer Velvet avant le reste.

L'état frénétique de Suzy à l'approche du mariage de Kelly avait eu pour conséquence que Velvet naisse avec plusieurs semaines d'avance.

– Tu crois vraiment ? Cassie, mon téléphone n'a pratiquement pas sonné depuis des semaines. Je pense que les gens se sont donné le mot que je n'acceptais aucune nouvelle mission, et non que j'en prenais moins. J'ai demandé à Marie de classer les magazines par couleur pour l'occuper, et ma dernière cliente se marie samedi en huit. Je n'ai plus rien après.

– Rien du tout ?

Cassie ne parvint pas à dissimuler la surprise dans sa voix.

Suzy secoua la tête, la gorge nouée.

– Et ce n'est pas tout. Nous… (Sa voix se brisa.) Nous avons des difficultés à rembourser le prêt. Archie pense que nous allons peut-être devoir vendre.

Cassie saisit son amie par le poignet.

– Oh, Suzy, non !

– Mais tu ne dois rien dire. Ni à Archie, ni à Henry. Si Archie veut en parler, il le fera de lui-même. Tu dois le laisser aborder le sujet. Il me tuerait s'il savait que je t'en ai parlé.

– Bien sûr que non. Je ne dirai rien.

Elles restèrent un moment en silence, se balançant toutes les deux au rythme du train.

– Alors, qu'est-ce que tu vas faire ? demanda Cassie.

– Je ne sais pas trop. Traîner autour de la grande roue de Londres et distribuer ma carte de visite à tous ceux qui en descendent avec une rose rouge et une bouteille vide de champagne ?

– Tes contacts et tes fournisseurs peuvent certainement faire passer le mot pour toi ?

– Tu sais, quand on contacte un traiteur ou un fleuriste, en général on a déjà l'organisateur du mariage.

– Ah oui, logique, admit Cassie en se mordillant la lèvre. Eh bien, je peux ouvrir l'œil pour toi. Je travaille aux course de chevaux d'Ascot demain et, après, j'ai la Gold Cup de polo. Je parie qu'il y aura plein de demandes en mariage ! Je pourrais déposer une pile de tes cartes de visite sur l'une des tables.

Suzy haussa un sourcil.

– Ou tu pourrais simplement te dépêcher d'épouser mon frère ? Voilà un mariage que je meurs d'envie d'organiser.

– Nous sommes trop occupés pour nous atteler à l'organisation d'une chose pareille en ce moment. Henry est sur le point de s'envoler pour l'Arctique et je suis déjà réservée pour les cinq prochaines éditions d'Ascot.

Ce fut au tour de Suzy de poser sa main sur le bras de Cassie.

– C'est précisément pour cette raison que des gens comme vous engagent des gens comme moi.

Cassie fut obligée de sourire.

– Suzy, je te promets que personne d'autre que toi n'organisera mon mariage. Pas moi. Ni même ma mère. En fait, ajouta Cassie en fronçant les sourcils, surtout pas ma mère, elle voudrait que ma robe soit dorée.

– Je ne sais pas, Cassie, soupira Suzy d'un air découragé. Quel espoir ai-je de trouver d'autres mariées si je ne parviens même pas à te convaincre d'épouser mon beau gosse de frère ?

Cassie haussa les épaules.

– Ce n'est pas parce que je ne l'aime pas, tu le sais.

– Oh, je le sais bien ! Nous savons tous combien vous vous aimez, avec vos bécotages que vous nous infligez presque en permanence.

Le train s'arrêta une nouvelle fois. West Brompton. La ligne était aérienne désormais et Cassie admirait les toits de Londres, les pigeons perchés sur les cheminées, les nuages blancs enflés qui balayaient le ciel tels des draps flottant au vent.

Elles avaient pratiquement la voiture rien que pour elles à présent ; il n'y avait plus que deux adolescents dans le fond avec leurs pieds sur les sièges (ils avaient de la chance que Suzy n'ait pas bondi sur eux : elle était aux chaussures sales ce que Super Nanny était aux gros mots), ainsi qu'un homme en costume deux sièges plus loin qu'elles, absorbé par la partie de *Candy Crush* sur son téléphone. Cassie se demanda s'il avait raté son arrêt. Les quartiers qu'ils traversaient étaient de plus en plus résidentiels.

Velvet commençait à s'agiter sur les genoux de Suzy, le divertissement procuré par les transports publics diminuant au gré de la foule. Suzy fouilla dans son sac et en sortit une petite boîte de bâtonnets de carottes, et elle en tendit un à sa fille impatiente.

Les portes se refermèrent et le train repartit. Cassie était toujours perdue dans ses pensées à propos des problèmes de son amie.

Alors, es-tu fin prête pour Ascot ? Tu as dit que c'était un gros événement.

– Oh, oui. Nous avons soixante couverts et trois services distincts : petit-déjeuner au champagne, déjeuner et apéritif dînatoire. Je dois préparer cent quatre-vingts éclairs aujourd'hui, une fois que j'aurai récupéré ma voiture après la course.

Sa Morris Minor crème était de retour chez le garagiste. Henry avait mis Cassie en garde contre le manque de fiabilité de l'alternateur et du radiateur, mais cette voiture – si rutilante ! si d'après-guerre ! – lui avait tellement semblé parfaite (tout comme leur minuscule appartement) garée devant la yourte que Zara et elle montaient pour leurs pique-niques rétros qu'elle l'avait préférée à une Golf neuve. Sauf que Cassie l'emmenait au garage tous les deux mois pour des « réglages » et elle connaissait si bien Jim, le mécanicien, qu'elle lui avait offert une boîte de macarons multicolores faits maison pour l'anniversaire de sa femme.

– Comment va Jim ?

– Il est aux anges : Kayla a été reçue à l'école de son choix.

– Ah oui ? C'est génial, murmura Suzy d'un air distrait – elle parlait là d'une famille qu'elle n'avait jamais rencontrée.

Le train ralentissait déjà, pour arriver sur le quai de Fulham Broadway, leur destination.

– Nous y sommes, annonça Cassie, qui se leva et s'avança vers les portes.

– Oui, mais eux sont-ils là ?

Le train ralentit à toute petite allure.

– Hmm, je ne les vois pas, répondit Cassie, qui pressa son visage le plus près de la vitre qu'elle osa. Oh, attends !

Cassie éclata soudain de rire lorsqu'elle aperçut Henry courir comme s'il avait été catapulté. Ses cheveux châtain blond étaient ébouriffés et voletaient au vent, sa cravate battait telle une manche à air sur son épaule. Il traversa la passerelle et descendit les escaliers trois à trois, s'arrêtant pile au moment où les portes du train s'ouvrirent. Quel veinard.

Ils se dévisagèrent un instant, lui tout essoufflé, avant de sourire :

– Qu'est-ce qui t'a pris autant de temps ?

Il embrassa Cassie sur la bouche et replaça sa cravate, puis remonta à bord de la voiture dont il était descendu quatre arrêts plus tôt. Mission accomplie. Vainqueur de la Course annuelle de métro six années d'affilée.

Un groupe de sprinteurs, tous en lice pour la deuxième place, apparurent quelques instants plus tard, descendirent les escaliers en sautant comme des sauterelles quatre marches à la fois, et se jetèrent dans le wagon avec des rugissements de plaisir. Ils se donnèrent des tapes et se frappèrent dans les mains, car eux aussi étaient venus à bout de vingt-sept rues, quatre stations de métro et de milliers de piétons, afin de parcourir deux kilomètres quatre cents et de « battre le train ».

– Oh mince, où est Archie ? demanda Suzy.

D'un air résigné, elle passa le sac à langer par-dessus son épaule et se leva avec Velvet dans les bras. Les coureurs semblaient avoir davantage besoin de son siège qu'elle.

– Est-ce que quelqu'un l'a vu ?

Henry haussa les épaules.

– Désolé, Suzy. Je ne regardais pas derrière moi ! railla-t-il avec un grand sourire.

Suzy lui donna une tape sur la tête ; c'était son privilège en tant que son aînée de treize mois.

– Je l'ai dépassé au niveau de l'hôpital si ça peut aider, plaisanta l'un des participants, qui leva les bras en l'air pour se protéger au cas où Suzy s'en prendrait aussi à lui.

– C'est bon, je le vois, Suzy, intervint Cassie en pointant du doigt la passerelle.

Archie et quelques autres participants couraient moins qu'ils ne chancelaient, les yeux rivés sur le train déjà à quai.

– Allez, Archie ! hurla Suzy en se penchant hors du wagon, avec ses poumons de poisson-globe. Tu peux le faire ! Oh, je vous en prie, mon Dieu, laissez-le y arriver. Qu'il réussisse cette fois, pour que cette marotte lui passe enfin.

Henry fit claquer sa langue.

– Je ne sais pas, sœurette. Regarde, le chef de gare a levé sa palette. C'est mal engagé.

Cassie s'étonna que Henry ait déjà retrouvé son souffle. Il se pencha à travers les portes.

– Allez, Archie ! Pousse un dernier coup !

– Il n'est pas en train d'accoucher, bon sang ! protesta Suzy.

Archie commençait à descendre les escaliers d'un pas titubant, tout en se tenant à la balustrade.

Le signal de fermeture des portes retentit et Suzy s'appuya automatiquement contre l'une d'elles, pour la maintenir ouverte.

– Allez, Archie ! l'encouragea-t-elle.

– Je ne crois pas, non ! objecta Henry, qui s'aperçut de la ruse de sa sœur et l'éloigna, pour permettre la fermeture des portes.

– Henry !

– Non, pas de triche. Ce n'est pas juste, et ce n'est pas ce qu'Archie voudrait. Soit tu gagnes, soit tu perds, rien qu'au mérite – il le sait.

Comme pour étayer son propos, un coureur épuisé atteignit les portes, deux secondes trop tard, et pressa ses paumes contre les vitres, alors que le train se mit lentement en marche vers le fleuve et Putney sur la rive d'en face. Les autres commencèrent à se moquer du pauvre homme ; Henry le regarda en haussant les épaules, l'air de dire « Tant pis ».

– C'est facile pour toi avec ton mètre quatre-vingt-dix et tes échasses, argumenta Suzy, exaspérée car elle allait une année de plus entendre Archie se plaindre de devoir « s'entraîner pour le train ».

– Attendez, les interpella Cassie.

Son ton trancha les chamailleries du frère et de la sœur comme une lame. Suzy et Henry se retournèrent vers la vitre. Archie était dans le bas des escaliers, il avait cessé de courir, mais non parce que le train s'éloignait. Il avait les yeux écarquillés et ne semblait même pas voir le train. Il s'accrochait à la rambarde d'une main, apparemment figé sur place.

– Archie ? murmura Suzy, lorsqu'elle s'aperçut de la lividité de son mari comparée aux joues rougeaudes de tous les autres concurrents.

Elle vit ses traits raides céder à un spasme silencieux qui lui tordit le visage. Son corps vacilla en arrière puis en avant, et Archie dégringola dans les dernières marches.

Il n'était qu'à quelques mètres de là où ils se trouvaient quelques instants plus tôt, mais le train prenait de la vitesse désormais. Et quand son mari mourant disparut de sa vue, Suzy se mit à hurler.

# Chapitre 3

Minuit était passé lorsque Henry poussa doucement la porte de la chambre d'amis et jeta un coup d'œil dans la pièce. Incapable de trouver le sommeil, Cassie, qui contemplait la photographie de mariage de ses deux amis les plus proches au monde, s'appuya sur son coude et tenta de lire la nouvelle sur le visage de Henry. Tout ce qu'elle pouvait y voir était de l'épuisement.

– Dis-moi vite, l'implora-t-elle, avant que Henry ne puisse ouvrir la bouche.

– Il n'y a rien à dire.

Il se laissa tomber sur le lit à côté de Cassie. Allongée sur la couette, elle était restée habillée, ne sachant pas si on lui demanderait d'emmener Velvet à l'hôpital au pied levé. Il lui avait semblé plus facile d'aller chez Suzy et Archie plutôt que de retourner dans leur minuscule appartement, notamment parce que tous les jouets, couches et biberons de Velvet étaient là. Cependant, le drame semblait amplifié dans la maison des victimes, avec des photographies sur tous les meubles, des souvenirs dans chaque recoin – et Cassie n'avait pas réussi à fermer les yeux assez longtemps pour somnoler.

Henry attrapa distraitement la couverture en laine rose framboise au pied du lit et la posa sur les épaules de Cassie, pour tenter de s'occuper les mains pendant qu'il parlait.

– Il n'est pas encore tiré d'affaire. Il est toujours en soins intensifs. Son rythme cardiaque est trop irrégulier pour qu'il soit déplacé dans un autre service, expliqua-t-il, puis il leva brusquement les yeux vers Cassie. Il a fait une autre crise deux heures après son admission, donc ils ne prennent aucun risque.

Cassie porta ses mains à la bouche. Une autre crise ? Archie était tout gris lorsque Cassie et Suzy avaient réussi à le rejoindre. Henry avait couru tout le chemin depuis Parsons Green, l'arrêt suivant, et était arrivé avant le taxi que les filles avaient frénétiquement hélé dans la rue et, très certainement, avant tous les autres métros aussi.

– Et comment va Suzy ?

Les grands yeux bleus de Cassie étaient aussi ronds que le ciel était sombre. Elle savait que derrière le comportement franc et sans détour de son amie se trouvait un cœur aussi fragile qu'un œuf d'oiseau.

– Elle est inébranlable. Elle veille sur lui comme un garde du corps, elle veut savoir à quoi sert chaque sonde, et elle n'a pas lâché la main d'Archie une seule fois tout le temps que j'étais là-bas. Elle a incendié une infirmière parce qu'elle s'était trompée de date. Elle lui a dit que si elle ne connaissait même pas la date du jour, comment pouvait-elle lui faire confiance pour quelque chose de plus sérieux ?

Henry haussa les épaules, puis se frotta le visage.

– Comment va Velvet ?

Cassie s'était occupée de la fillette depuis que Suzy était montée dans l'ambulance avec Archie.

– Oh, bien. Elle ne se rend vraiment compte de rien. On a frôlé une petite crise quand elle a réclamé Suzy à l'heure du coucher, mais tout est rentré dans l'ordre dès qu'elle a eu son biberon. J'ai cru qu'elle voudrait peut-être dormir dans la chambre avec moi, mais elle est allée dans son lit sans discuter.

– Petit chou, murmura Henry, mais une ligne de fracture parcourut sa voix, prête à la briser. Elle est trop jeune pour…

– Chut, je sais, l'interrompit Cassie, qui se mit à genoux et enroula ses bras autour de Henry.

Elle savait ce qu'il s'apprêtait à dire, que Velvet était trop jeune pour être orpheline de père, qu'elle serait trop jeune pour se souvenir d'Archie si jamais il mourait.

– Non. Tout est de ma faute.

Henry s'écarta de Cassie, posa son coude sur ses genoux et se pinça l'arête du nez, alors que l'affliction se lisait sur son visage.

– Henry, comment peux-tu penser une telle chose ? Ce n'est pas du tout de ta faute !

Il releva brusquement la tête.

– Cassie, j'ai empêché Suzy de bloquer la fermeture des portes du train. Je l'ai empêchée d'aller retrouver son mari.

Elle se souvint comment il avait écarté Suzy des portes pour qu'elles puissent se fermer ; comment, au moment où le train quittait la gare, il avait dû empêcher Suzy de tirer sur le signal d'alarme : la logique de Henry opposée à l'instinct de Suzy, alors qu'il avait essayé de lui expliquer que, contre toute attente, c'était plus rapide qu'ils aillent jusqu'à l'arrêt suivant plutôt que de s'arrêter dans un tunnel au milieu des voies, même si son mari agonisant était allongé sur le quai.

– Tu as fait ce qu'il fallait, à chaque instant, le rassura calmement Cassie.

Il secoua la tête d'un air irrité.

– J'ai imprimé une allure trop rapide.

– Non. C'est le train qui fixe l'allure. Vous aviez neuf minutes et trente secondes pour y arriver ; le train n'allait attendre personne. C'est le principe même de la course.

Henry se leva et fit les cent pas dans la chambre, tout en passant ses mains dans ses cheveux.

– Je n'aurais pas dû le convaincre d'y participer. Il n'en avait même pas envie. C'est moi qui l'ai forcé à courir.

– La seule personne qui oblige Archie à faire quoi que ce soit, c'est Suzy et nous le savons tous.

Henry gloussa, mais son rire eut plutôt le son d'un jappement – triste et sec – et il continua à faire les cent pas.

– Je n'aurais pas dû…

– Henry, arrête ça ! Archie n'a pas une bonne condition physique et il est stressé à mort. Suzy m'a raconté, pendant que vous étiez en train de courir, que son poste est menacé. Ils pourraient perdre la maison. Elle se fait du souci pour lui depuis des semaines.

Henry se figea.

– De quoi tu parles ? Il ne m'en a rien dit.

– Il n'en a parlé à personne.

Henry fixa Cassie sans vraiment la regarder pour une fois, tandis qu'il digérait cette nouvelle, avant de s'effondrer à nouveau sur le lit, la tête entre ses mains.

Cassie s'approcha de lui et commença à lui masser les épaules. La tension avait pratiquement scellé ses deux omoplates.

– Écoute, Archie va s'en sortir. Il est entre les meilleures mains qui soient, et il s'est passé près de vingt-quatre heures depuis son attaque. C'est le moment le plus critique, non ?

En réalité, il ne s'était écoulé que quinze heures, mais ni Henry ni Cassie ne firent la rectification. Tous deux avaient envie d'y croire…

Henry gémit, alors que Cassie appuyait sur un point particulièrement noué.

– Tu es épuisé, dit-elle doucement, avant de l'embrasser dans le cou. Allonge-toi. Tu ne seras d'aucune utilité si tu ne dors pas, et Suzy va avoir besoin de nous demain pour tenir le coup.

Sans résister ni se plaindre, mais la culpabilité toujours visible sur son visage, Henry s'allongea sur le flanc. Cassie posa la couverture sur lui. Il avait toujours son pantalon de costume et ses baskets – son rendez-vous avec l'Explorers Club était passé à la trappe à la suite de la syncope d'Archie. Cassie lui retira ses baskets, les lacets encore noués.

Le lent gonflement de son torse lui indiqua qu'il était déjà pratiquement endormi. Cassie se colla dans son dos, la main posée sur sa hanche. Le corps tendu de Henry se relâcha sous l'effet du sommeil naissant. Mais il n'y avait pas de pommier sauvage à la fenêtre de cette chambre, ni de chants d'oiseaux. Cassie se demanda comment elle avait pu la veille se sentir autant en sécurité et invincible quand, le lendemain, son monde semblait fragile comme du verre.

★

L'imposante masse du Chelsea and Westminster Hospital se dressait au-dessus d'eux. Cassie serra Velvet contre elle lorsqu'elles passèrent les portes, un demi-pas derrière Henry. C'était l'hôpital où Velvet aurait dû naître, si elle n'était pas arrivée en avance. Les seules venues de Cassie en ces lieux avaient été heureuses : elle avait accompagné Suzy à ses rendez-vous de grossesse et avait ri aux grimaces mutines de son amie lorsqu'elle montait sur la balance ou passait une prise de sang, puis elles repartaient bras dessus bras dessous et allaient se faire plaisir en cafés et en gâteaux au *Starbucks* voisin. Ni l'une ni l'autre n'auraient pu imaginer que, deux ans plus tard, elles reviendraient dans ces lieux dans des circonstances aussi dramatiques.

Henry, qui avait mal dormi et n'avait eu qu'une heure et demie de néant total, appuya impatiemment sur le bouton de l'ascenseur, la mâchoire en avant, les mains sur les hanches. Ils n'avaient pas pris de douche, ni de petit-déjeuner. Cassie observa Henry tapoter du pied, avant de reporter son attention sur Velvet. Elle lui caressa les cheveux lorsque la fillette réclama une nouvelle fois ses parents.

– Dans une minute, ma puce, murmura Cassie, qui lui déposa un baiser sur la tête, avant de la recaler sur sa hanche. Nous sommes en chemin pour aller voir Maman.

L'ascenseur s'ouvrit et Henry grommela son énervement, lorsqu'il dut s'écarter pour laisser passer un brancardier avec un homme en fauteuil roulant. Il appuya encore trop fort sur le bouton d'étage et secoua la tête d'un air agacé devant la lente fermeture des portes.

– Ça va aller. Ils nous auraient appelés s'il y avait eu du changement, l'apaisa Cassie en posant délicatement la main sur la manche de Henry.

Il la regarda, son teint cendreux et ses yeux injectés de sang. Son affliction noua la gorge de Cassie. Elle ne l'avait encore jamais vu dans cet état. Henry était toujours celui qui réglait les problèmes, l'œil calme au centre de chaque tempête, le cœur battant de chaque fête. Il connaissait tout et tout le monde (quelle est la température du soleil ? La vitesse d'une balle lancée dans le vide ? La vitesse du son au niveau de la mer ? Cassie lui avait posé toutes ces questions et il lui avait donné les réponses sans même réfléchir), et son sourire insouciant, son goût de vivre l'amenaient à se faire des amis, à nouer des contacts et des alliances partout où il allait.

Cassie, en revanche, était le maillon faible de leur couple, l'affolée, la paniquée, l'anxieuse, la peureuse, celle qui ne savait pas changer une roue, préparer un mojito ou faire face à une crise. Or, il avait besoin d'elle en ce moment. Archie n'était pas seulement un beau-frère ; il n'était pas seulement un ami. C'était l'homme qui avait sauté dans sa vieille Golf et parcouru mille trois cents kilomètres quand Henry, dix-sept ans, s'était perdu dans le fin fond des marécages de Rannoch Moor, en Écosse, et avait tout juste assez de batterie pour un appel de dix secondes ;

c'était l'homme qui avait non seulement creusé la tombe du labrador d'enfance de Henry, Rover, mais avait également planté un rosier dessus ; c'était l'homme qui détenait encore le record du monde à Pac-Man (mais était lamentable à FIFA), qui riait comme une oie, n'avait jamais sciemment porté des chaussettes assorties et avait épousé sa femme pour ses délicieuses lasagnes et ses yeux encore plus délicieux. Il était du même sang que Henry, c'était son frère. Il était tout simplement hors de question qu'Archie meure.

Les portes s'ouvrirent et Henry était déjà parti, les bras se balançant comme ceux d'un soldat alors qu'il se dirigeait droit vers le service de soins intensifs, qu'il avait quitté six heures plus tôt parce que l'infirmière avait insisté. Cassie et Velvet le rattrapèrent au moment où une infirmière en uniforme bleu appuya sur un bouton pour ouvrir la porte. Elle devait être de l'équipe de nuit, car elle sembla reconnaître Henry et les laissa entrer avec un signe de tête et un grand sourire.

À l'intérieur du service, tout était différent : l'air était lourd et épais comme un nuage lent, la lumière bleutée et, derrière des rideaux floraux, vingt moniteurs cardiaques différents se faisaient écho. Cassie ferma les yeux, afin de se préparer à la vue d'Archie sur l'un des lits, vêtu d'une robe avec des tubes qui sortaient de lui. Mais l'image qui lui venait, c'était Archie à la même heure la veille, la bouche en cul de poule pour embrasser Velvet alors que Suzy réglait ses bretelles pour qu'elles ne lui frottent pas les mamelons (Henry le taquinait à ce sujet, depuis qu'ils avaient saigné lors de la course de l'an passé et taché sa chemise).

Velvet laissa tomber son jouet préféré, un cochon en peluche, et Cassie se pencha pour le ramasser.

– Comment va-t-il ? entendit-elle Henry demander à l'infirmière à voix basse.

– Plus tranquille.

*Plus tranquille ?* Ce n'était guère la réponse qu'ils espéraient et, comme Cassie se redressa, elle aperçut un muscle se contracter dans la mâchoire de Henry. Il traversa la pièce en quatre enjambées, et Cassie remarqua la pause qu'il observa avant de passer derrière le rideau ; elle vit ses épaules se hausser légèrement sous l'effet d'une profonde inspiration, alors qu'il se préparait au spectacle atroce de son meilleur ami étendu, tout juste en vie.

Cassie regarda Velvet et lui rendit son doudou.

– Tiens, ma puce.

– Puis-je vous aider ?

Cassie se tourna et découvrit l'infirmière qui la fixait, avec un sourire brusque et considérablement moins chaleureux que celui qu'elle avait adressé à Henry.

– Euh, oui… Je viens aussi voir Archie.

– Archie comment… ?

*Combien d'Archie avaient-ils en soins ?*

– Archie McLintlock.

– Êtes-vous de la famille ?

– Euh, en quelque sorte…, hésita Cassie. Pas à strictement parler, pas de sang. Mais par alliance – enfin, un jour, en tout cas.

L'infirmière toisa Cassie, déconcertée et froide.

– C'est le mari de la sœur de mon fiancé, expliqua Cassie, avec un signe de tête en direction de l'endroit où Henry avait disparu. C'est mon fiancé.

– Qui est… ?

Cassie cligna des yeux. Cette femme était-elle délibérément obtuse ? Était-ce elle qui s'était trompée de date et qui cherchait à se venger sur les proches de Suzy ?

– Henry. L'homme à qui vous venez de parler.

– J'ai bien peur que seule la famille ne soit autorisée en soins intensifs. Je vais devoir vous demander de partir.

– Mais… protesta Cassie, alors que l'infirmière la guidait vers la sortie. Je viens de vous expliquer.

– Vous n'appartenez pas à la famille. Je crains que vous ne puissiez rester ici.

– Mais je peux au moins dire bonjour ?

C'était précisément la chose à ne pas dire.

– C'est le service de soins intensifs. M. McLintlock n'est pas en état de « dire bonjour ».

Cassie dévisagea l'infirmière, l'indignation empourprant son teint habituellement pêche.

– Cette enfant est sa fille, affirma-t-elle en plantant fermement ses pieds et en remontant Velvet sur sa hanche.

– Les enfants ne sont pas admis dans le service.

– Je comprends, mais sa mère apprécierait peut-être de passer quelques instants avec son enfant, après ce qui a sans doute été les vingt-quatre heures les plus éprouvantes de sa vie ?

L'infirmière, qui se tenait près de la porte, la main posée sur le bouton d'ouverture, la regarda, et Cassie essaya d'adoucir un tant soit peu son expression. Elle devait penser à Suzy, Archie et Velvet, et non à se disputer avec l'infirmière qui faisait furtivement de l'œil à son fiancé.

L'infirmière céda.

– Lit numéro trois. Mais seulement un instant. Si Mme McLintlock veut passer du temps avec sa fille, elle devra le faire en dehors du service. Je ne veux pas que les autres patients soient dérangés.

– Bien entendu, acquiesça Cassie, avant d'ajouter un magnanime : Merci.

Elle traversa lentement la pièce, déjà indifférente aux yeux de l'infirmière posés sur son dos alors qu'elle se préparait à l'image qui l'attendait derrière le rideau à fleurs marron. Elle jeta un coup d'œil prudent ; elle ne voulait pas prendre le risque d'effrayer Velvet et devait d'abord évaluer la gravité de la situation.

Suzy dormait sur un petit lit de camp qui avait été installé contre le mur, avec une fine couverture sur elle, même si elle n'en avait pas besoin, étant donné la chaleur étouffante. Et Archie… Archie avait l'air d'un soldat d'un récit dystopique, son corps pâle recouvert de sondes et de fils de sorte qu'il ressemblait davantage à une machine qu'à un homme.

Elle se recula. C'était en tout point aussi brutal et mécanique qu'elle le craignait. Le père de Cassie était mort d'une crise cardiaque six ans plus tôt et, bien qu'il ait été à Hong Kong et elle en Écosse à l'époque, c'était cette image même qui avait hanté ses rêves. Elle s'écarta du rideau, secoua la tête et essaya de sourire face au froncement de sourcils de Velvet.

– Sissi, s'alarma la fillette, en réaction à cette expression qu'elle ne connaissait pas à Cassie.

Cassie posa sa main derrière la tête de Velvet et l'embrassa sur sa joue ferme et potelée au son du surnom dont l'avait affublé sa filleule. Velvet n'arrivait pas encore à prononcer Cassie.

– Velvet ?

Cette voix leur fit lever la tête, et Suzy, les yeux écarquillés mais voilés par le sommeil, émergea soudain du rideau et s'extasia en apercevant sa fille.

– Oh, Velvet, murmura Suzy, qui prit son enfant des bras de Cassie et la couvrit de baisers. Tu as tellement manqué à Maman.

– Ma… man. Pa… pa.

– Papa dort, mon trésor. Mais tu pourras le voir bientôt, je te le promets. Tu t'es bien amusée avec Tata Sissi ? Merci, articula Suzy en silence, en serrant fort le bras de son amie.

– Je ne savais pas si tu voulais qu'elle voie Archie ou non, dit Cassie d'une voix calme.

– Non. Non. Il a l'air… Il a l'air…

Suzy se mordit la lèvre, et de grosses larmes gonflées ruisselèrent sur ses joues.

Cassie passa ses bras autour d'elle, autour de la mère et de la fille, et les épaules de Suzy furent prises de secousses.

– Viens. Allons boire un café en bas. Cela te fera du bien de prendre un peu l'air et tu pourras jouer plus facilement avec Velvet. En plus, nous n'avons pas encore petit-déjeuné, donc elle doit mourir de faim.

– Mais...

– Il n'y a pas de mais qui tienne. Henry est là et nous ne serons pas absentes longtemps. Je te promets que tu te sentiras beaucoup mieux après avoir fait une pause.

Suzy hocha la tête, franchement trop épuisée pour argumenter. Son teint était blafard et même ses fameux yeux chocolat avaient perdu de leur éclat. Cassie passa la tête à travers le rideau, en prenant soin de ne pas regarder Archie cette fois. Henry avait entendu leur échange et hocha la tête en guise de réponse, sans qu'aucun d'eux n'ouvre la bouche. Appuyé contre le mur, les bras croisés sur sa poitrine, il fixait son ami le plus proche, avec un sentiment – Cassie le savait – d'impuissance. Et s'il y avait bien une chose que Henry n'était pas, c'était impuissant. Il était capable de gérer n'importe quelle situation, mais pas celle-ci...

Cassie commanda – en trop grande quantité – au comptoir du *Starbucks*, pendant que Suzy et Velvet s'installèrent sur les canapés en cuir dans le coin le plus éloigné, toutes deux plongées dans un *Trois Petits Chats*. Elle posa le plateau avec des cafés au lait, un chocolat mousseux pour Velvet, des croissants, un pain au chocolat, un pain aux raisins, deux muffins (un au chocolat et un aux myrtilles), une salade de fruits et un bol de fromage blanc et de muesli.

Suzy haussa les sourcils.

– Tu dois reprendre des forces, argumenta faiblement Cassie, avant que Suzy ne puisse dire quoi que ce soit.

– C'est vrai.

Suzy donna la salade de fruits à Velvet, qui se mit aussitôt à sucer une tranche de mangue et, en quelques secondes, un filet jaune de jus coulait sur son menton.

Cassie lui tendit une serviette, puis elle prit le muffin au chocolat et retira la caissette en papier, le coupa en deux, posa la moitié dans une assiette qu'elle offrit à Suzy. Suzy avait la réputation d'être un bec sucré, mais, là, elle fixa le muffin comme s'il était en carton-pâte.

– Suzy, il faut que tu manges, la tança Cassie en rapprochant sa chaise.

– Je sais. Et je vais manger, dit-elle en posant l'assiette sur la table. J'ai seulement besoin de… (Elle inspira profondément.) D'une minute. Tout est arrivé si vite hier : le train qui repartait quand Archie s'est effondré, nous qui étions coincés jusqu'à l'arrêt suivant… J'avais l'impression d'être dans l'un de ces rêves où tu ne peux pas courir, ni donner un coup de poing… Tu vois ?

Suzy baissa la tête, ses jambes tremblaient.

Cassie lui pressa le genou. Elle se rappelait trop bien la scène : les cris de Suzy, ses coups de poing sur les vitres à tel point que Cassie avait craint qu'elles ne se brisent, Henry qui l'avait retenue physiquement pour qu'elle ne tire pas sur le signal d'alarme et Suzy qui se débattait.

– Je n'arrête pas de me dire que je rêve. Hier soir, j'étais allongée sur ce lit de camp et tout ce que j'entendais, c'étaient ces machines, qui maintiennent les gens en vie, qui maintiennent mon Archie en vie… ! Comment est-ce possible que nous soyons en train de vivre cela ? Hier, j'ai dû le chasser du lit parce qu'il ronflait comme une toupie, et le voilà ici maintenant.

– Tu es sous le choc, Suzy.

Les yeux de Suzy se braquèrent sur Cassie et un long moment s'écoula ainsi.

– Qu'est-ce que je vais faire s'il ne… ?

Suzy fut incapable de prononcer la suite, comme si ces mots allaient donner corps à cette pensée, comme si Velvet pouvait les comprendre, bien qu'elle soit accaparée par la succion à mort d'un quartier d'orange.

– Personne d'autre ne serait capable de me supporter comme Archie, comme tu me le répètes sans cesse, marmonna Suzy avec un rire ironique et creux.

– C'est vrai. Tu es un cauchemar : tu es beaucoup trop autoritaire et tu as toujours raison. C'est pour cette raison qu'Archie va survivre. C'est impossible qu'il vous abandonne, Velvet et toi. Il n'y a pas un homme sur cette planète qui ait plus de raisons de se battre que lui. Vous êtes toute sa vie.

Les larmes recommencèrent à couler des yeux de Suzy, elle se pinça les lèvres pour essayer de se maîtriser.

– Comme c'est ironique. Juste au moment où tu crois que les choses ne peuvent pas être pires, eh bien si. Je trouvais que les derniers mois avaient été très difficiles : Archie était à peine à la maison et, moi, je râlais, sachant que j'aurais dû en faire plus, mais je refusais de renoncer à mon petit cocon avec Velvet. Je pensais que c'était ça notre mauvaise passe, tu vois ? Une prime dérisoire était notre punition pour… je ne sais quoi. Mais qu'importe maintenant qu'il est allongé dans un lit là-haut, branché à un respirateur. On se fiche bien du travail ! Il l'a toujours détesté de toute façon. Il dit que ses collègues sont des tocards qui…

Cassie interrompit son amie en lui pressant le genou.

– Vous allez surmonter cette épreuve, Suzy. Archie ne va pas mourir. Il n'oserait vraiment pas, pas tant que tu lui auras donné l'autorisation à cent six ans, quand son arthrite l'empêchera d'ouvrir les bouteilles de pétillant pour toi.

Suzy renifla.

– Tu crois ?

– Je le sais. Et je sais aussi qu'il va falloir du temps avant qu'il ne se remette sur pied, donc tu vas passer pas mal de temps ici.

Que puis-je faire pour prendre le relais ? Tu m'as dit que ton dernier mariage était prévu samedi prochain, non ?

Suzy hocha la tête.

– La mariée m'a envoyé un texto à vingt-trois heures trente hier soir, pour savoir si la cire de bougie parfumée avait déjà été versée dans les vasques, parce qu'elle avait changé d'avis à propos du patchouli.

Cassie grimaça.

– Qu'est-ce que tu as fait ?

– Je ne lui ai pas répondu. J'étais incapable de ne pas l'envoyer balader. Qui se fiche bien de...

– Elle ne sait pas ce que tu traverses. Ce n'est pas sa faute. Écoute, je vais parler à Marie, d'accord ? Elle peut prendre les rênes et, s'il y a quoi que ce soit qui lui pose problème, elle pourra me contacter et je m'en occuperai, d'accord ?

– Tu en es sûre ? demanda Suzy, sans protester pour une fois, en tendant son téléphone à Cassie.

– Tu dois consacrer tout ton temps et toute ton énergie à ce qu'Archie aille mieux. Rien d'autre ne compte pour le moment.

Cassie s'était familiarisée avec les drames de l'entreprise de Suzy, après avoir travaillé pour elle lors de son premier été passé à Londres suite à son divorce. Elle connaissait les contacts, les protocoles et les astuces pour gérer les mariées stressées et leurs mères. De plus, Suzy confiait autant de missions de traiteur à *Eat & Mess* qu'elle le pouvait, aussi travaillaient-elles encore souvent ensemble.

– Et pour Velvet ? Veux-tu que je reste chez vous avec elle jusqu'à ce qu'Archie sorte de l'hôpital ?

– Peux-tu t'en occuper jusqu'à l'arrivée de Maman ? Elle est en chemin. Elle était en Écosse pour... je ne sais pas, une conférence sur les haies herbacées ou quelque chose comme ça. Elle devrait arriver en milieu de matinée. Elle pourra prendre Velvet chez elle, à West Meadows, pendant quelque temps. Ou pas.

Tout dépend de combien de temps Archie va devoir rester à l'hôpital.

La lèvre inférieure de Suzy trembla.

– C'était vraiment affreux cette nuit.

– J'imagine, oui.

Cassie caressa la main de Suzy d'un geste réconfortant.

– Tu sais que je n'avais encore jamais passé une seule nuit séparée de Velvet ?

– Non, je ne le savais pas. Mais vous vous en êtes très bien sorties. Et Velvet a l'air d'aller bien, non ?

– En réalité, c'est déprimant même de voir à quel point elle ne semble pas affectée, déplora Suzy, avec une once de son impétuosité habituelle dans la voix. Je pense que tu pourrais prendre ma place, elle ne le remarquerait même pas.

– Ce n'est pas vrai. J'achète son amour et son attention avec de la nourriture.

La porte du café s'ouvrit et elles aperçurent des infirmières entrer – c'était soit leur pause-café, soit la fin de leur service. Suzy se raidit comme si leur garde était terminée, mais pas la sienne.

– Nous devrions y retourner.

Cassie jeta un coup d'œil à la nourriture intacte sur le plateau.

– Oui.

Elles prirent les escaliers.

– Les ascenseurs mettent trop de temps, indiqua Suzy en passant devant eux, avec Velvet dans les bras, son corps agité par la même nervosité que Henry.

Cassie pressa le pas pour suivre Suzy et redoutait déjà le silence artificiel et étouffant contenu par les portes vitrées des soins intensifs.

L'infirmière qui les avait fait entrer plus tôt apparut et Cassie comprit à son regard surpris qu'elle ne franchirait pas la porte cette fois-ci.

– Je ferais mieux, euh, de te laisser ici, suggéra calmement Cassie, qui ne voulait pas informer Suzy de son statut de « *persona non grata* » ; la pauvre femme avait des soucis plus graves. Il vaut probablement mieux que Velvet n'entre pas. Avec toutes ces machines qui bipent, tu sais…

– Oh, oui. Bien vu.

Suzy serra fort sa fille contre elle, sentit ses cheveux et savoura la sensation de sa peau contre la sienne.

– Si je ne peux pas sortir…

– Je viendrai quand tu veux. Tu m'appelles, et nous serons là en un quart d'heure.

– Tu es un ange.

– Non. Seulement ton amie.

Cassie sourit. Elle espéra apercevoir Henry, mais elle savait qu'il ne voudrait pas s'éloigner d'Archie sans une bonne raison.

Suzy pénétra dans le service et l'infirmière referma la porte vitrée devant Cassie, avec un clic résolu. Elle attendit quelques minutes, au cas où Henry viendrait la voir, mais pas un seul rideau ne vacilla et, finalement, comme Velvet s'agitait dans ses bras, elle dut tourner les talons et s'en aller.

# Chapitre 4

– Allez. Décroche. Décroche, murmura Cassie, tout en se mordillant l'ongle du pouce.

Elle arpentait le couloir étroit et incurvé de l'appartement de Suzy, une oreille toujours tendue vers les ronchonnements decrescendo derrière la porte de la chambre d'enfant. Les lumières sur le Babyphone dans la cuisine étaient désormais d'un vert apaisant, le sommeil n'était pas loin.

– Allô ? Cassie ? Comment vas-tu ?

L'accent parisien raffiné d'Anouk était si délicat, néanmoins rauque, qu'il apportait presque avec lui son parfum : un mélange d'ambre, de jasmin et de musc.

– Oh, Anouk...

– Que s'est-il passé ? s'inquiéta aussitôt Anouk – entre vieux amis, une seule syllabe suffisait.

– C'est Archie, lui répondit Cassie, une main sur la gorge, comme si elle essayait de faire sortir les mots – ou de les garder à l'intérieur. Il a fait une crise cardiaque hier.

Il y eut un silence stupéfait.

– Mais il va bien ?

– Il semble stable, pour le moment.

Il y eut un autre long silence hébété. Et puis :

– Hier, tu dis ?

Cassie comprit immédiatement le reproche.

– Je suis désolée. Il s'est passé tellement de choses, je n'ai pas pu t'appeler. Suzy était à ramasser à la petite cuillère et j'ai dû m'occuper de Velvet. Henry est rentré dans la nuit pour dormir, et il est retourné à l'aube à l'hôpital avec Suzy.

Les mots étaient difficiles à prononcer, tellement Cassie avait la gorge nouée. Une larme roula en silence sur sa joue.

– Qu'est-ce que je peux faire ? Je peux être là dans quelques heures.

– Non, non. Franchement, je ne pense pas que tu puisses faire quoi que ce soit. Pas encore, en tout cas. Hattie doit arriver d'une minute à l'autre pour prendre Velvet avec elle jusqu'à ce qu'Archie sorte de l'hôpital… Ils n'autorisent que les visites de la famille.

Cassie n'avait toujours pas digéré qu'être la fiancée du frère de la femme du patient ne soit pas un lien assez fort pour être admis dans le sanctuaire des soins intensifs. Les hôpitaux ne se souciaient pas des liens plus indéfectibles que le sang, des amitiés de toute une vie ; un fait était un fait : Cassie n'était pas de la famille. Pas encore.

– Je voulais que tu sois au courant, c'est tout.

– L'as-tu annoncé à Kelly ?

– Non. J'attends qu'il soit une heure décente à New York.

– Elle voudrait que tu la réveilles pour une pareille nouvelle, Cassie.

– Je sais, mais à quoi cela servirait-il ? Ce n'est pas comme si elle pouvait faire quoi que ce soit de là-bas.

– Non.

Les deux amies gardèrent le silence quelques instants. Parler était superflu.

– Comment va Henry ?

– Pas très bien.

– Non. J'imagine…

Il y eut un autre silence.

– Et Guillaume ?

C'étaient les mêmes mots, mais une question différente. Guillaume n'était pas lié à cette tragédie comme Henry. Il ne luttait pas pour garder bonne contenance. Dans ces circonstances, ces mots, appliqués au petit ami d'Anouk, constituaient une politesse, un réflexe amical plus qu'autre chose. Anouk, comme si elle s'en rendait compte, marqua un temps avant de répondre et Cassie imagina son amie tirer lentement une bouffée sur sa cigarette.

– Il va bien, répondit Anouk, qui avait dans la voix cette insouciance blasée qui ne seyait qu'aux Françaises lorsqu'elles évoquaient leur amoureux. Il est au Cap Ferrat. Il rentre la semaine prochaine. Tu es sûre que je ne devrais pas venir ?

– Pour le moment, non, mais je te préviendrai si l'état d'Archie évolue.

– D'accord. Embrasse-le de ma part.

– Cela pourrait lui faire avoir une autre crise cardiaque, Anouk !

Au moment où elles raccrochèrent, des clés se firent entendre dans la serrure. Cassie se retourna. À travers le verre dépoli, elle distingua la grande silhouette filiforme et coiffée d'un chapeau de la mère de Henry et Suzy. Un instant plus tard, la porte s'ouvrit, et Hattie emplit l'embrasure de la porte. Elle arborait sa tenue habituelle : une robe noire Nicole Farhi, un long gilet ajouré taupe et des chaussures de tennis. Ses cheveux crépus blond cendré étaient contenus par un chapeau de paille, tellement effiloché qu'il semblait avoir été grignoté par un âne. Des sacs fourre-tout usés pendaient de ses deux mains brunes, mais dès que Hattie aperçut Cassie – le visage pâle, les yeux écarquillés –, elle laissa tomber ses sacs pour la prendre dans ses bras et la bercer doucement.

Pendant une fraction de seconde, Cassie se relâcha totalement : une « adulte » était arrivée, elle n'avait plus à faire semblant d'être courageuse. Pendant qu'elles se balançaient légèrement sur le pas de la porte, Cassie comprit que ce n'était pas Hattie qui la réconfortait : la stoïque et terre à terre Harriet Sallyford, la célèbre paysagiste, quatre fois médaillée d'or à l'exposition florale de Chelsea, la femme qui avait montré à Suzy combien une femme pouvait être forte et imposante... Elle. C'était elle qui tremblait, qui serrait trop fort alors qu'elle retenait ses larmes, brisée comme tous les autres par le spectacle désolant de son gendre insouciant, qui chaque jour regardait sa fille comme si elle était un rêve devenu réalité.

– Il va s'en sortir, Hattie. Tu connais Archie, la rassura faiblement Cassie.

Hattie s'écarta, tamponna ses yeux humides d'un geste rapide, avant de taper bruyamment dans ses mains.

– Bien sûr qu'il va s'en sortir. Tu as raison. Il n'oserait pas laisser tomber mes deux filles. Ce n'est pas son heure. Ce n'est tout simplement pas son heure. Une tasse de thé ? suggéra-t-elle, après une grande inspiration pour se ressaisir.

Cassie regarda Hattie entrer dans la cuisine, choisir deux tasses et sentir le lait. Elle ramassa les sacs délaissés à la porte et la ferma doucement, afin de ne pas réveiller Velvet.

– Tu arrives de l'hôpital, je suppose ? demanda-t-elle à Hattie, en la rejoignant dans la cuisine.

– Oui.

– Il y a du nouveau ?

– Pas ce matin apparemment, même si depuis la dernière fois que je l'ai vu – ça fait quoi, deux, trois semaines... ? On dirait qu'il est passé sous un rouleau compresseur. Sa peau est littéralement grise. Roger et Emma sont arrivés quelques minutes avant moi ; eux aussi semblaient avoir besoin d'être sous oxygène, les pauvres. Aucun parent ne devrait jamais voir son enfant dans cet état.

Hattie marqua une pause, une expression de pure perplexité se lisant sur ses traits alors qu'elle repensait à toute cette tragédie.

– Je ne comprends pas, Cassie. Il est si jeune, si vigoureux…

– Apparemment, il traverse une période stressante au travail.

Hattie fronça les sourcils d'un air sceptique.

– Je sais. Il l'a caché à tout le monde. Personne n'était au courant. Même Suzy savait à peine la gravité de la situation.

– Mais… il y a dû y avoir des signes avant-coureurs, non ? Un homme de trente-trois ans ne s'effondre pas à moitié mort après un sprint, juste parce qu'il est débordé au travail. Il a sûrement dû ne pas être dans son assiette ou se plaindre de douleurs. Enfin, nous savons tous que chaque hiver, au moindre rhume, Archie croit que c'est la fin.

Cassie haussa les épaules.

– Il avait vraiment l'air tout à fait normal. Je l'ai vu avant la course, il avait le teint frais comme jamais et il encourageait les autres coureurs à chanter dans le train.

– Ça, ça lui ressemble. Laisse-moi deviner, *Sweet Chariot* ?

Cassie sourit. *Sweet Chariot* était un hymne de rugby. Archie avait été pilier dans l'équipe réserve des Harlequins et il avait espéré se faire une place dans l'équipe professionnelle après l'université ; cependant, un mauvais plaquage lui avait vilainement brisé la clavicule et il dut renoncer non seulement à son rêve de devenir joueur professionnel, mais aussi à tout sport de contact. Le touch rugby au parc de Battersea était le mieux qu'il puisse faire désormais, et Suzy (qui l'avait rencontré six mois après sa blessure) le consolait en lui disant qu'il n'aurait pas pu se permettre d'avoir des oreilles en chou-fleur, « pas avec son nez ».

Hattie et Cassie burent leur thé tranquillement pendant un moment. Cassie, appuyée légèrement contre l'un des tabourets de bar Heal's, réchauffait ses mains inexplicablement froides contre sa tasse. Hattie retirait d'un air distrait les fleurs fanées d'un bégonia, dont l'étiquette rouge « Promo » était toujours sur le pot et qui n'avait de toute évidence pas été arrosé depuis son achat. Pour une mère et sa fille si semblables en tout point, c'était une source de désespoir constant pour Hattie que sa main verte soit la seule chose dont sa fille n'ait pas hérité d'elle.

– Hattie, si tu préfères retourner à l'hôpital, je serais ravie de m'occuper de Velvet.

– Je sais bien. Tu as ça dans le sang. J'ai hâte que Henry et toi fondiez une famille. Je serai la plus gâtée des grands-mères.

Cassie eut un rire confus. Avoir des enfants était sur l'étagère « Un jour », à côté de quelques autres bibelots sur lesquels elle préférait ne pas s'attarder. Comme fixer la date du mariage.

– Je comprends que ça puisse sembler difficile d'attendre ici plutôt qu'à l'hôpital. Au moins là-bas, on a l'impression de faire quelque chose.

– Oh, il n'y a rien que nous puissions faire pour le moment pour ce pauvre garçon, soupira Hattie. Je me sens plus utile à être une bonne grand-mère. Mais toi ? Tu es coincée ici depuis un jour et demi à faire du baby-sitting ? Tu dois mourir d'envie d'aller rendre visite à Archie. Henry m'a dit que tu n'étais pas encore allée le voir.

Cassie détourna le regard.

– Si Roger et Emma y sont… il y aura un peu trop de monde, murmura-t-elle, sans vouloir évoquer son statut de « paria ».

C'était humiliant et rabaissant de s'être retrouvée coincée derrière ces portes vitrées, alors que l'un de ses proches les plus chers se battait pour sa vie – tout cela car l'absence d'alliance et de livret de famille la maintenait à un degré de parenté trop éloigné.

Cassie se souvint soudain de sa voiture, rutilante et capricieuse, qui avait été remise en état – encore une fois – et l'attendait au garage. Elle était en chemin pour la récupérer quand Archie s'était écroulé.

– En réalité, il y a quelque chose que je dois faire. Si tu es sûre de bien vouloir prendre la relève… ?

– Absolument. Vas-y, fais ce que tu as à faire. Je pensais emmener Velvet, après sa sieste, au marché pour voir les étals de fleurs. Ils doivent avoir de merveilleuses agapanthes en ce moment et il est grand temps que j'initie ma petite-fille à la famille des alliacées. Il n'est jamais trop tôt pour commencer !

Cassie finit son thé et posa la tasse en souriant.

– J'ai mon portable avec moi. Tu m'appelles s'il y a du changement ?

– Évidemment. Allez, file.

– À tout à l'heure.

Cassie attrapa son gilet sur la rampe d'escalier et ferma doucement la porte d'entrée, heureuse de s'échapper de l'atmosphère étouffante et incertaine de la maison, heureuse de faire autre chose que de patienter. Une fois dans le métro pour Putney Bridge, il lui vint à l'esprit qu'il n'y avait pas que sa voiture qui avait été oubliée dans les événements de la veille.

*

Elle avait vu juste avec le *Travellers Club* de la rue Pall Mall – le quartier des clubs –, un bâtiment blanc en meringue, dont les intérieurs opulents et dorés étaient visibles depuis la rue. Contrairement au style colonial de l'Explorers Club de New York, ce club avait la grandeur digne d'accueillir des personnalités royales, aristocrates, éminents diplomates et sommités, avec des murs tapissés de soie, des sols en marbre et des lustres scintillants qui feraient s'écrouler le plafond d'une maison londonienne classique.

Non pas que Cassie eût l'occasion de voir une grande partie de l'intérieur. Le hall d'entrée était tout ce à quoi elle avait eu accès et, pour épargner au concierge et à elle-même la situation embarrassante de se regarder poliment, elle lisait les recommandations placardées au mur, pendant que Bob Kentucky et Derek Mitzenhof, le président d'honneur et le président du comité financier des Expéditions du drapeau, furent appelés dans leurs chambres.

Cassie avait de la chance d'être arrivée jusque-là. Même si sa prochaine facture de téléphone allait être salée (joindre New York pendant une demi-heure n'était pas donné), c'était le seul moyen à sa disposition pour obtenir les noms et adresses à Londres des hommes que Henry aurait dû rencontrer la veille. L'Explorers Club avait été réticent à lui communiquer ces informations, même après qu'elle eut longuement expliqué son lien avec Henry et le drame de la veille ; ils avaient préféré que ce soit les membres du comité qui contactent Cassie, mais elle leur avait tenu tête, pour une fois. Cette histoire devait être réglée dans la journée. Aussi les avait-elle appelés, devant le garage de Jimmy à Putney pendant qu'il était parti chercher les clés de sa voiture ; il avait fallu à Cassie une heure pour retourner dans le centre de Londres et trouver une place de stationnement.

– Mademoiselle Fraser ?

Cassie se retourna et découvrit un grand homme aux cheveux blancs, le visage mince et une moustache bien taillée.

– Bob Kentucky.

Il lui tendit la main. Il portait un costume gris foncé et une cravate qu'elle reconnaissait comme celle de l'Explorers Club (Henry avait reçu la même lors de son admission en mars dernier). Elle regretta de ne pas avoir une tenue plus élégante que sa robe légère à rayures bleues et blanches, ses Converse et son gilet en cachemire bleu marine mité. Elle remarqua que Bob Kentucky le déplora également, puis il jeta un coup d'œil discret au portier, qui, au bout d'un moment, fit un signe de tête aussi subtil que le sourire de la Joconde.

– Nous allons prendre un café dans la salle de lecture, suggéra M. Kentucky (à l'adresse de Cassie ou du portier, elle n'en était pas certaine).

Il lui offrit son bras et l'invita à pénétrer dans le sanctuaire doré. Il fut immédiatement évident que les murs devaient être aussi larges que les grottes afghanes, car la dense circulation londonienne qui se dirigeait vers St James's dans un sens et vers Admiralty Arch et Trafalgar Square dans l'autre fut étouffée dès que la porte se referma derrière eux.

– Malheureusement, Derek ne se joindra pas à nous, indiqua M. Kentucky avec un sourire contrit. Il s'est lancé dans un duel à mort de squash avec une vieille connaissance.

– Oh, pas de souci. Je vous remercie tellement d'avoir accepté de me rencontrer au pied levé. Je suis vraiment désolée de débarquer à l'improviste de la sorte, s'excusa Cassie, tandis qu'ils montaient un élégant escalier en colimaçon, à la pente si douce qu'il semblait presque embarrassant de tourner.

M. Kentucky sourit.

– Au contraire, j'ai été ravi lorsque le club m'a appelé pour me prévenir de votre venue. Nous avons été très déconcertés par le faux bond de Henry hier.

– Veuillez me pardonner également ma tenue. Je n'avais pas prévu de venir ici quand je suis partie de chez moi.

Cassie tenta de retrousser la manche de son gilet pour cacher un trou de la taille d'un pouce.

– Eh bien, j'admets qu'un jean aurait été plus difficile à faire accepter, mais je crois que M. Stanley à l'entrée était du même avis que moi : avec un visage aussi joli que le vôtre, personne ne va regarder vos pieds !

Cassie rougit.

– Oh... Merci. C'est très gentil.

– Nous pouvons discuter ici, indiqua M. Kentucky devant la porte d'une grande pièce ensoleillée.

À l'intérieur, plusieurs fauteuils en cuir étaient disposés à intervalles sous les portraits solennels et richement dorés d'anciens membres illustres. Cette scène ramena directement Cassie à sa vie en Écosse, dans l'une des plus grandes demeures du pays. Là, c'était d'un autre niveau, mais elle ne se sentait pas perdue. C'était un univers qu'elle connaissait et comprenait.

Cassie et M. Kentucky s'installèrent dans deux bergères en velours lie-de-vin près de la fenêtre. Cassie aperçut le toit des bus à l'extérieur, pendant que M. Kentucky leur commandait des cafés.

Il se cala au fond du fauteuil, les doigts entrelacés, un sourire intéressé sur le visage en attendant que Cassie prenne la parole.

– Euh, je ne sais pas ce qu'on vous a dit au téléphone…, commença-t-elle.

M. Kentucky haussa les épaules.

– Pas grand-chose, mais dès qu'ils m'ont indiqué que vous étiez la fiancée de Henry, j'ai su que vous viendrez nous apporter une explication.

– Oui, exactement. Parce que, voyez-vous, ce n'était en rien la faute de Henry hier. Il était en chemin pour votre rendez-vous et tout se passait comme sur des roulettes.

Le choix de vocabulaire de Cassie fit glousser Bob et elle lui sourit nerveusement.

– Henry organise tous les ans un événement, poursuivit-elle. Ça s'appelle la Course annuelle du métro ou, comme la surnomment les concurrents, « Plus vite que le train ».

– Le train ? fit M. Kentucky d'un air aussi amusé qu'intrigué.

– Oui. Cette course commémore le jour où Roger Bannister a couru un *mile* en moins de quatre minutes.

Le sourire de M. Kentucky se transforma en un rire grave et grasseyant alors qu'il commençait à comprendre le concept.

– Du moins, c'est censé être ce jour-là, mais nous avions un peu de retard cette année. Quoi qu'il en soit, tous les coureurs doivent descendre du même wagon à South Kensington et suivre un itinéraire précis, pour remonter dans le même train et le même wagon à Fulham Broadway.

– Splendide !

– Oui… Henry est invaincu à cette course, rapporta Cassie en levant les yeux au ciel. C'est un effort assez exigeant. En gros, c'est un sprint de neuf minutes et demie en pleine heure de pointe. Imaginez tous les gens qu'il faut esquiver, les voitures, les vélos... Seuls environ dix pour cent des participants terminent la course.

– Et Henry a fait cela avant de venir à notre rendez-vous ? s'esclaffa M. Kentucky.

– Je sais, c'est de la folie, n'est-ce pas ? Je n'ai pas arrêté de lui dire que c'était insensé, mais je crois qu'en tant qu'organisateur, il se sent tenu par l'honneur d'y participer. Et sans mentir, il a une si bonne forme physique qu'il pourrait faire cette course sans que vous ne le deviniez cinq minutes plus tard, alors qu'à mon avis, tous les autres participants prennent leur journée pour s'en remettre.

M. Kentucky sourit et se recala dans le fauteuil. Leurs cafés, servis dans des tasses en porcelaine, furent posés sur la table entre eux.

– Enfin bref, hier... (Cassie prit une profonde inspiration, afin que sa voix ne se brise pas.) Hier, le pire des scénarios s'est produit. Tout allait bien, Henry avait terminé la course et était remonté dans le train. Nous repartions de la gare quand Archie, son beau-frère, qui participait aussi à la course, a fait une crise cardiaque sur le quai.

L'expression amusée de M. Kentucky se mua immédiatement en une expression horrifiée.

– Juste ciel !

– Je sais. C'était affreux.

La voix de Cassie se fêla légèrement à ce souvenir, encore trop vif. Elle n'était pas sûre d'oublier un jour le visage d'Archie la fraction de seconde avant qu'il ne s'effondre.

– Nous ne pouvions pas arrêter le train, car nous aurions été coincés dans le tunnel et bloqués à bord. Nous avons donc dû aller jusqu'à l'arrêt suivant, tout en sachant ce qui se passait derrière nous, que seuls des inconnus s'occupaient de lui.

Cassie se mordit la lèvre et prit son café ; elle avait besoin de faire une pause dans les mots et les images, mais celui-ci était encore trop chaud et elle dut le reposer sur la table. Elle remarqua que sa main tremblait.

– Que s'est-il passé ? l'interrogea doucement M. Kentucky.

– Suzy, l'épouse d'Archie, qui est aussi la sœur de Henry et ma meilleure amie (Cassie jeta un coup d'œil à son interlocuteur, de peur de lui donner trop d'informations d'un coup), elle était là avec leur petite fille. Elle n'a que deux ans, soupira Cassie. Vous pouvez donc imaginer l'état de tout le monde.

M. Kentucky acquiesça en marmonnant.

– Quand nous sommes arrivés à l'arrêt suivant, Henry a sauté du train et est retourné en courant à Fulham, tandis que Suzy et moi avons pris un taxi. Elle ne pouvait pas courir avec Velvet dans les bras. Quoi qu'il en soit, l'ambulance était déjà arrivée. Suzy est partie à l'hôpital avec les secours. Quant à Henry, il a pris un taxi pour les suivre et il est resté à l'hôpital toute la nuit. Il y est encore d'ailleurs.

– Quelle histoire vraiment terrible. Comment va votre ami ?

– Eh bien, il s'accroche, répondit Cassie au bout d'un moment. Il est toujours en soins intensifs. Il a fait une autre attaque peu de temps après son arrivée à l'hôpital, apparemment.

– Je suis sincèrement navré. Quelle histoire affreuse.

M. Kentucky secoua la tête en prenant sa tasse de café. Il posa la soucoupe dans sa paume et regarda par la fenêtre un long moment.

– Eh bien, cela explique tout. Nous savions que quelque chose de grave avait dû se produire pour que Henry ne vienne pas, ni même ne nous prévienne. Nous ne comprenions pas du tout, nous l'attendions, les minutes s'égrenaient et aucune nouvelle.

– Je me doute bien. C'était tellement de la folie, vous comprenez, avec tout le monde en panique, Henry qui courait dans tout Londres, le massage cardiaque... Et il n'a pas le droit au téléphone à l'hôpital, évidemment.

– Non, non, bien sûr que non, convint M. Kentucky, avant de boire une gorgée de café. Je regrette que nous n'ayons pas su tout cela hier matin.

Il poussa un grand soupir.

Cassie eut la gorge nouée.

– Mais il n'est pas trop tard ? C'était hier seulement et, étant donné les circonstances...

Le sourire compatissant de M. Kentucky stoppa Cassie.

– Ma chère, j'aimerais que ce soit aussi simple, sincèrement. Mais voyez-vous, du fait de la nature même de notre profession, nous sommes rarement tous au même moment dans le même pays – et encore moins dans la même pièce. Une décision devait être prise sur l'instant. (M. Kentucky soupira une fois de plus.) C'est d'autant plus frustrant parce qu'en vérité, le drapeau était à lui. Henry est un grand ambassadeur de notre métier et nous sommes très fiers de le compter parmi nos membres. Son expédition nous plaît à de nombreux égards, et la réunion d'hier n'était qu'une formalité. Mais comme il n'est pas venu et que nous n'avions aucune explication... Vous pouvez comprendre que nous ne pouvons pas nous permettre d'être accusés de favoritisme ou, pire, de népotisme. Cela aurait semblé à tout le moins curieux, sinon franchement suspect si nous nous étions écartés de la procédure officielle.

– Alors, la subvention a été accordée à... quelqu'un d'autre ?

– J'en ai bien peur. Nous n'avions pas le choix.

M. Kentucky but une nouvelle gorgée de café, avant de reposer la tasse sur la table et de regarder Cassie avec un sourire tendre.

– Mais en aucun cas, ce n'est la fin du chemin pour Henry. Bien entendu, nous sommes terriblement déçus de ne pas associer le nom et le drapeau du club à son expédition, mais, avec une réputation comme la sienne, il ne devrait avoir aucun souci à obtenir le reste des fonds.

– C'est davantage une question de temps qu'autre chose.

Cassie regrettait amèrement qu'on ait promis cette subvention à Henry à New York : il avait cessé de chercher d'autres financements pour se focaliser sur la finalisation de l'itinéraire et la composition de l'équipage. Comment allait-elle lui annoncer que c'était terminé ? Et lui, comment allait-il l'annoncer à tout le monde ? C'était impossible de collecter cette somme d'argent dans le délai restant. Ils avaient déjà emprunté le maximum possible… Cassie pensa soudain à l'argent de son divorce, encore en intégralité sur son compte, mais elle rejeta aussitôt cette idée. De plus, Henry ne voudrait jamais utiliser l'argent de Gil pour financer son travail, elle en était certaine. Elle soupira. Ils étaient tombés dans tous les clichés : ils avaient mis tous leurs œufs dans le même panier, vendu la peau de l'ours avant de l'avoir tué, étaient allés plus vite que la musique ; et, à moins de quinze jours du départ, cela se retournait contre eux. C'était une humiliation professionnelle, un désastre…

– Le moment est déterminant, dit-elle doucement, la défaite teintant ses paroles. Henry ne peut partir que pendant l'été. Une fois que la mer gèle…

– Ah, oui, bien sûr. Je n'avais pas pensé à ce petit détail d'être pris dans les glaces.

M. Kentucky fit claquer sa langue d'un air pensif et se tapota les lèvres d'un doigt.

– Hmm…

Ce geste fit espérer Cassie. Y avait-il encore une lueur d'espoir après tout ?

– C'était la dernière enveloppe nécessaire pour que l'expédition puisse se faire, voyez-vous. Si Henry avait eu le moindre doute de ne pas obtenir cette subvention, il aurait frappé à d'autres portes, mais, comme vous l'avez dit, c'était pratiquement une formalité. Tout le reste est calé, expliqua Cassie, avec une intonation suppliante. Le PNUE, la Conférence des Nations unies sur le changement climatique, il a fallu des mois pour tous les impliquer dans le projet. Et la chaîne National Geographic était vraiment intéressée pour en faire un documentaire en plusieurs épisodes...

Cassie regarda Bob avec espoir.

Il la fixa de ses yeux concentrés, comme s'il lisait dans ses pensées.

– Eh bien, vous savez..., dit-il en étirant les mots pensivement, peut-être que ce projet n'est pas encore mort dans l'œuf.

Cassie se redressa, son cœur battant la chamade dans sa poitrine.

– Il y a toujours la subvention de l'année prochaine, et je n'ai aucun doute que tout ce que je viens de dire à propos de Henry sera toujours vrai dans douze mois – peut-être même encore plus.

*Non.* Cassie se découragea ostensiblement et afficha un sourire poli mais faible. M. Kentucky fit signe au serveur de leur rapporter du café. Il n'avait pas saisi. Cassie n'avait aucune garantie concernant l'année prochaine, alors que Henry et elle s'inquiétaient déjà du loyer du mois suivant. Depuis le printemps, ils avaient planifié leur budget autour de cette expédition ; ils s'étaient organisés en fonction de celle-ci jusqu'à Noël et un peu au-delà même. Qu'étaient-ils censés faire désormais ? Le salaire qu'elle tirait de son activité était à peine suffisant pour couvrir leurs provisions et les factures de réparation de la voiture ; quant à *C & C*, le restaurant parisien dont elle était actionnaire minoritaire avait peut-être une liste d'attente de quatre mois, mais avec des frais de lancement importants qui n'étaient pas encore amortis, Cassie n'avait toujours pas touché de dividendes. Telle une lumière rouge, l'argent du divorce clignota à nouveau dans son esprit.

– Je vous ressers ? lui proposa Bob en soulevant la cafetière.

Cassie fit non de la tête d'un air abattu, soudain mal à l'aise d'être dans ce prestigieux salon, vêtue de ses vêtements bon marché, comme un Pygmalion des temps modernes. Elle observa les autres membres, les sourcils froncés à la lecture des rubriques d'économie et de sports de leur journal. Si la subvention n'était plus du tout d'actualité, il devait sûrement y avoir quelques personnes fortunées dans ce club – dans cette salle, même – qui pourraient se laisser convaincre de se séparer de la somme manquante ? L'exploration était et serait toujours la lubie des hommes riches, et cent vingt mille dollars ne représentaient que quelques centimes pour les milliardaires qui s'adonnaient à ces jeux aventureux.

La question était : comment trouver cet argent sans avoir à mendier ?

*

La lumière faiblissait lorsque Cassie arriva chez elle et se gara Denbigh Place avec un soupir las. Après avoir quitté Bob Kentucky, elle s'était rendue à l'appartement de Zara à Stockwell pour s'excuser et lui donner les dernières nouvelles d'Archie (sa pauvre associée avait dû se débrouiller toute seule à Ascot, sans éclairs). Elles avaient parcouru les menus et les listes de courses pour leur prochaine mission : une journée entière à la Gold Cup de polo le week-end suivant, à Cowdray Park, au sud-ouest de Londres.

Cassie posa sa tête contre le volant un instant, épuisée, et elle se demanda comment elle allait annoncer la mauvaise nouvelle à Henry. Elle apercevait la lumière dans leur petit appartement et aurait aimé pouvoir se téléporter dans ses bras là-haut, au dernier étage. Elle adorait leur petit cocon, mais, parfois, elle regrettait qu'il soit niché sous les pentes du toit aux tuiles grises. Le bâtiment lui-même était une version plus modeste du club prestigieux qu'elle avait quitté quelques heures auparavant : couleur crème, de style Régence, des fenêtres à pilastres, quatre niveaux et un joli balcon de la longueur du bâtiment au premier étage. Tandis que le club était somptueux à l'intérieur, les appartements de cet immeuble – qui se vendaient pour des millions de livres – étaient meublés dans un style luxueux mais discret, avec des parquets anciens, des tapis marocains Beni Ouarain, de gigantesques canapés en lin et des couvre-lits en velours frappé.

L'appartement de Henry et Cassie était le plus minable – le lot des mansardes –, mais, malgré cela, le loyer était exorbitant et au-dessus de leurs moyens. Henry avait suggéré à plusieurs reprises d'acheter (« L'argent du loyer est à fonds perdu », aimait-il dire) ; cependant, ils ne pourraient jamais acquérir un appartement comme celui-ci. En outre, Cassie adorait son emplacement central, la rue calme et, bien évidemment, le vieux pommier sauvage tortueux dans la cour.

La première chose que Cassie aperçut en entrant fut la nuque de Henry. La télévision allumée sur un match de rugby, il était assis avec un pied sur la table basse, l'autre jambe repliée, un bras sur son genou, une bière à la main, la tête appuyée contre les coussins du canapé.

– Salut, dit-elle doucement.

Elle embrassa ses cheveux avant de faire le tour du canapé, prête à se blottir sur ses genoux. Un bain, un verre de vin, et ils pourraient...

– Où étais-tu passée ?

La glace qui veinait les mots de Henry la stoppa net, figeant simultanément ses pieds et son cœur.

– Quoi ?

– Tu m'as parfaitement entendu.

Surprise, Cassie cligna des yeux, incapable d'assimiler l'hostilité qu'elle distinguait dans les yeux de Henry.

– Je... J'étais chez Zara. Nous devions revoir les derniers détails pour le pique-nique de ce week-end.

– Toute la journée ?

– Non. Bien sûr que non.

– Alors, où étais-tu ?

– Henry, qu'est-ce qu'il y a ? lui demanda Cassie, déroutée. Elle déposa son sac par terre et se laissa tomber sur le bord du canapé à côté de lui.

– Qu'est-ce qu'il y a ? répéta-t-il d'un ton incrédule. Maman est dans tous ses états, Archie est entre la vie et la mort, et, toi, tu es introuvable et tu me demandes « Qu'est-ce qu'il y a » ? Je n'en crois pas mes oreilles ! Tu avais tout le loisir d'être là. J'avais besoin de toi là-bas. Suzy avait besoin de toi.

*Henry réagissait ainsi parce qu'elle n'était pas allée à l'hôpital ?*

– Henry, écoute, calme-toi. Je peux t'expliquer. (Cassie prit une inspiration.) Je voulais être avec vous, plus que tout, mais...

Elle n'avait pas envie de dire la réalité à voix haute. C'était comme laisser le génie sortir de la lampe.

– Mais quoi ? s'impatienta Henry.

Avait-il dormi un peu aujourd'hui ? Il avait mauvaise mine et paraissait épuisé.

– Ils ne m'ont pas laissée entrer, d'accord ? Ils m'ont dit que l'accès était réservé à la famille uniquement. J'ai expliqué à l'infirmière que j'étais ta fiancée, mais elle m'a répondu que ça ne comptait pas.

Henry regarda Cassie en clignant des yeux, fit glisser sa mâchoire sur le côté et hocha la tête en silence pendant qu'il assimilait ces explications. Comme de la fumée dans un bocal, sa colère emplit la pièce.

Il ne répondit pas immédiatement et porta sa canette à la bouche, la vidant d'un trait. Cassie se demanda combien d'autres bières il avait bues.

– Eh bien, elle a parfaitement raison. Ça ne compte pas. Être fiancé ne veut rien dire. Ce n'est qu'une jolie idée, une promesse qu'on peut faire en croisant les doigts dans le dos. C'est l'étape juste après avoir évoqué la possibilité un jour de passer à l'acte. Ou pas.

– Henry, arrête.

Cassie devinait que ce n'était que le début.

– Pourquoi ? C'est vrai, n'est-ce pas ? Il y a un an et demi, je t'ai offert une bague et tu as dit oui, mais cela ne nous engage concrètement en rien. Cela ne fait certainement pas de nous une famille. Cela ne signifie certainement pas que tu peux être là dans les moments importants ! L'un de nous pourrait changer d'avis à tout moment et tout s'écroulerait comme un château de cartes. Pouf ! Plus rien.

Henry claqua des doigts, et ce geste fit sursauter Cassie.

Elle le fixa, les larmes commençaient à lui picoter les yeux. Les voilà revenus à leur éternelle dispute, leur unique pomme de discorde.

– Il n'est pas question de nous là.

– Bien sûr qu'il est question de nous ! s'insurgea Henry. Tu refuses de t'engager pour quoi que ce soit au-delà du repas du soir. Nous ne pouvons pas acheter un appartement ensemble parce que cela impliquerait d'utiliser l'argent de ton divorce, et c'est ton matelas de secours, pas vrai ? Va savoir, peut-être qu'après Gil surpris la main dans le sac, je pourrais moi aussi devenir une belle enflure comme lui, et toi où seras-tu alors ?

– Henr...

C'était faux, et il le savait bien. Combien de fois avait-elle essayé de lui expliquer que l'argent du divorce lui semblait « sale » ? Comment pouvait-elle lui faire comprendre qu'utiliser cet argent lui donnerait l'impression de faire en quelque sorte revenir Gil dans leur vie ? Mais Henry ne l'écoutait pas.

– Tu ne veux pas qu'on achète un appartement, qu'on parle de fonder une famille, qu'on fixe une date – tous ces grands tabous qu'il ne faut surtout pas évoquer. Tu fais tellement l'autruche.

– Arrête ça ! s'écria Cassie en se levant. Tu n'as pas le droit de me renvoyer ces choses à la figure comme si elles n'étaient pas importantes !

– Bien sûr qu'elles sont importantes ! Mais tu ne veux jamais en discuter. Je suis le seul dans ce couple qui semble espérer un avenir pour nous.

– Ce n'est pas vrai.

– Ah, non ? Où nous vois-tu vivre dans cinq ans ?

Exaspérée, Cassie lança les mains en l'air.

– Comment veux-tu que je le sache ?

– Et dans dix ans ? Que ferons-nous ?

– Je n'en sais rien ! s'écria-t-elle, en serrant les poings et en tapant du pied. Je ne raisonne plus comme ça. Je préfère…

– Vivre au jour le jour. Je sais ! Mince, je le sais bien ! s'exclama Henry en levant les yeux au ciel, debout désormais. Le souci, Cassie, c'est que ça ne me convient pas – plus maintenant. Si nous devons retenir une leçon de ce qui est arrivé à Archie, c'est que nous n'avons pas la moindre idée de ce que nous réserve l'avenir, et je n'ai pas envie de me contenter de vagues promesses. Je veux que tu sois ma femme, pas ma fiancée, pas ma petite amie. Ma femme. Je veux que nous nous appartenions l'un à l'autre de toutes les manières possibles. Je ne veux pas qu'il y ait de zones d'ombre dans notre couple. Je veux savoir que tu es à mes côtés dans les bons comme dans les mauvais moments, pour le meilleur et pour le pire. Tu as peut-être été mariée pendant dix ans, mais moi non, et je ne pars pas du principe que notre mariage se soldera par un échec. Je suis convaincu que je vais passer le reste de ma vie avec toi. Cela ne fait aucun doute dans mon esprit.

Henry s'arrêta, si brusquement que Cassie fut hébétée lorsqu'elle comprit qu'il attendait une réaction de sa part. C'était le moment où elle devait dire qu'elle non plus n'avait aucun doute.

Elle ouvrit la bouche, mais aucun son n'en sortit. La certitude de Henry était un luxe que Cassie ne pouvait pas se permettre.

S'ils pouvaient seulement disposer d'un peu plus de temps sans se mettre davantage de pression, sans avoir besoin d'un contrat ou d'un titre...

Henry détourna le regard, un rire jaune sur les lèvres.

– Et voilà, nous y sommes. Toujours la même rengaine : chat échaudé craint l'eau froide. J'imagine que ce n'est pas pour rien qu'existe cette expression, hein ?

– Henry...

– Laisse tomber. Je vais aller dormir chez Suzy avec Maman.

– Henry, c'est ridicule !

Cassie regarda Henry traverser la pièce en deux enjambées et attraper au pied du canapé un petit sac polochon kaki, déjà prêt.

– Tu ne peux pas partir comme ça ! Il faut qu'on parle. Écoute, tu es stressé à cause d'Archie. Je comprends et...

– Ah oui, vraiment ? Ça fait plaisir de l'entendre. Je suis content de savoir que tu es « en phase » avec ce que je ressens.

Le mépris dans les paroles de Henry fit tressaillir Cassie.

– Je vais te dire ce que je ne comprends pas en revanche, Cassie : si tu ne veux pas m'épouser, pourquoi m'as-tu dit oui ?

Les mots firent de nouveau défaut à Cassie, son silence la condamnait. Henry prit une vive inspiration, les mains sur les hanches, les yeux rivés au plafond. Cassie voulut lui saisir le bras, mais il passa à côté d'elle, la tête baissée, et, l'instant suivant, elle entendit la porte d'entrée se refermer, se dressant entre eux à la manière d'un océan.

# Chapitre 5

Elle sortait tout juste du four la troisième fournée de macarons aux amandes (les préférés d'Archie) lorsque la sonnette retentit. Surprise, Cassie retira ses maniques et les posa sur le plan de travail, à côté de la plaque brûlante. Henry avait une clé, évidemment, tout comme Suzy.

Elle regarda par le judas.

– Oui ? demanda-t-elle à travers la porte.

Elle aperçut deux têtes sombres – l'une nettement plus haute que l'autre, l'une nettement plus brillante que l'autre. Elle eut le souffle coupé et ouvrit la porte d'un grand coup.

– Oh là là ! Vous êtes venus ! cria-t-elle, alors que deux des visages qu'elle aimait le plus au monde lui offrirent un sourire radieux.

– Bien sûr que nous sommes venus, dit Anouk, qui serra fort dans ses bras son amie.

Comme toujours, elle sentait le cuir nappa ; sa combinaison en lin beige et son panama ridiculisaient le pyjama de Cassie, composé d'un caleçon écossais de Henry (roulé sur ses hanches) et d'un débardeur kaki. Il était à peine neuf heures, ce qui signifiait qu'ils avaient dû se lever à cinq heures pour venir de Paris, et pourtant Anouk semblait aussi fraîche que si elle sortait du spa.

Bas, le meilleur ami de Cassie à New York, fondit sur elle. Mesurant un mètre quatre-vingt-quinze, maigre comme un clou et avec la peau brune comme une noix, il était son confident et son complice, l'homme qui avait compris les effets thérapeutiques d'un massage crânien et du petit-déjeuner anglais quand une femme suivait un régime sans glucides et était en plein divorce. Bas libéra son amie de son accolade pour permettre à ses orteils de reprendre contact avec le sol.

– Comment va-t-il ?

– Toujours dans un état critique, mais stable, au moins. Je m'apprêtais justement à aller chez Suzy pour avoir les dernières nouvelles.

Bas examina Cassie de la tête aux pieds.

– Tu es sûre qu'il n'y a qu'Archie qui ne va pas bien ? Tu as une mine affreuse.

Cassie ne s'était pas encore regardée dans un miroir, mais elle savait que ce ne devait pas être joli.

– Merci ! dit-elle entre rire et larmes. J'aimerais voir à quoi tu ressembles avec trois heures de sommeil, rétorqua-t-elle, en espérant que ses amis ne remarquent pas ses yeux rougis et bouffis. Entrez donc.

Cassie recula dans le tout petit vestibule, consciente que, sur les patères derrière elle, la veste de voile de Henry, fraîchement huilée, puait le caoutchouc brûlé, et le sol en coco, qui avait coûté quatre-vingt-dix-neuf livres le mètre, ressemblait désormais à une panière à chat.

– Un café ?

– Comme si c'était nécessaire de demander, répondit Anouk, qui retira son chapeau et ébouriffa légèrement ses cheveux.

Anouk avait la réputation d'être intransigeante concernant ce qu'elle buvait, elle ne choisissait que du café bien corsé, du cognac ou, à l'autre extrême, du thé à la menthe détoxifiant ; elle refusait de croire que l'eau du robinet était potable et soutenait bec et ongles que tout ce qui contenait du lait était une abomination.

– Du thé, Bas ?

– Je ne change pas, *darling*, répondit-il avec un clin d'œil. J'imagine que tu n'as pas de...

– Oh si, j'en ai. English Breakfast ou Earl Grey ?

– English Breakfast, sans hésitation, répondit-il avec un grand geste de la main.

Cassie afficha un large sourire. Elle avait totalement converti son ami au thé anglais lors de son séjour à New York et ils étaient depuis longtemps passés des marques industrielles aux mélanges plus délicats et raffinés des boutiques de thé. Prince & Sons était leur nouvelle marque préférée et Cassie envoyait régulièrement des colis à Bas, car celle-ci n'était pas encore en vente aux États-Unis.

Ils entrèrent dans la cuisine, et Bas et Anouk fixèrent avec étonnement les plats de gâteaux empilés sur le plan de travail : des madeleines, des éclairs, des macarons, des mille-feuilles...

– On dirait que quelqu'un s'est levé tôt, commenta Bas d'un air interrogateur.

Cassie attrapa une capsule d'expresso et la plaça dans la machine à café.

– Je m'avance pour une grosse mission que nous avons samedi.

Elle évita le regard de Bas. Elle savait qu'il savait qu'elle cuisinait quand elle était stressée.

– Mais ces pâtisseries ne vont pas se conserver, objecta Anouk en attrapant des miettes de mille-feuilles.

– Elles se congèlent bien.

La main de Bas se tendit vers un macaron tiède.

– Ça suffit. Ça, c'est pour Archie.

– Vraiment ? Tu crois franchement que c'est ce que le médecin va lui prescrire après une grave crise cardiaque ? Du sucre et des graisses ?

– Oh.

Les épaules de Cassie tombèrent de dépit. Elle n'y avait pas pensé.

– Dans ce cas, prends-en un ou deux. Je ne veux pas non plus qu'il t'arrive quoi que ce soit.

– À moi ? Avec mon corps de tombeur ? sourit Bas, avant de croquer dans un macaron et de fermer les yeux de ravissement. Pff ! Je meurs de faim !

– Si j'avais su que tu venais, j'aurais acheté du bacon et du boudin noir.

D'autres mets qu'ils avaient appris à aimer ensemble et les avaient rapprochés.

– Il y a toujours le casse-croûte du matin, suggéra Bas, en agitant les sourcils avec espoir.

L'eau chauffait dans la bouilloire et Cassie leur tourna le dos, consciente des regards qui s'échangeaient derrière elle pendant qu'elle attrapait les tasses.

– Arrêtez ça.

– Nous nous faisons du souci pour toi, indiqua Bas, qui s'avança avec inquiétude.

– C'est pour Archie que vous devriez vous faire du souci.

– Bien sûr ! Et c'est le cas. C'est la raison de notre venue. Mais ne se passe-t-il rien d'autre dans ta vie en ce moment ?

Les yeux de Bas se portèrent sur la bouteille de vodka à moitié vide que Cassie avait oublié de remettre dans le freezer la veille au soir, la cuillère dans le pot de glace vide.

– Où est Henry ?

La main de Cassie plana au-dessus de la bouilloire pendant un moment, puis elle se mit à verser l'eau.

– Il est chez Suzy. Hattie est venue s'occuper de Velvet, alors il lui tient compagnie, comme Suzy dort à l'hôpital.

– Pourquoi n'es-tu pas allée avec lui ?

Le ton d'Anouk était direct, comme toujours, et Cassie savait que si elle se retournait, elle apercevrait le regard omniscient de son amie.

– Parce que, comme Hattie est installée dans la chambre d'amis, Henry a dormi sur le canapé. Cela me semble déplacé de dormir dans la chambre de Suzy et Archie quand...

La voix de Cassie lui fit défaut alors qu'elle essayait de ne pas se souvenir de l'image d'Archie branché comme un circuit imprimé. Elle pivota sur elle-même, les tasses à la main, la tête baissée.

– De toute façon, ce n'était que pour cette nuit, et j'ai vu Hattie hier matin quand elle est arrivée.

Cassie croisa brièvement le regard d'Anouk lorsqu'elle lui tendit sa tasse de café, mais cet instant suffit pour qu'elle sache qu'Anouk avait déjà deviné leur dispute.

– Ça sent bon, furent les seules paroles d'Anouk.

– Il devait faire encore nuit quand vous vous êtes levés, dit Cassie, afin de changer de sujet.

Elle traversa en quatre pas la petite cuisine Ikea d'un blanc brillant et dégagea du passage la poubelle d'emballages recyclables. Elle ouvrit la porte de service, laissant entrer le chant effréné des oiseaux qui n'étaient qu'à trois mètres de là. Ils s'installèrent sur l'escalier de secours, Cassie et Bas laissant spontanément le seau jaune prisé à Anouk.

– Alors, vous êtes venus de Paris ensemble ?

Cassie regarda Bas, qui avait posé sa tête contre le mur blanchi à la chaux et savourait la sensation du soleil sur son visage – sa sensation préférée, en réalité.

– J'y étais pour la répétition de défilés. J'ai terminé hier. Je suis au bout de ma vie.

Bas ouvrit un œil et regarda Cassie.

– J'ai plein de ragots ! Tu veux que je te raconte ?

– Je ne sais pas. Est-ce que j'en ai envie ?

Bas étudia son amie un instant – elle était pâle et avait les yeux gonflés –, puis il secoua la tête.

– Plus tard peut-être. Ce n'est pas le bon moment. Nous savons tous que tu n'es pas du matin.

Cassie lui tapota le bras d'un geste complice, tout en s'interrogeant sur ce qu'il avait à lui raconter. Elle avait brièvement partagé son univers, au cours de cette passionnante « année sabbatique », comme la surnommaient ses amies. Lorsque son mariage avec Gil avait explosé, elle était partie vivre dans chacune de leurs villes le temps d'une saison. Kelly s'était occupée d'elle à New York, lui avait présenté Bas et lui avait offert un poste dans son agence de communication spécialisée dans la mode, ce qui ne s'était pas très bien passé, mais il y avait eu des moments de plaisir et de petites touches de bonheur retrouvé dans son monde profondément bouleversé. Elle avait goûté à la liberté et à l'indépendance, avait été relookée à l'image de la Manhattanaise aux cheveux blond doré et à la silhouette athlétique, avait entretenu une liaison passionnée, sans que ce soit prévu et sans que cela ne lui ressemble – mais c'était exactement ce dont elle avait besoin sur le moment.

Cassie chassa ces pensées d'un clignement d'yeux. Elle ne s'autorisait jamais à repenser à cet homme. La fin de leur relation... Celle-ci avait presque été plus toxique que la fin de son mariage.

Anouk s'était allumé une cigarette et contemplait les jardins des voisins de ses yeux plissés et curieux ; Cassie se demanda si l'Allemand qui vivait au numéro vingt-quatre jardinait encore tout nu.

– Comment va Guillaume ?

Anouk inspira un peu plus fort sur sa cigarette.

– Tu ne me l'as pas déjà demandé hier ?

– Si, mais c'était au téléphone. Cette fois, c'est en face à face. Donc, tu dois me donner une réponse correcte.

– Je pense que tu préférerais entendre parler du nouvel étalon de Bas.

Cassie fronça les sourcils, sa curiosité sincèrement piquée.

– Bien sûr que je veux tout savoir à ce sujet. Je veux tous les détails, dit-elle en serrant le mollet maigre de Bas. Mais là, c'est à toi que je m'adresse, Anouk. Que s'est-il passé ? Qu'est-ce qui ne va pas ?

Anouk marqua une pause avant de pousser un soupir las.

– Il n'y a pas de problème. Tout va bien. C'est le hic.

Le visage de Cassie se décomposa, elle comprit immédiatement le souci. Les hommes tombaient éperdument amoureux d'Anouk, ce qui était problématique pour une femme qui aspirait à un peu de danger.

– Tu t'ennuies.

– Ce n'est pas la faute de Guillaume.

– Non, bien sûr que non, répondit loyalement Cassie ; elle avait toujours apprécié cet homme.

– Et ce n'est pas la mienne non plus.

Anouk ne s'excusait jamais, était franche concernant ce qu'elle voulait et ce qu'elle ne voulait pas. En fait, Cassie s'étonnait que leur couple ait tenu aussi longtemps, mais, après la fin si douloureuse de sa précédente longue histoire d'amour, ce n'était pas surprenant qu'Anouk ait eu besoin de se sentir en sécurité quelque temps.

– As-tu rencontré quelqu'un d'autre ?

– Pas encore.

– Mais tu lui en parleras avant d'en arriver là.

– Bien sûr. Je tiens beaucoup à lui.

Bas croisa le regard de Cassie, qui haussa légèrement les épaules. L'insouciance française de son amie pouvait parfois être difficile à saisir, et elle savait que le sensible Bas percevait souvent ce trait de caractère comme de la froideur.

Un bruit derrière eux leur fit tourner la tête, et Cassie se mordit la lèvre avec anxiété lorsqu'elle entendit le bruit des clés jetées sur le plan de travail de la cuisine. Henry apparut sur le pas de la porte, l'air surpris, puis un sourire se dessina sur ses lèvres. Il ressemblait à un ange déchu, avec sa barbe de trois jours et ses yeux perçants qui semblaient mieux voir que quiconque.

– Tiens, tiens, qui avons-nous là ? Les sales gosses qui fument en douce et espionnent les voisins ?

Henry se pencha vers Anouk (sans jamais regarder Cassie) et elle lui fit la bise, en écartant sa cigarette.

– Votre voisin, là, ses fesses sont affreuses, commenta-t-elle, en secouant la tête d'un air désespéré, avant de se rasseoir sur le seau.

– Je sais. Nous avons tout essayé : les sarbacanes, l'arroser accidentellement à la place des aromates..., raconta Henry, sur le ton de la plaisanterie.

Sous son bronzage, il était pâle, et Cassie devina que, pour lui aussi, la nuit avait été courte.

– Comment va Archie ? demanda Anouk, avec un regard intense.

Cassie éprouva une vague d'amour pour son amie émotionnellement froide qui avait une fois de plus tout laissé tomber pour venir les soutenir.

– Beaucoup mieux. Il est enfin stable. Ils vont le transférer en médecine générale dans la journée.

Cassie fut bouche bée devant cette heureuse surprise, elle tapa dans ses mains et les garda à hauteur de sa bouche, mais Henry ne la regardait toujours pas. Le rythme cardiaque de Cassie commença à s'emballer. Combien de temps allait-il pouvoir tenir ce numéro insouciant, tout en l'ignorant ?

– C'est la nouvelle que nous attendions tous, se réjouit Bas avec un grand sourire.

Il tendit le poing pour faire un check avec Henry, mais les deux hommes se prirent par la main et se donnèrent l'accolade. On aurait dit des chiots en train de se battre.

– Il sera content de vous voir, les amis. Je n'en reviens pas que vous soyez venus, déclara Henry, les mains sur les hanches, n'ayant enfin plus personne à saluer – sauf Cassie.

Leurs regards se croisèrent – dans les yeux gris bleu de Henry, des excuses, de la peine et bien d'autres choses encore. Il oubliait la tension de ces deux derniers jours pour le bien de leurs amis, mais Cassie en distinguait clairement les traces : il ne s'était pas rasé, ses joues étaient creuses – elle se rendit compte qu'elle ne l'avait pas vu manger depuis deux jours. Pour la première fois de leur relation, il s'était effondré. Sans un mot, Cassie se leva, passa ses bras autour de lui, enfouit son visage dans son cou, et elle sentit la chaleur de sa paume dans son dos.

– Ouah ! Vraiment ? Vous n'avez passé qu'une seule nuit l'un sans l'autre ? se moqua Bas, qui tendit la main pour prendre une bouffée sur la cigarette d'Anouk. L'image même du grand amour.

Henry prit la tête de Cassie entre ses mains et se recula pour la regarder.

– Je suis con comme la lune.

– Peut-être. Mais tu es mon con comme la lune.

– Ta lune est magnifique, rétorqua Henry, en prenant entre ses mains les fesses de Cassie.

– Je crois que c'est un truc d'Anglais, entendirent-ils Bas chuchoter.

Henry embrassa doucement Cassie.

– Tu sais qu'Archie ne va pas avoir droit aux macarons ?

– Je sais. Bas me l'a déjà fait remarquer, et il en a englouti la moitié.

Henry fit glisser son doigt sur la joue de Cassie.

– Mais c'est adorable que tu aies fait tout ça pour lui.

– Tu trouves ?

Henry confirma d'un signe de tête, avant d'embrasser à nouveau sa fiancée.

– Oh, punaise, soupira Bas, avant de fermer les yeux et de prendre le soleil.

*

Déambuler dans Sloane Street avec Anouk, c'était comme traîner un enfant chez le dentiste et faire un détour par Disneyland. Elle voulait absolument tout regarder : la robe sur ce mannequin, les chaussures juste à l'entrée, les fleurs décorant les vitrines chez *Cartier*, quelques petites minutes chez *Dior* pour discuter avec ses amis – et plus ou moins collègues, puisque, en tant que l'une des créatrices de bijoux les plus convoitées et discrètes de Paris, elle collaborait avec cette maison de couture depuis près de dix ans.

Cassie était patiente. Elle s'en moquait, tant que Henry, son dos droit et sa foulée grande et légère restaient à portée de vue, alors qu'il arpentait aux côtés de Bas cette célèbre artère commerçante. Elle repaissait ses yeux de cet homme, anticipant déjà leur réconciliation sur l'oreiller dès qu'ils auraient raccompagné Bas et Anouk à leur hôtel. À vrai dire, les préliminaires avaient déjà débuté. Plus tôt à Cadogan Square (ce jour-là, tous les jardins généralement privés et fermés de Londres étaient ouverts), pendant qu'Anouk et Bas commandaient des thés à emporter dans un café, Henry s'était caché derrière un hêtre et s'était jeté sur Cassie. Elle avait eu le souffle coupé quand ses mains avaient parcouru son corps et qu'elle avait aperçu le désir dans ses yeux. L'horreur de la nuit passée avait déjà disparu, c'était une anicroche, une anomalie qui ne comptait pas. Ils avaient retrouvé leur complicité.

Cassie se retourna, en se rendant compte qu'elle était de nouveau seule, elle avait perdu Anouk devant la vitrine de *Marni*.

– Hé, Anouk ! la houspilla Cassie, qui refit cinquante pas en arrière pour tirer son amie.

– Mais ce sac. Est-ce que tu as vu ce sac ? protesta Anouk, les bras tendus vers la vitrine.

– Tu as déjà des milliers de sacs, dit Cassie en attrapant la pochette à imprimé ocelot en bandoulière de son amie. Regarde. C'est un nouveau, non ?

– Un Jérôme Dreyfuss, précisa Anouk avec un clin d'œil.

– Tu es incorrigible. Si j'avais autant de sacs que toi, Henry et moi aurions besoin de déménager.

– Vous avez besoin de déménager de toute façon. Je ne peux pas passer une soirée de plus à manger sur ce seau.

Cassie rit, rejeta la tête en arrière et sentit le soleil sur son visage pendant qu'elles marchaient. Elle adorait le seau jaune. Quand Henry et elle n'étaient que tous les deux et dînaient sur l'escalier de secours, en observant les oiseaux et leur voisin allemand nu, il lui laissait toujours le seau. C'était l'une de ses nombreuses petites marques de galanterie qu'elle affectionnait, comme le fait qu'il marche côté rue sur le trottoir ou lui fasse couler un bain à son retour du travail.

– Allez, miss, plus vite. Regarde, on ne voit presque plus les garçons.

– Ils ne devraient pas marcher aussi vite. Ils sont trop grands, c'est ça le problème. Qui peut suivre le rythme, avec les jambes qu'ils ont ?

– Oui, mais ils sont en mission. Bas va faire une crise s'il n'a pas immédiatement sa dose de boudin noir et de sauce brune.

Cassie passa son bras sous celui de son amie et elles accélérèrent le pas.

La rue foisonnait de couleurs, les jardinières noires et dorées du quartier royal de Kensington et Chelsea remplies de grosses tulipes qui hochaient la tête au passage des bus. Des femmes vêtues de combishorts en soie et de robes en lin, minces, bronzées et très riches, entraient d'un pas pressé chez *Gucci*, *Prada* et *Dolce & Gabbana*, afin de dénicher leur tenue de la soirée.

Le téléphone d'Anouk sonna. Elle le sortit de sa poche, le regarda négligemment, avant de le ranger.

– Tu ne réponds pas ? lui demanda Cassie, qui avait aperçu le nom sur l'écran.

Anouk ne dit rien, mais son petit regard en coin fut assez dédaigneux. Il y eut un petit silence, au moment où elles s'arrêtèrent au feu de Pont Street.

– Tu ne vas pas lui briser le cœur, hein ?

La phrase de Cassie ressemblait davantage à une affirmation qu'à une question.

– On n'en arrivera pas là. Il sait déjà que notre histoire s'étiole. En plus, j'ai une nouvelle amie qui lui plairait à mon avis. J'ai prévu de les faire se rencontrer bientôt.

Cassie désapprouva d'un claquement de langue. Elle ne comprendrait jamais la mentalité de son amie à ce sujet. Anouk était convaincue que l'amour était comme un jeu de chaises musicales : il suffisait de veiller à toujours avoir un siège, afin de rester dans la partie. Il ne semblait jamais lui venir à l'esprit que ses petits amis la voulaient elle en particulier, et non juste avoir une femme à leur bras.

– Et toi ? Vas-tu briser le cœur de Henry ? riposta doucement Anouk en serrant un peu plus fort le bras de Cassie.

Le feu des piétons passa au vert et elles traversèrent la rue.

– Bien sûr que non ! s'offusqua Cassie, si horrifiée par cette suggestion qu'elle oublia de marcher et Anouk dut la tirer.

– Alors, quel était l'objet de votre dispute ? Ou laisse-moi deviner…

Elles étaient arrivées sur le trottoir d'en face et Cassie s'arrêta de nouveau.

– Tu es à peu près la seule personne qui comprend, Anouk, dit-elle à voix basse. Toi, tu te souviens que j'ai été mariée pendant dix ans. La moitié du temps, j'ai l'impression que les gens oublient que j'ai déjà passé un tiers de ma vie à être la femme de quelqu'un. Et j'adore notre vie actuelle. Tout est parfait. Alors, pourquoi changer ?

– Tu prêches une convertie, ma belle.

Anouk les poussa à reprendre leur marche.

– Il y a tellement de pression, tu comprends ? Les mêmes questions, tout le temps… Parfois, je me dis qu'ils doivent tous avoir raison et que j'ai tort. Que peut-être je suis folle.

– Hé, tu trouves ça pénible ? Alors, essaie de dire aux gens que tu ne veux pas d'enfants. Ils te regardent comme si tu étais dégoûtante, pas seulement une moitié de femme, mais une moitié d'être humain.

Cassie tapota le bras d'Anouk avec bienveillance. Elle ne pouvait pas imaginer le chagrin de son amie à ce sujet. Refuser de se marier était une chose, refuser d'avoir des enfants était un tabou d'un tout autre niveau.

– C'est leur façon à tous de se croire supérieurs qui me rend dingue. Comme si j'allais un jour recouvrer la raison, marmonna Cassie, qui laissa son indignation s'exprimer et se remit à avancer.

– Et cela arrivera. Tu as envie de te marier avec Henry, mais à ton rythme, c'est ça ?

– Exactement.

Elles étaient à présent dans le bas de Sloane Street, où les enseignes étaient plus jeunes, plus fraîches et plus osées. Les antennes d'Anouk se remirent à frétiller devant la boutique *Stella McCartney* et Cassie resserra son étreinte autour du bras de son amie. Elle aperçut Bas plus loin, là où la rue débouchait sur Sloane Square. Il semblait seul.

– Hé. Où est Henry ?

– Il a dit qu'il devait aller chercher quelque chose. Il en a pour une minute.

Bas tendit les bras et, en souriant, Cassie entra dans son accolade amicale.

– Alors, dis-moi, combien de temps t'ai-je pour moi ? lui demanda-t-elle, alors qu'il passa l'un de ses longs bras spaghettis autour de ses épaules et la serra contre lui.

– Jusqu'à demain seulement. Je reprends l'avion dans la matinée.

Cassie fit une moue triste et lui frappa doucement le torse en signe de protestation.

– Oh, Bas. Serais-tu venu me voir si tu n'avais pas appris la nouvelle pour Archie ?

– J'aurais eu envie de venir te voir !

– Mais il n'aurait pas réussi à se détacher de Luis, glissa Anouk d'un ton malicieux. J'ai déjà eu du mal à le voir et, pourtant, nous étions dans la même ville. Je crois que c'est le grand amour.

– Luis ? C'est son prénom ? demanda Cassie, qui recula pour regarder Bas dans les yeux.

Réflexion faite, il avait l'air légèrement différent : il avait perdu un peu de poids bien qu'il soit déjà maigre, et ses yeux, d'ordinaire affadis par des heures de travail insensées et des vols internationaux trop nombreux, pétillaient.

– Luis Rodolfo, précisa Bas.

Il passa ses doigts dans les cheveux de Cassie et examina ses pointes. C'était plus fort que lui.

– C'est le gérant de la boutique *Jérôme Dreyfuss* à Saint-Germain.

– Oh. Donc, il a de jolis sacs à offrir, insinua Cassie.

Bas gloussa, ravi de parler de son sujet préféré.

– Exactement.

– As-tu une photo de cet homme ? Je veux approuver toute relation qui dure plus d'un week-end, tu te souviens ? Si je trouve qu'il a l'air méchant ou...

Bas montra à Cassie une photo sur son téléphone : il était tête contre tête avec un homme à la peau mate, aux dents ultra-blanches et parfaitement alignées, et des cheveux bruns et raides, rasés dans la nuque, plus longs sur le dessus et tirés en un court catogan. Le bonheur était flagrant sur leur visage.

– Oh, Bas, s'exclama Cassie, la main sur le cœur. En effet, vous respirez l'amour.

Bas haussa les épaules ; il était malheureux en amour, s'entichant toujours d'hommes non disponibles ou hétérosexuels.

– On verra, fut sa seule réponse, mais Cassie remarqua à sa façon de s'attarder une seconde sur l'image, avant d'éteindre son téléphone, qu'il était déjà épris.

– Quand dois-tu le revoir ?

– Il vient à New York le mois prochain.

Cassie hocha la tête, mais son cœur s'emplit de terreur. Combien de gens étaient capables d'entretenir des relations à distance, surtout après des débuts aussi courts ?

– Alors raconte-moi, comment vous êtes-vous rencontrés ? demanda Cassie, avide de connaître tous les détails.

– Je faisais le défilé d'Isabel Marant. Et comme Jérôme Dreyfuss est le conjoint d'Isabel Marant, il était présent aux castings, et ainsi de suite.

– Je veux faire sa connaissance.

– Tu le feras.

– Henry et moi pourrions venir un week-end.

– Super idée.

Bas fronça soudain les sourcils, alors que son ventre gargouilla bruyamment.

– Hé, mais où est passée Anouk ? Ne me dis pas qu'on l'a perdue, elle aussi. Je ne vais jamais manger à ce rythme.

Anouk, laissée sans surveillance pendant trente secondes, était repartie. Cassie l'aperçut en train d'admirer l'une des vitrines de *Tiffany* derrière eux.

– Franchement, Anouk ! rouspéta Cassie, qui la rejoignit en compagnie de Bas.

De généreux bouquets d'orchidées blanches étaient disposés dans chaque vitrine, dont chacune était aménagée comme un théâtre privé miniature, avec une toile de fond noire et de fins cônes de lumière. Le décor de cette vitrine semblait être une forêt enchantée, des silhouettes d'animaux étaient découpées des pages d'un livre et des diamants scintillaient comme de la rosée dans l'herbe ou des étoiles dans le ciel.

– J'adore ce bracelet. Tu le vois ? murmura Anouk, qui montrait un bijou floral en diamant suspendu aux branches d'un arbre.

Mais Cassie ne le voyait pas. Elle se redressa, en comprenant où ils étaient. Henry et elle avaient un rapport particulier avec *Tiffany*. Ils avaient une histoire avec ce magasin. C'est là que Henry lui avait acheté sa bague de fiançailles...

– Attendez. Où est-ce que Henry devait aller chercher quelque chose ? demanda Cassie, qui eut soudain froid en dépit du soleil.

– Ici, lui répondit Bas, en levant le menton vers le vaste bâtiment Art déco qui était le fleuron de *Tiffany* à Londres. Pourquoi ?

Cassie sentit son cœur cesser de battre. *Non.* Non, non, non. Elle se précipita vers la porte d'entrée, entre les deux lauriers en pot et les vigiles qui les flanquaient. Henry se trouvait à l'intérieur, de profil par rapport à Cassie, et souriait à la caissière qui lui tendit un ticket. *Oh là là.* Cassie fut saisie d'une panique soudaine. Avait-il... Avait-il mal interprété leur réconciliation ? Avait-il pris leur rabibochage comme un signe de la capitulation de Cassie ?

Tout se mit à vaciller. Ses jambes, son cœur, son avenir. Henry allait trop vite. Pourquoi ne pouvaient-ils pas simplement rester ainsi ?

Cassie retint son souffle lorsqu'il se retourna. Le sourire de Henry s'illumina dès qu'il l'aperçut, baignée de soleil et immobile sur le pas de la porte. Il s'approcha, indécemment beau dans son jean et son tee-shirt débraillé, le sac bleu caractéristique de la marque se balançant dans sa main.

Henry embrassa Cassie, avec cette lumière dans son regard uniquement réservée à sa fiancée, une petite flamme prête pour plus tard.

– Hé ! Tu as pris ton temps.

– Anouk…, murmura Cassie.

Elle espéra que ce seul mot suffisait comme explication. C'était tout ce dont elle était capable. Que contenait ce sac ?

– Qu'est-ce qu'il y a là-dedans ?

– Ça ? fit Henry en le soulevant. Quelque chose pour toi, bien sûr. J'aurais dû te l'offrir il y a longtemps.

– Vraiment ?

La voix de Cassie était rauque, elle avait tour à tour chaud et froid, elle ressentait des pics de colère, des élans de panique du fait que Henry la mette dans cette position. Son sang commença à bouillir dans ses veines.

– Mais tu ne peux pas l'ouvrir pour l'instant. Attends qu'on soit au pub. Le pauvre Bas va tomber dans les pommes s'il n'a pas sa dose de caféine et de glucides.

– Est-ce que je peux au moins le prendre dans les mains ? demanda Cassie, en tentant d'attraper le sac.

Si elle pouvait évaluer le poids, entrevoir la taille de la boîte… Mais Henry fit non de la tête, ses longs bras gardant facilement le sac hors de portée de Cassie, et il tapota affectueusement le bout de son nez avec son doigt. Il ne se rendait absolument pas compte du tourbillon d'émotions qui assaillait sa fiancée en cet instant même.

– Allons-y.

*

Dix minutes plus tard, ils étaient au *Builder's Arms*, pas loin de King's Road. L'humeur enjouée de Henry avait été un brin aigrie par les murs à colombages sombres relookés et l'intérieur dorénavant entièrement recouvert de panneaux gris clair, avec du papier peint tendance et des photographies en noir et blanc. Bas s'en fichait, ils avaient passé leurs commandes, il allait pouvoir se sustenter. Sa dernière heure n'avait pas encore sonné.

Cassie parlait peu. Son cœur s'était cogné à plusieurs reprises contre ses côtes durant le reste de leur promenade, elle voulait savoir ce que contenait le sac et, en même temps, elle n'en avait aucune envie. Elle ne voulait pas d'une nouvelle dispute.

– Bon, allez, dit Anouk d'une voix traînante, tambourinant ses ongles manucurés sur la table avec impatience. Voyons voir ce qu'il y a dans ce sac bleu. Cassie est peut-être capable d'attendre, mais pas moi.

Henry adressa un clin d'œil à Cassie et poussa le sac sur la table vers elle.

– Ça fait plaisir de voir que quelqu'un a de la chance – encore ! feignit de se plaindre Bas en levant les yeux au ciel.

Cassie s'assura que ses mains ne tremblaient pas, avant de les poser sur le sac, mais elle ne remarqua pas qu'elle retenait son souffle. Avec méfiance, elle jeta un coup d'œil au contenu et fut submergée par le soulagement. Elle sortit la boîte plate et rectangulaire qui ne pouvait en aucun cas renfermer ce qu'elle redoutait.

Un gigantesque sourire illumina son visage.

– Oh ! dit-elle tout excitée, aussi intriguée à présent qu'elle n'avait été terrifiée un instant plus tôt.

Tout en se mordillant la lèvre, elle tira doucement sur le ruban de satin et souleva le couvercle.

– Un protège-passeport, indiqua Henry d'un ton triomphant quand Cassie sortit un étui en cuir du bleu caractéristique de *Tiffany*. Ça fait une éternité que je te dis qu'il t'en faut un. Cela me semble encore plus opportun depuis que ton passeport est passé à la machine avec ton jean.

– Tu m'as acheté un protège-passeport, murmura Cassie en serrant le cadeau contre sa poitrine.

– Oui, répondit Henry, ravi de la réaction de sa fiancée. Il te plaît ?

– Je l'adore, je l'a-do-re ! affirma-t-elle, puis elle s'appuya sur ses coudes et se pencha pour embrasser Henry. Tu es toujours si attentionné.

– J'avais envie de te faire plaisir, rétorqua-t-il, les yeux posés sur les lèvres de Cassie.

– Mais tu sais que nous ne pouvons pas nous permettre de...

Elle s'arrêta, se rendant compte soudain que Henry n'était pas au courant. Pas encore.

– Tu sais, nous n'aurons plus à nous inquiéter pour le loyer ou de manger des pommes de terre pendant au moins six mois. L'expédition va nous permettre de nous détendre un moment, au moins...

Henry s'interrompit brusquement et devint blême. Cassie devina qu'il se rappela la réunion manquée. La subvention était une promesse faite depuis si longtemps désormais qu'il avait cessé de la considérer comme une variable ; tout ce qui lui suffisait de faire était de se présenter au rendez-vous et de jouer de son charme (autant dire, un jeu d'enfant pour lui). Or...

– Oh, zut.

– Qu'y a-t-il ? demanda Bas, en remarquant la crispation soudaine de Henry et Cassie.

– Euh..., balbutia Henry.

Son esprit s'emballait à mesure qu'il prenait conscience des répercussions. L'expédition était censée partir dans quinze jours. Tout était en place : les sponsors, l'équipe, la météo même ; la subvention était la dernière pièce du puzzle nécessaire au coup d'envoi du projet.

– J'étais en route pour finaliser la demande de subvention quand Archie a fait son malaise, expliqua-t-il lentement, d'une voix calme.

– Oh, non ! s'exclama Anouk d'un air compatissant.

Henry secoua la tête, pensif.

– Mince, ça m'est sorti de l'esprit.

Il grimaça, passa une main dans ses cheveux et parut se sentir de plus en plus mal.

– Comment ai-je pu..., commença-t-il en regardant Cassie. Comment ai-je pu oublier ?

– Il s'est passé tellement de choses, le rassura-t-elle rapidement, peinée par l'expression de Henry. Tu n'as pas eu le temps d'y penser. Toute ton attention était tournée vers Archie.

*Et vers elle.* Cassie avait occupé ses pensées la nuit dernière.

– Je suis sûre, intervint Anouk, que lorsque tu leur expliqueras ce qui s'est passé, ils se montreront compréhensifs.

Henry la regarda, une lueur d'espoir brilla dans ses yeux.

– Tu crois ?

– Bien sûr, répondit-elle en haussant les épaules, entièrement convaincue.

Cassie écarquilla les yeux, pour encourager désespérément Anouk à se taire, mais celle-ci lui rendit son regard interrogateur.

– Tu as raison, affirma Henry qui se leva et chercha son téléphone dans la poche de son jean. Je vais les appeler tout de suite. J'ai laissé passer trop de temps.

– Non !

Il se figea et regarda Cassie. Elle eut la gorge nouée. Comment pouvait-elle lui annoncer, devant tout le monde, que son rêve était mort ? Du moins, pour cette année.

Mais elle n'eut pas besoin de le lui dire. Il le devina sur son visage. Il se laissa retomber sur le siège, le téléphone dans la main.

– Oh... D'accord.

Bas et Anouk se tournèrent vers Cassie d'un air curieux, mais celle-ci ne put détacher son regard de Henry : sa lèvre inférieure s'était légèrement abaissée, sa pomme d'Adam montait et descendait dans son cou alors qu'il digérait sa déception. Car ce n'était pas une occasion ratée quelconque : le monde fermé de l'exploration devenait de plus en plus difficile. Les zones inexplorées se réduisaient comme peau de chagrin, à mesure que les villes s'étendaient et que les satellites scrutaient depuis l'espace les régions inhabitables les plus reculées de la planète. Même les frontières ultimes, les calottes glaciaires étaient couramment visitées à présent, avec des touristes qui allaient admirer les aurores boréales, des associations qui menaient des expéditions de plus en plus élaborées et obscures afin de récolter des fonds, et toutes les superpuissances financières du monde qui se disputaient les droits de pêche, d'extraction et de forage.

Quand Henry s'exprima, ce fut lentement.

– Ils ont laissé un message à l'appartement ?

– Non. Je suis allée voir Bob Kentucky hier, lui expliqua Cassie d'une voix posée, et elle tendit la main vers la sienne.

Henry eut l'air surpris qu'elle connaisse ne serait-ce que le nom de Bob Kentucky.

– J'ai appelé l'Explorers Club à New York. Ils m'ont dit qu'il était descendu au *Travellers Club*, alors je suis allée là-bas hier après-midi.

*Hier après-midi ?* Henry haussa légèrement un sourcil alors qu'il comprenait ce qu'elle avait fait au lieu d'être avec eux à l'hôpital ; la culpabilité lui fit plisser le front en repensant aux reproches qu'il lui avait adressés. Il secoua la tête, la laissa tomber entre ses mains, les doigts crispés sur ses cheveux. Cassie avait envie de pleurer. Elle avait envie de traverser la table, de s'asseoir sur les genoux de Henry et de lui dire que tout irait bien. Mais elle ne le pouvait pas, car elle n'en savait strictement rien.

– Ils voulaient vraiment t'accorder la subvention. Tu avais raison, ils étaient complètement partants. Mais… ils devaient prendre une décision sur-le-champ. Les autres membres du comité reprenaient tous l'avion dans l'après-midi et, étant donné que les autres candidats étaient présents mais pas toi…

Cassie haussa les épaules. C'était inutile de terminer sa phrase.

Henry hocha la tête en silence. Ses yeux étudiaient les motifs du bois de la table, sa main dans celle de Cassie alors qu'il prenait la mesure des conséquences – le projet était terminé. Cent vingt mille livres étaient une trop grande somme à réunir. Il allait devoir remercier les membres de son équipe qu'il avait minutieusement choisis, expliquer au PNUE qu'un créneau s'était libéré dans le programme de leur conférence, s'excuser auprès de National Geographic qui projetait de le présenter comme le Cousteau du XXI^e^ siècle… Ce n'était pas seulement un désastre personnel, c'était une catastrophe pour sa carrière.

Bas lança à Anouk un regard atterré, le silence les recouvrant tous à la manière d'une cape. Il n'avait encore jamais vu Henry désemparé. Personne en réalité. Que pouvaient-ils bien dire ?

– Eh bien, si c'était à refaire, je ne changerais rien, affirma Henry, dans un élan de positivité. Archie passe avant le travail.

– Exactement, murmura Cassie, qui lui serrait toujours la main. Et tu peux te préparer pour l'année prochaine. L'Explorers Club désire toujours que tu aies le drapeau.

Henry haussa les épaules, ce mouvement fut apparemment douloureux car il fit une petite grimace.

– Mince, je n'en reviens pas que tu sois allée trouver Bob, marmonna Henry après une courte pause.

Il se força à afficher un sourire, mais celui-ci ne se répercuta pas dans son regard. Il essayait de faire bonne figure devant leurs amis, mais Cassie voyait l'inquiétude s'emparer de lui.

– Qui est l'aventurier dans notre couple, toi ou moi ?

– On n'échappe pas à son destin ! rétorqua-t-elle avec le sourire, les yeux brillant d'un amour féroce, et ce fut au tour de Henry de lui étreindre la main.

– À qui le dis-tu !

Henry souleva la main de Cassie et l'embrassa. Elle sut à sa façon de planter ses yeux dans les siens qu'il faisait allusion au détail minime d'avoir attendu pendant dix ans la fin du mariage de Cassie avant qu'elle ne puisse être sienne. Ils surmonteraient ce problème, d'une manière ou d'une autre… Henry se retourna vers leurs amis qui échangeaient une fois de plus un regard exaspéré.

– Ne vous inquiétez pas, je ne vais pas l'embrasser.

– Oh, merci de nous ép…, commença Bas.

– Pff, je plaisante. Bien sûr que je vais l'embrasser !

Henry sourit et tira la main de Cassie pour l'amener vers lui.

Tout le monde rit, l'ambiance maussade disparut – ou du moins fut reportée pour un moment intime ultérieur.

– Alors, qu'allons-nous faire ce soir ? demanda Anouk, pour orienter la conversation vers un terrain plus joyeux au moment où leurs consommations furent servies. Vous croyez que Suzy va rentrer ? Nous pourrions lui concocter un bon petit plat. Elle doit être épuisée, après avoir passé autant de temps à l'hôpital. La nourriture est toujours si affreuse dans ces endroits.

– Oui, elle est lessivée, confirma Henry, qui s'empara avidement de sa pinte. Mais maintenant qu'Archie va être transféré en médecine générale, je pense qu'elle va passer une soirée au calme avec Velvet. Elle lui manque terriblement.

– La pauvre, murmura Cassie. Je pense qu'une soirée tranquille est de mise pour tout le monde, non ? Toi aussi, tu as à peine dormi et mangé depuis mercredi, dit-elle à Henry en repoussant d'un geste tendre ses cheveux de son visage, pendant qu'il buvait goulûment. Que diriez-vous de prendre un plat à emporter et de se faire un plateau-télé ?

– Excellente idée, répondit Henry, entre soupir et grommellement, en reposant sa chope déjà à moitié vide sur la table. Mais ça devra attendre demain.

– Pourquoi ?

– Nous avons une fête au *Cross Keys* ce soir. Pour le retour au pays de ma cousine.

Cassie, qui était sur le point d'ouvrir un paquet de chips, reposa ses mains sur la table.

– Henry, nous ne pouvons pas aller à une fête alors qu'Archie est mal en point ! C'est un manque de tact.

– Non, en réalité, c'est pour rendre service. Si nous n'y allons pas, Maman se sentira obligée d'y aller et elle est assez éprouvée comme ça avec Suzy et Velvet. De toute évidence, Suzy ne peut pas y aller et quelqu'un doit représenter la famille.

Henry passa ses doigts dans ses cheveux, l'air éreinté, et ajouta :

– Crois-moi, tu n'as pas envie de voir Gem bouder !

– Gem ?

– Oui, Gemma. Son père était le grand frère de Maman. Oncle Phil.

– Ah, d'accord… Je ne crois pas l'avoir déjà rencontrée, si ?

Cassie avait entendu Suzy raconter une kyrielle d'anecdotes à propos de son oncle Phil, mais le nom de Gemma ne lui évoquait rien.

– Probablement pas. Elle est beaucoup plus jeune et elle est partie faire le tour du monde, avec un sac à dos, il y a environ deux ans. Maman est sa tutrice légale. Les parents de Gem sont morts dans l'incendie de leur maison quand elle avait douze ans.

– Oh, la pauvre ! s'exclama Cassie, dont l'avant-bras tomba à plat sur la table comme une chose morte.

– Oui, elle l'a assez mal vécu. Comme si l'adolescence n'était déjà pas assez difficile…

Henry but une autre gorgée, signe manifeste de son stress.

– Mais Maman dit qu'elle s'est calmée maintenant. Elles échangent par e-mail et elle est beaucoup plus posée apparemment.

– Plus posée ? répéta Anouk, les yeux plissés de méfiance.

– L'incendie l'a vraiment perturbée pendant un moment. Elle a été expulsée de quelque chose comme six écoles. Elle a fini dans un établissement pseudo-artistique dans le Dorset, elle est allée à l'université du Sussex, a laissé tomber ses études, puis est partie en voyage.

– Donc… elle n'a que vingt ans ?

Cassie avait un radar pour les gens qui menaient une vie plus intense qu'elle n'avait osé le faire et il semblait que cette fille avait vécu davantage de choses en vingt ans que Cassie en trente ans.

– Oui. Elle va avoir vingt et un ans cet été. Tu vas l'adorer, elle est géniale. C'est un moulin à paroles, elle apprécie tout le monde, elle pense que l'herbe a une âme. Comment ne pas l'aimer ? dit Henry avec un haussement d'épaules.

Cassie et Anouk échangèrent un regard inquiet. Elles étaient déjà sur leurs gardes.

# Chapitre 6

– Henry, il te faut une plus grosse voiture, mon vieux, maugréa Bas, en se dépliant de la Tomate volante, la vieille Mini rouge de Henry. Cassie trouvait toujours hilarant combien Henry avait l'air d'un géant à son volant, mais Bas mesurait cinq centimètres de plus que lui et avait voyagé le menton contre ses genoux, avec les deux filles riant aux larmes sur la banquette arrière.

Henry attrapa la main de Cassie pour l'aider à sortir. Anouk s'extirpa aisément de la banquette arrière et leva les yeux vers les beaux immeubles en briques rouges qui les entouraient de toutes parts. Ils étaient au cœur du quartier de Chelsea, à deux pas de la prestigieuse Cheyne Walk, cette rue où résidaient des rock stars, de grands couturiers et des aristocrates assez intelligents pour vivre de rentes et non de boursicotage.

Le fleuve s'écoulait silencieusement à quelques mètres de là, et de grands arbres projetaient des ombres tachetées sur les trottoirs. Rien ne valait moins de cinq millions dans ce secteur – pas un garage, pas un studio, pas même un placard à balais avec un lit escamotable. Un silence fortuné régnait sur ces ruelles, nichées entre la Tamise et King's Road. Les façades étroites ne donnaient pas l'impression d'abriter de vastes habitations, avec des niveaux en sous-sol et des jardins méticuleusement aménagés dans un thème japonisant ou épuré.

À première vue, la foule devant le pub semblait en décalage avec l'ambiance soignée du quartier : les femmes portaient des shorts en jean ou des salopettes amples usées, sans soutien-gorge, et un débardeur, des bracelets fluo empilés à leurs poignets et des cheveux noués sur le sommet de leur crâne en un chignon négligé ; les hommes avaient plus l'allure du quartier bobo de Shoreditch que de Chelsea, avec leur chino moulant retroussé, leurs espadrilles en lin défraîchies, portées talons ouverts, et leurs chemises à petits carreaux. Mais leur bronzage se composait de plusieurs couches onéreuses – Noël sur une île privée des Caraïbes, Pâques à Verbier – et leurs accents trahissaient des études coûteuses qu'aucune quantité de cigarettes roulées et de jurons prolifiques ne pouvait dissimuler.

Cassie considéra sa petite robe bleue et ses bottines, avec le sentiment d'être prise entre deux mondes : pas assez cool pour ces gens, mais trop décontractée pour la fête de Gem. Anouk, bien entendu, s'intégrait à la perfection, s'attirant naturellement les regards admiratifs des jeunes hipsters avec son sarouel en soie ardoise, son tee-shirt en lin gris, ses spartiates et certains de ses colliers cravate en cuir de sa création – elle avait sorti cette tenue de son baise-en-ville comme si c'était une puanteur, mais qui devrait « faire l'affaire ».

Le groupe d'amis entra dans le pub, et ils s'immobilisèrent tous un instant, frappés par le mur de bruit. L'intérieur était bondé : toutes les tables étaient prises, il y avait à peine de la place debout au bar. Henry trouva la main de Cassie et la tira à travers la foule, vers un escalier sur la gauche. Les basses de la musique résonnaient plus fort lorsqu'ils se faufilèrent entre les gens, debout sur les marches, tous un verre à la main et leurs rires couvrant le brouhaha.

Cassie se demanda où était la délimitation entre les clients du bar et la fête de Gem. Tout le monde semblait si jeune. Ou était-ce seulement le signe qu'elle vieillissait ? s'interrogea Cassie. Son mariage avec Gil l'avait prématurément vieillie. Dès la vingtaine, elle s'était rangée dans une vie faite de dîners de chasse et de bals en Écosse, mais depuis qu'elle était avec Henry, elle avait senti sa jeunesse s'épanouir à nouveau et elle rattrapait tout ce à côté de quoi elle était passée : assister à des concerts, nager en plein air, monter sur le toit avec une couette et des oreillers pour dormir à la belle étoile, boire toute une bouteille de vin sans se soucier de la gueule de bois du lendemain…

Elle n'était pas prête cependant à passer aux enfants. Pas encore. C'était son heure, son moment, où la vie ressemblait en tout point à ses désirs, à ses rêves – jeune, libre, vivant avec l'homme qu'elle aimait dans un appartement sous les toits dont ils avaient fait leur nid douillet.

Des ballons étaient accrochés sur les appliques murales, et une énorme banderole faite d'un drap était suspendue au-dessus des fenêtres, sur laquelle avait été inscrit à la bombe « Bienvenue à la maison, Gem ! ».

– Alors, où est-elle ? cria Cassie à Henry, tout en contemplant la foule de teints frais, de bronzages d'années sabbatiques et de chair naturellement ferme.

– Est-ce vraiment nécessaire de demander ?

Amusé, Henry avait les yeux posés sur une petite brune qui dansait sur une table dans le fond de la salle. Ses cheveux bruns étaient coiffés en tresses africaines, son visage et ses paumes tournés vers le plafond – mais symboliquement le ciel, soupçonna Cassie – alors qu'elle se balançait, les yeux fermés, sur les accords de London Grammar.

– Beurk, grimaça Bas en apercevant la coiffure de Gem.

Pour un coiffeur de stature internationale, les tresses africaines étaient aux cheveux ce que les appareils étaient aux dents. Cassie le consola en lui caressant le bras. Ils s'avancèrent, Henry les devançant avec impatience.

Henry s'arrêta devant la table de Gem et la pointa d'un doigt agressif :

– Hé, toi !

Gem ouvrit les paupières et baissa la tête. Ses yeux s'illuminèrent de joie dès qu'elle aperçut son grand et beau cousin.

– Riton ! hurla-t-elle, un sourire de plaisir absolu sur son visage.

– Qui a dit que tu pouvais danser sur les tables avant mon arrivée ?

Gem éclata de rire, la tête renversée en arrière.

– Tu as raison ! *Banzaï !*

Elle écarta les bras et se jeta en l'air, s'élevant au-dessus des personnes qui la séparaient de Henry, avant de tomber sur leurs bras tendus et de se laisser porter. Henry attrapa sa main lorsqu'elle arriva vers lui, il la souleva légèrement (sa grande taille lui permit de la remettre dans une position plus verticale) et, une fois toutes les mains baissées, Gem se retrouva face à lui.

– Alors, tu détestes être de retour au pays ? lui demanda Henry.

Il serra fort sa cousine dans ses bras, à tel point que ses pieds se soulevèrent du sol. Elle était vraiment minuscule (elle ne faisait pas plus d'un mètre soixante), avec un visage en forme de cœur, un nez retroussé et de petits yeux sombres, presque noirs. Son sourire semblait élastique, comme s'il était tiré par des cordes et, à part la dépendance évidente à l'adrénaline, Cassie ne voyait aucune ressemblance entre les deux cousins.

Gem posa ses mains d'un air solennel sur les épaules de Henry, son sourire éclatant quelques secondes plus tôt totalement disparu.

– Dis-moi, comment va-t-il ? s'enquit-elle, le visage si grave que Cassie eut un doute qu'elle plaisantait.

– Il va de mieux en mieux. Il est sorti de réa. Tu connais Archie, il ne comprenait pas pourquoi il ne pouvait pas venir ce soir !

Gem rit – un cri soudain de joie et de surprise qui fit sursauter Cassie et fit reculer Anouk d'un demi-pas, son sourcil gauche ayant déjà retrouvé son haussement habituel.

– Je l'aime tellement !

– Je sais. Il est dingue de toi aussi. Et Suzy est dégoûtée de ne pas être là, mais elle m'a dit que si elle-même ne montrait pas l'exemple à Archie...

Henry leva les yeux au ciel.

– J'adore ! J'adore ! Cette bonne vieille Suzy. On dirait qu'elle n'a pas changé.

– Je crois qu'on peut dire qu'elle a ses petites habitudes. Et puis, tu n'es partie que deux ans ! Peu de choses ont changé.

– Tu parles, tu t'es fiancé une deuxième fois ! s'exclama Gem avec une tape affectueuse assez forte sur le bras de Henry.

Cassie grimaça, non à cause de la tape mais du choix des mots de Gem ; elle aurait préféré qu'elle n'évoque pas les premières fiançailles de Henry.

– J'ai eu de la chance.

– C'est elle qui a de la chance, tu veux dire ! Est-ce qu'elle est là ?

Gem ne semblait pas avoir remarqué leur petit groupe, rassemblé poliment à côté de Henry, attendant de faire irruption dans les retrouvailles chaleureuses. Gem n'avait pas quitté Henry des yeux une seule fois.

– Je veux voir la femme qui a ensorcelé mon cousin fuyant, énigmatique et insaisissable.

Cassie sentit son estomac se nouer. Présentée de la sorte...

Henry poussa Cassie en avant. Elle cala ses cheveux derrière son oreille et offrit un sourire nerveux à cette fille minuscule, clairement bien plus importante pour Henry qu'il ne l'avait suggéré.

– Cassie ? fit Gem, les yeux si écarquillés que Cassie crut qu'elle allait perdre l'équilibre.

S'étaient-elles déjà vues ?

– Salut, dit Cassie en tendant la main.

– Je n'en reviens pas ! C'est toi qui vas épouser Henry ?

– Euh, oui. C'est moi, hésita Cassie.

Elle replaça ses cheveux derrière son autre oreille, lorsqu'elle comprit que Gem n'allait pas lui serrer la main. Sans doute était-elle censée faire un check.

Gem hocha la tête, les mains sur ses hanches, un grand sourire sur les lèvres.

– Tu ne te souviens pas de moi, hein ?

– Euh…

Cassie se mordit la lèvre d'un air contrit.

– Ça date, expliqua Gem, qui parlait en se balançant sur le côté comme un culbuto. Suzy et toi étiez rentrées de l'internat pour le week-end et vous aviez fait de moi votre poupée.

Gem remarqua la perplexité persistante sur le visage de Cassie.

– Tu sais, comme ces têtes à coiffer, avec du fard à paupières bleu, du brillant à lèvres et des petites nattes ? Ce n'est pas comme si vous pouviez recommencer aujourd'hui, hein ? ajouta Gem en tirant sur l'une de ses tresses.

– Mince, je suis désolée. Je ne… Je ne me souviens pas du tout.

Il y eut un bref silence.

– Ah, ce n'est pas grave, la rassura Gem en ponctuant ses paroles d'un geste de la main. Ça m'a davantage marquée parce que vous étiez les grandes filles cool et, moi, j'étais la petite morveuse, qui passait la nuit chez Tata parce que mes parents étaient partis à une fête ou quelque chose dans le genre.

– Oh… Est-ce que… On t'avait fait une jolie coiffure ?

À côté de Cassie, Henry gloussa et elle imagina la mine renfrognée d'Anouk.

– Hé, d'où crois-tu que me vient mon amour pour les tresses ? plaisanta Gem, qui agita l'une de ses tresses comme si c'était la jambe d'une danseuse de cancan.

Cassie fut mal à l'aise de n'avoir aucun souvenir. Elle se recula pour élargir le cercle.

– Gem, je te présente mes amis Bas et Anouk. Bas est l'un des meilleurs coiffeurs de New York. Il arrive tout juste de Paris.

– Hé, Bas, ça te plaît ? Ça déchire, non ?

Gem se pencha légèrement en avant pour lui montrer la précision magistrale des tresses sur son crâne. Pas un cheveu ne dépassait.

– Impressionnant, approuva poliment Bas, qui avait l'air d'un tournesol dans un champ de marguerites.

– J'adore tes colliers, Anouk. Je n'en ai pas vu de pareils à Ibiza, poursuivit Gem, en regardant la jeune femme avec un sentiment proche de la vénération (situation familière pour Anouk, il fallait le reconnaître).

– Ah bon ?

Gem plissa les yeux en entendant l'accent d'Anouk.

– Oh hé, attends ! Tu... Tu ne serais pas la Française ?

– La Française ?

Cette étiquette semblait déplaire à Anouk.

– Oh mais si, c'est toi ! Vous vous voyez toujours ? demanda Gem, les yeux écarquillés, en tapant dans ses mains et en regardant tour à tour Anouk et Cassie. Comment s'appelait l'autre fille ? L'Américaine.

– Kelly, répondit Bas.

– C'est ça ! Kelly ! Oh, toi aussi, tu la connais, Bas.

Gem croisa les mains sur son cœur et pencha la tête sur le côté.

– Vous vous voyez encore, comme une petite famille. Avez-vous idée à quel point je vous idolâtrais quand j'étais petite ? dit-elle, une main sur le bras d'Anouk. Je voulais que vous soyez toutes mes meilleures amies. Je voulais vous ressembler. Mais qu'est-ce que je raconte ? Je voulais être vous ! Je voulais les yeux de Cassie, les cheveux de Kelly, les seins de Suzy, affirma Gem en prenant ses seins entre les mains, mais ils étaient résolument plats. Et je voulais ta peau, ajouta-t-elle, un regard admiratif adressé à Anouk, dont l'unique réaction fut de cligner des yeux.

– Nous n'avons rien à boire, souligna brutalement Anouk, en montrant ses mains incompréhensiblement vides.

– Je m'en occupe, indiqua Bas, avant de tourner les talons vers le bar.

– Je vais te donner un coup de main, se proposa Anouk, qui le suivit, ce qui était à noter d'une croix blanche, car elle n'aidait jamais.

Jalousement, Cassie les regarda s'éloigner.

– Elle est géniale, hein ? lui chuchota Henry à l'oreille, avant de l'embrasser sur la joue.

Cassie opina d'un signe de tête, mais en vérité, elle n'avait encore jamais rencontré quelqu'un avec un débit de parole aussi rapide. Cela lui faisait l'effet d'une mitraillette.

– Alors, Gem, raconte-moi. Quel a été ton itinéraire ? Où es-tu allée ? l'interrogea Henry, qui passa son bras sur l'épaule de Cassie, pour la garder près de lui.

Gem prit une profonde inspiration.

– Eh bien, j'ai passé le premier été à Ibiza. Enfin, loin de Sant Antoni, cela va sans dire. Je ne supporte pas cette foule de touristes qui viennent pour les boîtes de nuit. Ils sont tous si jeunes et immatures, ils ont l'impression d'être les premiers à consommer de la drogue, vous voyez le style ? fit-elle en levant les yeux au ciel. Non, j'étais dans les montagnes, dans un super petit refuge, où ils cultivaient leurs légumes et il y avait des chèvres partout. C'était vraiment très… modeste. Un peu comme un kibboutz, mais sans, vous savez… les juifs.

– D'accord…, commenta Henry, les sourcils froncés, manifestement un peu dérouté. Et ensuite ?

– Ensuite, je suis partie en Inde, à Jaipur et dans le Kerala, où j'ai rencontré d'incroyables spiritualistes. Je me suis vraiment intéressée à l'ayurvéda, tu n'imagines pas. Et puis, je suis allée dans le nord du pays pour la fête de Holi. Vous savez, là où les gens se jettent des pigments de peinture et dansent dans le Gange.

Cassie fut soulagée qu'Anouk n'entende pas cette phrase. Étant donné qu'elle prenait des bains de lait de coco et de miel, l'idée de se baigner dans le Gange lui provoquerait sans doute une réaction physique violente plus semblable à un lavement.

– Ma peau est restée bleue pendant une quinzaine de jours, rapporta Gem d'un ton amusé.

– C'est drôle, je ne suis jamais allé en Inde, déclara Henry, totalement captivé. Tout le monde chante les louanges de ce pays.

– À part ceux qui chopent la turista, plaisanta Cassie, mais ses mots durent être engloutis par la foule car ni Henry ni Gem ne rirent.

– Vous pourriez y aller en lune de miel ! Vous devriez carrément faire ça ! Je connais un type qui possède un palais in-cro-yable qu'il loue à des amis et des amis d'amis. C'est vraiment exclusif et uniquement par le bouche-à-oreille. Franchement, vous adoreriez. La vue est à tomber.

Cassie sourit et hochait poliment la tête chaque fois que Gem la regardait, autant dire rarement.

– C'est une possibilité intéressante, non ? suggéra Henry, en serrant affectueusement Cassie contre lui.

Cassie opina du chef. Leur dispute de la veille – bien que déclenchée par la situation inquiétante d'Archie et déjà pardonnée – demeurait aussi irrésolue que jamais.

– Quels autres pays as-tu visités ? s'empressa de demander Cassie.

– Eh bien, je suis allée à Bali un petit moment. Le gamelan, c'est génial, non ?

Les yeux de Gem étaient de nouveau sur Henry.

Il hocha la tête. Voyager était son métier. Il savait exactement ce qu'était un gamelan sans devoir chercher sur Wikipédia.

– J'ai fait du yoga là-bas. Je m'y suis mise sérieusement et j'ai passé mon diplôme de professeur, expliqua Gem avec une fierté non dissimulée. Ah ! Ah ! Tu vois ? Ça te surprend, pas vrai ? Tu croyais que je n'avais fait que parcourir le monde et retarder mon entrée dans la vie active, mais je suis revenue avec un diplôme. Tu ne t'y attendais pas, hein ?

Henry secoua la tête avec indulgence.

– Tu as raison. Je ne m'y attendais pas.

– Tante Hattie non plus. Mais je me suis dit qu'il était important de revenir avec un bagage. Je n'ai pas passé tout mon temps à admirer les couchers de soleil sur la plage. Même si, mon Dieu, faire du yoga ? Sur la plage ? Au coucher du soleil ? (Gem ferma les yeux, ses majeurs et ses pouces pressés l'un contre l'autre dans une position zen.) C'est di-vin !

– J'imagine, convint Henry, qui donna un petit coup de coude à Cassie.

– Est-ce que tu fais du yoga, Cassie ?

Cassie fut prise au dépourvu. Être dans la ligne de mire de Gem, c'était comme avoir la lampe d'un phare braquée sur soi.

– Euh, non, pas vraiment, non. Je suis plutôt du genre à courir.

Gem secoua la tête.

– Courir crée tellement de tensions, dit-elle en crispant son visage et ses mains, comme si ses paroles ne pouvaient être véridiques que si elles étaient accompagnées par un geste. Nous devrions faire du yoga ensemble un jour. Je t'apprendrai quelques mantras.

– Oh, d'accord. Sensass. Merci.

Sensass ? *Sensass ?* Qui parlait encore comme ça ? Pourquoi avait-elle employé ce mot ? Elle ne le disait jamais ! Cassie scruta la pièce, en se demandant si tout le monde la considérait comme une vieille. Elle se sentait vieille – et très fatiguée – en compagnie de Gem.

– Bref, après, genre cinq mois, j'étais blasée. Blasée, vraiment. Au bout d'un moment, y en a marre des couchers de soleil.

– Alors, où es-tu allée ? demanda Henry, le regard piqué par la curiosité.

– En Océanie. N'est-ce pas le plus beau nom qui soit ? dit Gem en plissant son joli nez retroussé. Je suis d'abord allée en Nouvelle-Zélande parce que je n'étais pas prête à… me replonger dans la vie citadine, tu comprends ? Je me sentais si pure après tous ces mois à me nourrir de poisson, à faire du yoga et à nettoyer ma peau avec du sel. J'avais besoin d'une étape de transition avant de retrouver la civilisation. J'ai dû faire une… retox !

– Je comprends parfaitement, déclara Henry en haussant les épaules.

Au retour d'un voyage, il restait souvent silencieux quelque temps, ne désirant rien de plus que de se terrer dans l'appartement avec Cassie pendant quatre jours d'affilée, sans parler à qui que ce soit d'autre.

– Je savais que tu comprendrais.

Gem regarda attentivement son cousin en souriant et planta son index sur son torse avec tendresse.

– Nous avons passé quelques mois là-bas, avant de partir pour l'Australie.

– Nous ? demanda Cassie, ravie d'apercevoir Bas et Anouk revenir avec leurs boissons.

– Laird et moi.

– Hé, hé, fit Henry avec un clin d'œil, lorsque Bas lui mit une pinte dans la main. Tu as une annonce à nous faire ?

– Puisque tu en parles…, répondit Gem, avec un grand sourire et les mains jointes.

– Bois ça, tu te sentiras mieux, ordonna Anouk à Cassie, en lui offrant un gin tonic. De quoi discutez-vous ?

– Du copain de Gem en Australie, indiqua Henry. J'étais sur le point de découvrir s'il était digne de ma petite cousine.

– Oh, il l'est carrément. Attends de faire sa connaissance.

– Il est là ? demanda Anouk en parcourant la salle d'un regard indolent.

– Eh bien, je n'allais pas l'abandonner. Vous comprendrez en le voyant. J'ai tiré le bon numéro.

– Où est-il ? s'enquit Cassie, intriguée.

– Là-bas.

Ils suivirent tous le doigt de Gem, pointé vers un homme aux cheveux blondis par le soleil près du bar. Ses pectoraux semblaient gonflés et il avait un bronzage pour lequel seul Bas avait les droits réservés.

– C'est un surfeur.

– Sans blague, railla Henry, qui haussa un sourcil en croisant le regard de Cassie.

– Vous devriez le voir prendre une vague. Franchement, c'est presque une expérience mystique.

Gem passa la main dans son haut et en sortit une roulée. Elle protégea la cigarette avec sa main pour l'allumer et inspira la première bouffée, les paupières closes.

– Mince, que c'est bon… Je dois faire attention qu'il ne me voie pas. Il est absolument contre.

Elle tira une autre bouffée très profonde, jusqu'à ce que Henry lui prenne la cigarette en faisant claquer sa langue.

– C'est illégal ici maintenant.

– Quoi ? Ma petite clope ? dit-elle en faisant la moue.

– De fumer à l'intérieur.

Henry s'humidifia les doigts et éteignit rapidement la cigarette. Il la lui rendit avec un regard sévère.

– Ce qui ne veut pas dire que tu devrais fumer ailleurs.

– Qui es-tu ? Mon père ?

– Le meilleur substitut qui soit, affirma Henry avec un clin d'œil.

Gem soupira et fixa sa roulée d'un air triste.

– J'ai promis d'arrêter de toute façon. Tu sais, pour le mariage.

– Quel mariage ? demanda Henry, avant de boire une gorgée de bière.

– Le mien ! Le mariage de qui, à ton avis, andouille ? s'écria Gem en écartant les bras. Et puisque tu es le meilleur substitut de mon père, comme tu viens de le dire, acceptes-tu de me conduire à l'autel ?

Henry toussa, avala sa bière de travers et recracha une bonne partie sur sa chemise en popeline.

– Tu veux que je fasse quoi ?!

Gem rit, ravie de la réaction de son cousin. Elle semblait affectionner les effets dramatiques.

– J'ai dit, veux-tu m'accompagner jusqu'à l'autel ?

Henry fixa sa cousine bouche bée, alors qu'il s'essuyait le menton et cherchait un signe ou un indice qui prouverait qu'elle plaisantait.

– Mais... mais... Est-ce que Maman est au courant ?

Henry jeta un coup d'œil moins amical à Laird.

– Pas encore. Je vais le lui annoncer demain quand nous irons rendre visite à Archie. Souhaite-moi bonne chance, ajouta Gem avec une expression nerveuse.

– Je ne ferai pas ça, Gem. Tu vas lui faire avoir une crise cardiaque.

– Pourquoi ? C'est exactement le genre de bonnes nouvelles dont Tante Hattie a besoin.

Henry hésita. Il était persuadé que sa mère ne verrait pas cette nouvelle d'un bon œil.

– Oui, mais... C'est un peu rapide, non ? Depuis combien de temps es-tu avec ce gars ?

Gem prit un air sévère, semblable à celui qu'elle avait affiché lorsqu'elle avait demandé des nouvelles d'Archie.

– Suffisamment longtemps. Et puis, qu'est-ce que ça fait ? Ce n'est pas toi qui m'as toujours dit qu'on le savait quand on avait trouvé la bonne personne ?

Henry parut mal à l'aise.

– Si, mais...

– Mais quoi ? C'était différent pour toi ? Écoute, j'ai bientôt vingt et un ans, c'est l'âge que tu avais quand tu m'as dit que Cassie avait épousé ce vieux...

Anouk poussa un rire surpris, et Henry eut l'air espiègle et ravi d'entendre son ancien rival décrit de la sorte. Cassie se renfrogna, non pas tant pour défendre Gil qu'à cause de sa fierté blessée d'avoir épousé un tel homme.

– Et tu as quand même dit que tu savais qu'elle te reviendrait. C'était vraiment dingue de soutenir un truc pareil, tu dois le reconnaître. J'ai vingt ans, mais quarante dans ma tête. Je suis mature. Je sais ce que je veux, et je veux cet homme.

– Mais où est l'urgence, Gem ?

Les yeux de Henry se portèrent sur le ventre de sa cousine, qui gloussa et fit non de la tête.

– Pour quelle raison vous fiancer ? Pourquoi ne pouvez-vous pas attendre un peu ?

– Attendre quoi ? Il n'y aura peut-être pas de lendemain. Tout ce que nous avons, c'est le présent. Le jour présent. Cet instant. Mes parents sont allés se coucher un soir et ne se sont jamais réveillés. Je suis bien placée pour savoir que le destin peut nous jouer des tours. La vie se passe bien, suit la routine, est réglée comme du papier à musique, et puis bim ! Le sol s'effondre sous nos pieds. La vie peut basculer d'un jour à l'autre ; elle peut s'écrouler en un claquement de doigts. Nous devons saisir le bonheur quand il est là et ne pas partir du principe que nous le méritons.

Gem secoua doucement le bras de Henry et baissa la voix :

– Je sais que tu le comprends. Tu m'as toujours comprise. Tu es le seul qui m'aies jamais comprise.

Henry poussa un profond soupir quand Gem se tut enfin, ses yeux bruns emplis d'espoir rivés sur lui. Curieusement, Cassie jugea le silence de Gem plus perturbant que son jacassement incessant. Henry esquissa un lent sourire, ouvrit les bras et serra fort sa petite cousine contre lui.

– Oui, et je te comprends encore aujourd'hui. Toi aussi, tu m'as toujours compris, dit-il doucement et il déposa un baiser sur le sommet de son crâne. Bien sûr que je vais t'accompagner jusqu'à l'autel.

# Chapitre 7

– Il a dit quoi ? hurla Suzy, dont la voix se brisa, et elle faillit tomber du lit.

Velvet était assise entre elles, elle jouait avec sa poupée préférée, tandis que Cassie et Suzy étaient assises en tailleur sur les oreillers. Anouk, étendue au bout du matelas, inspectait sa manucure. Henry était dans la cuisine, au rez-de-chaussée, en compagnie de Hattie et Bas.

Un bouquet de pois de senteur dans une cruche, cueilli le matin même par Hattie dans le jardin, embaumait agréablement la pièce, et les rideaux à carreaux bleus Jane Churchill se gonflaient sous la forte brise. Toutes les fenêtres de la maison étaient ouvertes. Suzy avait lu quelque part que la qualité de l'air dans les maisons était beaucoup plus toxique lorsque les fenêtres n'étaient jamais ouvertes, aussi essayait-elle d'aérer la maison avant le retour d'Archie. L'air vicié pouvait-il être la cause de crises cardiaques ? Il ne valait mieux pas prendre le risque.

– Je sais. C'est insensé, affirma Cassie en haussant les épaules ; elle ouvrit ses jambes et les croisa dans l'autre sens. Personne ne devrait avoir le droit de se marier à vingt et un ans. Franchement, je pense qu'il devrait y avoir une loi pour l'interdire. Qui sait vraiment ce qu'on veut à cet âge ?

– Eh bien, pas toi, c'est une certitude, railla Anouk, le bras tendu alors que Velvet tapotait ses bracelets en or torsadés, la poupée négligée.

– Non. Je te remercie, grogna Cassie en levant les yeux au ciel.

– Quoi ? Je suis d'accord avec toi. Tu es la parfaite illustration que ce mariage ne devrait pas avoir lieu.

– Anouk a raison, affirma Suzy d'un ton grave, le regard au loin. Nous t'avons laissée commettre la plus grosse erreur de ta vie, parce que nous étions toutes aussi jeunes et stupides que toi. Allons-nous rester les bras croisés et regarder l'histoire se répéter ? Maman a raison : Germe est loin d'être aussi bien dans sa peau qu'elle essaie de nous le faire croire. Elle était une vraie rebelle quand nous étions jeunes, tu ne te souviens pas ? Je te lisais les lettres de Maman. Je pensais qu'elle allait perdre ses cheveux à force de se faire du mouron.

Cassie fronça les sourcils au surnom employé par Suzy. Gem était *Germe* ? Pourquoi personne ne le lui avait dit ? Bien sûr qu'elle se souvenait de cette fille ! Suzy n'arrêtait pas de se plaindre à propos d'elle quand elles étaient à l'école.

– Elle a été expulsée de partout, a arrêté ses études, a fait le tour du monde pendant près de deux ans et, maintenant, elle revient en prétendant qu'elle veut se poser pour le restant de sa vie ? Ah ! fit Suzy en poussant un grognement méprisant et en agitant son index. Je ne crois pas, non.

– Est-ce que Hattie est très proche d'elle ? s'enquit Cassie.

– Extrêmement. Maman n'est pas seulement devenue sa tutrice légale. Elle était très proche d'Oncle Phil et, quand il est mort, je crois qu'elle s'est senti le devoir d'offrir à sa petite fille une vie heureuse. C'était évident que Germe essayait d'attirer l'attention, tout le monde le voyait. Même les directeurs d'école, quand ils convoquaient Maman pour lui annoncer qu'ils ne voulaient plus de Germe dans leur établissement, très souvent, ils finissaient par plus pleurer qu'elle ! Et Maman ne lui a jamais rien reproché. Elle la serrait simplement dans ses bras et lui disait qu'on l'aimait, que tout irait bien. Franchement, si ce n'est pas là la preuve qu'il faille faire montre de fermeté...

– Tu ne peux pas continuer à l'appeler Germe, désapprouva Cassie, qui serra un coussin contre elle et regarda au-delà des rideaux gonflés deux pigeons posés sur le fil téléphonique.

– Peut-être pas devant elle, grommela Suzy. Quoi ? Elle a épuisé ma pauvre petite Maman. C'était une vraie morveuse, je vous le dis.

– Oui, parce que ses parents sont morts. Sois un peu indulgente avec elle.

La main de Cassie caressa machinalement les cheveux de Velvet lorsque celle-ci s'approcha sur le lit. Suzy souffla d'un air mécontent, mais ne chercha pas à défendre davantage sa position.

– En plus, elle parle de toi avec une grande tendresse. N'est-ce pas, Anouk ?

Anouk hocha la tête, tout en inspectant les cuticules de son index droit.

– Elle veut avoir tes seins, murmura-t-elle.

Il y eut un moment de silence pendant que Suzy passait son regard perplexe d'Anouk à Cassie. Cette dernière rassura son amie avec une tape sur le bras.

– Tes seins, les cheveux de Kelly, la peau d'Anouk... Apparemment, elle nous idolâtrait toutes. Elle nous voyait comme une bande très soudée et cool de filles plus vieilles.

– Je ne suis pas vieille, répliqua Anouk avec une pointe de dédain.

Cassie rit.

– Par plus vieilles, je voulais dire plus âgées.

Anouk fronça les sourcils.

– Je ne suis pas âgée non plus.

Suzy se laissa tomber sur les oreillers avec un petit rire, les yeux rivés sur sa fille.

– Eh bien, je ne veux pas qu'elle revienne et recommence à stresser Maman. La dernière chose dont Maman a besoin, c'est que Germ... (Suzy se mordit la lèvre alors que Cassie la réprimanda du regard.) Je veux dire que Gem se marie à un parfait inconnu, alors qu'Archie est toujours à l'hôpital. Un mariage est réellement la dernière chose dont elle a besoin.

– Ou peut-être qu'un événement heureux comme un mariage est exactement ce dont Hattie a besoin, contesta Anouk, qui comme toujours se faisait l'avocate du diable. Qui sait ? Peut-être qu'ils incarnent l'amour de jeunesse éternel.

Sortant de la bouche d'Anouk, elle qui ne croyait guère en l'amour constant, ces mots étaient empreints d'une ironie particulière.

– Balivernes ! s'écria Suzy. Cette fille est perdue, c'est tout. Elle revient de cette grande aventure planétaire et puis quoi ? Que va-t-elle faire de sa vie ? Elle n'a aucun diplôme...

– Elle a son diplôme de professeur de yoga, l'interrompit Cassie avec un doigt en l'air.

Suzy inspira lentement, patiemment, refusant d'être mise en échec.

– Elle n'a aucune éducation digne de ce nom. Bien sûr qu'elle veut se marier ! Je le vois tout le temps avec mes clientes ; c'est un grand projet passionnant, qui l'occupe pendant qu'elle se réacclimate à la vie en Angleterre. Et ensuite quoi, hein ? Dans six mois, dans un an, quand tout sera terminé et qu'elle se rendra compte qu'elle est pieds et poings liés à ce fainéant de surfeur pour le restant de ses jours... ? Non, fit Suzy en secouant la tête. Nous devons empêcher ce mariage. Mon imbécile de frère est peut-être trop sensible pour dire non à Gem, mais pas moi. Je le répète, Maman n'a pas besoin de ce genre de stress.

– Eh bien, tu ne peux pas y faire grand-chose, argua Cassie d'un ton las.

Elle se tourna sur le flanc, la tête posée dans sa main sur l'oreiller. Elle dut lutter pour ne pas fermer les yeux. Le lit était si propre et si doux qu'elle pourrait s'endormir en un instant. Elle était épuisée ; les derniers jours l'avaient éreintée et elle avait besoin d'une bonne nuit de sommeil, ce qui était presque impossible avec Henry dans le lit à côté d'elle.

– Au contraire, répondit Suzy avec des yeux brillants. Je peux y faire pour beaucoup. Les mariages sont mon métier, après tout.

– Donc, tu prévois d'organiser son mariage ? demanda Anouk. N'est-ce pas le contraire de ce que tu viens de dire ?

Suzy hocha joyeusement la tête.

Anouk considéra Cassie avec perplexité.

– Il y a une nuance de langue qui m'échappe ? Cela a-t-il plus de sens pour toi que pour moi ?

– Non, pas du tout, avoua Cassie avec un froncement de sourcils.

– C'est parfaitement logique, insista Suzy, radieuse. C'est inutile d'essayer de dissuader Germe. Grr, Gem ! se reprit-elle avant que Cassie ne lui fasse la remarque. Personne n'a jamais réussi à la dissuader de quoi que ce soit. Essayer de l'empêcher de se marier ne fera qu'accroître sa détermination. C'est ce que Maman ne comprend pas. C'est impossible de raisonner cette fille. Donc, nous devons employer la ruse.

– Nous ? répéta Cassie nerveusement.

– Je serai la grande sœur qu'elle recherchait pendant toutes ces années. Je ferai comme si j'étais de son côté et, quand nous passerons du temps à préparer le mariage, je la convaincrai que c'est une mauvaise idée.

– Oh, bon sang.

Cassie s'effondra sur l'oreiller en poussant un gémissement. Les « plans » de Suzy avaient beau être bien intentionnés, ils tournaient toujours au désastre.

– Cela ne fonctionnera jamais. Elle va tout de suite comprendre tes intentions, soutint fermement Anouk. Non ?

Suzy parut pensive.

– Hmm. Tu as raison, Anouk, elle me démasquera tout de suite. Quel genre de publicité négative pourrais-je faire au mariage ? Je serais mauvaise. Un coup d'œil à mon couple suffirait à convaincre Gem de passer aussitôt devant le maire.

– Exactement, convint Anouk avec un haussement d'épaules.

– C'est pour cette raison que Cassie devrait s'en occuper.

– Moi ? bafouilla Cassie, qui releva brusquement la tête des oreillers floconneux. Attends une minute ! C'est ta cousine !

– Et la tienne aussi, bientôt, si tu épouses un jour mon pauvre frère, se lamenta Suzy, qui soupira et fit claquer sa langue. Cassie, c'est évident qu'il faut que ce soit toi ! Tu es l'exemple même que se marier jeune est voué à l'échec.

– Pouvez-vous arrêter de dire ça, s'il vous plaît ? Ce n'est pas comme si j'ai été éperdument malheureuse pendant dix ans, vous savez.

– Oui, mais ce n'était pas non plus une relation comme Henry et toi avez aujourd'hui, non ?

C'était une question rhétorique et elles le savaient toutes. Cassie poussa un soupir, puis attrapa Velvet qui vacillait sur le matelas et elle lui fit un câlin. Elle embrassa l'enfant sur la tête et inspira ce doux parfum qui ne pourrait jamais être mis en bouteille.

Suzy plia les jambes pour se placer face à Cassie. Cette dernière, connaissant Suzy par cœur, devina que sa meilleure amie n'allait pas y aller par quatre chemins. Elle s'attendit au pire.

– Écoute, Gem pense que tu es vraiment jolie et gentille, et tu sais qu'elle vénère Henry. Je suis sûre que si elle s'est lancée dans son tour du monde, c'était notamment pour l'impressionner. Donc, comme tu es sa fiancée, Gem aura très envie d'apprendre à te connaître et d'être dans tes petits papiers. En plus, tu es la mieux placée pour l'alerter sur les erreurs que tu as commises. Tu n'es pas obligée de suivre un plan d'action ; passe seulement du temps avec elle et parle-lui de... Je ne sais pas, du temps que tu as gâché, comment tu as perdu le contact avec tes amis et as vieilli avant l'heure.

Cassie regarda la main de Suzy dessiner des cercles dans l'air alors qu'elle déroulait la longue liste de ses défauts à l'époque de son mariage avec Gil.

– Ce que je veux dire, c'est que tu ne connaissais rien à la mode ; tu savais à peine t'habiller. C'était comme si tu étais morte pendant dix ans, pas mariée.

– Pire que morte même, marmonna Anouk en se roulant sur le dos, et elle se mit à inspecter ses cheveux à la recherche de pointes fourchues.

– Bon sang, et tu te demandes pourquoi je ne suis pas pressée de repasser devant le maire !

– Mais tu vois, tu peux te servir de cette mésaventure pour faire le bien, continua Suzy, sans tenir compte du sarcasme de Cassie. Quand tu raconteras ton histoire à Gem, elle se rendra compte assez rapidement de son erreur.

Cassie déposa un autre baiser sur le crâne de Velvet. Était-il possible, se demanda-t-elle, de recréer cette odeur ? Anouk connaissait sans doute quelqu'un, un nez célèbre à Paris, qui en serait capable. Quel cadeau d'anniversaire cela pourrait faire... Cassie s'aperçut que Suzy s'était tue et la fixait.

– Écoute, je ne vais pas détruire le bonheur de quelqu'un, même si c'est dans une bonne intention. J'adore Hattie moi aussi. Je ne veux pas qu'elle soit stressée ni bouleversée, mais si c'était comme l'a dit Anouk ? Si cet homme était réellement le grand amour de Gem ?

– Ce n'est pas son grand amour ! C'est une distraction, un amour de substitution… Appelez cela comme vous voudrez, mais nous protégeons Gem d'elle-même. N'as-tu pas envie, continua Suzy, la main sur le cœur, d'épargner à cette pauvre fille le chagrin d'amour que tu viens de vivre ? Un mariage n'est pas une sinécure, mais un divorce… ? Affreux !

Cassie arracha des peluches inexistantes de la couette d'une main tremblante. Gil avait retardé le divorce le plus longtemps possible, en demandant à ses avocats de négocier sur le moindre bien, tandis que les avocats de Cassie avaient épluché les actes compliqués et nébuleux de cette vieille famille.

– Écoute, si je pensais être à moitié aussi efficace que toi, je le ferais moi-même, déclara Suzy d'une voix plus calme en lui tapotant le genou. Mais avec ce qui est arrivé à Archie, nous devons tous les deux réduire le rythme et éviter au maximum le stress…

– Oh, tu n'as pas fait ça ! s'esclaffa Cassie, en repoussant le bras de Suzy.

Suzy écarquilla les yeux d'un air innocent.

– Fait quoi ?

– Tu es incroyable ! Tu te sers de la crise cardiaque qui a failli coûter la vie à ton mari pour me convaincre de faire ton sale boulot !

Suzy adressa à son amie un sourire malicieux.

– Ça veut dire que tu acceptes ?

– Non, pas du tout ! Tu ne peux pas m'aider, Anouk, s'il te plaît ? Tu es censée être de mon côté.

– Eh bien, c'est une idée stupide, j'en conviens, dit Anouk en haussant les épaules. Mais il y a peut-être une certaine logique. Tu es déjà passée par là. Qu'y a-t-il de mal à parler à Gem, en fin de compte ? Histoire de vérifier la solidité de leur couple.

Cassie grommela face à cette infériorité numérique.

– Bon, je ne vous promets rien, finit-elle par concéder. Je vais simplement essayer de la percer à jour et, si je pense qu'elle se marie pour de mauvaises raisons ou si j'ai des doutes, alors j'aurai une discussion avec elle et lui raconterai mon histoire pour la mettre en garde. Mais je ne vous garantis rien.

– Je ne te le demande pas, répondit Suzy. Tout ce que je te demande, c'est d'avoir une discussion franche avec elle et de la recadrer.

Suzy claqua sa main sur le lit pour souligner son propos, ce qui fit sursauter Cassie.

– Mais tu dois bien te tenir, la prévint Cassie en brandissant son index. Je sais comment tu es. Ne commence pas à me mettre la pression. Moi aussi, je pourrais faire une crise cardiaque, tu sais. Je suis très stressée.

Suzy fut bouche bée et donna un coup de pied à Cassie dans les jambes.

– Je n'en reviens pas que tu te serves de la crise cardiaque qui a failli coûter la vie à mon mari pour ne pas faire mon sale boulot !

Anouk gloussa.

– Vous ne changerez jamais toutes les deux.

Velvet tendit les bras, réclamant sa mère, et Suzy se pencha pour la prendre. Cassie contempla la petite fille se blottir contre le cou de sa mère, comme si elle s'emboîtait parfaitement dans sa silhouette. Un soupir lui échappa. Elle avait désiré un bébé autrefois, avant que Gil ne détruise sa vision de la vie de famille et du mariage.

– Je suppose, Suzy, que Cassie ne doit rien dire à Henry ? intervint Anouk, qui observait cette scène de tendresse avec davantage de recul.

Cassie tourna brusquement la tête.

– Pourquoi ?

– Comme l'a dit Suzy, il est trop sensible ; ils sont manifestement très proches, puisqu'il a accepté de la conduire à l'église, expliqua Anouk avec un haussement d'épaules. Crois-tu vraiment qu'il verra d'un bon œil que vous essayiez de briser son couple ?

– Il comprendra quand je lui expliquerai pourquoi nous le faisons. Nous n'agissons pas par méchanceté. C'est tout le contraire même, nous essayons d'aider Gem.

– Anouk a raison, Cassie. Henry est un romantique dans l'âme. Regarde, il t'a enfin, la seule fille qu'il ait jamais désirée, et il a attendu dix ans pendant que tu étais mariée à un autre ! Il croit au grand amour et aux contes de fées. Il ne comprendra jamais. Tu ne dois pas lui en parler.

– Non. Cette idée ne me plaît pas. Henry et moi n'avons aucun secret l'un pour l'autre.

– Écoute, tout ce que tu as à faire, c'est d'ouvrir les yeux et les oreilles de Germe à propos de la cruelle réalité de se marier trop jeune avec la mauvaise personne. La décision de rompre lui reviendra. Ce n'est pas comme si tu allais faire expulser Laird ou… (Suzy s'interrompit, les yeux écarquillés.) Hé, on devrait vérifier son visa.

Anouk rit, puis roula sur le côté, dans la même position que Cassie.

– Tu es incorrigible.

– Non, non, tu as raison. Faisons simple, se raisonna Suzy, qui caressait le dos de Velvet. Germe le quittera, elle annoncera à Henry que c'est terminé et il n'y réfléchira pas à deux fois. En fait, je pense même qu'au fond, il sera plutôt soulagé. Je parie qu'il commence à se rendre compte à quel point cette histoire tracasse Maman…

– Gem. Elle s'appelle Gem.

– C'est juste. C'est ce que je viens de dire, affirma Suzy d'un ton sérieux.

On frappa à la porte et le visage acajou de Bas apparut.

– Cette discussion est-elle réservée aux propriétaires d'ovaires, ou n'importe qui peut y participer ?

Cassie lui fit signe avec joie de se joindre à elles et il s'avança vers le lit. Au moins, lui serait de son côté.

– Dis-moi que tu n'es pas obligé de partir, l'implora-t-elle.

Bas s'allongea, comme une sardine, à côté d'Anouk, mais là où ses pieds pendaient du matelas, ceux de Bas étaient à plat sur le sol grâce à ses longues jambes. Velvet se dégagea aussitôt des bras de Suzy et commença à ramper sur Bas, comme s'il était une cage à poules géante.

– Reste quelques jours de plus. Nous n'avons pas passé de temps ensemble depuis si longtemps.

– Impossible, *darling*, s'excusa Bas, qui attrapa l'une des mains de Cassie pour l'embrasser affectueusement. Je travaille pour *Bazaar* lundi. Cara Delevingne et Jourdan Dunn. Style sportif de luxe, expliqua-t-il en levant les yeux au ciel. Donc queues-de-cheval souples et bandeaux.

Anouk se redressa, instantanément plus intéressée.

– Dis-moi la vérité : de quoi ont l'air ses sourcils en vrai ? Masculins ? C'est *too much*, non ?

– Elle est jolie comme une poupée. L'ensemble fonctionne, répondit Bas en haussant les épaules. Désolé.

Anouk reprit sa position, avec une petite moue.

Bas se tourna vers Cassie.

– Alors, de quoi parliez-vous avant que je n'arrive ? On vous entendait crier et rire d'en bas et vous savez que je ne supporte pas d'être exclu des potins.

– De Gem, affirma gravement Suzy.

– Pff. Ils n'ont qu'elle à la bouche en bas aussi. Promets-moi une chose, Cassie : si cette fille veut se débarrasser de ses tresses africaines, tu m'appelles et je prendrai le premier avion pour m'en charger moi-même, dit-il, secoué par un petit frisson. Ces trucs-là me donnent des tocs.

– Hmm. Et ce doit être vraiment gênant pour dormir, tu ne crois pas ?

– Je ne veux même pas y penser ! Ce sont les tailleurs Chanel qu'on tisse, pas les cheveux.

– Quand dois-tu partir pour l'aéroport, Bas ? lui demanda Cassie.

– Tout de suite, à vrai dire.

Elle fit une grimace triste. Leurs vingt-quatre heures s'étaient écoulées trop vite. Ils avaient tous perdu un temps précieux en faisant la grasse matinée pour tenter de se remettre des shooters de tequila qu'ils avaient bus sur l'insistance de Gem.

– Est-ce que Luis te manque ?

– Qu'est-ce qui te fait croire ça ? rétorqua Bas, avant de se mordre le poing, ce qui fit rire les trois jeunes femmes.

– Oh, c'est affreux que vous soyez séparés, compatit Cassie.

Elle posa sa tête sur le torse de Bas pour qu'il puisse lui caresser les cheveux. Il avait toujours aimé ses cheveux.

– Quand as-tu dit que tu devais le revoir ?

– Il vient à New York à la fin du mois.

– C'est déprimant. Je sais à quel point c'est difficile d'entretenir une relation à distance. Je déteste quand Henry s'en va.

– Vraiment ? fit Anouk, l'air sincèrement surprise. À mon avis, l'absence est la meilleure chose qui soit pour le désir. Plus de gens devraient essayer.

– Oh là là, ne dis pas ça à Archie ! s'exclama Suzy. J'essaie toujours de le convaincre que plus il se passera de sexe, moins il en aura envie.

Bas et Cassie éclatèrent de rire.

– Quoi ? Ce n'est pas drôle, affirma Suzy, mais elle rit tout de même. Ça fait deux ans que je ne dors plus. Je garde une boîte de test de grossesse sur l'étagère de la salle de bains rien que pour lui faire peur et l'empêcher d'avoir des idées.

– Au moins, maintenant, tu vas être tranquille un moment, plaisanta Bas. C'est la dernière chose dont son cœur a besoin.

Le regard de Suzy s'illumina.

– Oh, je n'y avais pas pensé. C'est le bon côté de l'histoire !

Tout le monde ricana, avec un sentiment mêlé de culpabilité et de soulagement – plaisanter sur la crise cardiaque d'Archie aurait été impensable encore la veille, mais à présent qu'il était tiré d'affaire, ils y étaient tous allés de leur boutade.

C'était officiel, la vie reprenait son cours.

# Chapitre 8

Le ciel était aussi rose que la joue d'un enfant endormi quand ils se mirent en route. La Morris Minor crème quitta bruyamment la rue calme, immaculée et plantée d'arbres pour se diriger vers l'ouest, en direction de l'autoroute. Henry était au volant, la tête baissée pour ne pas se cogner contre le plafond, tandis que Cassie peinait à lire la carte, avant d'être prise par le mal des transports. Un thermos de thé était coincé entre ses genoux, et des petits pains chauds au bacon, enveloppés dans du papier d'aluminium, fumaient d'un air tentant à côté d'eux.

Henry alluma la radio – il opta pour Radio 4 en raison de leurs animateurs à la voix suave. Cassie avait la réputation de ne pas être du matin. La main de Henry se posa machinalement sur le genou de sa fiancée et le pressa tendrement. Cassie changea légèrement de position et lui caressa la joue. Elle se rappela leur gymnastique de cette nuit – encore raté pour se coucher tôt !

C'était impossible de se tenir la main tout en conduisant une voiture manuelle. Dans un silence décontracté, ils traversèrent la capitale encore assoupie, qui profitait de la grasse matinée du samedi matin. Cassie se rendormit – les présentateurs de Radio 4 faisaient trop bien leur travail –, elle somnola pendant une bonne partie de la banlieue et ensuite les vues imprenables sur les vallées verdoyantes. Mais à mesure que les routes devenaient plus étroites et sinueuses, elle reprit lentement ses esprits, elle préférait de loin être réveillée par la vue des chênes majestueux et des champs de blé luxuriants que par les chiffres rouges et agressifs de son réveil, lui hurlant qu'il était cinq heures et quart du matin.

– Tu veux du thé ? proposa-t-elle à Henry, tout en attrapant le thermos au moment où ils doublèrent le panneau indiquant Midhurst.

– Je pense que, maintenant, ça peut attendre notre arrivée, répondit Henry en tapotant la main de Cassie.

Il rétrograda pour franchir le portail imposant de Cowdray Park. Ils montrèrent leur accréditation au vigile. Il était à peine huit heures et pratiquement personne n'était encore arrivé. Au loin, les ruines crénelées du manoir d'origine dominaient la bâtisse actuelle où vivait la famille Cowdray. Les deux terrains de polo s'étendaient devant eux, parfaitement plats, parfaitement rayés, alors que les jardiniers s'affairaient sur leurs engins rouges pour scarifier le gazon, avant qu'il ne soit décimé par le martèlement des sabots. Les tribunes étaient vides, les strapontins en plastique verts repliés face au soleil qui forcissait. En revanche, il y avait de nombreux vans dans la zone réservée aux concurrents, et Cassie aperçut des chevaux être promenés par les palefreniers, d'autres attachés à un poteau, la tête dans leur musette. L'odeur distinctive du cuir et du fumier que Cassie avait toujours appréciée embaumait l'air, passant à travers le radiateur rudimentaire de leur vieille voiture. Elle baissa la vitre pour sortir la tête comme un chien heureux, et inspira profondément.

Zara était arrivée avant eux, son grand Land Rover Mark II vert olive avait pris possession du meilleur emplacement – d'où le réveil matinal : le public, arrivant soit du nord, soit de l'ouest, devait forcément passer devant leur stand.

– Salut ! leur lança Zara une fois Henry et Cassie garés.

Bien que court, ce mot était teinté par son accent sud-africain. Elle sortit de sa voiture l'air parfaitement éveillée et très belle. Sa peau était couleur amande, de grosses taches de rousseur criblaient son nez et ses joues, et ses yeux brun clair semblaient toujours pétiller. D'après Anouk, Zara serait la plus belle femme qu'elle connaissait si seulement elle « prenait soin de ses ongles ». Zara portait déjà son uniforme de travail habituel : une salopette ample Land Girl et un chemisier à col Claudine avec des bottines. Sa coupe afro était dégagée de son visage par un foulard noué sur le devant. Cassie et Zara avaient décidé dès le départ qu'elles accentueraient le côté rétro de leur petite entreprise par une tenue vintage. Le look de Cassie se composait d'une robe fluide à fleurs, d'un tablier, d'une coiffure des années soixante et d'une bouche rouge en cœur.

Zara détacha la yourte bien enroulée sur le côté de la galerie, qui faisait ainsi davantage penser à un télescope.

– Qu'en pensez-vous ? C'est un bon emplacement, non ? cria Zara à travers la vitre ouverte de Cassie.

– Depuis que je te connais, tu as toujours été la première à arriver aux fêtes et la dernière à en partir, plaisanta Henry.

Il sortit de la voiture et chassa malicieusement Zara pour s'occuper lui-même de décrocher la tente du toit.

– Pousse-toi. Laisse-moi faire, miss.

Zara gloussa et se dirigea vers Cassie, toujours assise sur le siège passager, à grignoter avidement son sandwich au bacon. Elle avait du ketchup sur le menton, les paupières closes de satisfaction alors que les glucides commençaient à faire leur effet sur son corps las.

– Tu es fatiguée ?

– Arf. Plus jamais je ne me lève à une heure avec un cinq dedans, se plaignit Cassie, avant d'avaler une autre bouchée. Je parie que Jude n'a pas non plus été ravie que tu te lèves si tôt un week-end.

– Elle n'a rien remarqué. Elle est comme toi, elle n'émerge pas tant qu'elle n'a pas ses huit heures de sommeil.

Cassie ricana, puis croqua une nouvelle bouchée divine de son petit pain.

– Archie va bien ?

La bouche pleine, Cassie leva son pouce et hocha la tête d'un air très soulagé.

– Super nouvelle, se réjouit Zara en tapotant la portière d'une main. Je vais commencer à équeuter les fraises. Rejoins-moi quand tu auras retrouvé toutes tes capacités !

– D'accord, marmonna Cassie, la bouche toujours pleine.

Avec une autre sorte de faim, elle observa Henry poser la toile de la yourte sur la structure pliante en aluminium. Son physique athlétique était à peine voilé par son tee-shirt noir délavé et son jean, alors qu'il se mettait au travail avec l'énergie d'un enfant ayant bu six canettes de Coca.

Cassie adorait quand il venait les aider le week-end (il était le moins doué pour faire sauter les bouchons de champagne), mais sa présence ce jour-là était d'une certaine façon… touchante. Comme Archie devait passer une batterie de tests, Henry ne pouvait pas « fructueusement » passer la journée à son chevet et lui raconter des blagues, et il ne lui venait pas à l'esprit de passer la journée sur le canapé ; il n'avait pas grand-chose à faire en ce moment. L'expédition était finie, terminée, du moins pour cette année. Henry essayait de le prendre avec philosophie, acceptant l'idée de Bob Kentucky selon laquelle il y avait toujours un espoir pour l'an prochain, mais Cassie avait aperçu son expression pensive chaque fois qu'il se croyait seul et elle savait qu'il ne fermait pas l'œil de la nuit. Parce que prendre la nouvelle avec philosophie et l'encaisser sans broncher ne résolvaient pas la question pressante – et inquiétante – de leurs finances.

Cassie pensa à la somme d'argent placée sur un compte bancaire à son nom. Celle-ci réglerait leurs problèmes d'un coup, et pourtant… Et pourtant, cet argent lui semblait être le prix du sang, comme si l'utiliser – en dépendre – revenait à dépendre à nouveau de Gil. Encore. Et Cassie ne donnerait pas à son ex-mari ni cette satisfaction, ni ce pouvoir. Elle ne le pouvait pas.

Non. Il valait mieux garder Henry occupé. Une solution finirait par se présenter. Sinon, il parlait de se proposer pour donner des cours d'escalade, de voile… Cassie l'admira monter la tente en quelques minutes et enfoncer aisément les sardines dans le sol dur comme de la pierre. Au moins, c'était une activité physique, virile – c'était mieux pour son ego que d'équeuter des fraises.

Comme s'il avait senti le regard de Cassie, Henry se redressa et se retourna, puis lui adressa un sourire qui fit chanceler son cœur. Son sourire se transforma en rire lorsqu'il désigna son menton et elle se souvint de la coulure de ketchup. Elle lui tira la langue, avant de prendre un mouchoir en papier dans la boîte à gants pour s'essuyer le visage.

Après une rapide gorgée de thé, bue dans la tasse-couvercle bleue du thermos vert pomme, Cassie sortit enfin de la voiture, prête à prendre part aux efforts de la matinée. Une fois son tablier à volants vert gazon enfilé par-dessus sa robe, elle rejoignit Zara à l'arrière du Land Rover. Tout en discutant, elles travaillèrent rapidement en équipe : elles accrochèrent la guirlande de fanions rayés à l'intérieur comme à l'extérieur de la yourte et autour de la galerie de la voiture ; installèrent la table du petit-déjeuner au champagne ; empilèrent les assiettes rétros en porcelaine tendre ; placèrent les couteaux, les fourchettes et les cuillères dans des pots distincts, ornés de rubans ; ouvrirent les vieilles chaises pliantes en toile crème et en cuir.

Dès cette installation terminée, elles sortirent la pâte à croissant de la glacière et commencèrent à la diviser en viennoiseries individuelles. Elles les disposèrent sur des plaques, prêtes à cuire au four en une demi-heure, afin qu'elles soient encore chaudes à l'arrivée des premiers convives à dix heures.

– Hé, fainéant, lança Zara, lorsqu'elle leva la tête et aperçut Henry sur l'une des chaises, plongé dans le courrier des lecteurs du *Times*. Nous allons avoir besoin de glace pilée pour la limonade de sureau. Peux-tu aller en chiper à l'un des stands ?

– En échange de quoi ? demanda Henry, qui replia le journal et se leva. Un verre gratuit ? Un pari à mon nom sur l'Argentine ?

– Un baiser gratuit de Cassie, répondit Zara en attrapant un autre pot de pâte.

– Vendu !

Henry s'approcha et embrassa sa fiancée, alors qu'elle parsemait des amandes effilées sur les croissants. Il sourit en apercevant le sucre glace sur le bout de son nez. Qu'il embrassa également.

– Je n'en ai pas pour longtemps, indiqua-t-il en prenant les deux grands seaux à glace en argent, avant de s'éloigner.

Cassie l'observa en poussant un petit soupir.

– Mince, j'espère vraiment que vous ne vous marierez pas tous les deux, marmonna Zara, le regard pétillant. Votre lune de miel serait insupportable !

★

Cassie et Zara étaient allongées sur le toit de la voiture, à perfectionner leur bronzage, lorsque Henry revint quarante minutes plus tard.

– Hé ! Quand je t'ai demandé d'aller chercher de la glace, je ne voulais pas dire au pôle Nord ! plaisanta Zara, qui se roula sur le côté.

Henry tirait les deux seaux à glace sur un chariot derrière lui. Cassie ne se résolvait pas à bouger. Avec ce soleil qui cognait sur elles… elle s'était presque rendormie.

Henry s'arrêta et leva la tête vers elles, en protégeant ses yeux du soleil éclatant. Il souriait d'un air ravi.

– Zara, tu ne devineras jamais sur qui je viens de tomber.

– Non, je pense que non, répondit-elle avec une patience infinie.

Elle avait été l'une des colocataires de Henry à l'université et savait bien qu'il était du genre à croiser une connaissance pratiquement partout où il allait.

Henry attendit un instant, pour faire durer le suspense.

– Beau Cooper !

Surprise, Zara se redressa.

– Mais non ! Je croyais qu'il était mort.

Henry gloussa.

– Je pense qu'il a failli mourir, plusieurs fois même.

– Qui est Beau Cooper ? s'enquit Cassie, en se redressant sur ses coudes.

– Attendez. Laissez-moi mettre la glace à l'abri du soleil.

Henry poussa le chariot à l'ombre de la tente, hissa les seaux sur la table du petit-déjeuner et plongea plusieurs bouteilles de champagne dans la glace.

Zara se tourna face à Cassie.

– Beau était à la fac avec nous. Il est né dans la soie, précisa-t-elle à voix basse, et sa jolie bouche se tordit en un rictus. Beaucoup trop mignon – et il en jouait –, beaucoup trop d'argent. Un vrai drogué. Il a dû être ranimé deux fois avec des injections d'adrénaline, et encore, peut-être qu'il y a eu d'autres fois dont je n'ai pas eu connaissance. Il a pu rester à la fac uniquement parce que son père a fait un don de millions de livres pour la nouvelle bibliothèque de droit.

– Charmant, ironisa Cassie, qui reprit sa position de bain de soleil. Je suis étonnée que Henry soit ami avec une telle personne.

– Je crois que Henry voyait plutôt d'un mauvais œil le style de vie de Beau, mais ils se ressemblent à beaucoup d'égards : ce sont tous deux des esprits libres, des anticonformistes audacieux, j'imagine. Ni l'un ni l'autre ne se plient aux stéréotypes ;

ils ne peuvent pas avoir un pavillon en banlieue et un travail de bureau. Et je crois que Beau aimait que Henry ne soit pas du genre flagorneur. En réalité, c'était Beau qui voulait traîner avec Henry.

– Je n'ai jamais entendu parler de cet homme. Henry ne l'a jamais mentionné.

Mais il n'avait jamais non plus évoqué Gem.

Le visage de Henry apparut en haut de l'échelle, son sourire s'élargit lorsqu'il monta sur le toit et se laissa tomber devant les filles, mourant manifestement d'envie de leur raconter son histoire.

– Alors...

– Accouche, s'impatienta Zara. De toute évidence, tu meurs d'envie de tout nous raconter. Est-ce qu'il ressemble toujours à Lord Byron ?

Henry fit non de la tête.

– Il a les cheveux encore plus longs maintenant.

– Ouh là. Et est-ce qu'il a encore toutes ses dents ?

– Je crois que ce sont les siennes, oui, s'esclaffa Henry. En réalité, il a l'air de bien se porter. On dirait qu'il fait du sport. Il a perdu ce...

Henry chercha le mot juste.

– Ce look de drogué ?

– Exactement. Et il est bronzé.

– Ne me dis rien, il revient de Saint-Barth, soupira Zara avec envie.

– D'Australie. Il s'apprête à traverser le Pacifique, jusqu'à San Francisco, sur un bateau fabriqué avec des bouteilles recyclées.

– Ça a l'air assez fou.

– Ça a l'air stupide, oui, enchérit Cassie.

– En fait, il veut sensibiliser le public à la quantité de plastique dans les océans. Saviez-vous qu'il existe une mer de plastique au milieu de l'Atlantique deux fois plus grande que la France ? Et la plupart de ces plastiques sont des sacs et des bouteilles d'eau. Des objets à usage unique.

Henry secoua la tête d'un air agacé, les yeux brillants. Cassie l'observa avec une légère tristesse. Il y avait une énergie dans ses mouvements qui n'était pas là quarante minutes plus tôt.

– Quoi qu'il en soit, il a son propre cabinet de conseil à San Francisco, spécialisé surtout dans la sensibilisation aux problèmes environnementaux. Il travaille avec des entreprises de la Silicon Valley. Mais il pense que cette aventure serait un excellent moyen de braquer les projecteurs sur un problème aussi important mais pris à la légère.

– Cool, fit Cassie, qui crut bon de devoir faire un commentaire.

– Je lui ai dit que tu étais ici, Zara. Il a vraiment hâte de te revoir.

– Oui, j'imagine, répondit la jeune femme d'un ton sec. J'espère que tu lui as dit qu'il n'était pas le grand sauveur. Il ne l'était pas à l'époque et il ne l'est pas non plus aujourd'hui.

Henry leva les yeux au ciel.

– Il n'est pas comme ça.

– Oui, c'est ça, marmonna sombrement Zara. Oh, flûte. Il faut que je mette les croissants au four.

Elle marcha à quatre pattes jusqu'à l'échelle à l'arrière de la voiture. Henry attendit qu'elle s'en aille avant de se rapprocher de Cassie.

– J'ai dit à Beau que nous irions le voir. Je veux vraiment qu'il fasse ta connaissance.

– Oh, Henry, mais pourquoi ? Je ne pense pas l'apprécier. Je n'ai pas particulièrement envie de le rencontrer.

– Ne te laisse pas influencer par Zara. Ils ont eu un… une histoire tumultueuse pendant un temps. C'est quelqu'un de bien.

– Eh bien, je me fie au jugement de Zara. Ce type a tout l'air d'un vrai raté.

– Tu accordes plus d'importance à l'avis de Zara qu'au mien ?

– Bien sûr que non, mais…

– Écoute, il n'est plus l'homme qu'il était à l'université. Je ne sais pas ce que Zara t'a raconté, mais il a changé. Il est complètement différent aujourd'hui. Quelle horreur si nous restions les personnes que nous étions dix ans plus tôt.

Sans équivoque, ces mots étaient dirigés contre elle et contre la Cassie qui avait dit « Oui, je le veux » à un autre homme. Elle détourna le regard. Son passé récent lui paraissait déconnecté de sa vie, à l'instar d'un membre amputé.

Henry attrapa la main de Cassie et la serra tendrement.

– Voyons, Cassie, qu'y a-t-il de mal à le rencontrer ? Nous avons tous le droit d'avoir notre passé, non ? Après tout, c'est lui qui fait de nous ce que nous sommes aujourd'hui.

Cassie ne pouvait pas le contester. Plus que quiconque, elle était mal placée pour le nier.

# Chapitre 9

Cassie fut sauvée par le gong : l'arrivée tôt de leurs clients entrava toute chance de rencontrer Beau, et Cassie, Zara et Henry furent immédiatement pris d'assaut. Henry jouait le barman : il préparait des kirs au sureau, pressait des clémentines et des pommes, faisait infuser du thé. Zara s'occupait du roulement des croissants et des pâtisseries dans le minifour. Celui-ci avait été intégré sur mesure dans le coffre du Land Rover, quand son précédent propriétaire avait fait, à ce qu'il paraissait, l'ascension de la passe de Khyber en Afghanistan, dans les années quatre-vingt. Cassie, pour sa part, assumait le rôle de l'hôtesse : elle portait, versait, débarrassait et souriait.

Elle ne leva pas les yeux pendant deux heures, mais, quand elle le fit enfin, elle fut étonnée par le spectacle. L'activité tranquille du petit matin avait été remplacée par une foule compacte et effervescente, à mesure que les occupants de voitures rutilantes arrivaient en cascade, passaient avec une mine curieuse devant le Land Rover, la yourte ornée de fanions et le brunch rétro qui y était servi. Leur bouche se muait en sourire dès qu'ils apercevaient la pile de chaussures à talons au pied de l'échelle de la voiture et les femmes apprêtées qui s'en étaient débarrassées, assises sur le toit, pieds nus et pédicurés, prenant un bain de soleil et riant à cœur joie.

Une voix masculine grave grondait de façon incohérente dans les haut-parleurs installés tout autour du parc. Les chevaux trottaient sur le gazon immaculé du terrain d'entraînement, leurs cavaliers debout sur les étriers et agitant leur maillet pour s'échauffer. De l'autre côté de la clôture blanche, les spectateurs flânaient, à l'ombre de parasols géants jaune tournesol, qui s'étaient ouverts comme des marguerites au soleil, tout en sirotant un verre et en picorant leur pique-nique. Quelques enfants couraient, jouaient avec de petits maillets de polo, qui se transformaient en armes dans leurs mains, tandis que des chiens en laisse reniflaient le sol à la recherche de miettes de hamburgers.

Le dos tourné à Cassie, Henry écrasait un bloc de glace fraîche à l'aide d'un pic (avec l'expérience, Zara et Cassie avaient découvert qu'elles ne pouvaient pas empêcher la glace pilée de fondre lors d'événements de toute une journée ; seuls les gros blocs tenaient). Cassie observa une femme dans une petite robe en soie pistache prendre une de leurs cartes de visite sur la table, à côté de Henry. Plus de la moitié des cartes avaient disparu.

Henry causa facilement avec cette femme, après avoir planté le pic dans la glace comme si c'était l'épée d'Arthur. La femme s'attarda, posa des questions, et Cassie, avec un agacement croissant, était convaincue que c'était un prétexte pour flirter avec son fiancé.

Henry leva le menton en direction de Zara et Cassie, et la femme se retourna. Cassie se cacha aussitôt derrière le Land Rover, car elle ne voulait pas être aperçue en train de les épier. Mais bien sûr, elle avait été une seconde trop lente et Henry riait encore quand il la rejoignit quelques instants plus tard.

– Elle me disait qu'elle était intéressée, expliqua Henry, le regard amusé.

– Oh, ça, j'ai bien vu !

Cassie raclait son pied sur l'herbe, ses joues la brûlaient d'embarras qu'il l'ait surprise à l'espionner ; elle aurait aimé pouvoir rivaliser avec quelque chose de plus séduisant que sa petite robe à fleurs.

– C'est pour les soixante ans de sa mère en septembre. Ils organisent une garden-party pour quarante personnes dans le Dorset.

Cassie leva la tête avec étonnement quand Henry lui tendit un papier avec un nom et un numéro griffonnés dessus.

– Oh.

Il avança, posa ses mains sur les joues de Cassie et sa bouche sur la sienne, avant qu'elle n'ait le temps de prononcer un mot, afin de lui prouver sa pensée par des gestes.

– Viens. Zara a dit qu'elle s'occuperait du rangement, si nous nous en chargeons ce soir afin qu'elle puisse partir tôt. Jude a des billets pour une pièce de théâtre. Nous avons une heure avant de devoir commencer le déjeuner, c'est ça ? Prenons une bière fraîche et allons regarder les chevaux.

Henry tira Cassie à travers la foule, sa grande main autour de la sienne, sans même lui laisser le temps d'ôter son tablier. Elle ne se sentit pas à sa place au milieu de cette foule. Au moins, à côté des voitures anciennes et de l'ambiance des années quarante que Zara et Cassie recréaient avec leurs paniers garnis, elle se fondait dans le décor, mais ces charmes désuets n'avaient aucun sens au-delà des stands de restauration. Ce monde était celui des riches de stature internationale, où tout pouvait s'acheter (un nouveau corps, de nouvelles dents, une nouvelle épouse, une nouvelle entreprise, de nouveaux chevaux…), et plus c'était brillant, élégant, voyant, mieux c'était.

Cassie fut frappée par l'uniformité du public. Les hommes semblaient, d'un consensus tacite et harmonieux, avoir opté pour une veste bleu marine et un pantalon de toile ; la seule variation sur le thème était la couleur rouge, ocre ou crème du pantalon. Les femmes étaient plus colorées, évidemment, mais les grandes lignes demeuraient les mêmes : une robe en soie légère, bras et jambes nus, des sandales à talons ou des chaussures compensées et des lunettes de soleil surdimensionnées Tom Ford.

La série suivante de matchs avait débuté et un grondement de sabots résonnait sur le gazon, faisant trembler le sol sous leurs pieds. La foule exultait et le commentateur s'excita au micro. Le début de la compétition signifiait que les stands (tous des tonnelles) étaient momentanément désertés. Henry leur prit un verre, et Cassie se hissa sur un tabouret de bar à côté d'un mange-debout et observa l'action qui se déroulait sous le soleil.

Même à cette distance, les chevaux semblaient valoir cher, avec leur robe lustrée, leurs pattes fines fermement bandées et, sur leur dos, une selle en cuir espagnol sur mesure. Zara avait expliqué un peu plus tôt à Cassie que les princes William et Harry participaient au tournoi, mais elle était incapable de reconnaître l'équipe d'Angleterre, alors encore moins les joueurs.

– Nous sommes en rouge, lui indiqua Henry, qui l'embrassa sur la joue quand il s'assit à côté d'elle.

– Je le savais, affirma-t-elle alors qu'il posa son verre sur la table. Qu'est-ce que tu crois ?

Il lui fit un clin d'œil pour toute réponse.

Cassie but une gorgée de bière, en veillant à ne pas se faire une moustache de mousse. Ils suivaient le match de leur point de vue au calme et à l'ombre. Henry semblait davantage capable de comprendre la partie que Cassie, il appréciait certaines actions d'un hochement de tête. Cassie admira le nombre incroyable de sacs Birkin en vue ce jour-là. Rien que depuis son siège, elle en apercevait onze, et elle ne doutait nullement de leur authenticité.

– Hé, mon pote, entendit-elle Henry dire d'un ton viril.

Elle se tourna et l'aperçut se lever pour saluer d'un check un homme qui avait visiblement été informé du code vestimentaire : veste en lin bleu marine et jean rouge moulant. Il portait également un panama crème et des lunettes aviateur aux verres argentés. Malgré une si grande partie de son visage obscurcie,

Cassie discernait, dans cette peau maigre et bronzée du Honduras ainsi que dans cette barbe naissante, un homme riche ravagé par ses vices.

Beau donna une tape à Henry sur l'épaule, mais son attention était entièrement portée sur Cassie.

– Mon vieux, voici Cassie, ma fiancée, la présenta fièrement Henry.

S'écoula un instant où personne ne s'exprima ; Cassie se rendit compte qu'elle retenait son souffle. Puis le sourire de Beau s'élargit davantage et il se tourna vers Henry en secouant la tête.

– Espèce de coquin. Comment as-tu fait pour convaincre une femme pareille d'accepter de prendre ton numéro, et encore plus ton nom ?

Henry gloussa. Cassie considéra nerveusement les deux hommes, tandis que Beau rebraqua son projecteur sur elle.

– C'est un réel plaisir de faire ta connaissance, déclara-t-il en lui prenant la main et en la tenant fermement – non pas pour la lui serrer, mais comme s'il était sur le point de la lui baiser, bien qu'il ne le fît pas.

Cassie aurait préféré ne pas voir son reflet dans ses lunettes de soleil ; l'image de sa propre expression figée était perturbante. Comme s'il remarquait sa gêne, Beau retira ses Ray-Ban, et Cassie se retrouva face à des yeux bleu turquoise, qui ne cherchaient nullement à dissimuler leur examen minutieux. Elle se rendit compte qu'elle n'avait toujours pas prononcé un mot, mais tout ce dont elle fut capable fut un rapide hochement de tête.

Beau lâcha la main de Cassie avec une apparente réticence.

Il donna une nouvelle tape sur l'épaule de Henry tout en lâchant un rire soudain.

– Tu n'imagines pas à quel point j'étais ravi de croiser ton homme tout à l'heure ! Ça fait des années. Je pensais plus ou moins qu'il était mort.

– C'est drôle. Il a dit la même chose de toi, rétorqua Cassie d'une voix posée.

Il y eut un silence.

– Eh bien, nous sommes de la même étoffe, Henry et moi. Nous aimons tous les deux vivre dangereusement, déclara Beau, avant d'étudier Cassie un instant. Tu sais, ton visage me dit vraiment quelque chose. Nous ne nous sommes pas déjà rencontrés ?

– Non.

– Tu en es sûre ? Parce que je suis plutôt physionomiste. Je ne suis pas doué pour grand-chose d'autre, Henry te le dira, mais pour les visages… Je te connais de quelque part.

– C'est peut-être à cause d'une campagne publicitaire à laquelle Cassie a participé à New York, il y a deux ans.

La main de Henry trouva celle de Cassie et il la serra doucement.

– Alors, comme ça, tu es mannequin ?

À l'éclat dans le regard de Beau, Cassie comprit qu'il avait une connaissance intime des mannequins.

– Non.

– Non ? Alors, qu'est-ce que tu fais dans la vie, Cassie ?

Elle hésita.

– J'ai une entreprise de restauration avec une amie.

Les yeux de Beau parcoururent lentement Cassie de la tête aux pieds, un sourire carnassier sur les lèvres.

– D'où le tablier. Je me disais que c'était peut-être… un style.

– Elles font des pique-niques sur mesure, expliqua Henry. Je pense que ça te plairait, mon vieux. Les sandwichs et les fruits ne sont pas emballés dans du plastique. C'est de la bonne nourriture traditionnelle, enveloppée dans du papier, comme les pique-niques d'autrefois, tu vois ?

– Avec des paniers en osier et des œufs mayonnaise, tu veux dire ? demanda Beau, les yeux toujours sur Cassie.

– Exactement. En y réfléchissant bien, le message écologique de Cassie est en accord avec le tien.

– Dans ce cas, peut-être la société de Cassie pourrait-elle sponsoriser notre voyage ? Cela ne te dérangerait pas de dépenser cent mille livres pour la bonne cause, n'est-ce pas ?

– Tu plaisantes, mais elle a aussi des parts dans *C & C* à Paris, ajouta fièrement Henry, qui fanfaronnait à la place de Cassie.

Cette information fit plisser les yeux de Beau avec un réel intérêt.

– Ah oui, vraiment ? Je serais curieux de savoir comment tu as réussi ce coup. C'est mon restaurant parisien préféré et, même moi, je n'arrive pas à m'affranchir de la liste d'attente. Mais peut-être que maintenant j'y arriverai, hein ? insinua-t-il en lui tapotant la main. Tout dans la vie est une question de relations.

– Je suis une associée passive, marmonna Cassie.

– Quelle passive elle doit faire, mon vieux !

Henry pointa son index sur Beau pour le mettre en garde, mais il affichait un grand sourire et son camarade d'université leva les mains en l'air.

– Je rigole. Je ne voulais pas te vexer.

Cassie ne répondit pas. Elle était pratiquement certaine que c'était faux. Un petit groupe d'hommes bruyants avançait vers eux.

– Comment ça, Cooper ? cria fortement l'un d'eux, en dépit de la proximité. Toi ? Qui ne voulais pas vexer ? Je n'y crois pas une seconde !

– C'est sympa de nous avoir apporté à boire, vieux, déclara un autre qui lui donna une tape franche sur l'épaule et dont les yeux, tout comme ceux des autres, se posèrent sur Cassie et Henry.

L'un d'eux reconnut Henry.

– Comment tu vas ? Ça fait longtemps, dit-il en levant la main.

– C'est vrai, admit Henry, qui agrippa sa main comme s'ils allaient faire un bras de fer. Finn, je te présente...

– Cassie, dit une autre personne.

L'accent était américain. La voix masculine. Et stupéfaite. Avant même de le voir, Cassie sut de qui il s'agissait. Les poils sur sa nuque se hérissèrent lorsqu'elle se souvint du visage qu'elle avait aperçu dans un taxi à New York. Des fragments d'un sourire complice, de mains assurées, d'une barbe naissante bien taillée et d'une bouche légèrement moqueuse lui revinrent à l'esprit.

Elle jeta un rapide coup d'œil à Henry, par réflexe, mais il plissait déjà les yeux de concentration. Cassie sentait son pouls palpiter dans son cou. Elle observa Henry essayer de situer cet homme qu'il n'avait vu qu'une seule fois, *via* Skype, tandis qu'il la déshabillait, elle, la femme qui était désormais sa fiancée.

– Luke, réussit à dire Cassie, qui se lança la première, déterminée à adopter un ton courtois.

Elle était plus qu'inquiète de la réaction de Henry lorsqu'il finirait par assembler les pièces du puzzle. La dernière fois qu'elle avait parlé à Luke, la discussion avait tourné à l'altercation et il avait été envoyé au tapis par son cher ami Claude.

– Ça me fait plaisir de te voir.

Si Luke était amusé ou offensé par l'emploi par Cassie du mot « plaisir », il ne laissa rien paraître. En réalité, cela semblait être pour lui uniquement une bonne surprise de la voir, comme s'il avait un tout autre souvenir de la fin de leur histoire.

– Quelle coïncidence.

– Oui.

– Comment vas-tu ?

Cassie hocha la tête, cette mascarade la faisait un peu grimacer : banalités et platitudes pour passer la trahison de Luke sous silence. Le visage de Cassie resta impassible, bien que l'humiliation soit toujours vive d'avoir découvert les clichés qu'il avait pris d'elle dans leur intimité, des nus en noir et blanc, agrandis et exposés au nom de l'art lors de sa dernière exposition de photographie à la Fashion Week de Paris.

– Vous vous connaissez ? demanda Beau, avec un intérêt calculé.

– Oui. Cassie et moi, euh...

Luke veillait bien à ne pas croiser le regard de Henry, ni celui de Cassie.

– Nous nous sommes rencontrés à New York. Cassie y a vécu quelque temps, il y a deux ou trois ans.

– C'est vrai ?

Beau avait le sourire, pressentant l'anguille sous roche.

– Où vis-tu maintenant, Cassie ? s'enquit Luke.

– Ici. Enfin, à Londres.

Ne pouvait-il pas le deviner à son look ? Ses cheveux avaient été blond doré et elle s'habillait tout de noir à New York ; à Paris, elle avait été une brune à la coupe carrée. Ses racines sombres, son visage pratiquement pas maquillé et ses tennis Cath Kidston criaient « Londres », non ? D'un autre côté... Ses mains tripotaient le coton de son tablier à volants, qu'elle portait par-dessus sa petite robe vintage. Luke devait se demander ce qu'elle faisait habillée en serveuse des années quarante.

– D'accord.

Il y eut un bref silence pendant qu'ils cherchaient un sujet de discussion sûr devant ce petit groupe. La conversation n'avait jamais été leur fort.

– Et as-tu... vu Kelly ou Bas récemment ? parvint à dire Luke.

– Bas est venu à Londres cette semaine, en réalité ; il est passé après avoir préparé les défilés de haute couture à Paris.

– Ah, oui, bien sûr. C'est vrai que c'est bientôt l'époque.

– Et toi ? Es-tu occupé en ce moment ? l'interrogea poliment Cassie.

En tant qu'ancien photographe vedette du *Vogue* américain, il était plus souvent dans un avion qu'à son appartement.

– Tu sais comment c'est. La routine. Cinq pays en une semaine.

– Et cinq femmes en une semaine aussi, pas vrai, Luke ? plaisanta Beau.

Quelque chose dans sa façon de fixer Cassie lui indiqua qu'il tâtait le terrain. Luke lança un regard cinglant à Beau, sans lui répondre. Henry, à côté de Cassie, gardait un silence inquiétant.

– Et vous, comment vous connaissez-vous ? demanda Henry à Beau.

– Luke et moi ? Oh, nous fréquentons les mêmes cercles depuis des années maintenant, n'est-ce pas ? Des compagnons de débauche. Je ne me souviens pas vraiment de notre rencontre. Ce type est un photographe incroyable, ajouta Beau en passant son bras autour de l'épaule de Luke. Extraordinaire ! Avez-vous déjà vu son travail ?

Henry marqua un temps d'arrêt. Évidemment, il avait vu la campagne publicitaire avec Cassie.

– Pas vraiment.

– Tu devrais y jeter un œil. Je possède plusieurs de ses clichés. J'en ai un dans ma chambre même. Je n'arrive pas à le quitter des yeux…

Beau reposa son regard sur Cassie, une ombre s'abattit sur ses mots, et elle dut dissimuler un frisson.

– Hé, mais si Cassie et toi êtes de vieux amis, Luke, tu dois être au courant qu'ils sont fiancés ?

Le regard de Luke se reposa directement sur Cassie.

– Non. Je ne le savais pas.

Une autre pause, puis il tendit la main à Henry.

– Eh bien, félicitations. C'est une formidable nouvelle. Vous faites un couple formidable. C'est vraiment formidable.

*Tout était formidable, apparemment.*

– C'est une raison de faire la fête, me semble-t-il ! s'écria Beau, qui leva le bras pour interpeller le serveur.

– Merci, mais nous devons retourner travailler, prétexta Henry, avec une raideur nouvelle dans la voix.

Beau, qui voulait clairement convaincre Henry de rester, hésita. Quelque chose dans l'intonation de son ami de jeunesse sembla l'en dissuader.

– Bien sûr. Écoute, j'ai été ravi de te croiser. On reste en contact, hein ? Je te ferai signe à mon retour. On invitera les filles à se joindre à nous et on ira au restaurant. Un plan à quatre, ce devrait être sympa.

Henry ricana, mais d'un son creux. Beau se tourna vers Cassie.

– Tu es une fille formidable, Cassie. Je comprends pourquoi mes potes sont dingues de toi.

*Mes potes ?* Mais avant que Cassie ne puisse reprendre Beau, il s'était avancé vers elle pour la serrer dans ses bras, ses lèvres près de son oreille alors qu'il l'embrassa sur la joue.

– Je savais que je t'avais reconnue, chuchota-t-il. Comme je l'ai dit, Luke est sacrément doué avec un appareil photo.

Cassie se figea en saisissant le sens des paroles de Beau. Il lui fit un clin d'œil et tourna les talons, pour conduire leur petit groupe dans une zone délimitée par un cordon, avec des banquettes en cuir blanc et des vigiles en costume noir.

Elle se retourna vers Henry, sans savoir par où commencer, mais un coup d'œil à son visage et elle comprit qu'il ne valait pas mieux essayer. Ils regagnèrent la tente d'*Eat & Mess* dans un silence glacial.

# Chapitre 10

Les longs cheveux de Kelly – objet de l'admiration de Gem – sortirent de l'écran de l'ordinateur et retombèrent parfaitement en place, au moment où Cassie finit d'un trait sa vodka tonic.

– Ce n'est qu'une passe difficile, la rassura Kelly, qui sirotait doucement sa vodka tandis que Cassie était encore sous le choc des révélations récentes.

Quel mois depuis leur dernier rendez-vous virtuel : la crise cardiaque d'Archie, l'apparition surprise de Luke au polo… Ni Cassie ni Henry n'avaient parlé de lui une seule fois depuis cette rencontre fortuite, la semaine passée, mais elle sentait que le cordon invisible qui les liait tremblotait légèrement, comme un fil téléphonique lors de l'envol d'un oiseau. Il lui semblait qu'une nouvelle tension affectée s'était insinuée dans leur comportement, des baisers jadis langoureux se transformant en petit bisou sur la joue. En outre, Cassie et Henry se croisaient tout juste ces derniers temps, ce qui n'aidait pas. Henry passait presque tous les jours au chevet d'Archie, et Cassie était occupée à composer la carte d'été des desserts pour *C & C*, aussi passait-elle des heures en cuisine, de la fumée noire s'échappant des fenêtres, comme si le nom du nouveau pape n'avait toujours pas été décidé. Et durant tout ce temps, en arrière-plan, l'épineuse question du loyer de ce mois-ci devenait de plus en plus difficile à ignorer.

– Et si ce n'est pas qu'une mauvaise passe ? J'ai l'impression que nous nous disputons tout le temps en ce moment : tout va bien et, l'instant d'après, nous sommes à couteaux tirés, hoqueta Cassie, déjà un peu ivre.

Kelly et elle buvaient toujours plus que de raison lors de leur apéro Skype mensuel – c'était la règle ; c'était ainsi qu'elles restaient proches. Leurs compagnons s'éclipsaient, afin de laisser les deux amies discuter en toute liberté. En général, Henry partait jouer au squash avec Archie avant d'aller au pub, mais ce jour-là, il assurait « la garde du soir » auprès de son beau-frère, afin que Suzy puisse coucher Velvet à l'heure.

– Et si...

– Je t'arrête tout de suite. C'est bien de traverser une passe difficile. On n'est pas un vrai couple tant qu'on n'a pas survécu à quelque chose ensemble. C'est facile, mince, d'être des tourtereaux dans les bons moments. C'est quand les choses partent en cacahuète qu'on sait si on est faits pour être ensemble ou non. Est-ce qu'il t'a déjà traversé l'esprit de faire tes valises ?

– Ne dis pas de sottises !

Cette idée même était absurde.

– Exactement. C'est ce que je voulais démontrer. Vous êtes faits pour être ensemble. Tout va bien. Ce n'est qu'un pépin.

– Mais il y en a eu beaucoup ces derniers temps, c'est le problème.

– Hé, qui a dit qu'il ne devait pas y avoir d'obstacles en cours de route ?

Un sourire fardé de rouge à lèvres se dessina sur le visage de Kelly.

– Luke devait avoir l'air de vouloir se jeter sous un cheval, non ?

– Il était dans ses petits souliers. Il était extrêmement... poli.

– Il craignait sans doute que Henry ne lui mette son poing dans la figure. Bon, il ne l'aurait pas volé, vu ce qu'il t'a fait.

Cassie soupira et baissa les yeux sur son verre vide. Elle prit la bouteille et se versa un autre verre, puis ajouta maladroitement le tonic.

– À la tienne, dit-elle, en mangeant un peu ses mots et en levant son verre.

– À la tienne, lui répondit Kelly, qui imita le geste de Cassie avant de boire une grande gorgée – trop grande.

Cassie fronça les sourcils.

– Dis donc, tu avais soif.

– Oh. Ah bon ?

– Est-ce vraiment de la vodka là-dedans ?

– Bien sûr. Que veux-tu que ce soit d'autre ? s'esclaffa Kelly.

Cassie considéra son amie d'un air soupçonneux. Était-ce son imagination ou le rire de Kelly avait-il semblé forcé ? Et, ce soir, elle avait l'air inhabituellement... sans expression, et sa voix était monocorde.

– Prouve-le. Bois-le cul sec.

Kelly haussa un sourcil mais obtempéra tout de même. Puis, une fois le verre vide, elle fit claquer ses lèvres d'un air triomphant.

– Je le savais ! s'exclama Cassie en s'approchant de l'écran. C'est de l'eau.

– Mais non ! protesta Kelly en riant. C'est de la vodka tonic. C'est toujours ce que je bois. Tu le sais bien.

– Oui, et je sais aussi que c'est impossible que tu aies vidé ton verre comme ça si c'était de la vodka. Tu fais toujours une petite grimace, même quand tu bois une toute petite gorgée.

– C'est faux.

– Si, si. Regarde.

Cassie imita Kelly, en faisant une grimace étrange, comme si elle s'étranglait, et Kelly fut horrifiée.

– Mais je ne fais pas ça !

Cassie hocha la tête en gloussant.

– Si, c'est ta tête de vodka.

Elle marqua une pause, avant d'ajouter :

– Alors je n'imagine même pas ta tête d'orgasme !

Cassie se fit rire toute seule, puis esquissa une autre grimace en louchant, la bouche tordue. Kelly poussa un petit cri offusqué.

– Ah oui ? Eh bien, je parie que la tienne ressemble à ça, riposta-t-elle, en déformant son visage à la Quasimodo.

Cassie se renversa sur le canapé, les mains sur le ventre, riant aux éclats. Elle avait incontestablement trop bu, trop vite ce soir, mais franchement, la dernière quinzaine avait été assez mouvementée pour donner envie à une religieuse de se saouler. Elle détestait qu'Archie soit toujours hospitalisé, que Henry soit sans emploi et tourmenté, que Beau Cooper ait une photographie d'elle, nue, dans sa chambre, que Luke ait été élégant quand elle était ridicule avec son tablier… Elle méritait bien de souffler ce soir.

Un instant…

Elle se redressa en se rendant compte qu'elle s'était égarée avec sa plaisanterie de « tête d'orgasme ». Pourquoi Kelly buvait-elle de l'eau ? Il n'y avait qu'une seule explication possible, non ?

Elle étudia son amie d'enfance d'un regard critique, à la recherche d'un cou gonflé, de joues rouges, d'un secret dans les yeux. Sans dire un mot, elle porta ses mains à la bouche. Elle n'eut même pas besoin de poser la question.

– Quoi ? demanda Kelly d'une voix inquiète. Pourquoi me regardes-tu comme ça ?

Cassie secoua la tête, les mains toujours plaquées sur sa bouche.

– Non. Je sais à quoi tu penses et tu te trompes. Totalement. C'est de la vodka, affirma Kelly en reprenant son verre et en l'agitant devant l'écran. De la bonne vodka bien fraîche.

Cassie laissa retomber ses mains.

– Combien de mois ?

Kelly leva les yeux au ciel et secoua la tête avec vigueur, tout en détournant le regard. Elle soupira.

– Je te dis que tu te trompes. Je ne suis pas… Je ne suis pas…

Mais les mots ne sortirent pas et Cassie aperçut la mâchoire de Kelly se crisper. Il y eut un court silence avant que Kelly ne reporte son regard sur son amie.

– Je ne vais pas être enceinte avant un bon moment.

C'étaient les mots que Cassie attendait – mais pas dans cet ordre. Et il y en avait trop. Cassie avait à la fois tort et raison ?

– Que veux-tu dire par « avant un bon moment » ? murmura Cassie, qui s'était rapprochée de l'écran.

Kelly laissa retomber sa tête comme si elle n'avait aucune force.

– Non, je ne voulais pas dire que…

Les mots furent bloqués dans sa gorge une nouvelle fois. Elle fit la moue, avant de faire face à Cassie.

– Ce sera ma quatrième fausse couche.

Cassie grimaça. C'était le temps du verbe qui la déroutait désormais.

– Sera ?

– Je n'arrive pas à dépasser les neuf semaines.

Cassie bascula en arrière comme si elle avait reçu un coup de poing. L'une de ses plus proches amies avait fait non pas une mais trois fausses couches et Cassie, en dépit de leurs rendez-vous virtuels mensuels, n'avait rien remarqué ?

– Quand est-ce arrivé la première fois ? demanda Cassie, de la stupeur dans la voix.

– Il y a un peu plus d'un an.

– Et la dernière ?

Kelly prit une profonde inspiration.

– La semaine avant votre venue à New York.

La pâleur, la fatigue et le silence de Kelly lors de la soirée à l'Explorers Club lui revinrent soudain en mémoire ; Cassie se souvint comment Brett ne cessait d'orienter la conversation sur Henry et elle ainsi que sur leurs nouveaux projets passionnants (l'expédition ! Les fiançailles !), et non sur les leurs.

– Oh, Kelly, chuchota Cassie, les larmes obstruant ses yeux. Pourquoi ne m'as-tu rien dit ?

– Nous avons choisi de ne rien dire à personne. Cela semblait plus facile de… de le garder pour nous.

Cassie secoua la tête. Elle détesta être ivre en cet instant et que Kelly ne le soit pas ; elle détesta que son amie ait agi comme si de rien n'était alors qu'en réalité, un drame ne cessait de revenir dans sa vie, telle une nappe de pétrole au gré des marées.

– Les médecins ont-ils identifié le problème ?

– Ils n'ont aucune explication, répondit Kelly en haussant les épaules. Trop de stress, peut-être. De caféine ? De sucre ? De malchance tout simplement ? Qui sait ?

– Anouk est-elle au courant ?

Anouk et Kelly partageaient la même complicité que celle qui unissait Cassie et Suzy.

Kelly secoua la tête.

– Non, personne.

Il y eut un petit silence lorsque Kelly croisa le regard de Cassie.

– Pas même Brett, pour celle-ci.

– Quoi ?! Mais…

– Je ne veux pas lui donner de faux espoirs. Ça a été si difficile pour lui à chaque fois et je ne veux plus voir la peur dans son regard. Il a tellement peur de tout pour moi… Il pense que je devrais passer neuf mois allongée sur le canapé.

– Eh bien, peut-être qu'il a raison. Ton travail est si intense et les personnes avec lesquelles tu travailles sont encore pires que les mariées de Suzy.

Kelly hésita.

– C'est vrai que Bebe a été particulièrement exigeante ces derniers temps.

Cassie fronça les sourcils.

– C'est malin, maintenant je me fais vraiment du souci ! J'ai travaillé avec vous deux, rappelle-toi ; je sais que vous faites tout à la vitesse de l'éclair, et je sais à quel point Bebe est une peau de vache. Brett a sans doute raison, tu en fais trop.

– Non, il cherche seulement des réponses. La vérité, c'est que le stress est tout ce que j'ai toujours connu. C'est la relaxation et le repos que mon corps ne supporte pas. Ce qui s'est passé... ce sont des choses qui arrivent.

– Cette fois, ce sera différent, déclara fermement Cassie.

Kelly secoua la tête, et ses yeux fixèrent le sol pendant qu'elle changea de position.

– Non. Il aurait fallu au moins trois mois entre cette grossesse et la dernière ; mon gynéco n'est pas content que je sois de nouveau enceinte si vite. C'était un accident.

L'appréhension se lut dans les yeux de Kelly et ses mains se plaquèrent sur son ventre – ce geste protecteur était empreint d'ironie étant donné que le danger venait de son propre corps.

– C'est trop tôt. Après tout ce que mon organisme a enduré ces douze derniers mois..., commença Kelly, mais sa voix se brisa. C'est impossible de mener cette grossesse à terme.

Cassie se rapprocha de l'écran, avec l'envie désespérée de toucher son amie, de passer un bras autour de son épaule et de pleurer avec elle.

– Kelly, tu ne peux pas traverser cela toute seule. Tu dois en parler à Brett.

Kelly leva brusquement la tête.

– Non. C'est inutile que nous subissions cela tous les deux.

– Mais tu ne peux pas le lui cacher.

– Si, je le peux et je le ferai. Je n'ai aucune intention de lui annoncer ma grossesse avant le stade des douze semaines.

– Et quand est-ce ?

Kelly leva la main, cinq doigts dressés. Il restait cinq semaines. Cinq semaines à taire le plus grand secret de sa vie à l'homme qu'elle aimait. Elle prit une profonde inspiration.

– Donc, le bébé doit naître… fin janvier ? calcula rapidement Cassie dans sa tête.

– Ce bébé ne naîtra pas, Cassie, rétorqua vivement Kelly. C'est tout le problème. Je ne peux pas me permettre de raisonner comme ça. Je ne vais pas fantasmer sur une date de naissance, des prénoms ou autre… Je ne peux pas.

Les épaules de Cassie s'affaissèrent devant la position déterminée de son amie.

– S'il te plaît, Kelly, dis-le à Brett.

– Mais pourquoi ? Cela ne changera rien, et à quoi bon le tourmenter avec quelque chose qu'on ne maîtrise absolument pas ? La seule conséquence, c'est qu'il y aura deux malheureux, au lieu d'un seul.

– Mais tu auras besoin de soutien si jamais ce malheur se reproduit.

– Il me soutient déjà de toute façon. Nous faisons encore le deuil de ma troisième fausse couche.

Kelly haussa les épaules d'un air sinistre et ajouta :

– Il ne le saura jamais.

Cassie secoua la tête avec désespoir.

– J'aimerais vraiment que tu changes d'avis, Kelly. Je pense que tu fais erreur. Tu ne devrais pas vivre cette épreuve toute seule.

Il y eut un silence belliqueux.

– Eh bien, j'imagine que ce n'est pas le cas. Je t'ai toi maintenant. Pas vrai ?

– Bien sûr. Tu le sais bien. Je ferais n'importe quoi pour toi.

– Très bien. Alors promets-moi une chose.

– Tout ce que tu veux.

– N'essaie pas de me faire espérer.

La bouche de Cassie s'ouvrit, prête à protester, mais Kelly la stoppa.

– Non. Je suis sérieuse. Cela ne me rendrait pas service de me faire croire en quelque chose qui n'arrivera peut-être jamais.

Je ne peux pas me battre simultanément contre toi et contre moi. Si tu veux être là pour moi, tu devras être de mon côté, tout en sachant qu'il n'y a pas de fin heureuse possible. Et si tu n'en es pas capable, alors...

– Je le suis, l'interrompit Cassie. Je vais le faire.

Kelly examina l'expression de son amie.

– Tu me le promets ?

– Je te le promets, affirma Cassie avec un vif signe de tête.

Un petit sourire adoucit le visage batailleur de Kelly.

– Bon, d'accord. Et pour ta gouverne – Kelly inspira profondément –, je me sens un peu mieux que tu sois au courant. C'était difficile de n'avoir personne à qui en parler.

– Je n'imagine même pas.

Kelly afficha un sourire triste.

– Je parie que tu regrettes de ne pas avoir eu des yeux de lynx, hein ?

Cependant, cette remarque n'amusa pas Cassie. Après avoir raccroché, elle attrapa immédiatement son agenda près du canapé et feuilleta les pages. Elle entoura trois jours d'un cercle rouge :

9 juillet – 9 semaines
30 juillet – 12 semaines
30 janvier – naissance

Peut-être Kelly ne compterait-elle pas les jours, mais Cassie le ferait. Elle garderait le secret et, en outre, elle oserait aussi, en secret, rêver pour son amie.

*

– Salut, toi, dit Henry avec le sourire, en repliant son journal.

Il se leva du seau retourné sur l'escalier de secours pour planter un baiser sur le front de Cassie, qui entra, le lendemain matin, d'un pas titubant dans la cuisine, vêtue d'un tee-shirt de Henry, avec une gueule de bois en prime.

– Tu dormais déjà quand je suis rentré hier soir. J'imagine que la soirée avec Kelly a été bien arrosée ?

– On peut dire ça, grommela Cassie, qui repoussa ses cheveux de son visage.

Un cône de soleil se déversa par la porte ouverte, et Cassie attrapa la bouilloire comme si elle avait les yeux bandés.

– Assieds-toi, lui suggéra Henry, qui posa ses mains sur ses épaules et la guida vers le seau jaune.

Elle se laissa tomber avec gratitude, la tête appuyée contre le mur, et elle écouta les oiseaux chanter puis laissa le soleil la réchauffer.

– On dirait que tu as besoin d'un peu d'aide pour te réveiller ce matin. Archie mérite que tu sois pleinement éveillée pour son retour à la maison, tu ne crois pas ?

Cassie écarquilla les yeux de surprise et tourna la tête vers la petite cuisine ombragée.

– Il sort aujourd'hui ?

– Ce matin. En fait – Henry consulta sa montre – Suzy espérait être arrivée à temps pour le talk-show de Jeremy Kyle. D'après elle, si quelque chose peut accélérer la convalescence d'Archie et le faire retourner au travail, c'est bien cette émission. Apparemment, aujourd'hui, il est question de femmes qui ont eu un bébé avec leur gendre.

Cassie se sentit nauséeuse et se demanda aussitôt comment allait Kelly.

– Je devrais aller me préparer alors.

Elle se leva du seau pour se rendre dans la chambre, mais Henry tendit la main à son passage, enroula ses bras autour d'elle et la serra contre lui.

– Pas si vite, murmura-t-il, sa joue posée contre son épaule pendant qu'il embrassait tendrement son cou. Tu m'as manqué.

Cassie se relâcha dans les bras de Henry, dont la main se mit à vagabonder.

– Toi aussi, tu m'as manqué. Je commençais à croire que tu m'évitais.

La main de Henry s'arrêta et il lui lança un regard coupable derrière ses cils.

– Peut-être que c'était le cas.

Cassie recula un peu. Ainsi, son instinct avait eu raison ?

– Mais pourquoi ?

– Ces dernières semaines ont été difficiles, Cassie : j'ai cru perdre Archie, mais en fait j'ai perdu l'expédition, puis j'ai croisé ton ex le jour où je travaillais comme serveur... Ce n'était pas un moment glorieux pour mon ego.

– Oh, Henry, tu sais que je ne...

– Je sais, sourit-il, en pétrissant affectueusement les fesses de Cassie. Mais comme tu le sais aussi, l'ego masculin est une chose très fragile. Je n'ai pas l'habitude de me sentir... inutile, j'imagine. Dans tous les sens du terme.

– Je t'aimerais même si tu étais serveur, clown ou... je ne sais pas, opticien.

Il rit, et Cassie se rendit compte qu'elle avait beaucoup trop rarement entendu ce son intense ces derniers temps.

– Heureusement pour toi, il y aura encore « Explorateur » sur mon CV pendant un petit moment.

Quelque chose dans la voix de Henry... Elle le regarda, d'abord perplexe, puis excitée en comprenant où il voulait en venir.

– Tu as trouvé l'argent ?

– Non, pas pour cette année, malheureusement, mais si j'ai envie, je connais un homme qui connaît un homme qui souhaite associer sa fortune à une bonne cause. Il paiera le double de la somme manquante de cette année et, si on tient également compte de la subvention du club, nous pourrons aller plus loin l'année prochaine, et pendant plus longtemps.

C'était le bienfaiteur qu'ils espéraient ! Tout excitée, Cassie tapa dans ses mains et courut sur place. Henry sourit en sentant son corps bouger contre le sien.

– Et ce n'est pas tout.

– Ah bon ? Il y a encore mieux, c'est possible ?

– Le loyer est entièrement payé jusqu'en octobre. Je viens d'envoyer un texto au propriétaire pour le prévenir.

– Comment as-tu fait ?

– J'ai un voyage de prévu. Je pars dans dix jours.

– Quoi ?!

Une note de panique entacha l'excitation de Cassie. C'était une bonne nouvelle, bien entendu, mais Henry partait si vite ?

– Dis-moi ce que c'est. Où vas-tu ? demanda-t-elle, en posant ses mains à plat contre son torse.

Henry se figea et Cassie sentit l'atmosphère entre eux changer.

– C'est un voyage en voilier.

*Non.* Elle laissa retomber ses mains, son regard se porta sur le pommier derrière la fenêtre, et sa mâchoire se tendit. Beau Cooper… Elle se sentit mal à l'idée que cet homme revienne encore dans leur vie. Il exhalait la toxicité.

Henry trouva les mains de sa compagne et les replaça sur son torse.

– Cassie, quelqu'un les a lâchés. Je devais accepter, expliqua-t-il d'un ton pressant. Nous avions besoin de cet argent, tu le sais bien.

– Je sais. Mais fallait-il que ce soit avec lui ?

– C'est l'occasion que j'attendais. Et, tu sais, je me suis dit que c'était tellement étrange de tomber sur Beau l'autre jour et, maintenant, cette place qui se libère… C'est comme si c'était le destin.

– Oh, du coup, la crise cardiaque d'Archie faisait partie des intentions de l'univers pour vous réunir, ton ancien acolyte et toi ?

L'expression de Henry se modifia, mais il ne dit rien. Cassie se sentit immédiatement mal.

– Et alors... quoi ? C'est le voyage avec le bateau en bouteilles, c'est ça ? Tu vas essayer de me convaincre, en moins de deux semaines, que naviguer sur les océans sur un bateau fait avec des bouteilles en plastique collées ensemble est une bonne idée ?

– Je sais que ça paraît risqué, mais il ne m'arrivera rien.

– Bien sûr qu'il arrivera quelque chose, Henry. Il y aura une tempête et le bateau se brisera à cause de la houle ; vous serez heurtés par une baleine et le bateau chavirera...

Henry prit la joue de Cassie en coupe.

– Hé, écoute, je sais que le projet semble effrayant, mais c'est beaucoup plus technologique qu'il n'y paraît. Des entreprises sérieuses ont investi dedans. En plus, j'ai davantage d'expérience que tous les autres réunis ; je suis le coskipper.

– Donc, c'est une affaire réglée ? Je n'ai pas mon mot à dire ?

– C'est impossible de refuser une pareille somme d'argent, répondit Henry en secouant la tête.

Cassie le fixa, énervée que Henry pense qu'elle accepterait cette excuse. Ce n'était pas seulement une question d'argent et ils le savaient tous les deux. Il avait envie de participer à ce projet ; son ego le lui dictait. Beau avait exploité la soif d'aventure de son vieil ami, son besoin d'adrénaline.

– Écoute, tu sais que je ne m'engagerais pas sans avoir d'abord évalué les risques. Beau m'a téléphoné hier soir quand je rentrais de l'hôpital et nous nous sommes retrouvés pour prendre un verre dans son appartement. Il m'a montré la présentation qu'ils ont faite aux sponsors sur son iPad. C'est génial. De gros calibres comme Evian, Nike ou l'America's Cup ne s'impliqueraient pas dans un tel projet si tout n'avait pas été envisagé dans le moindre détail. Ils ne peuvent pas se permettre que six gars meurent au milieu d'un océan sur un bateau avec leur logo dessus. C'est un message écologique fort, qui bénéficie du soutien de titans de l'économie. Il n'y a aucune supercherie dans l'histoire. C'est une occasion en or, Cassie. Tu dois bien voir que ce projet est fait pour moi ?

Elle soupira.

– Bien sûr que je le vois. Mais...

Henry pressa rapidement un doigt sur ses lèvres.

– Fais-moi confiance. Je fais ça pour nous, Cassie.

Il fit glisser son doigt le long de son cou, puis entre ses seins...

– Mais si tu as encore des doutes, je peux t'en dire plus pendant que je te fais un massage intégral.

Il lui fit un clin d'œil et Cassie ne put réprimer un rire, parfaitement consciente du pouvoir de persuasion de ces techniques.

Bien sûr, Cassie savait qu'elle pourrait empêcher le départ de Henry si elle laissait échapper que Beau possédait une photo d'elle nue sur le mur de sa chambre (elle était prête à parier tout l'argent de son divorce que Beau n'avait pas laissé son vieil ami apercevoir ce cadre dans son appartement la nuit précédente !), mais cela ne ferait que bafouer davantage l'ego de Henry. Rien ne changerait le fait que Luke avait pris ce cliché et que Beau l'avait acheté. En outre, Henry avait besoin de se remettre en selle – il en avait davantage besoin que Cassie d'éviter les regards lascifs de Beau Cooper. Il devait refaire ce qu'il adorait, exercer le métier qui faisait qu'il était ce qu'il était, et non un opticien, un serveur ou un clown. Bien que Cassie n'ait aucune envie que son fiancé parte, ce serait pire qu'il reste dans ces conditions et que Cassie s'érige en obstacle entre lui et son nouveau patron, son vieil ami.

– Souviens-toi, dit Henry, dont les mains trouvèrent le bas du tee-shirt de Cassie, il vaut mieux se noyer qu'être un tocard. Et il vaut mieux ne pas se noyer si on n'est pas un tocard.

Un sourire réticent échappa à Cassie et elle leva les yeux au ciel. *Hirondelles et Amazones* était le livre préféré de Henry, et c'était là sa citation préférée.

Il retira son tee-shirt d'un geste facile et Cassie se retrouva nue devant lui dans le rayon de soleil – leur politesse guindée de ces derniers jours disparue. Henry était redevenu lui-même. Il ne la convaincrait jamais que naviguer sur un océan sur un bateau composé de bouteilles n'était pas dangereux et imprudent, mais c'était précisément ce qui attirait Henry vers ce métier ; cet esprit d'aventure le définissait – il faisait de lui l'homme dont Cassie était tombée amoureuse.

Les mains de Henry parcoururent les courbes de Cassie avec une dextérité assurée et elle se sentit réagir à son toucher. Quand ils n'étaient que tous les deux, comme ça, tout semblait si parfait et fluide. Elle n'avait aucune inquiétude quant à leur présent ou leur avenir. Seuls les gens de leur passé la préoccupaient.

*

Deux heures plus tard, Cassie et Henry se tenaient par la main et souriaient comme des imbéciles sur le canapé des McLintlock, ce qui leur valut de nombreux regards suspects de Suzy, qui fit plusieurs tentatives pour persuader Archie de « laisser une chance au thé vert ». Par terre au milieu de la pièce, Velvet jouait dans une petite tente Barbie, qui s'ouvrait toute seule. *The Jeremy Kyle Show* passait à la télévision, mais ils avaient coupé le son quand Archie avait semblé sur le point de fondre en larmes. Ou de faire un nouvel infarctus.

– Alors, combien serez-vous sur ce bateau ? s'enquit Archie, perplexe.

– Six.

– Et il est fait à partir de bouteilles d'eau ? Est-ce que je délire à cause des médicaments ? demanda-t-il à Suzy en plissant les yeux.

– Non, tu as bien entendu, marmonna Suzy d'un air exaspéré.

– L'embarcation se compose de douze mille cinq cents bouteilles, mais c'est beaucoup plus sophistiqué qu'il n'y paraît, expliqua Henry, tout en serrant la main de Cassie d'un geste rassurant (il lui avait montré la présentation avant qu'ils ne quittent leur appartement et elle devait admettre que ce bateau avait l'air bien plus sûr que le radeau de Tom Hanks dans *Seul au monde* qu'elle avait imaginé). Le bateau ressemble à n'importe quel autre catamaran jusqu'à ce qu'on le voie de près.

– Et c'est à ce moment-là que tu paniques ? plaisanta Archie, en adressant un clin d'œil à Cassie.

Son teint était, sinon complètement revenu à sa splendeur rougeaude, du moins d'un rose encourageant. Il avait toutefois perdu trois kilos et c'était étrange de le voir avec des traits plus saillants, quand sa personnalité était tout en rondeur et en douceur.

– Je suppose que Cassie n'a pas le droit de s'approcher à moins d'un kilomètre, alors.

– Je ne vais pas discuter avec lui à ce sujet, Archie, se résigna Cassie avec un haussement d'épaules. Il s'en va de toute façon. Alors à quoi bon ?

– Je rentre dans trois mois, ce qui revient au même que l'expédition dans l'Arctique, sauf que je suis payé pratiquement le double. Que demander de plus ?

– Qu'il n'y ait pas un danger de mort imminente à chaque instant, chaque jour, pendant trois mois, par exemple. À part ça, Maman est totalement emballée, ironisa Suzy.

Ce fut au tour de Henry d'afficher une mine exaspérée.

– Archie, tu sais quand tu pourras reprendre le travail ? lui demanda Cassie pour changer délibérément de sujet.

– Pas avant un mois, minimum. Nous allons partir en Cornouailles, où je pourrai profiter de « l'air frais », annonça Archie d'un ton dépité.

– Je ne sais pas pourquoi tu dis ça comme ça, se froissa Suzy. Tu es en arrêt maladie jusqu'en septembre au bas mot, et Londres n'est pas le lieu idéal pour se requinquer, avec tout ce bruit, ce monde, ces voitures, ces pigeons et…

– Les pigeons ? s'esclaffa Henry. Comment les pigeons vont-ils bien pouvoir empêcher la convalescence d'Archie ?

– Tout le monde sait que la fiente présente un risque sanitaire, et Archie a besoin de grand air et de grands espaces, d'un endroit où il pourra dormir la fenêtre ouverte, d'un jardin où il pourra se poser.

– Mais nous avons un jardin ici, fit remarquer Archie.

– Oui, avec du gazon synthétique et une cabane pour enfants. Tu as besoin d'herbe authentique et de vraies fleurs.

Archie leva les yeux au ciel, pour faire comprendre sa vision des choses, mais ne dit rien.

– Archibald Valentine McLintlock, ne fais pas cette tête avec moi, le tança Suzy de sa voix la plus sévère, ce qui fit rire Cassie et Henry, comme toujours lorsque Suzy appelait Archie par son nom complet. Après la frayeur que tu m'as faite la semaine dernière, tu me dois bien un mois au calme, pendant lequel tu me promets de ne pas mourir !

Suzy se tourna vers son frère et ajouta :

– Cela vaut aussi pour toi.

– Compris, chef, répondit Henry avec un salut militaire et un clin d'œil.

– Alors, quand partez-vous ? demanda Cassie, totalement abattue. D'abord Henry qui la délaissait et, à présent, Suzy et Archie aussi ?

– Nous pensions partir ce week-end.

– Oh, génial ! s'insurgea Cassie en lançant les mains en l'air. Exactement ce dont j'ai besoin. Vous m'abandonnez tous pour l'été.

– Viens avec nous. Il y a plein de place. Tu es déjà venue à Butterbox Farm, pas vrai ?

Cassie fit non de la tête.

– Mais j'ai l'impression du contraire. Vous m'en avez tellement parlé.

– Sérieusement ? Tu n'y es jamais allée ? s'étonna Suzy, les sourcils froncés. Ah, j'imagine que tu étais toujours repartie à Hong Kong quand nous y allions. Quels étés magnifiques avons-nous passés là-bas, hein, Henry ?

Les yeux de Henry s'illuminèrent.

– Oh oui.

– Il faut que tu viennes.

– Oui, merci, soupira Cassie.

Qu'allait-elle faire d'autre de ses week-ends de toute façon ?

– Oh, est-ce que Gem t'a déjà contactée ? demanda Henry à sa sœur, avant de remarquer son expression perplexe. Quoi ? On se téléphone.

– Alors, quelle est la dernière avec Lord ? dit Suzy avec un sarcasme manifeste.

– Laird, la reprit Henry. Et tu pourras lui demander toi-même quand elle t'appellera, ou bien à la fête de la semaine prochaine.

– Quelle fête ? s'enquit Archie, aussi alerte qu'un chien de chasse.

– Rien que tu n'aies besoin de savoir, s'empressa de lui répondre Suzy.

– La fête pour le départ de l'équipe. Les sponsors l'organisent en notre honneur au *Blind Pig*, à Soho.

– Vraiment ?! s'enthousiasma Archie, qui applaudit et se frotta les mains.

– Archie, non ! Tu es en convalescence. Il faudra me passer sur le corps pour que tu...

– Femme, mon témoin *slash* meilleur ami *slash* frère de sang est sur le point de s'envoler à l'autre bout du monde, pour prendre la mer sur un tas de bouteilles d'eau. Si tu crois que je vais laisser passer l'occasion de lui offrir une bière d'adieu, tu te mets le doigt dans l'œil !

La bouche de Suzy s'ouvrit puis se referma, sans qu'aucun son en sortît – Archie n'élevait jamais la voix. Henry poussa un petit cri de joie, et même Cassie fut tentée de l'imiter. Archie n'avait d'yeux que pour sa femme et tendit la main pour attraper la sienne.

– Mais ensuite, ma chérie, poursuivit-il d'une voix plus douce, tu pourras m'emmener au bout du pays et m'installer dans un transat avec un mouchoir sur la tête aussi longtemps que tu le voudras. Je ne me plaindrai pas une seule fois, je te le promets, même quand tu me feras boire ce machin.

Il plissa le nez de dégoût devant le thé vert désormais tiède, qui ressemblait à une potion de sorcière d'un film de Walt Disney.

– Je vais t'en faire boire un paquet, finit par rétorquer Suzy, fâchée, au bout d'un moment.

– Je n'en doute pas. Et cela me fera le plus grand bien, j'en suis certain.

Archie baissa la tête et il chercha du regard celui de Suzy, refusant de se réjouir de sa victoire exceptionnelle.

– Mais tu ne boiras pas de bière.

– Je n'en veux pas, princesse. Je veux seulement en offrir une à mon ami.

Suzy soupira et jeta à son frère un regard haineux.

– Tu as beaucoup à te faire pardonner.

Au même moment, Archie attrapa la main de Suzy pour la tirer vers lui et la faire s'asseoir sur ses genoux. Il la serra dans ses bras, et Suzy décocha enfin un sourire.

# Chapitre 11

Depuis le balcon, Cassie observait la fête battre sans elle. Le comptoir en cuivre lui dardait ses reflets par intermittence alors que la foule bougeait constamment, les chaises en cuir poussées contre les murs pour créer une piste de danse impromptue. Henry était là quelque part, à rire, charmer, serrer des mains ; il était dans son élément, son ego naguère meurtri avait désormais retrouvé une belle invincibilité imprudente. D'ordinaire, Cassie apercevait sa tête au-dessus de la foule, mais il évoluait parmi d'autres géants ce soir-là (pourquoi les marins étaient-ils tous si grands ?). Elle ne l'avait pas vu depuis presque une heure.

L'humeur de Cassie alla en s'assombrissant et elle se tourna plutôt vers Poland Street. Contrairement à tous les autres convives, elle avait du mal à célébrer l'évanouissement dans la nature de son fiancé pendant trois mois, mais elle était apparemment la seule à voir les choses ainsi. Tout le monde semblait si ravi par cette expédition : l'équipage, l'équipe à terre, les sponsors d'autant plus maintenant, semblait-il, que Henry avait intégré le projet. Cassie, pour sa part, désirait seulement qu'ils rentrent chez eux, prennent un bain ensemble et dégustent leur dîner sur le seau, avant de se prélasser dans le lit jusqu'à l'aurore.

Il n'avait pas été possible d'esquiver cette soirée toutefois : c'était autant un événement promotionnel pour obtenir le soutien de la presse qu'un au revoir, et Henry était tenu contractuellement d'y assister. Tout comme il avait dû participer à d'innombrables réunions pour rencontrer l'équipe, séduire les sponsors, étudier les détails techniques et les cartes de navigation, souscrire à une assurance... Ils n'avaient pratiquement pas passé un moment seul à seul depuis que Henry avait signé le contrat.

L'ambiance avait été calme au début, alors que Beau et Henry – tous deux très séduisants avec leur veste et leur pantalon de toile bleu marine, aux couleurs de l'équipage – avaient donné des poignées de main, offert des sourires hollywoodiens et attisé l'intérêt en mettant en avant les risques qu'ils encouraient (au grand dam de Cassie). Mais aucune fête à laquelle Beau était présent (ou qui proposait à sa carte de cocktails des daïquiris phosphorescents) ne pouvait rester éternellement tranquille, et une atmosphère hédoniste s'était installée. L'équipage commençait à faire sérieusement la fête, comme pour compenser toutes les nuits où ils ne seraient pas sur la terre ferme. Des photographes de presse rôdaient dans la salle et pointaient leur objectif sur les filles les plus jolies et les hommes les plus chics. Cassie s'était rendu compte à quel point Henry était apprécié dans l'équipe, alors que les financeurs de l'expédition se disputaient une photographie avec les héros de la soirée.

Cassie soupira ; seule, elle se sentait hors du coup et attendait que Suzy revienne avec leurs boissons fraîches. Elle savait bien qu'aller chercher un autre verre de vin avait été une excuse pour Suzy pour se faufiler dans la foule et espionner Archie, qui se réjouissait clairement d'être de nouveau de la partie.

– Hé, hé ! La voilà. Je savais bien qu'elle se cachait dans un coin.

Cassie eut une boule au ventre lorsqu'elle entendit l'accent distingué de Beau ; l'instant suivant, il était sous son nez. Littéralement.

– Comment vas-tu, ma jolie ?

Il crocha son bras autour de sa taille et lui planta un baiser sur la joue. Sa barbe naissante égratigna la peau de Cassie. Elle s'écarta avec un regard de mépris non dissimulé (l'attitude déplaisante de Beau était amplifiée par l'alcool, semblait-il), et la situation ne s'améliora pas lorsqu'elle aperçut Luke à côté de lui, qui observait tranquillement la scène, un verre de whisky à la main. Mais que faisait-il là ? Étaient-ils inséparables ?

– Il fallait que je te remercie personnellement pour ce que tu as fait pour moi.

– Je n'ai rien fait pour toi, Beau, rétorqua Cassie avec raideur.

– Au contraire, dit-il en lui faisant un clin d'œil. J'ai cru que tout allait tomber à l'eau quand Freddy m'a fait faux bond la semaine dernière. Nous travaillons sur ce projet depuis deux ans. Je ne vais pas t'ennuyer avec les difficultés que nous avons rencontrées avec les sponsors : ils voulaient absolument une couverture par les médias, nous passer dans leurs dépenses marketing de l'année prochaine, parce qu'un abruti de comptable estimait qu'ils avaient trop dépensé en trombones. Et puis, juste au moment où tout est prêt, Freddy a failli tout ficher en l'air parce qu'il ne sait pas la garder dans son pantalon et que sa femme va bientôt pondre un môme.

Beau secoua la tête comme s'il était désespéré, avant qu'un sourire trop éclatant ne fende son visage.

– Figure-toi que j'ai alors pensé à mon vieux pote avec qui j'ai bu un verre au bar la semaine dernière. Toujours aussi beau qu'il y a dix ans, quand nous autres dépérissons comme des vieillards. L'adage selon lequel les belles femmes conservent se vérifie, j'imagine.

Beau adressa un nouveau clin d'œil à Cassie, mais elle refusa d'y réagir de quelque manière que ce soit. Elle avait l'intention de le chasser de son espace vital. Cependant, cela ne fonctionnait pas pour le moment.

– Henry est peut-être l'homme de tes rêves, Cassie, mais c'est aussi l'homme des miens, crois-moi. C'est un marin expérimenté, qui a fait ses preuves dans des conditions extrêmes. Il a fait partie de l'expédition au pôle Sud en 2008, c'est juste ?

Cassie confirma d'un signe de tête et jeta un coup d'œil à Luke.

– Il est fort comme Popeye, n'engloutit pas tout l'alcool le premier soir et pourrait séduire une sirène. Mais je te rassure, nous ne lui demanderons pas de séduire qui que ce soit.

Nouveau clin d'œil.

Cassie se tourna pour partir ; elle en avait déjà assez.

– Excusez-moi.

Mais Beau la rattrapa par la main.

– Attends une minute, jolie demoiselle. Tu n'as rien à boire. Laisse-moi aller te chercher un verre. Que désires-tu ?

– Rien venant de toi.

Les yeux de Beau pétillaient et elle savait qu'ils se comprenaient.

– Tu en es sûre ?

– Elle a dit non, Beau, intervint Luke, qui chassa fermement la main de Beau du bras de Cassie, toutefois avec un sourire amical. Regarde, Amy te cherche. Pourquoi n'irais-tu pas… ?

Beau se tourna vers la foule.

– Oh, mince…

Il s'éloigna avec une démarche exagérée et laissa Cassie seule avec son prétendu « sauveur ». Sauf qu'il était tout aussi néfaste. Elle le savait déjà. Sa galanterie lui glissait dessus.

– Désolé pour Beau. Il a trop bu, murmura Luke.

– Sans blague, dit Cassie avec sarcasme, avant de détourner le regard.

– Comment tu vas ? Tu t'amuses ? Je pourrais aller te chercher ce verre…

Cassie fixa Luke, mille mots – la plupart grossiers – se lurent sur son visage, puis elle retourna la tête.

– Laisse-moi tranquille, Luke.

Par convenance, en présence d'autres personnes, elle avait souri lorsqu'ils s'étaient rencontrés au tournoi de polo deux semaines plus tôt, mais elle ne lui devait plus cette politesse.

Ils étaient silencieux au milieu du brouhaha.

– Écoute, Cassie, je ne t'en veux pas si tu me détestes, dit Luke au bout d'une minute, décidant de ne pas tourner autour du pot.

Il essaya d'attirer son attention avec son regard, mais elle détourna davantage la tête.

– J'ai été un vrai crétin, je le sais.

Nouveau silence. Cassie refusait de poser les yeux sur Luke. Elle n'avait aucune envie de le regarder.

– Mais tu sais pourquoi je me suis comporté comme ça ? Tu l'as sûrement compris, même si tu ne pouvais pas me pardonner ?

*Compris ?* Elle lui fit face.

– Quelle raison pourrait bien justifier tes actes ? Tu m'as trahie de la pire des manières possibles. Tu as pris quelque chose qui nous appartenait, dit Cassie en posant ses mains sur son cœur, et tu l'as montré au monde entier. À cet homme !

Luke s'avança vers elle.

– Oui, mais parce que je t'aimais, Cassie. J'étais fou de toi. Je ne pouvais pas… accepter que notre relation soit terminée. Je voulais que toi aussi, tu souffres, je voulais attirer ton attention.

– Eh bien, tu as réussi ton coup. Et tu as gagné mon mépris en prime.

Les mots durs de Cassie rebondissaient sur Luke, tels des cailloux jetés sur un géant de fer.

– Tu es partie avec tant de facilité, sans même te retourner.

– Non. C'est faux. J'ai été triste un long moment quand j'étais à Paris, mais je devais y aller. Tu le savais.

– Tout ce que je savais, c'est que tu avais choisi de partir.

– Tu aurais pu choisir d'attendre. Est-ce que ça t'a traversé l'esprit ? Ce n'était l'histoire que de quelques mois, mais il fallait que ce soit « maintenant ou jamais » pour toi, pas vrai ? Ton ego ne supportait pas que je puisse être capable de partir loin de toi.

Luke fixa Cassie, ses yeux noisette posés, pénétrants.

– Et qui dit que tu serais revenue ? Regarde-toi, tu es déjà fiancée à un autre homme. Quand est-ce que ça a commencé entre vous, hein ? L'as-tu rencontré quelques semaines plus tard à Paris ou était-ce quelques mois plus tard à Londres ?

Les yeux de Luke parcouraient le visage de Cassie, mais elle détourna la tête, refusant de lui répondre. Elle n'avait pas à lui raconter son histoire avec Henry. Elle n'avait aucune obligation de s'expliquer.

– Dans tous les cas, ça n'a pas été long, je le sais. Tu ne serais jamais revenue. Je le savais même si, toi, tu ne le savais pas.

Cassie eut la gorge nouée et ils retombèrent dans le silence, la fête battant autour d'eux tel un cœur géant. Les observait-on ? Suzy ? Henry ? Archie ?

– Écoute..., dit Luke, en tendant la main vers Cassie, mais elle tressaillit et il se ravisa.

Nouveau silence et, pourtant, Cassie ressassait dans sa tête toutes les choses qu'elle avait voulu dire à Luke à l'époque et qu'elle n'avait pas pu.

– Je n'ai pas envie de me disputer. Ce n'est pas pour ça que je suis venu. C'était il y a longtemps maintenant. Nous sommes des gens différents. Tu es allée de l'avant ; moi aussi. Et, crois-le ou non, je suis vraiment très heureux que tu aies trouvé ce que tu cherchais. Henry semble être quelqu'un de bien. Beau est dithyrambique à son sujet.

Cassie aurait aimé voir le visage de Luke quand il avait prononcé cette dernière phrase (ces mots avaient-ils failli l'étouffer ?), mais son regard était résolument fixé sur la rue en contrebas.

– J'aimerais vraiment tirer un trait sur tout ça. Accepte mes excuses, Cassie. Je souhaiterais que nous redevenions amis.

Elle se tourna face à lui, sa hanche appuyée contre la pierre froide.

– Mais nous n'avons jamais été amis, Luke.

Il la dévisagea, et tous deux se remémorèrent exactement ce qu'ils avaient été l'un pour l'autre.

– Peut-être pas, non. Mais… nous pourrions apprendre à le devenir.

Du coin de l'œil, Cassie aperçut Suzy s'avancer dans la foule, les bras en l'air pour protéger leurs verres de vin. Beau était juste derrière elle sur la piste de danse et fit un geste obscène dans son dos ; Cassie se souvint alors des derniers mots lascifs qu'il lui avait adressés au polo. Encore en cet instant, ils lui donnèrent la chair de poule. Il l'avait vue sous son jour le plus intime, un privilège dont il n'aurait jamais dû jouir – et tout cela à cause de l'homme qui se tenait devant elle. Elle lança un regard glacial à Luke.

– Je ne crois pas, non. Tout ce qu'il y avait entre nous, tu l'as détruit il y a longtemps.

Sur ces paroles, Cassie s'éloigna et retrouva Suzy près de la porte-fenêtre.

– Sacré nom d'un chien ! Ce n'est pas…, s'étonna Suzy lorsqu'elle aperçut Luke.

Au même moment, Cassie attrapa son amie par le coude et la dirigea vers un autre coin de la pièce. Suzy avait rencontré Luke quand Anouk et elle avaient rendu une visite surprise à Cassie à New York.

Suzy tendit à Cassie son verre et trinqua avec elle.

– Il regarde toujours vers nous, fit remarquer Suzy sans bouger les lèvres. Mais qu'est-ce qu'il fait ici ?

– C'est un ami de Beau.

– Pff, pas étonnant.

– Tu connais Beau ? s'étonna Cassie.

– C'est un fantôme obscur et indésirable du passé. Et, continua Suzy, penaude, je l'ai peut-être embrassé après une bière de trop, lors d'une fête à la fac.

– Oh, Suzy, tu n'as pas fait ça !

– Je suis désolée. Je rendais visite à Henry pour le week-end et... c'était un affreux manque de goût et de jugement.

– Dis-moi au moins qu'il embrasse atrocement mal.

– Euh... J'aimerais pouvoir te le dire, soupira Suzy en secouant la tête. C'est un vrai crétin cependant. Je n'en reviens pas que Henry le fréquente à nouveau.

– Eh bien, j'espère que ces trois mois sur un bateau minuscule lui feront enfin tomber les écailles des yeux.

Cassie but une gorgée de son verre et vérifia subrepticement que Luke ne les regardait plus, mais il avait disparu – avec un peu de chance, il avait quitté la pièce, et le pays aussi.

– As-tu trouvé Archie ?

– Oh, oui. Il est l'animateur d'un jeu à boire.

Suzy leva les yeux au ciel et pointa du doigt le joyeux attroupement dans un coin de la salle. Les cheveux roux d'Archie, encore plus vifs sous les lumières, voletaient comme la flamme olympique, et Cassie aperçut Henry encourager quelqu'un qu'elle ne pouvait pas voir de là où elle était. Elle était certaine qu'il n'était pas au courant de la présence de Luke. Son sourire ne serait pas aussi radieux sinon.

– Qu'est-ce qu'ils essaient de faire ? demanda Cassie, perplexe.

La foule s'écarta un instant et Cassie distingua une superbe fille au carré blond et au sourire étincelant.

– C'est qui, elle ?

– Qui ? fit Suzy en tendant le cou. Oh, c'est Amy, la coskipper, l'homologue de Henry.

– Henry a une homologue ? Je croyais que c'était Beau l'autre coskipper.

Cassie regarda Amy agripper ses cheveux d'une main, les paupières fermement closes. Manifestement, elle cherchait la réponse à une question, tandis que tout le monde autour d'elle lui criait le compte à rebours.

– Non. Il est le chef d'expédition, répondit Suzy en agrémentant ce titre d'un léger mépris, avant de remarquer l'expression inquiète de son amie. Hé, ne t'en fais pas pour elle. Elle sort avec l'un des garçons, à ce qu'il paraît. Ils l'aiment tous.

– Sans blague !

– Je ne veux pas dire qu'ils sont amoureux d'elle.

– Comment le sais-tu ?

– Archie me l'a dit.

– Mais, Suzy, regarde-la !

– Écoute, de quoi es-tu inquiète ? Henry n'a d'yeux que pour toi.

– Mais cette fille me ressemble, en mille fois mieux !

Suzy posa doucement une main rassurante sur le bras de Cassie.

– Arrête de douter autant de toi. *Primo*, elle a un petit ami. *Deuzio*, ce n'est pas possible d'être mieux que toi.

Cassie observa Beau se pencher et chuchoter quelque chose à l'oreille d'Amy, qui rit en rejetant la tête en arrière. Était-ce lui son petit ami ? Luke n'avait-il pas dit quelques instants plus tôt qu'Amy le cherchait ?

– Salut les filles !

Suzy et Cassie se retournèrent en même temps et aperçurent Gem foncer vers elles telle une fusée de poche. Elle portait une robe au crochet turquoise, marron et blanc, avec en dessous un boxer et un soutien-gorge noirs ; sa peau bronzée était visible à travers les grands jours de la robe. Ses cheveux étaient toujours bien serrés en tresses africaines, et Laird était attaché à sa main.

De près, il avait moins l'air d'un personnage de dessin animé qu'au pub l'autre soir. Le coin extérieur de ses yeux était un peu tombant, ce qui lui conférait une expression vaguement mélancolique, et ces deux semaines passées en Angleterre semblaient avoir fait disparaître la teinte marron de son bronzage. Ses cheveux étaient toujours incroyablement blonds, mais, au milieu des vieux loups de mer de la soirée, c'était moins frappant. En chemise, il semblait seulement en bonne forme physique, et non musclé comme en débardeur.

– Je voudrais que vous fassiez comme il se doit la connaissance de Laird.

Elle se tourna vers son petit ami, avec des yeux pétillants.

– Ce sont les personnes dont je t'ai parlé : Suzy, la sœur de Henry, et Cassie, la fiancée de Henry.

– Enchantée, sourit Cassie, en lui tendant la main.

Elle aperçut l'expression de Suzy et devina son mécontentement d'avoir été toutes les deux présentées en fonction de Henry. Suzy n'était pas la « quelque chose » de Henry. Elle était l'aînée, c'était donc lui son petit frère. Et pourquoi pas la femme d'Archie ? Ou simplement la cousine de Gem ? Ou même la femme aux superbes seins ?

Laird serra légèrement la main de Cassie.

– Salut. Désolé de ne pas avoir eu l'occasion de te rencontrer à la fête.

– C'était une grosse fête, l'excusa Cassie.

Elle se sentit coupable que, lorsque Gem avait voulu les conduire auprès de lui pour faire les présentations, Anouk, Bas et elle aient délibérément disparu dans la foule, en faisant semblant d'être séparés.

– Je... euh, j'adore ton prénom. Il est tellement peu commun.

– Merci. Mes grands-parents étaient écossais. C'est un prénom écossais.

– Ah oui, bien sûr. J'ai vécu en Écosse.

– Vraiment ? Dans quel coin ?

– À mi-chemin entre la frontière et Édimbourg. Les collines de Lammermuir ?

Laird secoua la tête d'un air désolé.

– Ce n'est pas grave. Personne en dehors d'un rayon de quinze kilomètres n'en a jamais entendu parler.

– Est-ce que l'Écosse te manque ?

– Ah, ah ! Tu dois plaisanter, l'interrompit Suzy. La pauvre Cassie était prise au piège dans un mariage affreux, tout le temps qu'elle était là-haut. Son mari travaillait à Édimbourg et ne rentrait que le week-end. Cassie se retrouvait toute seule avec le cuisinier et le placard à gin, pas vrai, Cassie ?

– Suzy, tu viens de me faire passer pour une alcoolique ! protesta Cassie en riant. Pour ton information, Laird, je n'ai aucun problème de boisson.

– Oh, je sais, répondit-il avec sérieux. Tu as une trop belle peau pour ça.

– Oh, merci.

Gem adressa à Cassie un sourire ravi qui signifiait « Tu vois ? ». À côté d'elles, Suzy se racla la gorge.

– Je viens d'apercevoir Archie, indiqua Gem à sa cousine. Il est hyper sexy !

– Il a failli mourir il y a deux semaines, répondit Suzy d'un ton incrédule qui suggérait qu'elle n'était pas du même avis. Je ne pense pas qu'il soit à son avantage.

– Mais non, s'écria Gem, qui posa sa toute petite main sur le bras de Suzy. Je n'avais jamais compris jusqu'à aujourd'hui ce que tu lui trouvais. J'ai toujours pensé qu'il ressemblait à Benny Hill jeune.

Suzy en fut bouche bée, prise d'une horreur stupéfaite.

– Mais maintenant ! Ses pommettes, ses yeux si pétillants, et ses dents… Il a une si belle dentition. Qui l'aurait cru ?

Manifestement pas Suzy, qui chercha son mari dans la foule avec une expression proche de la confusion. Parlaient-elles du même homme ?

– Tu es une veinarde, ma cousine. Nous le sommes toutes.

Gem se tourna vers Cassie et sirota son verre, comme une enfant au milieu d'un dîner d'adultes.

– Est-ce que Henry et toi avez fixé une date ?

Oh non, pas encore. *Toujours cette même question.*

– Pas pour le moment, répondit Cassie avec un sourire crispé. Nous profitons de la vie comme elle vient.

Cette réponse parut déconcerter Gem.

– Cassie ne s'est pas encore remise de son mariage catastrophique. Elle s'est mariée trop jeune, tu vois, fit remarquer Suzy sans tact. Dix ans de perdus, ses meilleures années sont derrière elle, tout cela parce qu'elle s'est précipitée.

Cassie lança des éclairs à sa meilleure amie (aurait-elle pu faire encore moins dans la dentelle ?), mais Suzy avait les yeux résolument rivés sur Gem. Mal à l'aise, Laird passa d'une jambe sur l'autre. Lui, au moins, semblait avoir saisi l'allusion.

– Est-ce que quelqu'un veut un verre ? se proposa-t-il.

Cassie accepta avec plaisir, principalement pour l'aider à s'esquiver. Elle le regarda trouver refuge dans la foule, puis aperçut Henry, qui faisait toujours l'andouille au milieu d'un noyau soudé avec Beau, Archie et Amy.

– Je suis étonnée qu'Archie soit venu ce soir, souligna Gem. Il me disait qu'il était sorti de l'hôpital il n'y a pas longtemps.

– Oui, et s'il essaie de descendre de ce tabouret, je vais personnellement le renvoyer en réa moi-même, s'exclama Suzy, les yeux plissés, tandis que son mari déclamait avec enthousiasme un nouveau compte à rebours.

– Quand doit-il reprendre le travail ?

– Pas avant un mois, au moins. Son électrocardiogramme n'était pas très bon. Il doit passer d'autres examens, avant de pouvoir retourner travailler. D'après les médecins, il doit totalement se détendre et reprendre le sport en douceur.

– Je vais l'initier au yoga, suggéra Gem tout excitée, en attrapant la main de Suzy.

– Ah, ah ! Dans tes rêves ! Crois-moi, il y a des tables de ferme qui ont plus de souplesse dans leurs pieds qu'Archie.

– Il n'y a vraiment pas besoin d'être souple pour faire du yoga, tu sais. Je suis sûre de pouvoir l'aider. J'ai travaillé avec des vieux vraiment raides en Australie et ils ont vu une réelle amélioration dans leur quotidien.

Cassie était partie d'un fou rire : pour la toute première fois, le franc-parler de Suzy n'avait aucun effet face à l'obstination de Gem. Elle savourait l'expression outrée de Suzy.

– Eh bien, c'est très gentil, Gem, dit Suzy de son ton le plus condescendant, mais nous ne serons pas dans le coin cet été. Nous partons en Cornouailles.

– À Butterbox ? demanda Gem, les yeux écarquillés, la main sur la poitrine.

– C'est juste. Le grand air et les grands espaces sont tout ce dont Archie a besoin.

– Je suis entièrement d'accord. Être au bord de la mer lui sera tellement salutaire. L'âme a besoin de grands horizons, vous savez. C'est si facile de se couper de la nature quand on habite dans une grande ville ; on ne s'en rend même pas compte. On se prive peu à peu de quelque chose de bon et de vital et, ensuite, on s'étonne d'éprouver un tel déséquilibre dans nos vies.

– Oui. C'est vrai. C'est ce que je pensais, dit Suzy d'un ton sceptique.

– Vous savez, c'est comme ça que Laird et moi nous sommes « connectés ». Il faisait du surf et il passait à côté des cours que je donnais à l'aube – nous n'étions que sept ou huit sur la plage. Rapidement, nous avons commencé à discuter et nous nous sommes rendu compte à quel point nous étions connectés, expliqua Gem, les yeux pétillants à l'évocation de ces souvenirs. Il adorerait les Cornouailles. Le surf est tellement génial à Polzeath et…

Gem s'interrompit brusquement et son expression s'éclaira.

– Oh, souffla-t-elle, sa main serrant soudain le bras de Suzy. Nous devrions carrément y aller avec vous.

– Quoi ? fit Suzy, l'air nauséeuse.

– Réfléchis-y ! Archie et toi devez vous remettre sur pied – parce que, toi aussi, Suzy, tu as vécu un énorme choc. Ne sous-estime pas la pression que tu as subie. Et puis, Laird commence à se languir de la mer, le pauvre. Il m'aime et il vivrait avec moi dans le désert de Gobi si je le lui demandais, mais il a besoin de cet élément dans sa vie. Et moi, je peux faire mon yoga n'importe où. En plus, ce serait l'occasion idéale pour que nous passions tous du temps ensemble et de vraiment nous connecter, tu ne crois pas ? Cela fait si longtemps, des années en réalité, que nous n'avons pas tous passé un moment ensemble.

Cassie se demanda combien de fois encore Gem allait employer le mot « connecter ».

– Je ne crois pas que ce soit une bonne idée…, commença Suzy, mais Gem était sur sa lancée.

– Et bien sûr, pendant que nous serons là-bas tous ensemble, tu pourras m'aider à concrétiser mes idées pour le mariage. Est-ce que Henry t'en a parlé ?

– Hein ?

– Je te paierai, bien évidemment. Je ne veux pas que ce soit gratuit, mais un prix d'ami serait appréciable, rit Gem, qui donna un coup de coude à Suzy dans les côtes. Tu dois reconnaître que ça se tient : pendant qu'Archie profite du repos dont il a besoin, tu pourrais avoir un petit projet pour t'empêcher de tourner en rond, et je pourrais essayer de comprendre cette folle mascarade qu'est le mariage. Genre, peut-on m'expliquer l'intérêt des dragées ?

Suzy se tourna d'un air ahuri vers Cassie (en réalité, elle avait une position très tranchée sur les dragées), au moment où Laird revint avec des verres dans les mains.

– Bébé, tu ne devineras jamais ! s'exclama Gem. Nous allons passer l'été en Cornouailles.

– En Cornouailles ?

Si Laird avait été pantois pour Lammermuir, les Cornouailles ne s'en sortaient pas mieux.

– C'est le QG du surf au Royaume-Uni. Polzeath est genre l'une des dix meilleures plages de surf.

– Oh oui, oui, je connais Polzeath.

– Eh bien, nous avons une maison de famille là-bas. Tante Hattie en possède la moitié, et moi l'autre…

Suzy glissa ses yeux vers Cassie, le message de Gem était très clair : Suzy n'avait aucun droit de regard sur la venue ou non de Gem, puisqu'elle était copropriétaire de la maison.

– Suzy et Archie vont là-bas pour qu'il puisse se refaire une santé. Nous pourrons tous nouer des liens, préparer le mariage et… – Gem prit une profonde inspiration – tu pourras surfer tous les jours !

Laird fixa sa fiancée miniature, son regard aussi tendre que du beurre pommade lorsqu'il passa sa main autour de son cou.

– Sérieusement ?

Furieuse, Suzy articula en silence « C'est quoi ce bordel ? », tandis que le couple heureux s'embrassait.

– Est-ce que tu viens aussi ? demanda Laird à Cassie, qui dut détacher son regard de Suzy.

– Pardon ?

– En Cornouailles.

– Oui ! Ce serait tellement parfait ! Et il y a plein de place, argumenta Gem.

Cassie secoua la tête.

– Malheureusement non. Je dois travailler.

– Oh, c'est dommage, déplora Laird en toute sincérité, sembla-t-il.

Cassie se demanda s'il voulait qu'elle fasse tampon entre Gem, Suzy et lui. Elle ne pouvait pas lui en vouloir. Suzy avait été tout bonnement terrifiante ce soir.

– Oui, c'est vraiment dommage. D'autant plus que Henry sera absent longtemps, enchérit Gem avec une grimace exagérément triste.

– Je suis habituée, répondit Cassie en haussant les épaules, pour tenter de dissimuler le pieux mensonge – elle ne s'accoutumerait jamais à l'absence de Henry.

– Oui, tu es sûre de ne pas pouvoir venir ? insista Suzy, en s'y mettant à son tour. Maintenant qu'Ascot et le tournoi de polo sont passés, ce doit être plus calme à ton travail ? Je croyais que c'étaient vos plus gros événements de la saison.

Cassie considéra Suzy avec stupéfaction.

– Oui, mais nous avons toujours les petits événements privés : des anniversaires, des anniversaires de mariage, des mariages intimes.

– Je parie que Zara pourrait s'en charger. L'école de Jude est fermée pour les vacances d'été en plus, non ? Elle se plaint toujours de s'ennuyer chez elle quand Zara travaille.

Cassie ricana.

– Je ne suis pas sûre que, pour autant, Jude te remercierait de passer l'été à travailler.

Suzy haussa les épaules.

– Mais cela vaut la peine de demander, non ? Avouons-le, tu vas être malheureuse sans Henry et moi.

– Tu es la modestie incarnée !

Cassie savait pertinemment que la seule raison pour laquelle Suzy désirait qu'elle les rejoigne en Cornouailles était la même que celle de Laird : faire tampon entre Gem et elle. Il ne faisait aucun doute que Suzy risquerait elle-même une crise cardiaque si elle devait passer tout l'été avec sa jeune cousine.

Tous les regards se posèrent sur Cassie – chacun avec des intentions et des attentes différentes.

– Écoutez, ce n'est pas que ce soit une mauvaise idée, mais…

– Oui, c'est bon, on a compris, s'offusqua Suzy avant de pousser un grand soupir, puis elle leva son verre et le considéra d'un air sombre. Santé, alors. Aux joies d'un été sans fin…

Cassie culpabilisa immédiatement, mais que pouvait-elle faire ? Elle ne pouvait pas partir un mois uniquement parce que Suzy avait besoin de soutien pour gérer sa famille.

– Est-ce que l'une de vous sait où je pourrais trouver une petite clope ? demanda Gem, qui posa aussitôt sa main sur le bras de Laird. Je sais, je te promets que c'est la dernière. Demain, j'arrête, mais mon cousin préféré part à l'autre bout du monde au moment précis où je reviens, ce qui n'est vraiment pas de chance. J'ai besoin d'un remontant.

Laird afficha une mine désapprobatrice et Cassie se fit la réflexion que c'était au moins un point qu'il avait en commun avec Suzy.

– Laird, laisse-moi te présenter Archie, lui proposa Suzy avec un sursaut soudain de gentillesse, ce qui fit plisser les yeux de Cassie. C'est un fan de bodyboard. Il peut te parler des vagues de Polzeath.

Gem sourit alors que Suzy tirait Laird comme un remorqueur. Suzy agita frénétiquement la main dans le dos de sa cousine et Cassie comprit le signal : c'était le moment pour elle de saboter le mariage.

– Euh, suis-moi, Gem, l'invita Cassie, pour la conduire près des fenêtres, là où elle s'était trouvée quelques instants plus tôt avec Luke.

Était-il toujours là ? Cassie balaya la foule du regard, mais aucune trace de lui. *Heureusement.*

Elles s'appuyèrent sur le balcon, tournées vers la rue animée brillamment éclairée. Gem s'alluma une roulée qu'elle avait cachée dans son soutien-gorge.

– J'ai l'impression que Suzy n'est pas très contente à propos du mariage, déclara Gem au bout d'un moment, en observant son rond de fumée disparaître dans l'air.

– Quoi ? Suzy ? fit Cassie avec une voix de fausset. Non ! Elle est ravie pour toi. Vraiment très heureuse. Et puis, c'est son truc, les mariages. En réalité, elle a tout intérêt à ce que vous vous passiez la bague au doigt.

Gem fixa Cassie une minute, se demandant clairement si elle devait ou non la croire.

– Tante Hattie est folle d'inquiétude. Elle pense que je vais trop vite.

Cassie eut la gorge nouée.

– C'est tout naturel. D'après ce que j'ai compris, Laird et toi ne vous connaissez pas depuis très longtemps.

– Mais tu l'aimes bien.

– Moi ? Je le trouve adorable. Il est très charmant et gentil. Et, de toute évidence, il est dingue de toi.

Gem sourit, les yeux rivés sur un vigile au crâne rasé devant une discothèque, de l'autre côté de la rue.

– Exactement.

Cassie hésita, cherchant le compromis entre soutenir Gem et détruire le mariage.

– Mais je comprends pourquoi Hattie est inquiète. Je ne saisis pas quelle urgence il y a à vous marier. Qu'y a-t-il de mal à attendre un peu ?

– Quel intérêt d'attendre ?

– Eh bien, cela te laisse le temps d'être sûre de faire le bon choix. Ce que Suzy a raconté tout à l'heure était vrai : je me suis mariée au même âge que toi et j'ai passé dix ans de ma vie à être malheureuse. Si je pouvais revenir en arrière et donner un conseil à la fille que j'étais à vingt et un ans, je lui dirais de patienter un peu. Le mariage est censé durer toute la vie. Ne fais pas comme moi, ne te précipite pas. Les sentiments changent, la passion s'estompe. Je ne doute pas que Laird et toi soyez fous l'un de l'autre, mais es-tu sûre qu'il correspondra toujours à ce que tu désires dans dix, vingt, quarante ans ?

– Mais qui peut savoir une telle chose ? On remettrait à plus tard toute sa vie si on suivait ce principe. Nous évoluons tous en permanence. Si quelqu'un m'avait dit il y a trois ans, quand je me suis fait expulser du lycée pour avoir couché avec un garçon, que je trouverais la paix dans la salutation au soleil, je lui aurais ri au nez. J'étais la pire peste qui soit et, pourtant, regarde-moi aujourd'hui : je suis la zénitude incarnée. On suit un chemin sinueux dans la vie, Cassie. Aucun de nous ne sait ce que nous ferons demain. Avais-tu pensé que tu te refiancerais, si peu de temps après ton divorce ?

Cette question décontenança Cassie un instant et elle observa un gros pigeon ébouriffer ses plumes sur un fil téléphonique.

– Euh, franchement ? Non. En fait, pour être tout à fait honnête, je n'ai jamais pensé me remarier tout court.

– Vraiment ?

Cassie ferma brièvement les yeux et se remémora le dernier jour de son mariage.

– Tout ce qui s'est passé entre mon ex-mari et moi a fait tourner en ridicule nos vœux de mariage. Je ne sais pas si je serai capable d'y croire à nouveau un jour.

– Mais, avec Henry, tu y crois, dit Gem d'un air interrogateur. Sinon, tu ne te serais pas fiancée avec lui.

Cassie ne répondit pas. Elle se revit dans la bibliothèque, entendant la voix de Gil qui trahissait le terrible secret qu'elle n'avait jamais soupçonné. Elle avait été si naïve, si crédule. Si confiante…

– Cassie ?

– Quoi ? Oh. Oui, je…, bafouilla-t-elle. Bien entendu.

– Ouah, c'était loin d'être convaincant !

– Quoi ? Si, si. C'est juste que je… (Cassie força son esprit à revenir à leur conversation.) Je pensais à la cérémonie du mariage, en fait. Tu dois vraiment réfléchir aux engagements que tu prends. Ce ne sont pas des paroles en l'air ; tu devras les respecter toute ta vie. Comme « se promettre fidélité »... Est-ce vraiment une promesse que toi, à vingt ans, tu te sens de tenir toute ta vie ?

Le visage de Luke apparut à Cassie, ses mots résonnaient encore nettement dans sa tête : « Qui dit que tu serais revenue ?... Quand est-ce que ça a commencé entre vous ?... Ça n'a pas été long, je le sais... Tu ne serais jamais revenue... »

Cassie chassa Luke de son esprit. Gil. Luke. Tous ces fantômes de son passé lui rendaient visite ce soir, tourbillonnaient autour d'elle et la déstabilisaient.

– Ce que j'essaie de te dire, je crois, c'est de ne pas commettre la même erreur que moi. Tu as toute la vie devant toi, Gem. Ce qui te rend heureuse aujourd'hui ne te rendra peut-être pas heureuse dans un an. Ne te ferme pas des portes.

– C'est ce que tu fais ?

– Je te demande pardon ?

– Tu as dit tout à l'heure que tu aimais vivre au jour le jour, ce qui est le contraire de prévoir de vieillir ensemble, pas vrai ?

– Je...

Cassie ne savait pas bien comment répondre. Comment cette conversation avait-elle tourné à propos d'elle, et non plus de Gem ?

– J'ai l'impression que tu ne crois plus du tout au mariage, affirma Gem, qui jeta son mégot sur le trottoir en contrebas. Indépendamment de l'âge.

Cassie la regarda en clignant des yeux, à la fois furieuse et abasourdie ; cette fille était une oratrice hors pair, elle avait mené Cassie sur des chemins qu'elle n'avait nullement l'intention d'emprunter. Elle était plus confuse sur ses sentiments qu'elle ne le pensait.

– Tu sais quoi ? dit-elle avec défi. Peut-être que non. Peut-être que, non, je n'y crois plus. C'est une tradition obsolète, qui n'a pas lieu d'être dans notre vie moderne et nos relations modernes ; c'est un vestige d'une époque où les femmes étaient comme des meubles, un objet qui se marchande. Mais, toi, tu es une fille indépendante et intelligente, Gem. Pourquoi as-tu besoin d'une bague au doigt ? Ce n'est qu'un signe de propriété, un peu comme on marque le bétail, soutint Cassie avec dédain, qui redressa le dos au fur et à mesure de son envolée lyrique.

*Oh, Suzy allait adorer quand Cassie lui rapporterait cet échange.*

Gem jeta un coup d'œil au diamant au doigt de Cassie.

– Si c'est vraiment ce que tu penses, alors pourquoi portes-tu ce truc ?

Cassie regarda sa bague et se souvint du moment – parfait – où Henry la lui avait offerte. Elle s'était tellement laissé emporter par le côté romantique, par la mise en scène, qu'il aurait été impossible, totalement impensable, d'exprimer de telles pensées. Et puis, bien entendu, elle aimait Henry, si fort. Mais ces mots… Ils étaient criants de vérité, ils trouvaient leurs racines dans des sentiments qui s'étaient, à un moment donné, mués en instinct. Cassie elle-même ne comprenait pas comment ces sentiments apparemment contradictoires pouvaient coexister en elle. Elle se froissa comme une feuille d'automne.

– Je ne sais pas trop, finit-elle par admettre.

– Tu ne crois pas que tu devrais en p… Oh hé, depuis combien de temps es-tu là ? demanda Gem d'une voix plus vive, en se retournant vers la fête. Henry ?

Cassie tourna brusquement la tête. Depuis quand était-il là ? Qu'avait-il entendu ? Elle craignait presque de voir l'expression sur son visage, mais la foule se refermait déjà sur lui, et tout ce que Cassie put apercevoir fut ses cheveux dorés qui disparaissaient dans la pénombre.

# Chapitre 12

Même à une heure aussi indue, l'aéroport de Heathrow était noir de monde. Cassie s'écarta du chemin d'un groupe de touristes japonais, qui poussaient leurs valises rigides sur leurs quatre roulettes, et alla attendre près de la station de chariots. Elle reprit son observation de Henry, qui, au comptoir d'enregistrement, rangeait son passeport dans son sac à dos ; même à cette distance, elle remarquait combien son corps était tendu.

La veille au soir, il avait quitté la fête sans Cassie (une première), mais il n'était pas rentré à la maison non plus. Lorsqu'il avait fini par arriver en taxi à quatre heures du matin, avec Beau criant par la vitre, Cassie avait fait semblant de dormir. C'était totalement inutile d'essayer de parler à Henry – de lui expliquer – quand il était ivre et en colère.

Mais elle ne s'en était pas mieux sortie ce matin non plus. Il avait à peine dormi plus de quatre-vingt-dix minutes et l'expression sur son visage, pendant qu'ils s'habillaient, avait piégé les mots dans la gorge de Cassie, incapables de sortir. Ils avaient roulé jusqu'à l'aéroport en silence, elle au volant de sa Mini et lui essayant de prolonger un peu sa nuit. Et voilà désormais qu'il était à quelques minutes de monter dans l'avion. Le reste de l'équipage devait être là quelque part et Cassie n'avait aucune envie de dire au revoir à son fiancé devant eux.

Cassie observa Henry revenir d'un pas titubant (sans doute, encore ivre) et faillir trébucher sur un étudiant assoupi. Il était cependant toujours aussi beau, avec son jean usé, ses chaussures de bateau et sa veste de quart rouge et bleu. Rien qu'à le voir, Cassie avait le souffle coupé, comme toujours. Il se plaça devant elle, le regard détourné, les mains fourrées dans les poches de son jean, tel un garçon qui attendrait à contrecœur le baiser de sa mère à la porte de l'école.

Cassie lui attrapa le bras.

– S'il te plaît, Henry, ne pars pas comme ça. Je ne supporte pas l'idée que tu t'en ailles alors que tu n'arrives même pas à me regarder dans les yeux. Je te l'ai dit, je t'aime. Je veux être avec toi. Toi seul. Pourquoi cela ne suffit-il pas ?

Henry cligna des yeux, le regard glacial.

– Parce que ça ne suffit pas. Il n'y a pas d'engagement. Pas de sécurité. Et j'ai passé assez de temps à t'attendre, tu ne crois pas ?

– Mais tu es le seul homme que je veux. Je ne te quitterai jamais.

– Et pourtant, tu ne t'engageras pas à rester parce que, comme Gem l'a dit, tu ne veux pas te fermer de portes.

– Ce n'est pas ce que je voulais dire.

– Je t'ai entendue, Cassie.

– Elle m'a énervée, c'est tout. C'est agaçant de discuter avec elle.

– As-tu la moindre idée de ce que j'ai ressenti en t'entendant lui parler d'un sujet si intime, alors que c'est pratiquement une inconnue pour toi ?

– Je ne savais pas… Je ne savais pas que ça allait sortir comme ça. Je ne m'étais pas rendu compte de ce que je ressentais réellement. Je ne m'étais jamais sciemment admis ces sentiments.

– Alors tu reconnais que c'est ce que tu éprouves vraiment ?

Henry ferma les yeux, son visage se crispa de douleur et il serra les poings, pour essayer de se contenir alors que les émotions grandissaient et que les minutes étaient comptées. Il y avait tant à dire, trop...

*Maudite Gem !* Cassie eut la gorge nouée, sachant que le temps jouait déjà contre elle et elle sentit sa colère enfler. Pourquoi apparaissait-elle toujours comme la méchante ?

– As-tu déjà essayé de considérer les choses de mon point de vue ? Si tu m'aimais vraiment, tu ne me demanderais pas de me réengager dans quelque chose pour lequel j'ai mis du temps à tourner la page. Si tu m'aimais, tu accepterais simplement de m'avoir, sans avoir besoin d'une quelconque sorte de propriété. Tu essaies de me forcer à faire une chose en laquelle je ne crois plus.

Cassie poussa Henry à soutenir son regard, à lui pardonner, à voir que leur amour était suffisant, mais son expression décontenança Cassie et elle se recula brusquement. Il sortit sa main de sa poche pour attraper la main gauche de sa fiancée et il la porta au niveau des yeux. Le diamant Tiffany lança un éclat à Cassie, tel un clin d'œil effronté.

– Dans ce cas, pourquoi as-tu dit oui ? demanda Henry, ses mots sortant lentement, sa voix à peine plus qu'un murmure.

C'était exactement la même question que celle de Gem – celle à laquelle Cassie n'avait pas de réponse, ni la veille, ni à cet instant.

– Parce que..., bredouilla-t-elle. J'étais si heureuse d'être avec toi que j'étais incapable d'envisager l'avenir. Je n'étais pas encore divorcée quand tu m'as demandée en mariage. Je n'avais pas eu le temps de respirer.

Henry battit doucement des paupières.

– Eh bien, tu as le temps maintenant.

– Qu'est-ce que tu... ?

Cassie ne parvint pas à terminer sa phrase. Sa bouche était sèche, son cœur cessa de battre.

– Pendant mon absence, tu dois prendre une décision, déclara Henry, d'une voix plus intense que d'habitude, nouée par des émotions fortes. Veux-tu être ma femme, oui ou non ? Moi, je n'ai ni doute ni crainte, et je refuse les « et si ? ». Je ne veux pas vivre à moitié. Surtout pas.

La bouche de Cassie s'ouvrit, elle voulait que les mots sortent, mais la distinction qu'il avait faite la bloqua. Elle voulait être à lui, mais elle ne savait pas si elle voulait redevenir l'épouse d'un homme. C'était la pure vérité.

Les yeux de Henry, ourlés de rouge et plus bleus que d'ordinaire, se plantèrent dans ceux de Cassie, puis il rebaissa la tête en poussant un petit rire méprisant, les mains sur les hanches. Cassie l'observa secouer légèrement la tête comme s'il n'en revenait pas.

– Hen…

– Henry !

L'intonation aristo de Beau emplit le terminal, sa voix et son esprit ne semblant pas affectés par les excès de la nuit passée. Henry se retourna pour lui adresser un bref signe de tête.

Il repivota vers Cassie, soupira fortement et la parcourut des yeux comme un lieu familier, comme s'il cherchait à mémoriser son image. Elle se sentit vide de le voir si dévasté, et les larmes lui montèrent aux yeux – peinée qu'il parte, peinée qu'il parte dans ces conditions, vers le néant. Et puis ses mains se posèrent sur les joues de Cassie, sa bouche sur la sienne, et il l'embrassa avec toute la passion et le désespoir de leur premier baiser. Leurs larmes se mêlèrent, de sorte que Cassie ne sut plus où le chagrin de Henry se terminait et où le sien commençait.

Il s'écarta un tout petit peu, appuya son front contre celui de Cassie, les paupières closes comme si la regarder était devenu douloureux. Cassie huma son odeur (bien qu'elle soit teintée de bière), avec un désespoir grandissant. Henry s'en allait. Il s'en allait réellement, alors même que leur relation était au bord du précipice.

Il se força à reculer, ses mains retombèrent, se détachèrent de Cassie pour la dernière fois, du moins le semblait-il.

– Prends une décision, Cassie.

À ces mots, Henry se retourna et s'éloigna, les laissant tous deux se diriger vers l'inconnu.

*

– C'est sans conteste une passe difficile, déclara Kelly calmement à travers l'écran.

Cassie but une autre grande gorgée de sa vodka tonic – sans citron (Henry avait oublié d'en acheter avant son départ et, depuis trois jours, Cassie avait du mal à se motiver pour se lever du canapé, pas même pour les précieux citrons, « de rigueur » pour parfaire ce cocktail). Henry avait atterri à Sydney deux jours plus tôt, et ce jour-là avait lieu le lancement de l'expédition, le moment où il montait sur ce bateau-bouteille et ne serait plus en sécurité ni au sec pendant trois mois – et Cassie n'avait aucune nouvelle. Pas de SMS, pas de mail, *nada*.

– Tu as déjà dit ça la dernière fois.

– Et j'avais aussi raison. C'est la même dispute. Rien n'a changé.

– Tout a changé ! Maintenant, il sait ce que je pense réellement ! gémit Cassie, en ponctuant sa phrase de son hoquet caractéristique.

– Eh bien, il fallait que ça sorte d'une manière ou d'une autre. Croyais-tu vraiment pouvoir sans cesse remettre à plus tard ?

– Oui ! s'écria Cassie, qui ferma un œil et fixa de l'autre le fond de son verre – ses cuisses avaient l'air énormes comme ça ! Oh, pourquoi a-t-il fallu qu'il arrive juste à ce moment-là ? Pourquoi pas une minute avant, ou une minute après... Tout est de la faute de Suzy !

Kelly haussa un sourcil en sirotant son verre d'eau.

– Comment cela ?

– Elle a fait pression sur moi pour que je dissuade sa cousine de se marier. Elle n'a que vingt ans et Suzy a jugé que ce serait une excellente idée si je lui racontais mon désastreux mariage de femme-enfant ! Oh oui, s'exclama Cassie en jetant les mains en l'air, super idée !

– Je comprends son raisonnement. Tu parles en connaissance de cause.

– Non ! Non ! Parce qu'elle a comme par hasard oublié de me préciser que sa cousine avait un doctorat en argumentation. En vingt minutes, elle arriverait à convertir le pape au bouddhisme et demanderait à Vladimir Poutine de réfléchir à son karma. C'est impossible de discuter avec elle ; elle retourne tes paroles et arrive à te faire dire des choses que tu ne savais même pas…

Cassie s'interrompit. *Vous voyez ? Gem avait recommencé et elle n'était même pas présente !*

Kelly inclina la tête sur le côté, avec un sourire compatissant.

Cassie afficha une mine inquiète.

– Et si ce problème était trop important pour que nous parvenions à le surmonter ?

– Il n'y a pas de trop gros problème. Tout dépend de votre détermination à vouloir trouver une solution. C'est une longue route sans demi-tour possible, Cassie.

Cassie resta muette. Il n'y avait pas d'avenir pour Henry et elle si elle décidait de ne pas se remarier. Il ne voulait pas d'un concubinage heureux.

– Tu crois que je devrais l'épouser, pas vrai ?

– C'est à toi de…

– Oui ou non ? Réponds instinctivement.

– Très bien, oui, je le pense. Vous nagez dans le bonheur tous les deux. C'en est écœurant, mais je vais être franche, je me suis parfois demandé si ton année après ta rupture avec Gil n'a pas été un peu trop réussie. Être indépendante ne signifie pas que tu dois être solide comme un roc.

– Parce que, pour toi, j'ai l'air solide comme un roc là ? demanda Cassie avec cynisme, en indiquant ses cheveux ternes, son teint pâle et le verre presque vide dans sa main.

– Non. Mais peut-être que tu devrais laisser Henry te voir dans cet état. Il ne se doute probablement pas que tu t'effondrerais sans lui.

Cassie se mit soudain à rire.

– Quoi ?

– Je viens d'imaginer l'expression d'Anouk si elle t'avait entendue dire que je devrais le laisser me voir dans cet état ! « Tu es folle ? Dans cet état ? Qu'est-ce qui ne tourne pas rond chez toi ? s'écria Cassie, en imitant à la perfection la voix de leur amie. Aucun homme ne devrait jamais voir sa femme comme ça. C'est à se demander par quel miracle vous êtes toujours ensemble. Va te laver les cheveux et coordonne ta lingerie. C'est un ordre. »

Kelly rit à son tour.

– Ah, ah ! Et encore ! Elle mourrait sur-le-champ si elle voyait les soutiens-gorge de grand-mère que je viens d'acheter...

Cassie cessa de sourire. Elle n'avait pas encore osé évoquer le sujet de la grossesse. Depuis le début, Kelly avait résolument gardé le contrôle de la conversation et avait envoyé des signaux pour ne pas aborder la question, mais à présent...

– Vraiment ? demanda Cassie d'un ton délibérément léger.

Kelly hocha la tête, puis baissa les yeux sur sa poitrine, dont la taille était impossible à jauger dans son chemisier en soie noire.

– Ils gonflent, en fait.

– Ah, d'accord. Est-ce que c'est arrivé la dernière fois ?

Cassie veillait à n'insuffler aucune once d'espoir dans sa voix. Leur dernier échange virtuel datant d'une semaine, Kelly en était donc à huit semaines. Il n'en restait plus que quatre avant qu'il n'y ait officiellement – et statistiquement – plus de risques et que Brett n'apprenne qu'il allait devenir papa.

Kelly fit non de la tête.

– Mais ça ne veut rien dire, s'empressa-t-elle d'ajouter.

– Oui, j'en suis certaine.

– Je vais toujours perdre ce bébé la semaine prochaine.

La brutalité de ces paroles fit grimacer Cassie.

– Kelly, tu ne peux pas le sa…

Kelly renâcla.

– Si, je le sais. Je connais la musique. Cela arrivera la semaine prochaine.

Elle fixa Cassie droit dans les yeux, pour l'avertir de ne pas insister.

Cassie détourna le regard. Elle savait qu'un vocabulaire sans concession était la manière pour Kelly de refréner son instinct, qui voulait qu'elle espère, qu'elle ose rêver que peut-être cette fois était la bonne… Cassie changea de position sur le canapé et cala ses jambes sous son corps.

– Bon, j'imagine alors que je ferais mieux de me bouger les fesses et d'aller acheter des citrons.

Il y eut une pause.

– Des citrons ?

Cassie leva son verre.

– Si cet apéro devient un rendez-vous quotidien, je ne peux pas continuer à boire un semblant de vodka tonic. Une fille se doit d'avoir un certain niveau d'exigences, non ?

Kelly décocha un sourire reconnaissant, en comprenant le message implicite.

– Écoute, je prends l'avion pour Londres dans deux semaines. Est-ce que tu…

Horrifiée, Cassie écarquilla les yeux.

– Mais, Kelly, tu ne peux pas !

Il y eut un blanc.

– Pourquoi cela ?

– Parce que l'avion augmente le risque de fausse couche. Même moi, je le sais !

Un silence pesant se fit, Cassie avait dérogé à leur règle d'or.

– Cassie, tu m'as promis, affirma froidement Kelly. Cela ne m'aide pas si tu ne vas pas dans mon sens.

– Je suis désolée. Je te demande pardon. C'est juste que…

Cassie se mordit la lèvre, pour se retenir physiquement de ne rien dire de plus, même si elle tremblait presque d'une frustration réprimée.

– Désolée.

Kelly inspecta ses ongles.

– En plus, il n'y a aucune preuve concrète que le vol augmente les risques ; ce n'est rien comparé à ce que mon corps est capable de faire à ce bébé.

Pendant une seconde, le visage de Kelly se froissa, chaque muscle se contractant à cause de l'effort nécessaire pour contenir les émotions plus fortes que l'espoir.

– De toute évidence, je ne prendrai pas l'avion si la chose n'arrive pas, dit-elle d'une si petite voix que seul le mouvement de ses lèvres convainquit Cassie de l'avoir entendue.

Kelly tripota son verre, elle s'efforçait de faire bonne contenance, et Cassie détestait la distance de six mille kilomètres qui la séparait de son amie. Comment avait-elle pu autant manquer de tact ? Elle avait fait une promesse.

– Enfin bref, es-tu libre le jeudi ? retenta Kelly.

Cassie allait machinalement répondre oui d'un signe de tête, puis se reprit en grimaçant.

– Oh, flûte. En fait, je ne suis pas sûre. Peut-être. J'ai dit à Archie et Suzy que je les rejoindrai quelque temps en Cornouailles, pour leur donner un coup de main avec Velvet.

Suzy lui avait rebattu les oreilles à ce sujet depuis le départ de Henry ; Cassie ne savait pas si la raison en était l'abattement de Cassie dû à l'absence de son fiancé – et à son ultimatum –, ou bien la panique croissante de Suzy à l'idée de cohabiter avec Gem. Quoi qu'il en soit, Cassie s'était laissé convaincre de venir une semaine, avec la « possibilité » de prolonger son séjour.

– Suzy ne sait pas dans quelle mesure elle va devoir s'occuper d'Archie et j'ai peur qu'elle tue sa cousine.

– Oh. Bon, tant pis, dit Kelly avec un haussement d'épaules, cependant sa déception était manifeste.

– Mais, laisse-moi réfléchir, d'accord ? Rien n'est gravé dans le marbre. Pourquoi viens-tu d'ailleurs ?

– Bebe est nommée pour le prix du meilleur styliste international aux British Fashion Awards.

– Oh mince. Autant dire que tu as besoin de soutien.

– Je n'imagine pas à quoi elle ressemblera une fois qu'elle aura dévalisé le minibar de son hôtel. Je vais devoir gérer un monstre.

– Eh bien..., commença Cassie, pensive. Tu sais quoi ? Même si je suis en Cornouailles, je pourrai sans doute revenir pour une soirée. Je pense qu'il y a des vols réguliers entre Newquay et Londres. Je descends en voiture avec Suzy, mais je pourrai peut-être revenir en avion.

– D'accord, tu me diras. Ça me fera du bien de te voir, et... (Kelly hésita.) Et puis, j'imagine que tu auras besoin de pleurer sur mon épaule autant que moi sur la tienne. Parfois, même la vodka ne suffit pas, pas vrai ?

Perplexe, Cassie fronça les sourcils. Elle sentit qu'elles avaient changé de sujet.

– Hein ?

Kelly eut un rire tendu.

– Ouah, d'accord, peut-être pas alors. Tu as bel et bien tourné la page !

Le froncement de sourcils de Cassie s'accentua.

– La page de quoi ? De quoi parles-tu ?

Le sourire de Kelly s'effaça.

– Euh, de Gil et Wiz.

La distance entre Kelly et Cassie se contracta à la mention de son ex-mari et de son ancienne amie, tout l'air de la pièce fut comme aspiré et Cassie sentit son visage pressé contre l'écran alors qu'elle attendait des explications.

– Qu'est-ce qu'ils ont ?

L'expression amusée de Kelly s'altéra lorsqu'elle se rendit compte de la pâleur de Cassie.

– Oh mince, dis-moi s'il te plaît que Suzy t'en a parlé.

Cassie ne répondit pas. Kelly grommela, laissa tomber son visage entre ses mains et secoua légèrement la tête. Quand elle la releva, son regard était circonspect.

– Je vais la tuer. Elle m'a dit qu'elle allait t'en parler.

– Me parler de quoi ?

Il y eut un long silence pendant que Kelly peinait à trouver comment adoucir les mots qu'elle devait prononcer.

– Je savais que tu le prenais trop bien. Je le savais, se marmonna-t-elle avant de prendre une profonde inspiration. Écoute, ce n'est pas une nouvelle facile à t'annoncer. Ils se marient dans deux semaines.

Cassie sentit la pièce vaciller. Son cœur se mit à battre de façon incontrôlable.

– Comment Suzy est au courant ?

Son esprit tourna à plein régime. Pourquoi Gil n'avait-il pas lui-même averti Cassie ? Il l'avait dit à Suzy, mais pas à son ex-femme ? Cela n'avait aucun sens.

Puis, elle comprit. Cassie gémit en fermant les yeux.

– Oh, c'était dans le *Times*...

– Cassie, je suis vraiment désolée.

Ce fut au tour de Kelly de paraître hésitante alors que son amie bascula en arrière sur le canapé.

Bien sûr que l'annonce était parue dans le journal. L'union de Lady Louisa Arbuthnott et Gilpin Mathieson, deux des plus grandes familles d'Édimbourg, ne passerait jamais inaperçue.

– Cassie, je suis navrée, dit Kelly d'une voix calme. Je croyais que…

Elle se tut et observa Cassie le regard dans le vide, le passé et le futur s'entremêlaient.

Cassie reprit ses esprits, comme si elle avait été giflée, et inspira profondément. Elle reporta son regard sur l'écran.

– Hé, que veux-tu que ça me fasse ? Rien du tout ! C'est de l'histoire ancienne depuis longtemps.

La voix de Cassie était monocorde, son bras libre ponctuant ses propos d'un geste mou.

– D'accord.

– Ils sont faits l'un pour l'autre.

– Oui.

– Je m'en fiche royalement.

Kelly marqua une pause.

– D'accord.

Elles gardèrent toutes les deux le silence. Cassie but une gorgée de son verre. Puis une autre, qu'elle avala bruyamment, et elle fit claquer ses lèvres.

Kelly savait qu'il valait mieux éviter les platitudes.

– Eh bien, c'est réconfortant de voir que Gil ne partage aucune de mes appréhensions concernant le remariage, finit par déclarer Cassie d'un ton sarcastique, avec un grand haussement d'épaules. J'imagine que je dois vraiment prendre cette histoire de remariage trop au sérieux.

– Non, pas du tout.

– Tu crois ? Tout le monde arrive à repasser devant le maire sans problème, alors pourquoi pas moi ?

– Parce que tu fais preuve de sagesse et de prudence. Tu as eu une mauvaise expérience et tu en as tiré des leçons. Pourquoi voudrais-tu te précipiter à nouveau ? C'est la définition même de la bêtise. Ce type est un idiot.

Cassie secoua la tête avec obstination.

– Je réfléchis trop.

– Cass…

Cassie se pencha en avant avec une intensité soudaine.

– Tu sais quoi ? Je crois que je devrais suivre son exemple. (Cassie jeta ses bras en l'air.) Oui. Pourquoi pas ? Et puis zut, je vais suivre mon instinct. Lui faire confiance.

Kelly se dérida. Elle aussi était une battante.

– Et que te dit ton instinct ?

Il y eut un moment de silence, pendant que Cassie, la gorge nouée, se dégonfla peu à peu, avant de se laisser retomber sur les coussins comme si elle y avait été propulsée.

– Si seulement je le savais…

# Chapitre 13

Installée sur la banquette arrière, Cassie regardait *Pierre Lapin* sur le lecteur DVD de Velvet pendant que Suzy insultait les conducteurs lents devant elle et qu'Archie faisait la distribution des sandwichs. Ils avaient opté pour l'itinéraire pittoresque, dans l'espoir de montrer Stonehenge à Velvet, mais elle dormait quand ils longèrent le site et Cassie était trop captivée par le film pour lever la tête.

Quand elle le fit enfin, ils avaient déjà traversé les petites vallées sinueuses du Somerset, les champs parsemés de vaches du Devon et arrivaient dans les vastes landes bombées des Cornouailles, qui tombaient vers la mer au loin. Partout où Cassie posait le regard, elle apercevait de vieux murs en pierres sèches, telles des enfilades de souris. Les éoliennes blanches, qui composaient désormais le paysage, tournoyaient lentement dans la brise. Quelques ruines délabrées étaient tout ce qui restait des mines d'étain qui avaient fait la réputation des Cornouailles pendant des siècles. Dans de minuscules villages subsistaient encore d'obsolètes pompes à essence, condamnées depuis longtemps. Malgré le vaste ciel au-dessus de leur tête, Cassie avait l'impression que les murs du monde se refermaient.

– Je n'en reviens pas que tu ne sois jamais venue, observa Suzy, qui chercha le regard de son amie dans le rétroviseur.

Cassie haussa les épaules.

– Je suppose que je ne savais pas ce que je manquais. Je retournais toujours à Hong Kong pour les vacances d'été.

– Henry et moi passions tous nos étés ici. Nous étions de vrais petits sauvages au moment de la rentrée. Maman ne nous voyait jamais de l'aube jusqu'à la tombée de la nuit. Je n'imagine pas être aussi cool avec Velvet aujourd'hui.

– C'était une autre époque, murmura Archie, qui essayait de régler la radio sur autre chose que des parasites. Bon sang, nous sommes sur la côte ou en plein milieu de l'Atlantique ?

– Il va falloir t'y habituer, mon chéri. Il n'y a pratiquement pas de réseau non plus, et j'ai laissé ordinateurs portables et tablettes à la maison. Cassie aussi, donc pas la peine de lui demander, s'empressa de préciser Suzy dès qu'elle aperçut l'expression absolument horrifiée de son mari. Le bureau ne pourra pas te joindre. Ah, ah ! gloussa Suzy d'un air triomphant. Tu ne travailleras point !

– Mais voyons, s'ils ont besoin de…

– Ça n'arrivera pas ! J'ai prévenu ton patron que s'il pensait ne serait-ce qu'à te contacter au cours des trente prochains jours, je le poursuivrai pour tentative d'homicide involontaire.

Archie laissa tomber sa tête entre ses mains.

Ils avaient quitté l'autoroute désormais et les routes devenaient beaucoup plus étroites, des haies luxuriantes se dressaient à deux, voire trois mètres de haut, avec une profusion multicolore et odorante d'aubépine, de sureau et de chèvrefeuille.

Ils traversèrent Delabole, avec sa célèbre mine d'ardoise. Un sourire se dessina sur les lèvres de Cassie lorsqu'elle aperçut un groupe de danseurs folkloriques, tout de blanc vêtus, qui dégustaient une bière à la terrasse d'un pub, leurs accessoires posés à leurs pieds, les grelots à leurs genoux silencieux pour le moment.

– Quand est-ce que Gem arrive ? demanda Cassie, qui entrevit la mer au moment où ils doublèrent les panneaux indiquant « Port Isaac ».

– Germe ? Elle est déjà là, répondit Suzy d'une voix boudeuse. Ils sont partis le lendemain de la fête, tu imagines ? Apparemment, Lord était en manque d'eau salée, le pauvre dauphin.

– Gem. Et Laird, la reprit Archie avec un léger ton de réprimande. Fais attention à ce que tu dis.

Les yeux de Suzy recroisèrent ceux de Cassie dans le rétroviseur.

– Franchement, moi qui suis incapable de la boucler... Pourquoi ai-je parlé de notre séjour ici ? Elle n'y aurait jamais pensé si je n'avais rien dit. Elle n'est pas venue depuis je ne sais quand.

– Je ne comprends pas pourquoi cela te stresse autant. Gem n'est pas si méchante, juste un peu survoltée, fit remarquer Archie avec calme. Et Laird est vraiment très intéressant.

– Je suis stressée parce que Maman est stressée, rétorqua vivement Suzy. D'après elle, Gem fait une immense erreur, et voilà que je me retrouve à devoir l'aider à organiser un mariage auquel aucun de nous ne croit, en plus de devoir prendre soin de toi.

– Je vais bien, la rassura Archie, en posant sa main sur le genou de Suzy. Détends-toi. Sinon, c'est toi qui vas avoir besoin de soins.

Suzy grogna.

– Oh, génial. J'ai donc besoin qu'on prenne soin de moi, toi aussi, et Cassie aussi. À ce rythme, c'est Velvet qui va devoir s'occuper de tout.

Cassie jeta un coup d'œil à la fillette assoupie : sa bouche en bouton de rose était entrouverte, ses paupières tremblotaient légèrement alors qu'elle rêvait. Cassie résista à l'envie de lui caresser la joue, de peur de la réveiller.

– Pff. Ne m'inclus pas dans cette déconfiture collective. Je vais parfaitement bien, déclara Cassie, en levant le pouce dans le rétroviseur.

Son geste ne dupa personne cependant. Si elle avait été bouleversée par les circonstances entourant le départ de Henry, les nouvelles de Gil lui avaient porté un coup supplémentaire. Les yeux bouffis et ternes de Cassie ainsi que sa peau pâle révélaient ses nuits blanches et son manque d'appétit, ce qui avait conduit Suzy à prendre les choses en main : elle avait appelé Zara afin de vider totalement l'agenda professionnel de Cassie pour la quinzaine à venir.

Après avoir bifurqué vers Rock, ils notèrent une franche amélioration de l'élégance des maisons. Les pavillons des années soixante – signes d'infamie partout ailleurs dans le pays – avaient été restaurés avec des bardages vert pomme et gris clair, des portails élégants en teck protégeaient de luxueux SUV, et seules les fleurs sauvages qui poussaient sur les vieux murs de pierres trahissaient la nature bucolique de la région.

Cassie pressa pratiquement son nez contre la vitre lorsqu'ils passèrent devant une petite enfilade de commerces : une boucherie, une épicerie fine, une poissonnerie, une boulangerie, entre autres. Un peu plus loin se trouvaient le bureau de poste, le marchand de journaux, un coiffeur et une agence immobilière, de nombreux panneaux signalant des galeries d'art, et une route partant vers une petite crique.

Ils tournèrent à droite au sommet d'une colline et quittèrent le village. Ils longèrent des champs cachés derrière des talus, recouverts de hautes herbes qui ployaient sous le vent. La route était si étroite qu'un seul véhicule à la fois pouvait passer ; quelques dégagements par endroits permettaient de se croiser. Ils durent patienter plusieurs minutes alors que la camionnette d'un peintre en bâtiment qui venait d'en face ouvrait la voie à une file de voitures et de camping-cars de retour de la plage, planches de surf arrimées sur le toit.

– Allez, allez, s'impatienta Suzy, en tapant des doigts sur le volant.

Elle déboîta rapidement avant qu'un Land Rover qu'elle avait aperçu au loin ne décide de s'engager. Ce qu'il fit.

– Euh, Suzy, s'inquiéta Cassie tandis que les deux véhicules avançaient l'un vers l'autre.

L'autre conductrice, une blonde parée de lunettes de soleil d'une marque de haute couture, semblait tout aussi déterminée que Suzy à ne pas être celle qui devrait faire marche arrière.

– *No problemo*, répliqua Suzy, alors qu'ils étaient pratiquement pare-chocs contre pare-chocs.

Suzy adressa un sourire triomphant – et un doigt d'honneur – à la blonde et tourna à gauche dans une allée courbe qui menait aux deux seules habitations, visiblement, situées sur cette route.

– Bienvenue à la maison.

Cassie aperçut deux panneaux indiquant « Butterbox Farm » et « Snapdragons ».

– On y est ? demanda-t-elle.

Sur la droite, derrière un portail, se dressait une modeste maison des années cinquante, blanchie à la chaux. Il y avait une grande allée goudronnée et deux voitures garées devant – une Renault Clio bleu métallique cabossée et une Jeep noire racée.

– Non. Ça, c'est Snapdragons. C'est là que sont Gem et Laird.

– Pourquoi ne sont-ils pas à Butterbox ? s'étonna Archie, avant de se rendre compte de l'expression faussement innocente de Suzy. Oh, qu'est-ce que tu leur as dit ?

– Rien ! J'ai simplement fait remarquer que nous avons un enfant en bas âge et… que s'ils ont envie de dormir…

– Suzy ! Velvet fait ses nuits depuis qu'elle a trois mois !

– Je sais, mais c'est une enfant. On ne sait jamais, non ? Et Gem et Laird sont encore pratiquement des ados. Je parie qu'ils dorment jusqu'à midi et se couchent aux aurores. Ce n'était tout simplement pas envisageable que nous dormions tous sous le même toit pendant un été.

– Tu es terrible, soupira Archie, tandis que Cassie tentait de réprimer un sourire.

– Je lui ai aussi dit que tu pouvais perdre connaissance à tout moment. Que, pour nous, ce ne sont pas de simples vacances pittoresques en bord de mer. Nous sommes ici pour ta très sérieuse convalescence. Tu as besoin de repos.

Archie se tourna vers Cassie à l'arrière.

– Tu t'occupes d'elle ou je m'en charge ?

Cassie rit au moment où ils franchirent un portail plus grandiose, avec des ananas en pierre sculptés au sommet des piliers.

– Oh, cool, murmura-t-elle devant la maison blanche beaucoup plus grande, avec trop de fenêtres pour pouvoir les compter.

La demeure n'était pas très ancienne (peut-être des années trente), ni même jolie. Elle était en diagonale sur le terrain ; l'arrière, orienté à l'ouest, donnait sur des prés dans lesquels paissaient des vaches et sur la mer au-delà. Cassie se fit la réflexion qu'en dix minutes à pied maximum, on devait être à la plage. On pouvait à peine distinguer, entre les champs et la plage, la pointe d'un petit clocher.

– Oh, Suzy, c'est magnifique, s'extasia Cassie, qui détacha sa ceinture et sortit de la voiture pour mieux admirer la vue.

La brise souleva immédiatement ses cheveux de son cou et elle tourna son visage vers le ciel. Elle se demanda d'instinct si Henry pouvait aussi sentir cette sensation. Mais non, se reprit-elle aussitôt. Il était dans l'hémisphère Sud, au milieu des mers du Sud. Son ciel était noir en ce moment même.

– Laisse les bagages, Archie, lui ordonna Suzy alors qu'il se dirigeait vers le coffre. Je m'en charge. Emmène Velvet à l'intérieur et ouvre la maison.

– Et ensuite, tu vas faire pipi debout ? grommela-t-il, avant d'attraper les clés des mains de Suzy et de prendre leur fille somnolente dans ses bras.

Suzy le regarda s'éloigner, le visage tendu.

– Il va faire un patient horrible, dit-elle d'une petite voix inhabituelle et apparemment pour elle-même, avant de se souvenir de la présence de Cassie à côté d'elle. Et le départ de Henry pour on ne sait où n'a pas aidé, ajouta-t-elle plus fort. Archie est de mauvais poil depuis qu'il est parti. Mon frère a toujours su choisir son moment. Toujours...

– Hmm, fit Cassie, qui se pencha dans le coffre et sortit le sac le plus lourd pour se changer les idées.

Elle n'avait toujours pas eu de nouvelles de lui depuis son départ : pas de textos quand il était à Sydney et, évidemment, les mobiles ne fonctionnaient pas en haute mer.

– Eh bien, déjà quatre jours de passés. Plus que quatre-vingt-deux, annonça Cassie d'un ton léger.

– Oui, il faut voir les choses ainsi, affirma Suzy avec une tape chaleureuse dans le dos de Cassie, qui tomba presque la tête la première dans le coffre de la voiture.

Elles entrèrent ensemble dans la maison, les yeux de Cassie ronds comme des billes devant l'escalier qui prenait trois pans de mur et le vieux plancher en pin brut qui avait besoin d'être ciré. Le mobilier était modeste : dans le salon, des fauteuils et canapés avec des housses en lin décolorées et, dans la cuisine, des chaises en bois à barreaux et une grande table rectangulaire. La doublure des rideaux de velours bleu roi du salon se décomposait pratiquement après des décennies à endurer les flammes du soleil couchant.

– Depuis combien de temps cette maison appartient-elle à votre famille déjà ?

Suzy laissa tomber les sacs isothermes sur le seuil de la porte et inspira profondément, un sourire sur son visage et ses mains sur ses hanches alors qu'elle embrassa du regard ce décor familier.

– Mes grands-parents sont venus ici à leur retraite dans les années soixante. Henry et moi avons été baptisés dans l'église du village et avons passé tous nos étés ici. (Elle ferma les yeux un instant, et la tension dans ses épaules se relâcha.) Comme ça fait du bien d'être de retour. J'oublie toujours à quel point j'adore cet endroit jusqu'à ce que je revienne et puis, bam ! Je ne veux plus en repartir.

– Tu devras en repartir pourtant. J'ai besoin de toi à Londres. Ce ne serait pas pareil sans toi, objecta Cassie, inquiète que sa meilleure amie puisse avoir ces idées.

– Ou nous pourrions tous venir vivre ici, suggéra Suzy, qui reprit les sacs et s'avança vers la cuisine.

Velvet mangeait une toile d'araignée – heureusement, sans l'araignée – pendant qu'Archie faisait le tour de la maison pour ouvrir toutes les portes et les fenêtres.

– Oh oui, j'imagine bien. Henry et moi serions les gardiens du domaine dans l'autre maison, et Archie et toi seriez les seigneurs.

– Je me disais que tu avais assez eu ta dose à jouer les châtelaines, rétorqua Suzy avec un clin d'œil.

Elle hissa sur le plan de travail les sacs de courses qu'elle avait fait livrer chez eux une heure avant leur départ.

– C'est vrai, convint Cassie, avant de se diriger vers les portes vitrées pour sortir sur la terrasse.

Elle pouvait presque sentir l'iode dans l'air ; un troupeau de vaches pie broutait l'herbe à moins de quinze mètres.

– Combien de temps faut-il pour aller à la plage ? cria-t-elle en direction de la maison.

– Si tu cours (ce que nous faisions toujours, quand nous étions gamins), six minutes. Si tu es un adulte qui porte tous les sacs, plutôt dix. C'est Daymer Bay que tu vois là-bas.

– Oh, j'en ai déjà entendu parler, murmura Cassie, qui s'étira un peu avant de revenir dans la maison.

Le plafond de la cuisine était bas, mais la superficie était gigantesque. La pièce n'avait manifestement pas été modifiée depuis trente ans. De vieux éléments en pin des années quatre-vingt étaient placés contre trois des murs en forme de U, et un petit îlot avec un plan de travail mélaminé crème trônait au centre. Un sol en lino – idéal pour balayer le sable, sans nul doute – recouvrait vraisemblablement le joli plancher que Cassie avait aperçu dans l'entrée. Le réfrigérateur blanc, aussi incroyable que cela puisse paraître, n'avait pas de distributeur de glaçons. À l'ancienne ! *Que serait-ce ensuite ? Un téléviseur sur pied ?* se demanda Cassie.

– Suzy, j'adore cet endroit.

La jeune femme lui adressa un sourire radieux.

– Ah oui ? Moi aussi. Je sais qu'il y aurait beaucoup de travaux à faire. C'est en gros le fantasme de tout décorateur d'intérieur. Mais je n'ai pas envie que la maison soit parfaite et étincelante. Pas comme le voudraient Kelly et Anouk ; tu imagines ? répliqua Suzy, en haussant un sourcil et en secouant la tête.

– À mon avis, tout ce qui compte est là, affirma Cassie, en indiquant la vue.

– Je suis bien d'accord. Viens, je vais te montrer les chambres.

Suzy délaissa les légumes pour prendre Velvet dans ses bras. Elles montèrent d'un pas nonchalant le grand escalier, et Suzy désigna les nombreuses chambres : toutes kitsch, avec des festons en haut des fenêtres, des banquettes au pied des lits et des coiffeuses en forme de haricot.

La maison était si vaste qu'il était impossible que Velvet ait pu déranger Gem et Laird, mais le mal était déjà fait ; Cassie se fit en outre la réflexion qu'ils préféraient sans doute avoir leur intimité. Elle n'imaginait pas que Gem puisse faire un jour fortune grâce au yoga, et Laird semblait avoir grandi dans une fête foraine (ou du moins l'aurait souhaité), alors peut-être la petite maison était-elle un palace à leurs yeux.

Située à l'arrière, à côté de la chambre parentale, avec un long balcon orienté à l'ouest, la chambre de Cassie était l'une des plus belles. C'était plus facile de voir la plage de cette hauteur, et Cassie resta un long moment à contempler la mer. Son esprit revenait sans cesse vers son fiancé, qui, en cet instant précis, dérivait sur l'eau.

C'était la marée basse et Cassie apercevait, des petits points au loin, les gens qui profitaient des derniers instants de l'après-midi. Un champ faisait office de parking ; les pare-brise scintillaient au soleil, et plusieurs familles jouaient au base-ball.

Cassie aida Suzy à préparer le bain pour Velvet dans une salle de bains si grande que deux mètres au moins séparaient les murs de la baignoire au centre de la pièce. Suzy semblait peu se soucier que l'épaisse moquette rose soit mouillée.

Archie leur cria qu'il allait à vélo au magasin de Trebetherick, le village le plus proche, afin d'acheter du poulet et du lait – que Suzy n'avait délibérément pas mis sur sa liste de courses en cas d'embouteillages et de températures élevées. Archie fila avant que Suzy ne puisse lui rappeler (comme si c'était nécessaire) de ne pas passer le deuxième plateau, ni de pédaler en danseuse.

– En douceur, le médecin a dit, Archie ! hurla Suzy à son mari qui se précipitait dans le chemin tel un homme-canon.

Les filles s'assirent sur la terrasse, pour déguster en douce un verre de rosé avant le retour d'Archie. Suzy avait insisté pour qu'ils s'abstiennent tous de boire devant lui tant qu'il n'avait pas le droit à l'alcool, ce qui était différent d'une abstinence totale. Cassie n'aurait été nullement étonnée si Suzy avait préparé pour Archie une liste de choses à faire tous les soirs à l'heure de l'apéritif.

– J'aurais cru que Germe se serait empressée de venir nous voir aussitôt qu'elle avait entendu la voiture dans le chemin, commenta Suzy, un brin contrariée.

– Elle est sans doute à la plage, tu ne crois pas ?

– Je présume. À saluer le soleil en entrelaçant ses bras et ses jambes.

Cassie gloussa.

– Tu es jalouse parce que tu as la souplesse d'un poteau électrique.

– Si seulement j'avais la circonférence d'un poteau électrique, sourit Suzy, en tapotant ses hanches légèrement rembourrées, qui portaient encore les stigmates de sa grossesse.

– Il n'y a aucun problème avec ta circonférence.

– Ah oui ? Écoute, tu pourrais mettre ta main au feu que, si j'allais me placer à côté de cette vache là-bas, elle paraîtrait soudain mince et aurait envie d'aller enfiler son jean le plus moulant.

Cassie rit, puis elle s'étendit sur la chaise longue en plastique blanc et se résolut à ignorer la légère odeur de moisi qui provenait des coussins à rayures vertes.

– Alors…

Cassie tourna la tête, Suzy la fixait attentivement.

– Alors quoi ?

– Tu sembles de meilleure humeur aujourd'hui.

– Je me sens très bien. Comment ne pas se sentir bien ? demanda de façon rhétorique Cassie, qui se tourna vers le soleil couchant et évita volontairement le sujet.

– As-tu déjà eu des nouvelles de Henry ?

Cassie fit signe que non et sentit la pression lui remonter à la tête. C'était le « déjà » qui la perturbait, comme si c'était quelque chose de facultatif. Henry était injoignable, presque autant que s'il était sur la Lune ou à Ikea.

– Je te l'ai dit, il n'a pas de réseau, expliqua Cassie, en faisant tapoter son index sur l'accoudoir du transat tel un métronome. Tout le matériel radar du bateau crée trop d'interférences électromagnétiques. S'il veut écouter de la musique, il doit enrouler ses écouteurs de papier aluminium. Ce sera comme ça jusqu'à son retour, ou du moins jusqu'à leur arrivée à San Francisco.

– Hmm. Je croyais qu'il y avait cette société de télécommunications qui permettait d'être en contact avec eux.

– Oui, pour nous informer de leur position et d'éventuels messages SOS, mais pas trop pour s'échanger des lettres d'amour.

Cassie savait qu'elle donnait l'impression d'être sur la défensive.

– Oh, dommage.

– Oui.

– Je n'en reviens toujours pas qu'il soit parti sans dire au revoir. Un texto ne l'aurait pas tué.

Cassie se mordit la lèvre et détourna les yeux, pour se focaliser sur une vache particulièrement satisfaite, dont la queue chassait les mouches pendant qu'elle broutait. Elle ne répondit pas, surtout parce qu'elle ne comprenait pas non plus ce silence.

– Cela dit, je suppose que tu ne peux pas lui en vouloir de s'être énervé parce que tu as soudain des doutes, poursuivit Suzy. Tu bouleverses son monde.

Cassie jeta un coup d'œil à Suzy, en se demandant de quel côté était son amie.

– Pardon ? C'est à cause de toi si tout cela est arrivé. Si tu ne m'avais pas mêlée à tes projets foireux avec ta cousine, tout irait parfaitement bien.

– Ah ! Et voilà le résultat ! C'est le bazar entre Henry et toi, et je dois me débrouiller toute seule pour saboter le mariage. Et puis, comment tout pourrait aller bien ? Henry t'a demandé en mariage et tu lui as dit oui. Vous êtes fiancés depuis un an et demi. Comment peux-tu affirmer maintenant que tu ne crois pas au mariage ? À un moment ou à un autre, tu vas devoir t'expliquer.

– Je l'aime et je veux vivre avec lui, mais quand il a fait sa demande, j'ai cru que… J'ai simplement pensé que nous pourrions prendre notre temps. Je ne m'attendais pas à ce qu'il y ait autant de pression. C'est avec l'institution que j'ai un problème, pas avec Henry. Je ne sais pas pourquoi c'est si difficile à saisir.

Suzy soupira.

– Écoute, je comprends très bien pourquoi tu n'as pas envie de te remarier si vite. Mais tu dois garder à l'esprit que Henry n'a jamais été marié. Il t'a attendue tout ce temps, et ce qui est apparemment mort pour toi reste toujours une possibilité pour lui. Vas-tu vraiment lui demander de renoncer à ses idéaux parce que les tiens ont échoué ?

– Je ne lui demande pas de renoncer à quoi que ce soit. Je veux vivre avec Henry. Je veux que nous fondions une famille. Beaucoup de personnes sont très heureuses sans être mariées.

– Tu veux dire comme Hugh Grant dans *Quatre Mariages et un enterrement* ?

– Exactement. Ou Goldie Hawn et Kurt Russell, ils sont heureux sans être mariés.

– Ou Madonna et ses danseurs, enchérit Suzy.

Cassie pouffa.

– Ryan Gosling et Eva Mendes.

– Kermit la grenouille et Piggy la cochonne.

Cassie rit de plus belle.

– Tu vois ? Beaucoup de gens filent le parfait amour sans une bague au doigt.

– Ah ! Comme si tu allais renoncer à cette bague. Un diamant Tiffany ! Le pauvre Henry a pratiquement hypothéqué Maman pour l'acheter.

Les doigts de Cassie cherchèrent machinalement la bague ; c'était devenu comme un geste réconfortant pour elle, et elle la touchait souvent en cas de nervosité ou de contrariété.

– D'accord, pas sans la bague. Mais sans le « je le veux ».

– Tu dois en discuter avec lui comme il faut.

– C'est un peu compliqué maintenant qu'il est parti à l'autre bout de la planète pour trois mois.

Suzy lâcha un soupir.

– Je sais, mais il n'a jamais été raisonnable en ce qui te concerne. Regarde, quand tu as épousé Gil… La plupart des hommes iraient se saouler. Mais lui a pris l'avion pour le nord de la Norvège, afin de suivre une formation d'instructeur de survie dans l'Arctique ! En fait, c'est de ta faute s'il est devenu explorateur. Il avait une carrière toute tracée à Londres, mais apparemment, randonner sur la banquise ou traverser la Sibérie à vélo étaient l'unique moyen de te chasser de son esprit.

Cassie ne réagit pas.

– Il t'aime, mais il ne te suppliera pas, Cassie, argua Suzy – son ton avait changé, la plaisanterie disparue. Et ça me briserait le cœur que vous vous sépariez à cause d'un bout de papier.

– Mais nous n'allons pas nous séparer ! Écoute, toute cette histoire est une tempête dans un verre d'eau. C'est dommage que les choses se soient envenimées juste avant son départ (*et quand on m'a interdit de rendre visite à Archie à l'hôpital*, n'ajouta-t-elle pas), mais il aura tout oublié à son retour.

– Oublié qu'il veut t'épouser ? s'esclaffa Suzy, dont les sourcils se hissèrent pratiquement sur son crâne.

Cassie but une autre gorgée de son verre et fixa résolument la mer.

La porte d'entrée claqua et elles se retournèrent vers la cuisine en souriant ; Archie arriva d'un pas nonchalant un instant plus tard, deux sacs en papier brun froissés et une enveloppe dans les mains.

– Mince, finis ton verre, murmura Suzy en se levant de sa chaise longue. Je vais nous faire gagner du temps.

Incapable de boire cul sec même si c'était une question de vie ou de mort, Cassie avala de rapides gorgées, tandis que Suzy se rendit dans la cuisine pour vérifier le teint d'Archie. Il ne restait plus qu'une seule lichée à Cassie quand Archie sortit une minute plus tard, l'air très content de lui.

– Oh, qu'est-ce que tu as là ?

– Hein ? fit Cassie, les yeux écarquillés, et elle se hâta de vider son verre avant qu'Archie ne puisse lui demander d'y goûter. Oh, tu veux dire ça ? Du jus de raisin.

– Ça ne ressemblait pas à du jus de raisin, objecta Archie, les sourcils froncés.

– J'aime bien le diluer avec de l'eau.

– Qu'est-ce que tu as dans les mains ? s'enquit Suzy, qui arriva peu après avec un plateau de verres et un pichet de limonade de sureau.

– En fait, c'est pour Cassie, répondit Archie, en lui remettant l'enveloppe.

– Pour moi ?

– Oui, confirma-t-il avec un haussement d'épaules. Il s'avère qu'ils ont le Wi-Fi dans le troquet au fond du magasin…

Ce fut au tour d'Archie de prendre un air triomphant, alors que Suzy fut médusée devant la mise à mal de son plan.

– Du coup, j'ai consulté mes e-mails. Uniquement les personnels, ajouta-t-il, toujours en faveur de la paix des ménages. Celui-ci attendait Cassie dans ma boîte, alors je l'ai imprimé.

Il n'y avait qu'une seule personne capable d'écrire à Cassie *via* l'adresse d'Archie. Suzy le savait aussi.

– Pourquoi a-t-il fait ça ? Je l'ai prévenu avant notre départ que nous n'aurions pas d'accès fiable à Internet ici, s'agaça Suzy.

– Ne t'inquiète pas. Je lui ai dit que nous étions là maintenant. Je suis sûr que les envois incessants d'e-mails vont arrêter, indiqua Archie en levant les yeux au ciel.

Cassie se retint de ne pas déchirer l'enveloppe à la hâte. La vue du logo d'Inmarsat en haut de l'e-mail (le fournisseur de télécommunications par satellite de l'expédition et le seul interlocuteur entre l'équipage et la terre, à l'exception des garde-côtes) rendait les mots flous. Henry lui avait écrit. Même avec dix paires d'yeux qui avaient lu cette lettre très personnelle entre son envoi et sa réception, il avait écrit ! Cassie était pardonnée…

Mais elle fut bouche bée lorsqu'elle prit conscience du contenu de cet e-mail. Ce n'était ni des excuses ni une réconciliation…

– Oh !

– Oh zut, quoi ? Qu'est-ce qu'il y a ? demanda Suzy, qui détestait être mise de côté ne serait-ce qu'un instant. Qu'est-ce qu'il a encore fait ?

– C'est une liste.

– Hein ?

Cassie leva la tête vers Suzy.

– Il m'a écrit une liste pour ici.

– Oh, tu te moques de moi. Encore une ?

Suzy se tourna vers son mari en quête de réponses, mais son expression lui indiqua qu'il n'en avait pas ; il était aussi ignorant qu'elle.

Cassie serra plus fermement la feuille entre ses mains. C'étaient les listes que Henry avait imaginées pour Paris, New York et Londres, afin que Cassie découvre les dessous de ces villes, qui les avaient rapprochés. En dépit de tous les efforts des amies de Cassie pour lui dessiner une nouvelle vie, c'étaient ces listes qui lui avaient réellement permis de se retrouver. Elle avait perdu confiance en elle après sa rupture avec Gil, à tel point qu'elle était incapable de s'habiller, alors encore moins de se construire une nouvelle existence. Et voilà que Henry lui proposait une autre liste, au moment même où Cassie retraversait une crise de confiance.

– Il ne peut pas s'en empêcher, hein ? C'est une sorte d'obsession. C'était impossible que Cassie profite tranquillement de la plage. Alors, qu'est-ce qu'il te fait faire ?

Cassie écarta de ses yeux une mèche blonde.

– Eh bien, je dois prendre une vague.

Elle se mordit la lèvre ; elle parvenait à peine à trouver l'équilibre sur un tapis de yoga, alors sur une planche de surf…

– Peut-on tricher et faire une ola à la place ? C'est une sorte de vague, non ?

– En fait, je trouve ça plutôt amusant, commenta gaiement Archie, qui grimaça à cause du goût sucré de sa boisson et la considéra d'un air soupçonneux. Tu ne peux pas venir ici sans aller dans l'eau. Je t'accompagnerai. J'ai toujours voulu apprendre à surfer.

– Archie…, commença Suzy.

– Du sport en douceur, ont dit les médecins. Quoi de plus doux que d'être debout sur une planche sur la mer, ma chérie ?

Suzy leva les yeux au ciel et chassa de son esprit la liste des scénarios catastrophe potentiels : se faire dévorer par un requin pèlerin, faire un choc anaphylactique suite à une piqûre de méduse, se faire emporter par le courant…

– Quoi d'autre ? continua Archie, pour couper l'herbe sous le pied de sa femme.

– Oh, il dit que je dois faire une course de yole. Qu'est-ce que c'est ? grimaça Cassie. Ça me fait penser à un oiseau étrange, ou à ce chant tyrolien.

Archie gloussa.

– C'est un bateau. Une sorte d'aviron. Tu ferais mieux de commencer à manger beaucoup d'épinards pour développer tes muscles.

– Ah, ah. Et comment suis-je censée faire ce truc ? Où vais-je trouver une yole ? Et contre qui faire la course ?

– Oh, quand on veut…, insinua Archie avec un clin d'œil. Les courses de yole sont célèbres dans le coin en été. À mon avis, ce ne sera pas très compliqué de t'inscrire dans une équipe.

– Faire un don cornique, continua Cassie d'un air ahuri. Qu'est-ce que ça signifie ?

– C'est une tradition locale, lui expliqua Suzy. Si tu as quelque chose dont tu ne veux pas ou n'as plus l'utilité, offre-le à quelqu'un.

– C'est comme mon tiroir de cadeaux à recycler ?

– Oui, en quelque sorte.

– Étais-tu au courant ? demanda Cassie à Suzy, les yeux plissés, tout en agitant la liste. Réponds franchement.

– Absolument pas. Henry ne me dit rien sans y être contraint.

– Hmm. « Manger un pâté en croûte sur la plage », poursuivit Cassie. Ça, je peux le faire… « Sauter du pont de la Lagune secrète. »

Les yeux de Suzy s'illuminèrent.

– Oh là là ! Le pont !

– Devrais-je m'inquiéter ? Quelle hauteur fait-il ? Est-ce que c'est un pont suspendu ?

– J'avais complètement oublié cet endroit.

– Où est-ce ? s'enquit Archie, un brin vexé. Nous n'y sommes jamais allés ensemble, Suzy. Tu ne m'en as même jamais parlé.

– Parce que ça m'était totalement sorti de la tête, gros bêta ! Qu'est-ce que je viens de dire ? C'est en allant vers le cap Lizard, à une heure de route environ. C'est au fond d'une crique qui n'est accessible que par marée basse. C'est un peu délicat d'accès, si je me souviens bien, mais ça en vaut vraiment le coup. L'eau est turquoise. Jamais, on ne croirait que c'est la Manche.

– Ça me tente bien aussi, dit Archie, apaisé, avant de se tourner vers Cassie. Cette liste n'est pas méchante. Henry devient indulgent avec l'âge ; il n'y a rien de très effrayant jusque-là. Y a-t-il encore autre chose ?

– Une dernière chose, marmonna Cassie.

Suzy plissa les yeux en apercevant l'expression de son amie et elle alla lire par-dessus son épaule.

– « Faire un choix. »

Henry avait gardé le plus effrayant pour la fin.

# Chapitre 14

Le lendemain matin, quand Gem entra, en utilisant sa clé, ils mangeaient tous du muesli. Archie avait l'air au bord des larmes alors que le bacon, banni, restait intact dans le réfrigérateur.

– Bonjour ! lança la jeune femme, mais elle s'arrêta net en apercevant la scène de désolation. Oh. Quelqu'un est mort ?

– Je commence à regretter de ne pas l'être, se lamenta Archie, qui repoussait tout autour de son bol ses céréales semblables à du ciment humide.

Gem rit et se hissa sur l'îlot central. Elle portait un legging bariolé aux couleurs de l'arc-en-ciel et un débardeur rose fuchsia qui avait visiblement été déchiqueté par une créature à longues griffes. La sueur faisait légèrement scintiller sa peau.

– Tu es levée depuis longtemps ? lui demanda Suzy avec une pointe de sarcasme.

– Oh oui. J'aime me lever avec le soleil. J'ai déjà fait une heure de yoga sur la plage. J'adore sentir le sable entre mes orteils et cette légère instabilité – c'est idéal pour renforcer les petits muscles et faire réellement travailler la ceinture abdominale, vous voyez ?

– Pas vraiment. La dernière ceinture que j'ai trouvée était chez *Marks & Spencer*.

Gem gloussa, comme si Suzy plaisantait.

– Et vous ? Vous avez tous fait la grasse matinée ?

Archie voulut répondre, mais Suzy ne lui en laissa pas le temps.

– Non. Velvet a passé une mauvaise nuit. Nous sommes debout depuis des heures, nous aussi.

Cassie essaya de ne pas s'étrangler avec son petit-déjeuner en entendant Suzy débiter ce mensonge avec autant de facilité. Cette dernière tendit le bras au-dessus de la table et frotta l'épaule de Cassie d'un air compatissant.

– Désolée, Cassie. C'est tellement injuste que tu aies à endurer cela. Nous y sommes habitués, mais tu dois être épuisée.

– Non, non, ça va, marmonna Cassie, qui foudroya son amie du regard pour l'avoir incluse dans la supercherie – une fois de plus.

– Vous avez tous plutôt mauvaise mine, les plaignit Gem.

Ce fut au tour de Suzy de faillir avaler son petit-déjeuner de travers.

– Tout va bien à Snapdragons, Gem ? l'interrogea vivement Cassie.

– Oui, c'est génial. C'est trop mignon ! Il y a le même papier peint à fleurs que celui de mon enfance. Absolument rien n'a changé. Et je crois que certaines confitures et certains aromates sont aussi d'origine, dit-elle en riant, en faisant mine d'être parcourue par un frisson.

– Quel est ton programme de la journée ? continua Cassie, qui se demanda si c'était de mauvais ton de sucrer le muesli.

Gem haussa les épaules d'un air enjoué.

– Je ne sais pas. Nous pensions voir avec vous ce que vous vouliez faire.

Un sourcil de Suzy se souleva comme s'il était tiré par une ficelle.

– Oh, ne vous gênez pas pour nous. J'imagine que Laird a envie de visiter la région. Nous allons sans doute faire les vieux barbants en restant ici et nous reposer. Archie doit se requinquer. Velvet a besoin de faire la sieste. Tu vois... Ennuyeux.

– Oh.

Le visage de Gem se décomposa, comme si le soleil passait derrière un nuage. Il y eut un petit silence et Cassie se sentit mal à l'aise que Suzy repousse constamment sa cousine.

Puis Archie toussota.

– En réalité, Cassie et moi allions prendre un cours de surf ce matin. Vous voulez vous joindre à nous ?

Cassie le regarda avec surprise.

– Attends, je sais que la liste parlait de prendre la vague, mais je ne pense pas que Henry voulait dire « douze heures plus tard ».

– À quoi bon remettre au lendemain, Cassie ? Si ma crise cardiaque m'a appris une chose, c'est bien ça, affirma Archie avec un clin d'œil. *Carpe diem.*

– Oh.

Difficile d'argumenter avec quelqu'un qui avait désormais la sagesse de ceux qui ont frôlé la mort.

– Mais es-tu assez en forme pour cela, Archie ? l'interrogea Gem, qui descendit de l'îlot et s'approcha de la table, le visage inquiet.

– Les médecins m'encouragent activement à faire du sport.

– En douceur, précisa Suzy d'un ton brusque.

– Exactement, confirma Archie, sans regarder sa femme. Venez avec nous.

– Venir avec vous ? On peut faire mieux que ça ! s'écria Gem, ravie. Laird peut vous apprendre. Il serait hyper content si vous acceptiez. Il se cherche une excuse pour passer la journée dans l'eau.

– Super ! déclara Archie, comme s'il avait deviné dès le début que Gem ferait cette proposition. Comment sont les marées à Polzeath ? Vous avez réussi à trouver un almanach des marées ?

– La mer est basse à onze heures quatre, indiqua Gem en jetant un coup d'œil à l'horloge murale.

Il était un peu plus de dix heures.

– De mieux en mieux, s'exclama Archie, qui repoussa son bol de muesli et n'aurait pas pu paraître plus content de lui. Tant que quelqu'un cache tous les miroirs de la maison pour que je ne me voie pas en slip de bain, nous…

– En slip de bain ? Archie, mets cette fichue combinaison que nous avons achetée pour le bodyboard, sinon tu vas passer l'arme à gauche avant d'avoir de l'eau jusqu'aux genoux. Tu cries déjà quand on ouvre le robinet en bas et que l'eau de la douche devient froide.

Archie gloussa et se pencha pour déposer un baiser sur la joue de son épouse.

– Très bien, ma chérie. Dans ce cas, je pense que nous devrions être prêts dans… quoi ? Une demi-heure ? Cela nous laisse le temps d'y aller et de trouver à Cassie une combinaison et une planche. Parfait, non ? conclut Archie en tapant dans ses mains.

– Non ! répondirent Cassie et Suzy à l'unisson.

Gem rit et se retira d'un pas joyeux vers le couloir.

– Super. On vous retrouve là-bas. Je vais prévenir les autres.

La porte d'entrée claqua derrière elle, et Suzy et Cassie échangèrent un regard exaspéré.

– Attendez une minute, dit Suzy en fronçant les sourcils. Quels autres ?

*

La scène ne ressemblait pas tout à fait à *Alerte à Malibu*. Les sauveteurs étaient assis dans leur Jeep rouge et jaune, plutôt que de surveiller la plage en petite tenue rouge sur des chaises surélevées ; les drapeaux à damier claquaient sous la brise, et il y avait suffisamment de surfeurs aguerris dans l'eau pour insuffler à toute la plage une ambiance détendue.

Tout le monde garait sa voiture sur le sable compact au-dessus de la grève. Cassie passa une vingtaine de minutes plutôt atroces à l'arrière d'une camionnette, pour tenter de se glisser dans une combinaison intégrale, pendant qu'un homme au bouc rose fluo lui proposait des modèles de différentes couleurs. Elle prit la première qui lui allait. Enfiler ce machin, c'était comme essayer de faire entrer des carrés dans des ronds.

Cassie descendit les marches du véhicule mal à l'aise, en espérant que personne ne lui prête attention. Mais à peine son pied avait-il touché le sable qu'Archie l'avait prise en photo avec son téléphone.

– En guise de preuve, sourit-il avant qu'elle ne puisse protester.

Archie reposa son téléphone dans leur voiture et lui tendit la planche qu'elle avait essayée avant de se changer. Celle-ci, faisant au moins une fois et demie sa taille, était d'un jaune vif et brillant avec un liseré rouge et des hibiscus violets sur le dessous. Archie avait toujours sa combinaison roulée jusqu'aux hanches pour lui éviter la surchauffe (Suzy surveillait de très près son teint, pendant qu'elle jouait avec Velvet dans les mares). Malgré sa récente perte de poids, il avait l'air bien en chair.

– Laird nous retrouve au bord de l'eau, indiqua Archie, avant de caler sa planche sous son bras et de se mettre en marche d'un pas enthousiaste.

Cassie trottinait à ses côtés et regrettait d'avoir fermé sa combinaison jusqu'au cou. Elle avait tellement chaud et il y avait bien quatre cents mètres à parcourir pour atteindre l'eau. Elle observa la poignée de surfeurs expérimentés qui faisaient des virages sur les vagues, les bodyboardeurs plus amateurs qui suivaient la vague plus près du rivage, entre les drapeaux qui délimitaient la zone sous surveillance.

– Archie, je dois t'avouer que je suis assez nerveuse, confessa Cassie, alors qu'ils se rapprochaient et que les vagues semblaient devenir plus grandes.

– Vraiment ? fit Archie.

Cassie était certaine que la voix de son ami était plus aiguë que d'ordinaire. Ils suivirent du regard un surfeur se faire dépasser par un rouleau.

– Quand je tomberai, tu vérifieras que je remonte à la surface, n'est-ce pas ? Tu sais, je ne connais pas très bien Laird et...

– Tu n'as absolument rien à craindre, Cassie, la rassura Archie, qui continua d'avancer à grands pas.

– Oui, mais... tu le feras, hein ?

– Bien sûr !

Laird était déjà dans l'eau. Il était facile à repérer : il glissait sur l'eau avec une agilité décontractée, qui montrait (même Cassie pouvait le voir) qu'il était habitué à des mers plus grandes et plus agitées que celle-ci. Elle l'admira guider la planche avec un mouvement de cheville presque imperceptible, effectuer des virages à cent quatre-vingts degrés et laisser traîner une main alanguie sur le rouleau, avant de laisser la planche ralentir et s'enfoncer dans l'eau, alors que la vague s'écrasait et que la puissance et la vitesse se dissipaient.

– Ce sera nous d'ici la fin de la semaine, plaisanta Archie.

Laird les aperçut et les salua d'un geste de bras. Il se coucha sur sa planche et se mit à ramer rapidement vers eux. Il courut dans l'eau peu profonde, le sosie de Patrick Swayze dans *Point Break*, avec des gouttelettes qui tombaient en cascade de ses cheveux et un sourire capable d'éclairer le stade de Wembley. Sa timidité à la fête de l'autre soir avait totalement disparu. Il était, littéralement, dans son élément.

– Salut, haleta-t-il une fois à leur hauteur.

Il inspecta rapidement les planches et approuva d'un signe de tête l'équipement complet d'Archie et Cassie.

– On dirait qu'ils connaissent leur métier au magasin de location. Vous êtes prêts ?

– Hein, hein, répondit Cassie, qui ne faisait pas vraiment confiance à sa voix pour exprimer un tant soit peu d'enthousiasme.

Elle était bonne nageuse, mais elle était aussi le genre de fille à se pincer le nez chaque fois qu'elle sautait dans la piscine. Comment allait-elle supporter de se faire ballotter par les vagues comme un bouchon de liège ?

– Écoute, mon pote, commença Archie. Je ne veux pas être un boulet, mais comme tu le sais sans doute, j'ai failli casser ma pipe il y a quelques semaines, alors si je force et que je meurs ici, ma femme me tuerait une deuxième fois, c'est certain. Et toi aussi, probablement.

Laird ricana.

– Alors, je t'en prie, montre-nous l'étendue de ton talent, mais je devrais faire quelques arbitrages en fonction de ce que mon vieux cœur est capable d'endurer. Moi, bien évidemment, je veux y aller à fond, mais Suzy est très… surprotectrice, comme tu l'as sûrement remarqué. Donc si tu me vois rester un peu en retrait, c'est uniquement pour la tranquilliser. Ne t'inquiète pas du tout pour moi.

Laird sourit et hocha la tête de manière totalement compréhensive, semblait-il. Cassie était bouche bée, incrédule : Archie était encore plus terrifié qu'elle !

Laird se tourna vers Cassie.

– Et toi, comment va ton cœur ?

– Il fait un peu des siennes aussi en ce moment, répondit Archie, en passant un bras autour des épaules de Cassie pour la serrer contre lui.

Cassie sourit.

– Pour tout t'avouer, j'ai une sacrée trouille.

Laird rit.

– Eh bien, c'est tout à fait normal et, à vrai dire, nous allons à peine aller dans l'eau aujourd'hui.

– Ah bon ? fit Archie avec un soulagement manifeste.

– Non. Il faut maîtriser les bases sur la terre ferme avant de se jeter à l'eau. Avant toute chose, nous devons apprendre le *take-off*, à ramer et à nous tenir debout sur la planche.

– Le *take-off*…, répéta Archie d'un air sceptique.

– C'est le mouvement explosif qui permet de passer de la position allongée à la position debout. Il doit être rapide et précis. On n'a que quelques secondes tout au plus pour placer ses pieds dans la bonne position. Tenez, je vais vous montrer.

Laird jeta sa planche sur le sable humide et se coucha dessus à plat ventre, en faisant mine de ramer avec ses bras.

– Au moment adéquat, vous devez planter vos mains ici, comme ça, et pousser, comme si vous faisiez des pompes. En même temps, vous remontez vos jambes sous vos hanches et écartez les pieds, le pied de devant droit et le pied de derrière de biais. Comme ceci.

En une nanoseconde, Laird passa littéralement d'une position horizontale à une position verticale.

– Ouah, ça a l'air assez facile, commenta Archie, d'une voix plus assurée.

– Il faut vraiment que vous vous serviez de vos abdominaux, les encouragea Laird, en fermant bien le poing. Cela permet de maintenir le dos et d'avoir un mouvement beaucoup plus dynamique.

Archie baissa les yeux vers son ventre pâle et spongieux.

– Dynamique… D'accord.

– À toi, Cassie. Fais un essai.

Cassie laissa tomber sa planche sur le sable dans un bruit sourd, et se coucha avec précaution sur le ventre.

– OK, mets tes bras comme ça, lui conseilla Laird en lui attrapant les coudes qu'il écarta comme des ailes. Et quand tu es prête, regroupe tes jambes et… hop, debout !

Elle se lança : elle inspira et rentra le ventre, puis s'efforça d'être la plus dynamique possible afin de quitter sa position préférée pour dormir, mais sa tentative ressembla davantage à un flop qu'à un hop. La première fois, elle leva ses fesses avant de planter ses mains, aussi faillit-elle tomber le menton en premier sur la planche. La fois suivante, elle souleva la main trop tard, de sorte que son genou ne sut pas par où contourner son bras, et ses pieds se retrouvèrent trop en arrière, ce qui, sur l'eau, l'aurait fait basculer en arrière…

Archie ne s'en sortit pas mieux. Il avait tendance à se servir de son ventre comme rampe de lancement, en roulant dessus tel un culbuto pour se mettre debout.

Laird eut le mérite de ne pas rire. Archie et Cassie poursuivirent leurs tentatives. Encore, et encore.

Au bout d'une demi-heure de sauts – ou plutôt, de chutes –, ils passèrent à la technique pour ramer et aux exercices d'équilibre. À la fin de la séance, Cassie avait l'impression d'avoir suivi un entraînement de commando. Il y avait un coup à prendre qui mêlait à la fois conviction et force physique. Lorsque Laird les emmena dans l'eau – pour se rafraîchir plutôt que pour surfer, comme le soupçonnait Cassie –, ni l'un ni l'autre ne fut capable de quoi que ce soit, à part de se coucher sur leur planche et laisser les vagues passer sous eux.

– Eh bien, ça avait l'air exaltant, s'exclama Suzy lorsque Cassie et Archie remontèrent sur la plage au bout d'une heure et tombèrent d'épuisement sur leur serviette.

– Oh, ma chérie, le frisson du grand large, cet horizon, ne faire qu'un avec la nature…, haleta Archie alors que Velvet vint d'un pas titubant s'asseoir sur son ventre, ce qui lui arracha un fort gémissement. C'est vraiment quelque chose.

Cassie éclata de rire. Elle ouvrit sa combinaison, la fit rouler jusqu'à la taille, révélant ainsi son haut de bikini.

– Au moins, nous sommes en vie. Et regarde, je n'ai même pas les cheveux mouillés. Pas mal !

– Eh oui, le surf sur le sable a cet avantage, se moqua Suzy en leur tendant des bouteilles d'eau fraîche.

– Je pense que demain, nous irons sur l'eau, n'est-ce pas, Cassie ? Nous avions compris le truc à la fin.

– Oh, absolument, convint Cassie, qui but une gorgée d'eau. Elle serra ses genoux contre sa poitrine, tout en regardant Laird ramer vers des eaux plus profondes avec une facilité trompeuse.

– Je pensais que Gem se joindrait à nous.

– Oh non, elle a une peur bleue de l'eau. Elle ne s'en approche pas, expliqua Suzy.

– Parce que vous lui avez fait peur avec des algues ?

Cassie chercha dans son sac à dos ses lunettes de soleil surdimensionnées. Henry lui avait raconté cette histoire le soir de la fête.

– Elle dit que c'est la raison, pour donner un tour léger à la réalité, mais elle a failli se noyer quand elle était petite.

– Oh, non. Vraiment ?

– Hmm. Elle était en Espagne avec ses parents. Elle était sur un matelas gonflable, le courant l'a emportée et elle n'arrivait pas à revenir. Elle a eu de la chance que quelqu'un sur un pédalo s'en soit rendu compte et l'ait récupérée.

– La pauvre.

– Oui. Elle affirme qu'elle n'est jamais retournée dans l'eau depuis. Espérons que l'expression « qui surfent ensemble s'assemblent » ne s'applique pas à Laird et elle. (Suzy fronça les sourcils, d'un air pensif.) En fait, peut-être devrions-nous l'espérer au contraire !

– Laisse-les tranquilles, marmonna Archie, déjà presque endormi.

Suzy jeta un regard espiègle à Cassie et lui adressa un clin d'œil.

– Où est Gem ?

– Elle vous a observés d'ici pendant un moment, puis elle est partie à Padstow pour acheter du poisson. Ils veulent nous faire un barbecue ce soir.

– Et depuis quand un barbecue se fait-il avec du poisson ? protesta Archie, brusquement réveillé, une note de panique dans la voix. Quand on a droit à la viande grillée, on en profite : hamburgers, saucisses, côtelettes… Je vois que je ferais mieux d'être aux manettes des grillades ce soir.

– Tu es censé réduire ton taux de cholestérol, ce qui signifie moins de viande rouge, beaucoup moins ! En plus, les crevettes et le maquereau sont très sains, me semble-t-il. Je suis curieuse de voir le goût que ça a au barbecue. Et Gem me disait que les bananes grillées, c'est divin.

– Des bananes ? s'indigna Archie, plus rubicond qu'il ne l'avait été durant toute la leçon de surf. Je ne vais pas manger des bananes grillées !

– Oh, la ferme, Archie, soupira Suzy. As-tu mis de la crème solaire ?

# Chapitre 15

Ils étaient tous roses comme des crevettes lorsqu'ils regagnèrent Butterbox. Suzy, Archie, Laird et Velvet étaient rentrés en voiture, afin de préparer le repas de la fillette. Cassie s'accorda un moment de solitude et préféra marcher, en prenant le chemin le plus long et le moins rapide par la falaise. Leur journée passée ensemble avait été tranquillement mouvementée, détendue, mais intense, comme toujours avec les enfants : Archie avait passé des heures à construire pour Velvet un hors-bord dans le sable, sur lequel elle avait immédiatement versé des seaux d'eau ; quand Suzy et Archie s'étaient assoupis, Cassie avait emmené la fillette jouer dans l'herbe au-dessus des rochers où ils étaient installés, et elles s'étaient extasiées en silence devant les lapins bruns qui grignotaient les trèfles et les œillets marins. Ils avaient mangé des pâtés en croûte au déjeuner (Cassie pouvait donc rayer ce point de sa liste, qui s'avérait d'une simplicité désarmante jusque-là) – version végétarienne pour Archie ; ils les avaient laissés dans les sacs en papier kraft pour les protéger du sable. Ce ne fut que lorsque la marée montante se mit à lécher le bas de leur brise-vent arc-en-ciel qu'ils furent contraints de bouger.

Le parcours de Cassie fut simple, tout droit sorti d'un roman de Daphné du Maurier. Comme Archie le lui avait indiqué, elle devait grimper la colline escarpée et prendre le sentier sur les falaises, longer la côte, passer devant la plage dorée de Daymer Bay jusqu'à ce qu'elle aperçoive l'église dont le clocher était visible depuis leur maison. En prenant le chemin sur la gauche, elle suivrait les haies bocagères et arriverait à la barrière en bois au bout de leur jardin.

Il avait fallu à Cassie près d'une heure de marche depuis Polzeath, non à cause de la distance, mais de la beauté du paysage si distrayante. Elle s'était fréquemment arrêtée pour s'imprégner de cette contrée, si éloignée et étrangère du reste de l'Angleterre que Cassie s'attendait plus ou moins à découvrir que celle-ci s'était détachée et flottait dans la mer tel un pays distinct.

Au moment où Cassie franchit la barrière en bois, Laird avait déjà allumé le barbecue et Archie était désespérément à la recherche d'une boisson plus forte qu'un soda.

– Salut ! cria-t-elle en remontant la pelouse dans le même short en jean et le même débardeur rose qu'à son départ. J'espère que je n'ai rien loupé ?

– Rien du tout. Nous venons juste de donner le repas à Velvet, lui répondit Laird en souriant. Suzy est montée prendre une douche.

– Oh, parfait.

Cassie ôta ses lunettes de soleil et contempla le plateau de poisson que Laird avait disposé sur de la glace pilée, avec de la salicorne et des moules sur le côté.

L'expression de Laird se modifia. Cassie n'eut pas le temps de lui demander ce qu'il y avait, car elle entendit soudain Archie hurler à l'intérieur de la maison « Mon petit Laird ! », puis il apparut à la porte avec une bouteille de merlot et une mine réjouie.

– Regarde ce que je viens de tr… Oh ! Bon sang ! s'exclama-t-il quand Cassie s'avança vers lui avec un claquement de langue désapprobateur.

– Je vais prendre ça, merci, dit-elle d'une voix chantante. Comme tu le sais, il en va de ta vie, ou de la mienne, si je te laisse avec cette bouteille.

– Mais...

– Il n'y a pas de mais, Archie ! protesta Cassie alors qu'elle se dirigeait vers la cuisine, puis le hall d'entrée. Nous ferons tout pour te garder en vie, même si cela nous coûte la nôtre.

Cassie entra dans sa chambre avec un sourire heureux, jeta la bouteille sur le lit et alla dans sa salle de bains privative pour faire couler la douche. Ce ne fut que lorsqu'elle aperçut son reflet dans le miroir qu'elle comprit la réaction de Laird et Archie : son visage était tout rose, mais ses yeux étaient cernés de deux énormes cercles blancs. De vrais yeux de panda.

Lorsque Cassie redescendit au rez-de-chaussée, quarante minutes plus tard, elle avait utilisé la moitié de son correcteur vert Clarins, qui était censé atténuer les rougeurs et dont elle se servait parfois sur ses joues pour compenser sa tendance à rougir. Elle avait laissé ses cheveux détachés pour qu'avec un peu de chance, ils la protègent de l'examen minutieux de Suzy.

Vaine tentative.

– Sapristi ! s'écria Suzy à qui un seul coup d'œil suffit, avant d'éclater de rire. Des gobelins t'ont attaquée ?

– Oh, non ! se lamenta Cassie, qui porta aussitôt ses mains sur son visage verdâtre. Le vert est toujours mieux que le rouge, non ?

– Pas vraiment.

Suzy alla chercher dans son sac des lingettes pour bébé.

– En tant que ta meilleure amie, je me dois d'intervenir.

– Mais mes yeux ! Ils sont tout blancs.

– Oui, et tu vas faire fuir tout le monde avec cette tête de martienne.

Cassie rit malgré elle et essuya docilement son visage. Elle grimaça en apercevant les lingettes vertes qu'elle jetait à la poubelle.

– Garde tes lunettes de soleil, lui conseilla Suzy. De toute façon, il fait jour jusqu'à neuf heures, et ensuite nous éteindrons les bougies et resterons dans le noir.

Suzy pointa du doigt une salade de haricots verts et de poivrons sur le plan de travail.

– Tu peux apporter ce plat, s'il te plaît ?

Cassie abaissa ses lunettes de soleil sur son nez et suivit Suzy avec le saladier, qu'elle posa sur la grande table ovale. Laird et Archie avaient rassemblé tous les coussins de chaise qu'ils avaient pu trouver dans la maison de vacances et allumé le stock de chandelles (réservées aux coupures de courant). Ils les avaient ingénieusement plantées dans un pot en terre cuite rempli de sable. Cassie dénombra sept couverts.

– Nous ne sommes pas cinq, Suzy ?

Suzy compta sur ses doigts.

– Non. Nous trois, Gem et Laird, et le couple qui séjourne avec eux.

– Oh. Je ne savais pas qu'eux aussi avaient des invités.

– Moi non plus, confia Suzy à voix basse, en s'assurant que Laird n'écoutait pas. Gem a commodément oublié de le mentionner. J'imagine que je suis totalement pardonnée maintenant, hein, pour les avoir mis dans l'autre maison ?

Cassie haussa les épaules.

– Comment sont-ils ?

Elle repensa aux convives branchés lors de la fête en l'honneur de Gem à Londres et elle recala aussitôt ses lunettes de soleil sur son nez. Super, des inconnus ; elle devrait certainement garder ses lunettes toute la soirée. Elle avait le choix entre cette solution ou se retirer dans sa chambre à vingt et une heures.

– Aucune idée. Gem leur a fait visiter le coin tout l'après-midi, chuchota Suzy. À mon avis, leur présence n'est pas une mauvaise chose : ils peuvent nous apporter un moment de répit bien nécessaire entre elle et moi, déclara Suzy, qui leva les yeux au ciel et se pencha plus près de Cassie. Franchement, pendant que vous étiez occupés à ne pas surfer, elle m'a rendue dingue. Quand elle m'a demandé où elle pouvait les emmener cet après-midi, je n'avais qu'une envie, c'était de lui répondre Glasgow.

Archie s'approcha et interrompit leurs messes basses. Il offrit à Cassie un verre de soda d'un air désapprobateur – elle ne savait pas cependant si c'était parce qu'elle avait empêché sa mainmise sur le merlot ou portait des lunettes de soleil à la nuit tombante.

– Merci, Archie, lui dit-elle d'un ton navré. As-tu déjà des courbatures ?

– Qui, moi ? demanda-t-il en s'étirant le cou. J'ai un niveau de forme physique résiduel que je ne perds jamais, Cassie. J'imagine que c'est parce que j'étais un grand sportif dans ma jeunesse.

– C'est ça, oui. D'où la crise cardiaque presque fatale, se moqua Suzy, mais elle adoucit sa raillerie en giflant affectueusement les fesses d'Archie avec un torchon.

– Il faut que je reprenne la course plus régulièrement, soupira Cassie, en se frottant légèrement les cuisses à travers le coton fin de sa robe bleu ciel. Il se peut que j'aie besoin d'être portée dans les escaliers ce soir. Je ne suis pas sûre d'ici demain d'être capable de ne serait-ce que déboucher une bouteille de champagne.

Il y eut un grincement et tous se retournèrent : le portillon sur le côté de la maison bascula sur ses gonds.

– Hé ! Vous êtes tous là. Quel joli spectacle, se réjouit Gem en traversant la pelouse.

Elle s'approcha de Laird et l'embrassa longuement sur les lèvres.

– Je t'ai manqué ?

– Bien sûr ! Où étais-tu passée ? Ça fait des heures que je t'attends.

– Où ne sommes-nous pas allés plutôt ? rétorqua Gem, en acceptant avec un sourire reconnaissant le soda que lui remit

Archie. Nous sommes allés à Padstow, puis à Wadebridge pour boire un vrai verre, plaisanta-t-elle en faisant un clin d'œil à Archie (Suzy semblait sur le point d'avoir une attaque). Ensuite, nous avons pris la voiture jusqu'à Port Isaac. C'est tellement mignon là-bas. J'aurais aimé que tu viennes avec nous, bébé. Je sais que tu voulais surfer, mais tu aurais adoré. Nous y retournerons demain, d'accord ? C'est un magnifique village de pêcheurs, tout petit, et nous avons trouvé la meilleure boutique de caramels qui soit.

– Ça a l'air super. Où sont les autres ?

– Ils arrivent. Amber essayait de trouver des vêtements chauds. Elle est tellement frileuse.

– Ont-ils apprécié le paysage ?

– Ils ont adoré. A-do-ré ! Luke affirme qu'il ne veut plus repartir.

Le verre de Cassie faillit lui échapper des mains. Qu'avait dit Gem ?

– Et tu ne devineras jamais qui j'ai vu aujourd'hui..., poursuivit la jeune femme, au moment précis où le portillon s'ouvrit à nouveau en grinçant.

Ils se retournèrent et aperçurent un couple élancé et svelte s'avancer sur l'herbe.

– Oh, les voilà. Approchez, les amis !

Cassie sentit le sol vaciller sous ses pieds face à cette silhouette qu'elle ne connaissait que trop bien. Non, il ne pouvait pas être ici... Pas encore une fois.

Mais il était bel et bien là. Suzy s'en rendit compte à son tour, quelques secondes plus tard. Elle poussa un petit hoquet de surprise et se tourna vers Cassie d'un air horrifié. Elles observèrent en silence le couple venir vers eux, leurs mains entrelacées, de longues jambes fines marchant à l'unisson.

– Amber, Luke, je vous présente Suzy, ma grande cousine préférée ; son petit mari, Archie ; et Cassie, qui est fiancée à mon autre cousin, Henry, qui n'est pas là – il traverse le Pacifique à la voile en ce moment même, annonça fièrement Gem.

Même l'évocation de Henry ne parvint pas à percer le brouillard de stupéfaction qui s'était abattu sur Cassie à la vue de son ex-petit ami.

– Enchanté, Luke, dit Archie, qui lui tendit la main, inconscient des liens existants entre certains membres de leur groupe. Amber, c'est un plaisir.

Pour une fois, Suzy demeura silencieuse, elle se contenta de serrer la main comme une épouse dévouée et attendit que Cassie prenne l'initiative ou non de révéler qu'elle connaissait déjà Luke.

Durant un long moment, Cassie battit simplement des cils derrière ses énormes lunettes de soleil, contente de la protection qu'elles lui offraient dans le jour rapidement déclinant. Elle aurait reconnu Amber sans présentation. Elle faisait partie des mannequins du moment, avec des campagnes publicitaires cette saison pour Dolce & Gabbana, Jimmy Choo, Burberry. Et Luke était son petit ami. C'était à elle qu'il faisait référence lorsqu'il avait déclaré à la fête être passé lui aussi à autre chose. Il n'avait donc pas menti.

– Bonjour, dit enfin Cassie, qui serra la main délicate d'Amber, en craignant de la faire décoller du sol.

Elle se tourna ensuite vers Luke. Cassie ne discernait pas son expression à cause des lunettes aviateur opaques qu'il portait, mais la tension de son corps était manifeste : il était trop immobile, tel un samouraï qui se retenait de faire le moindre mouvement.

Ils ne pouvaient pas prétendre ne pas se connaître.

– Bonjour, Luke. Contente de te revoir, lâcha froidement Cassie, sans trop savoir s'il lui répondrait avec courtoisie.

Ils ne s'étaient guère quittés en bons termes la semaine passée, quand elle lui avait renvoyé à la figure ses tentatives de conciliation.

Gem parut étonnée.

– Vous vous connaissez ?

– Vaguement, s'empressa de répondre Luke, avant que Cassie n'en ait l'occasion. Nous nous sommes croisés à New York à quelques reprises. Nous avons des amis en commun. Bas, Kelly Hartford...

– Euh, oui, elle s'appelle Kelly Cole maintenant, le corrigea prudemment Cassie, en essayant de comprendre à quoi Luke jouait. Elle s'est mariée il y a quelques années.

– Ah oui, c'est vrai. J'avais oublié. Qui peut suivre Kelly, hein ? fit Luke avec un petit sourire. Tu la vois toujours ?

Cassie acquiesça d'un signe de tête. Elle aurait aimé voir ses yeux. Ils avaient eu cette même conversation au tournoi de polo. C'était une comédie, un jeu de rôle.

– Kelly est aussi l'une des meilleures amies de Suzy, indiqua Archie, qui ignorait ce qui se jouait derrière les apparences. Les filles étaient à l'école ensemble. Ça remonte à des lustres !

– C'est fou, n'est-ce pas ? rétorqua Luke, qui fourra sa main dans sa poche et regarda Archie avec intérêt. Le monde est si petit.

– Ça m'étonnera toujours. Je me souviens d'une fois où...

Cassie cessa d'écouter et observa Luke offrir une performance parfaite, qui ne trahissait nullement l'intensité qui avait autrefois existé entre eux, la passion féroce qui les avait empêchés de quitter son appartement pendant quatre jours d'affilée, les deux kilos que Cassie avait perdus rien qu'à cause de leurs parties de jambes en l'air... Ses yeux glissèrent vers Amber, une autre femme parmi la longue lignée de mannequins qui avaient précédé et succédé à Cassie. Un photographe qui sortait avec ses modèles était simplement un risque du métier, lui avait expliqué Luke un jour. Les acteurs fréquentaient des acteurs ; les infirmières des médecins... Comment était-il censé rencontrer des femmes alors qu'il était coincé quinze heures par jour dans un studio étouffant, sans fenêtres ? Et franchement, même si Luke ne l'avait jamais avoué franchement à Cassie, pourquoi s'en priverait-il ? Tous les hommes de la planète seraient ravis de prendre sa place.

Cassie inclina la tête pour faire mine de suivre la conversation, mais ses yeux observaient les sandales argentées Hermès d'Amber et son short en jean, si court que la doublure des poches dépassait par en dessous. Ses cheveux bruns longs et soyeux n'avaient pas été séchés au sèche-cheveux, mais avaient clairement été ondulés en un « effet plage » ; elle avait une sorte d'huile sèche sur la peau, car de minuscules taches dorées se reflétaient dans le coucher du soleil. Un fin bracelet en or orné d'un seul diamant pendait à son poignet délicat. Il était évident que le prénom Amber lui avait été donné en raison de ses yeux jaunes de fauve.

– C'est un endroit incroyable que vous avez là, commenta Luke, toujours à l'adresse d'Archie.

Cassie devina qu'il évitait délibérément d'impliquer Suzy dans la discussion. Cette dernière connaissait la vérité à propos de leur relation et il ne savait pas encore comment se manifesterait sa loyauté envers Cassie – bien que férocement soit une hypothèse assez légitime.

– La vue est à peine croyable. Je pense toujours que celle que j'ai à Manhattan est assez unique – je vis au quarante-septième étage et je vois tout jusqu'à Brooklyn. Mais, là, c'est vraiment autre chose.

Cassie s'efforça de ne pas repenser à l'appartement de Luke : le chic industriel avec des murs en briques apparentes et des poutres en acier (style pour lequel il avait été l'un des pionniers), le lit massif fait sur mesure, la machine à café ultramoderne, la table en cube blanc sur laquelle ils avaient fait l'amour pour la première fois…

Pourquoi était-il ici ? Savait-il qu'elle était là ? Il devait être au courant ! Il ne pensait sûrement pas que Cassie allait croire que se retrouver dans la même maison sur un chemin isolé, dans le fin fond de l'Angleterre, soit une pure coïncidence ?

– Et vous, comment vous connaissez-vous ? demanda Cassie à Gem, qui, dans sa hâte, interrompit sans le vouloir la chute de la plaisanterie d'Archie sur les Français et les tartines.

– Oh, Amber et moi nous sommes rencontrées à Sydney l'année dernière. La marque Lululemon organisait une gigantesque séance de yoga pour l'inauguration de leur boutique et Amby faisait partie des mannequins.

– Pourquoi avaient-ils besoin de mannequins pour une séance de yoga ? s'étonna faussement Suzy.

– Oh, parce que ça va de pair sur ce marché. Tout le monde pose toujours des questions sur la silhouette, sur le sport qu'on fait, ce qu'on porte, pas vrai ?

Amber grommela et leva les yeux au ciel.

– Bon sang, si on me donnait un dollar chaque fois qu'on m'interroge sur ma routine de sport ou mon régime alimentaire, je n'aurais pas besoin de travailler !

Gem, Luke, Archie et Laird rirent. Suzy non. Elle observait la tension artérielle de son mari augmenter à chaque instant en raison de la présence en chair et en os d'un véritable top model.

– Je dirigeais l'atelier de yoga et plusieurs filles faisaient la démo, dont Amber. Nous avons commencé à discuter et nous avons bien accroché. Hé, dit Gem en posant sa main sur le bras d'Amber, tu te souviens de notre retraite silencieuse à Goa ?

– Oh là là, nous avons eu un de ces fous rires ! Pff, trois jours sans parler ? La barbe !

Amber se pencha vers Luke pour qu'il enroule son bras autour de ses épaules et dépose un baiser sur le dessus de sa tête.

– Ce ne serait pas non plus le fort de Suzy, railla Archie. Elle parle tellement parfois que je pense qu'elle est payée aux mots à la minute.

– Oh, hé ! s'offusqua Suzy, en lui giflant le bras.

– Ouah, alors vous êtes ici parce que, toutes les deux, vous êtes des amies proches, murmura Cassie, qui peinait à croire en sa malchance.

Tomber sur Luke au tournoi de polo et à la fête avec la petite bande de Beau avait déjà été pénible, mais au moins cela se tenait, car Beau et lui étaient amis. Et désormais, un autre lien reliait leurs deux univers ?

– Oui, mais nous ne nous voyons pas beaucoup, déplora Gem. En fait, c'est la première fois depuis des mois. Amber voyage tout le temps pour son travail...

– Tout le temps, soupira Amber d'un air las.

– Il y a aussi eu toute cette période où j'étais en Australie. Pour être honnête, nous avions un peu perdu le contact.

Gem jeta un regard triste à Amber, qui confirma d'un hochement de tête grave.

– Et puis, nous nous sommes croisées à la fête pour le départ de Henry la semaine dernière, parce que Luke est un ami de Beau. Est-ce que vous y croyez, vous ?

– Hélas, marmonna Cassie dans son verre.

– Alors, quand Amber m'a dit qu'elle était avec Luke, comme Luke connaît Beau et que Beau connaît Henry et, bien sûr, vu que Henry est ton fiancé, Cassie, ton frère, Suzy, et mon cousin, je me suis dit... ne serait-ce pas génial ?

– Incroyable, commenta Suzy, avant de jeter un coup d'œil à Cassie. N'est-ce pas incroyable ?

– Incroyable, répéta mollement Cassie.

– C'était l'occasion idéale d'être tous réunis. Nous avons tellement de choses à faire ensemble et à nous raconter.

Gem serra le bras d'Amber tout en regardant Suzy :

– Amber a accepté d'être mon témoin ! Comment pouvais-je ne pas saisir l'occasion d'avoir Amber et toi, Suzy, la meilleure organisatrice de mariage de Londres, rien que pour moi ? Je n'ai pas pu résister à l'envie de tous nous regrouper ici. Vous ne me détestez pas, hein ?

Ni Suzy, ni Cassie ne répondirent cette fois-ci. Aucune d'elles n'eut la force de mentir.

# Chapitre 16

Le ciel tomba en pleine nuit : quand Cassie se réveilla, elle aperçut depuis son lit par les portes ouvertes du balcon d'épaisses couches de nuages rouler au-dessus de la mer. Elle avait voulu s'endormir au son des vaches qui se mouvaient paisiblement dans le champ, mais au lieu de cela, elle avait sombré dans un état d'inconscience agité, où les souvenirs d'une vie antérieure passaient derrière ses paupières, telles des diapositives projetées sur un mur.

Il n'était pas encore sept heures et la maison était silencieuse ; Velvet dormait plus profondément que Suzy ne pourrait jamais l'avouer à Gem. Cassie voyait rarement cette heure de la journée ; elle était réputée pour sa capacité à s'endormir n'importe où, dans n'importe quelle condition – mais pas ce matin-là. Ses jambes ne cessaient de donner des coups de pied, ses orteils et ses doigts serrés, comme si le sang dans ses veines était infecté par une fièvre.

Elle sortit du lit et s'habilla rapidement. Elle enfila son short de la veille et un tee-shirt gris décontracté à col V, sur lequel était écrit en lettres délavées « Super Loved ». Henry le lui avait acheté après l'avoir aperçu dans la vitrine d'une boutique, même s'il lui avait fallu une semaine pour se remettre d'avoir mis plus de cent livres dans un top.

Cassie chaussa ses tennis et sortit par la porte latérale, près de l'arrière-cuisine. Les bras ballants, elle traversa la pelouse en direction de la barrière en bois. L'humidité était forte, même à cette heure matinale, et ses bras et ses jambes nus devinrent moites et froids en quelques minutes. Les haies foisonnaient de ronces et de jeunes mûres, encore vertes. Par endroits, Cassie devait lever les bras au-dessus de sa tête pour éviter les égratignures, dans ce sentier niché entre deux champs non cultivés.

Les vaches étaient toutes couchées dans les champs, leurs jambes pliées d'un air peu confortable sous leur corps ; elles enfonçaient leur museau dans le sol alors que les mouches bourdonnaient autour de leurs oreilles. D'un pas rapide et silencieux, Cassie traversa le parcours de golf (déjà, quelques joueurs tiraient leurs chariots sur les greens). Ses cheveux se balançaient vivement sur ses épaules et elle respirait fort, bien que le chemin soit en descente – elle cherchait éperdument à prendre de la distance.

Elle atteignit la petite église en peu de temps. Une haie épaisse ceignait le cimetière en un carré protecteur, et l'église elle-même était enfoncée dans les talus herbeux qui l'entouraient, telle une aiguille plantée dans un coussin. De près, son clocher pointu en pierre grise ressemblait davantage à un cornet de glace à l'envers, érodé, mais résistant à la brise marine.

Cassie passa sous le porche d'entrée du cimetière en pierre et gravit les marches enherbées, avant de s'effondrer au sommet. La plage n'était qu'à quelques mètres, la mer se retirait. On pouvait apercevoir quelques promeneurs de chiens au bord de l'eau, qui lançaient des balles à l'aide de longs bâtons en plastique. Mais Cassie n'avait envie de voir personne. Pas encore.

Elle laissa tomber sa tête entre ses mains, secouée par la tempête d'émotions qui faisait rage en elle : frustration et peur dès qu'elle pensait à Henry ; frustration et colère dès qu'elle pensait à Gil ; peur et colère dès qu'elle pensait à Luke.

À l'instar de Suzy, elle avait espéré trouver une sorte d'échappatoire ici, loin pendant quelques jours de son quotidien, afin d'essayer de comprendre les barrières qui s'érigeaient en elle chaque fois qu'elle songeait aux mots « Je le veux ». Au lieu de cela, elle se retrouvait confrontée à un homme de son passé, qui était l'une des raisons mêmes de son envie de dire « Non, je ne veux pas ».

Il était évident qu'elle devrait partir. Luke et elle avaient réussi à passer la soirée sans que Gem, Laird ou Amber découvrent toute l'affreuse vérité les concernant (même si elle était pratiquement certaine que Suzy avait tout raconté à Archie aussitôt la porte de leur chambre refermée), néanmoins quelque chose les trahirait et jetterait une lumière crue sur les mensonges qu'ils auraient racontés. En outre, que penserait Henry quand il apprendrait qu'elle avait passé ses vacances avec son ex, au moment où leur couple était au bord du précipice ? Non, il n'y avait pas le choix. Ils ne pouvaient pas rester tous les deux ici.

Cassie observa quelques bateaux naviguer dans le chenal désormais étroit de l'estuaire, avec leurs voiles rouges typiques des Cornouailles (en réalité, elles étaient davantage brunes) ; celles-ci se gonflaient, alors qu'ils tiraient des bords nets et rythmés. Ces embarcations à clins étaient à des années-lumière du bateau de haute mer ultramoderne à bord duquel Henry se trouvait en cet instant même. Son ciel tombait dans l'obscurité, alors que celui de Cassie s'illuminait ; une journée s'achevait pour lui quand elle devait en endurer une nouvelle.

Elle songea à la liste qu'elle ne pourrait pas terminer et elle se demanda quelles étaient les intentions de Henry cette fois-ci. Comment manger un pâté en croûte sur la plage ou faire une régate allaient faire dépasser à Cassie sa peur quasi viscérale qui l'empêchait de se réengager ? En quoi un plongeon allait-il sauver leur couple ? Car Henry avait clairement fait comprendre que, si elle refusait le mariage, ils n'avaient aucun avenir.

Le vent ramenait les cheveux de Cassie sur son visage ; aussi posa-t-elle ses coudes sur ses genoux et se servit de ses mains comme barrettes. Même l'idée de la rupture lui semblait totalement irréelle et impossible. Certes, ils butaient contre le même écueil, encore et encore, mais ils étaient fous l'un de l'autre, faits l'un pour l'autre ; Cassie ne pouvait tout simplement pas concevoir qu'ils puissent être l'un sans l'autre. Si elle persistait à refuser le mariage, Henry mettrait-il réellement à exécution son ultimatum ?

Jusque-là, Cassie avait cru que le temps était la réponse : repousser, esquiver, remplir leur agenda de voyages, de vacances, de missions professionnelles et autres événements, de sorte qu'il n'y ait tout simplement pas de place pour y inscrire un mariage. Tout était si distrayant, si parfait. Mais le temps pressait, du moins c'était ce que tout le monde ne cessait de répéter à Cassie. Elle avait la trentaine ; il était temps de penser non seulement à « se poser », mais à la phase suivante, au chapitre suivant. Ces questions commençaient à fuser désormais – dans la bouche de sa mère à Hong Kong chaque fois qu'elles discutaient au téléphone, de Hattie, de leurs amis. Avaient-ils parlé de fonder une famille ? Combien d'enfants Henry voulait-il ? Un garçon en premier, ou une fille ? N'avait-elle pas envie d'un mini-Henry ? Quel casse-cou ce serait – et cet enfant serait si beau !

Personne ne se rendait compte que ces interrogations avaient fait naître en Cassie la même panique que la question « Avez-vous fixé une date ? ». Son entourage ne semblait pas comprendre que la plus grande trahison de Gil n'avait pas été son infidélité avec Wiz, mais son amour pour Rory, leur enfant secret, le filleul de Cassie. Cassie aussi avait aimé ce garçon, l'avait chéri et avait apprécié les moments avec lui comme s'il était son propre enfant. Mais découvrir qu'il était « presque » son fils avait été le coup fatal… *Presque* n'était pas suffisant. Tout comme ce jour à l'hôpital où on lui avait refusé l'accès. Cassie avait ardemment désiré avoir sa propre famille (Gil le lui avait promis qu'ils essaieraient d'avoir un bébé après leurs dix ans de mariage) et, dans celle-ci, elle n'avait pas sa place. Le sang l'emportait sur la loi. Le fils l'emportait sur l'épouse. C'était le petit garçon qui lui avait véritablement brisé le cœur, bien plus que Gil lui-même. Était-ce étonnant que l'image de la famille paraisse désormais aux yeux de Cassie tellement viciée ?

Mais elle avait un train de retard, était le lièvre de la fable : elle qui avait été la première à sortir des starting-blocks en se mariant à vingt et un ans s'était endormie sur le bord de la route, alors que tout le monde franchissait déjà la ligne d'arrivée. Ils avaient continué sans elle : Suzy, Kelly… Henry le ferait-il lui aussi ?

Cassie observa les goélands suivre un bateau de pêche dans l'estuaire, tournoyer dans le ciel avant de plonger pour pêcher un maquereau et crier bruyamment par-dessus le croassement des corneilles perchées dans la cime des arbres. C'était donc cela la bande-son de cet endroit dont Henry lui avait tant parlé.

Il connaissait les lieux comme sa poche et les adorait ; enfant, il avait passé tous ses étés ici. Ce paysage avait été celui de sa jeunesse. Ses longues jambes nues et bronzées couraient sur le sentier battu, tandis que Hattie et Ed, son défunt père, se débattaient avec les serviettes et les sacs. Son amour de la mer s'était sans nul doute développé sur cette étendue d'eau.

Cassie resta assise jusqu'à ce que le froid commence à se ressentir, à regarder le vent courir sur les longues herbes, de gros nuages ricocher vers l'horizon. Elle se leva, sachant qu'elle devait rentrer. Elle n'avait pas laissé de mot pour indiquer où elle était et il y avait toutes les chances pour que Velvet ait décidé d'être son réveille-matin, se ruant vers la liberté dès que Suzy l'aurait sortie de son lit, pour aller se coucher avec Tata Sissi et négocier une histoire. S'ils découvraient l'absence de Cassie…

Elle traversa le cimetière à pas lents. Quelques fleurs blanches et violettes d'un mariage récent étaient encore accrochées à la porte de l'église, des confettis marbraient les brins d'herbe humides. C'était un endroit d'une beauté absolue pour se marier, la large haie offrant une protection efficace contre la brise marine. Cassie laissa sa main courir légèrement sur les pierres tombales moussues, dont les gravures étaient comblées par du lichen jaune et blanc. Elle s'arrêta quand ses yeux se posèrent sur deux noms visiblement plus récents que les autres : « Ci-gisent Phillip et Emily Warrender, les parents bien-aimés de Gemma, partis trop tôt. Octobre 2006 ».

Un incendie, avait expliqué Suzy. Elle n'avait pas précisé qu'ils étaient enterrés ici. Était-ce si surprenant alors que Gem désire passer plus de temps dans la région ? Cassie se mordit la lèvre, éprouvant un élan de compassion pour l'orpheline, qui, neuf ans plus tard, était encore en quête d'amour, de racines et de stabilité. D'un foyer.

Cassie passa sous le large porche en pierre à l'entrée du cimetière pour regagner le chemin. Elle fut aussitôt percutée dans le flanc, ce qui la fit crier et la renversa sur le talus enherbé.

– Oh, zut !

Elle leva les yeux avec autant de confusion que de douleur et découvrit Luke qui la fixait, horrifié, le nez pointu d'une planche de surf sous son bras orienté vers Cassie.

– Cassie, je ne t'avais pas vue… Est-ce que tu vas bien ?

Elle se frotta les côtes, là où la planche lui avait porté un coup direct, mais elle ne pouvait pas vérifier l'état de sa peau sans soulever son tee-shirt, ce qu'elle ne ferait certainement pas.

– Je vais bien.

Luke lui offrit son aide pour se relever. Une fois debout, Cassie retira ostensiblement sa main d'un coup sec. Ce geste fit tressaillir Luke et provoqua un silence.

– Mais qu'est-ce que tu fais ici à cette heure ? On ne peut pas dire que ce soit ton moment préféré de la journée.

Cassie foudroya Luke du regard. Même une telle remarque désinvolte était une information privilégiée, un détail personnel qu'il n'avait plus à utiliser – précisément le genre de choses qui les trahirait devant les autres.

– Tu n'es pas déphasée par le décalage horaire, toi aussi ? dit-il en souriant, même s'il devait savoir qu'il était très peu probable que Cassie ait quitté le pays depuis leur dernière rencontre la semaine précédente.

Contrairement à lui. Il s'était sans doute entre-temps envolé pour Haïti et Tokyo.

– J'admire la vue, répondit Cassie d'un ton revêche, sans lui rendre volontairement son sourire.

Luke posa avec délicatesse sa planche sur le chemin. Elle remarqua sa combinaison roulée jusqu'aux hanches, son tee-shirt couleur sable mouillé sur le bas.

– Depuis quand sais-tu surfer ? Tu es new-yorkais, déclara Cassie en insufflant à sa phrase autant de mépris que possible.

– Le calendrier *Pirelli*, répondit-il, d'un ton presque désolé. On passe tant de temps à attendre sur ces petites îles tropicales…

– Oh, quelle plaie, marmonna-t-elle, avec un sarcasme qui n'échappa pas à Luke.

Il pencha la tête sur le côté tout en scrutant Cassie ; ses yeux parcouraient ses ridicules marques de bronzage, désormais totalement visibles (elle avait laissé ses lunettes de soleil dans sa chambre), mais qui s'étaient atténuées durant la nuit de quelques nuances pour passer au rose bonbon.

– Écoute, Cassie, à propos d'hier soir…

– Oh oui, félicitations, d'ailleurs.

– Quoi ?

– Pour Amber et toi. Elle est belle.

Luke parut déconcerté par cette remarque, par le manque de sincérité de Cassie.

– Merci.

– Depuis combien de temps êtes-vous ensemble ?

*Deux semaines*, supposa Cassie.

– Depuis novembre.

*Huit mois ?* Elle ne parvint pas à dissimuler sa surprise.

– Oh.

C'était bien plus long que toutes les autres relations de Luke. Plus long que leur couple, quoi qu'il en soit.

– Ce doit être une femme spéciale.

– Oui, elle l'est.

Luke baissa les yeux vers le sol et s'éclaircit légèrement la gorge.

– Écoute, Cassie…

– Tu devrais te méfier. Une semaine – non, une journée avec Gem en future mariée et elle va…

– Cassie !

Le ton de Luke la stoppa net.

– Je suis sincèrement désolé.

Elle fit une pause, trop lasse pour poursuivre sa litanie épuisante de sarcasmes qui ne les dupaient ni l'un ni l'autre.

– Je suis désolé pour ce que j'ai fait à Paris. C'était nul d'exposer les photos comme ça…

– Les vendre était encore pire ! Tu as tiré profit de mon humiliation.

– En fait, j'ai fait don de l'argent à une association… Ça ne me semblait pas juste. Je suis désolé d'être venu ici. Je n'avais aucune idée que tu serais là.

Luke avait l'élégance de paraître penaud.

– Oh, à d'autres ! Tu ne t'attends pas à ce que j'avale ça ?

– Écoute, je reconnais que je connais à peine Gem et Laird. Je ne les avais jamais vus avant la semaine dernière, mais je me suis assez bien entendu avec lui à la fête, et Amber… Elle n'a pas beaucoup d'amis, pas de vrais amis en tout cas – tu sais comment c'est dans le milieu de la mode. Alors, quand elle m'a dit qu'elle voulait venir... (Il soupira.) Elle a besoin de prendre racine. Nous en avons tous les deux besoin. Nous essayons de construire une nouvelle vie ensemble.

Cassie considéra Luke, incrédule. Ce n'était pas l'homme qu'elle connaissait. Des excuses répétées ? Faire un don d'argent à une œuvre de bienfaisance ? Une relation durable ? Prendre racine ? Aller surfer avant le petit-déjeuner ?

Il hocha la tête, comme s'il lisait dans ses pensées.

– J'ai changé, Cassie. Je ne suis plus l'homme que j'étais.

Elle continua de le fixer. Il était assurément le même sur le plan physique – même mieux : le bronzage qu'il avait à longueur d'année était particulièrement hâlé en ce moment, ce qui faisait ressortir ses yeux noisette, ses cheveux châtain foncé un peu plus longs et plus hirsutes qu'auparavant, et il était un peu plus musclé.

– Alléluia, dit-elle d'un ton cynique.

Luke sembla piqué au vif par ce mot qui lui rabaissait encore le caquet. Cassie remarqua son regard changer : sérieux, placide et bienveillant, il devint plus sombre et plus familier – un soupçon de colère, de patience éprouvée, de passion tapie juste sous la surface. Mais elle n'allait pas le laisser s'en tirer aussi facilement. Elle était toujours convaincue de ce qu'elle lui avait dit à la fête : sa trahison était impardonnable. Ce n'était pas suffisant d'apparaître deux ans plus tard avec une planche de surf, une coupe de cheveux hippie et de lui affirmer qu'il n'était plus le même homme. Cela ne changeait en rien qu'en conséquence, des ordures comme Beau Cooper pouvaient acheter la photographie de Cassie dénudée et la suspendre au mur ; qualifier ce portrait d'œuvre d'art et organiser des soirées où tout le monde pouvait l'admirer ; l'accrocher dans sa chambre et fixer Cassie dans les yeux pendant qu'il couchait avec ses petites amies ; la rencontrer en chair et en os et la faire se sentir nue avec une connaissance, une possessivité et une intimité qui insinuaient qu'elle était sienne.

– Que pense Amber de tout cela ? Est-elle au courant de ce que tu as fait ?

Luke hésita avant de répondre.

– En fait, elle ne sait pas pour nous deux.

Cassie fut estomaquée. Elle était persuadée qu'il aurait tout expliqué à sa petite amie, une fois seul à seul.

– Si ta présence ici est tout à fait innocente, pourquoi lui mentir ?

– Je ne lui mens pas, mais à quoi bon lui parler de toi ? Cela ne la ferait que douter, alors qu'elle commence à passer un très bon moment ici. Elle te trouve géniale, et Suzy et Archie lui font penser à un duo comique. Évidemment, si j'avais su que tu serais là, je lui en aurais parlé. (Luke marqua un temps d'arrêt.) En fait, non, ce n'est pas vrai. Nous ne serions pas venus.

Contre toute attente, cet aveu fut douloureux pour Cassie.

– Mais j'ai trouvé que toi et moi avons très bien géré la situation hier soir, déclara Luke avec un léger haussement d'épaules. Personne n'aurait jamais deviné que nous avons tout gâché…

– *Nous* avons tout gâché ?

Le soupçon passager d'agacement qu'elle avait aperçu auparavant avait disparu. Les yeux qui la regardaient étaient aussi ouverts et limpides que ceux d'un enfant.

– Quelle différence cela ferait-il de toute façon ? De l'eau a coulé sous les ponts, non ? Tu es fiancée. Nous sommes heureux, affirma Luke avec un nouveau haussement d'épaules.

Cassie le fixa, son instinct et ses soupçons étaient tempérés par cette galanterie perpétuelle, cette politesse continuelle qui trahissait une indifférence nouvelle à l'égard de Cassie. Environ deux ans plus tôt, Luke lui avait offert tout ce qu'il possédait à New York et, comme elle avait refusé, sa vengeance à Paris avait été aussi aveuglante que sa passion. Mais à présent, là… même en n'étant que tous les deux, quand il n'était pas nécessaire de jouer la comédie devant des inconnus, il se comportait envers Cassie de façon aussi neutre qu'un inconnu à qui elle demanderait son chemin. La chaleur entre eux, le feu qui l'avait autrefois convaincue qu'ils ne pourraient plus jamais se revoir s'étaient éteints.

Luke passa la main dans ses cheveux, tout en scrutant l'incertitude sur le visage de Cassie alors qu'elle assimilait cette nouvelle dynamique passive.

– Cassie, s'il te plaît, ne nous détestons pas.

Elle continua à le fixer, à la recherche de la ruse, du tour qui révélerait la supercherie. Toutefois, Cassie ne remarqua rien en Luke de suspect.

Lentement, elle se tourna et fit quelques pas, avant de faire mine d'attendre qu'il ramasse sa planche de surf. C'était sinon un traité de paix, du moins un cessez-le-feu.

Ils firent un bout de chemin en silence.

– Alors, comment Amber et toi vous êtes rencontrés ? l'interrogea Cassie, en regardant Luke du coin de l'œil. Ou ai-je vraiment besoin de demander ?

Non. Cette question n'était pas nécessaire. Luke haussa un sourcil, ce qui apporta à Cassie sa réponse.

– Mais elle est différente. C'est elle qui m'a remis dans le droit chemin après...

Luke s'interrompit et Cassie se demanda ce qu'il avait voulu dire. Après quoi ? Elle ? Ou flattait-elle son ego en pensant que son départ avait eu un effet dévastateur sur Luke ?

– Amber est douce et gentille, ce qui est vraiment rare à New York. Et nous rions bien ensemble. Je peux discuter avec elle. C'est très simple entre nous.

– Oh.

Cassie n'imaginait pas Luke opter pour la simplicité. Quand elle le fréquentait, tout était très réfléchi et stylisé, international et haut de gamme.

– J'ai deviné d'après les propos de Gem que Henry est le frère de Suzy, c'est ça ?

Cassie confirma d'un signe de tête.

Luke inspira profondément, ses côtes s'ouvrant comme un soufflet.

– Hmm, cela explique sans doute certaines choses. Vous vous connaissez depuis longtemps. C'est pour ça qu'il savait pour la liste à New York…

Les yeux fixés sur l'horizon devant lui, Luke se parlait davantage à lui-même qu'à Cassie, semblait-il.

– As-tu de ses nouvelles ?

Cassie lui lança un coup d'œil, étonnée de la facilité avec laquelle il mentionnait Henry, comme s'il était un de leurs amis communs. Elle savait que Henry serait exaspéré qu'elle parle de lui avec son ex.

– Non, pas vraiment. J'ai reçu un seul message, mais c'est difficile quand tout passe par vingt autres personnes.

– Oui, bien sûr. Je peux comprendre que cela puisse être… contraignant.

Ils marquèrent une pause lorsqu'ils parvinrent au terrain de golf et regardèrent à gauche puis à droite, afin de vérifier qu'ils pouvaient s'avancer sans risque sur le green.

– Je suppose que tu es habituée à ce qu'il s'absente pour de longues périodes, non ? Beau m'a parlé de toutes les expéditions incroyables qu'il a effectuées. C'est une vraie aubaine pour eux qu'il fasse partie de l'équipe.

Cassie ne put s'empêcher de se tourner vers Luke, à la recherche de sarcasme ou de mépris, mais il soutint son regard avec un sourire candide.

– Il a beaucoup d'expérience, oui.

– D'après Beau, il a été récemment nommé professeur de l'Explorers Club.

– Membre du club, oui.

– Ce n'est pas rien. Tu en es consciente, pas vrai ?

– Bien entendu.

– Y es-tu allée ?

– Pardon ?

– Es-tu allée à New York pour la cérémonie ?

– Oui.

Cassie se remémora l'extravagante robe Valentino, la sensation qu'elle avait éprouvée à leur arrivée, la main de Henry dans la sienne, l'ours polaire qui montait la garde au-dessus de tous les convives, qui buvaient, riaient, discutaient et se délectaient des hardiesses de son fiancé. Soudain, l'absence de Henry fut telle que Cassie ressentit une douleur, et elle porta par réflexe sa main sur son ventre.

Luke s'arrêta brusquement de marcher.

– Quand était-ce ?

Cassie parut surprise. Pourquoi s'en souciait-il ?

– Vers Pâques, je crois. Pourquoi ?

Il eut un petit rire en pointant Cassie du doigt.

– Je savais que c'était toi. Je t'ai vue monter dans un taxi.

Elle se souvint du taxi qui était passé, de son visage pâle apparaissant fugacement à la vitre.

– Tu étais habillée en rouge, non ?

Cassie opina du chef, surprise que Luke se souvienne de ce petit détail.

– Cela a toujours été ta couleur, déclara-t-il au bout d'un moment. Cela aurait fait une très belle photo. Vraiment…

Luke se remit à marcher et Cassie lui emboîta le pas.

– C'était vraiment saisissant au milieu de toutes les autres couleurs, tu vois ? C'est ce qui a attiré mon regard. J'aurais aimé être assez rapide pour prendre une photo. C'était comme une publicité de Tiffany en mouvement, avec les taxis jaunes, les feux rouges des voitures, la robe rouge, tes cheveux clairs. (Il la fixa intensément.) Tu portais aussi du rouge à lèvres, non ?

– Exact.

Comment avait-il pu le voir depuis son taxi ?

– Tu ne mets pas de rouge à lèvres d'ordinaire, ajouta Luke, comme s'il lisait à nouveau dans ses pensées. Ça m'a sacrément surpris de te voir comme ça. Je ne savais pas si tu m'avais vu aussi.

Ses yeux étaient braqués sur Cassie, la scrutant à la manière d'un laser.

– Non.

– Non ?

– Non.

Elle ne savait pas pourquoi elle lui mentait. En quoi cela importait-il qu'elle l'ait vu ou non ?

– Ah.

En silence, ils longèrent les haies où les ronces essayaient de régner en maître. Luke laissa Cassie mener la marche sur le chemin étroit, avant de la rattraper comme ils traversèrent le pré des vaches, la maison face à eux désormais.

– Je vais de ce côté, indiqua Luke en faisant un signe vers Snapdragons lorsqu'ils atteignirent la barrière en bois.

Il repassa la main dans ses cheveux, tandis qu'un silence gêné s'étirait entre eux tel un chat paresseux.

– On se recroisera plus tard, j'imagine.

– Oui, sans doute.

Il gratifia Cassie d'un de ses nouveaux sourires bienveillants et elle le regarda s'éloigner sans se retourner.

Elle n'aperçut pas Suzy debout sur la terrasse en robe de chambre, ses cheveux volant au vent autour de son visage, une grande tasse de thé dans les mains. Pendant que Cassie remontait le jardin, perturbée et troublée, Suzy rentra dans la maison, silencieuse comme une ombre.

# Chapitre 17

Le lendemain après-midi, Cassie, Suzy, Gem et Amber formaient un quatuor improbable, à bord de la voiture de Suzy. Cette dernière conduisait brusquement dans les minuscules ruelles mouillées, avec l'insouciance propre aux suicidaires ou aux locaux. Suzy se considérait comme une locale, empruntant les chemins à travers champs avec son break Volvo. Amber s'efforçait de ne pas geindre (le coffre s'était déjà ouvert une fois) et Gem riait comme une baleine. Puisque la pluie s'était installée pour la journée, elles étaient parties pour une boutique de mariage à Wadebridge ou, comme Suzy l'avait dit à voix basse avec un regard mutin : « Phase un. »

La ville était grande et tentaculaire, avec des supermarchés, des rocades et une myriade de bus. Elles étaient passées devant plusieurs grands magasins de robes de mariée, et Gem les avait montrées à sa cousine en tapant sur le carreau. Cependant, Suzy ne cessait de répéter qu'elle avait trouvé une « petite perle » et s'éloignait du centre, vers un quartier résidentiel, où les commerces laissaient place à de vieux pavillons en pierre, les rues se rétrécissaient et le stationnement était gratuit.

– Nous y voilà, annonça Suzy, qui tira si fort sur le frein à main qu'il grinça.

Archie, Laird et Luke devaient s'occuper de Velvet pour l'après-midi – une drôle de bande masculine qui parut totalement sidérée par la proposition de divertir la fillette, et la dernière chose que Cassie avait entendue était qu'ils tireraient à pile ou face entre le bowling et le minigolf.

Elles sortirent de la voiture. Amber resta plantée au milieu de la route et considéra la vitrine de la boutique avec une horreur mal dissimulée.

– Tu es sûre que c'est bien ?

Kelly, pour répondre aux textos calomnieux de Suzy en pleine nuit, leur avait indiqué qu'Amber avait défilé pour Miuccia Prada, Karl Lagerfeld et Christopher Bailey ; aussi, ce mannequin n'avait encore sans doute jamais vu de la dentelle en polyester, songea Cassie.

Si Amber était sceptique, Gem ne s'en rendit pas compte.

– Oh… mon… Dieu…, s'exclama-t-elle avec emphase en s'arrêtant devant la porte. C'est, genre, un moment crucial dans la vie d'une femme, pas vrai ?

– Quoi ? De venir à Wadebridge ? Tu as besoin de sortir plus, Gem, ironisa Suzy.

– Non, je parlais d'essayer une robe de mariée pour la première fois ! s'écria Gem, avec des trémolos dans la voix. Je vous préviens : c'est possible que je pleure. En fait, c'est sûr que je vais pleurer.

Amber, qui sembla oublier sa consternation et se glissa dans la peau du témoin-pom-pom girl, poussa un cri excité, tapa dans ses mains et fit de petits sauts sur place jusqu'à ce qu'un mini-van la klaxonne pour qu'elle s'écarte du passage.

– Très bien. Je suis prévenue, déclara Suzy avec un sourire crispé, avant de s'appuyer lourdement sur la porte et d'entrer dans la boutique.

Les autres jeunes femmes la suivirent et le silence s'abattit sur elles comme les voiles amidonnés jetés tels des filets de chasse sur les mannequins.

Suzy attira l'attention de Cassie, alors que leur petite troupe se plaça au milieu de la pièce ; elle était la seule à être clairement ravie du spectacle. La petite boutique (qui faisait simplement la largeur du séjour des pavillons voisins, mais gagnait la profondeur de la pièce où se trouvait d'ordinaire la cuisine) était le magasin le plus exigu et d'apparence le plus abordable que Suzy ait pu trouver lors de ses recherches frénétiques sur Google. Elle était convaincue que Gem ne connaîtrait pas en cet endroit sa tant espérée métamorphose à la Cendrillon.

Une moquette en nylon noir moucheté d'argent crissa sous leurs pieds ; sur les murs mauves, des diadèmes à strass étaient suspendus à des crochets en plastique.

Une femme permanentée (« *Une permanente !* » articula en silence Suzy d'un air réjoui) se leva d'un bond d'un bureau argenté rococo dans le fond de la pièce, où elle lisait un tabloïd. Elle sourit à ce groupe disparate de femmes, en tentant de deviner laquelle d'entre elles était la future mariée.

– Bienvenue !

– Bonjour, la salua Suzy, qui attrapa Gem par les épaules et la plaça devant leur groupe. Ma cousine Gem, que voici, va se marier.

– Oh ! Toutes mes félicitations ! exulta la femme, comme si cette information était une surprise totalement inattendue ; son enthousiasme réussit même à l'emporter sur celui de Gem.

– Oh, merci beaucoup. C'est vraiment gentil, la remercia Gem en lui serrant la main avec joie.

La femme baissa la tête et regarda Gem à travers ses cils.

– Puis-je vous demander de voir la bague ?

Cassie savait que ce n'était pas tant un moyen de sympathiser que l'occasion de vérifier qu'un mariage était bel et bien prévu. Suzy lui avait raconté que de nombreuses boutiques se servaient de cette technique pour empêcher des hordes de femmes de venir essayer des robes. Pas de bague ? Pas d'essayage.

– Vous pouvez, répondit Gem, qui tendit la main et exhiba une bague avec une pierre caramel striée.

– Qu'est-ce que c'est que ça ? demanda Suzy, qui observa le bijou avec incrédulité.

– Un œil-de-tigre. Cette pierre représente l'énergie stabilisatrice de la terre – c'est Laird – et l'énergie élévatrice du soleil – c'est moi, expliqua Gem, en fixant la pierre d'un air rêveur.

Cassie s'en voulut que Suzy et elle n'aient pas pensé à lui demander à voir sa bague. Si elles l'avaient fait, cela aurait pu être interprété à tort comme une approbation ou un encouragement. Tout de même, aller essayer des robes dans une boutique semblait un peu mesquin.

Suzy fit claquer sa langue d'un air compatissant.

– Il a mis un mois de salaire dans cette bague, non ? Hmm, je suppose que le surf ne lui apportera jamais un revenu fiable.

Gem sembla ne pas entendre sa cousine.

– Ce que j'aime, voyez-vous, c'est la symbolique, raconta-t-elle à la vendeuse.

– C'est pourquoi on ne se trompe jamais avec les diamants. Ce n'est pas pour rien qu'ils sont populaires. Ils représentent l'éternité et on les garde pour la vie. Ils sont indestructibles. Pas comme ces… cailloux fantaisie. Mais peut-être qu'il pourra faire mieux dans quelques années, quand il aura eu le temps d'établir sa carrière.

Suzy adressa un clin d'œil à Cassie.

– Je trouve cela très original, commenta la vendeuse avec un hochement de tête, comme si cette bague avait révélé le secret de l'âme de Gem.

Elle parcourut de la tête aux pieds la minuscule, mais parfaite silhouette de Gem, dans son sarouel bleu cobalt, son gilet turquoise et ses tongs.

– Je suppose que vous désirez quelque chose de tout aussi unique pour votre robe.

– Évidemment ! confirma Gem avec de grands yeux.

– Eh bien, avant d'aller plus loin, permettez-moi de me présenter : je m'appelle Paula, déclara la femme en posant sa main sur son cœur, comme si quiconque allait douter de qui elle parlait. Et cet après-midi, je veux que vous me considériez comme votre bonne fée. Vos désirs sont des ordres.

Tout excitée, Gem tapa dans ses mains et Amber trottina sur place telle une jeune pouliche. Cassie les regarda tour à tour, en se demandant si c'était une sorte de rituel synchronisé qu'elles avaient inventé, à la manière des footballeurs pour célébrer un but.

Paula leva un doigt en l'air.

– Et j'ai le sentiment que votre premier souhait est du champagne. Je me trompe ?

– Oh, super ! s'écria Amber, qui martela le sol de ses talons aussi vite qu'un pic sur le tronc d'un arbre. Nous avons eu droit à du soda hier soir. Je meurs d'envie d'une coupe de Krug !

Paula considéra un instant la jeune femme d'un air interrogateur. Cassie devina qu'elle essayait de resituer le visage d'Amber – il ne faisait pas l'ombre d'un doute que cette grande créature élancée aux yeux charbonneux et aux jambes fines venait d'un autre monde. Mais Paula secoua la tête pour cesser sa recherche mentale et disparut dans une pièce à l'arrière, avant de revenir quelques instants plus tard avec une bouteille de pétillant bon marché et cinq flûtes.

Cassie balaya la pièce du regard avec anxiété, prise d'une sensation de claustrophobie de plus en plus forte ; elle regretta de ne pas avoir été plus catégorique lorsque Suzy l'avait convaincue de l'accompagner pour « l'aider » avec Gem. D'une part, elle avait glissé dans sa valise un livre qui était posé sur sa table de chevet depuis des mois (Henry ne lui avait pas laissé une seule occasion de l'ouvrir) et elle n'aurait pas été contre quelques heures rien que pour elle. D'autre part, ce n'était guère délicat de la part de Suzy de lui faire passer un après-midi dans cette boutique, étant donné que l'épineuse question du mariage était la source de tous ses malheurs.

Ses yeux se posèrent prudemment sur les frous-frous en organza et les détails en soie plissée qui dépassaient des portants. Ils s'arrêtèrent sur une manche ornée de perles. Cassie s'approcha et la toucha entre ses doigts. Elle se souvint de son excitation lors du premier essayage de sa robe de mariée. C'était dans le salon nuptial d'un *Harrods* ; sa mère, assise sur une immense méridienne en soie, attendait qu'elle sorte de la vaste cabine. Elle avait l'air d'une princesse avec ce satin duchesse blanc cassé, le corsage lisse, les manches trois-quarts et les perles rondes cousues le long de la large encolure. Sa mère avait pleuré lorsque la vendeuse avait minutieusement posé le voile sur son visage et placé un bouquet de roses en soie dans ses mains – Cassie aussi avait versé sa larme.

Toutes deux avaient également pleuré quand Cassie avait appelé sa mère depuis une chambre d'hôtel à Heathrow, dix ans plus tard, pour lui annoncer que son mariage était terminé – et pour quelle raison.

Cassie pensa à Wiz, qui fréquentait sans doute la boutique la plus chic d'Édimbourg, pour s'offrir une robe sur mesure et triomphale, plus appropriée à un couronnement qu'à un mariage. La cérémonie devait avoir lieu samedi en huit, à onze heures, dans la chapelle du domaine. Cassie n'avait toujours pas évoqué le sujet avec Suzy, et elle avait fait promettre à Kelly de ne pas la prévenir qu'elle était au courant : à la connaissance de Suzy, Cassie n'avait aucune idée que Gil se remariait. Cassie ne savait pas pourquoi elle ne voulait pas que Suzy sache qu'elle était au courant – peut-être parce qu'elle la pousserait à en discuter, ce qui ferait remonter le passé, quand tout ce que Cassie désirait était de laisser le sol sous ses pieds se reposer afin que de nouvelles pousses se développent. Et qu'y avait-il réellement à dire ?

Leur amour était mort depuis longtemps et Cassie était passée à autre chose avec Henry, sincèrement. Le mariage imminent de Gil n'était que le cadenassage de cette porte sur son ancienne vie ; c'était tout. Cassie laissa retomber sa main et revint au centre de la pièce, où Paula distribuait les flûtes de champagne.

– Alors, commença Paula, avez-vous quelque chose de particulier en tête, ou souhaitez-vous qu'on passe en revue mes modèles ?

– On passe en revue vos modèles ! s'écria Amber, en levant le bras en l'air, ce qui fit rire Gem.

Cassie était pratiquement sûre qu'Amber avait été pom-pom girl dans sa jeunesse.

– Venez, alors, mesdames, les invita Paula, qui les mena vers le premier présentoir de robes. Là, c'est ce que j'appelle mes « robes de princesse » : de la crinoline, des manches bouffantes, beaucoup de fronces, très traditionnelles. Elles ne seront jamais passées de mode et flatteront absolument toutes les morphologies. Aucune femme n'a l'air grosse dans l'une de ces robes.

– Est-ce qu'elle me visait ? se vexa Suzy auprès de Cassie comme elles passaient à l'alcôve suivante.

– Et ici, nous avons ce que j'appelle la gamme « Déesse » : de longues robes sculpturales, souvent sans bretelles, et il y en a une ou deux avec des détails asymétriques si cela vous plaît. Elles sont en général beaucoup plus simples, à destination de la mariée plus moderne.

Paula prononça « moderne » lentement et à mi-voix, comme s'il s'agissait d'un concept inhabituel et étranger qui devait être toléré de temps à autre.

Elles examinèrent chaque « thème » de la boutique, et Paula choisit des modèles qui, selon elle, mettraient le plus en valeur la « petite silhouette » et le « style particulier » de Gem.

– Et quelle coiffure envisagez-vous ? Cheveux relevés, détachés ou… autre, demanda-t-elle à Gem, en désignant ses tresses africaines alors qu'elles se dirigeaient vers la cabine d'essayage, un tas de robes empilées sur le bras de Paula. Je me disais juste que ce pourrait être compliqué de mettre un diadème avec vos tresses.

– Pour être franche, Paula, je ne suis pas vraiment du genre à porter un diadème, mais je ne serais pas contre une couronne de fleurs. Quelque chose de vivant et de pur. Mon fiancé aime beaucoup la nature, les animaux et tout. C'est un surfeur. Je lui répète sans cesse qu'il devrait devenir pro...

Les deux femmes disparurent derrière le rideau, et Cassie et Suzy se laissèrent tomber sur l'indiscret en veloutine rose bonbon, dont la forme en feuille de trèfle impliquait qu'elles étaient assises dos à dos.

– Santé, murmura Suzy, qui leur servit un autre verre de pétillant.

Amber traînait près du présentoir « Déesse », manifestement mal à l'aise maintenant que son amie et alliée avait disparu.

– Un autre verre, Amber ? lui proposa Suzy au bout d'un moment.

Amber s'approcha avec un sourire reconnaissant et s'assit de biais sur la troisième place de l'indiscret, afin de ne pas tourner le dos à Cassie.

– Santé, trinqua Cassie avec un sourire déterminé, et toutes trois burent une gorgée de leur verre. As-tu vu quelque chose qui te plaît ?

– Beaucoup de choses, soupira Amber. J'avais des doutes quand nous sommes arrivées. Cet endroit est à peine... Enfin, ce n'est pas Milan, soyons honnêtes. Mais en réalité... (Amber hocha la tête avec approbation, puis baissa la voix.) Paula n'a peut-être aucun goût pour la décoration, mais elle connaît ses robes de mariée. Il y a des pépites cachées là-dedans.

– Ah ! Facile pour toi de dire ça. Tout sur toi serait beau, commenta Suzy en regardant dans son verre.

– Oh, tu es vraiment gentille. C'est plus parce que j'adore la mode, je pense. Je comprends en quelque sorte l'énergie que les couturiers veulent exprimer avec leurs créations, tu vois ? J'adore tout – la haute couture, le bas de gamme, et tout ce qu'il y a entre les deux ! Je serai infernale quand ce sera le moment de choisir ma robe.

Elle vida sa flûte d'une traite.

– Vraiment ? fit Suzy en haussant un sourcil. Tu crois que Luke va te demander en mariage ?

– Oh, eh bien, je ne..., bredouilla Amber.

– Il va carrément faire sa demande ! s'écria Gem, qui avait entendu leur conversation et passa la tête à travers le rideau.

– Gem ! feignit de protester Amber, tout en mimant de taper son amie.

– Il faut que tu leur racontes.

– Elles ne vont pas comprendre !

– Mais si. Elles ont été jeunes aussi autrefois, tu sais. Allez, raconte-leur, Amby !

Amber poussa un soupir exagéré, tandis que Cassie et Suzy échangeaient des regards horrifiés. Gem avait-elle dit qu'elles étaient... vieilles ?

– Eh bien, ce n'est pas... Enfin, ça n'a rien de conventionnel...

Les mots manquèrent à Amber, comme si elle ne savait pas comment expliquer. Elle se pencha en avant.

– Je pense que ce que vous devez comprendre, c'est que notre monde n'est pas comme celui du commun des mortels. La mode est, genre, un univers à part. Donc, si Luke devait faire sa demande, il ne choisirait pas quelque chose d'ordinaire comme un diamant.

– Je ne te suis pas, répliqua Suzy, avec une expression déconcertée.

– Ce qu'elle essaie de dire – sans y parvenir, se moqua Gem depuis l'autre côté de la pièce, c'est qu'en cherchant quelque chose l'autre jour, Amber a trouvé un bracelet Love dans le sac de Luke.

– Qu'est-ce que c'est ? demanda Cassie, d'une voix curieusement éraillée.

Sa question confirmait l'image que Gem et Amber avaient de Cassie et Suzy : dépassées, has been.

– C'est un bijou de chez *Cartier*. En or massif. Un petit tournevis est fourni avec, pour pouvoir mettre ou retirer le bracelet. En gros, c'est comme une ceinture de chasteté, mais pour le poignet. Le symbole de s'abandonner totalement à l'autre. Quelle meilleure façon de montrer son engagement à quelqu'un ? C'est moderne et carrément sexy, je trouve, soutint Gem avec un clin d'œil. Luke a un style incroyable. Lui non plus, il ne choisirait jamais un diamant.

Gem redisparut dans la cabine d'essayage et laissa Suzy bouche bée.

– Je parie que tu étais magnifique dans ta robe de mariée, demanda Amber en sirotant son verre et en orientant ses genoux vers Suzy. Archie et toi faites un si joli couple. Je veux que Luke et moi vous ressemblions quand nous serons plus vieux.

Suzy prit un moment pour répondre. Tant d'insultes involontaires en si peu de temps.

– J'ai dû me contenter de la première robe qui m'allait... J'ai le dos large, marmonna-t-elle.

– J'étais sûre que tu dirais ça.

Cassie observait Amber par-dessus le rebord de son verre et prit la résolution de se lever tôt le lendemain, afin d'aller à vélo jusqu'à Trebetherick et de chercher sur Internet sur son téléphone « bracelet Love Cartier ».

Suzy se rendit compte que tous les verres étaient vides.

– Vous en revoulez ? proposa-t-elle à ses compagnes, en brandissant la bouteille.

Elles acceptèrent et Suzy remplit les flûtes presque à ras bord. À cet instant, le rideau s'ouvrit d'un coup et Gem sortit dans une robe en soie blanche comme neige, avec de fines bretelles et un décolleté dans le dos. Elle était coupée dans le biais avec un volant au bas de la robe, et de minuscules boutons de tissu couraient le long de la couture arrière, dans le creux de ses reins et sur ses fesses. La simplicité de la robe mettait parfaitement en valeur la silhouette de Gem et, même avec les tresses africaines, il ne faisait pas l'ombre d'un doute que c'était la bonne. C'était « la robe ».

Amber se leva d'un bond en poussant un petit cri tandis que Gem tournait sur elle-même avec précaution, ses mains plaquées sur sa bouche dans une euphorie muette, les yeux aussi étincelants que des charbons ardents.

– Pince-moi, murmura Suzy dans sa barbe, sans bouger les lèvres. La première robe ? C'est une blague ?

Cassie se rendit compte que le verre de Suzy coulait sur ses genoux et le redressa pour elle.

– Alors, qu'en pensez-vous, mesdames ? les interrogea Paula, avec une fierté légitime.

Elle fit le tour de Gem, lissant les coutures et redressant les bretelles au passage.

– Paula, je vous confirme que vous êtes sa bonne fée ! s'écria Amber, qui prit la vendeuse par les épaules et la serra dans ses bras avec enthousiasme. Je n'aurais jamais cru que vous aviez ce don en vous !

La perplexité traversa le visage de Paula, qui se demanda à son tour s'il s'agissait ou non d'un compliment.

– Votre avis, mesdames ? s'adressa-t-elle à Suzy et Cassie, assises sur l'indiscret.

– Eh bien, je..., commença Suzy.

Elle se leva et tourna autour de Gem à un train de sénateur, avant de pousser un soupir avec emphase.

– Je vais être franche… Je ne suis pas sûre. Enfin, poursuivit-elle en agitant les mains devant elle, comprenez-moi bien : c'est une belle robe et Gem est magnifique dedans. Mais elle serait magnifique dans un sac-poubelle, et est-ce vraiment… ? Est-ce vraiment toi ? s'adressa Suzy à sa cousine.

Le visage de Gem se décomposa et elle se regarda à nouveau dans le miroir, en se tortillant légèrement dans un sens puis dans l'autre afin de tenter de comprendre les propos de Suzy.

– Enfin, ce n'est que mon avis. Peut-être que j'ai tort. Qu'est-ce que tu en penses, Cassie ? l'interpella Suzy, en lui faisant signe de la soutenir. Sois cruelle pour son bien, lui chuchota-t-elle. Pour son bien.

– Euh…

Gem était tout simplement splendide dans cette robe. Que pouvait bien dire Cassie ?

– Je suis sans doute d'accord avec toi, Suzy ? Gem est superbe, mais… peut-être pas très… détendue ?

Tournées vers Cassie, toutes les têtes pivotèrent vers Gem.

– Je suppose que ce n'est pas un look que j'associe à Gem. Il y a un peu trop de boutons, c'est un peu trop soyeux.

– Trop de boutons, répéta Paula.

Cassie ouvrit les paumes de sa main d'un air dépité. Elle se sentit si mesquine de tenir de tels propos, alors que Gem était l'image parfaite de la mariée dans cette robe.

– C'est une femme bien plus libre, à mon avis.

– Plus libre, répéta encore Paula, avec un hochement de tête contradictoire et un regard perplexe.

– Suzy est une très grande organisatrice de mariages à Londres, annonça Gem pendant que Paula tripotait encore les bretelles, comme si les décaler d'un centimètre sur la gauche allait tout changer. Elle habille des mariées tout le temps. Des femmes du monde…

– Oh, fit Paula d'un air déconfit (elle tira une dernière fois sur la couture arrière, en se mordant la lèvre). Eh bien, hé ! Ce n'est que la première robe que vous essayez. Il y en a encore plein d'autres, pas vrai ? Nous pourrons toujours revenir à celle-là si vous le souhaitez, Gem.

– Super. Merci, Paula.

Les deux femmes affichèrent un sourire courageux.

– Mais d'abord..., dit Paula, qui courut dans l'arrière-boutique puis réapparut avec une autre bouteille de mousseux bas de gamme. On ne peut pas vous laisser vous déshydrater, n'est-ce pas ?

– Hé, vous savez qu'Amber va bientôt se marier aussi ? fit soudain remarquer Suzy.

Paula s'arrêta net, laissant presque des traces de frein sur la moquette.

– Ce n'est pas vrai !

– Oh, mais..., bafouilla Amber.

– Oh oui ! Tu devrais carrément essayer des robes ! s'écria Gem. Nous pouvons faire ça ensemble.

Cassie considéra les deux femmes avec une stupéfaction totale. Amber ne venait-elle pas de dire que Luke n'avait pas encore fait sa demande ? Et envisageait-il réellement de le faire ? Après tout, qui faisait une demande en mariage avec un bracelet ? La modernité était une chose, le ridicule une autre !

– Regarde ce que j'ai fait, dit Suzy à voix basse en se tournant face à Cassie. Nous allons braquer tous les projecteurs sur Amber et mettre Gem dans l'ombre. Il ne faut pas qu'elle trouve une autre robe – trouver la robe est toujours le plus grand obstacle. Je tablais sur au moins un mois rien que pour cette étape, mais elle va être belle dans tout ce qu'elle va essayer. Crois-moi.

– Oh, je te crois, murmura Cassie, en essayant de ne pas bouger les lèvres.

– C'est mon métier. Je m'y connais.

– Je sais, je sais, chuchota Cassie, en souriant alors que Gem leur jeta un coup d'œil.

– Oh ! Et Cassie aussi ! s'écria Gem en la pointant du doigt.

– Quoi ?

La voix de Cassie baissa d'un ton quand Amber et Paula se tournèrent vers elle. Paula sembla sur le point de littéralement s'enflammer. Trois mariées en un seul groupe ?

– Cassie est fiancée à mon cousin.

– Non, attendez ! protesta Cassie, les mains levées. Je n'ai même pas encore fixé la date.

– Nous non plus ! s'exclama Amber, qui sautillait sur place.

– À ce propos, les filles…, commença Gem, d'une voix faussement timide qui les fit toutes se retourner, pour la découvrir le poing dans la bouche, tel un personnage de dessin animé.

– Oh, non, lâcha Suzy d'une voix forte, qui avait déjà compris.

– J'essaie de vous le dire depuis l'autre soir : j'ai croisé le père Williams à l'église de Saint-Enodoc. Je suis passée là-bas parce que je le connais depuis qu'il a… (L'expression de Gem changea.) Depuis qu'il a enterré Papa et Maman.

Cassie se souvint des pierres tombales dans le cimetière, des mots simples qui ne pouvaient pas exprimer la peine de ce deuil, qui suintait et saignait encore. Amber s'approcha et attrapa Gem par la main, qui lui sourit avec reconnaissance.

– Je voulais lui donner de mes nouvelles, tu vois ? dit-elle en regardant son amie. Je pensais que ce serait bien de lui annoncer une bonne nouvelle et de lui montrer que je suis heureuse aujourd'hui.

Cassie lança à Suzy un regard sombre, mais ce ne fut pas nécessaire. Même Suzy paraissait frappée par la culpabilité.

– Il devait être ravi de voir que tu connais enfin de beaux jours, déclara Amber.

– Je pense que oui, vraiment, car il m'a ensuite passé quelques coups de fil et il m'a dit que si nous le voulions, il pourrait nous marier à Saint-Enodoc samedi de la semaine prochaine, à seize heures.

– Non ! s'exclamèrent Amber et Suzy à l'unisson, mais avec des intonations très différentes.

Gem s'en rendit compte et regarda sa cousine d'un air interrogateur.

– Ce que je veux dire, c'est qu'il y a tant à faire, c'est tout, s'empressa de préciser Suzy. Il faut des semaines – des mois même – pour préparer un mariage. Et il doit être parfait, pas vrai ? C'est le plus grand jour de votre vie. C'est le moins que vous méritiez.

– Je n'ai pas besoin que mon mariage soit parfait. J'ai seulement besoin d'être la femme de Laird. En plus, nous avons peut-être déjà trouvé la robe, ça fait une chose de moins sur la liste.

– Mais..., bégaya Suzy, qui chercha de l'aide auprès de Cassie.

– Et Henry ? intervint Cassie, qui pour une fois vint à la rescousse de son amie. Tu lui as demandé de t'accompagner jusqu'à l'autel, ce qui lui tient vraiment à cœur, expliqua-t-elle en posant la main sur sa poitrine. Si tu savais, il n'a pas arrêté de dire que tu lui faisais un grand honneur et que ce serait un grand jour pour vous tous.

Gem sourit tristement.

– Dans un monde parfait, Henry serait là pour me conduire devant le prêtre, mais il ne rentre pas avant trois mois. Je ne cherchais pas à ce que les choses se fassent si vite, mais ça se fait comme ça ; j'ai l'impression que c'est le karma, vous comprenez ? Et franchement, que reste-t-il à faire, si nous avons l'église et le prêtre ? Nous pourrons faire la noce à la maison, prendre les fleurs dans les champs, une robe ici...

Gem sourit à Paula. Tout se mettait en place si facilement.

– Ce n'est pas possible. Les bans doivent être publiés au moins trois semaines à l'avance. Ce qui nous amène à la fin juillet au plus tôt, déclara Suzy avec une réticence apparente d'être la rabat-joie.

– D'ordinaire, oui. Mais le prêtre m'a expliqué que je peux demander une dérogation car j'ai un lien particulier avec cette église, vous savez, à cause de mes parents.

– Et le repas alors ? Il faut penser au repas, rétorqua Suzy avec une note de désespoir.

– N'est-ce pas ton domaine, Cassie ? riposta Gem en toute simplicité, de sorte que Cassie ne put que lancer un regard contrit à Suzy. Je pense qu'un pique-nique dans le jardin serait fabuleux.

– Et les invitations ! La conception, l'impression et leur envoi demandent beaucoup de temps. Et puis il faut prévenir les invités six semaines à l'avance, minimum. C'est la pleine saison des mariages en ce moment. Personne ne pourra venir.

– Tant que vous êtes là ainsi que Tante Hattie…

– Mais… et les parents de Laird ? Ils vont devoir venir d'Australie.

La voix de Suzy était déjà montée d'une octave.

– Il est orphelin, comme moi. C'est ce qui nous a rapprochés au début. Mais il a un frère. Laird veut qu'il soit son témoin, il doit étudier les vols. Nous lui avons annoncé hier soir.

– Je n'y crois pas, marmonna Suzy, qui vida son verre et retourna à grands pas vers la bouteille de pétillant.

– J'imagine que vous…, dit Paula d'une voix qui contenait difficilement son excitation croissante. Vous n'avez pas envisagé un triple mariage ?

L'image d'un mariage collectif en Corée du Nord vint à l'esprit de Cassie ; Suzy avala de travers son pétillant et se mit à tousser ; Amber avait l'air aussi horrifiée que lorsqu'elle était sortie de la voiture.

– Non ? Non ? C'était une idée comme ça, s'empressa de déclarer Paula. Alors, essayons-nous d'autres robes ? demanda-t-elle, en incluant Amber et Cassie qu'elle conduisit vers les cabines d'essayage.

★

Cassie fixa la mariée dans le miroir, en se convainquant que c'était l'effet de l'alcool. L'enthousiasme de Gem et Amber avait poussé Suzy et Cassie à boire beaucoup plus que de raison et les choses étaient allées trop loin, comme d'habitude. En essayant de protéger les manigances de Suzy (en apparence, elles préparaient toutes ensemble ce mariage), Cassie avait été confrontée à ses pires craintes, et elle se retrouvait dans une cabine d'essayage, en robe de mariée, pendant que Suzy appelait Archie pour qu'il vienne les chercher. Des émotions et des souvenirs l'assaillaient : le poids inhabituel d'une robe de mariée, le bruissement des jupons de soie, la pression du corset… Elle avait l'air sûre d'elle et élégante, telle une femme qui se connaissait. Ce n'était pas le genre de robe qu'elle avait choisie pour son mariage avec Gil (en réalité, c'était presque tout l'opposé). Et si elle avait opté pour une robe dans ce style ? Cela aurait-il changé la donne ? Elle se remémora le visage de Gil alors qu'il attendait près de l'autel sa fiancée réservée et peu confiante en elle ; elle se remémora le visage de Gil dans le bureau de leur maison cette dernière soirée, quand son secret fut révélé au grand jour. Entre ces deux moments, il avait changé Cassie à jamais, et son nouveau goût pour les robes n'était que la partie émergée de l'iceberg. Cassie admira son reflet assuré et élégant. Wiz aurait-elle cette allure dans quelques jours ?

– Dépêche-toi, Cassie ! cria Suzy de l'autre côté de la pièce. Qu'est-ce que tu fiches là-dedans ? Tu creuses un tunnel pour retrouver ta liberté ?

Cassie secoua la tête et sortit rapidement de la cabine.

– Vas-y, Suzy, ordonna-t-elle, la tête baissée, dans l'espoir que son amie soit brutale.

Suzy, plus ivre que toutes les autres, s'était amusée comme une folle à donner depuis l'indiscret son avis sur les robes peu seyantes dans lesquelles ses trois camarades défilaient. Après le désastre de la robe parfaite trouvée du premier coup pour Gem, Suzy avait enfilé sa casquette de professionnelle et déclaré qu'elle s'occuperait de choisir pour tout le monde, Paula se contentant de remonter les fermetures Éclair, de boutonner et de les ravitailler en pétillant. Suzy avait passé un excellent après-midi à se moquer de Gem en frous-frous, d'Amber en satinette et de Cassie en dentelle gothique.

Seulement, cette robe était passée à travers les mailles du filet. Elle n'était pas affreuse ou caricaturale, désuète ou bon marché. C'était du tulle de soie ivoire avec un devant droit, de fines bretelles et des boutons de rose qui fronçaient le tissu au niveau des hanches. Cette robe mettait en valeur les épaules fines de Cassie et son dos élégant, son ventre plat et sa taille élancée. Elle était ajustée, mais pas moulante, modeste, mais pas guindée, moderne, mais romantique. C'était une robe qui méritait à elle seule de se marier. Non pas que Cassie soit assez idiote pour faire une chose pareille, mais elle aurait préféré ne jamais l'avoir essayée et elle avait besoin que Suzy lui prouve le pire dont elle était capable.

Cependant, Suzy ne dit rien. Ses mains étaient sur sa bouche, elle avait les larmes aux yeux et faisait tourner son doigt pour inviter Cassie à tourner sur elle-même.

– Oh, Cassie…

Amber et Gem sortirent de leur cabine d'essayage en se rendant compte du silence étrange.

La porte du magasin s'ouvrit et Cassie regarda par-dessus son épaule. Elle se figea sur place en apercevant Luke. Il marchait à reculons pour guider Laird, qui avait les paupières closes.

– On est au bon endroit, lui indiqua Luke en se retournant. N'ouvre pas les...

Amber et Gem poussèrent de petits cris et disparurent dans les cabines.

– Vous ne pouvez pas nous voir en robe de mariée ! hurlèrent-elles, en passant la tête à travers le rideau. Cela porte malheur !

– C'est pour ça que j'ai fermé les yeux ! s'esclaffa Laird.

– Je n'avais pas compris que... toi aussi..., balbutia Luke à Amber, mais tout en regardant Cassie, pétrifiée au milieu de la pièce.

Pourquoi ses pieds refusaient-ils de bouger ?

– C'est la faute de Gem, s'exclama nerveusement Amber derrière son rideau. Je ne l'aurais jamais fait sinon. C'était pour s'amuser ! Tu sais comment nous sommes, les filles, quand nous nous retrouvons entre nous.

– Nous avons beaucoup trop bu, admit Gem.

Elle dut perdre l'équilibre car ils entendirent tous un bruit sourd derrière le rideau.

– Bébé ! Tu vas bien ? l'interrogea Laird en s'avançant vers la cabine.

– Ça va ! Très bien ! N'entre pas ! rit Gem. Ça porte malheur.

– C'est à nous de créer notre chance, bébé, dit-il, la joue contre le rideau et la voix basse.

Une seconde plus tard, Gem passa la tête – à la hauteur des genoux de Laird.

– Oohhh, roucoula-t-elle.

Il se pencha pour l'embrasser.

Cassie jeta un coup d'œil à Luke. Il la fixait toujours.

Elle se précipita dans sa cabine, les joues enflammées pour avoir été surprise en plein essayage, à jouer à la mariée alors qu'elle ne voulait pas se marier ! Elle retira brutalement la robe, se sentant humiliée et à nu, elle ne voulait pas se voir dans cette tenue une minute de plus. Elle entendit Suzy proposer à boire aux garçons.

– C'est à Archie que j'ai demandé de venir nous chercher, dit-elle d'une voix empâtée.

– Oui, mais il devait donner le biberon à Velvet, nous ne sommes pas qualifiés pour ça, se justifia Laird avec le sourire. On dirait que vous avez passé un bon moment ici, les filles.

Cassie entendit la bouteille de mousseux être reposée sur la table, à côté des quatre autres vides.

– Tu n'imagines même pas, hoqueta Suzy. Ça me donne envie de renouveler mes vœux avec Archie.

Cassie sortit de la cabine d'essayage, après avoir repassé ses vêtements, et tendit la robe à Paula sans la regarder dans les yeux.

– Non ? demanda Paula, d'un air consterné.

Pour elle, cette robe était autant une évidence que la première robe de Gem.

– Cela ne me ressemble pas, murmura Cassie alors que Gem et Amber sortirent à leur tour avec une pile de robes sur les bras.

– Mesdames ? Avez-vous trouvé votre bonheur ? leur demanda la vendeuse pleine d'espoir.

– Paula, nous allons revenir la semaine prochaine pour faire un autre essayage, en étant sobres, lui expliqua Gem, qui vacillait légèrement et se tenait au bras de Paula.

– Oh.

Le visage de la femme se décomposa. Elle avait tourné le panonceau « ouvert » côté « fermé » une fois que Cassie et Amber s'étaient aussi mises à faire des essayages – tout cela pour rien.

– Mais je vous promets une chose : je vous achèterai ma robe, quoi qu'il advienne. Nous n'avons pas vidé votre stock de champagne pour rien.

Gem, dont la tête tombait comme si elle était trop lourde pour son cou, serra le bras de Paula de manière rassurante – mais aussi pour se soutenir.

– D'accord. Eh bien, tenez-moi au courant…, dit Paula à leurs dos qui s'éloignaient.

Elle hocha vaillamment la tête alors que le petit groupe quittait la boutique : les minuscules chevilles d'Amber chancelaient et elle se tenait à Luke, Laird agrippait Gem par la main, Suzy et Cassie marchaient bras dessus bras dessous.

Sur le chemin du retour, Suzy était assise à l'avant – sous prétexte de devoir indiquer la route –, Laird conduisait, et Cassie était coincée entre Gem et Luke, qui avait Amber sur les genoux. Personne ne dit grand-chose pendant le trajet. Suzy dormait et Gem essayait de méditer pour empêcher le monde de tourner si vite. Amber discourait avec enthousiasme du « bon moment entre filles » qu'elles avaient partagé, mais ni Cassie ni Luke, dont les cuisses se touchaient dans l'obscurité, ne prononcèrent un mot.

# Chapitre 18

Il n'y avait pas de vagues. La mer était aussi calme et plate qu'une tasse de thé. Cassie était assise à califourchon sur la planche, les jambes dans l'eau, et regardait Laird montrer à Archie, une fois de plus, la puissance explosive nécessaire pour passer en moins de deux secondes de la position allongée à la position debout.

– Cassie, l'interpella Laird, tu veux essayer ?

Elle hocha la tête à contrecœur et se coucha sur le ventre ; elle nagea lentement avec ses bras avant de poser soudain ses mains sur la planche, de pousser sur ses bras en regroupant ses pieds sous ses hanches. Contrairement aux essais sur le sable, même s'il n'y avait aucune vague, la planche vacilla. Cassie ne parvint pas à trouver suffisamment l'équilibre pour tendre les jambes et, l'instant suivant, elle était dans l'eau. Une fois de plus.

Elle remonta à la surface, le souffle coupé. L'eau était affreusement froide, même avec une combinaison, et Cassie était certaine qu'une méduse avait manqué son visage de quelques centimètres. Cela aurait été le pompon : des marques rouges en plus de son coup de soleil. Elle sentit son sens de l'humour – et de l'aventure – la quitter.

– Bien tenté, Cassie. Tu y étais presque, l'encouragea Laird.

– Tu crois ? demanda-t-elle sèchement, avant de remonter sur la planche en grommelant.

De qui se moquait-on ? Archie et elle suivaient des cours depuis quatre jours désormais, rien que pour essayer de se tenir debout sur la planche, et c'était la première fois qu'ils étaient dans l'eau. Les conditions n'auraient pas pu être meilleures pour des débutants comme eux, mais ils semblaient condamnés à passer leur temps allongés sur le ventre.

– Je commence à croire que je ferais une excellente bodyboardeuse.

Après avoir perçu le ton de sa voix, Laird nagea vers Cassie et passa aisément en position assise.

– Ne baisse pas les bras, Cassie. Je sais que cette étape est décourageante. Tu crois que tu n'y arriveras jamais, mais fais-moi confiance, tout ce travail préparatoire que vous faites permet de créer une mémoire musculaire qui va vous servir ensuite. Et quand le déclic se fait, c'est le nirvana, dit-il avec un sourire conquérant. Il n'y a rien de comparable au monde, crois-moi.

Cassie haussa les épaules, avec la sensation d'être nulle, en colère, déprimée. Rien dans son monde n'allait en ce moment, comme s'il s'était désaxé d'un degré, ce qui lui avait fait perdre l'équilibre et la faisait légèrement vaciller.

– On fait un autre essai ?

– Si tu veux.

– C'est l'attitude que je veux voir !

Laird se tourna vers Archie, qui semblait essayer de faire la sieste sur sa planche.

– Archie, on refait une tentative ?

– D'accord, chef.

Ils se couchèrent sur le ventre et se remirent à ramer avec leurs bras. Vingt secondes plus tard, il y eut un double plouf.

★

– Comment était-ce ? demanda vivement Suzy, qui émincait des tomates pour une salade lorsqu'ils entrèrent dans la cuisine en clapotant. Oh…

– Je vais prendre une longue douche chaude et faire une sieste, indiqua Archie d'un ton morose.

Il ouvrit le réfrigérateur pour se prendre une bière, mais il ne trouva que de la limonade de sureau. Il le referma et partit, encore plus de mauvaise humeur.

– Ne réveille pas Velvet, elle fait la sieste, lui cria Suzy, mais Archie ne répondit pas.

Elle se tourna vers Cassie pour obtenir une explication, or celle-ci était tout aussi peu ouverte à la discussion.

– Vous ne tenez toujours pas debout, c'est ça ?

– J'ai décidé de rentrer ce soir. Il y a un train à sept heures et demie, annonça Cassie, sans tenir compte de la question de Suzy, et elle se dirigea à son tour vers le réfrigérateur. Cela ne fonctionne pas pour moi. C'est adorable ici, Suzy, mais m'agiter dans l'océan, boire la tasse à longueur de journée, prendre des coups de soleil, ce n'est pas ce dont j'ai besoin en ce moment.

Elle ouvrit la porte du réfrigérateur et regarda à l'intérieur.

Il y eut un court silence. Suzy avait cessé de couper les légumes et reposé son couteau.

– Oh, d'accord. Hein, hein. Je vois.

– Quoi ?

– C'est vraiment la raison, hein ?

Cassie jeta un coup d'œil à son amie.

– Oui. Que veux-tu que ce soit ?

Suzy la dévisagea.

– Cela n'a rien à voir avec le fait que ton ex soit dans la maison d'à côté ?

Cassie se retourna brusquement, sa main sur la poignée du frigidaire.

– Bien sûr que non ! Nous ne les avons même pas vus depuis trois jours.

– Exactement. C'est ce que je veux dire.

Cassie regarda son amie, incrédule.

– Suzy ! Je te l'ai dit, il n'y a rien. Il s'est excusé, j'ai accepté ses excuses et nous sommes tous les deux passés à autre chose. C'est un autre homme aujourd'hui.

– Oh oui, je suis tout à fait d'accord qu'il a changé. Amber et lui semblent très posés. Je dois admettre que les choses ne se passent pas comme je le craignais. J'étais morte d'inquiétude quand je l'ai vu arriver au barbecue l'autre soir. J'ai cru qu'il t'avait suivie jusqu'ici pour te reconquérir, mais... (Suzy haussa les épaules.) Il a de toute évidence tourné la page lui aussi. En fait, je l'apprécie presque même. Je l'ai croisé avec Amber en ville tout à l'heure, ils marchaient main dans la main tout en dégustant une glace. Ils étaient mignons en réalité.

*Mignons ? Luke ?* Cet homme était plutôt sexe sous la douche que du genre à offrir des ours en peluche et des cœurs.

– Et Archie le trouve génial, mais s'il connaissait la vérité à propos de Luke et toi..., insinua Suzy avec une grimace.

– Tu ne lui as pas expliqué qui est Luke ?

Cassie avait supposé qu'Archie acceptait pleinement qu'ils aient tous les deux tourné la page. Après tout, Luke était ici avec Amber, et cette femme était mannequin.

– Qui *était* Luke, tu veux dire ? Non. À quoi bon ? Archie aurait l'impression de devoir le haïr au nom de Henry et, franchement, il n'a pas besoin de ce genre de stress en ce moment.

Cassie soupira d'impatience.

– Alors, qu'est-ce que tu cherches à me dire ? Pourquoi partirais-je à cause de Luke si tout va bien entre nous ?

– Parce que je pense que ça te fait suer qu'il soit passé à autre chose.

Cassie avait le souffle coupé par l'indignation et Suzy leva les mains devant elle, d'un geste défensif.

– Hé ! Ne crois pas que je ne comprends pas, je comprends tout à fait ! Toutes les femmes devraient pouvoir rebooster leur ego grâce à leurs ex. Ils devraient rester profondément amoureux de nous pour toujours. C'est super que vous alliez de l'avant et vous comportiez comme des adultes, mais c'est tout autre chose qu'il affiche son bonheur tout frais sous ton nez – d'autant plus quand la situation est aussi catastrophique entre Henry et toi. Je comprends, vraiment.

– Non, « catastrophique » n'est pas le mot. C'est juste une passe difficile – c'est Kelly qui l'a dit.

Cassie renfonça sa tête dans le réfrigérateur et étudia les fromages sur l'étagère du haut. L'un des Babybel de Velvet la tentait. À la place, elle prit un sachet de prosciutto.

– Et je me fiche royalement de Luke et de son bonheur. Pff, je meurs de faim, se plaignit Cassie en fermant les yeux et en mâchant de manière belliqueuse.

Suzy soupira, tira une chaise de la table de la cuisine et se laissa lourdement tomber dessus.

– Dans ce cas, je ne comprends pas pourquoi tu veux t'en aller.

– J'en ai envie, c'est tout.

Il y eut un blanc.

– Je ne comprends pas du tout ce qui se passe dans ta tête en ce moment. Tu sembles ne pas savoir où tu en es.

– C'est faux.

– Cassie, Henry et toi êtes au bord de la rupture à cause d'une chose que nous pensions tous que tu avais acceptée il y a un an et demi ! Si, ça, ce n'est pas « ne pas savoir où l'on en est », je ne sais pas ce que c'est.

– Nous en avons parlé un million de fois ! Tu sais pourquoi je ressens ce que je ressens.

– Selon moi, c'est une question de moment. Vous êtes en décalage : tu penses à ta carrière et à t'amuser, et lui souhaite se poser. Tu veux plus de temps pour mener la vie à côté de laquelle tu es passée, mais, Cassie, le temps file et tu vieillis, ma poulette.

– Tu insinues que je me ridiculise ?

– Non, rétorqua Suzy, avant d'ajouter dans sa barbe : Pas encore.

Elle regarda Cassie ranger le prosciutto et entamer un saucisson sec.

– Alors, si Henry et toi traversez seulement une passe difficile et que tout va bien avec Luke, pourquoi es-tu si pressée de fuir ? Tu sais que j'ai besoin de toi.

– Non, c'est faux, contesta Cassie, la bouche pleine. À ce que je vois, Archie a pratiquement retrouvé sa forme, et je t'ai déjà prouvé ma totale inutilité avec Gem : comme tu me l'as fait remarquer, j'ai saboté mon propre mariage au lieu du sien, et en plus je dois être le traiteur de ses noces ! Je fais plus de tort que de bien.

– Exactement. Tu t'occupes du repas. Tu ne peux pas disparaître maintenant. Gem a besoin de toi. Ce n'est pas moi qui vais parler soufflés avec elle. Elle va vouloir du sans blé, du sans gluten, de la poudre de larmes de licorne ou je ne sais quoi encore. Je n'ai pas du tout la patience pour ça.

Cassie leva les yeux au ciel.

– Je reviendrai à temps pour le mariage le week-end prochain. De toute façon, il faut que je récupère tout le matériel chez moi.

– C'est faux. Parce que ce mariage n'aura pas lieu, soutint avec fermeté Suzy, qui tapa sa paume de main contre la table, se contredisant totalement. Ce n'est pas un jeu, Cassie. Je viens juste de raccrocher avec Maman, elle se fait un sang d'encre.

Elle n'en dort pas de la nuit. Elle discute au téléphone avec ta mère presque toutes les nuits, parce qu'elle est réveillée quand il fait jour à Hong Kong. Tu imagines la réaction qu'elle a eue quand j'ai dû lui dire que Gem avait fixé la date du mariage dans une dizaine de jours ? Essaie d'imaginer. Non, ne te donne pas cette peine. Je vais te le dire : elle a failli faire une attaque, exactement, et tu connais Maman, elle est aussi stoïque qu'un cuirassé.

– Ils ont l'air heureux, Suzy, soupira Cassie, qui referma le réfrigérateur, avant de s'asseoir à son tour à table. Laird est un bon gars.

– Je ne dis pas le contraire.

Suzy se pencha et se mit à murmurer :

– Mais moi aussi je serais un bon gars si ma fiancée allait hériter de ses parents le jour de ses vingt et un ans, dans quelques semaines.

Suzy attendit que Cassie lève la tête vers elle.

– C'est exact. La moitié de cet endroit et deux millions à la banque. Elle va être pleine aux as, Cassie. Tu ne trouves pas cela un peu étrange que son petit ami ait tellement envie de se marier ? Enfin, dis-moi, as-tu déjà rencontré un homme qui a envie de se caser à vingt ans ?

– Je ne jugerai personne d'après ce que j'ai vu de tes petits amis avant Archie, répliqua Cassie d'un ton incisif.

Elle ne pouvait pas nier toutefois que l'information sur l'héritage de Gem jetait une lumière nouvelle sur la situation.

Suzy bascula en arrière sur sa chaise, déçue par le manque de soupçons de Cassie. Elle fit tambouriner ses doigts sur la table.

– Je ne te laisserai pas rentrer à Londres. Comment vas-tu aller à la gare ? Hein ?

– Archie peut m'y conduire.

– Il n'a pas le droit de conduire.

– Je vais appeler un taxi, dans ce cas.

– Avec le réseau qu'on a ici ? Ah ! Bon courage.

– Très bien, je vais faire du stop alors.

– Cassie, tu ne peux pas m'abandonner !

– Tu exagères, Suzy. Je dois rentrer pour le travail de toute façon. Tu le sais bien.

– Pas avant une semaine, non ! Tu sais que j'ai tout arrangé avec Zara. Tu gâcheras tous nos plans si tu rentres maintenant.

– D'ailleurs, est-ce que c'est toi qui as pris mon agenda ?

– Non. Pourquoi ?

– Je n'arrive pas à remettre la main dessus.

Suzy haussa les épaules, mais Cassie n'était pas convaincue. Elle ne serait pas le moins du monde surprise si Suzy le lui avait subtilisé pour l'empêcher de retourner travailler et l'obliger à rester ici.

Le téléphone sonna et Suzy s'avachit sur sa chaise, puis laissa tomber sa tête entre ses mains.

– Oh là là, si c'est encore ma mère...

– Je m'en occupe, se proposa Cassie qui se leva et traversa la cuisine. Allô ?

– Je voudrais parler à Cassie, demanda une voix féminine.

– C'est moi, répondit-elle avec méfiance.

La femme employait un ton familier. Comme si elles se connaissaient.

– C'est Betsy. Nous avons la place que tu recherchais.

Cassie se redressa et tendit l'oreille. Il y avait un grand bruit de fond à l'autre bout du fil.

– Je vous demande pardon, qui ? Quelle place ?

– Dans la yole. Sarah s'est désistée. Elle doit travailler, et Emma a toujours le bras dans le plâtre, donc elle n'est d'aucune utilité. C'est une chance que tu aies appelé, sinon nous aurions été sacrément dans le pétrin. Rendez-vous à vingt heures, d'accord ?

– Mais je n'ai pas ap...

– Oh, et ne fais pas attention à la météo. On crève toujours de chaud quand on arrive à Newlands, donc prends une tenue légère et facile à retirer. À tout à l'heure !

La femme raccrocha et Cassie considéra le combiné avec stupéfaction.

– Qu'est-ce que c'était ?

– Je ne sais pas.

– Qui était-ce ?

Cassie fit une grimace, en essayant de se souvenir.

– Betty ? Betsy ?

– Oh, Betsy ! répondit joyeusement Suzy. Bonne nouvelle ?

– Non ! Je crois qu'elle me disait qu'il y a une place dans la yole ce soir.

– Génial ! se réjouit Suzy, en tapant ses mains sur la table. Sauvée par le gong, dis donc ! Quel coup de chance. Maintenant, tu es obligée de rester.

– Non. Je m'en vais, Suzy. J'en ai assez.

– Bien sûr que tu en as assez. Henry a piqué une crise, et ton ex ne flirte même pas avec toi. C'est naze, mais il est temps de passer à autre chose, dit-elle en tapotant l'épaule de Cassie, avant de retourner à ses tomates.

– Il est temps de rentrer à Londres, oui, loin de toi !

Suzy haussa les épaules, avec un sourire exaspérant sur les lèvres.

– Pas ce soir, ma poulette. Il y a une yole qui t'attend.

– Mais je n'ai jamais vu de yole de ma vie, protesta Cassie, de plus en plus contrariée.

– Cherche sur Google. Et mange des pâtes ce soir. Et mets ton bikini.

– Tu sembles bien connaître le sujet, suggéra Cassie, les yeux plissés. D'ailleurs, qui a appelé Betsy ?

Comme si c'était nécessaire de poser la question…

– Henry et moi faisions partie du club de yole quand nous étions ados. Je connais Betsy depuis longtemps.

– Oh, vraiment ? Hein, hein. Je vois, dit Cassie d'un air de défi, les mains plantées sur ses hanches. Tu peux aller ramer avec elle ce soir, alors.

– Non, je ne peux pas, répondit Suzy qui quitta la pièce dès qu'elle entendit Velvet pleurer à l'étage. J'aimerais te rendre service, vraiment, mais ce n'est pas ma liste.

# Chapitre 19

Rock était noir de monde. Des fanions avaient été accrochés dans toute la ville, depuis le club de voile jusqu'aux balustrades du parking (le point le plus éloigné), et les gens grouillaient de partout. La mer était haute, les vagues claquaient sur les quais du port, et des bateaux, trop nombreux pour être comptés, voguaient sur l'estuaire. Le vent s'était levé depuis le calme plat de ce matin, et une fine brume commençait à tomber, humidifiant la peau et faisant frisotter les cheveux.

– Oh, Suzy, voyons, dit Cassie d'une voix nerveuse, alors que son amie cherchait Betsy dans la foule. Ce n'est pas raisonnable. Je pensais que c'était un petit truc, mais il y a des centaines de gens. Ils ne peuvent pas attendre de moi que je...

– Oh, je la vois ! s'écria Suzy, qui agita la main et se mit à courir vers un groupe de femmes sur la cale.

– Archie, parle-lui, le supplia Cassie.

Il avait Velvet dans les bras et lorgnait les gobelets en plastique remplis de bière des passants.

– Tu sais comment est Henry avec ses listes, rétorqua-t-il, avec un haussement d'épaules compatissant et un geste de la main rassurant.

– Oui, et c'est grâce à toi qu'il m'a donné cette liste. Tu es son laquais. Je ne sais pas pourquoi j'ai cru que tu pourrais m'aider.

– Écoute, ça ne va pas être si terrible. Il y a quatre autres personnes dans le bateau avec toi ; je pense que tant que tu es en rythme avec elles, personne ne remarquera que tu ne connais rien à la technique. (Il lui fit un clin d'œil.) Allez. Ce n'est qu'une course. Suzy va se faire une hernie si elle continue d'agiter le bras comme ça.

Ils passèrent le long du canot de sauvetage, pour rejoindre Suzy, à côté d'une femme enveloppée, avec de magnifiques cheveux roux, semblables de loin à des flammes. Elle les avait noués en un chignon décoiffé sur le dessus de la tête, portait un débardeur fuchsia et un short de sport noir, apparemment indifférente aux bourrasques froides.

Les yeux de Cassie se posèrent à nouveau sur les moutons qui écumaient dans l'estuaire, l'eau d'un bleu foncé, et elle entendit le cliquetis des cordages contre le mât des dériveurs et Optimist du club de voile, tous à l'abri sur le quai pour la nuit. Sur l'eau, les voiles des petits voiliers étaient abaissées, alors que les gens à bord tentaient de faire du sur place et de ne pas dériver avec les vents. C'était difficile de concevoir qu'Archie et Cassie avaient profité de la mer d'huile pour leur cours de surf le matin même, et elle ne pouvait qu'imaginer la taille des vagues qui devaient désormais déferler sur la large plage de Polzeath. Laird serait au septième ciel, sans nul doute. Luke aussi, peut-être.

– Cassie ! la salua Betsy, qui lui offrit une rame à la place de sa main. Ravie de faire ta connaissance. Et punaise, nous avons bien besoin de toi ! Tu n'aurais pas pu te porter volontaire à un meilleur moment. Crois-moi, je vais tuer cette Emma quand je la reverrai. Elle s'est blessée en glissant sur de la bière au *Mariner's*, tu imagines ?

Cassie ne répondit pas. Elle était trop occupée à examiner la gigantesque rame, haute d'au moins deux mètres cinquante et si large que ses doigts n'en faisaient pas le tour. Comment était-elle censée ramer avec ce truc ? Il pourrait servir d'étai.

– Combien de régates tu m'as dit que tu avais faites ?

– Aucune, répondit Cassie, au moment précis où le bras de Suzy la poussa hors du chemin d'un équipage, qui descendait la cale au pas de course, en portant leur yole jaune.

– C'est l'équipe de Polperro, indiqua Betsy, les yeux plissés.

Elle les observa s'arrêter au bas de la cale et mettre l'embarcation à l'eau. Elle se tourna légèrement vers Suzy.

– Tu te souviens de leur barreur en quatre-vingt-quinze ?

– Comment oublier ? répondit Suzy d'une voix sombre, les bras croisés d'un air menaçant sur sa poitrine.

Archie et Cassie échangèrent des regards étonnés, sans rien dire. Les gens avaient commencé à s'approcher du bord, et quelqu'un cria le nom de Betsy.

– Tu viens, Betsy !

Celle-ci fit un geste de la main, et Cassie aperçut un groupe de femmes qui portaient toutes le même débardeur fuchsia qu'elle et qui approchaient de l'eau un bateau bleu – *Speedwell*, le nom de la véronique en anglais, était inscrit en grandes lettres blanches sur le côté.

– C'est l'heure, déclara Betsy, en lançant à Cassie l'un des hauts roses. C'est la couleur de notre équipe. Enfile ça. S'habiller comme une équipe, ramer comme une équipe, c'est notre devise.

Betsy sourit et rejoignit rapidement ses coéquipières. Cassie, qui se rendit compte qu'elle n'avait pas le temps de trouver une échappatoire, ôta à la hâte son sweat à capuche gris chiné et son tee-shirt tout neuf, pour mettre le débardeur rose. Elle voulut repasser son sweat, mais Suzy l'en empêcha.

– Crois-moi. Tu n'en auras pas besoin.

– Si. Il va faire beaucoup plus froid sur l'eau.

– Pas avec l'effort que tu vas fournir. Ce sera un miracle si tu gardes ton haut de bikini.

Cassie fronça les sourcils, mais confia à contrecœur son sweat à Suzy.

– Tu vas tout défoncer, l'encouragea Archie, en donnant un petit coup de poing en l'air pour lui insuffler un esprit combatif – en vain.

– Je vous hais tous les deux. Mais, toi, je t'aime, ma puce, murmura Cassie à Velvet.

Elle lui déposa un rapide baiser, avant de courir d'un air abattu sur la cale. Toutes ses coéquipières étaient désormais installées dans le bateau. Une minuscule femme vêtue d'une veste de quart jaune et d'une casquette bleu marine tenait la proue pour maintenir la yole contre le quai.

Betsy, qui s'échauffait énergiquement les épaules, s'arrêta et se retourna sur son siège à l'avant.

– Les filles, je vous présente Cassie. Cassie, voici Lorna, Steph, Sally et Jacquie. Et Debbie est notre barreuse.

La femme en veste jaune lui adressa un signe de tête.

– Salut, dit Cassie avec un petit geste de la main.

Elle se rendit compte que le cinquième siège était vide. Sa place, présuma-t-elle. Les sièges étaient alternativement positionnés à gauche et à droite. Cassie remarqua que le sien était sur la gauche, son aviron devait donc être à droite.

– Monte, l'invita Betsy, qui reprit ses roulements d'épaule. Tu es au poste cinq. Nous devons nous mettre en place. Les autres équipes sont déjà sur la ligne de départ.

– Installe-toi et je te donnerai ton aviron une fois que tu seras assise, lui proposa Suzy.

– Où est la ligne de départ ? demanda Cassie d'une voix calme.

Elle posa un pied hésitant dans le bateau et se retint de ne pas crier lorsqu'il tangua.

– Tu vois le remorqueur bleu là-bas ?

Après s'être assise avec soulagement – mais pas avec confort – dans un siège baquet en plastique bleu fixé à un banc, Cassie chercha le petit bateau indiqué par Suzy. Il était au moins à cinq cents mètres de distance, dans des eaux agitées. Ayant déjà tendance à hésiter à entrer dans un jacuzzi, Cassie n'avait aucune envie d'aller où que ce soit dans ces conditions. Une rafale s'abattit brièvement sur elle et la fit frissonner. Elle jeta un regard apeuré à Suzy alors qu'elle récupérait l'aviron.

Elle espérait de la compassion. Même Suzy devait bien voir que ce n'était pas seulement déraisonnable, mais franchement dangereux. Or, Suzy se contenta de lui faire un clin d'œil et l'aida à positionner la rame dans la dame de nage et à maintenir le bateau en place quand Debbie monta à bord. Tout le monde posa la main sur sa rame. Cassie prit une profonde inspiration et regarda comment les autres filles la tenaient. La main au bout du manche semblait prendre l'aviron par en dessous, tandis que l'autre était posée sur le dessus.

– Prêtes ? demanda Suzy.

Au signe de tête de toutes les passagères (exception faite de Cassie), elle lâcha le bateau et l'écarta du quai. Loin de la terre ferme.

Cassie ferma les yeux et se récita aussitôt un Notre-Père – pour la première fois depuis l'école.

– D'accord, les filles, jouons-la fine, les exhorta calmement Betsy.

Le bateau dérivait et roulait bord sur bord, de sorte que l'eau sombre éclaboussait avec menace leurs cuisses. Cassie grimaça en sentant le froid et resserra sa main autour de l'aviron, tout en se retenant de crier. Elle se rendit compte que l'équipage œuvrait déjà dans un rythme synchrone pour redresser le bateau. En moins de cinq coups de rame, celui-ci se retrouva face aux vagues et ne les prenait plus de côté, pour flotter paisiblement.

Cassie se força à se calmer. *Elles ne coulaient pas ; elles ne coulaient pas…*

Elle observa le rythme régulier de l'équipe, consciente qu'elle ne pouvait pas rester les bras croisés pendant qu'elles faisaient tout le travail. Elle compta alors qu'elles se penchaient en arrière à l'unisson, en tirant les rames vers elles, avant de pousser en avant sur le troisième temps.

– Cassie, coordonne-toi ! la somma Debbie dans son petit porte-voix, les yeux cachés sous sa casquette, ce qui ne l'empêchait pas de voir que Cassie avait du mal à suivre le rythme.

Le principe sur quatre temps était simple, mais, à cause du poids de l'eau sur la rame, Cassie avait du mal à la pousser et à la relever au bon moment, de sorte qu'elle s'abaissait quand les autres se redressaient.

Une yole rouge passa à côté d'elles, l'équipage au diapason, le dos droit, les bras puissants. Cassie aperçut Debbie la regarder, elle devait bien voir que Cassie n'avait jamais mis les pieds sur une yole.

– Mince, mince, mince, marmonna-t-elle.

– Tourne ton poignet quand tu pousses en avant, lui murmura Jacquie derrière elle.

*Quoi ?* Surprise, Cassie se raidit ; elle ne s'était pas rendu compte qu'elle avait exprimé sa panique à voix haute, mais elle suivit ce conseil et l'aviron entra proprement dans l'eau, comme une lame dans du beurre.

*Oh !*

– Merci, chuchota Cassie à Jacquie, alors qu'elle répétait le geste à l'envi et commença à se synchroniser sur le rythme de Sally.

Leur vitesse sembla augmenter un peu (ou était-ce le fruit de son imagination ?) et Cassie fut soulagée de se fondre dans le mouvement synchronisé de l'équipage. Ce n'était pas si terrible en fin de compte, pensa Cassie, qui se penchait et se relevait en même temps que ses coéquipières. Elle n'était pas tombée à l'eau. Elle n'avait pas lâché son aviron, ni cogné celui d'une autre – même s'il y avait encore le temps pour que cela se produise.

Elle se crispa à nouveau sous la tension et se concentra tant pour bien faire qu'elle fut surprise quand Debbie leur donna l'ordre d'arrêter de ramer et de se laisser dériver.

Cassie se retourna et aperçut le remorqueur bleu à quelques mètres. *Vraiment ? Déjà ?*

Jacquie tapota le dos de Cassie.

– Tu t'en sors bien, l'encouragea-t-elle.

Cassie rayonnait de soulagement et de fierté. La première étape était terminée : elle avait tenu jusqu'à la ligne de départ, il ne restait plus qu'à aller jusqu'à la ligne d'arrivée. Elle s'étira le dos et les bras et s'offrit le luxe de regarder enfin autour d'elle.

Elle fut étonnée par le spectacle : des bateaux-taxis jaunes toussotaient au loin, combles de spectateurs qui criaient le nom de leur équipe préférée (« Swift ! », « Shearwater ! », « Bonnet ! », « Hope ! »), tout comme les passagers des petits bateaux. Il y avait tellement d'embarcations de chaque côté du parcours que, du rivage, cela faisait penser au débarquement en Normandie, mais ici, au milieu d'eux, on aurait dit un festival nautique.

Il leur fallut un certain temps pour mettre le bateau en place. À peine alignées sur la proue du remorqueur, elles dérivaient de nouveau en attendant que les dernières yoles se positionnent sur la ligne. Les mains de Cassie agrippaient fermement la rame, sa nervosité croissait alors qu'elle regardait le paysage. Padstow était sur leur droite (le lieu de pèlerinage pour les amateurs de fruits de mer du monde entier) et Rock sur leur gauche (une des villes où les prix étaient les plus élevés du pays), mais la brume marine les rendait flous. Tout ce que Cassie pouvait réellement voir était le vaste chenal qui l'entourait de toutes parts et avait semblé si menaçant depuis la côte. Sous leurs fesses, elle distinguait le pâle chatoiement du banc de sable mouvant, le Doom Bar, qui avait causé la perte de tant de navires.

Mais pas de cette yole – elle était robuste et magnifiquement fabriquée à la main dans la pure tradition, avec ces filles costaudes. Alors qu'elles dansaient sur les flots, telles des bouteilles d'eau en plastique, et attendaient le départ, Cassie comprit soudain pourquoi Henry avait mis cette course sur sa liste. Tout en Cornouailles était lié à l'eau : il n'était pas question d'acheter des olives ou de manger chez le grand chef Rick Stein, ni même de barboter dans les eaux calmes et peu profondes de Daymer Bay ou de sauter dans les vagues de Polzeath ; non, il fallait ramer dans les eaux les plus profondes et les plus sombres, quand le vent était fort et le soleil se couchait, quand l'air était pareil à des toiles d'araignée et la mer grondait… Cet endroit avait une beauté sauvage et féroce, qui soit nous émouvait, soit nous effrayait, et c'était ici que la passion de Henry pour l'aventure s'était formée. C'était là, au milieu de la mer, qu'il était devenu l'homme qu'elle aimait.

– Nerveuse ? lui demanda Jacquie avec une petite tape sur l'épaule.

– On peut dire ça, avoua Cassie avec un sourire timide, en se tordant légèrement sur son siège. Est-ce une course importante ?

– C'est une rencontre amicale entre les équipes de la côte nord, répondit Jacquie, une lueur dans ses yeux noisette. Nous disons amical, mais c'est plus un combat à mort !

– Oh, bon sang.

Une cloche sonna quelque part et tout devint calme, comme le ciel qui se vide de ses oiseaux dans les instants précédant une tempête. Les hurlements des spectateurs cessèrent et Jacquie fit un check avec Cassie. Cette dernière prit une profonde inspiration, ses mains la picotaient à cause de l'adrénaline. On y était… Les équipages des huit yoles adoptèrent tous des positions identiques, la tête légèrement inclinée, les bras prêts à tirer.

Le remorqueur donna un long coup de corne et, aussitôt, les filles se levèrent et retombèrent dans une parfaite synchronicité, Cassie avec un demi-temps de retard. L'embarcation commença à avancer sur l'eau sous les acclamations et les klaxons des supporters. Au début, la yole était lourde, comme si son ancre était jetée, mais la répétition des mouvements donna rapidement de l'élan et, en une minute, le bateau semblait sinon propulsé par la vapeur, du moins s'élever hors de l'eau et glisser sur la surface.

Cassie garda le rythme, se concentra sur le mouvement de son poignet et se rendit compte qu'elle n'avait toujours pas la moindre idée de l'endroit exact qu'elles devaient atteindre. Il y avait un énorme rocher à l'entrée de l'estuaire, mais c'était impossible qu'elles aillent jusque-là et fassent demi-tour. *Pas vrai ?*

C'était sans doute mieux qu'elle ne sache rien, décréta Cassie, pour se focaliser pleinement sur le rythme.

Debbie leur criait des instructions (« Tirez », « Arrière »), mais avant même qu'elles ne doublent la bosse caractéristique de Brea Hill, juste avant Daymer Bay, les bras de Cassie la brûlaient déjà. Habituellement, le plus grand effort que ses bras connaissaient était de porter de lourds paniers de pique-nique dans les escaliers de son immeuble. Mais là, c'était un autre genre de douleur : ses muscles se consumaient alors qu'ils se contractaient et se relâchaient continuellement.

Cassie n'avait aucune idée de leur position dans la course, elle ne voyait que deux autres yoles derrière leur bateau. Ce qui devait signifier qu'elles n'étaient pas les dernières, n'est-ce pas ?

– *Speedwell* !

– Allez Cassie !

Cassie tourna un tout petit peu la tête et aperçut Suzy et Archie agiter follement la main, à bord d'un bateau-taxi jaune. Cassie souriait à pleines dents… euphorique, se rendit-elle compte.

Elle avait oublié le vent froid, alors qu'elle prenait d'énormes et profondes respirations, pour donner de l'énergie à son corps. Elle savait que son visage devait déjà être plus rose que les débardeurs de l'équipe. Elle fixait d'un air grave le dos de Sally, à peine consciente désormais du mouvement de torsion instinctif de son poignet lors de la poussée ou de la façon dont elle contractait le ventre en ramenant l'aviron.

La première chose qu'elle sut de leur parcours fut lorsqu'elle aperçut du coin de l'œil l'île rocheuse à bâbord ; ses pires craintes étaient confirmées.

– Nous sommes à Newlands ! À tribord, accélérez ! On peut le faire ! hurla Debbie, alors qu'elles contournaient le rocher en le laissant sur leur gauche.

Les vagues forcirent maintenant qu'elles n'étaient plus à l'abri de l'estuaire. La panique saisit Cassie alors que la mer agitée frappait la coque de la yole et giclait dans les airs. Elles étaient toutes trempées, mais il n'y avait guère le temps d'y réfléchir. Elles continuèrent de ramer, le rocher toujours sur leur gauche, puis celui-ci commença à apparaître face à Cassie et à reculer, comme elles retournaient dans les eaux protégées de l'estuaire, vers la ligne d'arrivée.

Ses muscles hurlaient à présent, les fibres se déchiraient à chaque mouvement, et son cœur ressemblait à un marteau-piqueur. Chaque coup de rame faisait mal. Cassie était incapable de réfléchir, voyait à peine au-delà de la douleur, mais elle savait qu'elles se rapprochaient, à mesure que le nombre de taxis et de bateaux autour d'elles augmentait. De brefs coups de corne volèrent dans le vent pour les encourager, aux côtés de la cacophonie de cris, de hurlements et d'acclamations.

Cassie ne savait pas s'il lui restait assez de forces pour terminer la course. Elle avait dépassé l'épuisement depuis longtemps et, pourtant, elle continuait à ramer en rythme, son corps l'emportait sur sa conscience, à la manière d'un ordinateur déjouant le technicien. Elle gémissait à chaque coup de rame, désireuse de garder le rythme, de ne pas décevoir l'équipe.

Derrière elle, elle entendit un long coup de corne de brume, suivi de plusieurs coups plus courts et d'un crescendo de vivats.

Le premier bateau avait dû franchir la ligne d'arrivée. Était-ce encore loin ? Pouvait-elle continuer encore long…

Elles dépassèrent le remorqueur bleu, Cassie le fixa avec un sentiment de reconnaissance lointain, l'estomac tendu et les bras syncopés. Il lui fallut un moment avant de se rendre compte que les autres filles avaient cessé de ramer et étaient affalées telles des quilles tombées. Debbie ne criait plus, mais donnait des coups de poing en l'air.

Cassie voulut demander si c'était terminé, mais elle n'avait plus assez de souffle et elle laissa tomber sa tête, la joue contre ses genoux, les yeux fermés, tandis qu'elle savourait la sensation exquise de ne plus bouger. Elle sentit son cœur dans sa poitrine d'une manière totalement inédite. Il martelait sauvagement comme le poing d'un boxeur, comme pour lui montrer qu'elle n'était pas simplement en vie, mais terriblement vivante.

Le message de Henry était clair ; elle le comprenait à présent : si elle voulait dériver dans l'existence, à moitié endormie, sans engagement, elle n'était pas avec l'homme qu'il fallait.

# Chapitre 20

Date : 9 juillet 2015
De : Neil Haycock
À : Cassie Fraser
Objet : Bouteille à la mer
Bonjour Cassie,

Nous vous remercions pour votre message à Henry, que nous lui avons transmis le 8 juillet. Il a répondu qu'il allait très bien et qu'il appréciait le paysage.

La météo est au beau fixe et leur vitesse est de trente-quatre nœuds. Si vous souhaitez les suivre, leur position est 9° 26' S, 159° 59' E.

Cordialement,
Neil
Chargé des communications
Projet Bouteille à la mer
Inmarsat

Cassie replia la feuille, les coudes rouges et endoloris à force d'être allongée dessus, mais elle voulait finir ce chapitre tant qu'elle en avait l'occasion. À cause des discussions incessantes de Suzy à propos de Gem et Laird chaque fois qu'elle s'asseyait, elle n'avait pas dépassé le quatrième chapitre alors qu'elle avait pris la résolution de terminer un livre pendant ces vacances. C'était là une occasion idéale : les efforts de la soirée précédente lui offraient une pause dans les activités de sa liste (elle n'avait pas de cours de surf ce jour-là, bien qu'Archie ait disparu avec Laird) ; Gem était passée au petit-déjeuner pour lui demander si elles pouvaient « discuter » dans la journée du repas du mariage ; quant à Suzy et Velvet, elles devaient revenir des courses d'une minute à l'autre.

Cassie se mordit la lèvre, absorbée, et balançait négligemment sa jambe dans les airs derrière elle, vaguement consciente de la sensation de la brise sur sa peau nue. Elle n'entendit absolument pas le bruit de pas au niveau de la barrière en bas du jardin, ni le doux bruissement de l'herbe quand quelqu'un s'approchait.

Une petite toux l'avertit de cette présence. Elle leva les yeux avec surprise et découvrit Luke, sa planche de surf sous le bras, qui la regardait.

– Tu as toujours fait ça, dit-il en souriant, avant de poser sa planche debout.

– Fait quoi ?

– Balancer ta jambe pendant que tu lis. Je dégageais une zone de sécurité quand tu lisais les journaux.

Cassie rit légèrement. Elle aurait préféré qu'il porte un tee-shirt sur sa combinaison enroulée sur ses hanches, mais il faisait trop chaud ce jour-là pour des vêtements. En fait, puisqu'elle pensait avoir les lieux pour elle toute seule, Cassie était en bikini pour la première fois, sans combinaison pour protéger sa pudeur (ou cacher les parties flasques de son corps).

– Les autres sont-ils toujours à la plage ? demanda-t-elle, en écornant poliment sa page et en fermant son livre.

Luke acquiesça d'un signe de tête.

– Archie a réussi à se tenir debout.

– Je n'y crois pas ! s'écria Cassie avec jalousie. Tu plaisantes ?

– Non. Mais tu te sentirais sans doute mieux si tu l'avais vu par toi-même. Quand je dis « debout », c'est dans le sens le plus vague possible. Est-ce que je peux ? dit-il en faisant signe pour s'asseoir.

– Bien sûr. Où est Amber ?

Luke fit une petite grimace.

– Tu me promets de ne pas rire ?

Elle acquiesça d'un haussement d'épaules. Luke s'appuya sur ses bras, son torse long et parfait. Il semblait ne pas s'être rasé depuis cinq jours, sa barbe naissante était plus dense que d'habitude. Cela lui allait bien. La barbe lui irait bien, pensa Cassie distraitement.

– Gem et elle se font tirer les cartes. Une femme à Tintagel apparemment.

Cassie gloussa.

– Tu m'avais dit que tu ne rirais pas !

– Ce qui me fait rire, c'est ta façon de prononcer « Tintagel ». C'est « Tinn-ta-djel ».

– C'est ce que j'ai dit. Hé, écoute, je suis américain. À quoi t'attendais-tu ? Et puis, ça te va bien de dire ça, toi qui ne sais même pas prononcer « chance ».

– Oh, ne recommence pas, gémit Cassie, toujours convaincue qu'ils avaient peu fréquenté l'ami de Luke à New York, qui s'appelait Chance car tout le monde éclatait de rire quand ils entendaient Cassie dire son prénom : ils prononçaient *« cheins »* à l'américaine et elle *« chaans »* à l'anglaise. Au moins, je…

Elle s'arrêta brusquement. Où avait-elle la tête, de reprendre ainsi leurs vieilles plaisanteries ?

– Où est Suzy ? s'enquit Luke au bout d'un moment qui parut extrêmement long.

– À Wadebridge. Nous n'avions plus de couches ni de céréales. Je plains Archie. Je crois qu'il serait capable de vendre Velvet pour un sandwich au bacon.

Il sourit et elle se demanda ce que Luke avait fait ces derniers jours. Elle ne l'avait pas vu depuis que Laird et lui avaient surpris les filles à la boutique de mariage, et elle ne pouvait s'empêcher de s'interroger : son absence avait-elle été intentionnelle ? Elle se souvint de la stupéfaction sur son visage quand il l'avait aperçue dans la robe. La voir habillée comme la mariée d'un autre homme l'avait-il dérangé ? Ou interprétait-elle trop, comme lui avait dit Suzy, incapable d'accepter qu'il ait bel et bien tourné la page ?

Elle chassa cette pensée. Non, Suzy avait tort. Cassie avait Henry. Elle n'avait pas besoin de son ex pour regonfler son ego.

– Mais il semble aller bien. Archie, je veux dire, déclara Luke après une autre pause. Il dit lui-même qu'il a « pris le soleil et bougé du bois ».

– Oui. Il a l'air d'aller beaucoup mieux.

Cassie poussa un petit soupir : allongée sur le ventre, en appui sur ses coudes, elle aurait voulu s'asseoir (ses bras et ses épaules étaient sensibles après l'exercice violent de la veille), mais son bikini ressemblait soudain trop à un soutien-gorge et une culotte en présence de Luke. Aussi, elle conserva sa position protégée, qui n'exposait que son dos et ses mollets.

Elle savait que c'était stupide d'être si timide. Que cela pouvait-il bien faire à Luke de la voir en bikini ? Il passait sa vie à faire des photos de maillots de bain et de lingerie. En outre, rien dans ses gestes pendant tout leur temps passé ici n'avait révélé autre chose que de sincères remords et ce qui semblait relever d'une certaine tendresse nostalgique. Malgré tout, Cassie ne pouvait pas prétendre qu'il ne l'avait pas vue nue ou oublier qu'il savait ce qu'elle aimait au lit, et cette « connaissance intime » lui semblait en permanence couler entre eux comme un ruisseau.

– Alors… J'ai appris que tu t'étais bien amusée hier soir, dit-il, pour tenter de relancer la conversation.

Cassie hocha vivement la tête, consciente qu'elle devait au moins essayer de les aider à aller de l'avant.

– Vous êtes arrivées quatrième, c'est ça ?

– Oui, incroyable, étant donné que j'ai plus fait acte de présence qu'autre chose...

– D'après Archie, tu avais été géniale. Déterminée, je crois que c'est le mot qu'il a employé.

– Disons que j'en entendrais parler jusqu'à la fin de mes jours si je ne parvenais pas à réaliser un point de la liste.

Surpris, Luke fut littéralement bouche bée.

– Oh, je vois. C'est encore une des fameuses listes de Henry, c'est ça ?

Cassie sourit et haussa les épaules d'un air gêné – ils se souvenaient tous les deux de la tension créée dans leur couple par la liste de New York ; en particulier, le cadeau de Noël qui figurait dessus les avait menés au bord de la dispute.

– Je suis ravi d'apprendre qu'il est toujours doué dans ce domaine.

Cassie regarda Luke sans parvenir à déchiffrer son intonation, aussi se mit-elle plutôt à étudier un brin d'herbe, en cherchant comment changer de sujet.

– Quoi qu'il en soit, c'était très amusant. Je pourrais même recommencer.

– Vraiment ?

– Oui, il y a des entraînements le mercredi soir et le dimanche matin, donc si je reste ici...

– Comment ça, tu pourrais partir ?

– Je... je ne sais pas. Peut-être, répondit Cassie en haussant les épaules. Le travail. Tu sais...

La vérité était qu'elle ne savait plus si elle voulait rester ou partir. La soirée de la veille avait changé la donne. Un si grand effort avait semblé en quelque sorte cathartique, comme si sa nervosité s'était en partie évaporée avec sa transpiration. Cela importait-il qu'elle soit en Cornouailles ou à Londres ? Gil se remariait toujours dans quelques jours ; Henry serait toujours dans le Pacifique sur un bateau-bouteille.

– Eh bien, ce serait dommage, observa doucement Luke, le regard tourné vers la mer.

*Vraiment ?* se demanda Cassie. Elle fixa le profil de Luke, si beau ; elle aurait aimé qu'il ne revienne jamais dans sa vie. Pouvait-elle réellement rester ici, avec la possibilité de le croiser à chaque instant ? Elle ne savait jamais quand, ni où elle allait le voir, ni si ses intentions étaient bienveillantes ou non, ce qui faisait naître en elle un sentiment d'instabilité et de nervosité.

Cassie détourna le regard et tira sur des brins d'herbe. Ce n'était pas bon. Alors qu'ils étaient assis là, rien que tous les deux, la tension entre eux crépitait. Ils n'avaient même pas besoin de se regarder pour le sentir. Quand bien même ils étaient chacun engagés dans une nouvelle relation, ils ne pourraient jamais être de « simples bons amis ». Ils pouvaient être polis, courtois, mais ils n'avaient jamais été amis ; l'alchimie entre eux ne le permettait pas. Leur passé commun signifiait qu'ils ne pouvaient pas avoir d'avenir, quelle que soit la forme que celui-ci prenait.

– Oh là là !

La voix au portillon les fit se retourner tous les deux.

– Vous n'allez pas croire ce que nous venons de voir ! déclara Gem qui passa le portillon comme si elle était un avion à réaction. Oh non, Luke, tu ne peux pas entendre ça. Tu es un homme.

– Où est Amber ? demanda Luke, qui redressa le dos.

– Elle est partie prendre une douche. Il fait une telle chaleur ! souffla Gem, qui écarta son tee-shirt de son cou et l'agita pour se ventiler le visage.

– Je vais la rejoindre, indiqua Luke, avant de se figer un instant en se rendant compte de l'interprétation possible de sa phrase.

– Tu m'étonnes !

Gem eut un rire coquin et donna une tape à Luke sur les fesses quand il se leva et passa à côté d'elle. Luke croisa très brièvement le regard de Cassie lorsqu'il lui fit un signe de tête en guise d'au revoir.

– Alors, dit Gem, qui se mit en position du lotus. Devine !

Cassie secoua la tête, son humeur aigrie par la conversation qu'elle venait d'avoir, et elle n'était pas certaine d'avoir à cet instant la patience de se prêter au jeu de la petite cousine hyperactive et égocentrique de Suzy.

– Je ne sais pas.

Elle regarda Gem fouiller dans la poche arrière de son short en lin et sortir un prospectus : « Festival Rock Oyster, *Diningfold Hall*, 11 et 12 juillet ».

– Qu'est-ce que c'est ? Un festival ?

– Sans blague ! C'est dans le nom ! Regarde, il y a de la musique, des stands de restauration, des numéros de cirque… Es-tu déjà allée à Glastonbury ? demanda-t-elle à Cassie avec le sérieux d'une discussion sur le don d'organes.

Cassie fit non de la tête, en souhaitant vivement désormais le retour de Suzy.

Gem la regarda avec une pitié soudaine.

– Oh, il faut vraiment que tu y ailles ! Tu n'as rien vu de la vie tant que tu n'y es pas allée. C'est un rite de passage, Cassie, je suis sérieuse.

– Euh, je…

– C'est pour ça que c'est vraiment gééééénial ! dit-elle en étirant ce dernier mot comme si c'était une limousine. Ce sera Glastonbury, mais en plus petit. Beaucoup plus petit. Plus intime. Je préfère d'ailleurs.

Cassie souhaitait vivement aussi que Gem ne s'exprime pas par énumération.

– Amber et toi pensez y aller ?

– Amber et… ? haleta Gem, le regard étincelant. Cassie, tu ne comprends pas ! Bien sûr qu'Amber et moi allons y aller. Mais nous irons tous ! Ce ne sera pas un festival quelconque, tu vois.

– Comment cela ? demanda négligemment Cassie, qui reprit son livre et chercha sa page.

Gem se leva d'un bond et fit une roue parfaite, en écartant les bras à l'arrivée.

– Ce sera mon enterrement de vie de jeune fille !

*

Cassie sortit du magasin du village, confuse. Elle aurait juré qu'Archie avait affirmé avoir consulté ses e-mails dans le cyber-café à l'arrière du commerce, mais les deux tables et les chaises qui faisaient office de café n'avaient que des menus plastifiés – malheureusement, il n'y avait pas de connexion internet ici, comme dans le reste du village. Cassie avait dû acheter une brioche, uniquement pour dissimuler sa confusion.

Elle déposa la brioche dans le panier de son vélo et passa sa jambe par-dessus le cadre. Elle regarda devant elle, en direction de Polzeath, sans vraiment voir. La mer s'était retirée au loin, la plage exposée scintillait au soleil, les surfeurs invétérés n'étaient que des petits points colorés. Si Archie n'avait pas consulté ses e-mails dans cette boutique, comment avait-il reçu la liste de Henry ? Henry ne savait pas qu'elle viendrait en Cornouailles au moment de son départ pour l'Australie, il n'avait donc pas pu l'écrire à l'avance. Cela soulevait une question… Non, deux questions. Où Archie avait-il lu l'e-mail ? Suzy avait interdit tous les gadgets électroniques de la maison et Cassie ne serait pas étonnée qu'elle effectue des contrôles inopinés. Et si Henry avait accès à ses e-mails depuis le bateau, pourquoi n'avait-il rien envoyé à Cassie ?

Son téléphone sonna dans la poche de son short et elle le sortit, étonnée de voir qu'elle avait quatre barres de réseau – les avantages de faire une pause sur une colline – et un nouveau SMS. De Brett. Instantanément, elle eut une boule au ventre.

« Salut Cassie. As-tu des nouvelles de Kelly ? Elle est partie dans les Hamptons pendant que j'étais en déplacement, elle était censée rentrer aujourd'hui, mais elle ne répond pas au téléphone. Ce n'est sans doute rien, mais cela ne lui ressemble pas d'être injoignable. Je tente auprès de tout le monde. Appelle-moi si tu sais quelque chose. Merci. Brett »

L'appeler si elle savait quelque chose ? Bien sûr qu'elle savait quelque chose. Elle savait tout ; bien plus que lui ! On y était alors ? Était-ce arrivé ? Cassie sentit son pouls s'accélérer, les premières doses de panique s'injectant dans ses veines. Elle se força à réfléchir rationnellement. Elle ne pouvait pas appeler Brett en premier. Impossible. Pas encore. La disparition de Kelly n'était peut-être pas liée à la fausse couche ; la raison pourrait être bien plus innocente, totalement anodine. En outre, Kelly ne pardonnerait jamais à Cassie si elle révélait son secret sur une fausse alerte. Non. Elle devait d'abord joindre Kelly. Si elle avait essayé de contacter Cassie, elle l'aurait sans doute appelée sur son téléphone professionnel. Kelly était en permanence en mode « travail » et supposait que c'était le cas de tout le monde. En plus, celui-ci captait mieux.

*Quand Brett avait-il envoyé son message ?* s'interrogea Cassie.

Elle se mit à pédaler pour s'éloigner de la boutique à la devanture verte de Trebetherick, monta en danseuse la petite colline avant que la route ne redescende, pratiquement jusqu'à Butterbox. Son esprit allait à toute allure, alors que ses cheveux voletaient derrière elle. Il était presque onze heures ici, ce qui signifiait qu'il n'était que six heures du matin aux États-Unis. Peut-être Brett avait-il cherché sa femme toute la nuit, auquel cas ce n'était pas bon signe pour la théorie « innocente » de

Cassie ; leurs pires craintes se réalisaient. Mais elle ne pouvait pas en avoir la certitude. Elle n'avait aucun réseau à la maison ; si Brett avait envoyé son message la veille au soir, il était fortement possible qu'il ne passe que maintenant qu'elle était à proximité d'une antenne-relais. Il était possible que Kelly soit rentrée depuis.

Oh, et si le pire était bel et bien advenu ? L'esprit de Cassie refusait de lâcher cette idée. On était le 10 juillet ; donc Kelly avait officiellement dépassé les neuf semaines. Cassie se mordit la lèvre, honteuse. Elle était en Cornouailles depuis près d'une semaine et n'avait pas appelé Kelly une seule fois. Certes, en raison de l'interdiction par Suzy des appareils électroniques et de l'absence de tout réseau à la maison, un appel par Skype était impossible, mais Cassie avait sa part de tort. La vérité, c'était qu'elle avait été distraite par la présence de Luke, et sa promesse d'acheter des citrons et de se connecter tous les jours lui était sortie de l'esprit. Cassie était une horrible personne, une amie affreuse, en dessous de tout…

Elle arriva à la maison en quelques minutes, passa en vitesse devant Snapdragons (les deux voitures étaient dans l'allée) et jeta son vélo par terre. Elle chercha ses clés dans sa poche et se débattit avec la porte.

– C'est toi, Cassie ? cria Suzy depuis la cuisine, *The Archers* à la radio.

– Je repars ! lui répondit Cassie d'une voix forte.

Elle monta les escaliers deux à deux et s'empara de son téléphone professionnel, qu'elle avait mis à charger près du lit.

Aucun message de Kelly. *Mince.*

Elle lança FaceTime et chercha Kelly dans ses contacts. « Es-tu là ? » écrit-elle dans la bulle bleue, mais le réseau était faible comme d'habitude, aussi Cassie courut près de la fenêtre. Ce n'était pas mieux. Elle sortit sur le balcon et se pencha par-dessus le garde-corps, le bras en l'air.

Deux barres. Flûte. Devrait-elle retourner au magasin ? Elle garda cette position quelques instants. Puis elle vérifia à nouveau l'écran. Aucune réponse.

« Parle-moi, Kelly, tapa-t-elle dans une nouvelle bulle. Est-ce arrivé ??? Laisse-moi t'aider. »

Elle brandit le téléphone encore une fois. Son cœur martelait ses côtes tel un soldat de plomb.

– Mais qu'est-ce que tu fabriques ? demanda une voix amusée en contrebas. Tu cherches à entrer en contact avec des formes de vie extraterrestres ?

Cassie baissa les yeux et aperçut Suzy sur la terrasse, une cruche dans une main, un verre dans l'autre.

– J'essaie de capter, se justifia mollement Cassie.

Quand Kelly l'avait enjointe de n'en parler à personne, elle n'incluait pas Suzy, pas vrai ? Cassie n'avait jamais caché un secret de sa vie à Suzy. Pas avec succès, en tout cas.

– Ça ne risque pas d'arriver, commenta Suzy, dont les cheveux blonds, qui luisaient au soleil, se balancèrent d'un air désolé. Tu veux de la limonade maison ?

Cassie fit non de la tête.

– Peut-être plus tard.

Suzy se pinça les lèvres, considéra Cassie d'un air interrogateur, avant de retourner à l'intérieur.

Cassie fit un cercle sur elle-même, une main retenant ses cheveux. Que pouvait-elle faire ? Que pouvait-elle faire d'ici ? Que pouvait-elle faire d'ici sans ordinateur portable et pratiquement sans réseau ?

Elle regarda au loin, sans voir le paysage pour une fois. Elle aperçut cependant une silhouette avancer dans les champs, planche de surf sous un bras et combinaison de plongée roulée – cet homme qui passait la moitié de sa vie sur des îles tropicales avec des top models avait toujours du réseau.

Elle le retrouva au portillon.

– Salut ! haleta-t-elle, en surgissant de derrière une haie.

Elle fit tellement peur à Luke qu'il faillit laisser tomber sa planche sur ses orteils.

– Bon sang, Cassie ! Tu m'as fichu une de ces trouilles.

– Pardon, pardon, s'excusa-t-elle en levant les mains.

Luke se rendit compte de ses joues rouges et de son regard hagard.

– Qu'est-ce qui ne va pas ?

– As-tu du réseau ici ?

– Oui.

– As-tu un ordinateur portable ?

– Bien sûr. Qu'est-ce qui se passe ?

– J'ai besoin de t'emprunter ton ordinateur.

Il baissa la tête, pour tenter de la faire ralentir.

– Cassie, calme-toi. Qu'est-ce qui ne va pas ?

– Je n'ai pas le temps de t'expliquer. Je te raconterai tout après, mais peux-tu m'aider s'il te plaît ?

Il la considéra pendant un moment, puis finit par hocher la tête.

– D'accord, viens.

Ils coururent à travers le jardin de Snapdragons (qui était bien plus petit que celui de Butterbox, mais plus densément fourni en digitales et en pieds-d'alouette). Luke posa sa planche de surf contre le mur près de la porte de service et ils entrèrent tous les deux dans la maison.

C'était calme à l'intérieur, et sombre. Les rideaux de coton jaune pâle étaient tirés dans le séjour – « pour maintenir la pièce au frais ». Luke se rendit rapidement et en silence à l'étage pour récupérer son ordinateur portable dans la chambre.

– Amber dort toujours, indiqua-t-il à voix basse lorsqu'il redescendit quelques instants plus tard, son index posé sur ses lèvres.

Il tendit l'ordinateur à Cassie avec un regard interrogateur.

*Amber dormait toujours ?* Il était presque onze heures, mais Cassie n'avait pas le temps de s'en soucier. Elle prit l'ordinateur et l'ouvrit à la hâte sur la table de la cuisine en pin. Elle cliqua à l'aveuglette sur diverses icônes du bureau. L'application de messagerie s'ouvrit.

– Euh, Cassie, si tu m'expliques ce dont tu as besoin, je peux le faire pour toi, suggéra rapidement Luke en éloignant le portable d'elle. S'agit-il de Henry ? Lui est-il arrivé quelque chose ?

– Henry ?! répéta sèchement Cassie, avant de se reprendre et de pousser un soupir d'excuse. Non. C'est Kelly. C'est une urgence. J'ai besoin de l'appeler par Skype.

Luke s'éclaircit la gorge, tapa sur le clavier avant de réorienter l'ordinateur vers elle.

– À toi de jouer. Mais je te préviens, ça va te rendre dingue. Il n'y a pas assez de bande passante pour la vidéo.

– Mais tu m'as dit que tu avais du réseau !

– Oui. Mais il faut une meilleure connexion pour la vidéo. Certainement plus que ce qu'on peut avoir ici.

Cassie posa une main sur son front. Parler à Kelly ne suffisait pas. Elle devait la voir, la scruter. Elle ne pouvait pas se fier à son amie pour qu'elle lui avoue toute la vérité dans un moment pareil. Kelly était maître dans l'art de cacher ses émotions. Dans sa bouche, « Je vais bien » avait un sens qui s'étendait de l'ennui au point de rupture.

– Il faut que je la voie. C'est vraiment important, Luke.

Il l'examina, de son regard expert, et se rendit compte de la panique croissante de Cassie.

– Alors, tu dois aller à Rock. C'est là que je discute avec mon agent la plupart du temps. Ils ont une bonne connexion au café du traiteur. Et leur café est bon aussi. Tu vois où c'est ?

Elle fit non de la tête. C'était Suzy qui s'était chargée de faire toutes les courses, afin d'en profiter pour promener Velvet en poussette.

– Mais je suis sûre que je peux trouver, s'empressa-t-elle d'ajouter, en se redressant.

Rock n'était pas une très grande ville. Combien de temps lui faudrait-il pour y aller à vélo ? Une partie du trajet était en montée. Dix minutes ? Peut-être un peu plus ?

Zut. Pourquoi tout était si lent dans cette région ? Vingt minutes s'étaient déjà écoulées depuis qu'elle avait reçu le SMS de Brett, et Kelly avait potentiellement disparu toute la nuit.

– Luke ? Bébé, c'est toi ?

La voix d'Amber, enrouée par le sommeil, se fit entendre à l'étage. Luke croisa le regard de Cassie, et la pièce parut curieusement plus petite.

– Viens, je vais te conduire, murmura-t-il au bout d'un moment.

Il prit l'ordinateur portable et attrapa les clés de la Jeep. Ensemble, aussi silencieux que des voleurs, et avec un sentiment tout aussi coupable, ils quittèrent furtivement la maison.

*

L'écran resta blanc jusqu'à la quatrième sonnerie.

– Oh, hé, Cassie, dit Kelly, une note de surprise somnolente dans sa voix embrumée, et elle rejeta ses cheveux derrière son épaule. Comment ça va ? Quelle heure est-il ? demanda-t-elle, les sourcils froncés.

– Comment ça va ? répéta Cassie dans un murmure strident. Kelly ! Je viens de recevoir un texto de Brett pour me dire que tu avais disparu ! Comment crois-tu que ça va ?

– Oh.

Il y eut une longue pause pendant laquelle Kelly ne fut plus visible. Au changement des murs en arrière-plan, passant du gris anthracite au bleu de Prusse, Cassie devina que Kelly s'était levée pour sortir de la chambre.

– Je suis désolée. Il a carrément pété un câble sur ce coup-là.

Kelly posa l'ordinateur portable sur le plan de travail de la cuisine. Elle émit un gros bâillement. Elle avait l'air pâle, même si la saison estivale des Hamptons battait déjà son plein.

Perplexe, Cassie la regarda, sa fréquence cardiaque augmenta encore plus devant cette explication décevante que lorsqu'elle avait lu le message de Brett. *Il a pété un câble ?* C'était tout ?

– Kelly, j'étais au bord de la crise cardiaque ! Où étais-tu ? l'interrogea Cassie, les paumes de la main ouvertes.

Luke, qui s'approchait avec deux cafés, aperçut son langage corporel et fit rapidement demi-tour vers le rayon des pâtes.

– Le Jitney a pris du retard pour rentrer des Hamptons et je n'avais plus de batterie. Franchement, il a réagi de façon excessive. Je suis furieuse contre lui. Il a ameuté, genre, tout le monde. (Kelly se pencha plus près de l'écran et chuchota.) Tu vois maintenant ce que je voulais dire ? Il est beaucoup trop protecteur avec moi.

– Mais comment tu vas ? Le bébé... ?

Kelly jeta un rapide coup d'œil derrière elle, pour vérifier qu'elle était toujours seule.

– Tout va bien, Cassie.

Et voilà, ce fameux « bien », ce mot que Cassie attendait, celui à cause duquel elle voulait voir la tête de Kelly pour en déchiffrer le sens. Elle fixa le joli visage pâle et gracile de son amie.

– Mais tu en es à neuf semaines maintenant.

– Je sais.

– Je croyais que...

– Je sais, acquiesça Kelly, dont la bouche formait une mince ligne. Cela arrivera d'un jour à l'autre maintenant.

Cassie soupira, ce fait irrévocable lui fit l'effet d'un coup de poing dans la figure. Elle s'avachit légèrement sur sa chaise à présent que son adrénaline pouvait redescendre.

– J'aimerais pouvoir faire plus pour t'aider. Je me sens tellement inutile si loin de toi.

– Nous avons ces séances virtuelles.

Kelly eut un petit haussement d'épaules et afficha un sourire fatigué, mais Cassie fit la grimace : en quoi ces appels par Skype pouvaient-ils l'aider ?

Elle aperçut Luke jeter un coup d'œil et constatant son état moins affolé, il commença à revenir vers elle.

– Je suis vraiment désolée de ne pas t'avoir appelée plus tôt. Il n'y a pas de réseau ici. Genre, rien du tout. Et Suzy a interdit tout appareil électronique dans la maison. Elle est terrifiée à l'idée qu'Archie se remette à travailler en douce et que son niveau de stress remonte.

Cela rappela à Cassie qu'elle devait demander à Archie où il avait téléchargé sa liste.

– Ça se comprend. Alors, d'où m'appelles-tu ?

– Du café du traiteur. Lu...

Cassie s'arrêta net. Elle avait été à deux doigts de prononcer le prénom de Luke, et personne plus que Kelly n'avait été proche de leur relation à New York. Elle ne croirait pas plus en leur amitié nouvelle que Suzy au départ, et Cassie n'avait pas la force de s'expliquer.

– J'ai eu de la chance avec un ordinateur portable ultra-performant.

Kelly sembla se contenter de cette explication. Elle était trop endormie pour avoir des soupçons.

– Alors Archie va bien ?

– Mieux que ça. On apprend à surfer tous les deux et il arrive déjà à se tenir debout !

– Mais ce n'est pas risqué ?

– Ce sont les recommandations du médecin, plus ou moins. Soyons honnêtes, Suzy ne le laisserait pas faire si c'était risqué.

– C'est vrai. Qui a eu l'idée pour le surf ? La température de l'eau de notre côté de l'Atlantique est une raison suffisante pour faire une crise cardiaque.

– Henry.

Kelly parut étonnée.

– Henry est là ?

– Ah ! Si seulement. Il est là en pensée. Il m'a écrit une liste.

– Oh, mais bien sûr ! s'esclaffa doucement Kelly, qui se gratta la tête de ses doigts manucurés vernis de rouge. Alors, que dois-tu faire cette fois ?

– Eh bien, avant-hier soir, il m'a fait ramer dans l'estuaire de la rivière Camel avec un groupe d'inconnues, alors qu'il y avait, genre, une tempête !

Plus justement, le temps était venteux...

Kelly secoua la tête.

– Tu es folle. Je ne sais pas pourquoi tu acceptes de faire toutes ces choses.

– Essaie un peu de lui dire non.

– Nous savons tous que tu en es incapable ! lança Kelly avec un rire malicieux.

Luke était arrivé à la table de Cassie et se tenait face à elle, hors de vue de l'écran. Cassie espéra qu'il n'ait pas entendu.

– Tiens, murmura-t-il en posant son café.

– Merci, dit-elle doucement, son regard croisant le sien.

– Qui est-ce ? s'enquit Kelly.

– Personne, s'empressa de répondre Cassie.

– Ce doit bien être quelqu'un.

– Oui, euh, ce n'était que le... tu sais, le serveur.

– Oh.

Kelly bâilla de nouveau.

– Écoute, c'est encore l'aube ici et je suis rincée. Je ferais mieux de me recoucher avant que Brett ne se rende compte de mon absence et lance de nouvelles recherches, dit-elle avec un clin d'œil ironique.

– Oui. Écoute, j'essaie de te joindre demain, d'accord ? Et s'il y a quoi que ce soit entre-temps, tu m'appelles. N'importe quoi. Maintenant que je connais cet endroit, je peux venir ici en quelques minutes et nous pouvons discuter en face à face.

– Oui. Et n'oublie pas de me confirmer si on se voit la semaine prochaine ou pas, déclara Kelly, avant de lui souffler un baiser et de se déconnecter rapidement, avant même que Cassie n'ait l'occasion de lui faire remarquer qu'elle pourrait toujours être enceinte d'ici-là et ne pourrait donc pas prendre l'avion.

– Le serveur, hein ? fit Luke avec un sourire en coin, lorsqu'il s'assit à la table et força Cassie à se décaler sur la banquette.

– Que pouvais-je dire d'autre ? Je ne pouvais pas lui dire que c'était toi.

– Pourquoi cela ? Nous n'avons plus le droit de nous parler ?

– Tu sais ce que je veux dire.

Luke resta silencieux un moment.

– Oui.

Ils burent leur café, tout en observant une jeune mère entrer avec, sur ses talons, ses jumelles de huit ans qui étaient son portrait craché, toutes trois vêtues d'une robe marinière bleu marine et rouge.

– Alors, tout va bien ? demanda Luke.

– Oui, urgence évitée. Merci pour ton aide, lui dit Cassie avec un sourire reconnaissant.

– Aucun problème. Mais tu dois m'expliquer quelle était l'urgence. Tu m'as promis.

Cassie soupira. C'était vrai, elle avait promis.

– Brett m'a envoyé un texto hier soir pour me dire que Kelly n'était pas rentrée. Il se faisait du souci.

– Et... ?

– Et le Jitney était en retard, expliqua Cassie en haussant les épaules.

Luke poussa un soupir incrédule.

– Tu es en train de me dire que Brett et toi avez flippé comme des malades parce que le bus a mis plus de temps que prévu pour venir des Hamptons ?

– Ce n'est pas aussi simple. J'ai cru que quelque chose était arrivé à Kelly. J'avais de bonnes raisons de croire que...

Cassie s'interrompit, en se rendant compte qu'elle en avait trop dit.

– Continue.

Elle regarda Luke, désarçonnée. Elle avait juré à Kelly de ne rien dire.

– Ce n'est rien.

– Cassie, tu ne serais pas venue me demander de l'aide si tu avais pu t'en passer...

Elle rougit fortement, mortifiée qu'il ait compris avec autant de justesse la gêne que provoquait sa présence chez Cassie. Les yeux de Luke, noisette et fixes comme ceux d'un aigle, soutinrent les siens et pendant un moment, ce fut comme si le temps s'était déformé. Ils n'étaient plus assis dans un café de la côte nord des Cornouailles, tour à tour polis et revêches l'un envers l'autre, incapables de trouver un terrain sûr, mais dans un bar de Manhattan, sa main sur sa cuisse, ses lèvres près de son oreille, pendant qu'il lui murmurait tout ce qu'il lui ferait au lit le soir même.

– Que croyais-tu qu'il lui était arrivé ? À qui veux-tu que je le raconte, hein ?

– Elle est enceinte.

Ces mots sortirent de la bouche de Cassie comme s'ils avaient été tirés par des ficelles.

Luke cligna des yeux, rompant le charme.

– Eh bien, c'est génial.

– Non, ce n'est pas génial. C'est sa quatrième grossesse en un an. Elle ne dépasse pas les neuf semaines. Et nous sommes la neuvième semaine.

– Oh, mince.

– Oui, exactement.

– Mais elle va bien ?

– Pour le moment, oui.

Cassie but une autre gorgée de son café, détourna le regard et nota dans un coin de sa tête qu'elle devait éviter de regarder Luke dans les yeux.

– Pas étonnant que Brett ait paniqué.

– Non, il n'est pas au courant. Je suis la seule à savoir. Kelly ne veut pas lui annoncer avant d'avoir dépassé le stade des douze semaines. Elle ne veut pas lui faire revivre tout cela encore une fois.

– Mais, elle, ça lui va de revivre ça ? demanda Luke, incrédule.

– Je sais ! C'est exactement ce que je lui ai dit ! s'exclama Cassie, contente qu'on lui donne raison. D'après Kelly, elle n'a pas le choix, contrairement à Brett. Elle pense lui faire une faveur. C'est dingue, non ?

– Totalement, approuva Luke, en soutenant le regard de Cassie, ce qui les ramenait à une autre époque, un autre endroit. Eh bien, je comprends pourquoi tu étais en panique et voulais la joindre, reconnut-il, en détournant la tête le premier.

– Je n'étais pas en panique, rétorqua-t-elle avec une fausse indignation. J'étais une amie inquiète.

Les yeux de Luke pétillaient d'amusement.

– En panique.

– Inquiète.

En panique.

Un sourire exaspéré échappa à Cassie et elle lui donna un coup de coude dans les côtes, ce qui le fit rire.

– Inquiète.

# Chapitre 21

– Et peut-on savoir comment tu vas payer ce machin ? lâcha Suzy, clouée sur place à l'entrée de la yourte.

Cassie et Amber étaient à côté d'elle, tandis que Gem faisait le tour de « l'espace de vie » – une zone hexagonale avec un tapis oriental et un poêle à bois –, les bras grands ouverts et le visage tourné vers le ciel. Les quatre futons étaient disposés en éventail autour du tapis, des luminaires orientaux colorés avec des bougies chauffe-plats à l'intérieur, étaient suspendus aux armatures du plafond et tombaient bas.

– J'ai utilisé ma carte bleue, répondit Gem avec un petit haussement d'épaules. Ce n'est pas un souci.

– Attends. Tu m'as dit que tu avais aussi payé l'avion depuis l'Australie avec ta carte. Et la fête pour ton retour aussi. À combien de découvert as-tu droit exactement ? Et plus précisément, comment vas-tu le combler ? demanda Suzy d'un ton autoritaire, avant d'entrer enfin sous la tente et de jeter son sac à dos sur un des lits. Tu sais ce que sont les agios, n'est-ce pas ?

Gem s'esclaffa.

– Suzy, tu es vraiment trop drôle !

Suzy lança à Cassie un regard inquiet. Quel genre de réponse était-ce donc ?

– Détends-toi. Tout va bien. Tu sais que j'aurai vingt et un ans dans peu de temps, pas vrai ? Les découverts ne seront plus un problème.

Suzy poussa un soupir abattu (avoir raison n'était pas toujours facile) et se laissa tomber sur le lit. Elle fixa les guirlandes turquoise et fuchsia qui ornaient le plafond.

Cassie prit possession du lit à droite de Suzy, Gem de celui à gauche et Amber du dernier tout à gauche.

– Vous croyez qu'Archie va penser à mettre de la crème à Velvet derrière les genoux ? s'inquiéta Suzy, les mains sous sa tête.

– Sans doute que non.

Cassie se jeta, elle aussi, sur son lit et le regretta aussitôt : il était dur.

– Son eczéma s'aggrave toujours avec la chaleur.

– Nous rentrons demain soir. Elle est avec son père. Tout ira bien.

Cassie attrapa son sac à dos et se demanda si les affaires qu'elle avait prises étaient assez cool pour un festival. N'existait-il pas un « look » pour ce genre d'événements ?

– Où dorment les garçons déjà ? demanda Suzy à Gem et Amber, en se retournant pour leur faire face.

– Dans le camping normal. Laird a dit que le camping de luxe était pour les mauviettes. Il a grandi dans la brousse ; pour lui, un camping avec de l'eau courante et des douches, c'est de la triche, affirma fièrement Gem.

– Pauvre Luke. Je crois qu'il aurait de loin préféré dormir dans un bon hôtel, déclara Amber.

Celle-ci sortit un minuscule combishort arc-en-ciel en crêpe de coton, qui semblait être du dix ans, et elle le considéra avec une moue pensive.

Cassie fut prise de panique en apercevant ce vêtement, elle doutait réellement de la robe marinière bleu marine et rouge qu'elle avait vue la veille dans la vitrine de la boutique à Rock. C'était la même robe que la maman avec les jumelles et Luke lui avaient soutenu qu'elle allait beaucoup mieux à Cassie, quand elle l'avait essayée.

– Eh bien, tant que nous ne les croisons pas tous les deux, dit Gem, qui tira son sac sur le lit pour en sortir des vêtements à la manière de rubans d'un chapeau de magicien. Ce n'est pas sympa de leur part de faire l'enterrement de vie de garçon là où j'enterre ma vie de jeune fille. C'est moi qui ai eu l'idée la première.

– Étant donné que vous organisez ce mariage vingt minutes à l'avance, c'était soit ça, soit une tournée des bars à Newquay, ce que tu ne souhaites pas le moins du monde, déclara Suzy en frissonnant.

– Ça n'embêtait pas Arch de rester tout seul ? demanda Amber, cette fois en tenant un short en jean.

Cassie se hérissa devant l'emploi désinvolte de ce surnom, comme si Amber se considérait comme membre de leur groupe.

– Il est ravi, renifla Suzy avec une indignation qui suggérait qu'elle s'attendait pleinement à ce qu'il profite de la maison presque vide pour dénicher sa cachette de sauvignon.

– Mais ce doit être difficile pour lui de nous voir tous sortir ensemble et passer un bon moment…

– Oui, eh bien, frôler la mort a un prix. Pour le moment, il doit se reposer correctement et avoir une bonne alimentation. Cet endroit serait un piège mortel pour lui.

– Oh, fit Amber, le bec cloué.

– Et puis, il fallait bien que quelqu'un s'occupe de Velvet, ajouta Suzy d'un ton plus doux quelques instants plus tard. C'était lui ou moi et, franchement, après les histoires qu'il m'a faites pour le muesli et le sureau ces deux dernières semaines, il me doit bien une pause.

– Oui. Le prix à payer, répéta loyalement Cassie, qui enfouit la robe marinière au fond de son sac.

– Eh bien, pour ma part, je suis vraiment contente que tu sois là, déclara Gem, qui fouilla dans ses affaires. C'est un week-end entre filles et ça n'aurait pas été la même chose sans ma cousine-grande sœur.

Ses yeux s'illuminèrent lorsque ses mains trouvèrent ce qu'elles cherchaient : un magnum de champagne.

– Euh, il est quatorze heures, indiqua Cassie d'un ton dubitatif.

– Exactement. Mesdames, c'est l'heure du coup d'envoi de cette fête !

*

Elles sortirent de la tente, bras dessus bras dessous, habillées comme si elles étaient à Woodstock. Les inquiétudes de Cassie concernant sa garde-robe étaient infondées – non pas parce qu'elle avait bien fait sa valise, mais parce qu'Amber était passée en mode Cristina Cordula et les avait toutes parées d'une quantité apparemment illimitée d'accessoires sortis de son sac et de celui de Gem, avec une autorité que même Suzy ne contesta pas. Gem, en tant que reine de la soirée, fut affublée d'un tutu blanc, de jambières et mitaines rose fluo ainsi que d'une veste en jean. Suzy, qui avait failli s'évanouir à la vue du tutu, portait une tunique turquoise qui mettait en valeur ses jolies jambes, des boucles d'oreilles en plumes de paon, des Ray-Ban opaques et un panama. La tenue de Cassie rappelait les années soixante-dix avec son short de toile délavé et un débardeur côtelé vert gazon, des chaussettes montantes arc-en-ciel ; ses cheveux étaient tressés et elle avait une guirlande de fausses pâquerettes sur la tête (elle n'imaginait même pas la tête de Kelly et Anouk si elles la voyaient ainsi). Amber portait le combishort avec des chaussures compensées, des bracelets en caoutchouc fluo empilés à ses poignets et un chapeau de cow-boy.

Il s'était avéré qu'il y avait deux bouteilles dans le sac et, au moment où elles avaient fini de se préparer, les deux avaient été bues et la yourte avait l'air d'avoir été mise à sac.

– Alors, où allons-nous d'abord ? demanda Amber.

Devant elles, dans le champ où se déroulaient les festivités, les étendues d'herbe qui étaient encore visibles à leur arrivée étaient désormais masquées par les milliers de personnes qui fourmillaient entre les stands et les scènes. Ce n'était pas exactement ainsi que Cassie avait imaginé un festival. En fait, à première vue, l'ambiance était plutôt Angleterre profonde et sage, pas du tout Glastonbury. Un marché fermier faisait un tabac avec ses pains artisanaux et ses tomates de concours ; les équipes du restaurant de Jamie Oliver à Watergate Bay et du chef étoilé Nathan Outlaw, à Rock, proposaient des démonstrations et des ateliers et les gens pouvaient déguster huîtres du village de Porthilly, glaces de la ferme Roskilly, cidres et jus de pommes locaux, et currys des Cornouailles qui étaient cuisinés dans d'énormes woks façon paella.

– Eh bien, nous n'allons pas mourir de faim, déclara Suzy d'un ton satisfait alors qu'elles passèrent au pied des totems de trois mètres de haut constellés de rubans qui volaient au vent et servaient de repère visuel aux visiteurs dans les ruelles lointaines.

Cassie sourit tandis que Suzy réajustait l'inclinaison de son chapeau. Elle n'avait jamais vu son amie avec une tenue aussi tendance, et elle devait admettre qu'Amber avait réussi à merveille à toutes les mettre dans l'esprit du festival, même si elles étaient probablement un peu trop habillées. Sa robe marinière aurait été parfaite, en fin de compte. Il y avait un grand nombre de familles, avec des ribambelles d'enfants qui couraient dans tous les sens dans des sweats à capuche avec leur prénom imprimé dessus, et beaucoup de gens avaient un K-way attaché à leur taille, au cas où les averses prévues se concrétiseraient.

– Je pense que nous devrions aller vers les scènes, déclara Gem en remontant l'une de ses jambières. Les premières parties vont bientôt commencer et je meurs d'envie de découvrir qui est le groupe mystère.

– Il y a un groupe mystère ? demanda Cassie, en jetant un coup d'œil à la forme arrondie de la scène, aux gigantesques rampes de projecteurs et à l'écran géant.

Un chapiteau de cirque avait été monté au bout du terrain, à côté d'un grand toboggan rouge et jaune.

– Vraiment ? J'aimerais bien aller voir ces fromages, suggéra Suzy en lorgnant un étal dont elle se rapprocha.

– Suzy ! Arrête de faire ta vieille. Tu es à un festival, pas au supermarché ! se moqua Gem en la tirant.

– Ce n'est pas un truc de vieux, le fromage. Regarde Alex James. Il fait du fromage maintenant.

Gem eut l'air perplexe.

– Qui ça ?

Suzy gémit.

– Pff ! Alex James, le bassiste de Blur.

– En fait, Gem, ça pourrait être une bonne idée d'aller jeter un œil aux stands de nourriture. Cela pourrait nous inspirer, expliqua Cassie ; en plus, il faudrait vraiment que nous nous posions pour discuter du repas du mariage.

– Non, ce sont des trucs barbants et c'est mon enterrement de vie de jeune fille !

Gem passa la main dans son soutien-gorge et en sortit une cigarette.

– Tu n'es pas censée avoir arrêté ? se renfrogna Suzy.

– Presque, répondit Gem avec un clin d'œil, avant d'allumer sa cigarette. Quoi qu'il en soit, Cassie, je pense que nous pourrions manger les mûres à même les ronces, boire la rosée de l'herbe et avoir l'impression d'avoir festoyé. Notre mariage va être si riche en émotions. Tous ces trucs traditionnels comme les fleurs, le repas... (Elle fit un geste dédaigneux de la main accompagné d'une grimace.) Enfin, comprenez-moi bien, je sais que c'est important, mais...

– Tu as vraiment raison, c'est important, l'interrompit Suzy, avant de chuchoter à l'oreille de Cassie : Surtout quand notre digestion durera probablement plus longtemps que le mariage !

– Demain, je te promets, soutint Gem en serrant le bras de Cassie, nous étudierons les menus. De toute façon, nous voulons quelque chose de très simple.

Cassie maugréa intérieurement. Un sandwich au jambon était simple, mais, à son avis, ce n'était pas ce qu'ils voudraient. Elle se doutait déjà que ce repas de noce lui demanderait plus de travail que ce qu'elle avait imaginé.

Elles déambulaient en petit groupe le long des stands, en s'attirant des regards à la fois admiratifs et amusés. Elles s'extasièrent devant des étoles en lin imprimées et des coquillages sertis dans des bijoux en argent. Cassie s'arrêta devant le stand d'une école de surf et regarda deux enfants en équilibre – de façon plutôt habile – sur ce qui semblait être une courte planche ovale posée sur un cylindre en plastique. Comme hypnotisée, elle les observa pencher la planche d'avant en arrière, les bras tendus. À les voir, l'exercice paraissait aisé.

– Qu'est-ce que c'est que ce machin ? s'esclaffa-t-elle.

– Ce sont des Indo Boards. Vous voulez essayer ?

Cassie se retourna : un homme avec des cheveux bruns hirsutes et un pansement sur le nez lui souriait. Il portait un tee-shirt thermique violet et un bermuda couleur citron vert, tenue qui, bien que cool sur la plage, était quelque peu ridicule au milieu d'un champ.

– Oh, merci, mais j'ai bu un peu trop de champagne pour ça, rétorqua-t-elle en faisant un pas en arrière.

– Oh, vas-y, Cassie ! la poussa Suzy, qui passa entre eux et semblait débarquer d'une fête au bord d'une piscine. Tu essaies de tenir debout sur cette fichue planche de surf depuis des jours. Peut-être que cela t'aidera.

– Vous apprenez à surfer ? l'interrogea l'homme.

– J'essaie, mais j'échoue lamentablement.

– Qui vous apprend ?

– Un ami. Il est très bon. Il est Australien, ajouta Cassie, comme si cette nationalité confirmait les compétences de Laird. Ce n'est pas de sa faute, c'est de la mienne.

– C'est vrai, soupira Suzy en tapotant l'épaule de son amie. Cassie est une vraie perfectionniste. Dès qu'elle sort de sa zone de confort, elle est paralysée.

Cassie lança un regard contrarié à Suzy, qui remonta ses lunettes sur son nez avec un sourire satisfait.

– Allez-y, faites un essai, l'invita l'homme qui attrapa une planche et la posa aux pieds de Cassie. Si c'est la tension qui vous freine, le champagne va sans doute vous aider.

– Oh, mais...

Il posa sa main sur son coude et elle monta sur la planche avec précaution.

– Mettez vos mains sur mes épaules. Comme ça. Maintenant, écartez vos pieds de la largeur de vos épaules... Tournez légèrement votre jambe droite face à vous...

Cassie prit soudain une inspiration en sentant le cylindre rouler sous elle et elle s'accrocha plus fort aux épaules de l'homme pour ne pas tomber. Elle afficha un sourire contrit, gênée de se rendre compte que des gens l'observaient.

– Euh... Comment faisaient les enfants pour que ça paraisse si simple ? dit-elle avec un rire nerveux.

– Facile. Comme ils sont beaucoup plus petits, leur centre de gravité est plus bas.

– Oh.

– Maintenant, glissez d'un côté à l'autre. Écartez les bras et essayez de garder vos épaules basses. Tout le mouvement est dans vos hanches... C'est ça. Quand vous vous sentez prête, lâchez mes épaules...

Cassie se mordit la lèvre tout en soulevant précautionneusement ses mains ; cependant, elle les garda près de ses épaules, pour pouvoir se stabiliser à tout moment.

– Vous voyez ? dit-il avec un grand sourire alors qu'elle commençait à se balancer – presque imperceptiblement – d'un côté à l'autre. Je vous avais dit que le champagne vous aiderait.

– Vas-y, Cassie ! l'encouragea Gem alors qu'elle commençait à « surfer » un peu plus vite.

– Tu y arrives, Cassie ! la félicita Suzy qui la filmait avec son téléphone. Tu pourras montrer la vidéo à Henry à son retour.

Cassie rit, en tirant la langue. Elle commençait à trouver le rythme, gagnant rapidement en confiance. C'était plutôt facile une fois qu'on avait compris le truc.

– Et voilà ! se réjouit l'homme en applaudissant Cassie, qui ajouta un déhanchement à son mouvement.

De l'autre côté du terrain, un groupe était monté sur scène et s'était lancé dans une reprise de *Sweet Child O' Mine* des Guns N' Roses.

– Oh, je connais cette chanson ! s'enthousiasma Cassie, qui agita ses bras au-dessus de sa tête et commença à danser un peu tout en « surfant ».

– Je veux essayer ! s'écria Suzy en tapant dans ses mains et elle se mit aussi à se dandiner.

– Moi aussi ! déclara Gem, suivie d'Amber.

L'homme et son collègue se pressèrent de placer les planches à leurs pieds et de les aider à monter dessus.

La planche d'Amber était devant celle de Cassie, et les deux femmes se faisaient face une fois que l'animateur du stand ne la tenait plus. Amber y arriva presque immédiatement, cria un

« Yi-ha ! » et fit semblant de lancer un lasso au-dessus de sa tête. Sa façon de se mouvoir était si chaloupée et intentionnelle que c'était comme si elle défilait sur un podium ou imitait Jessica Alba en pantalon en cuir – autant cette femme paraissait nerveuse en tête à tête ou dans un petit groupe, autant elle semblait gagner en stature et confiance avec une foule d'yeux sur elle. Cassie plissa le front. Ce manque d'assurance nécessitant le regard des autres ne lui inspirait pas confiance.

– Qui pense être capable de passer au niveau supérieur ? proposa l'homme, avec des cerceaux dans les mains.

– Moi ! crièrent en chœur Cassie, Amber et Gem.

Suzy, qui ne semblait pas s'en sortir aussi bien (un riff d'air guitar l'avait déstabilisée) ne dit rien.

L'homme fit le tour de leur groupe, pour distribuer les cerceaux.

– C'est beaucoup plus difficile, d'accord ? C'est un peu comme quand on essaie de se frotter le ventre et de se tapoter la tête en même temps. Pensez bien à garder vos épaules immobiles.

Cassie se lança la première. Amber avait du mal à faire passer le cerceau avec son chapeau, puis elle décida de s'en passer et de le jeter au sol, à la manière du soutien-gorge d'une stripteaseuse.

De petites acclamations montèrent autour d'elles et Cassie se rendit compte que leur public s'était agrandi, avec un plus grand nombre de groupes d'hommes, une bière à la main. Elle entendit le prénom d'Amber se propager dans la foule comme le bruissement des feuilles d'un arbre, certains l'avaient reconnue.

Amber recommença, pas tant le hula-hoop que la danse du ventre, avec des ondulations de hanches exagérées capables d'hypnotiser un cobra. La foule les soutenait réellement à présent, les gens commençaient à applaudir.

Cassie accentua le balancement de ses hanches. Gem n'était pas vraiment dans la partie. Le cerceau n'arrêtait pas de se prendre dans les volants de son tutu et en quelques instants, elle descendit de la planche pour fumer une cigarette. Ainsi, il ne restait plus que Cassie et Amber, qui surfaient et faisaient tourner leur cerceau au rythme de la musique.

Amber avait commencé à chanter, sa jolie tête inclinée sur le côté, tandis que la magie de son corps opérait et la foule tombait sous son charme considérable. Même Cassie, qui essayait de se concentrer sur ses mouvements, fut séduite. Était-ce étonnant que Luke ait décidé de se poser avec cette femme ? Elle était belle, délicate, envoûtante. Elle ne ressemblait à nul autre dans cette immense foule. Même si Cassie ne s'était pas éloignée de Luke, même si elle ne lui avait pas préféré Paris, même si elle n'avait pas choisi Henry, leur relation aurait pris fin. Elle n'aurait pas pu garder un homme comme lui. Elle était une fille ordinaire. Amber venait d'une autre planète.

Amber commença à fléchir les genoux et à exhiber la fermeté de ses fines cuisses. Cassie se demanda si elle avait un passé secret dans la pole dance et s'y essaya à son tour. Toutefois, le changement dans la répartition de son poids, combiné au hula-hoop et au glissement latéral de la planche, fut de trop et elle partit brusquement en arrière, et le cylindre jaillit de la planche comme un missile.

– Ouah ! s'amusa l'animateur du stand, qui la rattrapa en la prenant sous les bras alors qu'elle s'effondrait comme un vieil épouvantail.

– Oh mince, je suis vraiment désolée, bredouilla-t-elle, mortifiée. Est-ce que j'ai cassé la planche ? Est-ce que je vous ai cassé, vous ?

– Je vais bien. Mais je crois que vous avez provoqué une rupture de stock, rit-il, en aidant Cassie à se redresser.

Il désigna une file de clients avec des Indo Boards dans les mains, alors que son collègue essayait de faire fonctionner le terminal de paiement.

– Oh.

Amber, qui avait clairement « gagné », sauta de sa planche telle une gazelle. Une autre acclamation retentit et elle fit une jolie révérence et souffla des baisers à la foule.

– Bébé ! cria-t-elle, en lançant ses bras en l'air.

Elle courut dans le public, qui s'écarta pour la laisser passer, et Laird et Luke apparurent, tous deux une bière à la main, un sourire amusé sur leur visage.

– Est-ce que tu m'as vue ?

Gem écrasa immédiatement sa cigarette sur le sol, en espérant que Laird en revanche ne l'ait pas vue.

– Comme si j'avais pu te louper ! lui répondit Luke.

Il avait le menton posé sur son épaule quand elle enroula ses bras autour de lui, colla son corps contre le sien et fit instantanément de Luke l'homme le plus détesté – et jalousé. Les yeux de Luke vagabondèrent et croisèrent ceux de Cassie presque d'un air contrit, mais elle détourna rapidement la tête. *De quoi s'excusait-il ?*

– Écoutez, reprit l'animateur du stand, pour attirer l'attention de Cassie. Laissez-moi vous offrir le cerceau. En guise de remerciement.

– Quoi ? Oh non, vraiment, je ne peux pas, protesta Cassie, alors que l'homme lui tendait le cerceau mauve et gris.

– Prends-le, Cassie ! s'esclaffa Suzy. Ce n'est qu'un cerceau, pas une rivière de diamants. Tu pourras le donner à Velvet !

– Bon… Merci, dit calmement Cassie en acceptant le cerceau qu'elle passa autour de sa tête, en bandoulière.

– Non. Merci à vous, dit l'homme avec un clin d'œil. Je vais devoir doubler mes commandes de stock avant que vous ne fassiez le buzz.

– Pardon ?

– Des gens vous ont filmées, le top model et vous, avec leur téléphone. Je suis prêt à parier que vous allez faire sensation sur YouTube d'ici la fin de la journée.

*Oh super*, se lamenta intérieurement Cassie.

Suzy et elle rejoignirent le reste de leur groupe. Gem, bien qu'elle ait été contrariée que Laird enterre lui aussi sa vie de célibataire au festival, avait l'air ravie qu'ils se retrouvent après quatre longues heures de séparation et lui sauta au cou, ses lèvres collées sur les siennes, ses jambes enroulées autour de sa taille. Laird semblait se réjouir également de voir sa petite fiancée en tutu.

– D'accord, d'accord, séparez-vous, dit Suzy, qui intervint pour détacher les deux couples heureux. C'est censé être un enterrement de vie de jeune fille. Si tu dois embrasser quelqu'un ce soir, ce n'est certainement pas ton fiancé.

Laird gloussa et reposa Gem.

Cassie resta en retrait, en faisant semblant d'observer le site, mais elle essayait simplement de ne pas attirer le regard d'Amber ou de Luke. Elle agrippa le cerceau sur son épaule.

La défaite était cuisante.

– Les filles, vous êtes toutes très… colorées, commenta Laird en jetant un coup d'œil à leurs tenues.

– C'est Amber qui nous a habillées, expliqua Gem en prenant la pose. Ça te plaît ?

– Bien sûr, répondit Laird avec un clin d'œil et une petite tape sur ses fesses rebondies. Je ne crois pas que je t'aurais reconnue, Suzy.

Suzy se rengorgea joyeusement. Cela faisait un moment qu'elle n'avait pas accordé d'importance à la mode et, ces temps-ci, le confort et le côté pratique avec Velvet étaient ses principaux critères pour s'habiller.

– Les filles n'avaient encore jamais fait de festival et je me suis dit que… qu'il fallait faire les choses correctement, affirma Amber avec fierté. Gem va à Glastonbury depuis qu'elle a quinze ans ; quant à nous, nous adorons Coachella, pas vrai ?

Amber se plaqua de plus belle contre le corps de Luke, son dos contre sa poitrine, et elle passa son bras devant elle.

– Et je parle depuis un moment de me mettre au stylisme, n'est-ce pas ?

Luke hocha la tête.

– Parce que vous savez, la carrière est brève dans mon milieu. C'est un peu comme les sportifs. Ce corps ne peut pas rester indéfiniment à ce niveau, déclara-t-elle avec un geste dédaigneux envers son physique parfait. Je n'ai plus que quelques années au sommet et, ensuite, je devrai me reconvertir.

– Oh, je vois ce que tu veux dire, Amber, intervint Suzy. Moi aussi, j'ai été mannequin avant de me lancer dans l'organisation de mariages.

Il y eut un silence horrifié avant qu'Amber ne comprenne qu'il s'agissait d'une plaisanterie.

– Je me fais toujours avoir avec toi ! s'exclama-t-elle, un doigt pointé vers Suzy.

Cassie devina à l'expression de Suzy qu'elle n'avait pas apprécié qu'Amber ait ri si fort.

– Bon, où allons-nous ? demanda Laird.

– Je veux vraiment aller au pied de la scène. Ça ne sert à rien d'être à l'arrière. Autant regarder le concert à la télévision, soutint Gem en faisant la moue, que Laird embrassa immédiatement.

Cassie leva les yeux au ciel. Cette effusion amoureuse permanente commençait à lui porter sur les nerfs.

– Est-ce que tu as vu la foule qu'il y a déjà ? La fosse fait déjà cinquante mètres de long ! dit Luke. Nous ne verrons rien de toute façon.

– La fosse ? Ttt, ttt. Je suis bien trop chicos pour la fosse ! s'alarma Suzy. Je ne prends pas le risque d'être piétinée à mort à un concert, encore moins pour un groupe mystère.

– D'après la rumeur, ce serait Coldplay.

Luke écarta son bras d'Amber pour prendre sa bière de son autre main. Il jeta un coup d'œil à Cassie, qui ne disait pas un mot.

– Coldplay ? Tu plaisantes ? s'écria Gem.

Sa soirée pourrait-elle s'annoncer encore meilleure ?

– C'est ce que les gens disent, mais qu'en savent-ils, hein ?

– Oh là là, en fait je peux prendre le risque, dit Suzy en se tournant vers Cassie, les yeux encore plus ronds que ceux de sa petite cousine. Chris Martin et moi, ce doit arriver un jour. Je l'ai toujours dit, pas vrai ?

Cassie confirma par un sourire.

– Et Archie est au courant, n'est-ce pas ? demanda Laird, amusé.

– Oh, totalement ! répondit Suzy qui vérifia sa tunique et ses jambes. C'est mon joker.

– Ton joker ? s'étonna Amber, qui chercha à nouveau le bras de Luke.

– Tu sais, si jamais nos chemins devaient se croiser et que l'occasion se présentait, j'aurais l'autorisation de coucher avec lui. Dispense spéciale, à validité unique.

Tout le monde rit, sauf Cassie, qui avait déjà entendu cette histoire et savait que Suzy était on ne peut plus sérieuse.

– Archie a comme joker Heather Graham, ajouta Suzy, en pinçant le bord de son panama.

– Oh. Ce serait qui pour toi ? demanda Gem, en se tournant vers Laird derrière elle.

– J'ai le droit d'avoir un joker ?

Gem haussa les épaules.

– Pourquoi pas ? C'est peut-être leur secret pour un mariage heureux.

– Ana Ivanovic, je suppose…

Gem fronça les sourcils.

– Tu as répondu trop vite ! Tu n'y as même pas réfléchi !

Le visage de Laird se décomposa lorsqu'il comprit qu'il avait « échoué » au test.

– Et pour toi, alors ?

– Jared Leto, affirma Gem aussi vite qu'elle le put.

– Et toi, Amber ? l'interrogea Laird.

– Mon homme, dit-elle d'une voix suave, en s'adossant contre Luke.

– Non ! C'est de la triche, se fâcha Suzy, qui prenait tout cela très au sérieux. Ce ne peut pas être lui. Tu ne peux pas être infidèle avec ton mari ou petit ami.

– Eh bien, dans ce cas, je suppose que ce serait... (Amber étira le dernier mot dans une profonde contemplation.) Bradley Cooper.

L'expression d'Amber lorsqu'elle prononça ce nom laissa entendre qu'elle s'attendait à ce que Luke provoque cet homme en duel.

– Je vais poser le cerceau dans la tente. Ça m'énerve de l'avoir comme ça, expliqua rapidement Cassie.

Elle s'éloigna avant que quiconque ne puisse vaguement essayer de l'arrêter. Elle ne voulait pas entendre cette conversation. Elle ne voulait pas entendre la réponse de Luke, ni devoir donner la sienne.

Elle se faufila dans la foule, avec la sensation d'être ridicule dans ses vêtements au milieu des anoraks. Quelle femme adulte pouvait penser que les chaussettes montantes avec un short étaient une bonne tenue ? Elle avait l'air d'une patineuse à un rassemblement de randonneurs.

Elle arriva à la yourte en quelques minutes et se jeta sur le lit en poussant un gémissement de désespoir. Elle eut un soubresaut en atterrissant sur l'une des bouteilles de champagne vides cachée sous une pile de vêtements. Elle l'attrapa et la posa délicatement sur le sol, avant de laisser tomber sa tête sur l'oreiller.

C'était le pire enterrement de vie de jeune fille qui soit. Non seulement le futur marié était présent, mais elle n'était même pas ivre. Le mieux qu'elle ait réussi était un léger étourdissement avant qu'elles ne quittent la tente. L'air frais et sa défaite face à Amber l'avaient rendue irascible et abattue. Elle vérifia s'il ne restait rien dans la bouteille, mais elle avait été bue jusqu'à la lie.

– Toc, toc.

Surprise, Cassie se retourna et aperçut Luke sur le pas de la porte.

– Hé, dit-il d'un air timide, comme un garçon qui savait qu'il n'était pas autorisé à pénétrer dans le dortoir des filles. Je peux entrer ?

Cassie se redressa pour s'asseoir, aussitôt sur le qui-vive.

– Luke, qu'est-ce que tu fais ici ? Où sont les autres ?

– Apparemment, Amber a rencontré le groupe plusieurs fois. Ils vont tenter d'avoir accès aux coulisses.

– Alors, qu'est-ce que tu fais ici ? Pourquoi n'es-tu pas allé avec eux ? demanda Cassie, perplexe (qui ne saisissait pas l'occasion d'un accès VIP à un concert de Coldplay).

– Tu sais pourquoi.

Tout air disparut aussitôt de la pièce. Que voulait-il dire ? Il ne pouvait pas...

– Comment aurais-tu pu nous retrouver sinon ? se justifia Luke avec un haussement d'épaules. Je venais te prévenir.

– Oh. Bien sûr.

Cassie se leva du lit et, embarrassée par le désordre, ramassa quelques vêtements qu'elle se mit à plier.

Luke s'approcha et prit les vêtements des mains de Cassie. Il la regarda fixement.

– Ça peut attendre.

Ils sortirent ensemble de la tente. Les stands de restauration fermaient boutique, les lumières de la scène principale en forme de dôme commençaient à l'emporter sur le ciel pâle à présent que le soleil s'approchait doucement de la ligne d'horizon. Il y avait moins d'enfants qui couraient partout, et plusieurs groupes d'hommes travestis laissèrent penser qu'ils n'étaient pas les seuls à enterrer des vies de célibataire.

– Tu n'as rien à boire.

Cassie considéra ses mains vides.

– Non.

Luke s'arrêta de marcher.

– Tu ne peux pas être à un concert et ne rien avoir à boire, Cassie. Il y a des règles.

– Vraiment ?

Mais avant qu'elle ne puisse ne serait-ce que hausser un sourcil, il lui avait attrapé la main.

– Suis-moi.

Son toucher était comme du feu et l'instinct de Cassie lui disait de rompre le contact. Mais Luke avait fermement agrippé la main de Cassie pour la tirer à travers la foule, qui se densifiait à mesure que les autres activités cessaient ; ainsi, tout le monde se regroupait près de la scène. Elle entendit à plusieurs reprises le nom de Coldplay être prononcé avant qu'ils n'arrivent à un stand de bières.

La moitié du festival semblait avoir eu la même idée et Luke dut pratiquement jouer des coudes jusqu'au bar. Quand il y parvint enfin, il commanda plusieurs verres pour eux deux.

– Quoi ? fit-il, alors qu'elle regardait avec stupéfaction les huit canettes de bière coincées entre ses doigts. Je ne vais pas refaire la queue. Tu veux la faire, toi ?

Elle attrapa trois canettes avec un regard espiègle.

– Viens, allons retrouver les autres, suggéra-t-elle en se tournant pour sortir de la tente.

– On ne peut pas. Tu dois tout boire d'abord. Le verre n'est autorisé qu'ici.

Cassie jeta à Luke un regard incrédule. Il s'attendait à ce qu'elle boive quatre bières avec lui ? Ils allaient en avoir pour des heures !

– Nous sommes sur des terres agricoles, tu sais, dit-il avec sérieux avant de boire une gorgée. Nous devons avoir un comportement responsable envers les animaux. J'ai un faible pour les vaches depuis une semaine.

– Tu es tellement sensible, rétorqua-t-elle sèchement, avant de faire tinter sa canette contre la sienne. À la tienne.

Elle aurait aimé boire rapidement, mais elle avait la réputation d'être lente, ce que Luke avait manifestement oublié. Pendant qu'ils buvaient leurs bières, tout en observant les gens autour d'eux tel un couple ordinaire, elle se demanda ce qu'il avait oublié d'autre à propos d'elle. Peut-être ne se souvenait-il pas de la moitié de ses peccadilles ou de ses manies. Ce n'était pas parce qu'elle se rappelait la position préférée de Luke pour dormir et que respirer dans son oreille lui faisait perdre ses moyens qu'il arrivait à Luke de penser à ce moment où il lui avait fait perdre l'équilibre ou comment elle aimait prendre son café.

– Tu es superbe, au fait, la complimenta-t-il en portant les yeux sur la tenue rétro-chic de Cassie.

Elle haussa les épaules.

– Je n'y suis pour rien. C'est l'œuvre d'Amber.

– Non, c'est faux. J'étais là quand tu as sculpté ces cuisses, tu te souviens ? Quand Kelly te faisait monter les escaliers des gratte-ciel et faire des joggings tôt le matin dans Central Park. Je devais te faire de bons massages…

Cassie fut sans voix. Elle n'en revenait pas que Luke ait prononcé cela tout haut, ait évoqué une anecdote intime entre eux auquel ils ne pourraient jamais se permettre de faire allusion. Elle but plus vite, déconcertée par son comportement. Son contact quelques minutes plus tôt lui avait semblé électrique, mais il la traitait comme une « amie » ; il l'avait suivie jusqu'à la tente, mais seulement pour la reconduire auprès de leur groupe. S'imaginait-elle des choses, interprétait-elle mal les signes ? Attribuait-elle un sous-entendu inexistant à certains gestes ? Voyait-elle des insinuations dans des significations parfaitement claires ? Ce devait être l'alcool.

– J'espère que c'est Coldplay qui va jouer.

Luke laissa un temps s'écouler et elle sut qu'il la fixait.

– Il y a peu de chances. Pourquoi feraient-ils un petit concert comme celui-ci ?

– Parce qu'ils sont originaires du Devon. C'est le comté voisin, et les gens du Sud-Ouest n'oublient jamais leurs racines.

– Alors, c'est sans doute eux.

Cassie lui jeta un coup d'œil, son ton était trop conciliant, son esprit clairement tourné vers un autre sujet que leur conversation.

– Oui.

Luke hésita.

– Tu te souviens quand ils ont joué au Madison Square Garden ? Nous avons essayé pendant des heures d'acheter des places sur Internet.

– Tout s'est vendu en une heure… Oui, je me souviens.

– Alors peut-être que ce soir, c'est… un signe du destin. Une façon de rétablir ce que l'on aurait dû vivre depuis le début.

*Oh, voyons ! Ce n'était pas son imagination, là !* Cassie regarda Luke, son cœur battait trop fort, trop vite. À quel genre de jeu jouait-il ?

– Hé ! L'univers nous doit un concert de Coldplay. N'ai-je pas raison ?

Et voilà que la conversation reprenait un autre sens. *Bon sang.* Cassie rit et se renfrogna alors que Luke s'éloignait de nouveau de ses soupçons. Elle devait être plus ivre qu'elle ne le pensait ; elle n'avait pas les idées claires ce soir.

– Allez, finis ta bière. Les autres vont se réchauffer, dit Luke en tapotant les canettes restantes. Cul sec.

– Oh ! Attends… !

# Chapitre 22

Le ciel s'élevait au-dessus d'eux tel un phénix, d'un rouge intense, ses ailes de feu déployées d'un bout à l'autre du monde, mais même cela n'était rien comparé au spectacle sur la scène devant eux. Les stroboscopes palpitaient comme des sabres galactiques, le sol tremblait sous leurs pieds alors que la basse se mit à résonner et que les cris de la foule allèrent *crescendo*. « Coldplay » était sur toutes les lèvres désormais – *je plains le groupe si ce n'est pas eux*, pensa Cassie, pendant que Luke la guidait à travers la foule, le choc de sa main sur la sienne émoussé à présent par quatre bières et deux shooters.

Quelque chose dans son allure incitait les gens à s'écarter pour lui. Était-ce le sourire blanc qui contrastait si fortement avec sa barbe naissante ? Sa veste de luxe ? Sa confiance en soi qui découlait du succès ? Les gens pouvaient-ils deviner qu'il venait non seulement d'un autre pays, mais aussi d'un autre univers ? De l'ancienne vie de Cassie ?

Elle le suivit, dans l'espoir qu'ils s'approchent suffisamment pour pouvoir voir le groupe sur scène, même s'ils devaient regarder les écrans géants pour savoir qui était qui. Il y avait plus de monde qu'elle ne l'avait imaginé, les lumières blanches des écrans de téléphone déjà en l'air, en « pause », dans l'attente que le groupe fasse son entrée. Les premières parties avaient rempli leur mission avec brio, l'ambiance était électrique. Avec le soleil pratiquement couché, qu'y avait-il d'autre à attendre ?

Rien.

L'instant suivant, les lumières s'éteignirent et la foule exulta. Une explosion de lumières blanches, davantage semblables à des feux d'artifice, mit le feu à la scène et, soudain, un homme avec un masque d'éléphant chantait au micro, sa tête remplissant l'écran de trente mètres.

La foule jubila lorsque la voix distinctive de Chris Martin résonna à travers le champ, jusqu'à la crique dans le fond. Cassie jeta ses bras en l'air, sauta de joie sur place et cria à pleins poumons.

Elle n'en croyait pas ses yeux. C'était bel et bien eux ! Elle était là, dans un festival en Cornouailles, à écouter Coldplay sur scène. L'énergie la souleva comme une vague. Pourquoi n'était-elle jamais allée à un festival ? C'était encore une chose qu'elle avait ratée au cours de ces années perdues de sa vie. Elle se tourna vers Luke et fut surprise de voir qu'il la regardait déjà, un sourire calme sur son visage alors qu'elle réagissait de manière excessive pour eux deux.

Il se pencha.

– Tu arrives à les voir ? lui cria-t-il.

– Plus ou moins.

Il s'agenouilla.

– Monte.

Elle le regarda avec horreur.

– Luke, qu'est-ce que tu fais ?

– Monte sur mes épaules.

– Non ! s'esclaffa-t-elle.

– Si. Tu as toujours voulu les voir en concert. Alors grimpe.

– Luke…

– Cassie ! Monte avant que je ne sois piétiné à mort !

La foule était compacte et bougeait peu à peu. Cassie jeta une jambe par-dessus l'épaule droite de Luke et dut se tenir à sa tête lorsqu'elle passa sa jambe gauche. Il sembla un instant incapable de se relever à cause de son poids, puis ses mains trouvèrent les siennes et les éloignèrent de ses yeux.

– C'est mieux comme ça.

– Oh ! lâcha-t-elle nerveusement quand il commença à se lever.

Elle avait l'impression qu'il pourrait basculer en avant et la propulser sur le dos des gens face à eux. Mais il se redressa doucement, et Cassie se retrouva à trois mètres de hauteur.

Elle s'accrocha plus fort à la tête de Luke, convaincue qu'elle allait tomber, mais il passa ses bras autour de ses mollets et la maintint fermement pendant que Chris Martin retira son masque et parcourut la scène en courant. Sans même y réfléchir, Cassie lâcha prise : les mains en l'air, elle hurlait à tue-tête et riait en croisant le regard d'autres filles qui profitaient elles aussi de ce point de vue privilégié.

Les premières notes à l'orgue de *Fix You* retentirent, et un rayon laser blanc balaya la foule comme un projecteur de prison. Cassie se balança en rythme, la tête rejetée en arrière alors qu'elle chantait haut et fort : « *When you try your best, but you don't succeed ; when you get what you want, but not what you need…* » Elle savait qu'elle partageait un moment de communion qui resterait gravé à jamais dans l'esprit de chaque personne présente. Elle se sentait transcendée, transportée, à tel point que lorsqu'une image fut projetée sur l'écran géant, d'une trentaine de mètres de haut, une belle femme aux yeux bleu clair et aux joues roses, la bouche grande ouverte par un rire euphorique, et son petit ami sexy entre ses cuisses, il fallut un moment à Cassie pour comprendre que c'était elle.

# Chapitre 23

Le calme régnait dans la tente. Tout le monde dormait encore, même si le jour nouveau dardait un rayon hostile à travers les interstices pour exiger leur attention. Allongée sur le flanc, le dos tourné aux filles, Cassie fixait une tenture turquoise. La gueule de bois était féroce – le champagne suivi de bières puis de shooters avait été une très, très mauvaise idée. Cassie se sentait tellement mal qu'elle n'était pas sûre de pouvoir changer de position, encore moins de quitter ce lit.

Mais ce n'était pas pour cette raison qu'elle était éveillée. Au-delà de la douleur lancinante de la gueule de bois, son système nerveux semblait toujours sous l'effet de l'euphorie de la nuit passée : un pouls légèrement élevé, des mouvements oculaires rapides, ses sens apparemment en éveil... Son corps était inerte, mais son esprit s'emballait, son estomac noué et en effervescence. Elle avait l'impression d'être au bord d'une falaise, ses orteils se tortillaient au-dessus du vide et un vent étourdissant tourbillonnait autour d'elle, soulevait ses cheveux, lui picotait la peau, la faisait rire, la rendait insouciante...

– Tu es réveillée ?

La voix de Suzy était légère comme une plume dans le crépuscule. Cassie se figea.

– Je sais que tu es réveillée. Je le vois à ta respiration.

– Je respire, c'est tout, marmonna Cassie au bout d'un moment, irritée de ne même pas pouvoir somnoler en paix.

Suzy ne répondit pas et, un instant plus tard, Cassie se retourna à contrecœur, en gardant les yeux fermés, ses mains sous sa joue gauche.

– Je me sens trop mal, dit-elle calmement, ce qui signifiait « Laisse-moi tranquille ».

– Ça ne m'étonne pas. Tu étais complètement saoule quand on vous a retrouvés.

– Ce n'était pas ma faute, protesta Cassie, qui se rappela la commande exagérée de Luke au stand de bières.

– Ce n'est jamais ta faute.

Cassie refusait d'être provoquée.

– Avez-vous réussi à accéder aux coulisses ?

Des souvenirs précis de la nuit précédente étaient obscurs – c'était raté pour le moment gravé à jamais !

– Oui, pour tout ce que ça nous a apporté…

Cassie ouvrit les paupières.

– Que veux-tu dire ?

– Eh bien, ce n'est pas si génial que cela d'être dans les coulisses quand le groupe est sur scène. Nous avons fini par les regarder sur un écran.

– Mais après, à la fin du concert ? Chris Martin s'est rendu compte de son erreur, non ?

– Ah, tu parles ! Je n'ai jamais eu l'occasion de le voir. Amber a piqué une crise et, sans un mannequin célèbre à nos côtés pour prouver que nous n'étions pas un groupe de fans psychopathes, nous avons dû partir.

– Pourquoi a-t-elle…

Mais Cassie ne put terminer sa phrase. La porte de la tente s'ouvrit et Gem entra, en berçant quelque chose dans ses bras. Les deux femmes se redressèrent avec étonnement ; Cassie ne s'était même pas rendu compte que Gem était sortie. Elle distingua des touffes de poils noirs et blancs dans ses bras.

– Mais qu'est-ce que… ? demanda Suzy, dont le visage s'assombrit.

Gem les regarda toutes les deux avec des yeux doux.

– Il me fait trop craquer !

– C'est un chiot, déclara Suzy d'un ton sévère.

– Très perspicace ! se moqua Gem avec un petit rire.

– Qu'est-ce que tu fiches avec un chiot ?

Gem posa sa joue contre la tête du chien.

– C'est mon cadeau de mariage pour Laird.

– Quoi ? !

Même Cassie sursauta au ton de Suzy.

– Tu ne trouves pas qu'il est adorable ? Avant la mort des parents de Laird, sa famille tenait un refuge pour animaux. Il adore les animaux ; il est incroyable avec eux. Il adorerait retourner là-bas et rouvrir le refuge, pour poursuivre l'œuvre de ses parents.

– Où l'as-tu trouvé ? demanda Cassie, qui ne résista pas à tendre la main et à caresser la tête velouteuse du chiot.

– Le couple dans le camping-car rose, trois emplacements plus loin.

Suzy se renfrogna.

– Tu es en train de nous dire qu'ils vendent des chiots à un festival ? Il y a des lois contre ça, tu sais !

– Calme-toi, Suzy. Ce ne sont pas des éleveurs de chiots. J'ai discuté avec eux hier soir quand ils m'ont posé des questions sur mon tutu. Je me plaignais de ne pas savoir quoi offrir à Laird comme cadeau de mariage et ils m'ont proposé un de leurs chiots. Leur chienne a eu une portée il y a une semaine, ce qui a bouleversé tous leurs projets ; ils ont dû amener les chiots avec eux, ce qui, avouons-le, personne de sensé ne ferait jamais ! Apparemment, ça a été un cauchemar total !

– Tu m'étonnes, John !

– Pouvez-vous imaginer quatre chiots déchaînés dans un camping-car ? Bess m'a raconté qu'ils ont dévoré le lino.

Suzy semblait sans voix.

– Comment il s'appelle ? demanda Cassie.

Gem jeta un coup d'œil timide vers Suzy.

– J'aimerais l'appeler Rollo.

Elle s'assit sur son lit et ouvrit les bras de sorte que le chiot roula délicatement sur le matelas. Les oreilles dressées et la queue frétillante, il découvrit les odeurs entêtantes de champagne éventé, de tortillas rassies et de laque.

– Il ressemble énormément à Rover, tu ne trouves pas ? Il a même une petite tache blanche sur la tête.

– Ne fais pas ça.

Ces mots étaient un avertissement, sec et brutal, et Cassie regarda tour à tour les deux femmes. Elle se souvenait très bien combien Suzy et Henry avaient aimé leur chien. Suzy avait pleuré sa mort pendant des semaines ; elle disait que c'était son « premier amour » et elle avait depuis lors refusé d'envisager d'avoir un autre chien. Cassie, elle-même, l'avait presque autant aimé. Pendant leurs week-ends et vacances passés à West Meadows, la maison de Hattie dans le Gloucestershire, elles avaient essayé de lui apprendre à donner la patte et à marcher debout sur ses pattes arrière.

Toutes trois observèrent Rollo sauter du lit et renifler frénétiquement, avant de se laisser tomber sur son arrière-train et d'uriner sur l'un des tapis.

Suzy eut un rire amer.

– Tu as laissé une caution pour cet endroit, j'imagine ?

Cassie jeta pour la première fois un coup d'œil au lit d'Amber et remarqua qu'elle n'y était pas ; son lit ne semblait pas avoir été défait en réalité.

– Hé, où est Amber ?

Suzy et Gem regardèrent Cassie avec un léger étonnement.

– Tu ne te souviens pas ? lui demanda Gem.

– Me souvenir de quoi ?

Il y eut un bref silence.

– Luke et elle sont partis hier soir.

– Quoi ? Tu veux dire partis, partis ?

– Non ! Ils sont rentrés à Snapdragons.

– Oh, j'ai cru que…

– Comme si Amber pouvait s'en aller avant mon mariage ! C'est mon témoin, tu te rappelles ?

– Ah oui, bafouilla Cassie, son cerveau essayait de passer une vitesse. Pourquoi ?

– Elle a prétexté un mal de tête, expliqua Gem, cependant son intonation était empreinte d'une certaine âpreté à présent que le chiot n'était plus dans ses bras.

– Mais… ?

Gem se tourna vers Suzy, comme pour chercher son aide, mais celle-ci ne parvenait pas à détacher son regard de l'animal. Appuyé sur ses pattes avant, le derrière en l'air, il avait la gueule fourrée dans une chaussure et la secouait de droite à gauche.

– Hein ? fit Suzy, qui se rendit compte qu'elle était censée dire quelque chose. Oh. Elle a pété un câble quand elle t'a vue sur les épaules de Luke.

Elle reporta son regard sur le chien.

Cassie blêmit en songeant à Amber « pétant un câble ». Que cela signifiait-il ? Avait-elle cassé des choses, l'avait-elle insultée ? Allait-elle l'attraper par les cheveux et la gifler à la seconde où elle passerait la porte de Butterbox ? Et Luke ? Si Amber lui avait ordonné de rentrer à la maison à la suite de sa crise, allait-il révéler leur relation passée et lui raconter la vérité ?

– De là à partir du festival, c'est excessif, non ? commenta Cassie avec un rire forcé. Il essayait seulement de m'aider à voir la scène.

– Hmm, oui, je sais que, techniquement, c'était en tout bien tout honneur, mais… Ça ne paraissait pas convenable, répondit Gem, les yeux résolument fixés sur Cassie.

Il y eut un silence pesant, le regard de Gem prolongé et lourd de reproches.

Cassie fut décontenancée.

– Ouah. Donc, tu dis que Luke et moi n'avons pas le droit d'être amis ?

– Non, ce n'est pas ce que je dis, mais pour être franche, je comprends la réaction d'Amber. Il y a une zone de flou, non ? Parfois, on sent quand le terrain est un peu glissant, même si tout semble parfaitement innocent…

Cassie dévisagea Gem, en se demandant ce qu'elle savait exactement de son passé avec Luke. Quelqu'un (Suzy ? Archie ? Henry ?) lui en avait-il parlé, ou avait-elle deviné ? Ou devinait-elle en ce moment même ?

– Disons que je n'aurais pas été ravie si j'avais vu Laird faire ça avec une autre fille, et je pense que Henry aurait réagi exactement de la même façon.

Cassie grinça des dents en entendant le prénom de Henry, en entendant Gem penser mieux connaître Henry qu'elle, en entendant cette menace implicite dans ses paroles.

– C'est parce que tu ne connais pas Henry comme moi, répondit-elle froidement.

Gem redressa un peu le dos, et l'image d'un serpent se préparant à mordre vint à l'esprit de Cassie.

– Je le connais depuis que je suis née. Il est plus un frère pour moi qu'un cousin. Il me raconte tout.

– Il ne te raconte rien, rétorqua sèchement Cassie, qui en avait assez de la possessivité naissante de Gem envers Henry. Même si c'était ton frère, ce qu'il n'est pas, un frère n'est rien par rapport à un conjoint. Je le connais intimement : chacune de ses pensées, de ses désirs, de ses rêves… C'est avec moi qu'il les partage, pas avec toi. Tu as huit ans de moins que lui, tu es une petite fille blessée qu'il se sent le devoir de protéger. Il t'aime énormément, mais tu l'amuses autant que ce chiot. C'est tout. Alors c'est moi qui vais te dire comment il réagirait, et pas l'inverse, d'accord ? Parce que tu parles de flou, Gem, mais tu es toi-même dans le flou, et je peux « sentir », dit Cassie avec sarcasme, en mimant des guillemets, que tu n'es pas non plus aussi innocente que tu le prétends.

Gem la regarda, son visage était impassible, mais ses yeux de glace. Cassie devina qu'elle n'avait pas l'habitude de perdre.

– Amber a dit...

– Je me fiche de ce que peut dire Amber. Ça ne m'intéresse pas. Jamais Henry ne se sentirait menacé par une chose pareille, mais si Amber veut « péter un câble » à ce sujet, c'est son affaire.

Sans un autre mot, Cassie se pencha et récupéra sa tennis violette dans la gueule du chiot.

– Et tu ferais mieux de maîtriser ton chien !

*

Cassie était étendue sur le canapé, une jambe pendant par-dessus l'accoudoir, bien déterminée cette fois à lire son chapitre quatre jusqu'à la fin, quand Suzy entra.

– Oh. Salut.

Suzy s'effondra lourdement dans l'une des bergères qui serait tendance si elle était recouverte d'un tissu écossais coloré, mais au lieu de cela, sa veloutine était usée et démodée.

– Hé. Je croyais que tout le monde était parti.

– Moi aussi.

Les yeux de Cassie se posèrent sur le verre de vin dans la main de Suzy.

– Il n'est pas un peu tôt pour ça, Suzy ? Il n'est pas encore midi. Je suis surprise que tu arrives à avoir de l'alcool sous les yeux après la soirée d'hier.

– J'en ai besoin.

Suzy fixa le verre de vin comme s'il s'agissait d'une potion magique.

Cassie reconnut le ton de sa voix.

– Oh mince, qu'est-ce qu'elle a encore fait ? demanda-t-elle avec un grognement compatissant.

Suzy lui lança un regard haineux qui, s'il avait été réellement destiné à Cassie, l'aurait réduite en cendres.

– Elle est venue en douce pour laisser le chien ici, avec une gamelle et un carton.

– Tu plaisantes !

– J'aimerais bien. Il est dans la remise.

Suzy but une grande gorgée de vin.

– Rapporte-lui.

– Je viens d'essayer. Mais elle m'a dit que je devais tenir jusqu'à samedi, puisque c'est une surprise pour le mariage. Qu'est-ce qu'elle va bien pouvoir faire ? Le faire sortir du gâteau ?

Cassie se retint de rire à l'image que cette suggestion lui évoqua.

– Pas croyable.

– Non, ce n'est pas croyable, convint Suzy en hochant la tête.

Elle fixa à nouveau son verre, avec une expression franchement effrayante.

– Où est Velvet ?

Suzy cligna des yeux pour revenir au présent.

– Hein ? Oh, Archie l'a emmenée se promener le long de la plage de Greenaway.

Il y eut un blanc.

– Oh. D'accord.

Suzy se renfrogna à nouveau, son humeur était plus sombre que Cassie ne l'avait imaginé.

– Que veux-tu dire par « Oh. D'accord » ?

– Est-ce que c'est bien qu'il aille marcher seul avec Velvet ? Et si... si quelque chose lui arrivait ?

– J'ai pris sa tension ce matin et tout allait bien. Son teint est bon, il a bon appétit. Il veut qu'on le traite à nouveau normalement. Est-ce trop demander ?

Cassie secoua la tête, mais se sentit blessée par le ton sec de son amie. Suzy avait tant de choses à gérer : une enfant en bas âge, un mari en convalescence, une mère stressée, un mariage à saboter et, dorénavant, un chiot dont s'occuper. Rien d'étonnant à ce que sa patience et son humeur soient mises à rude épreuve.

Cassie revint sur un terrain plus sûr.

– Gem a un sacré toupet de t'imposer Rollo comme ça. Elle n'a pas retenu la leçon de ce matin de ne pas pousser le bouchon.

Cassie repensa au trajet de retour du festival, court et tendu : toutes les trois avec la gueule de bois et irritables, leur ego meurtri se hérissant l'un contre l'autre dans la voiture de Suzy. La Jeep noire rutilante n'était pas dans l'allée à leur arrivée et Cassie s'était demandé si, en fin de compte, Amber n'avait pas insisté pour que Luke et elle s'en aillent immédiatement.

Mais elle n'avait pas posé la question. Elle était retournée directement se coucher – de nouveau en colère, frustrée, déprimée, comme si les bons moments des jours passés n'avaient jamais eu lieu. Quand elle s'était réveillée, elle était d'humeur un brin plus enjouée, la dispute avec Gem n'était qu'une faible note aigre en arrière-plan.

Suzy la fixait.

– Quoi ? lui demanda Cassie, qui mit de côté ses pensées.

– Rien.

– Non, tu as dit quelque chose. Qu'est-ce que c'était ?

– J'ai dit qu'à mon avis, elle avait raison.

Cassie en fut bouche bée – avait-elle bien entendu ? Elle se redressa sur ses coudes.

– Je te demande pardon ?

– Gem. Elle avait raison.

Cassie était interloquée.

– Es-tu sérieusement en train de me dire que tu es de son côté ? Toi ?

– Oh, arrête un peu.

– Alors, où veux-tu en venir ?

– Pour moi, tu avais tort quand tu as dit que ça aurait été égal à Henry que… que tu te trémousses sur les épaules de Luke. Je pense qu'il aurait piqué une crise.

– Mais je ne me trémoussais pas ! Je dansais ! C'était un concert ! Luke m'a aidée à voir la scène ! protesta Cassie, qui n'en revenait pas qu'elles aient cette conversation.

– Et c'est ton ex. Ton ex très séduisant et sexy avec qui tu as failli te remettre à Paris.

– Oui. Et le point pertinent dans ce que tu viens de dire, c'est que c'est mon ex ! En plus, comme tu me l'as si gentiment fait remarquer, il est complètement passé à autre chose.

Il y eut un blanc très bref.

– Oui, eh bien, j'ai changé d'avis à ce sujet. En fin de compte, je ne crois pas que les choses soient terminées entre vous.

– Sérieux ?! Tu es sincèrement en train de me dire que, selon toi, Luke et moi ravivons notre désir perdu parce que nous avons trop bu et avons dansé à un concert au milieu de cinquante mille personnes ? Mince, toi, arrête un peu !

– Il y a des choses inachevées entre vous, affirma Suzy qui prononça cette phrase comme un fait irréfutable. Ce n'est pas terminé.

– D'accord. Oui. Je comprends. Totalement, répondit Cassie avec un grand sarcasme. Comme je suis montée sur ses épaules pour mieux voir, cela signifie que nous ne pouvons pas garder nos mains loin de l'autre. Toutes les fois où nous avons été ensemble sans qu'il ne se passe rien ne comptent pas. Et je suppose que se promener main dans la main dans Rock avec Amber est une façade, c'est ça ?

– Tout ce que je sais, c'est que chaque fois que je le regarde, il a les yeux sur toi, soutint Suzy avec un calme déconcertant qui ne faisait qu'agacer davantage Cassie. Et quand il t'a vue dans cette robe de mariée à la boutique, on aurait dit qu'il avait reçu un coup de poignard dans le cœur.

Cassie aussi l'avait remarqué.

– C'était Amber qu'il regardait. Ils ne sont même pas encore fiancés, tu te souviens ? Quel homme a envie de voir sa petite amie jouer à la mariée alors qu'il n'a pas fait sa demande ?

– Je parie notre maison que tant que tu n'auras pas d'alliance au doigt, Amber n'en aura pas non plus.

Une colère s'immisça dans le regard noir et intense de Suzy que Cassie avait déjà vu à plusieurs reprises, mais jamais dirigé contre elle.

– Henry est mon frère, Cassie. Crois-tu vraiment que je vais laisser cela se faire sous mon nez pendant son absence ?

Le vent soudain espiègle qui soufflait sur le précipice – celui au bord duquel Cassie s'était sentie en équilibre toute la journée – était désormais glacial et sombre.

– Cela ne mérite même pas que je réponde. Je n'ai rien fait de mal, rien.

Cassie reprit son livre et regarda ostensiblement la page « Chapitre quatre ». Son cœur battait à toute allure et ses mains la picotaient.

Le silence s'agrandit telle une tache d'huile entre les deux amies. L'air semblait épais et impénétrable, troublant leur vue à toutes les deux. Elles ne s'étaient jamais disputées. Leur dernière dispute devait remonter à l'école, il y avait si longtemps, mais là, la tension était bien plus menaçante que de savoir si Cassie avait ou non chipé les chaussures de Suzy ou mangé le restant des pâtes.

Suzy finit par se lever du fauteuil.

– Quel genre de sœur ferais-je si…

– Quel genre d'amie es-tu ? riposta Cassie.

– Une amie qui dit ce qu'elle pense. Et Gem n'avait pas tort ce matin.

Cassie regarda Suzy, les larmes lui brûlaient les yeux.

– Je n'en reviens pas que tu sois de son côté, après tout ce que j'ai fait pour toi.

– Ce n'est pas une question de côté ! Il s'agit de Henry ! Il mérite mieux que ça.

– Mieux que ça ? Mieux que moi, tu veux dire ?

– Ce n'est pas ce que j'ai dit et tu le sais bien.

– Vraiment ? Tout ce que je sais, c'est qu'on me reproche d'être précisément la personne que vous vouliez tous que je devienne. Vous vouliez que je sois forte et indépendante, que je vive enfin comme je l'entends, mais maintenant tout ce que ta mère, Henry et toi avez à la bouche, c'est de fixer une date et fonder une famille, comme s'il n'y avait jamais eu de divorce, de trahison et de mensonges ! Eh bien, grande nouvelle ! J'ai vécu toutes ces choses ! Et ce n'est pas parce que ton frère m'a offert une bague que la douleur et le choc ont disparu. Ça ne fonctionne pas comme ça. Des fiançailles ne permettent pas de tourner la page d'un mariage.

– Bien sûr que non, mais tu ne peux pas non plus rester dans ce flou que tu t'es créé. Tu es coincée entre deux vies, Cassie : tu veux faire la fête comme si tu avais vingt et un ans, mais franchement, ce n'est plus de ton âge. Tu vieillis. À un moment donné, tu dois aller de l'avant.

– Oh, comme Gil, tu veux dire ? Dans six jours, ce sera le premier jour du reste de sa vie. (Cassie inspira profondément.) Merci de m'avoir prévenue, d'ailleurs.

Suzy fut prise au dépourvu.

– Je… J'allais te le dire.

– Quand ? Quand il serait en lune de miel ? Étais-tu inquiète que je puisse secrètement essayer de renouer avec lui aussi ?

– Ne sois pas désinvolte, Cassie.

– Pourquoi cela ? Ce n'est plus de mon âge ?

Chaque mot débordait d'un sarcasme dont Cassie se savait à peine capable.

– J'essayais de te protéger… Qui t'en a parlé ?

– Kelly. C'est une bonne amie, elle.

– Quand ?

– Il y a deux semaines environ.

– Donc, à peu près au moment où tu as commencé à paniquer avec Henry ?

– Non. Parce que ce n'est pas moi qui panique. C'est lui. C'est toi.

– Dans le même mois, tu découvres que ton ex-mari se remarie, ton fiancé te pousse à t'engager et ton ex-petit ami apparaît à l'improviste, et tu essaies sérieusement de me faire croire que tu ne paniques pas ? Cassie, ton monde tourne si vite en ce moment que je suis étonnée que tu arrives encore à marcher droit.

– Ah ! C'est l'hôpital qui se moque de la charité.

– Comment cela ?

– Tu es stressée à mort et tu projettes tout sur moi. Le mariage a lieu samedi et rien de ce que tu as fait pour l'empêcher n'a fonctionné. Gem a la robe, le prêtre, l'église, énuméra Cassie en comptant sur ses doigts.

– Oui ! Et c'est toi qui t'occupes du repas. Entre Henry, Archie, ma mère, cette fichue Gem et toi, est-il étonnant que ce soit le bazar dans ma vie ? s'écria Suzy, dont la voix se brisa sous le poids des mots. Voilà. Je l'ai dit. Ma vie est un sacré bordel. Tu es contente ?

Cassie eut la gorge nouée, immédiatement prise de remords quand elle aperçut deux grosses larmes glisser en silence, avec défi, sur les joues rougies de son amie. Suzy ne pleurait jamais. Elle était une vraie guerrière.

Du revers de la main, Suzy essuya ses larmes avec colère, comme si elle se décevait, puis elle s'avança vers la porte.

– Je vais te dire quelque chose, Cassie. Peut-être que rien ne va dans ma vie en ce moment, mais, aussi vrai que deux et deux font quatre, je sais que je ne me trompe pas à propos de Luke et toi.

Sur ces mots, Suzy sortit en trombe de la pièce, emportant tout l'air avec elle.

# Chapitre 24

La piscine naturelle était d'huile, tel un œil turquoise imperturbable, tandis que, quelques mètres en contrebas, la mer écumait de l'autre côté des rochers qui l'encerclaient comme un mur et que la marée continuait sa course vers l'horizon. Leurs corps tendres et pâles semblaient vulnérables contre les rochers noirs déchiquetés, qui émergeaient de l'eau en cercle. Ils étaient tous appuyés contre la roche et essayaient de ne pas s'égratigner contre les couches épaisses de moules et de patelles.

Cassie et Archie arboraient leur nouvelle combinaison, Laird et Luke un bermuda de plage, et Gem et Amber leur petit bikini. Suzy était demeurée sur la plage avec Velvet, les rochers étant trop dangereux pour la petite fille – et avec toutes leurs affaires également.

Cassie regrettait de ne pas être restée avec Suzy, même si elles ne s'étaient pas adressé la parole depuis trois jours entiers. Suzy quittait ostensiblement la pièce dès que Cassie entrait. Bien que le silence de Suzy soit terrifiant, Cassie préférerait le braver plutôt que d'être là. La vue de l'eau azur, six mètres plus bas, était magnifique. La sensation froide du sable humide sous ses pieds serait tellement plus apaisante que la roche mouillée et écailleuse. Des élans d'effroi la traversaient chaque fois que ses orteils perdaient prise sur les rochers à pic.

Cependant, elle ne pouvait pas partir. Il lui avait fallu vingt minutes pour monter jusque-là et le seul moyen de redescendre était par les airs. C'était le pont que Henry avait mentionné sur sa liste. Il s'agissait, s'avéra-t-il, d'une étroite bande rocheuse d'un côté du bassin, qui formait une arche, là où la falaise avait été creusée. Cassie devait sauter de cet endroit, ou de cette « pierre tombale », comme Laird l'avait qualifié. Cette plaisanterie n'avait pas été judicieuse et, bien qu'il l'ait dite avec son sourire décontracté habituel, Cassie ne pouvait s'empêcher de se demander si Gem lui avait rapporté leur dispute de dimanche.

Même si elle ne l'avait pas fait, il n'avait sûrement pas pu passer à côté de la tension qui régnait entre toutes les femmes : en plus d'ignorer Cassie, Suzy – pour des raisons inconnues – était à peine capable d'adopter un ton courtois avec Gem ; Gem foudroyait Cassie du regard, et Amber ne posait pas du tout les yeux sur Cassie. Lorsque Cassie lui avait proposé plus tôt dans la journée un café, quand ils attendaient sur l'herbe que la marée se retire totalement et laisse apparaître la plage de la crique, Amber avait étudié ses ongles et marmonné qu'elle « préférait mourir ». Luke avait entendu ; Cassie l'avait deviné à sa façon d'incliner légèrement la tête en arrière, dans leur direction, mais il n'avait rien dit, ni ne les avait regardées. En réalité, c'était la première fois que Cassie les voyait depuis le festival, et elle se demanda de combien de façons différentes Amber lui faisait payer sa prétendue trahison.

– Comment tu te sens ? cria Archie à Cassie.

Heureusement, lui ne semblait pas se rendre compte, comme d'habitude, des conflits dans leur petit groupe embarrassé. C'était lui qui avait insisté, après avoir étudié les horaires de marée les plus propices, la hauteur des vagues et les prévisions météorologiques, pour qu'ils se rendent tous ce jour-là dans la péninsule de Lizard, afin de regarder Cassie jouer le dernier acte de la liste avant que les jours ne soient comptés avant le mariage et, pour citer Archie, que « les choses ne deviennent stressantes ».

– Comment crois-tu que je me sens ? Je vais tuer Henry !

Archie rit.

– Je ne t'en voudrais pas ! Je n'aimerais pas être à ta place ! Je sens une nouvelle crise cardiaque pointer le bout de mon nez rien qu'à te regarder.

– Moi aussi !

– Tu dois être au moins à douze mètres de haut !

– Tais-toi, Archie !

– Est-ce que tu vas sauter ?

– Non ! Mais je vais te jeter des cailloux si tu ne la fermes pas !

Cassie regarda le bassin en contrebas. Laird avait estimé la profondeur à un peu plus de cinq mètres. L'eau était si claire que, même à cette hauteur, Cassie distinguait des araignées de la taille d'une assiette, qui détalaient sur les fonds sablonneux.

Tout le monde avait convenu qu'elle devait être la première à entrer dans l'eau, non seulement parce que c'était sa liste et son défi, mais aussi qu'il était primordial de ne pas troubler l'eau étant donné la hauteur de son plongeon. Il n'y avait qu'un seul rocher immergé, sur la droite, mais tant que Cassie sautait vers l'extérieur, elle l'évitait largement. Néanmoins, Laird avait convenu d'un ton solennel avec Archie qu'il ne fallait pas créer de remous dans le sable. Ainsi, cinq visages de plus en plus chauds et ennuyés, six mètres en contrebas (eux-mêmes à six mètres au-dessus de l'eau), étaient tournés vers Cassie, en attendant qu'elle trouve le courage de se lancer.

De son point d'observation plus élevé, Cassie pouvait apercevoir derrière eux Suzy et Velvet qui couraient sur le bord de l'eau, main dans la main. Contrairement à la mer qui déferlait sur les rochers abrupts de la lagune, l'eau là-bas venait lécher la plage. Cassie observa Suzy soulever Velvet, la faire tourner dans les airs, son visage vers le soleil, avant de la serrer contre elle et de se blottir dans son cou, et la petite fille se tordait de rire. Sa meilleure amie et sa filleule, deux des personnes qu'elle chérissait le plus au monde et qui deviendraient sa famille, si elle trouvait le courage de faire cet autre saut. Mais ce qu'il adviendrait d'eux si elle ne sautait pas le pas – n'y arrivait pas – pesait sur ses épaules comme une épée de Damoclès. Déjà ils se fracturaient sous la tension. Suzy et elle s'étaient brouillées parce que les mots « Je le veux » coulaient comme des blocs de béton dans le ventre de Cassie.

Au bout d'un moment, Cassie se rendit compte qu'une larme coulait sur sa joue, invisible, spontanée, et une soudaine vague de colère incandescente se répandit dans ses veines. Pourquoi ne pouvait-elle pas le faire ? Gil y arrivait bien, lui. Dans trois jours, il tirerait un trait sur leur vie et leur histoire commune, ce que même le divorce n'avait pas réussi à faire. Mettre fin à un mariage était une chose, c'en était une autre de se lancer dans une nouvelle union. Pourquoi ne pouvait-elle pas elle aussi faire un pas en avant et passer à l'étape suivante ? Le souci n'était pas qu'elle voulait récupérer Gil (il n'arrivait pas à la cheville de Henry), ni qu'elle n'aimait pas assez Henry. Elle ne voulait tout simplement pas se sentir une nouvelle fois... piégée ou possédée. Elle ne voulait pas renoncer à sa liberté.

– Tu peux le faire, Cass ! lui cria Luke, ce qui rompit sa rêverie. Ne réfléchis pas trop. Fie-toi à ton instinct.

Amber leva brusquement la tête ; réagissait-elle à la facilité – révélatrice – avec laquelle Luke l'avait appelée Cass ? Cassie vit Gem poser une main compatissante sur le bras de son amie. Cassie reporta un instant son regard sur Suzy et Velvet. *Avait-elle déjà été plus isolée ?* Il lui vint pour la première fois à l'esprit que peut-être la liberté dont elle rêvait ne revêtirait pas la forme sexy, égoïste et indulgente qu'elle désirait. Si elle perdait Henry, à coup sûr, elle perdrait Suzy, Archie et Velvet – ils « venaient en lot » ; ils faisaient déjà partie de la famille. « Premiers servis ». Elle serait libre certes, mais seule.

L'adrénaline se fit plus forte dans ses veines, un picotement parcourut ses membres alors qu'elle regarda en contrebas l'étendue d'eau froide et calme. Henry l'avait piégée : il n'y avait pas d'autre moyen de descendre de cette corniche. Et Cassie savait exactement ce qu'il essayait de lui montrer : elle devait sauter. Elle devait affronter sa peur, prendre son courage à deux mains et se lancer dans l'inconnu, quoi qu'il en soit.

Cassie posa ses mains sur le rocher derrière elle et poussa ses fesses en avant, de sorte que seuls ses pieds et ses mains étaient en contact avec la paroi. Elle devait simplement se faire confiance, croire en ses capacités. Elle pouvait y arriver. Elle regarda l'horizon et inspira, prête à…

– Oh, et puis zut !

Cette voix féminine fut suivie d'un plouf ; un tourbillon d'eau blanche s'était formé au centre, les araignées disparues, tout comme le sable, le rocher… Mais Cassie ne vit pas qui ou quoi était dans l'eau. Elle n'en eut pas le temps. Le mouvement brusque suffit à lui faire perdre l'équilibre sur le rebord étroit et elle glissa. La pierre rugueuse lui écorcha la peau comme une râpe à fromage sur de la soie, quand elle tomba dans le vide en hurlant, ses bras et ses jambes s'agitaient dans tous les sens.

Le temps se déforma, s'accélérant et s'étirant, alors que le bleu fondait sur elle et, en dessous, le rocher.

– Non ! Cassie !

Le premier contact fut comme de la pierre, sa peau la brûlait alors que la surface de l'eau résista, le temps d'une fraction de seconde, avant qu'elle ne se brise sous son poids, inflexible et impitoyable. Cassie pénétra dans l'eau sur le flanc. Presque aussitôt, elle entendit deux explosions au-dessus d'elle, mais elle ne voyait rien à cause des bulles d'air. Il n'y avait pas de couleur sous la surface, pas de lumière, juste le choc incroyable du froid, le feu de sa peau, la pression qui lui perçait les oreilles, l'eau qui emplissait son nez et sa bouche. Elle n'avait pas eu le temps de se boucher le nez, ni de prendre sa respiration, pas le temps de s'élancer ni d'orienter son saut, et son corps sans air plongea dans l'eau, droit vers le rocher…

★

Son bras… Quelque chose tenait son bras, la tirait dans un mouvement violent et brusque, loin du rocher, vers l'espace bleu. Elle sentit une peau sur la sienne, des mains sur ses bras et, l'instant suivant, elle remonta à la surface. Elle toussa, cracha, reprit son souffle, à peine consciente qu'elle était portée, des jambes puissantes qui n'étaient pas les siennes la poussaient vers les rochers.

L'eau coulait de son visage, comme son corps était dégagé de son étreinte soyeuse – douce et conciliante désormais ; des gouttelettes dans ses yeux fragmentaient sa vue alors que la paroi rocheuse se rapprochait. Elle vit que tout le monde criait, mais elle ne les entendait pas. Laird et Luke étaient dans l'eau à côté d'elle, la hissant sur un rebord plat. Amber, remarqua Cassie, s'accrochait à un rocher à moitié immergé de l'autre côté du bassin, les cheveux mouillés, sombres et lissés en arrière, l'effroi dans son regard alors qu'elle observait la scène.

– Est-ce que ça va ? Tu vas bien ? lui demandait Luke. Cassie !

– Elle est sous le choc, vieux. Nous devons la sortir de…

– Non. Je vais bien, protesta Cassie, alors que sa toux déchirante diminuait.

Ses yeux se posèrent sur Archie. Il était pâle, déjà à moitié descendu de son perchoir ; il se penchait le plus possible pour pouvoir la voir, mourant d'envie de sauter dans l'eau – comme les autres avaient dû le faire, se rendit-elle compte –, mais son corps plus âgé et affaibli l'en avait empêché.

– Cassie, as-tu tapé le rocher ?

Le regard inquiet de Luke parcourait le visage de Cassie, à la recherche de signes de blessure.

Elle fronça les sourcils. C'était difficile de savoir ce qui s'était passé exactement, de transformer l'expérience sensorielle en souvenir factuel. Elle avait glissé et chuté... Elle leva les yeux vers le pont. Était-elle tombée de toute cette hauteur ? Elle secoua la tête.

– Quelque chose m'a retenue avant le rocher, je crois.

Luke attrapa Laird par l'épaule et le serra fort.

– Surfeurs et rochers, on apprend à réagir vite, mon pote. On a eu de la chance que l'eau soit calme. Avec des vagues, ça aurait été presque impossible de l'attraper.

Luke reporta son regard sur Cassie.

– Alors tu n'es pas blessée ?

– Eh bien, je n'ai pas dit ça, gémit-elle. Ma peau me fait un mal de chien. J'ai l'impression d'avoir été fouettée puis plongée dans du vinaigre.

Laird grimaça.

– Oui. Tu vas peut-être avoir des bleus, tu es mal rentrée dans l'eau. Heureusement que tu avais ta combinaison. Elle t'a sans doute épargné quelques ecchymoses.

– Mais tu ne te sens pas engourdie ou...

– Luke, je vais bien.

– Vraiment ?

Cassie réussit à afficher un faible sourire.

– Tu es pire que ma mère.

– Écoute, au moins toi, tu n'as pas eu à assister à la scène. Je crois que je ne retrouverai plus jamais le sommeil.

– Je confirme. C'était bien pire pour nous, déclara Archie, qui arriva enfin à leur niveau et attrapa la main de Cassie pour l'embrasser avec force. J'ai cru que j'allais devoir annoncer à Henry que tu étais devenue une omelette.

Cassie rit, un sentiment d'euphorie grandissant commençait à l'envahir à mesure que ses nerfs comprenaient que le danger était passé. Elle allait bien. Elle était tombée de douze mètres sur une eau aussi dure que du béton et elle avait survécu. Elle n'allait pas le refaire de sitôt, bien entendu – genre, pas dans cette vie –, mais elle l'avait fait. Une chose de plus à rayer de sa liste. Bon, d'accord, à proprement parler, elle n'avait pas sauté du pont – elle n'avait pas fait le saut que Henry voulait ; elle avait plutôt glissé et dégringolé... Mais cela comptait tout de même, non ?

*

– C'est bien mieux comme ça, murmura Archie, allongé sur le ventre, les mains sous ses joues et les paupières bien closes.

– Hmm, je pense, Archie, que nous sommes des surfeurs du ventre dans l'âme, répondit Cassie, avec une intonation plus généralement réservée aux massages crâniens de Bas, tandis que les grosses vagues de l'océan passaient régulièrement sous leur planche et les berçaient dans un état somnolent. Je suis épuisée. J'ai envie d'aller me coucher.

– Tu as toujours envie de dormir, marmonna Archie, tout aussi assoupi.

Quelque part derrière eux, au cœur de l'action, Laird surfait sur les vagues qu'ils étaient censés prendre. Mais, après avoir échoué pendant une demi-heure à se mettre debout, Archie avait invoqué d'un ton dubitatif et inquiétant « une sensation étrange » dans sa poitrine, et personne ne poussait Cassie à quoi que ce soit depuis sa chute quelques heures plus tôt.

Ils étaient allés à Polzeath pour « surfer au coucher du soleil », comme l'avait présenté Laird. En toute franchise, Cassie avait eu sa dose de plage pour la journée, mais elle n'avait aucune envie de rentrer à la maison. Suzy ne lui avait toujours pas réellement adressé la parole, même après avoir appris que la « pierre tombale » avait failli prendre un sens littéral (les platitudes les plus basiques et marmonnées sans aucun contact visuel ne comptaient pas), et les excuses d'Amber pour avoir provoqué sa chute avaient été aussi agressives et peu sincères que celles d'un adolescent privé de sortie.

Cassie autorisa ses paupières à se fermer. Elle commençait à avoir mal partout à cause de sa chute et l'après-midi avait été long. L'adrénaline qui l'avait fait tenir peu après s'était dissipée pour laisser place à un choc nerveux et fragile. Il leur avait fallu près de deux heures de route pour atteindre la crique, aussi n'avait-elle pas voulu que tout le monde remonte directement dans les voitures à cause d'elle. Alors, elle s'était assise tranquillement sur le sable, avec une serviette humide comme compresse froide sur sa peau rouge et meurtrie, tandis que les autres jouaient à cache-cache dans le dédale de tunnels creusés dans le cap. Ceux-ci n'étaient pas assez profonds pour avoir servi jadis aux contrebandiers (le fait qu'ils soient totalement immergés à marée haute les rendait également inutiles). Ce qui avait commencé comme un jeu pour Velvet s'était rapidement transformé en une version pour adultes : Gem et Amber (vite pardonnée, sembla-t-il ; assurément plus vite que Cassie pour son « manque de jugement ») entraient et sortaient des tunnels, les yeux écarquillés et folâtres, avec Laird et Luke à leurs trousses. Les cris et les ricanements des filles, quand elles se faisaient inéluctablement attraper, résonnaient jusqu'à la plage.

Cassie avait fait comme si elle n'était pas l'intruse, la cinquième roue du carrosse, et avait opté plutôt pour une promenade solitaire sur le grand affleurement herbeux qui devenait une île à marée haute. Quand elle tomba sur Amber et Luke qui s'embrassaient dans un coin reculé, elle rebroussa chemin en silence et fit semblant de ne pas les avoir vus.

Sa vie était comme un hologramme, pensa-t-elle, alors qu'Archie et elle flottaient dans un silence décontracté ; son existence était monotone et fantomatique, tout ce dont elle avait toujours été si certaine (sa relation pour la vie avec Henry, son lien fraternel avec Suzy, son mépris pour Luke) paraissait soudain détaché, décroché, comme prêt à partir à la dérive.

– Tu devras faire attention quand tu raconteras à Henry ta chute du pont. Il va s'en vouloir énormément, marmonna Archie, l'air à moitié endormi.

Cassie les imaginait dériver tous les deux vers le large, comme des enfants sur des matelas pneumatiques, et être secourus par les sauveteurs en mer.

Cassie ouvrit paresseusement un œil comme un chat somnolent.

– Pourquoi ? Ce n'est pas comme s'il m'avait poussée.

– Non, mais il se sentira responsable de t'avoir fait faire ce truc.

Ce n'était pas de la culpabilité que Henry ressentirait, Cassie le savait, mais de la déception.

– Il ne m'a pas non plus forcée à monter sur ce rocher sous la menace d'une arme.

– C'est vrai.

Il y eut un petit blanc.

– Peut-être que c'est ce que je devrais faire avec Suzy pour qu'elle me raconte ce qui se passe entre vous deux.

Cassie avait désormais les deux yeux ouverts.

– Qu'est-ce que tu veux dire ?

– Oh, tu ne vas pas t'y mettre non plus. Ne le nie pas, épargne-moi cela. C'est tellement évident que vous vous êtes disputées ; même moi, je le vois, et nous savons tous que j'ai l'intelligence émotionnelle d'une méduse. Sans parler du tonus musculaire.

Cassie rit de cette plaisanterie inattendue et Archie lui fit un clin d'œil.

– Allez, crache le morceau. Je l'ai entendue pleurer dans la salle d'eau et elle a essayé de me faire croire que c'était à cause des sels de bain. Nous savons tous les deux que ma femme ne pleure que lorsque nous sommes à court de pétillant.

– C'est pour ça que tu m'as traînée jusqu'ici ? gémit Cassie, alors qu'une vague particulièrement grosse enfla sous eux tel un monstre marin s'élevant des profondeurs. Tu veux être notre médiateur.

– Plutôt un négociateur de prise d'otages. Je ne te laisserai pas retourner sur la terre ferme tant que tu n'auras pas répondu à mes questions.

– Je vois, gloussa Cassie.

Elle demeura silencieuse un long moment. Comment parler à Archie – non seulement le mari de Suzy, mais aussi le meilleur ami de Henry – des soupçons sans fondement d'Amber, Gem et Suzy ? Il n'était pas présent au festival, il n'avait pas vu à quel point tout était innocent, mais peut-être estimerait-il qu'il n'y avait pas de fumée sans feu ?

Cassie opta pour l'explication passe-partout.

– Elle a beaucoup de choses à gérer, c'est tout. Elle se fait pas mal de souci pour Hattie...

Archie lui lança un regard sévère.

– Bon, d'accord, soupira Cassie. Gem et moi avons eu un petit accrochage dans la yourte dimanche matin et Suzy a décidé, pour la première fois de sa vie, qu'elle était du côté de sa cousine. Sa cousine qu'elle ne supporte pas et à qui elle n'adresse plus la parole non plus, au cas où tu ne l'aurais pas remarqué.

– De son côté ? Vous êtes des gamines ou quoi ?

– C'est celui qui le dit qui l'est, riposta Cassie d'une voix enfantine. Tu ne me demandes pas pourquoi elle ne parle plus à Gem ?

– D'accord. Pourquoi ne parle-t-elle plus à Gem ?

– Je ne sais pas. J'espérais que tu pourrais me l'apprendre.

Archie grommela.

– Eh bien, je sais qu'elle est furieuse de devoir cacher le chiot jusqu'à samedi. Elle se retrouve avec un truc en plus à gérer, comme si elle n'était pas déjà assez occupée avec Velvet, sa mère et moi. Mais non, ajoutez un chiot en prime ! Tu ne l'as pas entendu gémir cette nuit ?

Cassie secoua la tête.

– Non. Moi non plus. Mais Suzy l'a entendu. Elle s'est levée trois fois, et, par-dessus le marché, Velvet s'est réveillée tôt pour une fois. Oh là là, je ne sais pas, maugréa Archie. Ce n'est pas du tout dans mes cordes. Pas étonnant que les hommes parlent de sport.

Ils gardèrent le silence un moment.

– Dis-moi ce que tu penses de Laird, Archie. Tu as passé plus de temps avec lui que Suzy ou moi.

– Je pense que c'est quelqu'un de bien. Il est raide dingue de Gem, il a les pieds sur terre, il est sportif, doué avec ses mains. Et Luke aussi. Je dois admettre que j'apprécie beaucoup sa compagnie. Nous avons passé pas mal de temps ensemble. Son travail est très passionnant. Absolument fascinant.

Cassie se sentit mal à ces mots. Quand Archie découvrirait qui était réellement Luke (ou plutôt, avait été) – ce qui arriverait inéluctablement –, il aurait l'impression d'avoir trahi Henry pour s'être lié d'amitié avec son ennemi juré. Elle savait qu'elle devrait lui dire, que c'était le bon moment, mais les mots refusaient de sortir. Elle ne voulait toujours pas envisager la possibilité que Henry apprenne que Luke était avec eux et les soupçons que sa présence éveillerait.

– Alors tu ne trouves pas ça louche qu'il veuille se marier si jeune ? Hattie et Suzy sont convaincues qu'il est intéressé par l'argent de Gem.

Archie haussa les épaules.

– Lui aussi est orphelin. Je pense que les choses sont différentes quand tu es seul au monde. On doit avoir envie de construire sa petite tribu le plus tôt possible.

– Sais-tu ce qui est arrivé à ses parents ?

– Je n'ai pas osé le lui demander. Mais ça explique beaucoup de choses, tu ne crois pas ?

– Oui, peut-être.

Cassie sortit ses mains de l'eau, les secoua et les posa sous sa joue comme Archie.

– Ma femme et sa mère se rendent la vie bien plus stressante que nécessaire, en s'inquiétant pour ce mariage. Ce n'est pas comme si nous n'avions pas déjà assez à faire en ce moment, avec moi qui essaie de ne pas passer l'arme à gauche.

– Hé. Arrête de dire ça !

Archie fit un clin d'œil à Cassie.

– Gem aura bientôt vingt et un ans, elle est assez grande pour prendre ses décisions toute seule. Franchement, c'est ce qu'elle devrait faire. Quel est le pire qui puisse arriver ? Qu'ils divorcent ? affirma-t-il en haussant les épaules d'un air nonchalant.

– Archie, tu dis ça comme si ce n'était rien, mais je suis passée par là, tu te souviens ? C'est assez terrible, un divorce. J'ai l'impression d'avoir dû me trouver une nouvelle peau, un nouveau cœur, pour m'en remettre.

Archie tendit le bras pour tapoter la main de Cassie.

Elle essaya de revenir à leur sujet de conversation. Il était question ici de Gem, pas d'elle.

– En plus, s'ils divorcent, il récupérera la moitié de sa fortune ; c'est cela qui inquiète Hattie et Suzy. Gem est solide, elle rebondira ; mais cet héritage lui vient de ses parents.

– Laird n'est pas matérialiste. Regarde-le là-bas. C'est quelqu'un de spirituel, à la recherche de la vague parfaite.

– Raison de plus pour laquelle un quart de part dans Butterbox et Snapdragons l'intéresserait. C'est l'une des dix meilleures plages de surf au monde.

Archie fit une grimace choquée.

– Vous êtes tellement cynique, Miss Fraser ! Je ne me doutais pas que vous aviez ce côté-là en vous.

– C'est le problème avec le divorce, Archie, marmonna Cassie en refermant les paupières. Après, tu vois le pire chez tout le monde et ne fais confiance à personne.

– Pas même à toi ?

– Encore moins. Personne n'a jamais dit que survivre était une partie de plaisir.

Il y eut une courte pause.

– Henry n'est pas Gil. Jamais il ne…

– Je sais.

*Mince. La conversation était encore revenue sur elle.*

– Mais… ? l'invita Archie à poursuivre, en ouvrant les deux yeux pour regarder Cassie.

Elle le fixa.

– Mais chaque fois que je pense à redevenir une madame – une épouse –, je me sens piégée et impuissante, comme si je mettais toute ma vie entre ses mains. Je sais que Henry ne trahirait jamais ma confiance, mais je n'ai jamais pensé que Gil le ferait non plus. Il n'est pas simplement question de repasser une bague au doigt. Je dois renoncer à mon nom, changer mon passeport, mon permis de conduire, mes coordonnées bancaires… Tout ce qui dit que je suis moi. Rien ne change pour vous, les hommes. Vous n'êtes même pas obligés de porter une alliance si vous n'en voulez pas. Ce sont les femmes qui renoncent à tout, à leur identité, pas les hommes.

Le visage d'Archie se décomposa.

– Mince alors, présenté comme ça… Je m'en veux maintenant d'avoir demandé à Suzy d'être ma femme.

Cassie éclata de rire et l'aspergea d'eau.

– Arrête. Tu sais ce que je veux dire. Lorsque tu te maries pour la première fois, l'espoir passe avant l'expérience. C'est différent la deuxième fois. Et aucun de ces sentiments ne me fait douter de Henry, ce n'est pas personnel, ni à propos de lui. Ce ne sont que les cicatrices du divorce.

– Chat échaudé craint l'eau froide, hein ?

Ce n'était pas la première fois que Cassie entendait ce proverbe. Elle fixa Archie.

– Tu peux sûrement lui parler à ma place, quand il reviendra ? Pour essayer de lui faire comprendre mon point de vue ? Chaque fois que j'essaye, il pense que je le rejette, alors que ce n'est pas le cas. Et puis nous nous disputons.

– Attends une minute, je suis censé négocier entre Suzy et toi, pas entre Henry et toi.

– Je te verserai une commission. J'ai l'impression, poursuivit Cassie en faisant une grimace, d'être en guerre avec tout le monde en ce moment. Je ne fais rien de bien.

– Tout prendra sens avec le recul. C'est toujours ce que je me dis quand je traverse une passe difficile.

– Yo !

Archie et Cassie levèrent la tête et aperçurent Laird ramer vers eux, un grand sourire aux lèvres.

– Regardez qui vient surfer avec nous avant la tombée de la nuit.

Ils jetèrent un coup d'œil derrière eux : une tête sombre, des épaules et des bras puissants, une combinaison toujours roulée sur les hanches.

Cassie sentit son cœur se serrer. *Oh super, que faisait-il ici ?* Il était l'une des raisons pour lesquelles elle était sortie, afin d'éviter de le voir à la maison, avec les autres.

– Luke, mon vieux, s'exclama joyeusement Archie, qui peina à s'asseoir sur sa planche et grimaça alors que le mouvement fit clapoter l'eau froide tout autour de lui.

– Salut, dit Cassie avec un petit signe de tête et elle passa également en position assise.

Elle regarda Luke se redresser, à califourchon sur la planche, ses yeux pétillant du même plaisir que ceux de Laird.

– La soirée est trop belle pour laisser passer cette occasion, sourit Luke, qui cogna sa planche contre celle d'Archie pour le saluer et il remarqua ses cheveux secs. Vous avez eu de bonnes vagues ?

– Eh bien, pour ma part, j'ai tout donné, mais ces deux-là tiennent une réunion Tupperware, se moqua Laird. J'ai cru qu'ils allaient sortir un Thermos et se servir un café.

– Je vous ferai savoir que nous avons refait le monde. La pauvre Cassie a beaucoup de problèmes en ce moment. Tomber du pont ce matin n'était rien comparé à ses soucis.

Archie lui adressa un clin d'œil complice.

– Ah oui ? fit Luke, en passant ses bras dans les manches de sa combinaison pour l'enfiler sur ses épaules. Comme quoi, Cassie ? Je croyais que ta vie était plutôt parfaite.

Cassie le toisa. Comme s'il ne savait pas ! C'était de sa faute si elle s'était brouillée avec Amber, Gem et Suzy ! Elle lui avait dit qu'elle ne voulait pas boire toutes ces bières ; elle lui avait dit qu'elle ne voulait pas monter sur ses épaules, et voilà le résultat ! Il n'avait même pas le droit de lui adresser la parole depuis le concert. Comment pouvait-il faire comme si tout allait bien, pour elle comme pour lui ?

– Archie raconte n'importe quoi. En fait, nous nous demandions s'il devait ou non se faire opérer de ses ongles incarnés.

– Beurk ! rit Laird tandis qu'Archie suffoquait d'indignation.

– Suzy ne supporterait jamais que mes ongles soient aussi longs.

– C'est ta femme qui te coupe les ongles, vieux ? demanda Laird qui, hilare, tapa sur sa planche. Oh, mec, c'est encore pire !

Cassie gloussa, contente que la conversation ait changé de sujet, mais elle était consciente du silence de Luke au milieu de leurs sottises, de ses yeux sur elle, exactement comme Suzy l'avait décrit.

– Peu importe de quoi vous parliez, il est temps de surfer, déclara Luke au bout d'un moment, avant de passer ses bras derrière la tête et de remonter sa fermeture Éclair dans le dos. Ces vagues sont parfaites pour vous. J'ai appris le surf dans ces conditions.

Archie plissa le nez. À part ses jambes dans l'eau, il était entièrement sec.

– Pour être honnête, je pense que je vais juste...

– Ttt, ttt. Il n'y a qu'un seul moyen de rentrer, mon pote, objecta Laird, avec une tape sur l'épaule d'Archie. Et c'est debout. Allez, tu l'as déjà fait une fois. Je vais te guider.

– Cassie ? Tu veux que je sois ton guide ? lui proposa Luke, en passant sa main sous sa combinaison pour l'ajuster.

– C'est bon. Je n'arrive pas à me tenir debout. Je vais rentrer sur le ventre.

Il la regarda avec étonnement.

– Alors, c'est comme ça ? Tu vas simplement baisser les bras ? Je ne t'ai jamais vue comme une dégonflée.

– Écoute, ça fait plus d'une semaine que j'essaie de me lever sur ce machin. On ne peut pas me dire que je n'ai pas essayé.

La frustration teintait la voix de Cassie.

– Alors, nous le ferons ensemble. Dans le surf, ce qui est important est de savoir quand faire les mouvements. On ne peut pas se lancer sur n'importe quelle vague. Nous allons nous placer au bon endroit et, quand je te dis « vas-y », tu te mets debout, d'accord ?

Elle haussa les épaules avec la désinvolture d'un adolescent et se demanda quelles seraient les conséquences quand il viendrait aux oreilles des filles qu'ils avaient surfé ensemble. Archie devrait peut-être lui servir de témoin de moralité.

– D'accord, mais Laird a dit exactement la même chose et je sais que ce n'est pas aussi facile que tu veux me le faire croire.

– On se retrouve sur la plage, les amis, lança Archie alors que Laird commença à s'éloigner.

Luke hocha la tête et les regarda partir, avant de se retourner vers Cassie.

– Tu vas bien ? lui demanda-t-il avec une intonation différente – inquiet, intime.

– Pourquoi n'irais-je pas bien ?

– Avec tout ce qui se passe avec Amber et les filles. On dirait que tu traverses une période difficile.

Cassie détourna immédiatement le regard, décontenancée par la gentillesse de Luke, un mur d'émotion contenue s'érigea en elle et la prit totalement au dépourvu. Pourquoi était-elle bouleversée ? Elle ne comprenait pas...

– Amber se sent mal pour tout à l'heure. Très, très mal. Pour être franc, elle était dans tous ses états quand nous sommes rentrés à la maison.

Cassie haussa les épaules. Amber n'avait nullement semblé dans tous ses états dans ce recoin caché au bout de la plage, lorsque Cassie les avait surpris à s'embrasser, mais elle n'avait aucune envie d'en discuter avec lui.

Elle baissa les yeux et remarqua que ses mains tremblaient. Elle était dans l'eau depuis trop longtemps. Cela, sans doute, et le choc aussi...

– Nous devrions y aller, suggéra-t-elle.

Luke bloqua la planche de Cassie avec sa main.

– Attends. Écoute... Je voulais t'expliquer pourquoi j'ai, tu sais... disparu. Ce n'est pas de ta faute, mais il suffit d'un regard vers toi pour qu'Amber pique une crise.

*Amber, et Suzy aussi, semblait-il.*

– Peu importe. Ça m'est égal.

Cassie passa une main dans ses cheveux, refusant de poser les yeux sur Luke. Il avait l'air très immobile.

– Je suppose qu'elle est au courant maintenant ? Pour nous deux ?

Luke hésita, avant de hocher la tête.

– J'ai dû lui raconter, oui.

– Je ne sais pas pourquoi tu voulais que ce soit un secret. Je doute sincèrement que je sois la première de tes ex qu'elle rencontre.

– Non. Mais tu es la seule qui ait compté.

Cassie le regarda, décontenancée par le ton de sa voix, son expression. Elle pouvait sentir la proximité de son mollet dans l'eau à côté de la sienne – le tourbillon d'eau créé par les mouvements de ses jambes contre sa peau alors que leurs planches se percutaient au gré des vagues.

– Nous devons y aller, insista Cassie en s'abaissant hâtivement sur la planche.

– Cass...

– Les autres vont nous attendre.

Elle commença à ramer vers la côte. Luke la rattrapa en deux mouvements, mais il n'essaya pas de l'arrêter ; au lieu de cela, ils avancèrent, côte à côte, en silence, et se positionnèrent dans l'alignement des autres surfeurs, tous assis sur leur planche, à attendre.

Luke et Cassie voguaient sur l'eau, ce qui avait failli se passer entre eux quelques instants plus tôt planait autour d'eux comme une ombre dans les profondeurs, mais ils gardaient une distance de sécurité.

– D'accord. Dans deux vagues, murmura Luke au bout d'un moment. Tu la vois ?

– Oui.

La nervosité palpita en elle.

– Quand je te le dis, commence à ramer. Et, à mon signal, debout, d'accord ? Sans te poser de question.

Cassie poussa un petit rire sec.

– À mon signal, debout...

Cette imitation avait l'air drôle, mais Luke ne riait pas ; il ne souriait même pas. Ses yeux étaient sur la vague qui se dirigeait droit vers eux – ronde, sa puissance toujours cachée sous la surface, son mélange de menace et de promesse n'était encore qu'une suggestion depuis leur position.

Cassie fixa le profil de Luke, qui se détachait sur le ciel rose foncé – si beau, si troublant, si familier. Elle l'avait parcouru il y a longtemps avec ses doigts, sa langue...

Elle eut une boule au ventre. Ils n'étaient pas obligés de surfer sur cette vague qui s'avançait vers eux. Ils pouvaient la laisser passer, la laisser glisser sous eux, l'ignorer, et leurs têtes resteraient au-dessus de l'eau. Ils pourraient dériver dessus comme si elle n'avait jamais existé. Mais...

– Rame.

Cassie mit ses bras en mouvement, tranchant l'eau en arcs puissants. Luke était à ses côtés, la vague n'était plus qu'à quelques mètres. Cassie entendait la vague grossir sous elle comme une tempête, la concentration d'énergie encore refoulée et contenue.

– Maintenant !

Cela semblait trop tôt à Cassie, mais elle n'avait pas le temps de réfléchir ou de discuter. L'instinct prit le dessus. Elle sentit la force de la vague la soulever immédiatement, sa planche juste devant l'écume alors qu'elle commençait à former une crête et à se briser. Ses pieds entrèrent en contact avec la surface plane. Chaque muscle de son ventre était tendu, son corps dur et concentré sur cet instant, alors qu'elle sentait la vitesse commencer à la porter et à faire le travail pour elle. Ses bras grands ouverts, ses jambes fléchies, mais stables alors que la vague roula sur elle-même. La planche avançait juste devant, glissant sans effort sur son énergie.

– Youhou !

Ce cri jubilatoire n'était pas de Cassie – elle ne pouvait pas voir son auteur ; elle se concentrait résolument sur l'eau juste devant elle, mais elle revendiquait quand même ce cri comme le sien, éprouvant la même euphorie alors qu'elle restait étonnamment sur ses pieds. Son corps avait d'instinct trouvé l'équilibre dans de petites torsions à gauche et à droite – rien d'aussi impressionnant que les virages des professionnels, mais assez pour la maintenir debout, la faire avancer.

Un rire comblé lui échappa. Elle y arrivait ! Elle faisait du surf !

– Oh là là ! s'écria-t-elle, les yeux écarquillés de stupeur et de joie alors qu'elle avait soudainement « compris le truc ».

C'était la poussée d'adrénaline dont tout le monde parlait, la transcendance presque spirituelle qui découlait de la maîtrise de la nature et de son rythme. Comment avait-elle pu attendre si longtemps dans la vie pour faire cette expérience ? Comment avait-elle pu se priver de cette sensation ? C'était le summum de la liberté...

*Pas tout de suite, non*... Trop tôt, la vague commença à mourir, retombant comme un soufflé, et la planche s'enfonça doucement sous la surface, alors que l'énergie dont elle avait besoin s'épuisait, jusqu'à ce que Cassie se retrouve dans l'eau jusqu'au cou et que ses pieds touchent le sable.

Non ! Elle en voulait encore ! Plus long, plus rapide, plus haut... Elle voulait tout recommencer. En un essai, elle était déjà accro.

Luke s'arrêta de façon spectaculaire à côté d'elle, en projetant un arc géant de gouttelettes comme un feu d'artifice dans le ciel. Sa mine enthousiaste était identique à celle de Cassie et il la serra fort dans ses bras.

– J'ai réussi ! s'exclama-t-elle avec un rire incrédule, lorsqu'elle s'écarta de son étreinte, la bouche aussi grande ouverte que ses yeux. J'ai réussi !

– Tu l'as fait, Cassie, se réjouit Luke, ses yeux dansant de bonheur.

– À proprement parler, nous avons réussi, le corrigea-t-elle en riant, consciente du rôle de Luke dans sa réussite, consciente soudain d'être toujours dans ses bras. Sans ton signal, je n'y serais jamais arrivée.

L'expression de Luke se modifia.

– Nous avons réussi, alors, répéta-t-il, sa voix si basse qu'elle sentit les graves gronder dans sa poitrine contre la sienne.

Il avait les yeux posés sur ses lèvres, des gouttelettes tombaient de son visage sur les joues de Cassie.

Le sourire de Cassie s'effaça lorsqu'elle se rendit compte qu'elle tremblait – mais pas à cause du froid. Elle entrevit la vérité dans les yeux de Luke, entendit l'écho des paroles de Suzy (« Ce n'est pas terminé… ») et sut que la vague les avait enfin submergés.

# Chapitre 25

– Viens le chercher ! cria Archie, presque entièrement enveloppé de fumée alors que le vent changeait une nouvelle fois de direction et que l'odeur des saucisses brûlées dérivait vers les vaches.

Cassie, dans la baignoire à l'étage, grimaça à l'idée de devoir sortir du bain. Une fois de plus, elle s'était cachée, s'était échappée dans sa chambre dès qu'elle était rentrée, sous prétexte d'avoir pris froid à la plage. Cependant, elle ne pouvait pas rester là éternellement, aussi séduisante l'idée fût-elle.

Les autres étaient déjà sur la terrasse lorsqu'elle apparut un quart d'heure plus tard, avec les cheveux encore mouillés et son pantalon de survêtement préféré.

Il était presque dix heures et la température avait brusquement chuté, même si un grand brasero les protégeait pour l'instant de la fraîcheur nocturne et projetait une lumière flatteuse et vacillante sur leur peau tiraillée par le sel. Cassie se mit automatiquement devant le feu, en tendant les mains pour les réchauffer.

– Tu n'as plus froid, si ? Tiens, j'ai dû t'en mettre un de côté, indiqua Archie en lui tendant un hot-dog avec un clin d'œil. Ce sont tous des gloutons. Même moi, je ne mange pas aussi vite.

– Hé, nous avons bien mérité ce repas pour certains. Nous nous sommes mis en appétit, argua Laird, qui croqua une énorme bouchée de son hot-dog, une canette de bière dans son autre main. Pas vrai, Luke ?

Luke, qui fixait Cassie à travers les flammes, approuva d'un signe de tête.

– Oui.

Cassie détourna rapidement les yeux. Elle avait entendu sa voix par la fenêtre pendant plus d'une heure alors qu'il discutait avec les garçons (il était venu en avance pour donner un coup de main) ; elle savait qu'il attendait qu'elle se montre. Elle en avait désormais la certitude absolue.

– Où est Suzy ? demanda-t-elle en prenant une bouchée du hot-dog, et du ketchup dégoulina sur son tee-shirt blanc. Oh super, dès la première bouchée !

Archie se précipita d'un air amusé avec un torchon et se mit à tamponner sa poitrine, ce que Cassie l'avait vu faire des centaines de fois avec Velvet. Il se rendit soudain compte du caractère inapproprié de son geste et se redressa d'un coup.

– Tu ferais mieux de le faire toi-même, suggéra-t-il en tendant la serviette à Cassie.

Elle rit et essuya la tache ; Archie ne lui ferait jamais des avances, même si sa vie en dépendait.

– Suzy est en train d'installer l'écran, répondit Luke, qui observa la scène avec un calme réservé.

– Oh, c'est vrai. C'est quoi le film ? Avons-nous choisi ?

Elle dirigea cette question à sa poitrine, s'efforçant de garder les yeux loin de ceux de Luke. Bien qu'éphémère, le moment dans la mer plus tôt lui avait fait l'effet d'une brûlure et elle savait qu'elle devait garder ses distances. Ils ne pouvaient pas être amis. C'était un mensonge, une mascarade. Elle avait été très naïve de croire que cela aurait pu être différent entre eux. Quelque chose – une étincelle, une braise – était toujours allumé et ils ne devaient pas l'attiser.

– Eh bien, nous avons dû décider sans toi, étant donné que tu es restée dans le bain pendant deux heures – et as utilisé toute l'eau chaude, lui reprocha Archie.

– Tu m'as dit de ne pas me presser, que le dîner serait tard ce soir ! Il ne fait pas nuit avant dix heures, ça ne servait à rien que je sois dans vos pattes dès huit heures, pas vrai ?

– Oui, mais de là à attendre dix heures moins dix ? rétorqua Archie en haussant les sourcils (il savait pertinemment qu'elle évitait Suzy, Cassie en était consciente). Enfin bref, nous allons regarder *La Vie est belle*.

– Oh, quoi ?! fit Cassie, dont les épaules s'affaissèrent. Archie, tu me fais regarder ce film tous les ans depuis, genre, quinze ans ! Je crois que je le connais à l'envers.

– Il se peut que nous le regardions à l'envers si Suzy ne sait plus dans quel sens mettre la bobine !

– À vrai dire, je n'ai jamais vu ce film, intervint Luke, avant de boire une gorgée de bière. C'est l'un de ces classiques que je n'ai jamais eu l'occasion de voir.

– Oh, laisse-moi te dire que tu n'es pas près d'oublier cette expérience, affirma fièrement Archie. Nos soirées cinéma en plein air sont vraiment quelque chose.

– J'imagine.

Cassie sentit une tape sur son coude et se retourna.

– Salut.

Gem avait un sourire contrit sur les lèvres.

– Salut.

Les yeux de Cassie glissèrent sur Amber, qui, installée sur l'une des chaises longues, étudiait le dernier numéro d'un magazine de mariage à la lumière des flammes, avec une ferveur studieuse qui conviendrait davantage à *L'Odyssée*.

Une pause.

– Je voulais crever l'abcès à propos de l'autre jour, se lança Gem. J'ai été surprotectrice ; tu avais la gueule de bois...

Cassie fronça les sourcils. Si c'était censé être des excuses...

Gem lui adressa soudain un sourire éclatant, les bras ouverts.

– On est de nouveau amies ? Henry détesterait que les deux femmes préférées de sa vie soient fâchées, et je veux que rien n'entache mon bonheur en ce moment. Il ne reste que trois jours avant le mariage et cela signifie beaucoup pour moi que tu aies un rôle central.

Cassie ne pensait pas qu'être le traiteur de la noce signifiait réellement avoir un rôle central, mais il n'y avait pas le temps de débattre de la question, Gem l'étreignait. Les bras de Cassie se retrouvèrent plaqués contre ses flancs, et son bras droit plié à un angle inconfortable alors qu'elle essayait de tenir son hot-dog loin de la jolie combinaison en coton gris de Gem. Cette dernière s'éloigna et Cassie se redressa avec un sourire crispé. Le mot « désolé » n'avait pas été prononcé en réalité, mais c'était difficile, n'est-ce pas ? Cette fille se mariait dans trois jours. Elle avait le droit d'être déraisonnable, désagréable. Hystérique, même.

Elle se rendit compte que Gem lui tendait quelque chose.

– Qu'est-ce que c'est ?

– Les menus pour samedi. Ce ne sont que des idées. De toute évidence, tu t'y connais mieux, donc si quelque chose ne fonctionne pas ou... je ne sais pas, n'est pas de saison...

Cassie sentit une pointe de panique dans son estomac. Elle avait supposé (et espéré) que leur brouille aurait eu pour conséquence son « licenciement ». En outre, puisque leur dispute avait été presque immédiatement supplantée par la querelle plus sérieuse entre Suzy et Cassie, elle n'avait plus pensé à Gem – ni à son repas de noce.

Elle se dit que, de toute façon, ils ne seraient pas nombreux : eux sept, plus Hattie et son invité (Gem y avait vu le signe qu'elle se faisait à l'idée du mariage) et, potentiellement, le frère de Laird et sa femme, qui, comme le lui avait expliqué Archie dans la journée, allaient essayer de trouver des places de dernière minute dans un avion au départ de Melbourne.

– Enfin, jettes-y un œil et donne-moi ton avis. Nous ne voulons rien d'extraordinaire. Tu sais ce que nous désirons : une modeste célébration de notre amour, avec les personnes que nous aimons le plus.

Elle serra un moment le bras de Cassie, soutint son regard avec un sourire peu sincère, avant de retourner auprès d'Amber, qui marmonna quelque chose dans sa barbe que Cassie ne put entendre.

Cassie fourra le hot-dog en entier dans sa bouche pour pouvoir déplier la feuille de papier et étudia la liste : margose, épine-vinette, wakamé, chou-rave... Les bras lui en tombèrent. *Modeste ?* La moitié des aliments était si rare que Cassie ne pouvait se les procurer qu'à Londres, et l'autre moitié soit était hors saison, soit demandait tant de temps de préparation qu'elle nécessitait qu'une équipe de cuisiniers s'y attelle trois jours à l'avance. Cassie jeta un coup d'œil furtif vers Gem et se demanda si ce n'était pas en réalité une forme de vengeance. Dans le meilleur des cas, elle devait plaisanter.

Le nom d'Archie fut aboyé à une courte distance et il tendit le cou vers l'autre côté de la maison. Cassie remarqua seulement que les trois canapés mous du salon avaient été installés sur la pelouse et disposés plus ou moins en U face au grand pignon.

– Je pense que ce doit être prêt, annonça Archie, ravi. Venez les amis, allons nous asseoir.

Gem et Amber se levèrent d'un bond de leur chaise longue, des magazines de mariage éparpillés sur le sol autour d'elles et une bouteille vide de pétillant couchée sur le côté. Elles firent la course pour s'arroger les meilleures places.

– Tu ne veux pas mettre un gilet, Amber ? s'inquiéta Archie alors qu'elle passait en courant dans une liquette en soie mauve. Tu vas attraper la mort avec ce... cette petite robe.

– C'est un cafetan, Archie, roucoula Amber, qui s'arrêta net lorsqu'elle arriva près de Luke et passa son bras autour de ses hanches, laissant la victoire à Gem. Et de toute façon, tout est déjà prévu. En plus, j'ai mon homme pour me tenir chaud.

Cassie garda les yeux droit devant elle, mangeant toujours son hot-dog, pendant qu'ils se dirigeaient vers les canapés. Gem s'était déjà approprié le grand canapé central à quatre places pour Laird et elle (sans nul doute, pour avoir la meilleure vue) ; Amber prit possession de celui à trois places pour Luke et elle, ce qui laissait le dernier pour Cassie, Suzy et Archie, les plus gros fessiers du groupe.

Archie considéra le sofa à deux places d'un air sceptique.

– Vas-y, Cassie, assieds-toi à côté de Su…

– Non, je vais prendre une couverture et m'asseoir par terre. Tu ne devrais pas être sur l'herbe humide, Archie.

– Non.

– Si, si ! Je suis sérieuse, insista Cassie d'un ton ferme face aux protestations d'Archie. En plus, vous faites trop de bruit quand vous vous embrassez. Je n'entendrais rien si je m'assois à côté de vous.

Laird et Archie éclatèrent de rire. Cassie attrapa l'une des couvertures en tissu écossais qui grattait sur le dossier du canapé, et l'enroula autour de ses épaules de sorte qu'elle lui arrive juste en dessous de ses hanches. Suzy, qui était dans la maison, revint avec un pouf délavé de la salle de jeux, qui perdait de minuscules boules de polystyrène dans l'herbe.

– J'ai ce… Oh.

Elle s'arrêta net en apercevant Cassie assise par terre en tailleur.

– J'allais m'installer là. Je dois m'occuper de la bobine de toute façon.

– J'ai dit à Cassie que j'allais m'asseoir là, indiqua Archie, mais elle n'a rien voulu entendre. Elle pense que l'herbe humide va essayer de me tuer. Ce serait vraiment gênant si cela arrivait, ajouta-t-il après avoir réfléchi un instant.

– Eh bien, si tu veux ça…, marmonna Suzy, qui laissa tomber le pouf à côté de Cassie sur le tapis, en évitant toujours de croiser son regard.

– Merci, marmonna Cassie, qui accepta volontiers le pouf : la rosée était déjà tombée et le film était long.

– Oui, mais maintenant je ne vois rien, se plaignit Archie. J'ai ta tête devant l'écran.

– Pff ! L'écran est un mur de dix mètres, Archie ! grommela Cassie, qui se leva et tira le pouf à côté du canapé. C'est mieux comme ça ?

– Merci, répondit-il avec un clin d'œil, pendant que Suzy lui posa une couverture sur les genoux. Pff, je n'ai pas quatre-vingts ans, protesta-t-il à voix basse.

– Tais-toi.

Suzy se couvrit les épaules d'une couverture à son tour, avant de se pencher vers un projecteur des années trente à ses pieds.

– Tout le monde est prêt ? Vous avez tous votre verre et êtes allés aux toilettes ?

– Est-ce que tu t'entends ? lui demanda Archie.

Gem rigolait, elle avait l'air d'une adolescente énamourée, ses jambes sur les genoux de Laird, l'une des couvertures défraîchies posée sur eux.

– Mon Dieu, je suis f… frigorifiée, dit Gem en se rapprochant de Laird.

– Pourquoi n'es-tu pas venue près du feu, espèce d'andouille ? Tu aurais eu chaud comme… (Il s'interrompit.) Oh.

Tendrement, il déposa un baiser sur ses tresses africaines.

Cassie se demanda ce que Laird avait voulu dire, mais fut distraite par le spectacle – et le son – d'Amber qui calait cérémonieusement autour de Luke et elle une couverture orange volumineuse avec de géants H imprimés dessus. Un vieux plaid en laine qui grattait n'était pas pour elle, et elle mit un point d'honneur à ronronner en se blottissant dans ce qui était sans nul doute un demi-hectare de cachemire.

Suzy soupira et appuya sur l'un des boutons qui ressemblait davantage à une touche de piano. Instantanément, un vrombissement se déclencha, une lumière aveuglante brilla sur la large paroi, puis, soudain, des formes apparurent avec le générique.

Gem poussa un ah joyeux et laissa tomber sa tête sur les coussins. Elle avait l'air presque inoffensive, songea Cassie, en l'observant, pendant qu'elle mâchait d'un air absent la saucisse si grillée qu'elle avait l'impression de manger du charbon. Avait-elle une idée du chaos qui traînait dans son sillage ? Savait-elle le stress qu'elle causait à son entourage ?

Cassie essaya de s'installer confortablement dans le pouf mou. Il s'avéra que la meilleure position était de s'asseoir bien droit, les coudes posés sur ses genoux pliés. Et elle regarda James Stewart se promener dans les rues de la ville, un homme bienheureux qui se faisait des amis à chaque croisement.

Derrière eux, les vaches meuglaient par intermittence, sans doute dérangées par les bruits inhabituels et les reflets lumineux sur la maison. C'était une nuit noire (ce qui était idéal pour la projection), de gros cumulus entassés dans le ciel apportaient la menace de vent et de pluie pour le lendemain.

Cassie redoutait déjà cette journée. Gem voulait qu'elles retournent toutes à la boutique de Paula pour trouver une robe de témoin pour Amber, et Cassie allait devoir établir un nouveau menu et une liste de courses vraiment plus modestes. Ils étaient à Wadebridge, pas à Notting Hill. Les noix du Brésil n'étaient pas monnaie courante par ici.

Cassie poussa un soupir. Elle renonça au hot-dog carbonisé et reporta son regard sur le film projeté sur le pignon de la maison. C'était l'une de ses scènes préférées, celle où Donna Reed sautait dans les parterres de fleurs, mais Cassie peinait à se concentrer.

Luke la regardait encore ; elle le savait. Elle sentait physiquement le poids de son regard, il pesait sur sa poitrine de sorte que son souffle était court, sa tête étourdie. Elle tourna la tête pour être de profil par rapport à Luke, sa joue dans sa main droite pour tenter de lui masquer la vue. Mais il était assis dans l'obscurité, à regarder et à attendre, elle le savait, qu'elle admette qu'il s'était passé quelque chose entre eux dans l'eau.

Cinq minutes s'écoulèrent.

Dix.

Vingt.

Les yeux de Cassie glissèrent – amers et agacés que Luke lui impose cela, refuse de laisser tomber. Que croyait-il qu'il allait se passer ? Que voulait-il ? Leurs regards se rejoignirent comme des aimants, se plantant instantanément l'un dans l'autre dans cette obscurité vacillante. Cassie écarquilla les yeux avec colère pour exprimer un « Quoi ? » silencieux.

La réponse de Luke fut un regard impassible que Cassie ne connaissait que trop bien de ces soirées à New York où ils sortaient tard avec ses amis et tout ce qu'il désirait réellement était de la ramener à l'appartement… Elle détourna de nouveau les yeux, agitée et troublée.

Soudain, un petit cri d'Amber fit tourner toutes les têtes. Cassie la vit replier ses jambes sur le canapé, ses yeux braqués sur quelque chose de petit, mais qui fondait sur elle.

– Qu'est-ce que c'est ? cria-t-elle.

Cassie se retourna à cent quatre-vingts degrés, juste au moment où Rollo se jeta dans les airs pour attraper dans sa main le restant de hot-dog.

– Oh ! hurla-t-elle, en basculant à la renverse dans le pouf.

Gem se leva immédiatement du canapé, Suzy également, mais le petit chien sombre était trop rapide pour elles et ne semblait pas particulièrement apprécier son nom, car il n'y répondit pas du tout.

– Oh zut ! Suzy ! Comment a-t-il fait pour sortir ? se plaignit Gem, qui voulut attraper le chiot qui courait autour d'elle, sans y parvenir.

– Comment le saurais-je ? s'offusqua Suzy, qui se mit aussi à sa poursuite.

Tout le monde était debout à présent – sauf Archie qui avait voulu se lever, mais Suzy l'avait foudroyé du regard et pointé du doigt pour lui ordonner de ne pas bouger.

– Mais c'est toi qui t'occupes de lui ! lui reprocha Gem.

Suzy se retourna pour faire face à sa cousine.

– Je n'ai jamais signé pour ça ! C'est ton chiot ! Tu l'as simplement laissé ici sans même un « s'il te plaît » ou un « mer... »

– Arrête ! Arrête..., la supplia Gem, qui tournait le dos à Laird et essayait d'empêcher Suzy de l'incriminer davantage.

– Je présume que tu vas me racheter mes nouvelles ballerines qu'il a déchiquetées ? demanda Suzy, tirant immédiatement parti de la situation.

– Bien sûr.

– Attendez une minute, intervint Laird alors que les deux femmes retentèrent de se jeter sur le chiot. Depuis quand avez-vous un chien ?

Gem fut dépitée ; le secret était révélé. Évidemment.

– C'était mon cadeau de mariage pour toi, expliqua-t-elle d'un ton plaintif, avec une petite moue. Je sais à quel point tu adores les chiens et j'ai craqué pour lui. Je voulais te faire la surprise.

– Eh bien, c'en est une ! s'esclaffa Laird, qui se leva et prit la tête de Gem entre ses mains. Et tu as demandé à Suzy d'être la baby-sitter ?

– C'était plus que du baby-sitting ! bougonna Suzy, dont les doigts effleurèrent à peine le bout de la queue du chien. Il a une telle angoisse de la séparation que j'ai fini par dormir dans la cuisine avec lui les deux dernières nuits.

Rollo sauta sur le canapé où Gem et Laird étaient assis quelques instants plus tôt.

Gem se relâcha dans les bras de Laird, ses yeux plantés dans les siens.

– Je pensais que ce serait le début de notre famille, tu vois ? dit-elle d'une voix de petite fille.

Laird l'embrassa, pendant que Suzy fit un saut impressionnant sur le canapé derrière eux, mais rata tout de même le chien. Rollo descendit sur l'herbe, puis disparut dans la pénombre.

– La surprise aurait été parfaite si Suzy ne l'avait pas gâchée.

– Moi ?! explosa Suzy, qui se releva des coussins d'un bond qui aurait fait la fierté de Laird sur une planche de surf et retrouva sa hauteur imposante. Tu as de la chance que j'aie bien voulu t'aider ! Tu as de la chance que j'aie accepté cette mascarade aussi longtemps, d'autant plus quand toi et moi savons très bien que tu n'as pas le droit de posséder un chien.

– Quoi ? fit Gem d'une voix rauque.

– Comment oses-tu prétendre te soucier d'un être vivant après ce que tu as fait ?

Braqués sur Gem, les yeux de Suzy lançaient des flammes. Gem secoua la tête.

– Non. S'il te plaît, Suzy. Ne fais pas ça.

– Oh non. Je parie que tu ne veux pas que Laird l'apprenne.

Le silence se fit.

– Bébé, de quoi elle parle ? demanda Laird, en regardant Gem d'un air inquiet.

– De rien. Ce n'est vraiment rien. Elle ment.

Laird se tourna vers Suzy, qui tremblait, les yeux exorbités par une colère longtemps réprimée.

– Suzy ? Qu'est-ce qui se passe ?

Archie se leva, préoccupé par la fureur de sa femme. Elle n'était pas à la limite, elle l'avait dépassée, avait été poussée trop loin.

– Ma chérie…

– Elle a tué mon chien. Ta précieuse fiancée, qui voudrait que tu croies qu'elle est incapable d'arracher les pétales d'une pâquerette, a tué mon chien, cria Suzy, des larmes sur ses joues.

– Non, protesta Laird, qui considéra Gem avec stupéfaction.

– C'était un accident ! plaida Gem. Je n'ai pas vu qu…

– Il était en plein milieu de l'allée. Tu ne pouvais pas le rater. J'ai tout vu de ma fenêtre.

La voix de Suzy se brisa à ce souvenir. Cassie voulut s'approcher de son amie et passer ses bras autour d'elle. Mais elle ne pouvait pas, car, aux yeux de Suzy, elle était également l'ennemie désormais.

– Mais je… je n'avais pas les idées claires. Je ne regardais pas. J'avais fait tomber mon téléphone.

– Était-ce le même téléphone que Maman venait de te confisquer, parce qu'elle t'avait surprise à faire le mur en pleine nuit ? demanda Suzy avec sarcasme. Le téléphone avec lequel tu es sortie en douce. C'est pour ça que tu roulais vite ?

– Je suis désolée ! lâcha Gem d'une voix tremblante. Tu sais que je le suis ! Je suis retournée aussitôt dans la maison pour appeler le vétérinaire.

– Oh, très attentionné de ta part, dit Suzy avec un mépris cinglant.

Gem fixa sa grande cousine – grande dans tous les sens –, leur sombre histoire brillait entre elles dans le jardin obscur. Quand elle prit enfin la parole, sa voix était creuse, comme vidée de sa substance.

– C'était un accident.

– Entièrement provoqué par ta colère, répliqua Suzy, impitoyable.

– Je n'ai jamais repris le volant depuis. J'en suis incapable…

Gem ferma les yeux, comme si son corps se préparait à un nouvel impact.

– Tante Hattie et Henry m'ont pardonné. Alors pourquoi pas toi ? dit-elle en regardant Suzy, ses yeux emplis de désespoir.

– Parce que tu agis comme si tu avais le privilège du chagrin. Tu pouvais mal te comporter autant que tu voulais, parce que tu étais orpheline. Mais à peine un an avant l'incendie, nous avions perdu Papa.

La voix de Suzy était voilée et inconnue à l'oreille de Cassie, à mesure que le sarcasme qui lui servait d'armure cédait la place à une souffrance et une peine retenues depuis trop longtemps.

– Tu t'en souviens, ou il n'y a que ton chagrin qui compte ? Notre famille était déjà brisée avant la tienne, mais nous avons dû mettre cela de côté pour nous occuper de toi. Maman était une toute jeune veuve quand elle a perdu son frère, mais tu ne lui as jamais laissé le temps de faire son deuil. À peine avait-elle appris l'incendie que toutes ses pensées étaient tournées vers toi et ce qui était le mieux pour toi. Et en retour, tu t'es comportée comme une peste. « Oh, tu as tué le chien ? Ça ne fait rien. » Tu n'aurais pas pu être plus cruelle si l'incendie avait été de la faute de Maman. La douleur des autres n'avait aucune importance pour toi. Les autres n'avaient aucune importance.

– C'étaient mes parents ! hurla soudain Gem, couvrant même la voix de Suzy. Et ils m'ont abandonnée. Ils m'ont abandonnée, tu ne le comprends pas ? J'étais seule.

Il y eut un long silence, les deux cousines aussi raides que des pièces d'échecs dans le faisceau lumineux, tandis que *La Vie est belle* était projeté sur elles.

Lorsque Suzy s'exprima, sa voix était calme. Retrouvée. La colère, une fois libérée, s'était dissipée comme une brume matinale.

– Ils ne t'ont jamais abandonnée, Gem ; ils ont été emportés. Il y a une différence. Et tu n'as jamais été seule ; tu avais Maman, Henry et moi. Depuis l'incendie, tu n'as pas passé un jour seule, et c'est le souci. C'est pourquoi je ne crois pas que ce mariage fonctionnera. Je sais que Laird et toi vous aimez, je le vois bien, mais tu es brisée, Gem. Tu ne t'es jamais remise parce que tu as passé le reste de ta vie à nier l'horreur des événements.

– Je ne nie rien. Je vis ma vie librement ; je suis ouverte à l'amour, à de nouvelles expériences, à…

– Gem, tu n'as pas conduit depuis que tu as heurté Rover ; tu ne te baignes plus depuis que tu as été emportée par le courant sur ce matelas pneumatique ; tu ne t'approches pas d'un brasero à cause des flammes. Tu fuis. Et tout ce que tu fais – ta quête de zénitude, ce mariage hippie impromptu – n'est qu'une tentative désespérée de nous empêcher de voir qu'à l'intérieur, tu brûles de colère.

La voix de Suzy était si posée que Cassie devait pratiquement tendre l'oreille pour l'entendre, mais ses mots avaient fait mouche. Gem pleurait, secouait la tête, refusait la vérité, mais elle tremblait aussi violemment que si elle avait de la fièvre.

– Je crois que…, commença Laird en regardant Archie, qui approuva d'un signe de tête muet, puis il emmena Gem en silence.

Archie enroula ses bras autour de sa femme.

– Rentrons nous aussi, suggéra-t-il doucement, mais fermement, en la guidant vers la maison.

Pour une fois, Suzy ne protesta pas. Elle était à court de mots.

Cassie regarda Luke et Amber, tous deux muets de stupeur à cause de la scène à laquelle ils venaient d'assister. Ils observaient Archie et Suzy disparaître dans la maison.

– Mince alors, murmura Amber, oubliant, temporairement, son inimitié pour Cassie. Qui aurait cru cela ? Je savais que Gem avait de sérieux problèmes, mais à ce point-là…

Elle poussa un sifflement.

Luke, qui n'écoutait qu'à moitié, haussa un sourcil et se tortilla dans un sens, puis dans l'autre.

– Euh… Vous savez où est passé le chien ?

– Quoi ? haleta Cassie, qui baissa soudain la tête vers le sol sombre.

À cause de la querelle entre Suzy et Gem, ils avaient complètement oublié le chiot.

Cassie se retourna et regarda derrière elle vers les champs. Il y avait des vaches dans la première pâture et des moutons dans les autres. Si jamais il allait les embêter, l'éleveur pourrait lui tirer dessus.

– Oh mince, nous devons le retrouver.

– Comment s'appelle-t-il ? demanda Luke, qui passa devant le champ de vision d'Amber et s'approcha de Cassie en la fixant à nouveau.

La sombre passion dans ses yeux la cloua sur place et, pendant un instant, rien qu'un instant, elle pensa qu'il allait faire ce qu'il aurait fait dans la mer dans l'après-midi, si elle ne s'était pas échappée de ses bras comme un saumon. Mais il se pencha et éteignit le projecteur. Amber resserra la couverture Hermès autour de ses épaules.

– Rollo.

– Rollo ? répéta Luke, sa voix bienveillante, mais ses yeux brûlants alors qu'il cherchait à gagner du temps.

Amber était toujours derrière lui, mais ni Luke ni Cassie ne pouvaient la voir. Cassie sentit la respiration de la jeune femme se hacher. Elle devait s'éloigner de lui.

– Nous ferions mieux de nous séparer. Va de ce côté ; je vais chercher par ici, suggéra-t-elle rapidement.

– Et moi ? Je suis pieds nus. Je ne peux pas parcourir les champs dans le noir sans chaussures, se plaignit Amber.

– Alors va mettre des chaussures, lui rétorqua Luke, avant d'apercevoir son expression réticente et soupira. Ou pas. Va préparer du café.

Il s'enfonça dans l'obscurité, en se servant de la lumière de son téléphone comme d'une lampe torche, et cria le nom de

Rollo. Cassie l'imita, en allant dans la direction opposée, vers la barrière en bois.

Les champs et les haies prenaient un tout autre aspect la nuit. Elle avait emprunté ce chemin des dizaines de fois au cours des dix derniers jours, mais les épines sur les ronces semblaient exagérées dans les ombres projetées par les rayons de la lune, et la silhouette massive des vaches assoupies était bien plus menaçante dans le noir.

– Rollo ! brailla-t-elle. Viens ici, mon garçon !

Mais il n'y eut aucune réponse : pas d'aboiement pour indiquer qu'il avait entendu, pas de gémissement pour lui signaler qu'il était blessé ou coincé quelque part ; aucun bruit étouffé de pattes sur la terre enherbée et sèche.

Avec la lumière de son téléphone, elle éclaira les recoins et les trous dans les murs de pierres sèches et les haies, mais elle avait l'esprit préoccupé par les révélations de Suzy. Elles expliquaient, du moins, sa relation difficile avec sa cousine : pourquoi Henry était capable de rire et de plaisanter avec elle, mais pas Suzy ; pourquoi il avait pu pardonner ce qu'il savait, mais elle ne pouvait pas oublier ce qu'elle avait vu.

– Rollo !

Cassie se souvenait de l'expression troublante dans le regard de Gem quand elle avait « gagné » leur confrontation, la frénésie qui teintait chacun de ses gestes. Suzy avait raison, Gem était brisée. Mais était-ce si étonnant, compte tenu des circonstances dans lesquelles elle avait perdu ses parents ? Ce n'était pas du tout surprenant que Hattie (qui avait la réputation d'être des plus flegmatiques) soit inquiète et ne trouve pas le sommeil à cause de ce mariage.

Le monde s'assombrit soudain, tourna trop vite, quand Cassie sentit sa main être saisie, un nuage de vétiver et de bois de santal autour d'elle – un après-rasage qu'elle avait elle-même acheté.

– Ne fais pas…, réussit-elle à dire quelques secondes avant que les lèvres de Luke ne se posent sur les siennes, ses mains dans le dos de Cassie, pour la pousser contre lui et la garder près de lui, comme si c'était elle qui s'était égarée, et non le chiot épuisé qu'elle pouvait sentir renifler le sol à ses pieds.

Luke se recula, ses yeux scintillaient sombrement.

– Arrêtons la comédie maintenant. Tu sais qu'on ne peut pas continuer à faire semblant, Cassie. C'est trop difficile…

Il l'embrassa à nouveau, la sensation de sa bouche sur la sienne si familière, tous les désirs qu'elle avait enfouis depuis longtemps qui se rallumaient comme ces bougies magiques – en dépit de tous les efforts de Cassie, la flamme refusait de s'éteindre.

Elle détestait qu'il puisse encore lui faire ça, qu'après tout ce qu'ils s'étaient infligé (les rejets, les humiliations, les punitions), l'alchimie ne voulait pas disparaître, s'estomper, mourir.

Elle posa ses mains sur son torse, pour le repousser, essayer de respirer, de réfléchir.

– Luke…

– Ce n'était pas terminé à l'époque, et ce n'est pas terminé non plus aujourd'hui. Je l'ai su quand je t'ai revue à New York – et tu le savais aussi, Cassie.

Elle eut la gorge nouée, consciente qu'il l'interpellait sur le mensonge, le mensonge inutile qu'elle avait proféré dans le jardin la semaine passée. Il savait qu'elle l'avait vu, il avait constaté de ses propres yeux l'effet qu'il avait eu sur Cassie : elle s'était figée dans la nuit glaciale.

Les yeux de Luke étaient plantés dans ceux de Cassie, ils voyaient tout.

– Ce n'est pas terminé.

La respiration de Cassie devint difficile et rapide, son cœur cognait ses côtes comme les poings d'un boxeur alors qu'elle se remémorait l'effet que Luke lui avait fait, quand elle l'avait aperçu dans le taxi à New York, quand elle l'avait vu au tournoi de polo.

– Je sais.

Le regard de Luke s'anima.

– Alors, sois avec moi. Si tout allait bien à cent pour cent avec lui, tu n'hésiterais pas, tu serais déjà sa femme.

Cassie ne répondit pas. Les émotions tourbillonnaient en elle, son cœur lui disait une chose, son corps une autre.

– Il ne comprend pas ce que tu as traversé, la personne que tu es devenue. Cette année t'a transformée, Cassie. Je t'ai toujours connue comme ça – libre, indépendante, forte –, mais il te veut comme un oiseau en cage, la femme que tu étais autrefois.

Luke entrevit dans le regard de Cassie de la résistance.

– Je sais que tu l'aimes. Je le sais bien. Tout comme j'aime Amber. Mais c'est une question d'intensité, n'est-ce pas ? « Presque » ne suffit pas au final. Nous voulons tout, toi et moi : nous voulons l'adrénaline, le moment présent, l'énergie. Personne ne pouvait nous atteindre en matière d'alchimie sexuelle. Nous n'étions pas simplement en feu ; nous étions le feu. Nous ne connaîtrons plus jamais cela avec quelqu'un d'autre, tu dois t'en rendre compte.

Cassie détourna le regard. Luke lui compliquait tellement la tâche de réfléchir, de mettre des mots dans sa bouche, des pensées dans sa tête. Elle avait seulement besoin de…

– Tu cherchais quelque chose la première fois, et tu ne pensais pas que j'étais cette chose. Tu ne t'es pas autorisée à croire que tu pouvais trouver ce que tu cherchais si rapidement, si facilement. Alors, tu t'es dit que j'étais un lot de consolation, pas vrai ?

Cassie avait la gorge serrée. C'était exactement ainsi qu'elle qualifiait leur relation, afin de « gérer » les souvenirs quand elle pensait à lui, chaque fois qu'elle apercevait l'une de ses photographies dans un magazine, à un arrêt de bus…

– Et si ce n'était pas vrai ? Et si j'étais ce qu'il te faut depuis le début, mais que tu n'étais pas prête à l'admettre ?

Luke fit un pas en avant – Rollo suivit son mouvement, car il avait passé sa ceinture dans le collier du chiot en guise de laisse. Il plaça son doigt sous le menton de Cassie pour lui soulever la tête. Ce seul contact lui donna envie de lui.

– Laisse-toi aller, Cassie. Tu te bats contre quelque chose qui est juste. Nous le savons tous les deux. Je n'ai jamais renoncé à nous deux. Regarde.

Il sortit quelque chose de sa poche – un bracelet ? Il était solide et en or, parsemé de minuscules vis.

– C'est un symbole de l'amour. Une fois que tu le mets, tu ne le retires plus. Comme une alliance, je suppose.

Luke étudia son visage pendant qu'elle regardait le bijou de plus près. Elle commença à comprendre…

– Il symbolise le fait de ne jamais renoncer. Ce que je n'ai jamais fait.

Cassie n'eut pas besoin de voir le petit écrin rouge pour savoir qu'il s'agissait du bracelet Cartier ; elle se souvenait de l'enthousiasme d'Amber et Gem : une demande en mariage très moderne, avaient-elles imaginé.

– Non. Tu l'as acheté pour Amber, contesta-t-elle fermement, en repoussant le bracelet.

Pensait-il pouvoir offrir à une femme un cadeau destiné à une autre ?

– Non. Regarde.

Luke braqua la lumière de son téléphone sur l'intérieur du bracelet. Cassie plissa les yeux.

– 31 décembre 2012.

Elle porta sa main à la bouche : c'était la date de la fête qu'il avait organisée pour elle à New York, afin de la convaincre de rester. Il avait réuni tous ses nouveaux amis pour lui prouver qu'une vie était possible là-bas…

– Ce bracelet était censé marquer le premier jour du reste de notre vie, mais… (Luke cligna des paupières, les yeux chargés d'émotion.) Tu es partie avant que je ne puisse te l'offrir. Je le garde avec moi depuis. Il était dans ma poche à la galerie, à Paris, le soir du vernissage ; à la soirée à Londres…

– Mais pourquoi ? murmura Cassie.

– Au cas où l'occasion se présenterait de… de te convaincre que ce que nous avions était réel. J'ai essayé de te laisser partir. Et j'ai essayé d'être ton ami. J'ai vraiment essayé. Comme si cela pouvait fonctionner…

Un petit rire échappa à Luke comme si cette idée même était ridicule. Sa main trouva celle de Cassie et la serra fort.

– Je t'ai dans la peau, Cassie. Je ne peux rien y faire.

Un moment s'écoula.

– Je ne sais pas ce que tu veux que je te dise, déclara doucement Cassie, presque assommée par les paroles de Luke, effrayée par la vérité qu'elles contenaient et ce qui se passerait si elle réagissait, ou ne réagissait pas…

– Dis seulement non.

Elle le regarda avec étonnement.

– Non ?

– Dis que tu ne m'épouseras pas. Vivons heureux et dans le péché pour toujours.

# Chapitre 26

Londres était bruyante. Les sons semblaient à Cassie plus forts, les couleurs plus vives qu'à son départ, moins de deux semaines plus tôt. Elle flânait sur le marché fermier de Pimlico avec une énergie qui n'avait pas été la sienne avant de partir.

– Hé, Cassie, vous êtes de retour !

Elle leva les yeux et aperçut Martin, son vendeur de champignons, qui lui souriait. Bien qu'il se lève à quatre heures du matin pour faire le trajet depuis le Dorset, il avait tout de même plus dormi qu'elle. Elle n'avait pas fermé l'œil de la nuit, son esprit s'emballait, les mots de Luke – sa non-demande en mariage, si moderne en fin de compte – résonnaient dans ses oreilles, lui proposant une autre voie, une autre vie.

– Zara m'avait dit que vous ne seriez pas de retour encore avant une semaine, non ? Comment c'était, les Cornouailles ? Vous avez pris le soleil.

– Ah bon ?

Cassie porta sa main sur sa joue. Elle se sentit rougir – fort, comme d'habitude – malgré le manque de sommeil.

– Vous avez pris des vagues ?

Cette question la fit penser à Henry, avec sa liste et son sens caché plus large ; elle la fit penser à Luke et à leur euphorie alors qu'ils avaient surfé ensemble sur la vague.

– Juste une seule.

– Une seule ? s'esclaffa Martin. Retournez là-bas et essayez encore, Miss.

– J'y retourne demain, à vrai dire. J'ai le repas d'un mariage à assurer samedi.

Elle brandit sa liste et leva les yeux au ciel.

– Mince, samedi ? Qu'est-ce que vous faites ici, alors ?

Elle ajusta son chapeau – un chapeau mou à larges bords qui protégeait ses yeux du soleil.

– Il s'avère que la mariée a des goûts plutôt particuliers. Les délais étaient trop courts pour tout faire livrer là-bas ; c'était plus facile de revenir ici et de m'en occuper moi-même.

Après les révélations de la soirée, Cassie avait pris la résolution de faire de son mieux pour Gem ; elles ne seraient peut-être jamais des amies proches, mais la pauvre avait de plus gros soucis que les menus.

Cela lui avait également fourni l'occasion parfaite de s'échapper, en partie de Suzy (impossible de deviner l'humeur dans laquelle elle serait ce matin), en partie de Luke. Surtout de lui. Cassie avait délibérément éteint son téléphone. Elle ne voulait pas entendre sa voix, grave et séduisante, avec ce délicieux accent américain, dans son oreille, comme s'il était sur l'oreiller à côté d'elle. Elle ne voulait pas voir ses yeux, vifs, intenses, avides, la déshabiller, la caresser, la convaincre de faire des choses qu'elle savait être mauvaises et dangereuses, et pourtant si agréables. Elle pensait qu'il pouvait sans doute la convaincre de faire n'importe quoi et c'était pour cette raison qu'elle était partie ; elle n'avait aucun recul en sa présence et elle avait besoin de temps pour réfléchir. Les vents de la falaise tourbillonnaient à nouveau autour d'elle, mais cette fois ils étaient chauds et caressants, la poussant à se débarrasser de ses craintes et à enfin faire le saut dans le vide qui lui avait jusque-là paru impossible.

Elle savait qu'elle était à une croisée des chemins, peut-être la plus importante de son existence. Elle y était. La façon dont sa vie se terminerait dépendrait de ce moment, de cette décision. Elle n'avait eu aucune maîtrise sur une grande partie de sa vie jusqu'à présent : la liaison de Gil avait rendu le divorce inévitable, non pas à cause de sa colère ou de son refus de pardonner (elle pensait qu'elle en aurait été capable), mais parce qu'il y avait un enfant en jeu qui avait besoin d'un père et elle avait refusé d'être la personne entre eux. Elle avait dû partir.

De même, tomber amoureuse de Henry avait été facile, irréfléchi, aussi instinctif que de respirer, et jusque-là elle n'avait pas remis en question leur relation ; elle n'en avait pas eu besoin. Pourquoi s'attarder sur la seule poussière dans leur relation, quand tout le reste étincelait ? Cependant, les plaques tectoniques de ce qu'il voulait et de ce qu'elle ne voulait pas se poussaient depuis deux ans, ne révélant leur présence que dans les secousses préliminaires qui faisaient parfois trembler le sol sous leurs pieds. Désormais, la pression était constante, la fracture inévitable. Pour avancer, il faudrait que l'un d'eux cède.

Et ce ne devait pas forcément être Cassie. Elle pouvait avoir exactement ce qu'elle désirait avec Luke ; elle n'était pas obligée de se séparer d'un morceau d'elle-même pour être avec lui. Il ne la forçait pas à s'engager dans une chose en laquelle elle ne croyait plus. Ils étaient sur la même longueur d'onde et tout ce qui s'était passé entre eux auparavant était encore là, en attente… Elle se souvint de son baiser de la veille et de la maîtrise de soi qu'il lui avait fallu pour le repousser avant qu'ils ne se perdent et n'aillent plus loin.

– Je vais prendre des pleurotes, s'il vous plaît, Martin, dit-elle vivement en tendant la monnaie au marchand.

Elle aperçut la lueur dorée à son poignet. Gem avait raison. Ce bracelet était vraiment moderne. Fringant. Sympa. Cassie imagina sa vie avec Luke à New York : le dîner dans des sacs à emporter fumants ; tous deux se promenant dans le quartier du Village pour prendre un café, sa tête contre son épaule ; flâner dans Central Park ; l'expression dans le regard de Luke quand ils seraient seuls, vraiment seuls, à nouveau – cette expression avait toujours coupé le souffle de Cassie. L'alchimie entre eux était indéniable, imparable. Peut-être Luke avait-il raison, il avait représenté plus qu'un lot de consolation. Après tout ce temps, même après avoir trouvé un bonheur intense avec d'autres personnes, l'univers les avait en quelque sorte réunis. Ils allaient bien ensemble ; ils désiraient les mêmes choses, fondamentalement, au même moment ; ils étaient faits l'un pour l'autre.

Martin remit à Cassie le sac en papier et sa monnaie.

– Amusez-vous bien samedi.

– Oh, ça ne risque pas, répondit Cassie en riant.

– Vous me raconterez ce mariage. Avec tous les détails croustillants, lui cria-t-il tandis qu'elle se faufilait dans la foule. J'adore quand les mariées sont folles.

Cassie s'arrêta à tous ses étals habituels : le fromage, les confitures, les carottes violettes. Elle connaissait les marchands par leur prénom et discutait jovialement avec eux. Tous lui firent la remarque qu'elle avait bonne mine. Elle passait un bon moment, faisait ses emplettes sous le soleil, tout en prenant un bain de foule ; elle se sentait plus légère et plus libre comme jamais depuis des mois. Elle ne s'était pas rendu compte du fardeau suscité par le fait d'essayer constamment d'éluder une vie qu'elle ne désirait pas. Le soulagement l'étourdissait.

En moins d'une heure, elle avait presque tout trouvé sur sa liste et ses filets à provisions orange fluo étaient bien remplis. L'appartement n'était qu'à trois minutes à pied et ses paumes étaient déjà marquées à cause du poids de ses emplettes, mais elle ne pouvait pas marcher plus vite. Après douze heures dans son petit monde, la réalité commençait à piquer. La proposition de Luke avait semblé si facile, si évidente dans ce champ au clair de lune, avec un chiot qui reniflait à leurs pieds, mais elle ne savait pas comment entrer chez Henry et elle et se retrouver face à leur vie mise sur pause ; comment se tenir avec le regard d'une étrangère dans son propre appartement, devant tout ce qu'ils partageaient. Elle ne savait pas si elle serait capable de supporter le regard de Henry sur les nombreuses photographies qu'elle avait fièrement posées sur tous les meubles à leur emménagement, leur intimité aussi tangible qu'un vent saharien. Elle ne se pensait pas capable de regarder ce dont elle était censée s'éloigner.

Elle s'arrêta de marcher, se sentant fébrile, son corps douloureux et soudain si fatigué qu'elle songea à se pelotonner sur le trottoir et s'endormir.

Elle ne voulait pas rentrer chez elle, mais elle ne voulait pas non plus retourner en Cornouailles. Pas encore. Elle devait encore réfléchir. Pour être sûre à cent pour cent… Les sacs dans ses mains se rapprochèrent de quelques centimètres du sol. Le visage de Luke, la nuit passée, apparaissait dans son esprit, les masques tombés. Plus que jamais, elle ne savait pas ce qu'elle voulait. Suzy lui avait dit qu'elle était coincée entre deux vies, et elle avait raison. Elle avait raison sur toute la ligne. Mais pour autant, cela ne signifiait pas que les sentiments de Cassie n'étaient pas justes.

Non, un café était tout ce dont elle avait besoin. Elle était simplement fatiguée. Entre la nuit blanche, le long voyage matinal et le marché, elle était sur les rotules. Elle avait besoin d'énergie pour surmonter l'étape suivante ; aller à l'appartement alors qu'elle était déjà épuisée n'était pas une bonne idée. Elle était fatiguée et à fleur de peau.

Elle jeta un coup d'œil au café de l'autre côté de la rue. Sous des parasols à rayures rouges, des tables avaient été installées en terrasse, et presque toutes étaient occupées.

Cassie s'avança vers la table libre la plus proche ; comme celle-ci était au soleil, elle devrait déplacer le gigantesque parasol si elle voulait de l'ombre, mais elle était déjà focalisée sur le double expresso (le café préféré d'Anouk) qui allait lui redonner de l'énergie – et du courage.

Elle était sur le point de libérer ses pauvres mains rougies de ses sacs quand elle remarqua les femmes à la table voisine : un halo de cheveux blond clair étincelait au soleil.

Cassie se raidit en reconnaissant immédiatement le sourire éclatant qui accompagnait cette chevelure – le même sourire éclatant qui avait fait naître en elle des doutes la première fois. *Que… que faisait-elle ici ?*

Les pieds de Cassie la menèrent jusqu'à la table.

– Bonjour.

Elle interrompit la conversation de la jeune femme sans réfléchir, sans remarquer l'expression interrogatrice de sa camarade, qui la dévisagea de la tête aux pieds, les yeux fixés sur les sacs gonflés dans les mains de Cassie. La blonde mit sa main au-dessus de ses yeux pour mieux voir l'inconnue hébétée.

– Tu es Amy.

La jeune femme fronça les sourcils.

– C'est exact.

– Pourquoi n'es-tu pas sur le bateau ?

Amy poussa un rire jaune.

– Pardon, mais qui es-tu ?

– Je suis Cassie, la fiancée de…

Le visage d'Amy s'éclaira.

– Ah, mais oui. La fiancée de Henry ! Je sais tout de toi. Comment vas-tu ? demanda-t-elle, comme si elles étaient des amies de longue date.

– Pourquoi n'es-tu pas sur le bateau ? répéta Cassie.

Soudain, elle ne se sentit pas bien du tout. Cela n'avait aucun sens. Elle ne voyait aucune raison pour laquelle Amy serait assise là plutôt que de naviguer dans le Pacifique.

La jeune femme haussa les épaules.

– Ils n'avaient plus besoin de moi une fois que Henry faisait partie de l'équipe.

– Mais tu es la coskipper.

– Il n'y a toujours eu qu'un seul skipper. La cabine était trop petite pour six personnes.

Cassie était confuse.

– Tu veux dire que tu as été éjectée de l'équipe à cause de Henry ?

– Hein, hein, confirma Amy d'un ton blasé.

– Mais pourquoi ? Pourquoi avaient-ils besoin de lui s'ils t'avaient déjà, toi ?

– Beau voulait rendre service à un ami, répondit Amy qui haussa les épaules. Hé, de toute façon, ça m'est égal. Trois mois dans une cabine minuscule avec cinq mecs, ce n'est pas vraiment ma vision du plaisir.

– Ah oui, comme si tu avais réussi à tenir trois mois ! s'esclaffa la compagne d'Amy. Tu m'as dit que Beau et toi descendriez à la première escale et resteriez quelques semaines en vacances sur les îles Salomon.

Amy rit et posa son index sur ses lèvres.

– Chut ! Je t'avais dit de ne pas le répéter.

– Je ne comprends pas, insista Cassie.

– Non, tu ne peux pas comprendre, rétorqua l'amie d'un ton froid, tout en jouant avec la paille de son verre ; elle voulait clairement que Cassie s'en aille.

Confuse, Cassie les regarda toutes les deux, mais le sourire amusé d'Amy avait disparu désormais et son visage s'était renfrogné en une expression plus sévère et impénétrable qui dissuadait de poser d'autres questions.

Cassie recula, avec la sensation d'avoir mis le doigt sur quelque chose, sans savoir quoi. Elle oublia le poids des sacs tirant sur ses bras alors qu'elle rentrait chez elle d'un pas titubant, perdue dans des suppositions et idées qui s'évanouissaient aussitôt comme des silhouettes dans la brume.

Elle enfonça sa clé dans la porte d'entrée de l'immeuble et monta lentement les escaliers. Aussitôt dans l'appartement, elle irait directement se coucher. Elle n'allait pas bien, n'était pas dans son assiette. Elle se sentait aussi éreintée qu'elle s'était senti surexcitée une heure plus tôt.

– Et franchement, d'après elle, c'est comme si on lui avait brisé tous les os de son corps.

– Elle a dit cela et elle l'a fait quand même ?

– Oui, je sais !

Les pieds de Cassie s'arrêtèrent alors que les voix – familièrement ironiques et sophistiquées – parvinrent à ses oreilles. *Pouvait-ce être… ?*

En haut des marches, Cassie découvrit Kelly et Anouk assises devant sa porte. Ses sacs lui échappèrent des mains.

– Enfin ! s'exclama Anouk, qui se leva et enroula ses bras autour de ses épaules.

Mais Cassie ne pouvait détacher ses yeux de Kelly et elle la regarda avec un désespoir silencieux par-dessus l'épaule d'Anouk. Elle remarqua le teint pâle et la silhouette inchangée de son amie. Si elle était là, cela voulait dire que…

Comment pouvait-elle expliquer à son amie qu'elle n'avait pas eu accès à l'ordinateur portable pour l'appeler ? Que, pour cela, elle aurait dû aller voir Luke, ce qui était impossible après le festival ; ils avaient passé toute la semaine à jouer au chat et à la souris, à s'éviter, à se cacher, avant de se chercher à nouveau.

Anouk la libéra et Kelly vint l'étreindre à son tour.

– Pas un mot, murmura-t-elle dans les cheveux de Cassie.

Cassie acquiesça d'un clignement d'yeux. Personne n'était au courant et, dorénavant, personne ne le serait jamais, pas même Brett. Encore moins lui.

Elles s'écartèrent.

– Bebe est ici ? demanda Cassie avec une légèreté recherchée.

Kelly entra dans son jeu et leva les yeux au ciel.

– Elle se planque au *Claridge's* en attendant son heure de gloire. Elle déjeune avec Philip Treacy, le modiste, et l'équipe de Porter.

– Ah. Au moins, elle va te laisser tranquille un moment.

Cassie était consciente de parler d'une voix étrange.

– Est-ce que tu vas bien ? Tu as l'air pâle. Tu ne la trouves pas pâle ? s'adressa Kelly à Anouk, qui plissa immédiatement les yeux et hocha la tête.

– Vraiment ? Tout le monde me dit que j'ai bonne mine. J'ai bronzé, affirma jovialement Cassie.

Elle mit sa clé dans la serrure et essaya de chasser de son esprit sa conversation troublante avec Amy. Celle-ci avait été évincée de l'équipe. Et alors ? Si cela ne la tracassait pas, pourquoi Cassie s'en soucierait-elle ? Beau avait rendu service à un vieil ami et offert un travail à Henry ; c'était le plus important. Cassie n'était pas le moins du monde surprise que Beau ait prévu de tirer au flanc la majeure partie du temps.

– Comment avez-vous su que j'étais ici ? les interrogea Cassie en entrant dans le vestibule, tout en faisant attention où elle mettait les pieds avec les sacs.

Elle ne savait pas si la présence de ses amies était une aide ou un obstacle. Elles pourraient lui changer les idées, mais Cassie pourrait-elle continuer à jouer la comédie devant elles ?

– Suzy, répondit Kelly qui l'aida à porter un sac. Elle a dit que tu revenais à Londres pour une nuit avant le mariage.

Cassie se raidit. Suzy leur avait-elle mentionné leur dispute et ce qui l'avait provoquée ?

– D'ailleurs, j'y pense, continua Kelly. Tu devrais sans doute la rappeler. Ton portable est éteint ? Elle nous a téléphoné il y a quelques minutes, pour savoir si tu étais arrivée. On pensait t'avoir ratée.

– D'accord. Merci. Je vais la rappeler, murmura Cassie, sans en avoir nullement l'intention (si lui parler par téléphone lui semblait déjà difficile, alors qu'en serait-il en face à face ?).

– Je dois comprendre que vous n'avez pas réussi à empêcher le mariage ? commenta Anouk, qui se dirigea droit vers la cuisine et alluma la machine à café. Tu étais censée l'en dissuader, non ?

– Oui, et ça s'est très bien passé, grommela Cassie, avant de laisser tomber ses sacs sur le sol de la cuisine. À tel point qu'au lieu de dissuader Gem, je me suis retrouvée à m'occuper de son repas de noce ! D'où..., fit Cassie en indiquant d'un geste de la main ses provisions. Je suis la Mr Bean du sabotage.

Anouk gloussa en secouant la tête.

– Quel désastre.

– De quel mariage parlez-vous, et pourquoi essayiez-vous de l'empêcher ? demanda Kelly, sur le ton de la réprimande.

– De Gem, la cousine de Suzy. Hattie est sa tutrice légale, et Suzy et Hattie s'opposent totalement à ce mariage. D'après elles, Gem est trop jeune et son copain n'en voudrait qu'à son argent. Je suis sûre de t'en avoir parlé...

– Et c'est le cas ? s'enquit Anouk, avec un coup d'œil discret à Kelly, se rappelant clairement que, des années plus tôt, un homme s'était joué d'elle pour cette même raison.

– Personnellement, je ne crois pas. Il est très gentil. Il m'apprend à surfer.

– Ah oui ! se moqua Kelly. Et comment tu t'en sors ?

– À merveille, à vrai dire, gloussa Cassie en donnant un coup de torchon à son amie. Pour ton information, j'ai pris ma première vague hier.

– Oh. Était-ce un moment spirituel ?

Cassie repensa de plus belle à l'adrénaline de cet instant, à la sensation des bras de Luke autour d'elle alors qu'ils se réjouissaient de sa réussite, à la prise de conscience qu'ils pouvaient combattre les sentiments entre eux, mais pas les nier.

Ces émotions l'enivraient presque. Elle regarda ses deux plus vieilles et plus chères amies (elles étaient sa famille en réalité) et se rendit compte à quel point elle s'était éloignée de sa vie. Elles pensaient tout savoir sur elle : le nom du premier garçon qu'elle avait embrassé et la gêne créée par leurs appareils dentaires, sa chanson préférée, l'ingrédient secret de ses célèbres lasagnes. Mais elles ne savaient pas que Luke était de retour dans sa vie, l'attendait en Cornouailles, encore moins que la nuit précédente, elle était retournée dans ses bras. Comment pouvait-elle leur expliquer le tourment qui l'affligeait ? À qui que ce soit même ?

Cassie était proche de sa mère, malgré la distance et le décalage horaire avec Hong Kong, et elles s'entretenaient régulièrement par téléphone. Cependant, elle avait tu ses problèmes récents et croissants avec Henry, de peur que sa mère pense qu'elle « échouerait » encore une fois, honteuse de son incapacité à faire ce que tout le monde attendait d'elle, à « aller de l'avant », indemne, sans souffrir, émotionnellement équilibrée. Cette situation était déjà un bon sac de nœuds ; alors, il était hors de question d'évoquer à sa mère sa relation confuse avec Luke.

– Tu n'as plus que du déca, déplora Anouk en levant le plateau de dosettes d'un air accusateur.

Cassie fit une grimace contrite.

– Oh… Oui. Henry essaie de me faire réduire ma consommation de caféine. Nous ne buvons que du déca en ce moment.

Dans sa barbe, Anouk maugréa d'un ton furieux et rapide quelque chose en français. Un café sans caféine n'était clairement pas du café.

– Et alors ? Tu y retournes ? la questionna Kelly, qui rangeait les provisions dans le réfrigérateur.

– Oui, demain après-midi, soupira Cassie, qui redoutait déjà le long trajet. J'y vais en voiture. Je ne peux pas prendre le train, j'ai trop d'affaires à emporter.

Elle se démena avec la serrure de la porte de service et la tira péniblement pour l'ouvrir. Elle savoura un instant la vague d'air chaud qui entra et vint aérer le petit appartement renfermé et délaissé.

– Ta voiture va tenir le coup ? s'amusa Anouk, un sourcil arqué, tout en leur servant leurs trois cafés.

– Oh, quel manque de confiance. Je te ferai savoir qu'elle sort tout juste du garage.

Les aromates dans la jardinière avaient l'air assoiffés, remarqua Cassie, et elle alla chercher dans le placard sous l'évier le petit arrosoir en émail.

– Ça ne garantit pas qu'elle tienne le coup, ironisa Kelly d'une voix traînante.

Cassie lui fit un doigt d'honneur et les deux femmes éclatèrent de rire.

– De quoi discutiez-vous quand je montais les escaliers tout à l'heure ? Quelque chose à propos d'os cassés ? Ça n'avait pas l'air très gai, déclara Cassie, en sortant sur l'escalier de secours pour arroser la terre desséchée et mouiller les feuilles sèches et poussiéreuses.

Ses oreilles perçurent les piaillements animés provenant du pommier et elle fut surprise de constater à quel point cela lui avait manqué. Elle ne s'était jamais rendu compte que les chants de ces petits oiseaux étaient devenus la bande-son de sa vie ici avec Henry. Elle sentit son cœur se contracter brusquement, comme un point de côté.

– De Beni Omar. Tu as déjà entendu parler d'elle ? l'interrogea Kelly.

Cassie fit non de la tête.

– C'est le nouveau mannequin à la mode, elle défile pour tout le monde, elle a décroché la campagne Vuitton. Bebe meurt d'envie de la réserver pour sa prochaine campagne, mais elle rêve !

Bref, elle me parlait de remodelage du corps. C'est un massage japonais qui rapproche les os pour affiner la silhouette.

– Ah, ça a l'air horrible, grimaça Cassie.

– Oui, et si tu le fais souvent, ta taille peut devenir aussi fine que si on t'avait retiré une côte.

– Vraiment ? chuchota Anouk, qui s'appuya élégamment contre le plan de travail.

– Encore plus horrible ! se scandalisa Cassie alors que ses amies se rapprochaient doucement l'une de l'autre.

– Apparemment, tous les plus grands top models se font faire ce massage. Bebe me citait des noms pendant le vol. C'est la nouvelle tendance.

Cassie observa Anouk encercler sa taille de ses mains. Il ne manquait pas grand-chose pour qu'elles se touchent.

– Oh, Anouk, tu ne ferais pas ça ! Voyons ! En quoi cela peut-il te faire du bien ?

Anouk haussa les épaules et regarda Kelly.

– À quel point c'est douloureux ? Est-ce qu'elle en a parlé ?

– Tu as déjà fait craquer tes doigts quand tu étais jeune ? Je le faisais tout le temps.

Le sous-entendu de Kelly était clair : elle se pensait capable de supporter la douleur.

– Il faudrait le faire avec quelqu'un qui sache vraiment ce qu'il fait, déclara Anouk qui, dans le même souffle, mettait en garde son amie et l'encourageait.

Cassie maugréa en les voyant toutes les deux se convaincre de faire ce massage. Elle serait toujours la « plouc » en leur compagnie, la fille qui mettait de la crème de supermarché et non d'une marque de luxe, qui préférait les Converse aux talons, qui dormait avec un tee-shirt et non parfumée de N° 5.

– Je n'en reviens pas que vous envisagiez sérieusement ce truc.

Cassie regarda du coin de l'œil Kelly, qui haussa les épaules. Elle tourna la tête pour replacer l'arrosoir sous l'évier, mais pas avant qu'elle ne surprenne Kelly adresser un clin d'œil à Anouk, qui signifiait clairement « Prends rendez-vous ».

*Était-ce une mise au défi ?* se demanda Cassie, alors que de l'eau vint éclabousser ses jambes nues. Kelly pensait-elle que c'était l'un des avantages de ne pas être enceinte ?

– Oh, hé, tiens. Avant que je n'oublie, j'ai quelque chose pour toi, indiqua Anouk, qui fouilla dans son sac. J'avais prévu de le glisser dans ta boîte aux lettres.

– Qu'est-ce que c'est ? la questionna Cassie en se redressant et en prenant son café.

Anouk lui tendit une petite enveloppe et Cassie jeta un œil à l'intérieur. Elle eut le souffle coupé en apercevant le contenu.

– Oh, mince alors ! s'exclama-t-elle en sortant un petit médaillon Tiffany, en argent et en forme de cœur.

– La mairie de Paris a décidé de tout retirer des ponts. Cette histoire de cadenas d'amour est devenue ingérable. Il y en a des dizaines de milliers maintenant et ils sont si lourds que certains ponts pourraient s'effondrer. Ils préféreraient que les amoureux se prennent en photo avec le hashtag #amoursanscadenas, mais... (Anouk fit la grimace.) Quoi qu'il en soit, j'ai pensé que je devrais le sauver pour vous avant qu'il ne disparaisse à jamais. Ce n'est pas un cadenas quelconque comme les autres. Il est précieux. C'est un Tiffany, quoi !

– Mais comment savais-tu où le trouver ?

– Facile. Quand Henry et toi êtes allés à Venise, il m'a laissé un mot avec les coordonnées : pont des Arts, côté rive gauche, deuxième tronçon, neuf maillons en partant de la gauche, douze en partant du bas, en dessous du cadenas rose en forme de cœur...

– Du Henry tout craché ! gloussa Kelly.

– Même avec toutes ces indications, il m'a fallu pas mal de temps pour le trouver. Il était complètement caché sous les autres. Vous imaginez les regards que je me suis attirés ? Les gens me prenaient pour une voleuse !

– Ou une ex amère, sourit Kelly.

Cassie manipula le petit pendentif froid. C'était le premier pas fait par Henry : à Noël, une boîte dans une boîte dans une boîte attendait Cassie au pied du sapin dans le magasin de la Cinquième Avenue, à New York. Elle l'avait porté pendant tout son séjour new-yorkais, jusqu'à ce qu'elle emménage à Paris, où Henry l'avait « accidentellement » accroché au pont avec les autres cadenas d'amour – une tendance obscure et *underground* à l'époque qui avait depuis pris de l'ampleur.

Cassie avait souvent songé à « leur » cœur accroché au-dessus de la Seine dans la ville des amoureux, gelé sous la neige, brûlant au soleil. Constant. Toujours là. Il ne lui était jamais venu à l'esprit qu'il pourrait être décroché. Elle pensait que leur médaillon resterait sur ce pont parisien pour les générations à venir.

Et voilà qu'à présent, les ponts étaient déblayés, tout cet amour balayé. Fallait-il y voir… un signe ?

Cassie contempla le bijou, si petit et simple dans sa paume. Quand tout était-il devenu si compliqué ?

– J'ai… J'ai fait ce qu'il fallait, n'est-ce pas ? demanda Anouk, une main sur le bras de Cassie, en lui jetant un regard inquiet.

Cassie leva la tête.

– Euh… oui, oui, bien sûr. C'est que… C'est une surprise, c'est tout. Je ne m'y attendais pas… Mais comment l'as-tu décroché ? Tu n'as pas la clé.

– Non. Mais j'ai des outils de bijouterie qui m'ont permis de… Comment dire ? De forcer la serrure.

– Oh. D'accord.

Anouk et Kelly s'échangèrent des regards, tandis que Cassie posa délicatement le médaillon sur le rebord de la fenêtre. Il étincela au soleil, tel un cœur de Cupidon.

– Qu'est-ce que c'est ?

– De quoi ?

– Ça.

Anouk pointa le petit arc en or qui dépassait légèrement de la manche de Cassie.

– Oh, ce n'est rien. C'est...

– Un Cartier ? murmura Kelly.

Anouk attrapa la main de Cassie et maintint son bras en place, avec une joie malicieuse sur son visage.

– Henry t'a offert un bracelet Love ?

– Euh...

– Je croyais que vous étiez fauchés ! As-tu une idée du prix ? hurla pratiquement Kelly.

Cassie secoua la tête.

– Ça vaut autant qu'un sac Birkin, une fourrure Fendi..., énuméra Kelly d'un air impressionné et elle prit le bras de Cassie pour étudier le bijou de plus près. Mais ce n'est pas tant le prix. Je vais être franche, je ne savais pas que Henry était si calé. Ces petites merveilles sont très tendance dans le milieu de la mode. Je n'aurais pas cru que c'était son truc.

– Dis-moi que tu as le petit tournevis qui va avec. Ne le perds pas, l'avertit sévèrement Anouk. Tu penses qu'un médaillon Tiffany est difficile à ouvrir sans clé ? Alors ça !

– Oh, euh... Oui. D'accord.

– Ah ! Pourquoi s'embêter avec une alliance ? Je suppose que c'est un moyen de contourner le problème du remariage ! s'esclaffa Kelly, qui tenait le poignet de Cassie pour examiner le bracelet.

– Comment ça ?

– Eh bien, il t'a passé les menottes avec ce bracelet. C'en est littéralement une... Hé, mais qu'est-ce que c'est ? demanda-t-elle en s'approchant de plus près.

Il fallut un instant avant que Cassie ne comprenne ce que Kelly avait aperçu.

– Ce n'est rien ! répondit-elle brusquement, en arrachant sa main, puis elle redescendit sa manche.

Mais c'était trop tard. À l'expression de Kelly, Cassie sut qu'elle avait vu la date gravée – une date dont elle se souvenait bien elle-même, car elle était présente. Une date qui ne pouvait mener qu'à une seule conclusion. Kelly laissa retomber sa main, le visage totalement stupéfait. Cassie sortit de la cuisine, sur l'escalier de secours, son cœur battant la chamade, son esprit s'emballant. Il n'y avait pas d'autre explication possible, rien de ce qu'elle dirait ne pouvait minimiser la situation à laquelle elle était mêlée.

Elle entendit la voix posée de Kelly derrière elle.

– Tu veux bien nous expliquer ?

# Chapitre 27

– Comment Brett fait-il pour te supporter ? se plaignit Anouk, en essayant de retirer les draps vers elle. Tu prends toute la couette, Kelly.

Assise à côté d'elle, Kelly haussa les épaules.

– Je sais, mais, moi au moins, je ne donne pas de coups de pied. Cassie est la pire, tu te souviens ?

– C'est faux ! protesta Cassie depuis le pied du lit.

Elles avaient choisi de dormir toutes les trois dans le même lit, et Cassie était certaine d'avoir été mise tête-bêche pour qu'Anouk et Kelly puissent lui faire face comme des juges – ou un peloton d'exécution.

– Nous allons nous réveiller pleines de bleus demain, gloussa Kelly, ce qui lui valut un coup de pied de Cassie, dont les larmes antérieures l'avaient fait osciller entre franc défi et épuisement mélancolique.

Elle était toujours fragile, même encore après plusieurs heures de soins du corps improvisés dans sa chambre, pour tenter de la détendre (même si Kelly avait dû d'abord entrer dans la chambre et retourner toutes les photos de Cassie et Henry).

Des bougies parfumées scintillaient délicatement sur tous les meubles, afin d'essayer de masquer l'odeur synthétique du vernis à ongles (Mirabella de Chanel ornait leurs orteils, qui dépassaient toujours du couvre-lit). Elles étaient allongées sur le lit, les mains en l'air, enveloppées d'une crème anti-âge luxueuse qu'Anouk gardait dans son sac, pendant que Kelly essayait d'ouvrir le sachet de gants en latex que Henry rangeait sous l'évier en cas de problèmes de plomberie ; elles devaient se réveiller le lendemain avec les mains douces d'une princesse de cinq ans. De temps en temps, Cassie avait une crise de fou rire légèrement hystérique quand elle apercevait Kelly et Anouk avec du muesli sur le visage, que seul un appui fort de réflexologie sur le plexus solaire de son pied droit pouvait stopper.

– Tu sembles un peu plus calme, fit remarquer Anouk, qui tenait les mains de Cassie pour que Kelly puisse lui mettre les gants.

Cassie eut une vision des chirurgiens auxquels on passait des gants dans les séries médicales.

– Je me sens tétanisée. Je suis totalement perdue. Je ne sais pas du tout comment procéder.

– Je n'arrive pas à t'imaginer sans Henry, murmura calmement Kelly, une tristesse ineffable dans la voix.

Cassie détourna la tête, assaillie par une nouvelle vague violente d'émotions. Elle ne s'imaginait pas non plus sans lui.

C'était étrange. Elle arrivait à se projeter avec Luke – tous les sentiments qu'elle avait éprouvés autrefois pour lui étaient toujours présents ; elle les avait simplement mis de côté et, maintenant qu'elle les avait laissés sortir, les avait admis, ils coexistaient avec ses sentiments pour Henry. Mais la seule chose qu'elle ne parvenait pas à faire, c'était d'envisager la vie sans Henry. Son esprit refusait de s'aventurer dans cette voie ; son cœur ne le lui permettait pas. Cette idée même était inconcevable.

– Tu l'aimes toujours, n'est-ce pas ? lui demanda Kelly.

– Bien sûr que oui ! Je l'aimerai toujours ! C'est l'amour de ma vie, répondit Cassie avec des yeux trop brillants.

Elle s'avachit davantage sur les oreillers, d'une voix plus monocorde :

– Mais je ne pense plus que ce soit suffisant. De toute évidence, nous désirons des choses très différentes. Il m'impose ce mariage et je ne peux pas oublier ce que j'ai vécu. On ne sort pas de dix ans de mariage indemne, et Henry ne le comprend pas du tout. Je ne sais pas comment je peux le lui expliquer plus clairement. Pourquoi retournerais-je vers quelque chose qui fait de moi une prisonnière, m'enferme, quel que soit le comportement de l'autre ? Je ne veux pas le quitter, mais je dois être libre de partir ; j'ai besoin d'avoir cette possibilité. Je dois garder une porte ouverte.

Kelly afficha une mine triste face à ces propos. Mais pas Anouk.

– Je suis tout à fait d'accord, soupira Anouk. Les gens accordent tellement d'importance à la propriété, comme s'ils devaient nous posséder. Pourquoi ? C'est assurément plus réconfortant de savoir que la personne avec qui on est a fait le choix de rester. Elle pourrait partir, mais elle choisit de ne pas le faire. C'est beaucoup plus séduisant, non ? conclut-elle en haussant un sourcil.

– Je ne suis pas du tout d'accord, rétorqua Kelly, qui essayait désespérément d'ouvrir le gant en latex, qui pendait dans ses mains comme un poisson mourant. Lorsqu'on fait le choix de consacrer sa vie à une personne, et à elle seule, on construit une intimité que votre soi-disant liberté ne peut pas atteindre. C'est beaucoup plus sexy.

– Au début peut-être, objecta Anouk avec un haussement d'épaules. Mais dans vingt ans, tu seras obnubilée par les poils sur son nez et tu te demanderas pourquoi il ne les voit pas et ne les arrache pas. Tout ce que tu aimes aujourd'hui te rendra folle à ce moment-là.

– Alors, que proposes-tu ? Changer de partenaire tout le temps ? Se mettre avec des hommes plus jeunes à mesure qu'on vieillit ? Où est la tranquillité d'esprit là-dedans ? Tu seras paranoïaque à propos de ton apparence, ton charme. Combien de temps vont-ils rester ? Est-ce qu'ils voient quelqu'un d'autre ? Dois-tu les quitter avant qu'eux ne le fassent ?

– En fait…

– Bon, les filles. Temps mort ? suggéra Cassie, lasse, en faisant un T avec ses mains, et le bracelet glissa le long de son bras.

Celui-ci était recouvert de muesli, mais elle ne pouvait pas le retirer ; c'était Luke qui avait le tournevis et rien dans la boîte à outils de Henry n'était assez petit.

– J'apprécie le débat, mais ma situation n'a rien d'hypothétique. Si je n'épouse pas Henry, il dit que c'est f… fini, bégaya Cassie. Je dois répondre par oui ou non. C'est aussi simple que cela. Et impossible.

– Désolée, susurrèrent Kelly et Anouk.

Le visage de Cassie se décomposa, se tordit de douleur alors qu'une autre vague d'anxiété montait en elle. Elle se tira les cheveux au niveau des tempes, en oubliant qu'elle n'avait pas encore mis les gants.

– Oh là là, je fous tout en l'air.

– Mais non. Du moins, pas encore. Seulement, si tu prends la mauvaise décision, s'empressa d'ajouter Kelly. Et tu n'as encore rien fait d'irréversible… Pas vrai ?

Un instant s'écoula avant que Cassie ne saisisse l'allusion de Kelly.

– Non. Nous nous sommes embrassés, c'est tout.

Mais rien que ce baiser était une trahison, quelque chose qui aurait été inimaginable – abject – sur l'échelle de valeur de la Cassie qui était assise au même endroit deux semaines plus tôt. Elle avait embrassé un autre homme. Elle avait l'intention de quitter Henry, de quitter cet appartement, cette vie, cette voie pour s'engager dans une nouvelle. Comment en était-elle arrivée là ? *Comment ?*

– Comment tu te sens maintenant que tu es loin des deux ? l'interrogea Anouk, qui faisait tourner un stylo entre ses doigts et Cassie devina qu'elle avait envie d'une cigarette.

Elle haussa faiblement les épaules.

– Tout semble si loin. Henry est quelque part au milieu du Pacifique ; Luke est en Cornouailles. C'est difficile de croire que l'un des deux m'attend.

– Et pourtant, ils t'attendent tous les deux, rétorqua Kelly, avant de pousser un grand soupir. Dis-moi une chose. Quitterais-tu tout de même Henry si tu n'avais pas Luke ?

– Si je quitte Henry – je dis bien si ! –, ce n'est pas pour Luke. Mais il y a des choses inachevées entre nous. Je ne peux pas le nier.

– Tout serait sacrément plus simple s'il était resté de l'autre côté de l'Atlantique, déclara Kelly d'un ton contrarié. Je n'en reviens pas qu'il passe ses vacances exactement au même endroit que toi.

– Je sais. C'est bizarre, soupira Cassie. Sa petite amie connaît Gem.

– Ou peut-être que c'est le destin ? insinua Anouk.

Kelly lui lança un regard pour lui suggérer qu'elle n'aidait en rien.

– Je ne comprends pas pourquoi tu es restée là-bas quand tu as su qu'il y était aussi. Tu devais te douter de ce qui pourrait arriver si Luke et toi vous retrouviez à nouveau ensemble ?

– Franchement ? Non ! Je le détestais tellement après Paris.

– Trop, avec le recul, non ? demanda Anouk.

Cassie haussa les épaules.

– Oui, peut-être.

Il y eut un blanc.

– Écoute, c'est sexuel entre Luke et toi, soutint Kelly pour changer d'approche. L'alchimie entre vous a toujours été incroyable. Je vous ai assez eus sous les yeux comme ça. Je n'oublierai jamais la fois où je vous ai surpris dans la baignoire…

– N'en dis pas plus ! s'écria Cassie, qui préférait éviter les détails, même si ce souvenir précis lui était revenu plusieurs fois en mémoire au cours des dernières vingt-quatre heures.

– Ce que j'essaie de te dire, c'est que vous n'avez pas pu laisser les choses suivre leur cours. Tu es partie pour Paris après le Nouvel An parce que c'était la date que nous avions arbitrairement fixée au départ, mais ce n'était pas terminé entre vous deux. Vous n'étiez pas en bout de course. Votre relation n'a pas eu la possibilité de mourir ; elle s'est juste terminée comme ça, expliqua Kelly en ponctuant ses propos d'un claquement de doigts. Ce qui vient d'arriver n'est donc peut-être pas si surprenant.

Cassie devina que Kelly n'était pas allée au bout de sa pensée.

– Mais tu crois que nous aurions rompu si nous en avions eu le temps ?

– Oh, oui. Absolument, répondit Kelly d'un ton convaincu.

– Impossible de le savoir, intervint Anouk. Tu fais des suppositions parce que tu imagines Cassie avec Henry et tu veux que ce soit la réponse, mais si ce ne l'était pas ? Ils connaissent des difficultés. Cassie et Luke n'en ont pas.

– Si Henry t'entendait…

– Hé ! Je l'aime autant que toi, Kelly, mais on parle de ce qui est juste pour Cassie. Il est question du restant de ses jours. Il n'y a pas de seconde chance possible en l'occurrence. Quel que soit le choix qu'elle fait – quel que soit l'homme –, elle ne pourra pas faire marche arrière.

Cassie s'affaissa encore plus sur l'oreiller, son anxiété et sa confusion recommençaient à s'entremêler. Coupables, Kelly et Anouk se turent. Autant elles étaient d'accord sur la mode, autant elles étaient toujours en désaccord sur ce qui était mieux pour Cassie. Kelly avait fait d'elle une blonde lors de son séjour à New York, et Anouk lui avait fait couper ses cheveux au carré et les teindre en brun. Kelly l'avait fait courir dans Central Park et manger des sushis ; Anouk lui avait fait découvrir les joies du hammam et d'un merlot tannique. Il y avait peu de chances qu'elles créent un précédent en s'entendant sur ce sujet.

– Et Suzy ne se doute de rien ? s'enquit Kelly au bout d'un moment.

*Oh mince, Suzy.* Cassie laissa tomber sa tête entre ses mains recouvertes de muesli.

– Elle avait des soupçons. Nous nous sommes disputées à ce propos. Elle avait raison et moi, je... Je faisais l'autruche. Je n'ai pas été aussi perspicace qu'elle. J'ai cru Luke quand il m'a dit qu'il était passé à autre chose. Il sort avec Amber Taylor, bon sang ! Allô, quoi ! Pourquoi aurais-je cru qu'il pensait toujours à moi ? C'est risible.

Cassie eut la gorge nouée et ses deux amies gardèrent le silence. Il n'y avait rien de drôle.

– Suzy n'est pas au courant pour hier soir. (Les muscles du visage de Cassie se relâchèrent sous l'effet du désespoir.) Comment lui en parler ? Si je retourne auprès de Luke, je la trahis autant que Henry. Elle ne me le pardonnera pas. Jamais. Je la perdrai elle aussi.

Kelly et Anouk se regardèrent. C'était certain. Il n'y avait aucune platitude à offrir en la matière.

– As-tu prévenu Luke de ton départ ? demanda calmement Kelly.

Cassie confirma d'un hochement de tête.

– Donc, il t'attend.

– Oui. Oh là là, à votre avis, qu'est-ce que je devrais faire ? S'il vous plaît, dites-moi quoi faire.

Il s'écoula un moment avant que l'une des deux jeunes femmes ne prenne la parole.

– Eh bien, je sais qu'il y a une chose que tu ne peux pas faire, annonça lentement Anouk.

– Quoi donc ?

– Tu ne peux pas y retourner seule.

⋆

– Punaise, y aller en diligence aurait été plus rapide, grommela Kelly depuis la banquette arrière, un panier sur ses genoux, alors qu'elles passèrent devant un panneau indiquant Bodmin, une ville au cœur des Cornouailles.

– Encore, ce n'est rien. Tu devrais voir la voiture de Henry, déclara Anouk d'une voix traînante. Nous avons failli découper le toit pour en faire sortir Bas.

Cassie rit et adressa un clin d'œil à Kelly dans le rétroviseur. Certes, il leur avait fallu sept heures au lieu de cinq, mais elle était ravie – et soulagée – que sa Morris Minor n'ait rencontré aucun incident sur l'autoroute : aucune fumée noire n'avait jailli du pot d'échappement (ce qui était arrivé sur la route de Bath une fois), aucun pneu n'avait crevé (sur la route de Norfolk) et l'embrayage n'avait pas lâché (un mariage dans le Warwickshire). La pauvre petite voiture était si remplie que son pare-chocs arrière touchait pratiquement le bitume. Cassie avait habilement calé à l'intérieur des paniers, des plaids, des verres, des couverts, des seaux à glace, des plateaux ainsi que ses meilleures amies.

– Bon, Bas dit qu'il peut prendre le premier train demain matin, déclara Kelly, en lisant ses SMS.

– Tu lui as indiqué où est cachée la clé ? Elle est sous le...

– Oui, oui. Il est rentré. Il pense nous rejoindre à onze heures demain.

– Je n'en reviens pas que nous l'ayons raté. Cela a dû se jouer à quelques minutes, déplora Cassie en secouant la tête. Ce n'est vraiment pas de chance.

– Eh bien, peut-être que la prochaine fois, il pensera à envoyer un SMS à l'avance pour s'assurer que tu es là, rétorqua Anouk. C'est impoli de se présenter à l'improviste, non ?

Mais Cassie se doutait déjà de la raison pour laquelle Bas avait débarqué chez elle sans prévenir. Les défilés de couture débutaient à Paris la semaine suivante, il était peut-être arrivé avec quelques jours d'avance pour voir Luis et les choses ne s'étaient pas tout à fait déroulées comme il l'avait espéré…

Cassie se mordit la lèvre, en espérant se tromper. Que l'un d'eux soit au moins chanceux en amour.

Elle emprunta les petites routes en passant par Delabole, alors que le jour tombait en rougissant. Ses mains se resserraient sur le volant à mesure que les kilomètres jusqu'à Rock décroissaient sur chaque panneau routier. Elles arrivaient trop tard pour le dîner, contrairement à leurs prévisions, et Cassie avait envoyé un texto à Archie depuis une aire de repos pour lui donner leur nouvelle heure d'arrivée estimée. « Si vous êtes fatigués, ne nous attendez pas. Grosse journée demain ! » avait-elle écrit, dans le vain espoir (se rendait-elle compte à présent) qu'Archie fasse passer le message et que tout le monde se retire dans sa chambre. Si elle pouvait ne pas voir Luke un jour de plus… Si elle pouvait avoir encore douze heures rien que pour elle, en attendant d'avoir les idées claires, de garder du recul, de trouver la réponse que son cœur lui dirait être juste.

Ses mains enserrèrent davantage le volant.

– Tu vas bien ? s'inquiéta Anouk, en apercevant les jointures blanchies des doigts de Cassie.

– Moi ? Oui. Je suis juste fatiguée.

Une nouvelle fois, elle avait à peine fermé l'œil de la nuit, son système nerveux guère réceptif aux soins relaxants que ses amies lui avaient prodigués. Elle avait cuisiné pendant plusieurs heures avant qu'Anouk et Kelly ne se réveillent, leurs gants en caoutchouc toujours en place et des flocons d'avoine collés à leurs sourcils.

– Je ne suis pas étonnée. Tu as travaillé comme une forcenée aujourd'hui.

Cassie haussa les épaules.

– C'était une bonne chose de prendre de l'avance dans les préparatifs. À mon avis, l'ambiance sera assez stressante demain, même si Gem affirme que c'est un petit mariage. Au moins, il ne me reste plus qu'à rôtir l'agneau et empiler les macarons pour la pièce montée.

Son sixième sens lui indiquait que la journée du lendemain serait difficile à bien des égards : non seulement Luke attendrait une réponse, mais elle se retrouverait aussi confrontée au silence de Suzy. Cassie se tourna vers Anouk sur le siège passager à côté d'elle.

– Je n'aurais pas pu y arriver sans votre aide, vous savez. Vous avez été incroyables, de mettre la main à la pâte comme ça.

Kelly et Anouk étaient arrivées sur le seuil de la cuisine, avaient posé les yeux sur les saladiers déjà remplis d'ingrédients lavés, hachés et rangés par couleur. Elles avaient aussitôt passé un tablier par-dessus leur pyjama, reconnaissant l'effet cathartique du travail. Elles étaient restées comme ça toute la journée – personne, pas même Anouk, n'avait pris une douche ou ne s'était habillé jusqu'à ce qu'elles soient prêtes à commencer à charger la voiture. Kelly et Anouk avaient docilement suivi les instructions de Cassie, en comprenant que parfois, parfois en effet, le geste valait mieux que la parole. Elles avaient fait de merveilleux commis (exception faite du moment où Anouk se coupa accidentellement un ongle et en fit toute une histoire à tel point que Cassie avait cru qu'elle s'était entaillé le doigt).

– Je dois dire que je ne m'étais jamais rendu compte de l'intensité de ton travail, commenta Kelly depuis l'arrière de la voiture. J'ai l'impression qu'il faut avoir dix bras et des yeux dans le dos.

Cassie gloussa.

– C'est vrai que c'est comme ça parfois.

Être pour une fois l'« experte » auprès de ses amies avait été révélateur. Son défunt ami et mentor Claude Sautans à Paris lui avait dispensé une formation de premier ordre et elle avait rarement l'occasion de montrer l'étendue de ses talents. Son travail impliquait en général des budgets et des délais très serrés. Par ailleurs, les idées de Gem avaient été si obscures et extravagantes – et de dernière minute, car elle avait soutenu tout le long qu'elle ne voulait pas se préoccuper des détails superflus de cette journée – que Cassie s'était octroyé carte blanche pour proposer un menu à son idée.

Ainsi avait-elle prévu des paniers individuels, avec en entrée un aspic de jambon, persil et œufs de caille, puis une salade de pousses de pois ornées de fleurs de pensée, de l'agneau rosé et de la courge butternut rôtie avec des noisettes. Pour le dessert, elle avait préparé une mousse de groseille délicieusement acidulée et de la gelée de sureau ; au lieu d'un gâteau de mariage traditionnel (dont la préparation aurait dû commencer six semaines plus tôt), elle avait confectionné plusieurs fournées de macarons à la rose, prêts à être empilés le matin même en une pièce montée (le dessert signature de Claude et Cassie).

– Je n'en reviens pas de la dimension des choses ici, murmura Kelly alors que des haies de trois mètres de haut, parsemées de fleurs roses, se dressaient de chaque côté de la voiture, à quelques centimètres seulement, l'odeur de l'ail sauvage embaumant l'air de la soirée. On se croirait à Lilliput, tout est si petit. Les rues doivent être à sens unique comme à New York, non ?

– Non.

– Tu plaisantes ? Les voitures roulent dans les deux sens sur ces routes ?

– Je sais. C'est de la folie. Et il y a énormément de tracteurs.

Les rues étaient calmes alors qu'elles grimpaient vers le village perché sur la colline, la circulation vers le club de voile dispersée heureusement pour la nuit et le brouhaha enivré du pub *Mariner's* trop éloigné pour l'entendre d'ici. Un renard traversa devant elles à une courte distance ; à sa façon désinvolte de pencher la tête, il leur fit savoir qu'il n'avait aucune crainte et il ne prêta nullement attention à l'automobile arrondie sortie d'une autre époque qui avançait tant bien que mal vers lui.

– Voilà, on y est, annonça Cassie quelques minutes plus tard, lorsqu'elle tourna dans la longue allée et franchit les piliers crème. C'est Snapdragons à droite.

– Oh.

La voix d'Anouk trahit sa déception devant la maison des années cinquante. La Renault Clio et la Jeep étaient garées de façon anarchique et une lumière brillait à la fenêtre du rez-de-chaussée.

– Je sais. La maison n'est pas belle, mais attendez demain quand vous verrez le cadre et la vue. C'est sensationnel.

Cassie ralentit à l'approche de Butterbox. Toutes les lumières étaient étincelantes de sorte que, de loin, la maison semblait presque en flammes. Il y avait plusieurs voitures dans l'allée : la Volvo de Suzy, bien entendu, et une vieille Coccinelle orange qui appartenait à Hattie, mais il y avait un autre véhicule, plus rutilant, avec un autocollant d'une agence de location sur le hayon. Le frère de Laird avait-il réussi en fin de compte à trouver une place dans un avion ? Le vélo d'Archie était posé contre les hortensias, le numéro du jour du *Times* toujours dans le panier, à présent humidifié par la rosée.

Les trois femmes descendirent de voiture avec précaution. Cassie était la seule à ne pas avoir de panier sur les genoux.

Elles durent s'étirer, après avoir passé des heures recroquevillées. Elles empilèrent les paniers près de la porte d'entrée (certains contenaient des verres à vin et des couverts, d'autres les desserts et les pensées), prêts à être portés ensuite à l'intérieur avec l'aide des autres.

– Et voilà, dit calmement Cassie, qui enfonça sa clé dans la serrure et prit une profonde inspiration, tandis qu'Anouk et Kelly posèrent la main sur son épaule. Vous vous souvenez, ne dites rien à Suzy pour le moment, d'accord ? Vous êtes juste là pour…

Elle hésita, elle n'avait pas réfléchi à un alibi.

– Pour la voir, compléta Anouk. Elle essaie de me faire venir ici depuis des années.

– Et je mourais tellement d'envie d'être loin de Bebe que j'étais prête à passer sept heures dans ta caisse à savon, railla Kelly, qui tira la manche du pull léger de Cassie d'un geste maternel afin de cacher le bracelet.

– D'accord, oui. Bon. Super, déclara Cassie d'un ton incertain.

Elle avait à nouveau le sentiment d'être au bord du précipice, ne sachant pas si elle allait sauter ou être poussée.

Elles entrèrent dans le vestibule et laissèrent tomber leurs sacs sur la bergère bleue damassée enfoncée, en face des escaliers. L'odeur distinctive de la maison mêlant humidité et iode avait des notes de tête douces et fraîches, grâce à une brassée de roses rose pâle à longues tiges, posées sur la console du vestibule.

– Magnifique, murmura Anouk en s'approchant du bouquet.

– Hattie a dû se résoudre à ce mariage en fin de compte, murmura Kelly, en prenant l'une des roses pour la sentir, les paupières closes. J'avais les mêmes à mon mariage, vous vous rappelez ?

Comme si Cassie pouvait oublier.

– *Maiden's Blush.*

C'était la fleur de mariage parfaite, bien qu'une variété de rose rare et démodée de nos jours, que Hattie cultivait dans sa remarquable roseraie à West Meadows. Cette rose avait marqué la naissance du couple de Henry et Cassie ; les voir et les sentir lui furent presque douloureux en cet instant.

Depuis le vestibule, elles pouvaient entendre des voix dans le salon : la conversation semblait sérieuse, plusieurs personnes parlaient en même temps, le ton était inquiet et grave. Les trois amies s'échangèrent des regards. Peut-être que Hattie n'acceptait toujours pas le mariage finalement ? Suzy et elle avaient-elles lancé une offensive conjointe de dernière minute contre Gem ?

– Hé. Je suis rentrée, cria Cassie d'un ton désinvolte.

Elle posa les yeux sur Archie, qui était debout près de la cheminée – il était la personne la plus sûre à laquelle elle pouvait s'accrocher en entrant dans la pièce. Dès qu'il aperçut Cassie, il laissa tomber son bras du manteau de la cheminée.

– Devinez qui j'ai trouvé dans les rues de Pimlico.

Elle s'écarta sur le côté pour laisser entrer Kelly et Anouk.

Suzy plaqua ses mains sur sa bouche en voyant ses amies, et des larmes jaillirent de ses yeux. Elle se précipita vers elles et les serra toutes les deux fort dans ses bras – sa marque de fabrique.

– Vous n'imaginez pas à quel point ça me fait plaisir de vous voir, sanglota-t-elle.

Kelly et Anouk regardèrent Cassie avec une inquiétude muette. Cassie baissa la tête, gênée par la réaction émotive de Suzy. Cherchait-elle leur compassion, essayait-elle de les faire basculer de son côté ? Dans un moment de lucidité, Cassie savait que son amie ne lui pardonnerait jamais la décision qu'elle s'apprêtait à prendre ; elle ne la soutiendrait jamais en tant que son amie ; elle s'opposerait à elle en tant que sœur de Henry. Cassie allait les perdre tous les deux. C'était un fait.

Du coin de l'œil, elle aperçut Laird et Gem sur un canapé. Au lieu d'avoir ses jambes étendues sur les genoux de son petit ami, Gem était recroquevillée à côté de lui comme un chaton à la recherche de chaleur. Luke et Amber étaient sur l'autre canapé, le bras de Luke posé nonchalamment sur le dossier. Cassie remarqua qu'il se raidit à sa vue, et elle fut parcourue d'un frisson d'électricité d'être à nouveau si près de lui. Même dans sa vision périphérique, elle pouvait voir à quel point il était beau dans son tee-shirt gris et son jean ; elle pouvait isoler son odeur dans cette pièce remplie d'autres personnes. Tout en lui mettait ses sens en émoi. Son cœur battait la chamade, ses nerfs la brûlaient. Elle voulait à la fois courir vers lui et s'éloigner de lui ; elle voulait l'embrasser et le gifler ; elle voulait tout de lui et rien à voir avec lui. Elle souhaitait ne l'avoir jamais rencontré ; elle n'imaginait pas ne pas l'avoir rencontré. Elle ne regrettait plus les moments qu'ils avaient partagés ensemble dans le passé, mais était-ce pareil que de regretter de ne pas partager d'avenir ? Cassie lui jeta un coup d'œil et tira sur sa manche, pour cacher ce maudit bracelet (il pourrait les trahir en un instant ; n'y avait-il pas songé ?). Elle ne put s'empêcher de le regarder. Tandis que les yeux noisette de Luke, inquiets pour une fois, se plantèrent dans ceux de Cassie, elle fut surprise par la force des instincts qui imprégnaient chaque cellule de son corps et de son âme. Soudain, elle sut. Elle sut exactement ce qu'elle allait faire. La réponse lui était enfin venue et lui paraissait si juste, si réelle qu'elle pensait presque pouvoir la sentir dans sa bouche.

– Mais où étais-tu passée ?

Cassie se retourna ; Archie la fixait, un air de désespoir blême sur son visage habituellement rougeaud.

– Tu le sais. Je suis retournée à Londres pour préparer le repas. J'ai dit que je reviendrais ce soir.

– Oui, mais ton téléphone… Il est éteint !

La gorge nouée, elle n'osa plus regarder Luke.

– C'est vrai. Il, euh… il n'avait plus de batterie et je n'avais pas de chargeur.

Archie passa sa main dans ses cheveux.

– Cassie, nous avons essayé de te joindre.

Elle culpabilisa de ne pas les avoir prévenus de vive voix. Peut-être laisser un mot avait-il été trop brusque ? Elle ne pouvait qu'imaginer les tracas que Suzy avait dû causer à Archie, alors que Cassie avait disparu quarante-huit heures avant le mariage. Étant donné la situation entre elles en ce moment, Suzy doutait probablement de la promesse de Cassie de revenir à temps, et le traiteur aux abonnés absents à deux jours de la noce était le cauchemar de tout organisateur de mariage – encore plus de cette organisatrice pour ce mariage en particulier.

– Il n'y a vraiment pas de quoi s'inquiéter. Tout est réglé. J'ai fait les courses hier, j'ai tout préparé aujourd'hui, avec l'aide de mes commis, expliqua Cassie, en adressant un sourire détendu aux futurs mariés. Nous sommes prêts. Je pense que vous serez ravis.

– Super, acquiesça Gem, avec un faible sourire.

*

Déconcertée par l'ambiance étrangement silencieuse dans la pièce, Cassie se retourna vers les autres. Ce mariage était-il toujours d'actualité ou non ? Gem et Laird avaient dû se réconcilier après la dispute avec Suzy, sinon ils ne seraient pas assis côte à côte sur le canapé, mais il semblait y avoir eu un changement d'ambiance radical.

Cassie prit conscience des regards qui glissaient à travers la pièce comme des patineurs sur la glace.

– Écoute, il y a quelque chose…, commença Archie.

– Mince, désolée ! Je suis vraiment mal polie de ne pas faire les présentations, s'exclama Cassie en même temps, en se rappelant soudain ses bonnes manières. Gem et Laird, Luke et Amber, voici Kelly et Anouk, nos plus vieilles amies.

– Et les plus proches, ajouta Suzy (*de façon revendicative ?*), en se tamponnant à nouveau les yeux.

Tout le monde obéit au protocole et se serra obligeamment la main. Avec une réserve prudente, Luke salua Kelly, qu'il connaissait bien, et Anouk, qu'il avait rencontrée une fois.

– Vous voulez boire quelque chose ? proposa Suzy, apparemment très tendue et agitée.

Cassie se demanda si son amie était consciente de serrer continuellement les poings.

– S'il te plaît, lui répondit Anouk avec gratitude. N'importe quoi de rouge.

– J'imagine que vous n'avez pas d'eau de coco ? demanda Kelly pleine d'espoir.

Cassie jeta un coup d'œil à son amie, étonnée par cette demande ultra-saine, et elle ressentit une boule d'anxiété car elles n'avaient pas encore passé un moment seules toutes les deux. Elle devait trouver un moment en tête à tête avec elle. Comment Kelly pouvait-elle continuer à faire comme si tout allait bien ? Comment pouvait-elle garder un secret aussi dévastateur alors que Cassie ne pouvait pas taire qu'elle avait embrassé son ex ?

– De l'eau de coco ?! dit Suzy avec une grimace, qui la fit paraître davantage elle-même un instant. Écoute, tu n'es pas à Manhattan ici, ma poulette. Si tu veux de l'eau gazeuse, je te donne une paille et tu pourras faire les bulles toi-même.

– Très bien, rit Kelly. Alors je vais tenir compagnie à Archie et prendre comme lui. Moi aussi, j'essaie d'être en bonne santé.

– Dixit la femme qui fait la planche avant de se coucher juste pour le plaisir, marmonna Suzy qui s'approcha de la desserte à boissons. Franchement, certains champions olympiques pourraient se sentir intimidés face à toi.

– Écoute, Cassie..., reprit Archie.

– Du citron, Kelly ? demanda Suzy.

– Merci. Ou si vous avez du citron vert. À ce qu'il paraît, c'est très bon pour le foie à cause de...

– Pourriez-vous tous vous taire s'il vous plaît et m'écouter ? cria soudain Archie.

Ils le regardèrent tous avec étonnement. Archie n'élevait jamais la voix. Ses yeux étaient rivés sur Cassie et elle eut froid tout à coup.

– Il y a quelque chose que tu dois savoir. Nous avons essayé désespérément de te joindre, mais ton téléphone était coupé.

– Oh, elle est là ! Elle est là ! Dieu merci !

Cassie se retourna et vit Hattie dans les escaliers, puis elle s'approcha d'elle, les bras écartés.

– Oh, ma pauvre bichette, compatit-elle en la serrant contre elle.

Cassie, à présent figée par la peur, était raide comme un passe-lacet et attendait d'être libérée, qu'on lui explique ce qui se passait. Hattie la regarda, ses yeux et ses joues étaient creusés.

– Tout va bien aller, ma puce. Je le sens. Je le sens au plus profond de moi. Je suis sa mère et je sais que tout ira bien.

La bouche de Cassie s'ouvrit, mais aucun son ne sortit de sa gorge ; ses yeux clignèrent, mais ne voyaient rien. Les larmes de Suzy, le calme de Gem, l'agitation d'Archie, la peur de Luke se cristallisèrent dans son esprit. Son téléphone était éteint. Il était éteint !

Le bruit de pieds – petits, légers, pressés – qui arrivaient du vestibule lui fit tourner la tête. Ce son lui parut familier, et Cassie crut halluciner en apercevant la femme menue et élégante qui courait vers elle. Comment pouvait-elle être ici ? Pourquoi était-elle ici ?

Il ne pouvait y avoir qu'une seule raison

La gravité relâcha son emprise sur Cassie et elle se sentit flotter. C'était à cela que devait ressembler l'état de choc, songea-t-elle, une suspension totale du contrôle conscient : elle était incapable de faire un pas, d'écraser une mouche, ni même d'esquiver un coup de poing. Tout ce qu'elle pouvait faire était d'attendre – attendre les mots qui l'extirperaient de ce cocon d'autoprotection pour passer en chute libre, car elle savait déjà ce qu'ils allaient lui dire.

Mais ils étaient trop lents – ou plutôt elle était trop rapide – et, au moment où elle s'effondra sur le sol, les mots n'avaient toujours pas été prononcés. Irréels. Inexacts.

Ils ne pouvaient pas être exacts.

# Chapitre 28

Cassie reprit connaissance sur le canapé, sa mère assise à côté d'elle, qui lui caressait la paume de la main, comme elle l'avait toujours fait quand elle était petite. Il n'y avait personne d'autre dans la pièce, mais elle entendait des voix dans le couloir, des portes qui claquaient.

– Que s'est-il passé ? demanda Cassie d'une voix rauque, désorientée. Où sont les autres ?

Edith, sa mère, se pencha en avant et lui baisa le front. Elle avait l'air plus âgée que sur les écrans Skype, l'inquiétude gravée au coin de ses yeux, des cheveux gris sur ses tempes blondes, ses yeux bleus globuleux, dont Cassie avait hérité, baignés de larmes.

– Tu viens de t'évanouir, trésor. Je leur ai demandé de te laisser respirer. C'était terriblement étouffant ici.

Elles se regardèrent, sachant toutes les deux que ce n'était pas pour cette raison que Cassie s'était évanouie. Celle-ci se rendit compte qu'elle retenait encore son souffle.

– Dis-moi la vérité, Maman.

Il y eut une petite pause.

– Ils ont perdu le contact avec le bateau, trésor. Il y a eu un typhon.

– Un typhon ?

Cassie avait grandi à Hong Kong. Elle connaissait bien ce genre de tempêtes et leur puissance, elle savait qu'elles provoquaient des tsunamis dans les océans, brisaient des pylônes comme des brindilles de bois dans les terres. Elle se souvenait comment son père arrimait le mobilier de jardin aux balustrades du balcon, nettoyait scrupuleusement les gouttières pour s'assurer que l'eau pouvait s'écouler plus vite qu'elle ne tombait.

Sa mère lui serra fermement la main.

– Mais la bonne nouvelle, à laquelle nous devons nous accrocher pour le moment, c'est qu'il avait été annoncé. Ils savaient que le typhon arrivait et ils ont eu le temps de se diriger vers les terres les plus proches. Des îles, nous pensons.

– Mais s'ils ont perdu le contact...

Cassie n'avait pas envie de savoir, mais il le fallait. L'imagination serait bien pire que la réalité. Moins on en savait, moins bien on se portait.

– Alors, oui, c'est qu'ils ont dû être pris dans la tempête. Bien sûr, il se peut que le matériel de communication soit simplement endommagé et que le bateau aille bien. Ils peuvent très bien naviguer sans avoir aucun souci, mais n'ont juste plus de radio.

– À quand remonte le dernier contact ?

– Mardi soir.

– Mardi ?!

On était vendredi soir, et son téléphone était éteint depuis la veille seulement.

– Mais... Mais j'étais encore ici hier matin. Pourquoi n'avons-nous pas été prévenus plus tôt ? Je ne serais jamais par...

– Personne ici n'était au courant jusqu'à ce qu'Archie lise la nouvelle dans les journaux hier, après ton départ. Il a pris contact avec les responsables des communications et... c'est là qu'ils lui ont expliqué. Ils pensaient que nous étions déjà au courant. Un e-mail a été envoyé apparemment. Je ne sais pas, continua Edith en haussant les épaules. Ils examinent la question en interne, mais… c'est un problème pour plus tard. Pour le moment, la seule chose qui compte, c'est de s'assurer que tout le monde va bien sur le bateau. (Elle serra à nouveau la main de Cassie.) Tout le monde essaie de t'appeler depuis qu'ils ont appris la nouvelle.

Cassie se souvint de l'appel qu'elle n'avait pas retourné à Suzy.

– Archie était même prêt à prendre l'avion et aller à ton appartement pour te prévenir, mais Suzy ne le quitte pas d'une semelle. Il est extrêmement stressé à propos de toute cette histoire, alors elle se fait un sang d'encre pour lui. Ce genre de tension n'est pas bonne pour lui, si peu de temps après son attaque.

Cassie eut le regard hagard, sa tête tournait à nouveau. Pendant qu'elle faisait les courses et la cuisine, tout le monde ici cherchait éperdument à la joindre et, durant tout ce temps, Henry avait – avait quoi ? Se cramponnait-il désespérément à un radeau chaviré ? Les bouteilles se dispersaient-elles dans l'océan, une par une, jonchant les mers, à l'inverse exactement du message de l'expédition ?

Cassie fronça les sourcils.

– Comment es-tu arrivée si vite ?

Hong Kong était à douze heures d'avion.

– J'étais déjà en chemin. Je voulais te faire une surprise, expliqua Edith avec un sourire. J'essaie de soutenir Hattie avec ce stupide mariage. Honnêtement, cette pauvre famille en voit de toutes les couleurs en ce moment : d'abord Archie, ensuite Gem, maintenant Henry. Entre nous, soupira Edith, je ne sais pas si Hattie peut encaisser davantage de coups.

– Mais tu as une peur bleue de l'avion.

Sa mère secoua la tête.

– J'ai plus peur de laisser tomber ma meilleure amie. Elle a besoin de moi en ce moment.

Comment pourrais-je faire passer ma peur irrationnelle avant son traumatisme très réel ? Franchement, un Valium et quelques gin tonics étaient le moins que je puisse faire pour venir la soutenir.

Cassie sourit faiblement ; elle savait que ce vol avait été bien plus éprouvant pour les nerfs de sa mère qu'elle ne le laissait entendre, mais son inquiétude était ailleurs. Elle regarda dans le vide et essaya de donner une réalité aux mots. Elle se sentait engourdie et déconnectée, les mots rebondissaient sur elle comme des balles en caoutchouc : le bateau était porté disparu. Dans un océan balayé par un typhon, le bateau constitué de bouteilles avait perdu le contact avec la terre ferme, avec les gens capables de se servir des satellites, de garder l'équipage en sécurité et de les ramener auprès de ceux qui les aimaient.

C'était affreux, mais vrai : Henry était porté disparu.

– Et... Et ensuite ?

La voix de Cassie tremblait, comme une feuille sur le point de tomber.

Edith redressa le dos, en tirant ses épaules en arrière.

– Nous attendons, trésor. C'est tout ce que nous pouvons faire. Les responsables des satellites et des communications sont en contact permanent avec les autorités. Le bateau apparaîtra sur un radar quelque part, militaire ou commercial ou que sais-je encore. Nous aurons bientôt de leurs nouvelles. D'un moment à l'autre. D'une minute à l'autre.

Petites et compactes, les larmes vinrent alors que Cassie imagina le nombre de personnes qui recherchaient l'homme qu'elle aimait, perdu dans l'immensité de l'océan Pacifique. Le réconfort était maigre par rapport aux faits bruts, aux probabilités impérieuses.

– Oh, trésor, s'il te plaît, ne pleure pas, la consola Edith, dont la voix se fêla également. Il va revenir. Tout ira bien, tu verras.

– Tu n'en sais rien, sanglota Cassie. Toute cette expédition était déjà risquée, sans qu'un typhon soit de la partie.

– Hattie m'a envoyé le lien vers le site de dons avant le départ de Henry. J'ai trouvé que le bateau avait l'air très professionnel et high-tech.

Les larmes de Cassie redoublèrent. L'idée de sa mère de la haute technologie était un distributeur de glaçons sur un réfrigérateur.

– Oh, pauvre Hattie, se lamenta-t-elle, en pressant ses paumes contre ses yeux, mais les larmes coulaient entre ses doigts.

Son fils avait disparu en mer et Cassie la connaissait assez bien pour savoir que, derrière son attitude enjouée et optimiste, se cachait un cœur sensible.

– Où est-elle ?

– À l'étage, elle se repose. J'étais en train de lui donner un demi-Valium quand tu es arrivée. C'est trop pour elle. Elle doit essayer de se reposer. Elle ne sert à rien si elle est épuisée. Elle est à bout, la pauvre.

– Et Suzy ?

– Archie est avec elle. Je crois qu'ils ont pris Velvet avec eux pour la nuit.

– D'accord, acquiesça Cassie, qui essaya de ravaler ses larmes, et de se calmer.

– Nous devrions aller te mettre au lit aussi. D'après Kelly et Anouk, tu t'es levée tôt, tu as couru dans tous les sens toute la journée, et puis sept heures de route par-dessus le marché ? Ce n'est pas étonnant que tu te sois évanouie

– Je vais bien, Maman, vraiment. Je crois que je vais… Je vais seulement rester là un peu. Mais tu devrais aller voir comment va Hattie. Qu'elle supporte bien le médicament que tu lui as donné. Je parie que c'est ultra-fort, non ?

Edith sourit, mais son regard était triste.

– C'est sur toi que je devrais veiller. Tu es ma petite fille.

– Mais tu dois être totalement déphasée avec le décalage horaire.

Sa mère lui étreignit de nouveau les mains. Elles savaient toutes les deux que Cassie essayait de lui faire comprendre qu'elle désirait être seule.

– Eh bien, j'imagine que je n'ai pas les idées très claires, dit enfin Edith et elle se leva. Je suis dans la chambre bleue, si tu as besoin de moi, d'accord ?

Cassie hocha la tête et renifla en regardant sa mère s'avancer vers la porte.

– Maman ?

Edith se retourna.

– Je suis vraiment contente que tu sois là.

– Moi aussi, trésor. Nous allons surmonter cette épreuve ensemble. On y arrivera.

– Je sais.

Cassie écouta d'un air hébété les pas de sa mère vers le vestibule, dont le bruit s'estompa quand elle monta les escaliers moquettés. Cassie s'avachit sur le canapé, les mots « typhon »... « contact perdu »... « disparu »... la chahutaient de l'intérieur. Elle s'efforça de ne pas imaginer les vagues ; de ne pas penser aux bouteilles qui dérivaient une à une, à Beau qui s'emparait du dernier gilet de sauvetage, à Henry qui sauvait en héros ses équipiers coincés dans une cabine...

Il n'était même pas censé être sur ce bateau ! S'il avait assisté à cette réunion après la course, il serait en sécurité dans l'Arctique en ce moment. S'il n'avait pas rencontré Beau, il n'aurait jamais été au courant de ce maudit voyage. « Beau voulait rendre service à un ami... » Les mots d'Amy flottaient à nouveau dans l'esprit de Cassie, s'y accrochaient en quelque sorte.

Son visage se froissa, des sanglots la secouèrent malgré ses efforts pour les contenir. Comment pouvait-elle savoir ce que Henry vivait en ce moment ? Pourquoi ne l'avait-elle pas senti, d'une manière ou d'une autre – une boule dans l'estomac pour l'avertir que quelque chose n'allait pas ?

Combien d'enfers avait-il traversés pendant qu'elle se demandait si elle devait ou non le quitter ? Quelles furies avait-il combattues pendant qu'elle embrassait un autre homme et fantasmait de raviver une histoire d'amour révolue ? Avait-il crié son nom dans les vagues, alors même qu'elle soutenait que perdre sa liberté était un prix trop élevé à payer pour l'amour ?

Elle fut prise de haut-le-cœur, se sentit mal, s'en voulut. Elle avait été idiote de penser qu'elle méritait Henry, qu'elle serait celle à l'origine de leur rupture. Il était trop bien pour elle. Elle avait de la chance de l'avoir gardé aussi longtemps. La lueur de l'or attira son regard et elle attrapa le bracelet avec sa main droite et tira désespérément dessus, pour tenter de l'enlever comme s'il lui brûlait la peau. Mais elle avait beau tirer, essayer de forcer le métal précieux à passer son poignet, il restait coincé comme une menotte, ainsi que l'avait décrit Kelly, une menotte qui l'enchaînait à ses laides illusions, se riait de sa tromperie.

Cassie se remit à pleurer. Ses yeux tombèrent sur une photographie sur la table d'appoint : Henry, âgé de onze ans, dans un pull irlandais, ses cheveux blond platine hirsutes lui tombaient dans les yeux, aussi tout ce que l'on voyait réellement de son visage était son sourire exubérant, les pattes de Rover sur son avant-bras alors que tous les deux posaient pour l'objectif.

Cassie attrapa le cadre de son bras perfide et menotté. Ses larmes coulèrent sur le verre pendant qu'elle fixait le petit garçon qui était devenu l'homme dans les yeux duquel elle avait entraperçu l'avenir, l'homme qu'elle avait aimé, l'homme qu'elle avait désormais perdu.

★

Le petit-déjeuner fut un simulacre. Le thé refroidissait dans la théière, les croissants rassissaient sur les assiettes, de la fumée s'effilochait du grille-pain vers les fenêtres ouvertes dans l'indifférence totale.

Cassie n'avait pas dormi ; en réalité, elle n'était même pas montée dans sa chambre. Son petit sac de voyage était toujours dans le vestibule, et ses vêtements étaient tellement froissés par une nuit sur le canapé, son corps si inerte qu'elle avait la sensation d'avoir été piétinée par un troupeau de vaches. Personne n'avait dormi, semblait-il, à l'exception de Velvet, et tous étaient assis autour de la table de la cuisine, à fixer les veines du bois comme si elles contenaient la réponse à l'énigme de la position exacte de Henry.

Des soupirs exhalaient d'Archie comme des bourrasques, pendant qu'il faisait chauffer la bouilloire pour la sixième fois, avant d'oublier systématiquement de verser l'eau, encore plus de boire. Suzy cherchait, d'une toute petite voix, à persuader Velvet de mettre un bavoir pour manger de la mangue. Quant à Hattie et Edith, elles étaient toujours à l'étage.

– Essaie au moins de boire un peu de thé, suggéra Kelly, qui posa une tasse fumante devant Cassie.

Archie était parti dans le jardin et contemplait la mer, la bouilloire une nouvelle fois oubliée.

Cassie répondit non d'un clignement d'yeux, ses paupières étaient si bouffies et irritées que leur mouvement était quasi imperceptible.

– Du café plutôt ? tenta Anouk, ce qui lui valut un haussement de sourcils de la part de Kelly.

– Je… je ne peux pas.

Cassie se sentait malade, malheureuse, dégoûtée. Elle éprouvait plus de sensations qu'elle ne pouvait sciemment analyser.

La pièce redevint silencieuse. Kelly et Anouk étaient inconfortablement conscientes de la mer de glace érigée entre Cassie et Suzy, qui s'ignoraient, chacune absorbée par son propre chagrin.

– Que diriez-vous d'une promenade ? tenta Kelly. Un peu d'air frais vous ferait tous du bien.

Cette fois, personne ne prit la peine de répondre. Kelly se leva avec une expression peinée et adressa à Anouk un petit haussement d'épaules imperceptible.

– Prends une douche au moins, l'implora Anouk, sans doute poussée à bout car Cassie n'était pas en lingerie fraîche et assortie. Mets des vêtements propres.

Elle attrapa la main de Cassie et la tira doucement jusqu'à ce que celle-ci se lève sans un mot et la suive comme un chiot obéissant.

Elle resta sous l'eau qu'Anouk fit couler pour elle et ne sortit de la douche que quand Anouk l'éteignit et l'enveloppa dans une serviette. Elle lui sécha légèrement les cheveux et lui déposa des vêtements propres sur le lit.

Lorsque Cassie redescendit quarante minutes plus tard, elle était débarbouillée, mais pas revigorée. Rien n'avait changé. Ils attendaient toujours.

Archie n'était plus dans le jardin. Il avait laissé un vide près de la haie que Cassie alla combler, les yeux rivés sur le fin trait bleu qui s'étendait sur l'horizon, tel un ruban ceignant un gâteau d'anniversaire. Qu'est-ce que ces flots malveillants avaient-ils fait de Henry ? Le ballottaient-ils comme un bouchon sur l'écume de ses vagues ? L'avaient-ils entraîné dans les abysses obscurs où le bleu devenait noir ?

Le regard de Cassie balaya l'ellipse jusqu'à ce qu'il se pose sur le clocher de la chapelle, qui perforait le ciel tel un clou, un pic soudain sur un électrocardiogramme plat. Ses pieds se mirent en mouvement vers lui, l'un devant l'autre, sur l'herbe. Elle franchit la barrière en bois comme si elle était en pilote automatique. Sa main traîna sur les épines des ronciers, reconnaissante de sentir au moins ces piqûres douloureuses.

Au loin, elle aperçut deux silhouettes courir vers elle, vers la maison. La plus petite vacillait, trébuchait, les bras tendus comme pour amortir la chute.

Cassie s'arrêta, en attendant qu'elles arrivent à sa hauteur.

Les yeux de Gem étaient aussi rouges que ceux de Cassie, son visage aussi pâle que la lune.

– Je viens de… C'est annulé. Je l'ai annoncé au prêtre.

– Je suis désolée.

En vérité, le mariage était totalement sorti de l'esprit de Cassie, mais comment aurait-il pu, bien évidemment, se dérouler dans ces circonstances ? Elle se souvint aussi d'un autre mariage qui lui avait échappé et songea qu'en cet instant même, à des centaines de kilomètres au nord, Gil allait de l'avant. D'un claquement de doigts, leur mariage était effacé, écrasé par un nouveau, un nouvel espoir, comme s'il n'avait jamais existé.

Cassie glissa son regard vers Luke, muet comme une carpe, derrière Gem.

– Ce n'est pas le bon moment, expliqua Gem.

– Oui.

Gem regarda Cassie frissonner en dépit de la chaleur.

– Je dois aller voir Tante Hattie.

Cassie l'observa s'éloigner.

– Je ferais mieux de rester avec elle. Elle est dévastée, murmura Luke. Elle ne voulait pas annuler. C'est la décision de Laird.

– Oh.

Cassie ne savait pas quoi dire. Parler exigeait d'elle un trop grand effort. Elle se concentrait pour ne rien ressentir, aussi respirer et bouger étaient presque au-delà de ses forces.

– Où est Amber ?

– Elle dort.

Cassie ne répondit pas. Amber n'était-elle pas censée être l'amie de Gem ? Son témoin ?

– Elle a besoin de beaucoup de sommeil, ajouta Luke, sa voix tel un marmonnement contrit.

Cassie se mordit la lèvre. Elle éprouva soudain une onde de colère en pensant qu'Amber pouvait être si paisiblement, si agréablement endormie durant ce cauchemar éveillé.

– Ce n'est pas qu'une question de bon moment, déclara Luke, ce qui ramena Cassie au présent, à lui. D'après Laird, elle n'est pas prête.

Il la regarda attentivement pendant qu'il prononçait ces mots, comme si cette phrase était aussi une question. Destinée à Cassie.

Elle n'en tint pas compte.

– Où est-il ?

– Laird ? Il la laisse respirer un peu. Son frère a atterri à Newquay ce matin, il est parti le chercher. Je pense qu'ils vont passer la journée là-bas. Je n'aimerais pas être à sa place, devoir lui expliquer que le voyage n'a servi à rien.

Comme Cassie ne répondit pas, Luke continua.

– Quoi qu'il en soit, il estime que ce sera mieux pour tout le monde s'il n'est pas dans le coin pendant un moment.

– Sans doute, chuchota Cassie, qui adressa cette fois le double sens à Luke avec un regard éloquent.

– Cassie.

Ce mot était semblable à un ballon de baudruche échappé des mains d'un enfant, flottant librement, cherchant à s'élever dans les airs.

Elle le dévisagea et discerna dans ses yeux la même appréhension que la veille dans le salon. Elle en saisissait la raison désormais : il avait compris, avant même que Cassie n'apprenne pour Henry, que cela changeait tout. Il ne pouvait pas savoir qu'elle avait déjà pris sa décision, que le corps, la voix et l'odeur de Luke, aussi enivrants fussent-ils, n'étaient pas siens. Elle l'avait su avec une certitude absolue lorsqu'elle était entrée dans la pièce. Il était un intrus dans sa vie, une diversion agréable et sexy, mais une simple distraction. Henry la nourrissait. Il nourrissait son âme. Il faisait d'elle une meilleure femme, plus grande à tous points de vue.

Luke ouvrit la bouche, son discours – son plaidoyer – prêt, mais Cassie secoua la tête et porta ses yeux vers la mer. Leur silence devrait tout dire. Les mots, les gestes, l'alchimie, le passé ne suffisaient pas. Luke ne suffisait pas ; il n'était pas Henry. Même si elle ne pouvait pas avoir Henry, elle ne voulait pas de Luke.

– Il faut que tu m'enlèves ça, demanda doucement Cassie en levant le bras.

Le bracelet pendait à son poignet – beau, mais mort. Luke le fixa.

– Mais il est à toi.

– Je n'en veux pas.

Les mots de Cassie étaient plats, le rejet absolu. Luke se recula comme si elle l'avait giflé.

– Je ne peux pas. Je n'ai pas le tournevis ici. Pas sur moi.

Il tapota les poches de son jean comme pour le lui prouver. Elle se força à soutenir son regard, même si l'expression dans ses yeux la trancha comme une faux. Elle savait qu'elle devait le faire.

– Plus tard, alors. Apporte-le à la maison avant que tu ne partes.

Luke ouvrit la bouche devant cet ordre qu'elle n'était pas en droit, à proprement parler, de donner.

– Cassie, écoute, je sais que tu es peinée, c'est terrible de ne pas savoir pour Henry. Mais tu ne crois pas que tu...

– Non.

Elle le regarda en clignant des yeux, sachant exactement ce qu'il voulait dire : les nouvelles à venir pourraient être terribles, Henry pouvait ne jamais revenir. Pourquoi gâcher tout ce que Luke et elle pourraient vivre pour quelque chose qu'elle n'aurait peut-être jamais ? Il ne comprenait pas qu'elle ne pourrait jamais se pardonner ce qu'ils avaient fait ces dernières heures. Peut-être leur passé avait-il été compliqué, mais, même si Cassie avait choisi Luke, leur avenir était déjà trop terni, trop imbriqué dans les fils sombres de ce cauchemar. Elle préférait être seule plutôt qu'avec lui.

– Ça ne fonctionnera pas, Luke.

– Mais l'autre soir, toi aussi, tu l'as ressenti. Je le sais. Et tu l'as dit toi-même.

– Tu as dit ce que je voulais entendre. Tu veux que j'ignore mes peurs, que je fuie ma vie, que je me fuie. Mais je dois accepter mon passé. C'est impossible de l'éviter. Je ne peux pas continuer à faire comme si ce n'était pas arrivé ou n'avait pas d'importance. Je suis qui je suis à cause de mon passé.

– Je t'aime telle que tu es, Cassie. Je t'ai toujours aimée.

Luke fit un pas vers elle, le désespoir dans ses mouvements.

– La femme que j'ai en face de moi, c'est tout ce que j'ai toujours voulu.

Mais Cassie recula et leva le bras. Le bracelet scintilla au soleil.

– Ce n'est pas de l'amour, Luke. Ce n'est pas la liberté. C'est du déni, de la possessivité. Tu veux seulement récupérer ce que tu as perdu. Ton ego a besoin de...

Il secoua la tête, la mâchoire serrée.

– Non. Tu es bouleversée ; tu n'as pas les idées claires. Tu vois, je savais que cela arriverait. Je savais que cette histoire te renverrait vers lui, que tu ressentirais une sorte de... de devoir.

Cassie éclata soudain de rire, comme si Luke avait raconté une histoire drôle.

– De devoir ? D'être avec lui ?

Le sourire quitta le visage de Cassie alors que lui apparut une image de Henry – les cheveux ébouriffés par le vent, bronzé, un sourire en coin espiègle, ses doux yeux gris bleu qui la dévisageaient.

– Je devrais m'estimer chanceuse si je peux être à nouveau à ses côtés. Et lui dire que je suis sa...

Les doigts de Cassie trouvèrent le diamant Tiffany et elle porta la bague à ses lèvres. Ses paupières se fermèrent lorsqu'elle l'embrassa avec une tendresse presque révérencieuse. Elle devait y croire...

Cassie ouvrit les yeux et soutint le regard de Luke avec une certitude sombre.

– S'il te plaît, Luke. Je t'en prie, crois-moi quand je te dis que je ne veux plus jamais te revoir.

Elle savait que ces mots étaient des coups de poignard. Elle regrettait leur brutalité, mais elle n'avait pas d'autre choix devant son insistance. Luke refusait de la laisser partir.

Il la parcourut des yeux une dernière fois, et son idée de l'amour – de la possession – se transforma devant Cassie en quelque chose de froid et cassant. Puis il fit volte-face et s'éloigna. Cassie l'observa partir et aperçut une silhouette familière sur le balcon, les cheveux volant au vent, son enfant sur la hanche.

Cassie leva la main, comme un bateau faisant signe au phare, mais Suzy pivota les talons et disparut dans la chambre, laissant son amie s'abîmer sur les rochers. Seule.

# Chapitre 29

Sa mère défaisait ses valises, assise sur le lit, quand Cassie frappa et passa la tête par la porte.

– Salut.

Edith se redressa.

– Oh, trésor. Comment vas-tu ? As-tu réussi à dormir ?

Elle enroula ses bras autour de sa fille lorsque Cassie se laissa tomber sur le matelas à côté d'elle et posa sa tête sur son épaule.

– Un peu, marmonna-t-elle, en retenant ses larmes.

Être avec sa mère abaissait toutes ses défenses d'adulte. Elles gardèrent le silence un moment. Edith dessinait dans son dos de grands cercles apaisants, comme elle le faisait quand Cassie était petite.

– Tu étais sortie quand je suis descendue tout à l'heure, déclara Edith, lorsque Cassie se redressa enfin.

– Oui, j'avais besoin de prendre un peu l'air.

– Où es-tu allée ? À la plage ?

Cassie secoua la tête. Elle n'avait pas supporté l'idée de se rendre dans un endroit qui célébrait la mer, un lieu joyeux où les gens jouaient, se détendaient sur le sable et nageaient dans les eaux calmes.

– À l'église.

– Oh. Ont-ils déjà retiré les fleurs ?

– Pas encore, répondit platement Cassie.

Elle fit glisser entre ses doigts le couvre-lit et balaya la pièce du regard, quelque peu réconfortée par les objets appartenant à sa mère sur les meubles : sa vieille brosse à cheveux Mason Pearson, son horloge de voyage en argent Asprey, identique à celle que le père de Cassie lui avait également offerte.

– Quel dommage. Elles étaient si jolies. Mais cela a au moins eu le mérite de changer les idées de Hattie hier. Nous nous sommes occupé de la décoration une grande partie de l'après-midi. Nous avons trouvé de jolies fleurs dans les haies et Hattie en a fait de petits bouquets que nous avons accrochés au bout des bancs.

– Comment pouvait-elle penser à un mariage alors que son fils a disparu ? s'étonna Cassie, incrédule.

– Oh, je ne pense pas qu'elle ait pensé une seule minute que ce mariage aurait lieu. Même Gem n'est pas têtue à ce point. Non, c'était seulement une excuse pour s'occuper les mains. C'était bien mieux que de se morfondre dans la maison, à attendre. Hattie n'est pas très douée pour rester les bras croisés.

– C'est vrai, convint Cassie, qui se souvenait de la frustration désarmée de Henry quand Archie était à l'hôpital. J'ai vu les roses dans l'entrée hier soir.

– Oui, c'était pour le bouquet de la mariée. Pauvre Hattie, soupira Edith. Elle oublierait toutes ses réserves à propos de ce mariage si on lui permettait de retrouver son fils. (Elle fit une pause et porta son poing à sa bouche, comme pour réprimer un éternuement.) Tant pis. Nous pouvons les mettre dans un vase. Elles égayeront un peu la maison.

Cassie ne pipa mot. Même des roses aussi belles que ces *Maiden's Blush* ne pouvaient lui faire oublier le drame qui se jouait dans leur vie.

– Comment va Gem ? s'enquit Edith.

Cassie haussa les épaules, se leva et se dirigea vers la coiffeuse. Une trousse à bijoux de voyage, en daim orange, était ouverte et elle passa légèrement la main sur les colliers de perles, les dormeuses en or et les chaînes délicates que Cassie avait toujours admirés sur sa mère.

– Je l'ai à peine vue. Pas super, je pense.

– Non, elle le prenait plutôt mal quand je l'ai croisée dans la cuisine tout à l'heure. Mais je pense que c'était la bonne décision à prendre, même si Laird a l'air d'un garçon charmant. Il a très bien réagi lorsque nous avons eu une discussion avec eux jeudi à propos des dernières volontés. Je me sentais un peu gênée, parce que cela jetait vraiment le discrédit sur lui, le pauvre.

Cassie se retourna et posa ses fesses sur la coiffeuse.

– Désolée, je ne te suis pas. Les dernières volontés ?

– Suzy ne t'en a pas parlé ? C'était la raison de ma venue à l'origine. Hattie a pris conseil auprès de son notaire au sujet de l'héritage. Apparemment, il y avait une lettre de vœux, qui explique, si tu veux, comment et quand la succession doit se faire – ou non. Et un mariage de jeunesse précipité comme celui-ci, auquel les curateurs s'opposent, est un motif suffisant pour repousser la succession.

– Mais… Je ne comprends pas pourquoi, toi, tu…

Cassie était toujours perdue.

– Tu étais très jeune quand tout cela s'est fait ; ton père était l'un des curateurs, trésor. Phil et lui étaient devenus de très bons amis au fil des ans et, à la mort de Papa, la curatelle m'est revenue. Naturellement, je pensais que je n'aurais rien à faire, mais, quand Hattie m'a parlé de la lettre, eh bien… Il fallait que je la soutienne, expliqua-t-elle en haussant légèrement les épaules. Nous l'avons annoncé à Gem et Laird dès mon arrivée jeudi.

– Vous leur avez dit quoi exactement ?

– Que la succession était retardée jusqu'aux trente ans de Gem. Cette pauvre fille a beaucoup de problèmes. Hattie est fermement convaincue – et je suis d'accord avec elle – que recevoir une telle somme d'argent pourrait nuire à son équilibre. Il faudra un certain temps pour qu'elle ait la tête sur les épaules. (Edith pinça sa bouche d'un air pensif.) Ils l'ont très bien pris, je crois. Peut-être qu'après tout, Laird n'était pas réellement intéressé par la fortune de Gem. Quoi qu'il en soit, soupira-t-elle, Archie est revenu avec cette affreuse nouvelle à propos de Henry et nous avons complètement oublié ces projets de mariage.

– Ah, d'accord.

Cassie baissa les yeux, attrapa le tabouret de la coiffeuse et s'assit soigneusement dessus. Elle se sentit à nouveau étourdie et se rendit compte qu'elle n'avait rien avalé depuis hier après-midi. Elle prit une paire de boutons de manchette en argent et les fit rouler dans sa paume.

– Je me souviens de ça. Papa les portait tout le temps.

– C'étaient ses préférés. Je les lui avais achetés quand j'étais enceinte de toi. Je pense qu'il les aurait portés avec son pyjama s'il avait pu, gloussa doucement Edith, à la fois réjouie et attristée par ce souvenir.

Les deux femmes demeurèrent silencieuses quelques instants.

– Pendant que je t'ai rien que pour moi, raconte-moi pourquoi Suzy et toi ne vous adressez pas la parole. Et n'essaie pas de le nier, l'avertit aussitôt Edith en levant la main. Hier soir, c'était aussi évident que le nez au milieu de la figure.

Cassie reposa les boutons de manchette dans la trousse à bijoux quand elle sentit ses mains trembler.

– J'ai été idiote.

Sa voix était calme, ses yeux rivés sur la moquette vert délavé. Edith attendit que sa fille s'explique.

– Tu te souviens de Luke ?

Sa mère fronça les sourcils.

– L'Américain avec qui tu es sortie avant Henry ?

Cassie confirma d'un signe de tête et se mordilla la lèvre, en attendant que sa mère fasse le lien. Elle était ici depuis deux jours. Sans surprise, son froncement de sourcils s'accentua peu à peu.

– Tu n'es pas en train de parler de...

Cassie opina du chef.

– Si, celui qui sort avec le témoin de Gem.

– C'est lui ? s'étonna Edith, avant que son expression ne change. Oh, Cassie, non.

Cassie se mordit la lèvre, sa main tirant par inadvertance sur le bracelet.

– Henry et moi avions quelques problèmes. Un seul en réalité, mais un gros. Il voulait se marier et moi... non.

– Oh, trésor, gémit Edith, les mains croisées sur son cœur.

Cassie regarda sa mère d'un air suppliant.

– Il m'a lancé un ultimatum avant son départ : soit nous nous marions, soit nous nous séparons. Je ne cherchais pas à aggraver la situation, mais Luke est...

– Luke est arrivé et t'a dit toutes les choses que tu avais envie d'entendre, j'imagine.

Cassie hocha la tête d'un air malheureux.

– Mais il avait raison, en partie. Notre relation n'avait pas été jusqu'au bout. C'était pendant mon année sabbatique, ma vie suivait un calendrier qui ne tenait pas compte de notre bonheur ensemble. Je l'ai quitté parce que nous n'avions plus de temps et je me suis convaincue qu'il n'était qu'une sorte de consolation. Mais quand il est réapparu et que tout est redevenu comme autrefois entre nous, j'ai commencé à me demander si je n'avais pas fait une erreur.

Edith secoua la tête patiemment.

– C'est la peur qui parle, trésor. Tous ceux qui vous ont déjà vus ensemble, Henry et toi, ne peuvent pas douter que c'est l'amour avec un grand A entre vous. Je ne dis pas, continua-t-elle après un haussement d'épaules, que ce que Luke et toi aviez n'était pas non plus merveilleux et, sans aucun doute, c'était exactement ce dont tu avais besoin pour oublier Gil. Mais, ma puce, il n'est pas l'homme qu'il te faut. Il était l'homme qui tombait à pic – et le restera.

– Gil se marie aujourd'hui, ajouta rapidement Cassie, un sanglot ponctuant la fin de sa phrase sans qu'elle ne puisse le contenir. Maman, je crois que j'ai paniqué.

Ses yeux brillèrent soudain de larmes. Sa main couvrit sa bouche, comme si les mots mêmes étaient sales.

– Je le pense moi aussi, convint sa mère, son regard doux. Henry est-il au courant de tout cela ?

Cassie grimaça.

– Non.

– Eh bien, sais-tu ce que je dis toujours à propos du passé ?

Cassie fit non de la tête.

Edith sourit, se pencha en avant et posa ses coudes sur ses genoux.

– Notre passé nous apprend ce dont on ne veut pas dans notre avenir. Tu peux en tirer des leçons, Cassie. Rien n'arrive par hasard.

Cassie renifla.

– Tu crois ?

– Bien sûr ! Après ce que tu as vécu ? Je pense que c'est tout à fait normal que tu aies eu la trouille.

– D'après Anouk, je ne devrais jamais me remarier.

Edith leva les yeux au ciel.

– Avec tout le respect que je lui dois, ce n'est pas étonnant de sa part.

Cassie fronça les sourcils.

– Que veux-tu dire ?

– Henri, son père, était une vraie canaille. Affreux ! Impossible de compter le nombre de fois où il a trompé la pauvre Camille. Je sais que les Français pensent qu'il faut fermer les yeux sur ce genre de choses, mais tout le monde a ses limites. Il a humilié Camille, en s'affichant avec ses maîtresses sous ses yeux. (Edith fit claquer sa langue.) Aucun de nous n'a jamais compris pourquoi elle restait avec lui et, maintenant regarde, Anouk ne veut pas s'engager. Quelle surprise !

Cassie garda le silence. Elle n'en avait jamais rien su. Ses parents et ceux de Suzy, Kelly et Anouk avaient tous été amis ; c'était ainsi qu'elles s'étaient connues. Mais elle était enfant à l'époque et n'avait pas conscience des intrigues sociales et amoureuses dans leur groupe d'amis. Dans son esprit, le père d'Anouk était simplement l'homme le plus élégant de la bande, celui qui les faisait rire en soufflant la fumée de ses Gitanes par le nez comme un dragon et qui avait toujours un jeu de cartes dans ses poches.

– Je suppose que…, commença Cassie.

Un cri soudain au rez-de-chaussée leur coupa le souffle et elles tournèrent la tête vers la porte, tendirent l'oreille alors que des éclats de voix dans la cuisine étaient étouffés par la moquette épaisse.

– Oh mince, que se passe-t-il encore ? murmura Cassie, qui courut à la porte et regarda dans le couloir.

– Cassie !

Elle se figea en entendant Suzy crier son nom, resta immobile sur le palier alors que le bruit de pas lourds se rapprochait, rapidement, dans les escaliers. Elle s'effondra pratiquement quand arriva sur la dernière marche une silhouette longiligne, aux longues jambes, dans une veste de voile bleu marine et rouge.

Henry s'arrêta, comme s'il s'était heurté à un mur de verre, en apercevant Cassie. Son visage était barbu et hâlé, ce qui faisait davantage ressortir ses yeux, faisait paraître ses dents plus blanches... Il avait l'air plus vivant que jamais ; il semblait, presque, étinceler comme un ange.

Cassie eut un hoquet de surprise. Était-ce bien réel ? Son esprit lui jouait-il des tours ? Était-ce ce qui se passait quand l'insomnie et la peur se mêlaient ?

Henry sembla se rendre compte de sa panique.

– Cassie.

Ce mot était aussi réel qu'un toucher.

– Tu es là, dit-elle en tressaillant, à peine capable d'en croire ses yeux, une main sur sa bouche, l'autre tendue pour toucher Henry – elle s'attendait plus ou moins à le traverser comme un mirage.

Il lui prit la main et la posa contre son torse ; elle pouvait sentir sous sa paume son cœur battre – presque aussi vite que le sien.

– « Il vaut mieux ne pas se noyer si on n'est pas un tocard », déclara-t-il en se rapprochant.

Il enveloppa le visage de Cassie de ses mains rugueuses, l'embrassa tendrement, sentit combien elle tremblait à cause de l'adrénaline. L'incrédulité laissa place au soulagement.

– Tu n'es pas un tocard ! rétorqua-t-elle en ricanant, des larmes jaillissant de ses yeux.

– C'est bien ce que je t'avais dit !

Henry enroula ses bras autour d'elle et la fit tournoyer sur place. Tous deux riaient, leurs visages blottis dans le cou l'un de l'autre alors qu'ils savouraient ce toucher et cette odeur retrouvés.

Il la reposa et plongea ses yeux dans les siens.

– Mais, Cassie, tu avais raison pour le reste. Plus jamais, je ne t'écouterai pas, ô Grande Prêtresse.

Un son derrière Cassie fit lever la tête de Henry – il se raidit, se redressa.

– Qu'est-ce qu'il fait ici ?

Sa voix était soudainement froide et hostile, toute légèreté évaporée.

Cassie se tourna : Luke sortait de sa chambre, sa main sur la poignée alors qu'il refermait la porte.

Elle remarqua Luke se figer également lorsqu'il aperçut Henry – cet aventurier, ce baroudeur, ce héros revenu – avec ses bras autour d'elle. Il portait une veste en lin (celle avec les grandes poches qu'il mettait toujours pour travailler), un jean, des baskets Prada en daim anthracite. Pour quelqu'un qui avait passé les deux dernières semaines en combinaison de plongée ou en tee-shirt et short, il paraissait tout à coup trop habillé. Et très citadin.

– S… Sa petite amie, Amber, est le témoin de Gem, expliqua rapidement Cassie, la peur faisant fléchir sa voix, les yeux résolument posés sur Luke dans une supplication silencieuse.

Allait-il révéler leur secret ? S'il ne pouvait pas avoir Cassie, réagirait-il de sorte que personne ne le pourrait non plus ? Essaierait-il de détruire leur couple par rancœur ? Car à en juger par leur passé, ce n'était pas chose impossible.

– Enfin… devait être son témoin, marmonna Cassie dans le vide alors qu'aucun des deux hommes ne s'exprima.

Henry regarda tour à tour Cassie et Luke.

– Cassie, que se passe-t-il ?

– Ce n'est rien, franchement. Le témoin de Gem est sa petite amie.

Cassie posa sa main sur son cœur comme pour l'empêcher de s'échapper de sa poitrine. Elle devait partir d'ici, loin de Luke. Il y avait trop à gérer à la fois et elle se sentit à nouveau étourdie.

– Pouvons-nous en discuter en bas ? J'ai besoin de m'asseoir et de manger. Si je ne mange pas, je vais m'évanouir.

Henry se retourna vers Luke, son corps prêt au combat.

– S'il te plaît, insista-t-elle. Laisse-moi profiter de ton retour.

À contrecœur, Henry détourna les yeux de Luke.

– D'accord, marmonna-t-il.

Il conduisit Cassie vers les escaliers, mais elle devina à la tension dans son corps qu'il était hors de lui. Qu'il avait flairé quelque chose.

⋆

Vingt minutes plus tard, Cassie avait mangé un sandwich à la saucisse, bu deux grandes tasses de thé et se sentait affreusement barbouillée. Mais elle s'en fichait. Henry était de retour. Il était en sécurité, avec eux, et ils étaient tous revenus à la vie – même Gem.

Un brouhaha régnait dans la cuisine, les fenêtres étaient embuées et la hotte était allumée au maximum pour aspirer la vapeur de la bouilloire qui ne cessait d'être déclenchée, ainsi que la fumée du bacon et des saucisses que tout le monde omettait de retourner. Le pauvre Bas avait failli être oublié avec toute cette agitation. Après une escale d'une nuit à l'appartement de Pimlico, il avait à son insu pris le même train que Henry, mais, comme il ne savait pas dans quelle voiture monter pour descendre face à la sortie (contrairement à Henry), il avait été le dernier, et non le premier, à la station de taxis et était arrivé à la maison au milieu de cris et d'acclamations plus évocateurs d'une fête de Halloween. Cassie savait qu'elle devait passer un peu de temps seule avec lui (il l'avait déjà informée de son dernier chagrin d'amour par une grimace affligée), mais il devrait attendre son tour. Il fallait également qu'elle discute avec Kelly. Quant à Suzy…

Henry était assis à la table à côté de Cassie, sa main sur la sienne et Velvet sur ses genoux. Edith et Hattie étaient assises en face, et Suzy et Archie à chaque bout de table. Suzy avait subrepticement laissé Rollo monter sur ses genoux, pensant que personne ne remarquerait qu'elle le caressait. Anouk et

Kelly étaient censées faire la vaisselle, mais elles essuyaient le même plan de travail depuis cinq minutes, les yeux rivés sur Henry alors que son énergie rayonnait dans la pièce comme une comète et rebondissait sur les murs. Bas défaisait les tresses africaines de Gem et lui offrait l'un de ses massages crâniens dont il avait le secret, pendant qu'elle était assise sur l'accoudoir du petit fauteuil près de la fenêtre, les yeux fermés comme ceux d'un chat au soleil. Cassie ne savait pas où étaient Luke et Amber, mais elle pensait deviner. Elle l'espérait, en tout cas...

Henry leur racontait la mascarade qu'était ce voyage, les choses avaient réellement atteint un stade critique quand il avait surpris Beau jeter ses canettes de bière par-dessus bord.

– C'était une vraie fumisterie. Il s'en fichait royalement de la pollution des océans ; son père a menacé de le déshériter tant qu'il ne ferait pas quelque chose d'« utile » et « ne donnerait pas en retour », expliqua Henry en secouant la tête. Me faire venir à la dernière minute, moi l'explorateur professionnel, apportait à toute cette histoire une certaine respectabilité. Imaginez, il a même essayé de descendre aux îles Salomon lorsque nous avons fait escale pour nous ravitailler, en disant qu'il nous retrouverait à Hawaï !

– Incroyable, marmonna Archie. Quel abruti !

– Tu l'aurais tué, Archie. Je pense franchement que tu l'aurais fait.

Archie se redressa et gonfla un peu le torse.

– Sans doute, mon pote, affirma-t-il avec grand sérieux. Mais assez parlé de lui. Et ce typhon ? Tu as dû avoir les foies, non ? Qu'est-il arrivé au bateau ?

Henry afficha une mine perplexe.

– De quoi tu parles ?

– Le gros truc humide et venteux qui t'a ballotté dans tous les sens il y a environ quatre jours ? railla Archie.

Henry gloussa, mais il semblait toujours confus.

– Euh, oui, mais... J'avais déjà quitté le bateau à ce moment-là. Tu le sais.

Il y eut un long silence.

– Non, nous ne le savions pas. Comment l'aurions-nous su ? demanda Suzy.

– Parce que Beau a parlé à Inmarsat, ils devaient vous envoyer un e-mail pour vous prévenir de mon retour. Je l'ai entendu moi-même le faire. Il avait beau être inutile, il a au moins fait ça.

Henry considéra les visages fixés sur lui ; maintenant qu'il y pensait, leur réaction hystérique à son arrivée semblait disproportionnée.

– Êtes-vous en train de me dire que vous n'avez pas reçu le message ? Vous pensiez que je... ?

Il posa les yeux sur Hattie, Suzy, Cassie – leur regard sombre lui apportant la réponse.

Archie avait l'air inhabituellement sévère.

– Alors, quand était-ce ?

Henry réfléchit.

– Quel jour sommes-nous ? Samedi ? Mercredi, donc. Nous avions accosté aux îles Marshall parce que nous avions reçu l'alerte pour le typhon, et c'est là que j'ai annoncé à Beau que je ne remonterais pas à bord. Que toute cette expédition était une farce. Je ne voulais pas que mon nom y soit attaché. J'ai pris le premier avion pour San Francisco, puis pour Londres.

– Mais nous n'avons jamais reçu de mail, pas vrai, Archie ? réitéra Suzy.

Archie secoua la tête.

– Pas du tout. Pas d'appareils électroniques ici. Je déstresse, ordres du médecin. Aucun e-mail.

– Mais attendez ! dit soudain Suzy, qui se souvint de ce que Cassie voulait – et oubliait constamment de demander à Archie.

La liste de Henry. Tu l'as eue dans le petit cybercafé, au fond du magasin du village.

Henry eut l'air surpris.

– Ils font ça maintenant ?

Cassie remarqua la panique croître sur le visage d'Archie. Elle savait aussi bien que lui qu'il n'y avait pas de cybercafé dans le magasin du village.

– Euh…, balbutia Archie.

– Et toi, tu as reçu mes e-mails ? demanda Henry à Cassie en se penchant vers elle.

*Au pluriel ?* L'estomac de Cassie se vrilla et elle fit non de la tête.

– Pourquoi ? Combien en as-tu envoyé ?

Henry fronça les sourcils et se renfrogna.

– Tous les deux jours… ? Inmarsat était censé tout transmettre.

– Archie allait au magasin tous les deux jours pour vérifier nos e-mails personnels et il n'y a jamais rien eu, et certainement rien qui suggérait que tu débarquais, pas vrai ? demanda Suzy à son mari.

Celui-ci secoua la tête avec véhémence. Au moins, ce n'était pas un mensonge.

– Absolument pas. Nous nous serions épargné beaucoup de tourment si nous avions su.

Il serra fermement la main de Suzy et l'embrassa sur la joue.

– Mince, je n'en reviens pas que vous pensiez tous que j'étais pris dans ce typhon. Si j'en avais eu la moindre idée…, murmura Henry, qui tira Cassie vers lui et déposa un baiser sur sa tête. Mais je ne comprends pas. J'ai entendu Cooper le faire. Pourquoi Inmarsat n'aurait pas transmis l'information ? Ça va barder pour eux quand je vais rapporter cela.

Les yeux de Henry étaient dans le vague, sa bouche formait une ligne plate.

Il ne remarqua pas que Cassie était raide dans ses bras. Elle commençait à comprendre. Une affreuse vérité naissait dans son esprit : « Beau voulait rendre service à un ami... » Cassie avait cru qu'Amy faisait référence à Henry, que Beau lui avait offert un travail quand il était sur la paille ; et si cet ami était quelqu'un d'autre, quelqu'un qui trouverait un intérêt à ce que Henry soit hors champ quelque temps ? Une personne qu'elle savait, pour en avoir fait l'expérience personnelle, détenir un ordinateur portable perfectionné avec une connexion boostée... Quelqu'un qui n'aurait pas envie qu'elle ait des nouvelles de son fiancé et pourrait trouver un avantage à déstabiliser encore plus leur couple ?

Elle posa sa main sur sa bouche, alors qu'elle fut prise de nausée. Luke avait tout planifié depuis le début. Il n'y avait aucun hasard dans leurs retrouvailles en fin de compte ; il s'était joué d'elle, l'avait manipulée. Elle avait été une sacrée idiote de le penser capable de changer. Une partie d'elle voulait voir le bon côté en lui, croire qu'il n'avait pas pu volontairement cacher à Cassie, à tous, une chose pareille.

Mais son instinct lui disait le contraire. Luke savait que Henry était sur le chemin du retour ; il avait compris qu'il ne disposait que d'une petite ouverture et il avait saisi sa chance. Lorsque le typhon avait été évoqué aux actualités le lendemain, il avait choisi de se taire, de les laisser tous souffrir et pleurer, tandis que lui gardait son sang-froid, en espérant que Cassie reviendrait avant Henry, qu'il aurait quelques heures devant lui pour la récupérer.

– Est-ce que ça va, Cassie ?

Elle tourna la tête et découvrit les yeux de Henry sur elle, soucieux, attentif.

– Tu as trop mangé, trésor ? demanda Edith, en lui tendant une serviette.

– Ou as-tu des nausées ? dit Henry avec un clin d'œil, d'un ton instantanément plus espiègle.

Il lui prit la main pour l'embrasser. Cassie esquissa un petit sourire.

– Trop d'émotions fortes, c'est tout. Je n'ai pas bien dormi non plus.

– Ce n'est pas étonnant, étant donné ton état.

Il lui serra les doigts, le regard pétillant, ce sourire éblouissant qui illuminait son beau visage tanné. Cassie lui rendit son sourire, perplexe devant les paroles énigmatiques de Henry.

– Euh… essaies-tu de me faire passer un message ?

– C'est plutôt toi qui as quelque chose à me dire, répondit Henry, avant de se pencher pour embrasser Cassie sur les lèvres.

Elle secoua la tête, en percevant des murmures échangés autour de la table.

– Hein ? Désolée, je ne te suis pas.

Il déglutit, les yeux brûlants d'émotion.

– Le bébé ?

– Quoi ? fit Cassie, hébétée.

– Nous allons avoir un bébé !

– Ah bon ?

– Oh, trésor ! s'écria Edith, qui se leva d'un bond et faillit renverser la théière.

– Oh, mon Dieu, se réjouit Hattie en même temps.

Les deux femmes se jetèrent dans les bras l'une de l'autre et fondirent spontanément en larmes.

– C'est fantastique, Edith ! Nous allons être grands-mères !

Tout le monde rit, Henry plus fort que les autres.

– C'est toi qui es censée être la première à le savoir, ma chérie, pas… pas l'in…

Le sourire de Henry s'effaça quand il prit conscience de l'expression ahurie de Cassie.

– Attends, tu veux dire que nous n'allons pas avoir de bébé ?

Cassie cligna des yeux, horrifiée et stupéfaite. *Que se passait-il ?*

– Henry, qu'est-ce qui a bien pu te faire croire que j'étais enceinte ?

Une vague d'émotions troubla les traits fins de Henry : surprise, incrédulité, perplexité, humiliation, colère...

– Parce que c'est dans ton agenda ! fulmina-t-il, avec la volonté qu'elle se souvienne, qu'elle comprenne de quoi il parlait – comme si c'était quelque chose qu'elle avait pu oublier ! C'était au stylo rouge. « Neuf semaines ». « Douze semaines ». « Naissance », énuméra-t-il en comptant sur ses doigts.

Cassie eut des haut-le-cœur. *Non.*

– Pourquoi écrirais-tu cela dans ton agenda si ce n'était pas vrai ?

Cassie regarda Kelly avec panique. Son amie était blanche comme un linge et agrippait le plan de travail. Elle avait l'air aussi mal que Cassie.

– Qu'est-ce que tu faisais avec mon agenda pour commencer ? répliqua Cassie, afin de gagner du temps et tenter de réfléchir plus vite.

– Je l'ai mis dans mon sac par erreur. Qu'est-ce que tu crois ?! Ce n'est pas comme si j'avais une folle envie de connaître tes engagements professionnels pour septembre !

Cassie cacha son visage entre ses mains, elle voulait disparaître. Comment tout avait-il pu mal tourner ? Que pouvait-elle dire ? Quelle excuse pouvait-elle donner pour avoir noté la naissance d'un bébé dans son agenda ?

– C'est moi.

La voix de Kelly était fluette comme un piccolo alors qu'elle mettait des mots sur son secret et le révélait au monde entier, telle une bouteille à la mer.

– Ces dates sont les miennes.

Cassie fixa la table d'un air misérable, le cœur brisé alors qu'elle attendait que Kelly s'explique, leur raconte la terrible brutalité à laquelle l'avait soumise son propre corps au cours de l'année écoulée. Comment elle portait seule ce fardeau, pour épargner à l'homme qu'elle aimait des souffrances inutiles… Cassie n'avait pas été à la hauteur. Tout ce qu'elle devait faire était d'acheter des citrons, l'appeler et se taire.

*Un instant…* Cassie leva brusquement la tête. *« C'est moi », au présent ?*

Kelly la regardait déjà, comme si elle attendait qu'elle comprenne.

– J'en suis à dix, presque onze semaines maintenant.

– Tu veux dire que…

Kelly hocha la tête.

– Ce n'est pas arrivé. Enfin, pas encore. Je suis toujours, tu sais… dans l'expectative…

La voix de Kelly se brisa. Cassie repoussa sa chaise et jeta ses bras autour de son amie.

– Même quand je suis montée dans l'avion, j'ai cru que… J'étais tellement convaincue, tu sais ? Je n'arrêtais pas de me répéter que ça allait arriver d'une minute à l'autre, même quand l'avion s'est avancé sur la piste de décollage…

– Je n'en reviens pas !

– Moi non plus, dit Kelly entre rires et larmes dans les cheveux de son amie.

Une fraction de seconde plus tard, Suzy et Anouk vinrent les étreindre également, huit bras se chevauchant et s'entrelaçant comme une glycine, se soutenant. Une main particulièrement ferme trouva le bras de Cassie et le serra fort (si fort qu'elle en aurait peut-être un bleu) et, quand elle croisa le regard de Suzy, ce fut le pardon qu'elle y vit.

– Regardez, dit Kelly, presque timidement, avant de sortir une photographie en noir et blanc de la poche intérieure de son sac. Je sais qu'il n'y a pas encore grand-chose à voir. Ça ressemble plus à un petit pois qu'à un bébé, mais…

– Oh, Kelly, elle a ton nez ! roucoula Suzy.

– Il n'a pas de nez, objecta Anouk, les sourcils froncés, en regardant de plus près. Et puis, qui a dit que c'était une fille ? Le sais-tu ? Connais-tu le sexe avec certitude ?

– Je n'en reviens pas. J'étais convaincue que tu étais en Angleterre parce que le pire était arrivé. Je ne comprenais pas comment tu pouvais te comporter de façon aussi normale ! Je suis vraiment contente, se réjouit Cassie.

Elle vit Archie lancer Velvet dans les airs, Hattie et Edith front contre front, les paupières closes. Mais elle se figea quand son regard revint sur Henry. Il était le seul dans la pièce à ne pas sourire, le seul à avoir un regard affligé.

*

Ce fut le tournevis sur l'oreiller de Cassie qui porta le coup de grâce. Il ne fallut qu'un instant à Henry pour faire le lien entre Luke sortant de la chambre et Cassie qui dévissait le bracelet luxueux comme s'il la brûlait.

– Henry, il ne s'est rien passé, je te le jure. Juste un baiser…

– Tu l'as embrassé ?

– C'était un moment d'égarement, se défendit-elle, en observant Henry monté sur ressorts, les joues rouges, à la recherche d'un oreiller à frapper. J'étais en colère contre toi de vouloir me forcer. Tu n'arrêtais pas d'insister, alors que tout ce que je voulais, c'était de continuer à vivre comme nous le faisons aujourd'hui…

– Oh, mais nous ne vivons plus rien. Tu as tout détruit quand tu l'as embrassé ! Tu t'es trompée de temps. Il faut employer le passé. « Comme nous le faisions ».

Cassie le fixa, en s'efforçant de garder son sang-froid. L'un d'eux devait être calme. La falaise s'effritait sous leurs pieds.

– D'accord, alors, la vie que nous avions... C'était celle que je voulais. Celle que j'avais choisi de mener. Je ne voulais pas revivre quelque chose qui s'était soldé par un échec pour moi. Pourquoi ne peux-tu pas le comprendre ?

– Parce qu'il ne s'agit pas de revivre ton passé, mais d'entamer notre avenir. Je ne suis pas Gil ; tu n'es plus la femme qu'il a épousée. Pourquoi, toi, tu ne peux pas le comprendre ?

Cassie eut la gorge nouée. Ils ne pouvaient pas continuer à tourner en rond de la sorte. Ils devaient avancer. L'un d'eux devait céder.

– Je pense que je le comprends maintenant.

– Oh, vraiment ? Donc, il a fallu que tu embrasses ton ex pour que tu décides d'avoir envie de m'épouser ? Ne te donne pas cette peine.

– Hen...

– Tais-toi !

Cet ordre était comme un coup de fusil, il arrêta net Cassie. Les yeux de Henry étaient furieux, son index en l'air aussi menaçant qu'une arme à feu.

Il arpenta la pièce en silence. Ses épaules se soulevaient et retombaient lourdement alors que sa respiration devenait courte et rapide, sa mâchoire était serrée.

Cassie attendit, plus effrayée que jamais.

– Quel est l'intérêt, hein, tu peux me le dire ? demanda enfin Henry, en secouant la tête d'un air abattu. Qu'est-ce qui nous rapproche réellement ? Tu ne me fais pas confiance. Jamais, tu ne m'accorderas ta confiance. Tu ne veux pas te fermer de portes, au cas où.

– Ce n'est pas vrai. Je le pensais, oui. Je pensais que j...

– Regarde-toi, Cassie ! Je suis parti trois semaines et tu es retournée directement dans ses bras.

La jalousie enflait les mots de Henry, le blanc de ses yeux ressortait comme ceux d'un guerrier prêt au combat.

– Ce n'est pas ce qui s'est passé, protesta-t-elle, mais sa voix commençait à vaciller.

– C'est exactement ce qui s'est passé, fulmina Henry en pointant Cassie du doigt, en maintenant ce geste malgré l'absence de mots.

Il laissa retomber sa main contre son flanc, sa bouche s'aplatit en une ligne amère, alors qu'un nouveau blanc vint combler l'espace entre eux. C'étaient les silences que Cassie redoutait le plus : les idées qui défilaient dans la tête de Henry lui étaient alors inaccessibles, lui rendaient impossible toute argumentation, ne lui offrant pas l'occasion de se défendre, de débattre, de riposter...

Cassie sentit le désespoir l'envahir. Le désespoir et, pire, la défaite.

– Je ne sais pas quoi faire, lâcha enfin Henry. Enfin, si, je sais, mais...

Sa voix se brisa et il détourna la tête.

– Henry, s'il te plaît, regarde-moi, le supplia Cassie. S'il te plaît.

Un moment s'écoula avant qu'il ne s'exécute et elle aperçut sa pomme d'Adam s'agiter dans son cou, sa mâchoire poussée en avant avec défi. Il la fixa et, pendant un instant, alors qu'ils se regardaient les yeux dans les yeux et qu'il n'y avait qu'eux au monde, Cassie eut l'impression que cette sensation d'être faits l'un pour l'autre les enveloppa telle une aura partagée. Pourquoi lui avait-il fallu tant de temps pour comprendre que le mariage ne l'enfermerait pas ? Cela ne risquait pas d'arriver. Elle craignait de perdre sa liberté, or c'était la vie sans Henry qui faisait d'elle une prisonnière. Il était là où son âme résidait ; il libérait son esprit, son corps et son cœur ; elle était tout sauf prise au piège quand elle était avec lui.

Henry aussi pouvait le sentir. Elle le savait. Elle vit son regard s'adoucir, ses joues se relâcher. Leurs yeux parcoururent l'autre comme de jeunes pousses se penchant vers le ciel. Mais le soleil sortit de derrière un nuage et le rayon de lumière qui darda par la fenêtre se refléta sur le bracelet en or ; il n'était plus au poignet de Cassie, mais dans ses mains, et il scintilla comme une roue enflammée.

Cet éclat fit plisser les yeux à Henry et il posa son regard dessus. Cassie vit son expression changer.

– Tu ferais mieux de remettre ce machin. Il a l'air de coûter cher, dit catégoriquement Henry, avant de se tourner vers la porte.

Il s'arrêta, sa main sur le montant, dos à Cassie.

– Fais ce que tu veux, Cassie. C'est terminé.

# Chapitre 30

– Écoute, je vais lui parler, proposa Suzy. J'ai tout vu, tu te souviens ? Ce n'est pas comme si c'était toi qui avais tout provoqué. Luke t'a manipulée depuis le début. Le fait même qu'il t'ait suivie jusqu'ici montre à qui tu avais affaire.

Cassie s'essuya les yeux du revers de la main, mais les larmes persistaient à couler.

– Cela ne servira à rien. Le mal est fait, Suzy.

– Ce n'était qu'un simple baiser, pour l'amour du ciel. Il s'en remettra.

Cassie secoua la tête.

– C'était pire que ça. Dans ma tête, je... Je suis allée trop loin. Il s'est passé trop de choses récemment. Nous avions une relation si parfaite et, maintenant, c'est juste t... toxique.

– Taratata. Ce n'est qu'une mauvaise passe, affirma Suzy d'un ton péremptoire.

– C'est ce que je n'arrête pas de lui répéter, intervint Kelly, les coussins gonflés autour d'elle comme si elle était la reine de Saba, ses amies ayant insisté pour qu'elle se repose.

– Mais il a dit que c'était f... fini, bafouilla Cassie, qui se remit à sangloter.

Combien de fois avait-elle pleuré au cours des vingt-quatre dernières heures ? Elle se sentait émotionnellement dévastée.

– Oui, c'est ça. Comme si Henry allait pouvoir vivre sans toi. Tu es l'amour de sa vie, ma poulette.

– Vous ne l'avez pas vu, protesta Cassie.

– Non, mais je l'ai entendu (ils auraient pu l'entendre à Padstow, franchement). Et c'est à ça, ma chère, que ressemble la jalousie. Tu as embrassé ton ex ? Il est sûrement en train d'imaginer de l'assassiner en ce moment même.

– Où est-il ?

– Archie l'a emmené se calmer. Traduction : déjeuner et quelques bières au *Mariner's*.

Il y eut un blanc alors que Cassie porta ses mains à sa gorge. Les premiers effluves d'agneau rôti commençaient à monter dans les escaliers, Hattie et Edith étant passées en mode cuisinières à présent que les épreuves les plus difficiles (la disparition de Henry, le mariage de Gem) étaient de l'histoire passée.

– Oh, je ne me sens pas bien.

– Comme toujours, commenta Anouk. Tu es simplement bouleversée. Essaie de..., soupira Anouk, ses lèvres formant une moue parfaite, comme si elle jouait dans une publicité Lancôme. Essaie de te calmer.

Mais Cassie porta soudain ses mains à sa bouche et se leva du lit, les yeux écarquillés. Elle courut dans la salle de bains et donna un coup de pied dans la porte pour la fermer.

– Mince, elle est vraiment dans tous ses états, entendit-elle Suzy dire, juste avant de vomir. Vous croyez que nous devrions appeler Edith ?

Cassie se laissa tomber sur la cuvette, les yeux fermés, alors que les filles se consultaient dans la chambre : elle n'était plus une enfant... Que pouvait faire Edith de toute façon ?... Il fallait faire revenir Henry... Ils devaient se parler calmement... Mettre les choses à plat...

Cassie entendit la porte de la chambre s'ouvrir et une voix masculine passa sous la porte de la salle de bains. Elle se raidit, toujours pleine d'espoir, mais l'accent était américain – « Laissez-moi faire... » – et, un instant plus tard, la voix de Bas l'interpellait doucement à travers la porte.

– Cassie ? Je peux entrer ?

– Si... si tu veux, hoqueta-t-elle.

Elle se releva et tituba jusqu'au lavabo. Elle fit couler de l'eau froide sur ses poignets et se passa de l'eau sur le visage. Cela lui fit un peu de bien.

Bas entra. Sa tête effleurait pratiquement le plafond. Son bronzage aux tons rouges jurait avec les placards orange des années quatre-vingt, et l'épaisse moquette rose ne flattait personne.

– Oh, *darling*. Quelle affaire.

Il ferma la lunette des toilettes et s'assit dessus, puis regarda son amie avec ses yeux de chien battu.

Elle hocha la tête. Quel pétrin en effet. Techniquement, c'était pire que cela même. Mais le pétrin tout de même.

– L'ironie dans l'histoire, c'est que j'avais pris la résolution de me marier, Bas. J'avais enfin remis de l'ordre dans ma tête.

– Il n'y a jamais eu de souci avec ta tête. Tu avais le droit de prendre ton temps après ce que tu as vécu. En parlant de ta tête, quand t'es-tu lavé les cheveux pour la dernière fois ?

Cassie haussa les épaules d'un air sinistre.

– Je n'en sais rien. Trop de soucis à penser.

Il poussa un soupir.

– Négligence, négligence, négligence. Et tu te demandes pourquoi tu as des fourches ! Viens, je vais te faire un double shampooing, ma spécialité, et peut-être un peu de magie indienne aussi, sourit-il en remuant les doigts. Tu sais que cela te calme toujours.

Bas s'avança vers la baignoire et prit la pomme de douche.

Cassie ôta son tee-shirt, nullement inquiète que Bas la voie en soutien-gorge. Elle passa une serviette autour de ses épaules et se plaça au bord de la baignoire, la tête en arrière.

– Quoi ? demanda-t-elle, en remarquant que Bas s'était figé devant elle. Quoi ? Bas ? Pourquoi me regardes-tu comme ça ? Oh là là, Bas, tu… tu n'es pas bi, hein ?

★

Dix minutes plus tard, elle ouvrit la porte, et trois visages curieux la fixèrent.

– Bon sang, qu'est-ce que vous faisiez là-dedans ? l'interrogea Kelly, bouche bée.

– Tu vas bien ? s'inquiéta Suzy avec un coup d'œil à Bas, qui les observait en mâchouillant l'ongle de son pouce.

– Que s'est-il passé ? Tu as l'air… Mince, assieds-toi. Qu'a-t-il bien pu arriver dans une si petite pièce avec un coiffeur gay et nous de l'autre côté de la porte, pour que tu fasses cette tête-là ?

Cassie eut la gorge nouée. Par où commencer cette fois ?

– Je pense que j'ai peut-être eu une idée folle. La plus folle qui soit.

★

– C'est la pire idée qui soit, soutint Cassie, alors que Kelly lui tendait un autre verre d'eau. Et s'il ne vient pas ?

– Bois.

– Oh, il va venir ! Archie a reçu des ordres stricts, la rassura Suzy d'un ton confiant.

Cassie regarda à nouveau par la fenêtre, son cœur battant contre sa poitrine comme un rossignol en cage. Elle n'en revenait pas de ce qu'elle était en train de faire. Si quelqu'un lui avait dit cela le matin même, elle l'aurait fait interner. Même les filles – ses alliées les plus fidèles – l'avaient dévisagée pendant trente secondes comme si elle était complètement cinglée, avant de se rallier à son idée et de passer à l'action.

– Je les vois ! s'écria Anouk de son perchoir sur le rebord de la fenêtre.

– Il arrive ? demanda Cassie d'une voix rauque. Il est bien… ?

– Oui ! confirma Anouk en sautillant.

– Oh là là, je me sens…

– Ne dis pas « mal » ! s'exclamèrent en chœur ses trois amies.

– Je vais bien. Je vais bien, répéta Cassie en prenant de grandes respirations.

Elle pouvait y arriver.

– Tu vas bien ?

Suzy lui serra la main et Cassie acquiesça d'un signe de tête.

– Viens alors. Tu ne voudrais pas qu'il te rate.

– Comme s'il y avait une chance que cela arrive, railla Kelly en tenant la porte ouverte.

– Je n'en reviens pas que nous fassions cela, observa Anouk en secouant la tête et en ouvrant la marche.

Elles se mirent en place. Cassie fixait la porte, les mains tremblantes, les yeux brillants d'appréhension et d'espoir. On y était. Sa dernière chance de bien faire les choses.

Une minute s'égrena. Deux. Cassie ne pouvait pas arrêter les tremblements. Elle voulait que ses pieds bougent, courent – tout cela était une très mauvaise idée, stupide. Mais ses pieds étaient enracinés dans le sol en pierre.

Après la quatrième minute, au moment où elle commençait à penser que les deux hommes n'avaient été qu'un mirage, la porte s'ouvrit avec une explosion de lumière comme si elle donnait sur le paradis. Il fallut un moment aux yeux de Cassie pour s'adapter, avant qu'elle ne le distingue, sa silhouette noire dans l'embrasure de la porte, et l'orgue se mit soudain à résonner.

Le langage corporel de Henry traduisit son interrogation, et il se tourna vers Archie en quête d'une explication. Archie se pencha et lui murmura quelque chose. Henry se raidit et regarda dans la chapelle.

Il la voyait désormais. L'avalanche de lumière s'était calmée, seule une légère brume de poussière planait dans l'air entre eux. Il aperçut sa robe – des boutons de rose rose poudré sur ses hanches, le voile de tulle de soie épinglé dans ses cheveux, « leurs » roses dans ses mains...

Une éternité sembla s'écouler pendant que Cassie attendait qu'il comprenne, se décide. Mais ses pieds commencèrent finalement à fouler les dalles – très, très lentement –, ses yeux méfiants et incrédules alors qu'il remontait la nef, entre les fleurs sauvages si joliment accrochées aux bancs, son témoin dans son sillage. Il croisa d'abord le regard d'Edith, puis de sa mère, assises côte à côte, main dans la main. Les trois témoins de Cassie rayonnaient d'une joie infinie, dans des robes de soie bleue assorties que Paula avait trouvées dans sa précipitation. Velvet, dans une robe blanche Monsoon avec une couronne de fleurs champêtres dans les cheveux, faisait la plus charmante demoiselle d'honneur. Sur la hanche de sa mère, elle agitait une baguette de la Belle au bois dormant. Henry s'arrêta pour déposer un baiser sur sa joue.

Puis, il fut devant Cassie. Dans sa jaquette (qu'Archie était allé chercher chez *Moss Bros*, où elle l'attendait suite à un appel de Paula), il avait l'air en quelque sorte encore plus héroïque que dans sa tenue d'explorateur. Il ne s'était pas rasé. Le coup de fil qu'Archie avait reçu de sa femme, pour le prévenir que le mariage était de nouveau d'actualité et que Gem avait besoin d'être accompagnée jusqu'à l'autel, ne lui en avait pas laissé le temps. Cassie le préférait comme ça, de toute façon. Cela lui ressemblait, lui, son aventurier, naturel, la peau toujours iodée.

Henry parcourut Cassie des yeux, intimidé. Sa pomme d'Adam s'agitait dans sa gorge tandis qu'il la contemplait, assimilait qu'elle avait eu le courage d'une telle initiative.

– Tu es...

Sa voix était rauque, ses yeux rougis et légèrement hagards.

– Très belle.

Cassie sourit, soulagée d'avoir au moins réussi ce test. Henry jeta un coup d'œil, comme s'il remarquait le prêtre pour la première fois. Il se reprit, se souvint de ses bonnes manières et lui tendit la main.

– Père Williams, quel plaisir de vous voir.

– Tout le plaisir est pour moi, Henry, lui répondit le vieux prêtre. Êtes-vous prêt à faire de cette courageuse jeune femme votre épouse légitime ?

Il y eut un silence pendant que Henry se tourna vers Cassie, puis de nouveau vers le prêtre.

– Mais comment est-ce... ? Je veux dire, est-ce que ce sera valide ? Les bans ne doivent-ils pas être publiés à l'avance ?

– Nous avons demandé une dérogation. Vous avez été baptisé ici, Henry, par moi, votre serviteur. Cela signifie que vous avez un « lien particulier » avec cette église. Si vous vous lancez, cette jeune femme sera votre épouse aux yeux de Dieu et de la loi pour le reste de votre vie.

Henry regarda Cassie, des émotions traversèrent son visage comme des nuages dansant dans le ciel par un jour de printemps, mais aucun mot, aucune réponse ne venait.

Cassie sentit la panique surgir en elle. Elle avait trop attendu, l'avait poussé trop loin. Il ne pouvait pas lui pardonner sa trahison finalement. Cela ne suffisait pas. Elle, en robe de mariée, debout devant l'autel avec lui, ne suffisait pas.

Des larmes brillaient dans ses yeux. Était-ce donc fini ? Était-ce leur fin, à l'endroit même qui était censé marquer leur commencement ?

Non. Elle eut la gorge serrée et rassembla son courage dans un ultime élan de désespoir.

– Henry ? demanda-t-elle, sa voix douce, mais claire. Veux-tu m'épouser ?

Il planta ses yeux dans les siens. Elle espérait qu'il pourrait voir au-delà de la peur qu'elle était prête à se remarier pour lui, par amour. Elle l'avait compris désormais ; elle n'avait pas besoin de céder, seulement de ployer.

Henry tourna la tête, comme s'il cherchait quelqu'un qui se serait caché derrière un pilier et crierait : « Poisson d'avril ! » Puis il fit un pas vers Cassie, une main attrapant son coude d'un air d'excuse. Le souffle de Cassie se coupa, alors qu'elle se préparait à son refus. À son non dur et brut.

Henry la regarda en battant des cils, et Cassie revit dans ses yeux qu'ils étaient faits l'un pour l'autre.

– À ton avis ? dit-il en souriant, et il se pencha pour embrasser la mariée.

# Épilogue

Des nuages roses vaporeux s'étiraient dans le ciel, les vaches dans le pré arrachaient l'herbe avec leurs dents puissantes ; leurs ébrouements et gémissements, leurs meuglements et broutages fournissaient une musique de fond, tandis que les craves à bec rouge poussaient leur croassement distinctif depuis les arbres.

Archie dormait sur un plaid. Il venait de terminer sa première bouteille de vin rouge depuis des semaines (Suzy avait fait une exception pour la journée), et l'alcool lui était monté à la tête ; Hattie et Edith donnaient le bain à Velvet à l'étage ; Gem, Kelly et Anouk préparaient « la suite nuptiale », ce qui rendait Henry et Cassie très nerveux. Cassie était pratiquement sûre d'avoir entendu parler d'une barre de pole dance pliable que Gem avait récupérée à Argos (elle ne s'était pas sentie le courage d'assister à la cérémonie, mais elle avait eu suffisamment de forces pour cela). Suzy avait été aperçue pour la dernière fois dans l'allée, à apprendre à Rollo à donner la patte. Gem l'avait remerciée et lui avait présenté ses excuses, la hache de guerre bel et bien enterrée entre elles, semblait-il.

– Laird va avoir un choc quand il va rentrer et apprendre que non seulement tu es là, mais que nous nous sommes approprié son mariage. Il n'est parti que quelques heures, s'amusa Cassie, en arrachant des brins d'herbe.

Elle portait toujours son voile (Henry ne voulait pas qu'elle l'ôte ; il souhaitait que rien de cette journée ne tire à sa fin) ; il flottait légèrement derrière elle dans la brise.

– Oublie Laird. C'est moi plutôt qui ne vais jamais me remettre du choc de ce que tu as fait aujourd'hui, déclara Henry en regardant Cassie, sa tête posée sur ses genoux.

– Tu me prouves sans cesse ton amour. Il était temps pour moi de te prouver le mien.

Elle lui prit la main et embrassa son annulaire où se trouvait sa nouvelle alliance.

Il sourit à pleines dents.

– Je parie que Suzy a adoré quand tu lui en as parlé, pas vrai ?

– On peut dire ça. Elle a fait la roue.

Henry gloussa.

– Vraiment, la roue ?

– Oui, vraiment. Elle a failli casser la porcelaine de ta mère.

Henry secoua la tête.

– Je n'en reviens pas que vous ayez tout organisé si vite.

– En réalité, tout était en quelque sorte déjà prêt sans que nous nous en rendions compte. Bien sûr, j'ai piqué des trucs à Gem : l'église était déjà fleurie pour son mariage, et ta mère avait apporté nos roses. Anouk a couru – elle a couru, tu imagines ?

– Pas vraiment, non.

– Elle a couru pour prévenir le prêtre que nous avions toujours besoin de lui en fin de compte. Et j'avais déjà préparé le repas, avec mon menu. Bizarrement, je m'étais éloignée de ce qui était prévu pour une fois. Tout était plus ou moins prêt à être mis dans les paniers. J'avais même essayé cette robe quand Gem cherchait la sienne. Tout ce que j'ai eu à faire, c'était de téléphoner à Paula et elle s'est occupée du reste. Elle a vraiment été incroyable. Et même Maman est là ! Tout a été un heureux concours de circonstances, conclut Cassie en haussant les épaules.

– Un concours de circonstances ? C'est comme ça que tu qualifierais les douze dernières heures ? Je suis descendu en enfer et en suis revenu, gémit Henry, qui posa machinalement la main sur son visage pour masser ses tempes.

Cassie la lui retira, pour le forcer à la regarder.

– C'est grâce à cela que nous en sommes là, pas vrai ? murmura-t-elle en se penchant pour l'embrasser.

Henry effleura de ses mains les courbes de Cassie avec plaisir. Ils n'avaient pas été seuls depuis son arrivée le matin même (leur dispute dans la chambre ne comptait pas) et Cassie avait l'impression que leur nuit de noces serait leur première fois.

Elle rit alors qu'il se redressa, déjà excité par le fait de la sentir sous ses doigts, et se blottit dans son cou. Il parcourut de ses mains le dos de Cassie, et s'émerveilla des minuscules boutons recouverts de soie le long de sa colonne. Il se recula soudain, avec une expression espiègle.

– Mais il y a une chose que tu as oubliée.

– Oh, vraiment ? Et qu'est-ce que c'est ? demanda Cassie, en haussant un sourcil épilé à la hâte (c'était Anouk qui s'était chargée de cette mission).

– La tradition qui veut que la mariée ait quelque chose de vieux, de neuf, d'emprunté et de...

– Bleu ? compléta-t-elle en soupirant. Pff, tu me prends vraiment pour une dilettante. Je te ferai savoir que je suis une pro dans ce domaine. C'est mon deuxième mariage, tu sais.

– Hé !

Henry lui donna un coup dans les côtes et elle rit.

– Eh bien, si tu veux tout savoir...

Cassie passa la main dans son corsage et en sortit soigneusement le pendentif Tiffany qui avait été passé dans un ruban de satin. Elle observa la réaction incrédule de Henry alors qu'il comprenait de quoi il s'agissait.

– Mais… la clé ? Nous l'avions jetée, non ? dit-il en fronçant les sourcils, pris d'un doute.

Cassie lui confirma d'un hochement de tête et lui sourit, sans lui donner d'explication.

– Alors, comment as-tu fait ?

– Ce n'est pas moi. C'est Anouk qui l'a décroché. Apparemment, la ville de Paris est en train de tout retirer des ponts et elle ne supportait pas l'idée qu'il parte à la poubelle. Elle a une sorte d'outil qui lui a permis de le défaire. Je pense qu'Anouk n'est pas du tout une créatrice de bijoux, ajouta Cassie en plissant le nez. Mais plutôt une version féminine d'Arsène Lupin !

Henry sourit.

– Donc, ça, c'est ton quelque chose de… ?

– Vieux.

– Alors, qu'est-ce qui est neuf ?

Cassie leva la main, l'alliance scintilla dans la lumière rougeoyante.

– Heureusement pour nous, Anouk a toujours avec elle un échantillon de bagues pour connaître la taille de ses clientes.

Henry ne parvenait pas à détacher son regard de Cassie, qui souriait en admirant son alliance au soleil. Elle était si parfaite à son doigt, et Cassie savait que si elle l'enlevait, elle se sentirait déjà nue sans elle.

– C'est ce que j'ai emprunté à ta mère, précisa Cassie en indiquant les perles qu'elle portait à ses oreilles.

Henry hocha la tête, très amusé.

– Et pour le bleu ?

– Ah, à vrai dire, c'est pour toi. C'est mon cadeau de mariage pour toi.

Cassie fouilla dans le sac vintage rose et blanc à perles, issu de la collection personnelle de Paula, et en sortit un petit écrin

Tiffany. Cassie prit la main de Henry, la retourna et plaça la boîte dans sa paume.

Il la considéra un instant avec un sourire déconcerté, tellement peu habitué à être le destinataire des surprises.

– Ne me dis pas que tu me redemandes en mariage ?

– Tu serais un sacré veinard !

– Je peux l'ouvrir maintenant ?

– Je t'en prie. En fait, c'est aussi la dernière chose de la liste qu'il me restait à accomplir.

Henry parut perplexe, sa curiosité piquée, la main posée sur le couvercle de la boîte.

– La dernière chose ?

– Tu as dit que je devais faire un don cornique. Maman n'en avait plus besoin, alors elle me les a donnés. Moi, je n'en ai pas besoin, donc...

Henry parut inquiet.

– C'est le moment où tu m'annonces que tu m'as épousé uniquement pour terminer la liste ?

Cassie rit, en basculant la tête en arrière, et Henry ne résista pas à l'envie de lui embrasser le cou.

– Pas tout à fait.

Il ouvrit la boîte. À l'intérieur, scintillèrent les vieux boutons de manchette du père de Cassie.

– Ce sont des Elsa Peretti, expliqua-t-elle.

– Ils sont superbes. Qu'est-ce qu'ils représentent ?

– Des haricots. Maman les a offerts à Papa l'année de leur sortie, quand elle était enceinte de moi.

– C'est mignon.

Cassie sourit alors que Henry les fit rouler dans sa paume, et elle attendit que le déclic se fasse dans son esprit.

– Attends...

Henry regarda Cassie, encouragé par son sourire énigmatique. Il posa les yeux sur ses seins pulpeux, qui avaient failli faire tomber Bas à la renverse plus tôt dans la journée, et les autres indices commencèrent à s'imbriquer.

– Tu… Tu veux dire que… ?

Cassie se pencha vers Henry avec un rire radieux, son bonheur absolu.

– Qu'en penses-tu ?

– Oh, Cassie…

Il l'embrassa encore et encore, la fixa droit dans les yeux, avant de prendre tendrement son visage entre ses mains.

– Ce que tu es prête à faire pour aller au bout de mes listes !

– Je sais, déclara Cassie en apercevant les yeux humides de Henry. Mais j'en ai terminé maintenant, monsieur. Je suis libérée !

Remerciements

Ce fut un plaisir de retrouver cette petite bande d'amis dans ce nouveau roman, et j'espère de tout cœur que vous l'avez apprécié. C'est tellement fascinant d'écrire et de se renseigner sur le métier d'explorateur de Henry. Au cours de mes recherches pour découvrir ce que font concrètement les explorateurs modernes, je suis tombée sur une expédition qui visait à sensibiliser le public à la quantité de plastique dans les océans. Un bateau sophistiqué, baptisé le *Plastiki*, a été construit à partir de bouteilles et a navigué de Sydney à San Francisco. Je vous recommande de vous informer sur cette aventure passionnante, si ce sujet vous intéresse. Je tiens à préciser que, même si je me suis inspirée de cette expédition pour mon histoire, aucun des personnages ni des événements de l'intrigue ne se base sur la réalité.

Comme toujours, je tiens à remercier l'équipe de Pan, dont le soutien et les encouragements sont précieux : mes merveilleuses et très patientes éditrices, Caroline Hogg et Victoria Hughes Williams ; Natasha Harding ; Wayne Brookes ; Jeremy Trevathan ; Katie James ; Jodie Mullish ; Anna Bond ; Daniel Jenkins et Eloise Wood.

Ma relectrice, Laura Collins, mérite une médaille, franchement, pour avoir démêlé la chronologie qui m'échappe encore aujourd'hui. James Annal est le maître derrière cette si belle couverture que j'ai envie de l'encadrer et l'accrocher au mur. Un grand merci.

Je remercie mon agente Amanda Preston, d'être toujours aussi positive et d'un grand soutien. Je n'imagine pas faire ce travail sans toi.

À ma famille : Maman et Papa, Vic et Lynne, c'est grâce à vous que ces livres voient le jour. Merci beaucoup pour les innombrables tasses de thé et coupes de pétillant à la fin de ces longues et difficiles journées. Anders et nos filles, je vous aime. Un point, c'est tout.

Si l'amour est au rendez-vous à Vert-Cottage,
un événement va venir bousculer la vie de Mandy.
Réussira-t-elle à retrouver espoir ?

Disponible en librairies et en version e-book

Décidée à redonner vie au cinéma de son enfance, Gina est loin de s'imaginer que son avenir est menacé par un entrepreneur avide… Réussira-t-elle à le sauver avant qu'il ne soit trop tard ?

Disponible en librairies et en version e-book

Le grand amour existe-t-il ?

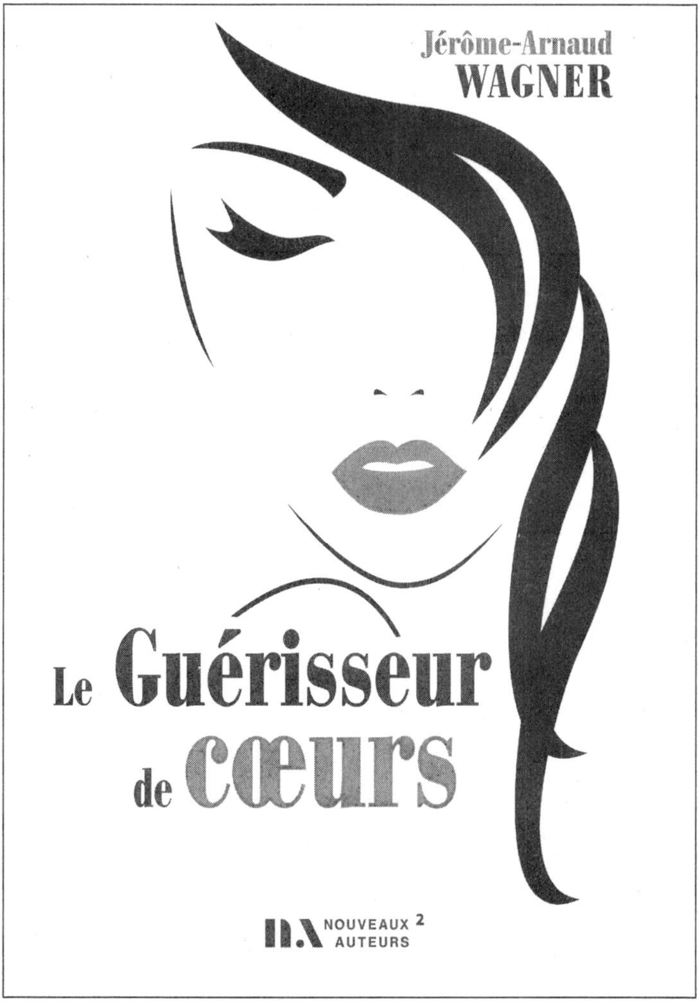


Disponible en librairies et en version e-book

Tout quitter pour mieux se retrouver !
Kimberly Stuart
Là où dansent les coeurs
EDITIONS PRISMA
Grace fait tout pour retrouver sa vie de styliste à New York, mais son passé risque bien de changer ses plans...
Disponible en librairies et en ebook
www.editions-prisma.com

Responsable éditoriale : Ambre Rouvière
Assistante éditoriale : Mathilde Sauzon
Correction : Nord Compo Multimédia
Composition : Nord Compo Multimédia
Conception graphique de la couverture : Nord Compo Multimédia
Illustration de couverture : © Shutterstock (128704700 et 70010275)



Depuis 2009, Prisma Media met en place une politique d'achat éco-responsable. Ainsi, près de 100 % du papier de nos magazines est certifié PEFC (gestion durable des forêts). La fabrication des livres des Éditions Prisma s'inscrit également dans cette démarche.

Dépôt légal : juillet 2021 – n° d'impression 98107
Achevé d'imprimer en France par : Imprimerie Floch